Le Livre de Poche Jeunesse

16 Lunes

Kami Garcia

Originaire du sud des États-Unis, Kami Garcia est professeur et lectrice. Diplômée de pédagogie, elle a étudié à la George Washington University. Elle dirige des groupes de lecture pour les enfants et les adolescents et vit aujourd'hui à Los Angeles, avec sa famille.

Margaret Stohl

Margaret Stohl écrit depuis l'âge de quinze ans. À Stanford, elle a obtenu un diplôme de littérature anglaise, puis a étudié l'écriture à l'Université d'East Anglia, à Norwich, sous l'égide du poète George McBeth. Elle vit aujourd'hui à Los Angeles.

Dans la même série :

- Sublimes Créatures (16 Lunes - Tome 1 avec l'affiche du film en couverture)
- 17 Lunes - Tome 2
- 18 Lunes - Tome 3
- 19 Lunes - Tome 4

KAMI GARCIA • MARGARET STOHL

16 LUNES

Traduit de l'anglais (États-Unis)
par Luc Rigoureau

L'édition originale de cet ouvrage a paru en langue anglaise
chez Little, Brown and Company, Hachette Book Group, New York,
sous le titre :
Beautiful Creatures

Pour Nick et Stella,
Emma, May et Kate,
et tous les enchanteurs et les maudits du monde.
Nous sommes plus nombreux qu'il ne semble.

L'obscurité ne peut pas chasser l'obscurité ;
seule la lumière le peut.
La haine ne peut pas chasser la haine ;
seul l'amour le peut.

Martin Luther King Jr

Je voulais que tu comprennes
ce qu'est le vrai courage...
C'est savoir que tu pars battu d'avance et, malgré ça, agir quand même et tenir jusqu'au bout.

Harper Lee

Avant
AU MILIEU DE NULLE PART

Il n'y avait que deux types de citoyens dans notre ville. « Les bouchés et les bornés », selon l'affectueuse expression de mon père pour qualifier nos voisins. « Les trop bêtes pour partir et les condamnés à rester. Les autres finissent toujours par trouver une façon de s'en aller. » La catégorie à laquelle lui-même appartenait avait beau être évidente, je n'avais jamais eu le courage de l'interroger à ce sujet. Mon père était écrivain, et nous vivions à Gatlin, en Caroline du Sud, parce que les Wate y vivaient depuis la nuit des temps, depuis que mon arrière-arrière-arrière-arrière-grand-père, Ellis Wate, avait trouvé la mort au front, sur l'autre berge de la rivière Santee, lors de la guerre de Sécession.

Que les locaux n'appelaient pas ainsi ; ceux qui avaient moins de soixante ans l'appelaient guerre inter-États ; ceux qui avaient dépassé cet âge, guerre de l'Agression yankee, comme si le Nord avait déclenché les hostilités suite à la livraison d'une balle de mauvais coton.

Notre maisonnée était la seule à l'appeler guerre de Sécession.

Une raison de plus pour expliquer ma hâte de décamper d'ici.

Gatlin ne ressemblait pas aux autres petites villes qu'on voit au cinéma, à moins que le film n'ait un demi-siècle. Trop éloignés de Charleston pour avoir un Starbucks ou un McDo, nous devions nous contenter d'un restaurant Dairy Queen, calligraphié Dar-ee Keen, car les Gentry avaient été trop radins pour remplacer toutes les lettres de l'enseigne lorsqu'ils avaient racheté l'ancien Dairy King. La bibliothèque utilisait encore un fichier papier, l'école était toujours équipée de tableaux d'ardoise, et la piscine municipale se réduisait au lac Moultrie, avec ses eaux tiédasses et boueuses. Le Cineplex projetait les films à peu près en même temps qu'ils sortaient en DVD, mais il fallait faire du stop pour se rendre jusqu'à Summerville, où se trouvait également l'université de premier cycle. Les boutiques étaient regroupées sur la Grand-Rue, les demeures patriciennes sur River Street, et les pauvres au sud de la Nationale 9, là où les trottoirs se désintégraient en morceaux de béton inégaux – guère pratiques pour marcher mais idéaux pour caillasser les opossums agressifs, les animaux les plus mauvais qui soient. Ça, ils ne le montrent jamais, au cinéma.

Gatlin n'était pas une bourgade compliquée ; Gatlin était Gatlin. Pendant la canicule, les habitants montaient la garde à l'abri de leurs vérandas. Quand bien même ils se liquéfiaient de chaleur, rien ne les aurait fait renoncer. D'ailleurs, rien ne changeait jamais, ici. Demain aurait lieu la rentrée scolaire, mon année de seconde au lycée Thomas Jackson, et je savais déjà comment la journée se déroulerait : où je m'assiérais, à qui j'adresserais la parole, les blagues, les filles, qui se garerait où.

Le comté de Gatlin ne réservait aucune surprise. En gros, nous étions l'épicentre du milieu de nulle part.

Du moins, c'est ce que je croyais quand j'ai refermé mon vieil exemplaire d'*Abattoir 5* de Kurt Vonnegut, que j'ai coupé mon iPod et que j'ai éteint la lumière sur cet ultime jour des vacances d'été.

Au bout du compte, il s'est révélé que je me trompais complètement.

Car il y a eu une malédiction.

Une fille.

Et, pour terminer, une tombe.

Je n'ai rien vu venir.

2 septembre
Rêve

Chute.

Je dégringolais en chute libre.

Ethan !

Elle m'appelait. Le seul son de sa voix provoquait les battements de mon cœur.

À l'aide !

Elle aussi tombait. Je tendais le bras pour essayer de la retenir, mais je ne saisissais que du vide. Il n'y avait pas de terre ferme sous mes pieds, je me débattais dans la boue. Nos doigts s'effleuraient, je distinguais des éclats de lumière verte dans l'obscurité. Puis elle m'échappait, et je n'éprouvais plus qu'un intolérable sentiment de perte.

Citrons et romarin. Son odeur continuait de flotter dans l'air, cependant.

Mais il m'était impossible de la rattraper.

Or, il m'était impossible de vivre sans elle.

Je me suis redressé d'un bond dans mon lit, le souffle court.

— Debout, Ethan Wate ! Je ne tolérerai pas que tu sois en retard le jour de la rentrée !

La voix d'Amma, qui s'égosillait au pied de l'escalier.

Mes yeux se sont posés sur une tache de lumière blême qui transperçait le noir. J'ai perçu le martèlement lointain de la pluie sur nos vieux volets en bois à claire-voie. Il devait pleuvoir, donc. Ce devait être le matin. Je devais être dans ma chambre. Cette dernière était étouffante et humide. Pourquoi ma fenêtre était-elle ouverte ?

J'avais mal à la tête. Je me suis laissé retomber sur l'oreiller, et le rêve s'est estompé, comme toujours. J'étais en sécurité dans notre maison ancestrale. Dans le lit d'acajou grinçant qui avait sans doute accueilli le sommeil de six générations de Wate avant moi. Le lit où personne ne basculait dans des trous noirs de boue. Le lit où il ne se passait jamais rien.

J'ai fixé le plafond, peint de la couleur du ciel afin d'empêcher les xylocopes d'y nicher. Qu'est-ce qui débloquait, chez moi ? Ce rêve me hantait depuis des mois, maintenant. Je ne me souvenais pas de tout, toujours du même passage. La fille tombait, je tombais, il fallait que je m'accroche à elle, je n'y parvenais pas. Si je lâchais prise, quelque chose de terrible allait lui arriver. C'était ça, le truc : je ne pouvais pas la lâcher, il était inconcevable que je la perde. Comme si j'étais amoureux d'elle, alors que je ne la connaissais pas. Un amour avant coup de foudre, en quelque sorte.

Ce qui paraissait fou, car elle n'était qu'une vision onirique. Je ne savais même pas à quoi elle ressemblait. Le rêve avait beau revenir depuis des semaines et des semaines, je n'avais jamais vu le visage de cette fille. Ou bien, je l'avais oublié. Mon unique certitude, c'était que chaque fois qu'elle disparaissait, je ressentais un profond mal-être. Elle échappait à mes doigts, et mon ventre semblait se détacher de mon corps, une sensation pareille à celle que l'on éprouve sur les montagnes russes, quand la voiturette plonge trop brutalement.

Des papillons dans l'estomac, dit-on. Quelle métaphore idiote ! Plutôt des abeilles tueuses, oui.

J'étais peut-être en train de devenir fou. À moins que j'aie juste besoin d'une bonne douche. Mes écouteurs étaient encore autour de mon cou. Quand j'ai jeté un coup d'œil à mon iPod, j'y ai vu un titre inconnu. *Seize Lunes.* Qu'est-ce que c'était ? J'ai allumé l'appareil, et la mélodie s'est déroulée, captivante. Si je n'ai pas identifié la voix, j'ai eu l'impression de l'avoir déjà entendue.

Seize lunes, seize années,
Seize de tes pires peurs,
Seize songes de mes pleurs,
Tombent, tombent les années...

La chanson était lugubre, angoissante, presque hypnotique.

— Ethan Lawson Wate !

Les cris d'Amma me sont parvenus par-dessus la musique. Éteignant l'engin, je me suis assis et j'ai rejeté la couverture. Mes draps donnaient l'impression d'être pleins de sable. Ce n'était pas une apparence, cependant. De la poussière. Quant à mes ongles, ils étaient en deuil, noirs de la boue qui s'y était incrustée, comme dans le rêve.

Après avoir roulé les draps en boule, je les ai fourrés au fond du panier à linge sale, avec mon maillot de basket qui empestait encore la transpiration de mon entraînement de la veille. Sous la douche, je me suis efforcé d'oublier ma nuit tout en me récurant à fond. L'eau a entraîné avec elle les ultimes pans obscurs du rêve dans le tuyau d'évacuation. Il suffisait que je n'y pense plus pour décider qu'il ne s'était rien passé. Telle était mon approche de la plupart des choses, ces derniers temps.

Sauf quand il s'agissait d'elle. Là, c'était plus fort que moi, je songeais constamment à elle. Je ne cessais de revenir au rêve, même si je ne le comprenais pas. Il n'y avait rien à ajouter, c'était mon secret. J'avais seize ans, j'étais en train de m'éprendre d'une fille qui n'existait pas et je perdais peu à peu l'esprit.

J'avais beau frotter, mon cœur continuait de battre la chamade ; malgré le parfum du savon et du shampooing, je sentais encore son odeur. Rien qu'un effluve, bien réel pourtant.

Citrons et romarin.

J'ai gagné le quotidien immuable et rassurant du rez-de-chaussée. Amma a déposé devant moi la sempiternelle assiette à motifs bleus et blancs – la porcelaine chinoise de ma mère – contenant œufs sur le plat, bacon, pain grillé beurré et bouillie d'avoine. Amma était notre gouvernante. Je la considérais plus comme ma grand-mère, bien qu'elle fût plus intelligente et rouspéteuse que ma véritable aïeule. Elle m'avait pratiquement élevé et elle jugeait de son devoir de m'aider à grandir de quelques centimètres supplémentaires, alors que je mesurais déjà un mètre quatre-vingt-douze. Ce matin, je mourais étrangement de faim, à croire que je n'avais rien avalé depuis huit jours. Je me suis dépêché d'engloutir un œuf et deux tranches de bacon, ce qui m'a tout de suite ragaillardi. La bouche pleine, j'ai souri à Amma.

— Parle-moi ! lui ai-je lancé. C'est mon premier jour de bahut.

D'un geste brusque, elle a placé sur la table un immense

verre de jus d'orange et un encore plus grand de lait – entier, le seul qu'on buvait dans la région.

— Il n'y a plus de lait chocolaté ?

J'en consommais comme d'autres carburent au Coca ou au café. Même le matin. J'étais accro à ma dose de sucre.

— A.D.A.P.T.A.T.I.O.N.

Amma vous servait la solution d'une grille de mots croisés dans à peu près toutes les situations. Plus le terme était long, plus elle était contente. Sa manière de l'épeler vous donnait l'impression qu'elle vous enfonçait les lettres dans le crâne à grands coups de spatule en bois.

— Autrement dit, fais avec, a-t-elle développé. Et n'espère pas mettre un pied dehors tant que tu n'auras pas vidé ton verre.

— Oui, madame.

— Tu t'es vêtu comme un milord, à ce que je vois.

Ce n'était pas le cas. Je portais un jean et un tee-shirt usé, ma tenue quotidienne. Tous mes tee-shirts arboraient des imprimés différents ; celui d'aujourd'hui, c'était Harley-Davidson. Aux pieds, j'avais mes baskets noires achetées trois ans auparavant.

— Je croyais que tu devais couper cette tignasse, a ajouté Amma.

Sur le ton de la réprimande, que j'ai cependant identifié pour ce qu'il était, celui d'une affection profonde.

— J'ai dit ça, moi ?

— Ignores-tu que les yeux sont une fenêtre sur l'âme ?

— Je n'ai peut-être pas envie qu'on regarde dans la mienne.

Ma punition a été une deuxième fournée de bacon. Amma mesurait à peine un mètre cinquante et était, sûrement, encore plus âgée que la porcelaine chinoise de ma mère, bien qu'elle prétendît avoir cinquante-trois ans à chacun de ses anniversaires. Elle était tout sauf une vieille dame charmante, cependant. Elle régnait sans partage sur notre maisonnée.

— En tout cas, ne t'imagine pas que je vais te laisser sortir sous ce temps avec les cheveux mouillés. Cet orage ne me plaît guère. On croirait qu'un esprit maléfique a été réveillé par le vent et qu'il va faire des siennes toute la sainte journée. Cette présence n'obéit qu'à elle-même.

J'ai grimacé. Amma avait un mode de pensée très personnel. Quand elle était en proie à l'une de ses humeurs, ma mère avait eu l'habitude de déclarer qu'elle virait au noir – mélange de religion et de superstition, comme seul le Sud profond en a le secret. Lorsque Amma virait au noir, mieux valait s'écarter. De même, il était préférable de ne pas déplacer les talismans qu'elle posait sur les rebords des fenêtres, ni les poupées qu'elle fabriquait et planquait dans les tiroirs.

Après une dernière bouchée d'œufs, j'ai liquidé le petit déjeuner des champions, mon invention, œufs, confiture et bacon, le tout écrasé entre deux tranches de pain grillé. Tout en m'empiffrant, j'ai jeté un coup d'œil dans le couloir. Réflexe ordinaire. La porte du bureau de mon père était déjà fermée. Il écrivait la nuit et dormait le jour sur le canapé antique de son repaire. Il en avait été ainsi depuis la mort de ma mère, au mois d'avril. Il aurait pu tout aussi bien être un vampire, ainsi que l'avait déclaré ma tante Caroline lors de son séjour chez nous, au printemps. Bref, j'avais sans doute raté l'occasion de le voir jusqu'au lendemain : une fois cette porte close, il était exclu de la rouvrir.

Dans la rue, un avertisseur a retenti. Attrapant mon sac à dos noir usé, je me suis précipité sous la pluie. Le ciel était si sombre qu'il aurait pu être sept heures comme dix-neuf heures. Cela faisait quelques jours que la météo était capricieuse. La voiture de Link, La Poubelle, attendait le long du trottoir, moteur crachotant, musique à fond. Link et moi allions à l'école ensemble depuis le jardin d'enfants, depuis le jour où nous étions devenus les meilleurs amis du monde après qu'il m'avait offert la moitié de son gâteau fourré à la vanille – parce qu'elle était tombée par terre, ce que je n'avais appris que plus tard. Bien que nous ayons tous deux décroché notre permis cet été, Link était le seul à avoir un véhicule, pour peu que La Poubelle mérite cette dénomination. Au moins, elle nous protégerait de l'orage.

Debout sur le porche, les bras croisés, Amma incarnait la réprobation.

— Je t'interdis de mettre ta musique aussi fort ici, Wesley Jefferson Lincoln. Si tu crois que je ne suis pas capable d'appeler ta maman pour lui raconter ce que tu as mijoté dans le sous-sol durant tout l'été de tes neuf ans, tu te trompes.

Link s'est renfrogné. Peu de gens le gratifiaient de son nom complet, excepté sa mère et Amma.

— Entendu, madame.

La moustiquaire a claqué. Link a éclaté de rire et a démarré en dérapant sur l'asphalte humide, comme si nous prenions la fuite, son habitude en matière de conduite. Si ce n'est que nous ne nous enfuyions nulle part.

— Qu'as-tu fait dans mon sous-sol à neuf ans ? me suis-je enquis.

— Demande-moi plutôt ce que je n'y ai pas fait, a-t-il rétorqué en baissant l'autoradio.

Une excellente idée, parce que la musique était atroce, et qu'il allait me demander si elle me plaisait, notre routine quotidienne. Le drame de son groupe, Qui a tué

Lincoln ?, c'est qu'aucun de ses membres ne savait ni jouer d'un instrument ni chanter. Cela n'empêchait pas Link de jacasser sans arrêt à propos de batterie, de son projet de filer à New York après son bac et de contrats mirifiques avec des maisons de disques qui ne verraient probablement jamais le jour. Par probablement, entendez qu'il avait plus de chances de marquer un panier à trois points depuis le parking du gymnase, les yeux bandés et ivre.

Link avait beau ne pas envisager d'études longues, il avait une longueur d'avance sur moi : il savait ce qu'il voulait faire, même si ce n'était pas gagné. Moi, tout ce que j'avais, c'était une boîte à chaussures pleine de dépliants envoyés par des universités que je ne pouvais pas montrer à mon père. Je me fichais de la qualité des facs en question, du moment qu'elles se trouvaient à au moins mille cinq cents kilomètres de Gatlin.

Je ne tenais pas à finir comme mon paternel, à vivre dans la même maison, la même petite ville que celle où j'avais grandi, avec les mêmes personnes qui n'avaient pas su rêver assez pour partir d'ici.

De chaque côté de la chaussée se dressaient de vieilles demeures victoriennes dégoulinantes de pluie, quasi identiques au jour où elles avaient été construites, plus d'un siècle auparavant. Ma rue avait été baptisée Cotton Bend[1], parce que, autrefois, ces maisons avaient été adossées à des kilomètres carrés de plantations de coton. Aujourd'hui, elles n'étaient plus adossées qu'à la Nationale 9. À peu près la seule chose à avoir changé dans le coin.

---

1. Soit « le virage du coton ». *(Toutes les notes sont du traducteur.)*

J'ai pioché un beignet rassis dans une boîte qui traînait sur le plancher de la voiture.

— C'est toi qui as téléchargé une chanson bizarre sur mon iPod hier ?

— Quelle chanson ? Et que penses-tu de celle-ci ?

Link a monté le volume de sa dernière maquette.

— Je pense qu'il faut encore travailler dessus. Comme sur toutes les autres.

Ma rengaine, jour après jour, ou presque.

— Ouais, ben ta tronche aura elle aussi besoin d'être retravaillée quand je t'aurais flanqué la raclée que tu mérites, a-t-il répondu.

Sa rengaine, jour après jour, ou presque.

J'ai fait défiler les titres sur l'écran de mon iPod.

— Je crois qu'elle s'appelait *Seize Lunes*, un truc comme ça.

— Connais pas.

Le morceau n'était pas répertorié. Il avait disparu, alors que je l'avais écouté ce matin même. Or, j'étais sûr de ne pas l'avoir imaginé, car la mélodie continuait de me trotter dans la tête.

— Tu veux une chanson ? Je vais t'en donner une, moi. Une nouvelle.

Link s'est penché pour tripoter l'autoradio.

— Hé ! Regarde où tu vas !

Il ne m'a pas écouté. Du coin de l'œil, j'ai vu une drôle de voiture déboucher devant nous. L'espace d'une seconde, les bruits de la route, de la pluie et de Link se sont dissous dans le silence, et la scène a paru ralentir. J'étais hypnotisé par cette voiture, incapable de m'en détacher. Juste une impression, rien que j'aurais pu décrire. Puis la bagnole est passée à côté de nous avant de bifurquer.

Je ne l'ai pas reconnue. Je ne l'avais encore jamais vue. Ce qui était totalement incongru, car aucun véhicule ne m'était étranger, en ville. À cette époque de l'année, il n'y avait pas de touristes – ils n'étaient pas assez fous pour visiter la région en pleine saison des ouragans. La voiture était longue et noire, pareille à un corbillard. D'ailleurs, j'étais presque sûr que c'en était un.

Un mauvais présage, si ça se trouve. Cette année allait peut-être se révéler pire que ce que j'avais craint.

— Et voilà ! a triomphé Link. *Bandana noir.* Ce morceau va faire de moi une star.

Quand il a relevé la tête, la voiture avait disparu.

2 septembre
La nouvelle

De Cotton Bend au lycée Jackson, il n'y avait que huit blocs à parcourir. Je n'avais pas besoin d'un trajet plus long pour résumer ma vie entière. Apparemment, il a aussi suffi à me sortir de l'esprit l'étrange corbillard noir. Voilà pourquoi, sans doute, je n'en ai pas parlé à Link.

Nous avons dépassé le Stop & Shop, également connu sous le nom de Stop & Steal[1], l'unique épicerie de Gatlin, le seul magasin se rapprochant *grosso modo* d'un 7-Eleven. En conséquence de quoi, chaque fois que vous traîniez devant avec vos copains, vous n'aviez plus qu'à espérer ne pas tomber sur la mère de l'un d'eux faisant ses courses pour le dîner. Ou pire, sur Amma.

Une Pontiac Grand Prix bien trop familière était garée sur le parking de la boutique.

— Houps ! Gros Lard a déjà planté son camp.

1. Soit « Stoppe et pique ».

Assis derrière le volant, il lisait le journal de l'armée, *Stars and Stripes*[1].

— Il ne nous a peut-être pas vus ? a soufflé Link, tendu, en regardant dans son rétroviseur.

— Ben tiens ! À mon avis, on est cuits.

En plus d'avoir le privilège d'appartenir aux forces de la police de Gatlin, Gros Lard était chargé de traquer les lycéens séchant les cours. Sa bonne amie, Amanda, travaillant au Stop & Steal, presque tous les matins, Gros Lard montait la garde devant la boutique, en attendant qu'on livre le pain et les pâtisseries. Ce qui représentait un inconvénient majeur pour les élèves systématiquement à la bourre, tels Link et moi.

Il était impossible de fréquenter le bahut sans connaître le train-train quotidien de Gros Lard aussi bien que son propre emploi du temps. Ce jour-là cependant, il nous a adressé un signe nonchalant sans même lever les yeux de la page des sports. Il avait décidé de se montrer généreux.

— La page des sports et un beignet bien gras. Tu sais ce que ça signifie.

— Qu'il nous accorde cinq minutes.

Nous sommes entrés sur le parking de Jackson au point mort dans l'espoir de ne pas attirer l'attention de la CPE chargée de tacler les retardataires. Malheureusement, il pleuvait toujours à verse. Aussi, quand nous avons pénétré dans le bâtiment, nous étions trempés jusqu'aux os, et nos baskets couinaient si bruyamment que nous ne pouvions que nous faire choper en passant devant le bureau.

---

1. Autrement dit, le drapeau américain. Journal fondé à l'origine par les armées confédérées lors de la guerre de Sécession.

— Ethan Wate ! Wesley Lincoln !

Nous avons rebroussé chemin et, dégoulinant de flotte, avons attendu nos feuilles de colle.

— En retard le jour de la rentrée ! Votre maman aura sûrement deux mots à vous dire ce soir, monsieur Lincoln. Quant à vous, monsieur Wate, effacez-moi ce sourire suffisant. Amma ne va pas se gêner pour vous tanner le derrière.

Mlle Hester n'avait pas tort. D'ici peu, Amma apprendrait que j'étais arrivé avec cinq minutes de retard. Si elle n'était pas déjà au courant, s'entend. Telle était l'existence, ici. Ma mère disait que Carlton Eaton, le facteur, lisait tout le courrier qui lui paraissait un tant soit peu intéressant. Il ne se donnait même pas la peine de recacheter les enveloppes ensuite. Au demeurant, ce n'était pas comme s'il avait pu découvrir des informations un tantinet juteuses. Certes, toute famille a ses secrets, mais aucun de vos voisins n'ignorait les vôtres, à Gatlin. Ce qui n'était un secret pour personne.

— Je conduisais prudemment à cause de la pluie, mademoiselle Hester, a plaidé Link en essayant son numéro de charme.

Pas du tout charmée, la CPE l'a contemplé par-dessus les carreaux de ses lunettes. La chaînette retenant ces dernières s'est balancée d'avant en arrière.

— Je n'ai pas le temps de discuter, les garçons, a-t-elle répondu. Je suis bien trop occupée à remplir vos feuilles de retenue, puisque vous serez en retenue cet après-midi.

Sur ce, elle nous a tendu à chacun le papier bleu de la condamnation sans appel.

Occupée, mon œil ! L'air a empesté le vernis à ongles avant même que nous ayons tourné dans le couloir. Bienvenue au lycée Jackson !

À Gatlin, le premier jour des classes suivait un déroulement immuable. Les profs, que vous connaissiez tous pour les croiser à la messe, avaient décrété dès le jardin d'enfants que vous étiez stupide ou intelligent. Moi, j'étais intelligent parce que mes parents étaient enseignants à la fac. Link était stupide parce qu'il avait déchiré les pages de sa Bible pendant les leçons de catéchisme et qu'il avait vomi lors d'un des spectacles de Noël. Intelligent, j'avais de bonnes notes ; stupide, Link en avait de mauvaises. Personne ne s'embêtait à lire nos devoirs, j'imagine. Parfois, j'écrivais n'importe quoi au beau milieu d'une dissertation, juste pour voir si un de mes profs s'en rendrait compte. Peine perdue.

Malheureusement, le même principe ne s'appliquait pas aux QCM. En cours de littérature anglaise, j'ai découvert que la mère English (son vrai nom), qui enseignait depuis à peu près sept cents ans, s'était attendue à ce que nous avalions *Ne tirez pas sur l'oiseau moqueur* de Harper Lee pendant l'été. Bref, j'ai foiré ce premier test. Génial ! J'avais lu le roman, un des préférés de ma mère, environ deux ans plus tôt, et les détails m'étaient sortis de la tête.

À mon propos, un petit renseignement rarement divulgué : je passais mon temps à bouquiner. Les livres étaient mon seul moyen de m'évader de Gatlin, même si ces évasions ne duraient pas. J'avais accroché une carte à un mur de ma chambre et, chaque fois que je tombais sur un endroit qui me tentait, je le cochais. New York correspondait à *L'Attrape-cœurs* de Salinger, *Into the Wild*, de Krakauer, m'avait conduit jusqu'en Alaska. La lecture de *Sur la route* m'avait permis de souligner Chicago, Denver, Los Angeles et Mexico – Kerouac vous emmenait à peu près partout. Régulièrement, je tirais des lignes entre les différentes destinations, un fin trajet vert que j'avais l'intention d'emprunter en stop l'été suivant mon bac, pour peu que je parvienne à quitter un jour Gatlin. Ma passion des livres et ma carte étaient mon jardin secret. Dans la région, la littérature et le basket ne faisaient pas bon ménage.

Le cours de chimie ne s'est pas mieux déroulé que le précédent, M. Hollenback m'ayant infligé pour partenaire de labo Emily Je-Hais-Ethan. Plus connue sous le nom d'Emily Asher, elle me méprisait depuis le bal de fin d'année de troisième. J'avais commis l'erreur de porter des tennis avec mon smoking et d'autoriser mon père à nous conduire aux réjouissances à bord de notre Volvo rouillée. La vitre qui refusait définitivement de se relever avait décoiffé ses boucles blondes empilées à la perfection pour l'occasion. À notre arrivée au gymnase, elle avait eu l'air d'une Marie-Antoinette emperruquée au saut du lit. Emily ne m'avait pas adressé la parole durant toute la soirée et avait envoyé Savannah Snow me larguer à trois pas du bol à punch. Notre amourette s'était arrêtée là.

Ce qui ne l'empêchait pas de représenter une source constante de divertissement aux yeux des copains, lesquels guettaient le moment où nous nous remettrions ensemble. Ce qu'ils ignoraient, c'est que les filles comme Emily ne m'attiraient pas. Certes, elle était jolie, mais ça s'arrêtait là. L'admirer ne compensait en rien le pensum de l'écouter. Je voulais quelqu'un de différent, quelqu'un à qui je pourrais parler d'autre chose que de fêtes ou de qui serait élue reine du bal de Noël. Une fille qui serait futée, drôle. Pour le moins, une partenaire de labo à peu près digne de ce nom.

Je me nourrissais peut-être de chimères. N'empêche, une chimère valait mieux qu'un cauchemar. Même quand le cauchemar portait une jupette de *cheerleader*.

Si j'avais survécu à la chimie, ma journée n'a fait qu'empirer par la suite. Apparemment, j'avais de nouveau opté pour le cours d'histoire américaine, cette année. L'histoire américaine étant la seule histoire enseignée à Jackson, l'intitulé était quelque peu redondant. J'allais donc passer une seconde année consécutive à étudier « la guerre de l'Agression yankee » avec le petit père Lee. Aucun lien de parenté avec le célèbre général. Tous, cependant, nous savions que, par l'esprit, Lee et son fameux homonyme confédéré, c'était du pareil au même. Lee était l'un des rares profs à me détester. L'an passé, pour relever un défi lancé par Link, j'avais rédigé une disserte que j'avais appelée « La guerre de l'Agression sudiste ». Lee m'avait collé un D. Force m'est donc de croire qu'il arrivait aux enseignants de lire nos devoirs.

Je suis allé m'installer à côté de Link qui était en train de recopier les notes d'un précédent cours durant lequel il avait dormi. Il s'est arrêté sitôt que je me suis assis.

— T'as entendu ça, mec ?

— Entendu quoi ?

— Il y a une nouvelle à Jackson.

— Il y a toujours un tas de nouvelles, à Jackson, crétin ! Toute une section de troisième[1], même.

— Je ne te parle pas de ces gamines, mais de la nouvelle qui est en seconde.

Dans n'importe quel autre bahut, une nouvelle élève de seconde n'aurait guère provoqué d'émoi. Mais il s'agissait de Jackson. Nous n'avions pas connu de nouvelle depuis le CE2, quand Kelly Wix avait emménagé chez ses grands-parents, après que son père avait été arrêté pour avoir organisé des paris clandestins dans leur cave de Lake City.

---

1. Aux États-Unis, l'équivalent de notre lycée, ou *high school*, comprend quatre années d'études. Les élèves y ont entre quatorze et dix-huit ans, ce qui correspond, *grosso modo*, aux élèves français de la troisième à la terminale.

— Qui c'est ?

— Aucune idée. J'ai eu éducation civique tout à l'heure avec les débiles de la fanfare, et ils ne savent rien non plus, sauf qu'elle joue du violon, un machin comme ça. Je me demande si elle est chouette.

À l'instar de la plupart des mecs, Link avait une idée fixe. La seule différence, c'est que lui n'hésitait pas à la formuler.

— Alors, comme ça, elle fait partie des débiles de la fanfare ?

— Non, elle est musicienne. Si ça se trouve, elle partage le même amour que moi pour le classique.

— Le classique, toi ?

De toute sa vie, la seule musique classique que Link avait écoutée avait été celle du cabinet du dentiste.

— Ben les classiques, quoi. Pink Floyd, Black Sabbath, les Stones.

J'ai explosé de rire.

— Monsieur Lincoln, monsieur Wate, pardonnez-moi d'interrompre votre conversation, mais j'aimerais commencer mon cours, si vous n'y voyez pas d'inconvénient.

Le ton de Lee était tout aussi ironique que celui de l'année précédente, et tout aussi répugnantes les taches de transpiration sous ses aisselles et sa manie de dissimuler sa calvitie avec ses mèches graisseuses. Il a distribué des exemplaires du programme, sûrement le même depuis une décennie. Il serait obligatoire de participer à la reconstitution d'une grande bataille de la guerre de Sécession. Rien d'étonnant, là non plus. Je n'aurais qu'à emprunter un uniforme à l'un des membres de ma famille qui adoraient jouer les Confédérés le week-end, histoire de tuer le temps. Quel petit veinard j'étais !

Après la sonnerie, Link et moi avons traînassé dans le

couloir, près de nos casiers, dans l'espoir de reluquer la nouvelle. À en croire Link, elle était déjà sa future âme sœur, sa future égérie musicale et sans doute tout un paquet de futures choses que je n'avais pas du tout envie de connaître. Malheureusement, la seule nana que nous avons eu l'occasion de mater a été Charlotte Chase attifée d'une jupe en jean trop petite pour elle d'au moins deux tailles. Conclusion, nous n'apprendrions rien de plus avant l'heure du déjeuner, car notre prochain cours était le langage des signes, durant lequel il était strictement interdit d'ouvrir la bouche. Aucun élève n'était assez bon pour épeler « nouvelle » en langage des signes, d'autant que Link et moi partagions cette session – et nulle autre – avec nos coéquipiers de l'équipe de basket.

J'avais intégré l'équipe en quatrième, quand j'avais grandi de quinze centimètres en l'espace d'un été, dépassant tous mes camarades de classe d'une bonne tête. De plus, il valait mieux pratiquer une activité normale quand vous étiez fils d'enseignants. Je m'étais révélé doué. Apparemment, je devinais toujours à qui nos adversaires allaient passer le ballon. Du coup, j'avais décroché la timbale – une place quotidienne à la table réservée de l'équipe, à la cantine. Un avantage non négligeable.

Et encore plus intéressant ce jour-là, car Shawn Bishop, notre meneur de jeu, avait croisé la nouvelle.

— Alors, elle est chouette ? a demandé Link, posant ainsi la seule question qui comptait pour tous ces gaillards.

— Pas mal, ouais.

— Mieux que Savannah Snow ?

Comme par hasard, la susnommée – standard auquel était mesurée toute représentante du sexe féminin à Gatlin – est entrée dans la cafète, bras dessus bras dessous avec Emily Je-Hais-Ethan. Tous nos regards se sont tournés vers elles, car Savannah, c'était un mètre soixante-treize des jambes les plus belles du monde. Emily et elle formaient pratiquement une seule personne, y compris quand elles ne portaient pas leur uniforme de *cheerleader*. Cheveux blonds, bronzage artificiel, tongs et jupes en jean si minimes qu'on aurait pu les confondre avec des ceintures. Si Savannah était les jambes, c'était dans le giron d'Emily que tous les mecs essayaient de se rincer l'œil quand elle était en bikini, l'été, au lac. Aucune des deux filles ne transbahutait jamais de livres ni de cahiers, juste de minuscules sacs métalliques qu'elles coinçaient sous leur bras, avec à peine assez de place pour accueillir leurs téléphones portables. Durant les rares occasions où Emily arrêtait d'envoyer des textos, s'entend.

Leur différence se réduisait à leurs postes respectifs dans l'équipe de *cheerleaders*. Savannah était capitaine et l'une des bases, ces filles qui soutenaient deux étages de copines lors de la célèbre pyramide des Chats Sauvages. Emily était une acrobate, celle qui se juchait en haut de la fameuse pyramide et qu'on balançait à un mètre cinquante ou deux en l'air pour qu'elle effectue un flip ou l'une de ces cascades ahurissantes qui pouvait facilement vous amener à vous rompre le cou. Emily était prête à prendre tous les risques pour rester au sommet de la pyramide. Savannah, elle, n'avait pas besoin de cela. Lorsque Emily s'envolait, la pyramide se débrouillait très bien sans elle ; si Savannah avait bougé d'un centimètre, tout l'échafaudage se serait écroulé.

Remarquant nos mines avides, Emily Je-Hais-Ethan a froncé les sourcils. Les gars se sont marrés, et Emory Watkins m'a asséné une grande claque dans le dos.

— T'es foutu, Wate ! Tu connais Emily. Plus elle t'agresse, plus tu progresses.

Cependant, je n'avais pas envie de penser à Emily,

aujourd'hui. Je voulais penser à l'opposé d'Emily. Depuis que Link m'avait appris l'info en cours d'histoire, j'étais obnubilé. La nouvelle. La possibilité d'une personne différente, en provenance d'un endroit différent. D'une personne qui, peut-être, avait une vie plus vaste que la nôtre et, j'imagine, que la mienne. D'une personne, même, dont j'avais rêvé. J'avais beau être conscient qu'il s'agissait d'une chimère, j'éprouvais le désir d'y croire.

— Alors, vous avez tous entendu parler de la nouvelle ? nous a lancé Savannah en se perchant sur les genoux d'Earl Petty.

Earl était notre capitaine et le petit copain par intermittences de Savannah. En ce moment, ils étaient ensemble. Il a frotté ses mains sur les genoux orangés de sa belle, juste assez haut pour que vous ne sachiez plus où poser vos yeux.

— Shawn nous rencardait, justement, a répondu Link en piquant deux croquettes de pomme de terre sur mon plateau. Tu vas la prendre dans ton équipe ?

— Des clous. Elle est attifée comme un sac. (Première flèche.) En plus, elle est blanche comme un lavabo. (Deuxième flèche.)

Pour Savannah, une fille n'était jamais ni assez mince ni assez bronzée. Emily s'est assise à côté d'Emory et s'est penchée – juste un petit peu trop – par-dessus la table.

— Shawn t'a-t-il seulement dit qui elle est ? a-t-elle demandé à Link.

— Comment ça ? s'est étonné ce dernier.

Emily a marqué une pause théâtrale.

— C'est la nièce de ce Vieux Fou de Ravenwood, a-t-elle fini par lâcher.

Pas besoin d'artifice dramatique, là. Ça a été comme si elle avait aspiré tout l'air de la pièce. Deux gars se sont mis à rire, croyant à une plaisanterie. J'ai tout de suite compris que ça n'en était pas une. Troisième et dernière flèche. Cette nana avait perdu d'avance. Tellement perdu que je ne suis plus arrivé à me l'imaginer. L'éventualité que ma fille onirique se matérialise avait été réduite en cendres avant même que j'aie eu le temps de fantasmer sur notre premier rancard. J'étais condamné à trois années supplémentaires d'Emily Asher.

Macon Melchizedek Ravenwood était le reclus de la ville. Je me souvenais assez de *Ne tirez pas sur l'oiseau moqueur* pour savoir que, comparé à ce Vieux Fou de Ravenwood, Boo Radley avait des allures de grand mondain. Macon vivait dans une antique maison délabrée, sur la plus ancienne et la plus infâme des plantations de Gatlin. Il me semble bien que personne en ville ne l'avait plus revu depuis ma naissance, si ce n'est depuis plus longtemps.

— Tu rigoles ? a piaillé Link.

— Pas du tout. Carlton Eaton l'a dit à ma mère hier quand il nous a apporté le courrier.

— La mienne a eu vent de la même rumeur, a renchéri Savannah. La nouvelle s'est installée chez ce Vieux Fou de Ravenwood il y a deux jours. Elle vient de Virginie ou du Maryland, j'ai oublié.

Tous ont ainsi continué à bavarder au sujet de cette fille, de ses vêtements, de ses cheveux, de son oncle, de la fêlée qu'elle était sûrement. Un des aspects de la vie à Gatlin que je détestais par-dessus tout. Cette façon que chacun sans exception avait de commenter la moindre de vos phrases, le moindre de vos gestes ou, dans le cas présent, le moindre de vos vêtements. J'ai contemplé mes nouilles baignant dans une sauce orange qui n'avait pas grand-chose à voir avec le fromage dont elle se revendiquait.

Deux ans et huit mois minimum. Il fallait vraiment que je quitte cette ville.

Après les cours, le gymnase a été réquisitionné pour la séance de sélection des *cheerleaders*. La pluie ayant enfin cessé, l'entraînement de basket a pu se dérouler sur le terrain extérieur, avec son sol en béton craquelé, ses anneaux tordus et ses flaques d'eau. Il fallait veiller à éviter la fissure qui, pareille au Grand Canyon, coupait en deux l'aire de jeu. Ces inconvénients mis à part, on avait, pendant l'échauffement, une vue plongeante sur le parking du lycée et sur les relations sociales qui s'amorçaient en ce début d'année scolaire.

Aujourd'hui, j'avais la pêche. Sept tirs, sept paniers depuis la ligne de lancer franc. Earl aussi, qui me talonnait.

Hop ! Huit. À croire qu'il me suffisait de regarder l'arceau pour que le ballon glisse dedans. Il y avait des jours comme ça.

Hop ! Neuf. Earl était agacé, je l'ai deviné à la façon dont il dribblait, de plus en plus fort à chacun de mes paniers. Il jouait pivot, comme moi. Notre accord tacite était le suivant : je le laissais mener la partie, et il n'insistait pas si je n'avais pas envie de traîner devant le Stop & Steal après notre entraînement quotidien. Au bout d'un moment, on se lasse d'évoquer toujours les mêmes filles et de se vanter du nombre de lanières de viande séchée qu'on peut avaler, n'est-ce pas ?

Hop ! Dix. Je n'en ratais aucun. C'était peut-être génétique. Ou autre chose. Je n'avais pas de réponse à cette question mais, depuis la mort de ma mère, j'avais cessé d'en chercher une. Il était d'ailleurs surprenant que j'aille encore aux entraînements.

Hop ! Onze. Derrière moi, Earl a grogné et a fait rebondir son ballon encore plus brutalement. Retenant un sourire, j'ai jeté un coup d'œil en direction du parking tout en tirant mon panier suivant. J'ai aperçu de longs cheveux noirs derrière le volant d'une longue voiture noire.

Un corbillard.

Je me suis figé.

Elle a tourné la tête et, par la vitre ouverte, je l'ai distinguée qui me fixait des yeux. Enfin, c'est l'impression que j'ai eue. Le ballon a heurté l'anneau et a rebondi vers la clôture. Dans mon dos, le son familier a retenti. Hop ! Douze. Earl Petty pouvait se détendre, à présent.

La voiture s'est éloignée, et j'ai pivoté sur mes talons. Les autres gars étaient pétrifiés sur place, comme s'ils venaient de voir un fantôme.

— C'était… ?

Billy Watts, notre ailier, s'accrochait aux maillons du grillage.

— La nièce de ce Vieux Fou de Ravenwood, a-t-il murmuré.

— Ouais, a lâché Shawn en lui lançant un ballon. Telle que les nanas l'ont décrite. Conduisant le corbillard de son tonton.

Emory a secoué la tête.

— Pas mal du tout, a-t-il soupiré. Quel gâchis !

Ils se sont remis au jeu. Le temps qu'Earl tire son treizième panier, la pluie est repartie de plus belle. En moins d'une minute, elle s'était transformée en averse, la plus violente de la journée. Je suis resté planté là, sous les gouttes qui me martelaient le crâne. Mes cheveux pendaient devant mes yeux, me cachant le lycée et mes coéquipiers.

Le mauvais présage n'était pas seulement un corbillard. C'était une fille.

Pendant quelques instants, je m'étais autorisé à espérer. Que cette année ne ressemblerait pas à toutes les autres. Que quelque chose changerait. Que j'aurais quelqu'un à qui parler, quelqu'un qui me comprendrait.

Tout ce que j'avais eu, c'était un bon jour sur le terrain de basket. Ça ne m'avait jamais suffi.

2 septembre
UN TROU DANS LE CIEL

Poulet frit, purée dans son jus de viande, haricots verts et pain maison. Tout cela m'attendait, froid, figé et en colère sur la cuisinière où Amma avait posé mon repas. D'ordinaire, elle le gardait au chaud, le temps que je rentre de l'entraînement. Pas aujourd'hui. J'étais dans de sales draps. Furibonde, Amma était assise à la table et mangeait des bonbons à la cannelle tout en remplissant rageusement les mots croisés du *New York Times*. Mon père s'était abonné en secret à l'édition du dimanche, parce que les grilles du *Stars and Stripes* contenaient trop de fautes d'orthographe, et que celles du *Reader's Digest* étaient trop petites. J'ignore comment il était parvenu à passer par-dessus Carlton Eaton, qui n'aurait pas manqué, eût-il été au courant, d'alerter toute la ville sur notre prétention à nous croire meilleurs que les autres et à snober le *Stars and Stripes*. Mais mon père était prêt à tout pour faire plaisir à Amma.

Elle a poussé ma pitance dans ma direction, me regardant sans me regarder. Je me suis mis à engouffrer patates et poulet froids. Amma détestait qu'on ne finisse pas son assiette. Je me suis tenu à distance de son crayon à papier n° 2 spécialement réservé aux mots croisés, à la mine taillée si pointue qu'elle pouvait vous piquer jusqu'au sang. Ce jour-là, c'était une éventualité dont il valait mieux se méfier.

La pluie battait son rythme régulier sur le toit. Il n'y avait pas un autre bruit dans la pièce. Amma a tapoté avec son crayon sur la table.

— Neuf lettres, a-t-elle lâché. Correction ou sanction condamnant une mauvaise action.

Elle m'a jeté un nouveau coup d'œil. Sans un mot, j'ai avalé une bouchée, conscient de ce qui allait suivre. Neuf lettres horizontal.

— C.H.Â.T.I.M.E.N.T. Autrement dit, punition. Autrement dit, si tu n'es pas capable d'arriver à l'heure au lycée, tu seras confiné dans cette maison.

Je me suis demandé qui avait appelé pour me dénoncer. Ou plutôt, qui n'avait pas appelé. Elle a affûté sa mine qui n'en avait pas besoin à l'aide de son vieux taille-crayon automatique grinçant fixé sur le comptoir de la cuisine. Elle continuait de m'ignorer ostensiblement, une attitude pire que celle consistant à me toiser sans aménité. M'approchant d'elle, j'ai passé mon bras autour de ses épaules et je l'ai serrée contre moi.

— S'il te plaît, Amma, ne sois pas fâchée. Il pleuvait des cordes, ce matin. Tu n'aurais pas voulu que nous roulions comme des fous sous ce mauvais temps, n'est-ce pas ?

Elle a sourcillé, mais son expression s'est adoucie.

— Eh bien, a-t-elle ronchonné, il semble qu'il pleuvra jusqu'à ce que tu te décides à couper cette tignasse. Alors débrouille-toi pour être au lycée avant la première sonnerie.

— Oui, madame, ai-je répondu avant de retourner à ma purée froide. Tu ne croiras jamais ce qui s'est passé, aujourd'hui. Il y a une nouvelle.

Je ne sais pas pourquoi j'ai soulevé le sujet. Ça devait encore me trotter dans la tête.

— Parce que tu crois que je ne suis pas déjà au courant pour Lena Duchannes ?

Je me suis étranglé avec mon pain. Lena Duchannes. Prononcé à l'américaine, le « ch » devenant « k », et avec l'accent du Sud, si bien que le nom rimait avec « chaîne ». Aux intonations traînantes d'Amma, on avait l'impression qu'il avait trois syllabes. Du-kay-yane.

— Elle s'appelle Lena ?

Amma a posé un verre de lait chocolaté devant moi.

— Oui, et ce ne sont pas tes affaires. Ne te mêle pas de ce que tu ne comprends pas, Ethan Wate.

Amma passait son temps à parler par énigmes, sans fournir d'explications. Je n'avais pas mis les pieds chez elle, à Wader's Creek, depuis que j'étais môme, mais je savais que la plupart des habitants de la ville, si. Amma était la tireuse de cartes la plus respectée dans un rayon de cent cinquante kilomètres autour de Gatlin. Les baptistes, méthodistes et pentecôtistes qui pullulaient dans la région, bien que vivant dans la crainte de Dieu, ne résistaient pas à l'appel du tarot et à l'éventualité de changer le cours de leur destin. Ils croyaient en effet qu'une bonne cartomancienne était à même de réaliser ce genre de prodiges. Or, Amma était une puissance en la matière avec laquelle il fallait compter.

Parfois, je découvrais un talisman qu'elle avait fabriqué dans mon tiroir à chaussettes ou suspendu au-dessus de la porte du bureau de mon père. Je n'avais demandé qu'une seule fois à quoi ils servaient. Mon père se moquait d'Amma quand il en trouvait un, mais j'avais remarqué qu'il ne les enlevait pas. « On n'est jamais trop prudent. » Cette maxime visait sûrement Amma, avec laquelle une extrême circonspection s'imposait.

— Tu as entendu quelque chose à son sujet ? ai-je insisté.

— Gare à toi ! Un jour, tu vas faire un trou dans le ciel, et l'univers tombera dedans. On sera bien avancés, après ça.

Mon père est entré d'un pas traînant dans la cuisine, en pyjama. Il s'est versé un café avant de prendre dans le placard une boîte de céréales. Il n'avait pas encore enlevé ses bouchons d'oreille jaunes. Les céréales signifiaient qu'il s'apprêtait à entamer sa journée ; les bouchons d'oreille, qu'il ne l'avait pas encore entamée.

— Alors ? ai-je chuchoté en me penchant vers Amma.

S'emparant de mon assiette, elle l'a portée à l'évier. Elle a rincé des os qui semblaient avoir appartenu à un porc, ce qui m'a paru bizarre, puisque nous avions mangé du poulet.

— Ça ne te concerne pas, a-t-elle répondu en mettant ses os sur un plat. Mais j'aimerais comprendre pourquoi ça t'intéresse autant.

— Ça ne m'intéresse pas particulièrement, ai-je éludé. Je suis juste curieux.

— Tu sais ce qu'on dit de la curiosité.

Elle a planté une fourchette dans ma part de tarte au babeurre, m'a gratifié du Regard-Qui-Tue et s'en est allée. Même mon père a sursauté devant la porte qui battait. Il a retiré un de ses bouchons d'oreille.

— Comment ça s'est passé, au lycée ?

— Bien.

— Qu'as-tu fait à Amma ?

— J'étais en retard, ce matin.

Il m'a dévisagé, je l'ai dévisagé.

— N° 2 ?

J'ai acquiescé.

— Bien taillé ?

— Taillé et retaillé.

J'ai poussé un soupir. Mon père a esquissé un sourire, ce qui était plutôt rare. J'en ai été soulagé, comme si j'avais accompli là un exploit.

— Sais-tu le nombre de fois où, enfant, je me suis retrouvé assis à cette table menacé par ce crayon ? a-t-il demandé.

Une question purement théorique. La table, ravinée, parsemée de taches de peinture, de colle et de feutre dues à tous les Wate qui m'avaient précédé était l'un des objets les plus anciens de la maison. À mon tour, j'ai souri. Mon père a pris son bol de céréales et a brandi sa cuiller vers moi. Amma l'avait élevé, une chose qui m'avait été rappelée chaque fois que, petit, l'envie m'avait pris de me montrer insolent avec elle.

— M.Y.R.I.A.D.E., a-t-il épelé en vidant son bol dans l'évier. P.L.É.T.H.O.R.E. Autrement dit, Ethan Wate, bien plus souvent que toi.

Sous la lumière du plafonnier, j'ai vu son demi-sourire se transformer en quart de sourire puis s'évanouir. Il avait une encore plus sale tête que d'habitude. Les ombres sur son visage étaient plus sombres, et les os saillaient sous sa peau. Son teint était verdâtre à force de confinement. Il avait un peu des allures de cadavre ambulant, et ce depuis des mois. Il était difficile de se rappeler qu'il était le même homme que celui qui était resté assis des heures avec moi sur la berge du lac Moultrie à manger des sandwiches à la salade de poulet et à m'apprendre comment lancer une ligne. « D'arrière en avant. Dix et deux. Dix et deux, comme les aiguilles d'une pendule. »

Ces cinq derniers mois avaient été durs pour lui. Il avait vraiment aimé ma mère. Mais moi aussi.

Reprenant son café, il est reparti vers son bureau du même pas traînant. Il était temps d'affronter deux vérités. Et d'une, Macon Ravenwood n'était pas le seul reclus de Gatlin, même si, à mon avis, la ville n'était pas assez grande pour abriter deux Boo Radley. Toutefois, nous venions, mon père et moi, d'avoir une espèce de conversation, une première depuis longtemps. Et de deux, je n'avais pas envie qu'il s'en aille.

— Ton livre avance ? ai-je lancé.

Reste, parle-moi. Voilà ce que je voulais dire. Il a paru étonné, a haussé les épaules.

— Il avance, oui. Mais j'ai encore beaucoup de travail.

Un travail sur lequel il bloquait. Voilà ce que lui voulait dire.

— La nièce de Macon Ravenwood vient d'emménager ici.

Ma phrase a coïncidé avec l'instant où il remettait son bouchon d'oreille. Plus de synchronisation, comme d'habitude. Ce qui m'arrivait avec la plupart des gens, en ce moment, si j'y réfléchissais bien. Il a retiré son bouchon, a soupiré, a retiré le second.

— Quoi ?

Il se dirigeait toujours vers son antre. Le temps imparti à notre discussion s'écoulait.

— Macon Ravenwood. Que sais-tu de lui ?

— Ce que tout le monde sait, j'imagine. Un reclus qui n'a pas quitté Ravenwood Manor depuis des années. À ma connaissance, du moins.

Il a ouvert son bureau, en a franchi le seuil. Je ne l'ai pas suivi, me suis borné à rester devant l'encadrement de la porte. Je ne mettais jamais le pied dans cette pièce. Une fois, juste une seule, quand j'avais eu sept ans, mon père m'avait surpris à lire son roman en cours avant qu'il ait fini de le corriger. Le bureau était un endroit sombre et effrayant. Au-dessus du canapé victorien usé jusqu'à la trame, il y avait un tableau toujours recouvert d'un drap. J'avais appris à ne pas poser de question à ce sujet. Au-delà du divan, près de la fenêtre, trônait la table de travail en acajou chantourné, une autre des antiquités héritées avec la maison. Et des livres, des volumes reliés en cuir, si lourds qu'ils devaient être placés sur un énorme lutrin en bois quand ils étaient ouverts. Tels étaient les objets qui nous retenaient à Gatlin et à la terre des Wate, comme ils avaient retenu mes ancêtres durant plus d'un siècle.

J'avais découvert son manuscrit sur le bureau, dans un carton béant. Je tenais absolument à savoir ce qu'il contenait. Mon père écrivait des livres d'horreur gothiques guère destinés à un enfant de sept ans. À l'instar du Sud, tous les foyers de Gatlin étaient pleins de secrets, et le nôtre ne faisait pas exception, même à l'époque. Mon père m'avait trouvé roulé en boule sur le canapé, environné de pages éparpillées. Je ne savais pas encore comment couvrir mes traces, astuce que j'avais rapidement apprise par la suite. Je me souviens seulement qu'il s'était emporté, et que ma mère m'avait rejoint dans le jardin, où je pleurais sous le vieux magnolia. « Certaines choses sont privées, Ethan. Y compris pour les adultes. »

Seule la curiosité m'avait poussé, alors. Mon éternel problème. Aujourd'hui encore. Je voulais comprendre pourquoi mon père ne quittait jamais son bureau, pourquoi nous ne pouvions pas abandonner cette maison inutile sous le simple prétexte qu'un million de Wate y avaient vécu avant nous, surtout maintenant que ma mère était morte.

Pas ce soir, cependant. Ce soir, je voulais juste me rappeler les sandwiches à la salade de poulet, dix et deux, un temps où mon père avait mangé ses céréales dans la cuisine tout en rigolant avec moi. Je me suis endormi sur ces souvenirs.

Le lendemain, avant même que la cloche sonne, Lena Duchannes était sur toutes les lèvres. La veille au soir, entre deux tempêtes et deux coupures de courant, Loretta Snow et Eugenie Asher, les mères respectives de Savannah et d'Emily, avaient réussi à servir le dîner et à téléphoner à toute la ville ou presque afin d'informer les uns et les autres qu'une « parente » de ce Vieux Fou de Macon Ravenwood rôdait dans Gatlin au volant d'un corbillard, dont elles étaient certaines que Macon l'utilisait pour transporter des cadavres quand personne ne le regardait. À partir de là, les ragots avaient tourné au grand n'importe quoi.

Deux axiomes régissaient la vie, à Gatlin. Un, vous pouviez être différent, voire dérangé, du moment que vous sortiez de chez vous de temps à autre afin que la population sût que vous n'étiez pas un tueur. Deux, s'il y avait une histoire à raconter, vous pouviez être certain qu'il se trouverait toujours quelqu'un pour la colporter. Une fille fraîchement arrivée en ville, emménageant dans la Maison Hantée qui appartenait au reclus local, c'était une histoire, sans doute la meilleure à se mettre sous la dent depuis la mort de ma mère. Je ne comprends donc pas pourquoi j'ai été étonné quand tout le landernau s'est mis à parler d'elle – sauf les mecs, s'entend. Eux avaient d'autres priorités.

— Alors, Em, qu'est-ce qu'on a, cette année ? a demandé Link en claquant la porte de son casier.

— En comptant les candidates à un poste de *cheerleader*, ça semble faire quatre 8, trois 7 et une poignée de 4.

Emory ne prenait pas la peine de compter les nanas de troisième n'ayant pas atteint la note de 4. À mon tour, j'ai claqué la porte de mon casier.

— Tu parles d'un scoop, ai-je commenté. Ce sont les mêmes que celles que nous avons croisées au Dar-ee Keen samedi, non ?

En souriant, Emory a abattu son poing sur mon épaule.

— Sauf que, maintenant, elles sont dans la partie, Wate. Et j'ai envie de jouer.

Il a reluqué les représentantes du sexe féminin qui arpentaient le couloir. Pour l'essentiel, Emory causait plus qu'il n'agissait. L'année précédente, alors que nous étions nous-mêmes en troisième, il nous avait régalés de la liste des chouettes nanas de terminale qu'il allait ferrer, à présent qu'il avait réussi à intégrer l'équipe de basket junior de l'université. Mais si Em se berçait d'autant d'illusions que Link, il n'était pas aussi inoffensif. Il avait un mauvais fond, comme tous les Watkins.

— Ce sera comme de cueillir des pêches sur une vigne, a renchéri Shawn en secouant la tête.

— Les pêches poussent sur des pêchers, ai-je rétorqué, pas sur des vignes.

J'étais déjà agacé, peut-être parce que j'avais rencontré les gars au rayon presse du Stop & Steal avant les cours et qu'ils m'avaient imposé ce même sujet de conversation, tandis qu'Earl feuilletait différents numéros de ce qui constituait sa seule lecture – des magazines avec des filles en bikini allongées sur des capots de bagnole.

— Mais qu'est-ce que tu racontes ? s'est étonné Shawn, perdu.

J'ignore pourquoi je m'embêtais avec ça. Cette discussion était idiote, comme il était idiot que toute la bande se réunisse le mercredi matin avant d'aller au bahut. Au fil du temps, j'avais fini par avoir l'impression qu'on faisait l'appel. Quand vous jouiez dans l'équipe, on attendait que vous remplissiez quelques obligations. Vous déjeuniez ensemble à la cantine, vous alliez aux fêtes de Savannah Snow, vous invitiez une *cheerleader* au bal de Noël, vous passiez le dernier jour d'école au lac Moultrie. Il était possible d'échapper à tout le reste, à condition de participer à l'appel du mercredi. Malheureusement, cela m'était de plus en plus difficile, sans que je sache pourquoi.

Je n'avais toujours pas répondu à Shawn quand je l'ai vue.

D'ailleurs, quand bien même je ne l'aurais pas vue, j'aurais su qu'elle était là, car le couloir, d'ordinaire bondé d'élèves se ruant vers leur casier et se pressant pour ne pas être en retard à leur cours avant la seconde cloche, s'est vidé en l'espace de quelques secondes. La foule s'est écartée devant elle, comme devant une star de rock.

Ou devant une lépreuse.

Moi, je n'ai cependant découvert qu'une belle fille en longue robe grise, veste de sport blanche avec le mot Munich brodé dessus et Converse usées. Une fille qui avait autour du cou une grande chaîne en argent à laquelle pendaient tout un tas de colifichets – bague en plastique gagnée dans un distributeur à chewing-gum, épingle de sûreté, et plein d'autres bêtises du même genre que j'étais trop loin pour distinguer. Une fille qui paraissait complètement étrangère à Gatlin. Captivant.

La nièce de Macon Ravenwood. Quelle mouche me piquait ?

Quand elle a coincé une boucle brune derrière son oreille, les néons ont fait luire son vernis à ongles noir. Ses mains étaient couvertes d'encre sombre, à croire qu'elle avait écrit dessus. Elle avançait comme si nous n'avions pas existé. Elle possédait les yeux les plus verts du monde, d'une teinte si soutenue qu'elle aurait pu être considérée comme une nouvelle couleur.

— Pour être chouette, elle est chouette, a commenté Billy.

J'ai deviné ce qui lui traversait l'esprit. Le sien et celui de tous les autres. Pendant une seconde, ils ont envisagé de larguer leurs copines pour tenter leur chance. Rien qu'une seconde, elle a été une éventualité. Après l'avoir matée de la tête aux pieds, Earl a brutalement refermé son casier.

— Sauf qu'elle est trop zarbi, a-t-il dit.

Sa façon de l'exprimer, ou plutôt ce qui l'avait poussé à l'exprimer ainsi, m'a alerté. Lena était étrange parce qu'elle n'était pas d'ici, parce qu'elle ne se battait pas pour devenir *cheerleader*, parce qu'elle ne lui avait pas accordé un second regard – ni un premier, au demeurant. N'importe quel autre jour, j'aurais ignoré Earl, j'aurais fermé mon clapet. Malheureusement, aujourd'hui, je n'avais pas envie de la boucler.

— Alors, comme ça, elle est forcément bizarre, hein ? Pourquoi ? Parce qu'elle n'a pas d'uniforme, qu'elle n'est pas blonde, qu'elle ne porte pas une jupe courte ?

Il n'était pas difficile de lire dans les pensées d'Earl. Alors que j'étais censé le soutenir, je me dérobais devant notre accord tacite.

— Parce que c'est une Ravenwood, a-t-il lâché.

Le message était clair. Attirante, mais n'y songez même pas, les gars. Elle avait cessé d'être une éventualité. Pourtant, tous continuaient à la reluquer sans se gêner. Le couloir et ceux qui s'y trouvaient étaient rivés sur elle comme sur une biche dans une ligne de mire.

Elle a poursuivi son chemin dans un cliquetis de collier.

Un peu plus tard, je me suis retrouvé planté sur le seuil de mon cours de littérature. Elle était là. Lena Duchannes. La nouvelle qu'on appellerait encore ainsi dans cinquante ans pour peu qu'on ne continue pas à lui donner du « nièce de ce Vieux Fou de Ravenwood ». Elle tendait une feuille rose à la mère English, qui louchait dessus.

— Ils se sont trompés dans mon emploi du temps, était-elle en train d'expliquer. Je n'avais pas littérature. À la place, j'avais deux fois histoire des États-Unis, que j'ai déjà étudiée dans mon ancien lycée.

Sa voix était agacée, et j'ai étouffé un sourire. Elle n'avait jamais eu histoire des États-Unis. Pas comme l'enseignait Lee, du moins.

— Je comprends. Bon, trouvez-vous une place.

English lui a donné un exemplaire de *Ne tirez pas sur l'oiseau moqueur* qui paraissait neuf, comme jamais ouvert, ce qui était sûrement le cas puisqu'il existait un film. Levant la tête, la nouvelle m'a surpris qui la regardais. J'ai détourné les yeux avec un temps de retard. J'ai essayé de ne pas sourire, mais j'étais trop gêné, si bien que j'ai souri encore plus. Elle n'a pas paru s'en formaliser.

— Inutile, a-t-elle dit à la prof, j'ai le mien.

Elle a tiré un volume de son sac, un grand format à couverture rigide sur laquelle un arbre était gravé à l'eau-forte. Il semblait très ancien, usé, comme si elle l'avait lu à plusieurs reprises.

— C'est l'un de mes romans préférés.

Elle a sorti ça tout simplement, l'air de ne pas se rendre compte à quel point sa réflexion était étrange. Pour le coup, je l'ai carrément dévisagée.

Dans mon dos, j'ai senti la présence soudaine d'un rouleau compresseur, et Emily s'est engouffrée dans la salle comme si je n'avais pas été là, sa façon bien personnelle de me saluer en s'attendant à ce que je la suive jusqu'au fond de la pièce, où la bande était déjà assise.

La nouvelle a choisi une chaise vide au premier rang, le no man's land situé juste sous le bureau d'English. Grave erreur. Tous les élèves savaient que c'était un endroit à éviter. La mère English avait un œil de verre et une très mauvaise audition héritée d'une enfance passée dans la famille possédant le seul champ de tir du comté. Elle ne vous voyait pas – ne vous interrogeait donc pas – à moins que vous ne soyez installé juste en face d'elle. Lena allait devoir répondre aux questions pour toute la classe.

L'air amusé, Emily a gagné sa place. Au passage, elle a fait exprès de renverser par terre le sac de Lena, dont les livres et cahiers se sont répandus dans l'allée.

— Oh ! a lâché Emily en se baissant pour ramasser un calepin à spirale défraîchi qui était sur le point de perdre sa couverture. Tu t'appelles Lena Duchannes ? a-t-elle repris en tenant l'objet comme s'il s'agissait d'une souris morte. Je croyais que tu étais une Ravenwood.

Lentement, Lena a levé les yeux.

— Tu me rends mon carnet ?

Faisant celle qui n'avait pas entendu, Emily a feuilleté ce dernier.

— C'est ton journal ? Tu écris ? C'est formidable !

— S'il te plaît, a insisté Lena en tendant la main.

Refermant le cahier, Emily l'a brandi hors de sa portée.

— Tu me le prêtes juste cinq minutes ? J'adorerais te lire.

— Tu me le rends maintenant.

Lena s'est levée. Les choses promettaient de devenir intéressantes. La nièce de ce Vieux Fou de Ravenwood s'apprêtait à se jeter dans une chausse-trape dont elle ne sortirait pas. Emily était rancunière comme personne.

— Il faudrait d'abord que tu saches lire, Emily, suis-je intervenu en lui arrachant l'objet pour le donner à Lena.

Aussitôt après, je me suis assis à côté de cette dernière, au beau milieu du no man's land. Du côté de l'œil valide. Emily m'a contemplé avec stupeur. J'ignore pourquoi j'ai agi ainsi. J'étais aussi choqué qu'elle. La cloche a retenti avant qu'elle ait eu le temps d'exprimer quoi que ce soit. Pour autant, ça ne changeait rien à ma situation. Je paierais pour mon audace, j'en étais conscient. Sans nous prêter attention, Lena a ouvert son cahier.

— Au travail ! a lancé English depuis son bureau.

Emily est allée s'affaler à sa place habituelle, au fond, suffisamment loin pour ne pas avoir à répondre à d'éventuelles questions durant toute l'année et, aujourd'hui, suffisamment loin de la nièce de ce Vieux Fou de Ravenwood. Et de moi. Ce qui a été libérateur, en fin de compte, même si j'ai été obligé d'analyser les rapports entre Jem et Scout pendant cinquante minutes, alors que je n'avais pas lu le chapitre au programme ce jour-là.

À la fin du cours, je me suis tourné vers Lena. Non que j'aie idée de ce que j'allais lui dire. J'espérais peut-être qu'elle me remercierait. Elle n'a pas moufté, cependant, et elle a remballé ses affaires.

156. Ce n'était pas un mot, qu'elle avait écrit sur le dos de sa main. C'était un nombre.

Lena Duchannes ne m'a pas reparlé. Ni ce jour-là, ni de la semaine. Ce qui ne m'a pas empêché de penser à elle ou de la voir pratiquement partout où je m'efforçais de ne pas regarder. Ce n'était pas seulement elle qui me préoccupait. Pas vraiment. Ce n'était ni son apparence – jolie, bien qu'elle porte toujours les mauvais vêtements et ces baskets dépenaillées –, ni ce qu'elle disait en classe – en général, une chose à laquelle personne d'autre n'aurait songé ou, dans le cas contraire, que personne n'aurait osé formuler –, ni qu'elle différait tellement des autres nanas de Jackson. Tout cela était évident.

Non. C'était qu'elle m'avait fait comprendre à quel point je ressemblais à mes pairs, même si j'aimais prétendre que ce n'était pas le cas.

Il avait plu toute la journée, et j'étais en cours de poterie, *alias* AACS, « A à coup sûr », puisque la note ne dépendait que des efforts fournis, non des résultats obtenus. Je m'y étais inscrit au printemps précédent, car je devais avoir suivi un cursus artistique pour compléter mon dossier scolaire. Or, je tenais farouchement à rester à l'écart de la fanfare, laquelle répétait bruyamment au rez-de-chaussée, dirigée par Mlle Spider, à la maigreur terrifiante et à l'enthousiasme débordant. Savannah était assise à côté de moi. J'étais le seul mec de la classe et, en bon mec, je n'avais pas la moindre notion de ce que j'étais censé accomplir.

— Aujourd'hui, a annoncé Mme Abernathy, nous allons nous consacrer à des expériences. Je ne vous jugerai pas là-dessus. Sentez l'argile, libérez votre esprit, et oubliez la musique.

Elle a grimacé tandis que l'orchestre massacrait allègrement un air ressemblant à Dixie[1].

— Plongez les mains dans la glaise, cherchez votre âme.

Déclenchant le tour, j'ai contemplé l'argile qui se met-

---

1. Chanson composée en 1859 et célébrant le Vieux Sud. Hymne officieux des soldats confédérés. Le mot *Dixie* (ou Dixieland) est un surnom affectueux donné aux États du Sud américain.

tait à virevolter. J'ai soupiré. Ce cours était presque aussi pénible que la fanfare. Le silence est tombé sur la salle, rompu par le bourdonnement des tours qui supplantait les murmures au fond de la pièce. En bas, le tintamarre a changé. Un violon, ou un instrument plus gros, un alto peut-être, a soudain retenti. Une mélodie magnifique et triste à la fois. Dérangeante. Il y avait dans cette voix déchirante plus de talent que Mlle Spider avait jamais eu le plaisir d'en diriger. J'ai regardé autour de moi – personne ne semblait avoir remarqué la musique. Alors qu'elle s'infiltrait sous ma peau.

J'ai tout à coup identifié l'air. Aussitôt après, les paroles ont résonné dans ma tête, aussi nettes que si je les avais écoutées sur mon iPod. Elles s'étaient modifiées, cependant.

Seize lunes, seize années,
La foudre qui t'assourdit,
Seize lieues qu'elle franchit,
Seize peurs sont recherchées…

Sur le tour, la glaise est devenue floue. Plus je me concentrais dessus, plus la salle de classe s'est dissoute alentour, jusqu'à ce que le tas de boue semble faire tournoyer la pièce, la table, ma chaise. Comme si tout, moi compris, avait été entraîné dans ce tourbillon de mouvement perpétuel calé sur le rythme des notes qui montaient du rez-de-chaussée. Les murs s'effaçaient. Lentement, j'ai tendu la main et effleuré l'argile.

Il y a eu un éclair, la salle s'est transmutée en une nouvelle image…

Je tombais.

Nous tombions.

Le rêve. Sa main, la mienne s'en emparant, mes doigts

agrippant sa peau, son poignet, dans un effort désespéré pour la retenir. Mais elle m'échappait, je le devinais, elle lâchait prise.

Tiens bon !

Je voulais l'aider, la garder, plus que je n'avais jamais voulu quoi que ce soit. Alors, elle a glissé...

— Ethan ? Que faites-vous ?

Mme Abernathy paraissait inquiète.

Ouvrant les paupières, j'ai essayé de me concentrer, de revenir dans le réel. Les rêves étaient apparus à la mort de ma mère, mais c'était la première fois que j'en faisais un en plein jour. J'ai étudié ma main grise d'argile en train de sécher. Sur le tour, le tas portait l'empreinte parfaite d'une paume, comme si je venais d'écraser ma création. Je l'ai étudiée plus attentivement. Ce n'était pas la mienne, elle était trop petite. Féminine.

La sienne.

J'ai examiné mes ongles. Ils étaient salis de la boue qui s'y était incrustée quand j'avais agrippé son poignet.

— Vous pourriez au moins essayer de fabriquer quelque chose, m'a reproché la prof.

Elle a posé sa main sur mon épaule, j'ai sursauté. Dehors, l'orage a grondé.

— Madame Abernathy, je crois bien que l'âme d'Ethan communique avec lui, est intervenue Savannah, hilare. À mon avis, elle te conseille une manucure, Ethan.

Autour de nous, les filles se sont mises à rire. Du poing, j'ai écrabouillé l'empreinte, la réduisant à un monceau grisâtre indistinct. La cloche a sonné, et je me suis levé en essuyant mes mains sur mon jean. Attrapant mon sac, j'ai filé dans le couloir. Mes baskets montantes mouillées ont dérapé quand j'ai tourné, et j'ai manqué de trébucher sur mes lacets défaits quand j'ai dévalé les deux volées d'escalier qui me séparaient de la salle de musique. Il fallait absolument que je vérifie si j'avais imaginé la scène.

J'ai poussé la double porte à deux mains. La scène était vide, et les élèves quittaient les lieux. J'ai remonté le courant, à l'inverse de tout le monde. J'ai aspiré profondément, sachant déjà quelle odeur je humerais avant de la sentir.

Citrons et romarin.

Mlle Spider rassemblait les partitions éparpillées sur les chaises pliantes dont elle se servait pour le triste orchestre de Jackson. Je me suis approché.

— Excusez-moi, mademoiselle, qui a joué ce... cet air merveilleux ?

Elle m'a souri.

— Une musicienne hors pair a rejoint les cordes. Un alto. Elle vient d'emménager en ville...

Non. Impossible. Pas elle.

Tournant les talons, je me suis enfui avant que Mlle Spider ne prononce son nom.

À la fin des cours, Link m'attendait devant les vestiaires. Il a passé la main dans ses cheveux hérissés et a rajusté son tee-shirt passé de Black Sabbath.

— J'ai besoin de tes clés, mec, ai-je lancé.

— Et l'entraînement ?

— Pas aujourd'hui. Une urgence.

— Mais qu'est-ce que tu délires ?

— Tes clés, s'il te plaît.

Je devais filer d'ici. Je faisais le rêve, j'entendais la chanson et, en quelque sorte, je perdais conscience en pleine classe. Si j'ignorais ce qui m'arrivait, j'étais sûr que ça n'augurait rien de bon.

Ma mère eût-elle été encore en vie, je me serais sans doute confié à elle. Elle était quelqu'un à qui je pouvais tout dire. Mais elle était morte, mon père se terrait dans son antre, et Amma risquait de saupoudrer ma chambre de sel durant un mois entier si je lui racontais mes drôles d'expériences.

J'étais seul.

— L'entraîneur va te tuer, m'a prévenu Link en me tendant son trousseau.

— Je sais.

— Et Amma finira par l'apprendre.

— Je sais.

— Tu peux parier qu'elle te bottera le cul jusqu'aux limites du comté.

Sa main a vacillé, j'ai attrapé les clés et j'ai décampé.

— Ne fais pas l'idiot.

Trop tard.

11 septembre
Collision

Le temps que je parvienne à la voiture, j'étais trempé jusqu'aux os. La tempête avait menacé toute la semaine. Le peu de radios que j'ai captées – La Poubelle n'en recevait que trois – émettaient un bulletin d'alerte météo. Les nuages étaient d'un noir d'encre, un avertissement à ne pas prendre à la légère, en pleine saison des ouragans. Je m'en moquais, cependant. Il fallait que je m'aère la tête et que je tâche de comprendre ce qui se passait, même si je n'avais pas la moindre idée de l'endroit où j'allais.

Rien que pour quitter le parking, j'ai été contraint d'allumer les phares. Je n'y voyais pas à plus d'un mètre. Pas une journée pour conduire. Les éclairs zébraient le ciel sombre. Je les ai comptés, comme Amma m'avait appris, des années auparavant – un, deux, trois. Le tonnerre a grondé, un signe que l'orage était proche – trois kilomètres d'après les calculs d'Amma.

Je me suis arrêté au feu devant le lycée, un des trois seuls de la ville. Je ne savais pas quoi faire. La pluie tambourinait sur La Poubelle, la radio ne crachotait que des grésillements. Soudain, j'ai perçu quelque chose. Tournant le volume à fond, la musique a retenti dans les haut-parleurs crapoteux.

Seize Lunes.

Le titre qui avait disparu de mon iPod. Cette mélodie que personne d'autre que moi ne semblait entendre. L'air qu'avait joué Lena Duchannes à l'alto. La chanson qui me rendait fou.

Le feu est passé au vert, et La Poubelle a bondi en avant. J'avançais à l'aveuglette – et ce, dans tous les sens du terme. Nouveaux éclairs. Un, deux. Ça se rapprochait. Les essuie-glaces ne m'étaient d'aucune utilité. Éclair. Un. Le tonnerre a roulé sur le toit de la voiture, la pluie s'est mise à l'horizontale, et le pare-brise a tremblé comme s'il s'apprêtait à céder à tout instant. Ce qui, vu l'état de la caisse, n'était pas improbable.

Je ne chassais pas la tempête. C'était elle qui me chassait, et elle m'avait trouvé. J'avais de plus en plus de mal à maintenir les roues sur la chaussée humide, et La Poubelle a dérapé, zigzaguant follement sur les deux voies de la Nationale 9. La visibilité était nulle. J'ai enfoncé la pédale de frein, la voiture a effectué plusieurs tête-à-queue dans l'obscurité. Pendant une toute petite seconde, les phares ont clignoté, et des yeux verts énormes m'ont toisé, au beau milieu de la route. D'abord, j'ai cru à un cerf. Je me trompais.

Il y avait quelqu'un dehors !

Je me suis accroché de toutes mes forces au volant. Mon corps a été projeté contre la portière.

Une main tendue. J'ai fermé les yeux, anticipant le choc.

Rien.

La Poubelle s'est arrêtée dans un soubresaut, à moins

d'un mètre de la silhouette. Les phares formaient un cercle de lumière pâle dans l'averse et se reflétaient sur une de ces capes de pluie bon marché qu'on trouve à trois dollars dans les drugstores. Une fille. Lentement, elle a retiré le capuchon, exposant ses traits aux gouttes. Prunelles vertes, cheveux noirs.

Lena Duchannes.

J'avais le souffle coupé. Je savais que ses yeux étaient verts, je les avais vus auparavant. Ce soir pourtant, ils paraissaient différents, différents de tous les yeux que j'avais jamais croisés. Immenses et d'un vert artificiel, d'un vert électrique, comme celui des éclairs qui déchiraient le ciel. Debout sous la pluie, elle était presque inhumaine.

Je suis descendu de La Poubelle sans couper le contact, laissant la portière ouverte. Ni elle ni moi n'avons prononcé un mot, plantés au milieu de la nationale, sous un déluge comme on n'en connaissait que lors d'un ouragan ou d'une tempête de force 12. Le sang courait dans mes veines, mes muscles étaient rigides, comme si j'anticipais encore l'impact de la collision. La chevelure de Lena fouettait l'air, dégoulinante d'eau. J'ai avancé d'un pas. L'odeur m'a assailli : citrons humides, romarin humide. Instantanément, le rêve m'est revenu, telles des vagues s'écrasant sur ma tête. Sauf que, cette fois, quand l'inconnue onirique m'a échappé, j'ai distingué son visage.

Prunelles vertes et cheveux noirs. Je m'en souvenais à présent. C'était elle. Juste devant moi.

Il fallait que j'en sois sûr. J'ai attrapé son poignet. Les stigmates étaient bien là : minuscules demi-lunes là où mes doigts avaient marqué sa peau. Lorsque je l'ai touchée, une décharge électrique a parcouru mon corps. La foudre est tombée à moins de trois mètres de l'endroit où nous nous tenions, coupant quasiment en deux un arbre qui s'est mis à fumer.

— Es-tu fou ou seulement très mauvais conducteur ?

Elle a reculé, un éclat dans ses yeux verts. De la colère ? Quelque chose, en tout cas.

— C'est toi.

— Tu essayais de me tuer ou quoi ?

— Tu existes pour de vrai.

Les mots avaient une résonance étrange, comme si j'avais la bouche pleine de coton.

— Un vrai cadavre, oui ! Merci.

— Je ne suis pas fou. J'ai cru l'être, mais non. C'est toi. Tu es juste devant moi.

— Pas pour longtemps.

Tournant les talons, elle s'est éloignée le long de la route. La scène ne se déroulait pas comme je l'avais imaginée. Je me suis jeté à sa poursuite.

— C'est toi qui as surgi de nulle part et t'es précipitée sur la chaussée.

Elle a agité le bras d'un geste théâtral, l'air de rejeter plus que mes paroles. C'est alors que j'ai aperçu le long corbillard noir dans l'obscurité. Le capot en était relevé.

— Ben quoi ? Je cherchais de l'aide, monsieur le génie. La voiture de mon oncle est morte. Tu aurais pu te contenter de passer à côté de moi, rien ne t'obligeait à tenter de m'écraser.

— C'était toi, dans les rêves. Et la chanson. L'étrange chanson sur mon iPod.

Elle a virevolté dans ma direction.

— Quels rêves ? Quelle chanson ? Es-tu ivre ou est-ce une mauvaise plaisanterie ?

— Je sais que c'est toi. Ton poignet porte les marques.

Elle a contemplé sa main avec étonnement.

— Ça ? C'est mon chien. Remets-toi.

Rajustant sa capuche, elle a pris le chemin de Ravenwood. Je l'ai rejointe.

— Un conseil. La prochaine fois, ne sors pas de ta voiture pour errer au beau milieu de la route en plein orage. Appelle les secours.

— Pas question d'alerter les flics, a-t-elle riposté sans s'arrêter. Je ne suis même pas censée conduire, vu que j'ai pas mon permis. Et puis, mon portable est mort lui aussi.

Réflexion typique d'une étrangère – la seule façon d'être arrêtée par la police, à Gatlin, c'était de conduire dans le sens inverse de la circulation. La tempête forcissait. J'ai été obligé de hurler pour me faire entendre.

— Permets-moi de te raccompagner chez toi. Tu ne devrais pas être dehors par un temps pareil.

— Non merci. Je préfère attendre le prochain conducteur qui manquera de m'écrabouiller.

— Il n'y aura pas de prochain conducteur. Du moins, ça risque de prendre des heures.

— Tant pis. Je marcherai.

Je ne pouvais pas la laisser errer comme ça sous la pluie battante. Ma mère m'avait mieux élevé que ça.

— Il est exclu que tu retournes chez toi à pied. (Comme pour me donner raison, le tonnerre a grondé, et une bourrasque lui a arraché sa capuche.) Je te promets de conduire comme ma mémé. Je te promets de conduire comme ta mémé.

— Tu ne dirais pas ça si tu la connaissais.

Le vent rugissait à présent, et Lena aussi était contrainte de crier.

— Allez, viens.

— Quoi ?

— Ma voiture. Monte.

Elle m'a regardé et, pendant quelques instants, j'ai cru qu'elle allait continuer à résister.

— Bon, d'accord. C'est sans doute moins risqué que se balader sur cette route. Surtout si tu es au volant dans les parages.

La Poubelle était inondée. Link allait péter un câble en voyant ça. Une fois à l'intérieur, l'orage a paru différent, à la fois plus violent et plus ténu. La pluie s'écrasait sur le toit, mais le bruit en était presque étouffé par les battements de mon cœur et les claquements de mes dents. J'ai enclenché la première. La présence de Lena me perturbait. Je lui ai jeté un coup d'œil à la dérobée.

Elle avait beau avoir un foutu caractère, elle n'en restait pas moins belle. Ses yeux verts étaient immenses. Je ne comprenais pas pourquoi ils paraissaient si étranges, ce soir. Elle avait des cils immenses, et sa peau était pâle, pâleur que renforçait la noirceur de ses cheveux. Une toute petite tache de naissance brun clair marquait sa pommette, juste sous son œil gauche. On aurait dit un croissant de lune. Elle ne ressemblait à aucun élève de Jackson. Elle ne ressemblait à personne que je connaissais.

Elle a passé sa cape par-dessus sa tête. Son tee-shirt noir et son jean collaient à son corps, comme si elle était tombée dans une piscine. Son gilet gris dégouttait sur le siège en skaï.

— A-arrête de me r-reluquer, a-t-elle marmonné en frissonnant.

Je me suis concentré sur le pare-brise.

— Mieux vaudrait que tu enlèves ton gilet aussi. Il te donne encore plus froid.

Elle s'est débattue avec les boutons délicats du vêtement, incapable de maîtriser le tremblement de ses doigts. Lorsque j'ai tendu la main, elle s'est figée. À croire qu'elle craignait que je ne la touche de nouveau.

— Je monte seulement le chauffage.

Je voyais ses mains – de l'encre encore, maintenant délavée par la pluie. Je n'ai réussi à distinguer que quelques nombres. Un 1, peut-être, ou un 7, un 5 et un 2. 152. Qu'est-ce que ça signifiait ? Je me suis retourné, cherchant sur la banquette arrière la vieille couverture de l'armée que Link y conservait d'ordinaire. Elle n'y était pas. À la place, se trouvait un duvet miteux datant sûrement de la dernière fois où Link avait eu des ennuis à la maison et où il avait dû dormir dans sa voiture. Le sac de couchage sentait le feu de bois et une humidité de cave. Je l'ai passé à ma voisine.

— Hmm. Ça va mieux.

Elle a fermé les paupières. J'ai senti qu'elle se détendait sous l'effet de la chaleur, et je me suis relaxé à mon tour, me bornant à l'observer. Lentement, ses dents ont cessé de claquer. Le silence s'est installé, uniquement rompu par les grondements de l'orage, le chuintement des roues, les éclaboussures que je provoquais dans ce lac qu'était devenue la chaussée. Lena dessinait sur la vitre embuée. Je me suis efforcé de regarder la route, je me suis efforcé de me rappeler le reste du rêve – un détail, un indice qui lui prouverait qu'elle était... je ne sais pas... elle, et que j'étais moi.

Malheureusement, plus j'essayais, plus le songe donnait l'impression de s'effacer, de se diluer dans la pluie, la nationale, les immenses champs de tabac parsemés de vieilles machines-outils et de granges pourrissantes. Nous sommes parvenus aux abords de la ville, au niveau de la fourche que formait la route en se séparant. Si l'on bifurquait à gauche, vers chez moi, on arrivait à River Street où les demeures restaurées d'avant la guerre de

Sécession s'alignaient le long de la Santee. C'était également le chemin qui menait hors de Gatlin. Aussi, par habitude, j'ai tourné par là. La seule chose se trouvant sur la droite, c'était la plantation Ravenwood, où personne n'allait jamais.

— Hé ! a protesté Lena. C'est à droite.

— Ah, oui, désolé.

J'étais au bord de la nausée. Nous avons escaladé la colline jusqu'au manoir. J'avais été tellement plongé dans mes pensées que j'avais oublié qui elle était. La fille dont je rêvais depuis des mois, qui m'obsédait était la nièce de Macon Ravenwood. Et je la ramenais chez elle, à la Maison Hantée, comme nous l'avions surnommée.

Comme je l'avais surnommée.

Elle a examiné ses mains. Je n'étais pas le seul à savoir qu'elle habitait la Maison Hantée. À quelles remarques avait-elle eu droit dans les couloirs du lycée ? Était-elle consciente de ce que toute la ville racontait sur elle ? D'après son expression embarrassée, là dans la voiture, j'en ai conclu que oui. J'ignore pourquoi, mais la voir ainsi m'a été insupportable. Je me suis creusé la cervelle, en quête d'une chose à dire pour rompre le silence.

— Alors, pourquoi es-tu venue t'installer chez ton oncle ? D'habitude, on essaye plutôt de partir de Gatlin, pas d'y emménager.

— J'ai vécu partout, a-t-elle expliqué, et le soulagement dans sa voix était perceptible. À la Nouvelle-Orléans, Savannah, dans les Keys, en Virginie plusieurs mois. J'ai même habité quelque temps à la Barbade.

Il ne m'a pas échappé qu'elle ne répondait pas à ma question. M'importaient plus cependant ces lieux qu'elle énumérait. Ces endroits pour lesquels j'aurais été prêt à tuer afin de les visiter, d'y passer ne serait-ce qu'un été.

— Et tes parents ?

— Ils sont morts.

Ma poitrine s'est serrée.

— Désolé.

— Pas grave. J'avais deux ans, quand c'est arrivé. Je n'ai aucun souvenir. J'ai été recueillie par la famille, ma grand-mère, surtout. Elle a dû partir en voyage, c'est pour ça que je suis chez mon oncle.

— Ma mère est morte, elle aussi. Un accident de voiture.

Pourquoi avais-je révélé cela ? En général, je déployais beaucoup d'efforts pour éviter le sujet.

— Navrée.

Je n'ai pas dit que ce n'était pas grave. J'avais l'impression qu'elle était le genre de fille à comprendre que ça l'était, au contraire.

Nous nous sommes arrêtés devant un portail en fer forgé noir abîmé par les intempéries. Devant moi, sur les flancs de la colline, à peine discernables à travers les nappes de brouillard, s'élevaient les restes délabrés de la plus ancienne et plus célèbre plantation de Gatlin, Ravenwood Manor. C'était la première fois que je m'en approchais autant. J'ai coupé le contact. L'orage s'était dilué en une sorte de bruine soutenue et silencieuse.

— Apparemment, la tempête s'est calmée, ai-je commenté.

— Je pense qu'elle nous réserve encore quelques surprises.

— Peut-être. Mais pas ce soir.

Elle m'a regardé avec ce qui ressemblait à de la curiosité.

— Non, tu as raison, pas ce soir.

Ses yeux avaient changé. Leur vert était moins intense, et ils paraissaient avoir rétréci ; sans être petits, ils avaient une taille plus normale. J'ai ouvert ma portière afin de l'escorter jusqu'au perron.

— Non, m'a-t-elle retenu, gênée. Mon oncle est timide.

Une litote, pour le moins.

Nos deux portières étaient entrebâillées, et nous étions en train de nous faire tremper un peu plus. Pourtant, nous n'avons pas bougé, silencieux. Je savais ce que j'avais envie de dire, je savais également que je ne pouvais pas le dire. J'ignorais pourquoi je restais ainsi assis à me laisser saucer devant Ravenwood Manor. Plus rien n'avait de sens. J'étais cependant convaincu d'une chose : quand je redescendrais la colline pour regagner la nationale, tout redeviendrait normal, tout reprendrait un sens. Non ?

— Eh bien, merci, a-t-elle fini par murmurer.

— De ne pas t'avoir écrasée ?

Elle a souri.

— Oui. Et de m'avoir ramenée.

Je l'ai contemplée qui me souriait. Comme si nous étions amis, ce qui n'était pas possible. J'ai commencé à éprouver un sentiment de claustrophobie, une envie de filer.

— De rien. C'était cool. Ne te bile pas.

J'ai mis le capuchon de mon sweat-shirt, à l'instar d'Emory quand une des filles qu'il avait larguée tentait de lui adresser la parole dans un couloir du lycée. Sans me quitter des yeux, Lena a secoué la tête. Avec un peu trop d'élan, elle m'a fourré le sac de couchage dans les bras. Elle ne souriait plus.

— Peu importe, a-t-elle dit. À un de ces jours.

Me tournant le dos, elle s'est faufilée de l'autre côté de la grille et s'est mise à courir sur l'allée boueuse et raide qui menait à la maison. J'ai claqué ma portière.

Le duvet était posé sur le siège passager. Je l'ai ramassé

pour le jeter derrière. Il sentait toujours le feu de bois, mais une nouvelle odeur, ténue, s'y mêlait à présent – citrons et romarin. J'ai fermé les yeux. Quand je les ai rouverts, Lena était à mi-chemin du manoir. J'ai baissé ma vitre.

— Elle a un œil de verre, ai-je crié.

Elle s'est retournée.

— Quoi ?

— La mère English ! ai-je braillé, tandis que la pluie s'infiltrait dans l'habitacle. Tu dois t'asseoir de l'autre côté, sinon elle n'arrêtera pas de t'interroger.

Le visage dégoulinant, elle a souri.

— Et si j'aimais parler, hein ?

Sur ce, elle a filé et a grimpé les marches de la véranda couverte.

J'ai remis le contact, j'ai reculé et je suis reparti vers la fourche afin d'emprunter le chemin qui avait toujours été le mien. Jusqu'à aujourd'hui. Un éclat de lumière a attiré mon regard. Dans une des fissures du siège usé, j'ai trouvé un bouton d'argent.

Je l'ai empoché tout en me demandant de quoi je rêverais cette nuit-là.

12 septembre
Bris de verre

De rien.

Ça a été une longue nuit de sommeil tranquille comme je n'en avais pas connu depuis un moment.

Quand je me suis réveillé, la fenêtre était fermée, et le lit vierge de boue. Mon iPod ne contenait nulle chanson étrange – j'ai vérifié à deux reprises. Même la douche n'a embaumé que le savon.

Allongé sur le lit, les yeux rivés sur le plafond, j'ai songé à des prunelles vertes et à des cheveux noirs. La nièce de ce Vieux Fou de Ravenwood. Lena Duchannes, dont le nom rimait avec « chaîne ».

Jusqu'à quel point un gars pouvait-il être paumé ?

Quand Link est arrivé, j'attendais déjà sur le trottoir. J'ai grimpé dans la voiture, mes baskets ont chuinté sur le tapis de sol détrempé – la puanteur de La Poubelle était encore pire que d'ordinaire. Link a secoué la tête.

— Excuse-moi, mec. J'essayerai de sécher tout ça après les cours.

— Si tu veux. Mais rends-moi service, OK ? Arrête tes âneries, sinon tu ne vas pas tarder à remplacer la nièce de ce Vieux Fou de Ravenwood dans les ragots de la ville.

Un instant, j'ai envisagé de garder la nouvelle pour moi. J'avais besoin d'en parler, cependant.

— Je l'ai vue.

— Qui ?

— Lena Duchannes.

Il a semblé ne pas saisir.

— La nièce de ce Vieux Fou de Ravenwood.

Le temps que nous arrivions sur le parking de Jackson, je lui avais raconté toute l'histoire. Enfin, pas tout, peut-être. Même les meilleurs amis ont leurs limites. Je ne crois pas qu'il ait tout cru non plus, mais bon, c'était légitime. Moi-même, je continuais à avoir du mal à y croire. Quoi qu'il en soit, Link ne m'a pas caché son opinion, tandis que nous rejoignions nos coéquipiers. Les dégâts étaient limités.

— L'essentiel, c'est qu'il ne s'est rien passé. Tu l'as raccompagnée chez elle, point barre.

— Comment ça, rien passé ? me suis-je récrié. Tu m'as écouté ? Je rêve d'elle depuis des mois, et voici qu'elle se trouve être la…

— Tu ne l'as pas draguée, m'a-t-il interrompu. Tu n'es pas entré dans la Maison Hantée. Et tu n'as pas vu… tu ne l'as pas vu, lui, hein ?

Même Link avait du mal à prononcer le nom de Macon Ravenwood. S'intéresser à une belle fille, qui qu'elle fût, était une chose ; fréquenter ce Vieux Fou de Ravenwood en était une autre.

— Non, ai-je admis, n'empêche…

— Je sais, je sais, tu as merdé. Moi, je te conseille juste

de garder ça pour toi. Personne n'a besoin d'être au courant.

Je pressentais que ce serait difficile.

J'ignorais que ce serait impossible.

Lorsque j'ai poussé la porte de la salle de littérature, je pensais encore à tout ça, à elle, au rien qui s'était passé. Lena Duchannes.

C'était peut-être sa façon d'arborer ce collier de dingue chargé de babioles idiotes, comme si tout ce qu'elle touchait avait de l'importance – ou pouvait en avoir – à ses yeux. C'était peut-être sa façon de porter ses sempiternelles baskets usées, qu'elle soit en jean ou en robe, comme si elle risquait de devoir s'enfuir à tout moment. Quand je la regardais, je m'éloignais de Gatlin comme jamais encore. C'était peut-être ça.

Lorsque je réfléchissais, je devais avoir une fâcheuse tendance à m'arrêter net car quelqu'un m'a heurté de plein fouet. Cette fois, ça n'a pas été un rouleau compresseur, plutôt un tsunami. Le choc a été brutal. À l'instant où nous entrions en contact, le néon du plafond s'est éteint, et une pluie d'étincelles nous a dégringolé dessus. J'ai rentré la tête dans les épaules. Pas elle.

— Essayerais-tu de me tuer une seconde fois en deux jours, Ethan ?

Un silence de mort est tombé sur la salle.

— Quoi ? ai-je marmonné à grand-peine.

— Essayerais-tu de me tuer une nouvelle fois ?

— Hé ! C'est toi qui as surgi de nulle part.

— Tu m'as déjà dit ça hier soir.

Hier soir. Deux petits mots qui étaient en mesure de bouleverser votre vie, à Jackson. En dépit du nombre de lampes qui fonctionnaient encore, j'ai eu l'impression qu'un violent projecteur était soudain braqué sur nous, histoire de satisfaire le public dont nous bénéficiions. J'ai deviné que je m'empourprais.

— Hum, désolé… je… Salut.

Le débile de service. Si elle a semblé amusée, elle n'en a pas moins repris son chemin. Elle a balancé son sac sur le même pupitre que les jours précédents, juste sous le nez de la mère English. Du côté de l'œil valide.

J'avais appris ma leçon. Il était vain de dire à Lena Duchannes où s'asseoir. Quelle que soit votre opinion des Ravenwood, force était de lui reconnaître cette qualité. Je me suis glissé sur la chaise voisine, en plein no man's land. Comme je l'avais fait toute la semaine. Sauf que, maintenant, Lena m'adressait la parole, ce qui changeait tout. Rien de négatif. Qu'un peu de terreur.

Elle a failli sourire, s'est ressaisie. Je me suis creusé la cervelle en quête d'un sujet de conversation intéressant, du moins pas trop bête mais, avant que j'y sois parvenu, Emily s'est installée près de moi, encadrée par Eden Westerly et Charlotte Chase. Six rangées plus avant que la normale. Avoir choisi le côté de l'œil valide n'allait pas m'aider, aujourd'hui.

English nous a dévisagés, soupçonneuse.

— Salut, Ethan ! m'a lancé Eden avec un petit sourire complice. Comment va ?

Je n'ai pas été surpris de la voir emboîter le pas à Emily. Eden était l'une de ces innombrables jolies filles pas assez jolies pour être Savannah. Elle faisait définitivement partie du deuxième cercle, dans l'équipe de *cheerleaders* comme dans la vie. Ni base ni acrobate. Parfois, elle ne figurait même pas au programme. Elle ne renonçait jamais à tenter sa chance de se hisser plus haut, cependant. J'imagine qu'elle s'efforçait de marquer une différence, tout en ne se différenciant pas, justement. Personne ne se distinguait, à Jackson.

— On ne voulait pas te laisser tout seul ici, a rigolé Charlotte.

Si Eden appartenait au deuxième cercle, Charlotte devait se contenter du troisième. Défaut extraordinaire pour une *cheerleader* de Jackson qui se respectait, elle était un peu dodue. Elle ne s'était jamais débarrassée des rondeurs de son enfance, et elle avait beau se soumettre à un régime permanent, elle n'arrivait pas à perdre ses cinq derniers kilos en trop. Ce n'était pas sa faute ; elle essayait vraiment. Mangeait le gâteau, laissait la croûte, prenait double ration de pain, demi-ration de sauce.

— Qu'est-ce que ce livre est barbant ! a soupiré Emily.

Sans se donner la peine de regarder dans ma direction. On était en pleine revendication territoriale, là. Emily m'avait certes largué, mais il était exclu que la nièce de ce Vieux Fou de Ravenwood en profite.

— Pas question que je lise un truc à propos d'un bled plein de dingues. On a assez de ça par ici.

Abby Porter qui s'asseyait toujours du côté de l'œil valide s'est installée à côté de Lena, à laquelle elle a adressé un sourire timide. Lena le lui a retourné et a semblé vouloir dire quelque chose de gentil, quand Emily a lancé un coup d'œil à Abby pour lui signifier que la célèbre hospitalité du Vieux Sud ne s'appliquait pas à Lena. Or, défier Emily Asher relevait du suicide social. Sortant son classeur, Abby s'est plongée dedans. Message reçu.

Se tournant ensuite vers Lena, Emily l'a gratifiée d'un coup d'œil expert qui a réussi à la balayer du haut de ses cheveux sans mèches blondes jusqu'à l'extrémité de ses doigts non vernis de rose, en passant par son visage dénué de bronzage. Eden et Charlotte se sont trémoussées pour contempler Emily, comme si Lena n'existait pas. L'habituel mépris glacial des filles entre elles – sauf que, aujourd'hui, la température atteignait les moins quinze.

Ouvrant son carnet à spirale usé, Lena s'est mise à écrire. Emily s'est emparée de son téléphone et a commencé à rédiger un texto. J'ai baissé les yeux sur mon propre cahier et j'ai glissé ma BD Silver Surfer entre les pages – un exercice périlleux, au premier rang.

— Très bien, mesdemoiselles, messieurs, a lancé English en gribouillant comme une furieuse au tableau. Les lumières ayant l'air de vouloir fonctionner, vous n'avez pas de chance. J'espère que vous avez tous lu votre chapitre hier soir. Arrêtons-nous un instant sur le conflit social dans une petite ville.

Quelqu'un aurait dû avertir la mère English. Le cours n'en était pas à sa moitié que la classe connaissait plus de conflits sociaux que n'importe quelle ville, petite ou non. Emily coordonnait une offensive en bonne et due forme.

— Qui peut m'expliquer pourquoi Atticus accepte de défendre Tom Robinson, victime de l'étroitesse d'esprit et du racisme ?

— Je parie que Lena Ravenwood peut, a lancé Eden en adressant un sourire innocent à la prof.

Lena a contemplé son calepin sans moufter.

— Boucle-la, ai-je murmuré, un peu trop fort. Elle ne s'appelle pas comme ça, et tu le sais.

— Oh, elle pourrait, a minaudé Charlotte. Après tout, elle vit avec ce cinglé.

— Fais gaffe à tes paroles, la rumeur prétend que ces deux-là sont ensemble.

Ça, c'était Emily qui déployait la grosse artillerie.

— Taisez-vous ! a ordonné English en posant son œil valide sur nous.

Nous l'avons fermée. Lena a bougé, et les pieds de sa chaise ont bruyamment raclé le sol. Moi, je me suis penché en avant sur la mienne en essayant de me transformer en un mur qui séparerait ma voisine des sbires en jupon d'Emily, comme si j'étais capable de repousser physiquement leurs commentaires.

Ne te berce pas d'illusions.

Quoi ?! Sous l'effet de la surprise, je me suis redressé. J'ai regardé autour de moi. Personne ne me parlait. Personne ne parlait, d'ailleurs. Je me suis tourné vers Lena. Elle était toujours à moitié cachée dans son calepin. Super ! Comme s'il ne suffisait pas que je rêve de filles réelles et que je me berce de chansons imaginaires. Voilà maintenant que j'entendais des voix aussi.

L'ostracisme dont Lena était victime me tracassait pour de bon. Je devais me sentir responsable. Emily et les autres ne l'auraient pas détestée autant, sans moi.

Si.

Ça recommençait. Une voix si ténue que je la percevais à grand-peine. Elle avait l'air de provenir de l'arrière de ma tête.

Eden, Charlotte et Emily ont poursuivi leurs attaques. Lena n'a pas sourcillé, donnant l'impression de réussir à les oublier tant qu'elle s'acharnait à gribouiller dans son cahier.

— Harper Lee semble soutenir qu'on ne connaît pas vraiment quelqu'un tant qu'on ne s'est pas mis à sa place. Quelqu'un souhaite réagir ?

Harper Lee n'a jamais vécu à Gatlin.

Une fois encore, j'ai regardé de tous les côtés. En retenant un rire. Emily m'a toisé comme si j'étais dingue. Lena a levé le doigt.

— Pour moi, elle veut dire qu'il faut laisser une chance aux gens. Avant de les haïr. Tu n'es pas de cet avis, Emily ?

Avec un sourire, elle l'a dévisagée.

— Espèce de sale petite cinglée ! a sifflé l'interpellée.

Tu n'imagines même pas.

J'ai observé Lena de plus près. Elle avait laissé tomber son carnet pour écrire sur sa main. Je n'ai pas eu besoin de déchiffrer pour deviner. Un énième nombre. 151. Que signifiaient-ils ? Et pourquoi ne les listait-elle pas dans son calepin ? Je me suis concentré sur Silver Surfer.

— Intéressons-nous à Boo Radley. Qu'est-ce qui amène le lecteur à penser que c'est lui qui donne des cadeaux aux enfants Finch ?

— Bah ! a chuchoté Emily, suffisamment fort pour que Lena entende, mais pas English. Il est juste comme ce Vieux Fou de Ravenwood. Il essaye de les attirer chez lui pour les assassiner. Ensuite, il place leurs cadavres dans son corbillard et il les emmène pour les enterrer au milieu de nulle part.

La ferme.

La voix, encore. Un autre son aussi. Des grincements. Faibles.

— En plus, il a un drôle de nom, Ravenwood. Comme Boo Radley, d'ailleurs. Ça vient d'où, déjà ?

— De la Bible. Un vieux truc débile qu'on ne donne plus à personne.

Je me suis raidi. Elles s'en prenaient à ce Vieux Fou de Ravenwood, mais aussi à Lena.

— Et si tu arrêtais, Emily ? ai-je riposté.

— Ce mec est taré, a-t-elle rétorqué, mauvaise. Toute la famille l'est, ce n'est un secret pour personne.

Je t'ai dit de la fermer.

Les grincements augmentaient en intensité. Ils commençaient à ressembler à des craquements. J'ai relevé la tête. D'où venait ce bruit ? Plus étrange, j'étais le seul à le percevoir, apparemment. À l'instar de la voix. Lena regardait droit devant elle, la mâchoire serrée, bizarrement focalisée sur l'avant de la salle, comme hypnotisée. La pièce m'a paru rétrécir, étouffante.

Soudain, les pieds de la chaise voisine ont de nouveau raclé le sol, et Lena s'est levée pour gagner la bibliothèque placée sous une fenêtre, de l'autre côté de la salle. Pour tailler son crayon, histoire d'échapper à l'implacable tribunal féminin de Jackson. Le taille-crayon a gémi.

— Melchizedek ! C'est ça.

Assez.

Couinements du taille-crayon.

— Ma mémé dit que c'est un nom démoniaque.

Assez ! Assez ! Assez !

— Ça lui va bien, alors.

ÇA SUFFIT !

Le cri avait été tel que je me suis bouché les oreilles. Les crissements mécaniques ont cessé. Tout à coup, du verre a volé en éclats lorsqu'un carreau s'est brisé, celui de la fenêtre située au bout de notre rangée de pupitres, juste à côté de l'endroit où se tenait Lena ; et Charlotte, Eden, Emily, moi. En hurlant, les filles ont sauté de leur chaise pour s'abriter. J'ai alors compris l'origine des craquements. La pression. Des fêlures imperceptibles sur la vitre, s'étendant, tels des doigts qu'on déplie, jusqu'à ce que le verre cède, vers l'intérieur, comme tiré par un fil.

Ça a été le chaos. Les nanas s'égosillaient, tous les élèves s'étaient levés. Même moi, j'ai bondi sur mes pieds. Je me suis tourné vers le taille-crayon afin de m'assurer que Lena n'avait rien. Ce n'était pas le cas. Debout près de la fenêtre cassée, elle était entourée par des éclats de verre et paraissait prête à céder à la panique. La pâleur de son visage s'était encore accentuée, ses yeux s'étaient encore élargis, leur couleur verte avait gagné en intensité. Comme la veille sous la pluie. La différence, c'est qu'ils exprimaient la peur et non plus le courage.

Elle a tendu les mains devant elle. L'une d'elles saignait. Des gouttes rouges tombaient par terre.

Ce n'était pas mon intention…

Avait-elle explosé la vitre ? Ou cette dernière s'était-elle brisée toute seule, blessant Lena au passage ?

— Lena…

Elle a filé sans me laisser le temps de lui demander comment elle allait.

— Non mais vous avez vu ça ? Elle a cassé la fenêtre ! Elle l'a frappée avec un objet quand elle est allée là-bas !

— Elle a défoncé le carreau d'un coup de poing ! Je l'ai vue de mes propres yeux !

— Explique-moi alors pourquoi elle ne pissait pas le sang ? ai-je objecté.

— Tu te prends pour qui ? Un flic chargé d'une enquête ? Elle a essayé de nous tuer !

— J'appelle mon père tout de suite. Cette fille est folle, comme son oncle !

On aurait dit une meute de chattes de gouttière enragées, miaulant à qui mieux mieux. La mère English a tenté de ramener l'ordre, en vain.

— Que tout le monde se calme ! Vous n'avez aucune raison de paniquer. Ce n'est qu'un accident. Sûrement rien de plus grave qu'une vieille fenêtre et le vent.

Une explication que personne n'était prêt à accepter, cependant. L'événement tenait plutôt à la nièce d'un vieux cinglé et à un orage carabiné. Un orage aux prunelles vertes qui venait de débouler en ville. L'ouragan Lena.

Une chose était certaine. Le temps avait changé, et Gatlin n'avait jamais connu pareille tempête.

Quant à Lena, si ça se trouve, elle ne se doutait même pas qu'il pleuvait.

12 septembre
GREENBRIER

Non.

Son cri a résonné dans mon crâne. Il m'a semblé, du moins.

Ça n'en vaut pas la peine, Ethan.

Si.

C'est alors que je me suis précipité dans le couloir. Un choix, j'en avais conscience. Je prenais parti. Désormais, je me retrouvais dans un nouveau pétrin. Ça m'était égal, cependant.

Il ne s'agissait pas seulement de Lena. Elle n'était pas la première. Toute mon existence, j'avais observé mes pairs se comporter de la même façon. Ils avaient infligé un traitement identique à Allison Birch, lorsque son eczéma avait tellement empiré que personne n'avait plus voulu s'asseoir à côté d'elle à la cantine. Et au malheureux Scooter Richman, parce qu'il était le plus mauvais trombone de toute l'histoire de l'orchestre de Jackson. Si, personnellement, je n'avais jamais écrit d'insultes sur le casier de quiconque, j'en avais été le témoin passif à de multiples reprises. Ces curées m'avaient toujours dérangé. Mais pas assez pour me faire quitter la salle.

Il fallait pourtant que quelqu'un proteste. Il était inconcevable que tout un lycée se ligue pour démolir ainsi un élève. Ou une famille, une ville entière. Sauf que, bien sûr, c'était parfaitement possible, et ils le faisaient depuis la nuit des temps. C'était peut-être la raison pour laquelle on n'avait plus revu Macon Ravenwood hors de chez lui depuis bien avant ma naissance.

Je savais ce que j'étais en train d'accomplir.

Non. Tu le crois, mais tu te trompes.

Une fois encore, elle s'invitait dans ma tête. Comme si elle y avait toujours été.

Je devinais ce qu'il me faudrait affronter le lendemain, mais je m'en moquais comme d'une guigne. Tout ce qui comptait, c'était de la retrouver. Sur le moment, je n'aurais pu dire si je le faisais pour elle ou pour moi. Quoi qu'il en soit, ça me paraissait indispensable.

Hors d'haleine, je me suis arrêté au labo de biologie. Un coup d'œil a suffi à Link pour qu'il me lance ses clés en secouant la tête, sans poser de questions cependant. Les attrapant au vol, je suis reparti en courant. J'étais à peu près certain de l'endroit où elle se serait réfugiée. Si j'avais raison, elle serait allée là où personne n'irait. À sa place, c'est là-bas que j'aurais filé.

Chez elle. Même si c'était Ravenwood Manor, même si rentrer à la maison équivalait à rentrer chez le Boo Radley de Gatlin.

La demeure a surgi devant moi, menaçante. Elle était plantée sur la colline, tel un défi. Elle ne m'inspirait pas de peur, ce n'est pas le mot exact. La peur, je l'avais éprouvée quand les flics avaient frappé à notre porte, le soir où ma mère était morte. Lorsque mon père s'était enfermé dans son bureau et que j'avais compris qu'il n'en ressortirait plus jamais vraiment. Et, dans mon enfance, les fois où Amma virait au noir ; le jour où j'avais fini par saisir que les poupées qu'elle fabriquait n'étaient pas des jouets.

Je ne craignais pas Ravenwood, même si la propriété devait se révéler aussi effrayante qu'elle en avait l'air. L'inexplicable était une sorte de donnée, dans le Sud. Toute ville possédait sa maison hantée. Interrogez les gens, et le tiers d'entre eux au moins assureraient avoir croisé un ou deux fantômes au cours de leur existence. Par ailleurs, je vivais avec Amma, dont les croyances impliquaient de peindre nos volets en bleu afin d'éloigner les esprits et dont les gris-gris consistaient en sachets de poussière mêlée à du crin de cheval.

M'approchant de la grille, j'ai posé une main hésitante sur le fer forgé abîmé. Le battant s'est ouvert en grinçant. Rien ne s'est produit. Pas d'éclair, pas de combustion, pas d'orage. J'ignore ce à quoi je m'attendais, mais le peu que je connaissais de Lena m'avait appris à m'attendre à l'inattendu et à agir avec prudence.

Quelqu'un m'aurait prédit, un mois auparavant, que je franchirais cette grille, que je grimperais cette colline, que je mettrais le pied sur le territoire de Ravenwood, j'aurais traité ce quelqu'un de fou. Habitant une ville telle que Gatlin où tout était prévisible, je n'y aurais pas cru. La fois précédente, je m'étais arrêté à la clôture. À présent, la déchéance des lieux me sautait à la figure. Ravenwood Manor était un stéréotype de plantation sudiste comme les gens du Nord se l'imaginaient après avoir vu à l'envi des films comme *Autant en emporte le vent*.

Pourtant, la demeure restait impressionnante ; par l'échelle du moins. Flanquée de palmiers et de cyprès, elle évoquait des journées passées sur la véranda à boire des *mint juleps* et à jouer aux cartes. Enfin, elle aurait évoqué ce genre de scène si elle n'avait pas menacé ruine. Si elle n'avait pas été Ravenwood.

C'était une grande chose à l'antique, assez rare à Gatlin. La ville était pleine de maisons de ce style qu'on appelle Fédéral, typique des débuts de l'histoire américaine. Du coup, Ravenwood se distinguait encore plus comme la verrue qu'elle était. D'énormes colonnes doriques dont la peinture blanche s'écaillait à force de négligence soutenaient un toit à la pente trop raide d'un côté, ce qui donnait l'impression que toute la structure était bancale, comme une vieille femme arthritique. La véranda couverte se fendillait et se détachait du bâtiment principal, comme si elle menaçait de s'écrouler, pour peu qu'on l'arpente. Le lierre qui poussait sur les murs était si dense que, en certains endroits, il dissimulait les fenêtres. Comme si le terrain avait avalé la maison, tentait de la réduire en poussière, cette même poussière sur laquelle elle avait été érigée.

Un linteau surplombait l'entrée, gravé de symboles. D'après ce que j'en distinguais, on aurait dit des cercles et des croissants, les phases de la lune, peut-être. J'ai posé un pied prudent sur une marche gémissante, histoire de mieux les étudier. Les linteaux ne m'étaient pas totalement étrangers. Ma mère avait été historienne, spécialiste de la guerre de Sécession. Elle n'avait pas manqué d'attirer mon attention sur ces divers poitrails, lors de nos innombrables pèlerinages sur des sites historiques à une journée de voiture de Gatlin. D'après elle, ils étaient monnaie courante dans les vieilles maisons et les châteaux, en Angleterre ou en Écosse, par exemple. Des contrées dont étaient originaires certains habitants de chez nous avant que… eh bien, avant qu'ils ne soient de chez nous.

Mais c'était la première fois que j'en voyais un sculpté de symboles et non de maximes. Ceux-ci avaient des allures de hiéroglyphes et entouraient un unique mot tiré d'une langue que je ne connaissais pas. Il avait sûrement signifié quelque chose pour les générations de Ravenwood ayant vécu en ces lieux avant qu'ils ne tombent en déliquescence.

Aspirant un bon coup, j'ai monté deux par deux les dernières marches du perron. Cela devait réduire de cinquante pour cent les chances qu'elles cèdent sous mon poids. Un anneau en laiton suspendu à la gueule d'un lion servait de heurtoir. J'ai frappé. Une fois, deux, trois. Lena n'était pas là. Je m'étais donc trompé.

Sauf que, soudain, j'ai perçu la mélodie désormais familière. *Seize Lunes*. Elle était chez elle.

J'ai appuyé sur la poignée en fer rouillé. Elle a grincé, déclenchant un verrou de l'autre côté du battant. Je me suis tendu, prêt à affronter la vision de Macon Ravenwood que personne n'avait croisé en ville, du moins pas de mon vivant. La porte n'a pas cédé, cependant. J'ai levé les yeux sur le linteau. Quelque chose m'a soufflé d'insister. Après tout, que pouvait-il arriver de pire ? Que ça ne s'ouvre pas ? Suivant mon instinct, j'ai effleuré le bas-relief central, au-dessus de ma tête. Le croissant de lune. Sous la pression de mes doigts, il s'est enfoncé. C'était une sorte de ressort.

La porte s'est alors largement ouverte, sans émettre le moindre son. J'ai franchi le seuil. Le sort était jeté.

La lumière entrait à flots par les carreaux. Ça semblait incroyable, puisque les fenêtres étaient couvertes de lierre et de débris. Pourtant, l'intérieur de la maison était clair et flambant neuf. Nul meuble ancien, nul portrait ancestral, nul héritage datant d'avant la guerre de Sécession. À la place, des canapés et des fauteuils rebondis, des tables basses en verre surchargées de gros livres. Tellement banlieusard. Tellement moderne. Pour un peu, je me serais attendu à ce que le camion de livraison soit encore garé dehors.

— Lena ?

L'escalier circulaire n'aurait pas déparé un loft. Il semblait s'élancer bien au-dessus de l'étage, à l'infini. Je n'en distinguais pas le sommet.

— Monsieur Ravenwood ?

Ma voix a résonné, renvoyée par le haut plafond. Il n'y avait personne. En tout cas, personne ayant envie de me parler. Brusquement, un bruit a retenti derrière moi. J'ai sursauté, manquant de me casser la figure sur un fauteuil en espèce de daim.

C'était un chien noir. Ou un loup. Un animal domestique du genre effrayant, qui portait un lourd collier en cuir auquel était accrochée une lune en argent qui tintinnabulait à chaque mouvement. Il me fixait comme s'il guettait mon prochain geste. Ses prunelles étaient étranges – trop rondes, trop humaines. Il a grondé en dévoilant ses crocs. Peu à peu, le grognement a forci, se transformant en un son perçant, un cri, presque. J'ai fait ce que n'importe qui aurait fait.

Je me suis sauvé.

J'ai dégringolé les marches sans laisser à mes yeux le temps de s'habituer à la clarté. J'ai couru, couru le long de l'allée gravillonnée, fuyant Ravenwood Manor, fuyant le chien-loup menaçant, fuyant les symboles bizarres et la drôle de porte, regagnant la lumière trouble, rassurante et réelle de l'après-midi. Le chemin ne cessait de tourner çà et là, serpentant au milieu de champs en friche et de bosquets hérissés de buissons et de broussailles, plantés d'arbres ayant cessé d'être soignés depuis longtemps. Je me fichais de l'endroit où il m'emmenait du moment que c'était loin.

Je me suis arrêté, plié en deux, mains sur les genoux, le cœur à deux doigts d'exploser. J'avais les jambes en coton. Quand j'ai relevé la tête, j'ai aperçu les ruines d'un mur en pierre devant moi. Je distinguais à peine la cime des arbres par-dessus son faîte.

Une odeur familière flottait dans l'air. Citrons. Elle était là.

Je t'avais pourtant dit de ne pas venir.

Je sais.

Nous discutions. Sans discuter. Comme en cours tout à l'heure, je percevais sa voix dans ma tête, à croire qu'elle était tout près de moi et chuchotait à mon oreille.

Je me suis senti aller vers elle. Il y avait un jardin cerné de murs, un jardin secret, peut-être, comme ceux que racontaient les livres lus par ma mère dans son enfance, à Savannah. Ces lieux devaient être très anciens. La clôture de pierre était abîmée en certains endroits, écroulée en d'autres. Lorsque j'ai écarté la tenture de plantes grimpantes qui dissimulaient l'accès surmonté d'une vieille arche en bois pourrissant, j'ai perçu, à peine audibles, des sanglots. Je l'ai cherchée parmi les troncs et les buissons, en vain.

— Lena ?

Pas de réponse. Ma voix avait des échos étranges, comme si elle n'avait pas été mienne. J'ai arraché un rameau à l'arbrisseau le plus proche. Du romarin. Bien sûr. Et, à une branche qui me surplombait, étrangement parfait, lisse, jaune – un citron.

— C'est moi, Ethan.

Les sanglots se sont renforcés. J'étais sur la bonne voie.

— Je te le répète, va-t'en !

On aurait dit qu'elle était enrhumée. Elle devait pleurer depuis qu'elle avait quitté le lycée.

— Je sais. Je t'ai entendue.

C'était vrai. Même si j'étais incapable de l'expliquer. J'ai contourné précautionneusement le romarin, trébuchant sur les vastes racines qui émergeaient du sol.

— Ah bon ?

Un instant, elle a semblé distraite de son chagrin, comme intéressée.

— Oui.

À l'instar des rêves, je percevais sa voix. Mais, au lieu de tomber de mes bras, elle pleurait dans un jardin ensauvagé au milieu de nulle part. J'ai repoussé un enchevêtrement de branches. Elle était là, roulée en boule dans les hautes herbes, les yeux rivés sur le ciel bleu. Un bras passé au-dessus de la tête, son autre main griffant la terre, comme si elle craignait de s'envoler. Des larmes striaient ses joues.

— Dans ce cas, pourquoi ne m'as-tu pas obéi ?

— Pardon ?

— Pourquoi es-tu venu ?

— Je voulais vérifier que tu allais bien.

Je me suis installé près d'elle. La terre était étonnamment dure. Je l'ai caressée. J'ai alors découvert que j'étais assis sur une dalle de pierre lisse cachée par les herbes folles.

Au moment où je m'allongeais, Lena s'est redressée. Je me suis rassis, elle s'est laissée retomber sur le dos. Pas très habile. Moi tout craché en sa présence.

Maintenant, nous étions tous deux étendus sur le sol

et contemplions le ciel qui virait au gris, sa couleur normale ici, à la saison des ouragans.

— Ils me détestent.

— Pas tous. Pas moi. Pas Link, mon meilleur ami.

Silence.

— Tu ne me connais pas. Avec le temps tu finiras par me haïr toi aussi.

— J'ai failli t'écraser, je te rappelle. Je suis obligé d'être sympa avec toi, sinon tu me feras arrêter.

Minable, la blague. N'empêche, elle lui a arraché un tout petit sourire ; le plus petit que j'aie jamais vu.

— Une priorité sur ma liste, a-t-elle acquiescé. Je vais te dénoncer au gros type qui reste assis devant l'épicerie toute la sainte journée.

Elle continuait d'observer le ciel. Je l'ai examinée.

— Laisse-leur une chance. Ils ne sont pas tous méchants. Enfin, là, tout de suite, si. Ils sont jaloux, rien de plus. Tu comprends, non ?

— Ouais, c'est ça.

— Si, je t'assure. Je le suis bien, moi.

— Alors, tu es fou. Vous l'êtes. Il n'y a pas de quoi être jaloux, à moins de vraiment tenir à déjeuner seul dans son coin.

— Tu as vécu partout.

— Et alors ? Toi, tu as sûrement fréquenté la même école et habité la même maison toute ta vie.

— C'est justement ça, le problème.

— Crois-moi, ça n'en est pas un. Les vrais problèmes, c'est mon rayon.

— Tu as visité des tas de villes, tu as vu des tas de choses. Je serais prêt à tuer pour ça.

— Ouais. Toute seule. Toi, tu as un copain. Moi, j'ai un chien.

— Mais tu n'as peur de personne. Tu agis toujours à ta

guise, tu dis ce que tu as envie de dire. Ici, tout le monde a peur de toi.

Elle a tripoté le vernis noir de son index.

— Parfois, j'aimerais me comporter comme tout un chacun. Malheureusement, je ne peux pas changer celle que je suis. J'ai essayé. Mais je n'ai jamais les bonnes fringues ni le bon mot, ça tourne toujours en eau de boudin. J'aimerais seulement être moi et avoir quand même des amis qui, quand je serais absente du lycée, s'en rendraient compte.

— Pour ça, ne t'inquiète pas, ils le remarqueront. Aujourd'hui, en tout cas.

Elle a failli rire – failli.

— Et pas dans le mauvais sens du terme, ai-je précisé, en détournant les yeux.

Moi, je m'en aperçois.

De quoi ?

Si tu es ou non en cours.

— Alors, tu es vraiment cinglé.

Ses intonations, cependant, laissaient à entendre qu'elle souriait.

Avec elle, ça n'avait plus d'importance que j'aie ou pas une place réservée à la cantine. J'étais incapable de l'expliquer, mais elle, et tout ce qui allait avec, c'était plus vital. Il m'était impossible de rester là sans rien faire à les regarder la démolir. Pas elle.

— C'est toujours comme ça, tu sais ? a-t-elle enchaîné.

Elle s'adressait au ciel. Un nuage a flotté dans le gris-bleu qui fonçait.

— Couvert ?

— Au bahut.

Elle a levé une main, l'a agitée. Le nuage a paru bifurquer dans la direction qu'elle lui indiquait. Du revers de la manche, elle a essuyé ses yeux.

— Je me fiche qu'ils m'apprécient. Je veux juste que leur rejet ne soit pas automatique.

Le nuage était devenu cercle.

— Ces imbéciles ? Dans quelques mois, Emily aura une nouvelle voiture, Savannah une énième couronne de reine du bal, Eden se teindra les cheveux d'une couleur différente, et Charlotte aura... disons, un bébé, un tatouage, quelque chose. Tu seras de l'histoire ancienne.

Je mentais, elle n'était pas dupe. Derechef, elle a agité la main. À présent, le nuage avait plutôt l'air d'un rond légèrement entamé, une lune à venir, peut-être.

— Je ne doute pas qu'elles soient sottes. Évidemment qu'elles le sont. Toutes ces tignasses colorées en blond, tous ces petits sacs métalliques débiles.

— Exact. Elles sont bêtes. On s'en fiche.

— Pas moi. Leur opinion m'importe. Voilà pourquoi je suis idiote, moi aussi. De façon exponentielle, je suis encore plus idiote qu'idiote. Je suis la reine des idiotes.

Elle a agité les doigts, la lune s'est éloignée.

— Je n'ai jamais entendu pareille idiotie, ai-je objecté en l'observant du coin de l'œil.

Elle a réprimé un sourire. Il y a eu une minute de silence.

— Devine ce qui est vraiment crétin, ai-je repris. J'ai des livres sous mon lit.

J'avais lâché ça comme si c'était un détail que je mentionnais souvent.

— Quoi ?

— Des romans. Tolstoï, Salinger, Vonnegut. En plus, figure-toi que je les lis. Parce que j'en ai envie.

Roulant sur le flanc, elle s'est appuyée sur un coude.

— Ah oui ? Et qu'en pensent tes copains sportifs ?

— Eh bien, ils ne sont pas au courant, et je m'arrange pour que mon *jump shot* reste bon.

— J'ai en effet remarqué que tu t'en tiens aux BD, en classe, a-t-elle murmuré en adoptant un ton décontracté. Silver Surfer. Je t'ai vu le lire. Avant que ce pataquès se produise, en littérature.

Tu as remarqué ?

Peut-être.

Parlions-nous ou étais-je en train de fantasmer cette conversation ? Je n'étais pas fou à ce point-là, non ? Pas encore. Lena a changé de sujet. Ou plutôt, elle est revenue au sujet.

— Moi aussi, je lis. De la poésie, pour l'essentiel.

Je l'ai aussitôt imaginée étendue sur son lit, plongée dans un poème, bien que j'aie des difficultés à envisager ce lit à l'intérieur de Ravenwood Manor.

— Vraiment ? J'ai lu un type… Bukowski.

Pour autant que deux poèmes comptent.

— J'ai tous ses livres.

Il était clair qu'elle n'avait pas envie d'évoquer ce qui s'était passé. Mais je bouillais d'en apprendre plus.

— Vas-tu finir par m'expliquer ?

— T'expliquer quoi ?

— Le coup de la fenêtre.

Longtemps, elle a gardé le silence. Elle s'est rassise, s'est mise à arracher l'herbe autour d'elle. Puis elle s'est couchée sur le ventre et m'a fixé droit dans les yeux. Elle n'était qu'à quelques centimètres de moi. Pétrifié, je me suis efforcé de saisir ses paroles.

— Je ne comprends pas exactement comment ça marche. Ce genre de choses m'arrivent. Je ne les contrôle pas.

— Comme les rêves.

J'ai étudié ses traits, guettant un signe de reconnaissance.

— Comme les rêves, a-t-elle acquiescé.

Sans y réfléchir. Immédiatement après, elle a tressailli et m'a contemplé d'un air effaré. J'avais eu raison depuis le début.

— Tu te souviens d'eux.

Elle a caché son visage entre ses paumes. À mon tour, je me suis redressé.

— J'étais sûr que c'était toi. Et toi, tu avais deviné que c'était moi. Tu as tout de suite pigé de quoi je parlais.

J'ai retiré ses mains de sa figure. Une décharge a secoué mes bras.

Tu es la fille.

— Pourquoi n'as-tu rien dit, hier soir ?

Je ne voulais pas que tu saches.

Elle refusait de me regarder.

— Pourquoi ?

Ma question a résonné fort, trop fort dans la quiétude du jardin. Quand elle s'est enfin résignée à tourner la tête vers moi, elle était pâle, elle affichait une drôle d'expression. Effrayée. Ses yeux ressemblaient à la mer avant la tempête, sur les côtes de la Caroline.

— Je ne m'attendais pas à te trouver ici, Ethan. Je croyais qu'il ne s'agissait que de rêves. J'ignorais que tu existais pour de vrai.

— Sauf que, une fois que tu l'as découvert, pourquoi as-tu gardé le silence ?

— Ma vie est compliquée. Je ne veux pas te… je ne veux y mêler personne.

Je ne comprenais rien. Je n'avais pas lâché sa main ; j'avais une telle conscience de ce contact. Sentant la pierre rugueuse sous nos fesses, j'en ai saisi le rebord afin d'y trouver un soutien. Mes doigts se sont refermés sur une petite rondeur collée sur la tranche de la dalle. Un insecte, un caillou, peut-être. L'objet s'est détaché.

C'est alors que l'onde de choc m'a frappé. La main de Lena s'est resserrée autour de la mienne.

Que se passe-t-il, Ethan ?

Aucune idée.

Autour de moi, le paysage a changé. J'ai eu l'impression de me retrouver ailleurs. J'étais toujours dans le jardin, et je n'y étais plus. L'odeur des citrons s'est estompée, peu à peu remplacée par celle de la fumée...

Il était minuit, mais le ciel était en feu. Les hautes flammes l'illuminaient, vomissant des torrents de fumée qui avalaient tout sur leur passage. Même la lune. La terre était devenue marécage. Un sol de cendres qu'avaient détrempé les pluies ayant précédé l'incendie. Si seulement il avait plu aujourd'hui ! Genevieve toussa sous l'effet des fumées qui brûlaient sa gorge, au point de rendre sa respiration douloureuse. De la boue s'accrochait à l'ourlet de sa robe, et elle trébuchait à chaque pas sur les plis de tissu épais. Malgré tout, elle se força à avancer.

C'était la fin du monde. La fin de son monde.

Elle entendait des hurlements mêlés à des coups de feu et au rugissement acharné des flammes. Elle entendait les soldats brailler leurs ordres assassins. « Calcinez-moi ces maisons ! Que les rebelles sentent le poids de la défaite ! Qu'il ne reste rien ! »

Les hommes de l'Union avaient, l'une après l'autre, embrasé les vastes demeures des plantations à l'aide de draps et de tentures imbibés de kérosène. Genevieve avait regardé, l'une après l'autre, les propriétés de ses voisins, de ses amis, de sa famille succomber aux flammes. Dans le pire des cas, nombreux avaient été ceux qui, parmi ces amis et ces parents, avaient également péri, brûlés vifs dans les maisons qui les avaient vus naître.

Voilà pourquoi elle courait, au milieu des tourbillons de fumée, vers l'incendie, droit dans la gueule du monstre. Il fallait qu'elle parvienne à Greenbrier avant les soldats. Il ne lui restait guère de temps. Les troupes étaient méthodiques, elles suivaient le cours de la Santee et carbonisaient les habitations au fur et à mesure. Elles avaient déjà réduit en cendres Blackwell. Dove's Crossing serait la suivante, puis Greenbrier et Ravenwood. Le général Sherman et ses armées avaient commencé à mettre le feu aux campagnes des kilomètres en amont de Gatlin. Ils avaient anéanti Columbia et continuaient leur marche vers l'est, détruisant tout ce qu'ils trouvaient sur leur chemin. Lorsqu'ils avaient atteint les abords de Gatlin, le drapeau confédéré y battait encore. Il n'en avait pas fallu plus pour ranimer leurs ardeurs.

Ce fut l'odeur qui l'informa qu'elle arrivait trop tard. Citrons. L'odeur âcre des citrons mélangée aux cendres. Ils brûlaient le verger.

La mère de Genevieve avait adoré les citronniers. Aussi, lors de sa visite d'une plantation en Georgie, son père lui en avait rapporté deux plants. Genevieve était enfant, à l'époque. Tout le monde s'était accordé à dire que les arbres ne pousseraient pas, que les froides nuits hivernales de Caroline du Sud les tueraient. Sa mère n'avait pas écouté. Elle avait installé ses arbres juste devant le champ de coton, avait veillé en personne sur eux. Durant les fameuses nuits d'hiver, elle les avait protégés avec des couvertures en laine qu'elle avait maintenues en place avec de la terre afin d'éviter l'humidité. Les citronniers avaient grandi. Si bien d'ailleurs que, au fil des ans, le père de Genevieve en avait acheté vingt-huit de plus. D'autres dames de la ville avaient demandé à leurs époux qu'ils leur en offrent aussi, quelques-unes avaient même réussi à en obtenir un ou deux. Mais aucune n'avait su comment les garder en vie. Les citronniers n'avaient paru prospérer qu'à Greenbrier, grâce aux soins de sa mère.

Rien n'avait été en mesure de les anéantir. Jusqu'à aujourd'hui.

— Que vient-il de se passer ?

Lena a retiré sa main de la mienne. J'ai rouvert les paupières. Elle tremblait. Baissant les yeux, j'ai déplié mes doigts, révélant l'objet que, par mégarde, j'avais arraché à la pierre.

— Je crois que ça a un rapport avec ça.

Ma paume était enroulée autour d'un vieux camée cabossé, noir, ovale. Le visage d'une femme y était gravé, en ivoire et nacre. Le travail était minutieux, nul détail des traits ne manquait. Sur le côté du bijou, il y avait un renflement.

— Regarde ! Je crois qu'il s'agit d'un médaillon.

J'ai appuyé sur le ressort, et le camée s'est ouvert sur une inscription.

— Juste GREENBRIER. Et une date.

— Qu'est-ce que Greenbrier ? a demandé Lena.

— Un lieu. Celui où nous sommes. Ce n'est plus Ravenwood, c'est la plantation voisine, Greenbrier.

— Mais cette vision ? L'incendie ? Tu as vu ça aussi ?

J'ai hoché la tête. Le spectacle avait été si horrible qu'il était dur de l'évoquer.

— Nous devons nous trouver à Greenbrier. Ce qu'il en reste, du moins.

— Montre-moi le médaillon.

Je le lui ai tendu avec délicatesse. L'objet paraissait avoir survécu à bien des avanies, voire au sinistre de notre vision. Lena l'a examiné.

— 11 FÉVRIER 1865.

Elle a aussitôt lâché le bijou, a blêmi.

— Qu'est-ce qu'il y a ?

— Je suis née un 11 février, a-t-elle répondu en fixant le sol.

— Et alors ? C'est une coïncidence. Un cadeau d'anniversaire à l'avance.

— Rien n'est jamais coïncidence, dans ma vie.

Ramassant l'objet, je l'ai retourné. Au revers étaient engravées des initiales.

— ECW & GKD. Ce camée appartenait sûrement à l'une de ces deux personnes. Tiens, c'est bizarre. Mes initiales sont ELW.

— Ma date de naissance, tes initiales, tu ne trouves pas ça plus que bizarre ?

Elle avait peut-être raison. N'empêche...

— Nous devrions recommencer. Pour en savoir plus.

C'était comme une démangeaison qu'il me fallait gratter.

— Tu crois ? Et si c'était dangereux ? J'ai vraiment eu l'impression d'y être. J'ai les yeux qui brûlent encore, à cause de la fumée.

En effet. Bien que nous n'ayons pas bougé du jardin, le sentiment avait été celui d'être au beau milieu de l'incendie. Mes poumons étaient encrassés de suie. Mais le désir de creuser l'énigme était plus fort que tout. J'ai brandi le médaillon, j'ai tendu la main.

— Allez ! Manquerais-tu de courage ?

Un défi. Levant les yeux au ciel, elle a frôlé mes doigts. La chaleur de sa main s'est communiquée à la mienne. Chair de poule électrique. Je ne vois pas d'autres mots pour décrire cette sensation. J'ai fermé les yeux, dans l'attente. Rien. J'ai rouvert les paupières.

— Et si nous l'avions rêvé ? Ou si les piles étaient mortes ?

Elle m'a dévisagé comme si j'étais aussi bête qu'Earl Petty, qui avait été obligé de redoubler le cours d'algèbre.

— Et s'il était impossible d'exiger d'un truc pareil qu'il se reproduise au moment où tu en as envie ? a-t-elle rétorqué. Avant d'ajouter en se levant : Je dois y aller.

Elle s'est tue, m'a observé un instant, puis a repris :

— Tu sais quoi ? Tu n'es pas comme je l'espérais.

Sur ce, elle a tourné les talons et a filé entre les citronniers.

— Attends ! ai-je crié.

Elle a continué à avancer. J'ai essayé de la rattraper en trébuchant sur les racines. Au dernier arbre, elle s'est arrêtée.

— Ne fais pas ça !

— Quoi ?

— Laisse-moi tranquille. N'aggrave pas les choses.

— Mais qu'est-ce que tu racontes ? Sérieux, je ne pige pas.

— Laisse tomber.

— Tu crois être la seule personne compliquée au monde ?

— Non. Même si c'est un peu ma spécialité.

Elle s'apprêtait à repartir. Hésitant, j'ai posé une main sur son épaule. Le soleil avait tiédi sa peau ; je sentais l'os sous le tissu du tee-shirt et, en cet instant, elle a paru être une chose fragile, comme dans les rêves. Une étrange impression dans la mesure où, quand elle était face à moi, elle me faisait l'effet d'être incassable. À cause de ses yeux tellement extraordinaires, sans doute. Nous sommes restés ainsi un instant, puis elle a cédé, s'est tournée vers moi.

— Écoute, ai-je tenté une nouvelle fois, il se passe quelque chose, là. Les rêves, la chanson, l'odeur et, maintenant, le camée. Comme si nous étions censés être amis.

— Viens-tu de mentionner l'odeur ? s'est-elle exclamée, horrifiée. Dans la même phrase que celle où tu parles d'amitié ?

— Techniquement, c'étaient deux phrases distinctes.

Elle a toisé ma main ; je l'ai ôtée de son épaule. J'étais incapable de renoncer, cependant. Je l'ai regardée bien en face, vraiment regardée, pour la première fois je pense. Les abysses verts de ses prunelles paraissaient s'enfoncer trop loin pour que j'en atteigne jamais le fond, quand bien même j'y aurais consacré ma vie. Je me suis demandé comment la théorie d'Amma sur « les yeux fenêtres de l'âme » se serait débrouillée de cela.

Il est trop tard, Lena. Tu es déjà mon amie.

C'est impossible.

Nous sommes deux, dans cette histoire.

Non. S'il te plaît, fais-moi confiance.

Détournant la tête, elle s'est adossée à un citronnier. Elle avait l'air malheureuse.

— Je sais que tu n'es pas comme eux, a-t-elle murmuré. Mais il y a des choses à mon sujet que tu n'es pas en mesure d'appréhender. J'ignore pourquoi nous partageons de tels liens. Comme toi, j'ignore aussi pourquoi nos rêves sont similaires.

— J'ai envie de comprendre ce qui se passe…

— J'aurai seize ans dans cinq mois, m'a-t-elle coupé en levant la main.

Comme d'ordinaire, un nombre y était inscrit. 151.

— Cent cinquante et un jours, a-t-elle poursuivi.

Son anniversaire. Les nombres égrenaient le compte à rebours du temps la séparant de cette date.

— Tu n'as pas idée de ce que cela signifie, Ethan. Tu n'as aucune idée de rien. Il se pourrait que je ne sois plus ici par la suite.

— Tu es ici maintenant.

Elle a fixé quelque chose derrière moi, vers Ravenwood. Quand elle a repris la parole, elle n'a pas posé les yeux sur moi.

— Aimes-tu ce poète, Bukowski ?

— Euh, oui.

— N'essaye pas.

— Pardon ?

— Telle est son épitaphe.

Sur ce, elle a franchi le mur de pierre, a disparu. Cinq mois. Si je ne comprenais pas ce qu'elle voulait dire, j'avais très bien identifié ce qu'elle ressentait. Au plus profond de moi.

De la panique.

Le temps que je sorte à mon tour du jardin, elle s'était volatilisée, comme si elle n'avait jamais existé, ne laissant derrière elle que des effluves de citrons et de romarin. Paradoxe – plus elle fuyait, plus j'étais décidé à la poursuivre.

N'essaye pas.

J'étais convaincu que ma propre tombe porterait une inscription toute différente.

12 septembre
Les sœurs

La table n'était pas encore débarrassée quand je suis rentré à la maison. Heureusement pour moi, car Amma m'aurait tué si j'avais manqué le dîner. Toutefois, je n'avais pas songé que le téléphone arabe s'était déclenché à la minute où j'avais déserté le cours de littérature. La moitié de Gatlin au minimum avait dû appeler Amma avant mon arrivée.

— C'est toi, Ethan Wate ? Si oui, prépare-toi, car tu es dans le pétrin.

La menace a été ponctuée par un fracas de casseroles que je ne connaissais que trop bien. C'était encore pire que ce que je pensais. J'ai gagné la cuisine. Amma se tenait près du plan de travail, vêtue de son tablier d'ouvrier en jean, lequel était doté de quatorze poches destinées à accueillir clous et outils. Elle était armée de son couperet chinois. Une montagne de carottes, de choux et d'autres légumes que je n'ai pas identifiés s'élevait devant elle. Rouleaux de printemps. La recette qui, de toutes celles à la disposition d'Amma, exigeait le plus de hachage. Si elle s'était lancée dans la confection de rouleaux de printemps, cela ne signifiait qu'une chose – et pas qu'elle aimait la cuisine chinoise. J'ai cherché une excuse valable. Sans résultat.

— L'entraîneur m'a passé un coup de fil cet après-midi. De même que English, le proviseur Harper, la mère de Link et tout un tas de Filles de la Révolution Américaine de la ville[1]. Or, tu sais combien je déteste m'entretenir avec ces femmes. Elles sont méchantes comme le péché.

Gatlin pullulait de dames impliquées dans diverses organisations, mais les FRA étaient les plus actives. Fidèles à leur nom, elles exigeaient de leurs adhérentes qu'elles prouvent leur descendance en ligne directe d'un patriote ayant participé à la Révolution. Le statut de membre vous autorisait à dire à vos voisins de River Street de quelle couleur peindre leurs maisons et, plus généralement, à commander, harceler et juger la population entière de la ville. Sauf Amma. Ça, personne ne s'y serait risqué.

— Le discours est le même, a poursuivi cette dernière. Tu t'es sauvé du lycée en pleine classe afin de poursuivre la petite Duchannes.

Une carotte a roulé sur la planche à découper.

— Écoute, Amma, je...

Un chou a été tranché net en deux.

— Mon garçon ne quitterait jamais l'école sans permission, que je leur ai répondu. Il ne manquerait pour rien au monde l'entraînement. Il doit y avoir une erreur.

---

1. Soit « Daughters of the American Revolution », ou DAR. Société datant de la fin du XIXe siècle, réservée aux femmes et impliquée dans l'éducation et la mémoire de l'histoire des États-Unis. Prônant des opinions conservatrices, les DAR ont soulevé la polémique à plusieurs reprises par leurs positions racistes, notamment à l'époque de la Ségrégation.

Sans doute un autre garçon irrespectueux envers ses professeurs et prêt à traîner son nom dans la boue. Ce ne peut être un garçon que j'aurais élevé et qui vivrait dans cette maison.

Des bouts d'oignons verts ont volé sur le comptoir.

Je m'étais rendu coupable du pire des crimes. J'avais mis Amma dans une situation impossible. Qui plus est, face à Mme Lincoln et aux membres des FRA, ses ennemies jurées.

— Qu'as-tu à dire pour ta défense ? Qu'est-ce qui t'a poussé à t'enfuir du lycée comme si tu avais le feu aux fesses ? Et je ne veux pas entendre que c'est pour une fille.

J'ai aspiré profondément. Qu'avouer ? Que j'avais rêvé d'une mystérieuse créature pendant des mois, qu'elle avait débarqué à Gatlin, et qu'il s'agissait de la nièce de Macon Ravenwood ? Et que, par-dessus le marché, j'avais la vision d'une femme que je ne connaissais ni d'Ève ni d'Adam, et qui avait vécu durant la guerre de Sécession ? Voilà qui, à coup sûr, allait me sortir de mes ennuis ! Ouais. Le jour où le Soleil et le système solaire disparaîtraient.

— Ce n'est pas ce que tu crois, ai-je plaidé. Les élèves embêtaient Lena. Ils se moquaient d'elle à cause de son oncle qu'ils ont accusé de transporter des cadavres dans son corbillard. Ça l'a bouleversée, et elle s'est sauvée.

— Cela n'explique pas en quoi ça te concerne.

— N'est-ce pas toi qui m'as toujours répété de « marcher sur les traces de Notre-Seigneur » ? Ne crois-tu pas qu'Il aurait souhaité que je soutienne la victime de l'opprobre public ?

Houps ! Faux pas. Je l'ai vu à la lueur qui a traversé les prunelles d'Amma.

— N'invoque pas la Parole du Seigneur pour justifier

tes bêtises, sinon je te jure que je sors couper une badine et que je te tanne le derrière jusqu'à ce que je t'aie remis les idées en place ! Je me fiche que tu aies seize ans, compris ?

Si elle m'avait pourchassé à plusieurs reprises avec une baguette afin de prouver son mécontentement, Amma ne m'avait jamais battu de ma vie. Ce n'était cependant pas le moment de le lui rappeler. La situation empirait. Il fallait que je trouve de quoi la distraire de son ire. Dans la poche arrière de mon jean, le médaillon ne se laissait pas oublier. Or, Amma adorait les énigmes. Elle m'avait appris à lire dès l'âge de quatre ans, grâce aux romans policiers et aux mots croisés que je contemplais par-dessus son épaule. À la maternelle, j'avais été le seul à avoir su déchiffrer « inculquer » sur le tableau noir, parce que le mot ressemblait à « inculper ». Quant aux mystères, le camée en était un bon. Il suffisait que je ne mentionne pas que, en le touchant, j'avais été ramené en pleine guerre de Sécession.

— Tu as raison, Amma, et je suis désolé. Je n'aurais pas dû sécher. Je voulais seulement m'assurer que Lena allait bien. Une fenêtre de la salle s'est brisée juste à côté d'elle, et elle saignait. Je me suis contenté de monter chez elle pour vérifier.

— Tu t'es rendu dans cette maison ?

— Oui, mais Lena était dehors. Son oncle est très timide, je crois.

— Oh, je t'en prie ! Ne viens pas me parler de Macon Ravenwood comme si tu en connaissais plus à son sujet que moi.

Le Regard-Qui-Tue.

— J.O.C.R.I.S.S.E.

— Quoi ?

— Autrement dit, tu n'as pas un grain de bon sens, Ethan Wate.

Tirant le médaillon de ma poche, je me suis approché d'elle.

— Nous étions derrière la maison quand nous avons trouvé ceci, ai-je annoncé en ouvrant la paume. Il y a quelque chose d'écrit à l'intérieur.

La réaction d'Amma m'a glacé les sangs. Elle a eu l'air d'avoir reçu un coup qui lui aurait coupé le souffle.

— Amma ? Ça va ?

J'ai voulu la saisir par le coude, des fois qu'elle ne s'évanouisse, mais elle s'est reculée, comme si elle venait de se brûler la main à la queue d'une casserole.

— Où as-tu pris ça ? a-t-elle chuchoté.

— Nous l'avons découvert par terre, à Ravenwood.

— Pas sur la plantation de Ravenwood, non.

— Comment ça ? Tu sais à qui il appartenait ?

— Reste ici, m'a-t-elle ordonné. Surtout, ne bouge pas.

Sur ce, elle est sortie de la cuisine en vitesse. Ne l'écoutant pas, je l'ai suivie jusqu'à sa chambre. Cette dernière avait toujours plus ressemblé à une pharmacie qu'à une chambre à coucher. Le long lit simple et blanc était coincé sous des rangées de rayonnages. Sur ces derniers, des piles bien nettes de journaux – Amma ne jetait jamais une grille de mots croisés achevée – et des bocaux remplis des ingrédients dont elle se servait pour fabriquer ses amulettes. Il y avait là les stéréotypes habituels : sel, pierres colorées, herbes. Mais il y avait également des choses plus rares, comme des racines et des nids d'oiseaux abandonnés. L'étagère supérieure ne contenait que de vieilles bouteilles en terre. Même pour elle, Amma se comportait étrangement. Je n'étais qu'à quelques pas derrière elle, pourtant, elle fouillait déjà dans ses tiroirs quand je l'ai rejointe.

— Amma ! Qu'est-ce que tu…

— Ne t'avais-je pas dit de rester là-bas ? a-t-elle piaillé quand j'ai avancé d'un pas. N'apporte pas cette chose ici !

— Mais qu'est-ce qui te bouleverse comme ça ?

Elle a fourré quelques objets que je n'ai pas distingués dans son tablier, puis elle est repartie à toutes jambes. Je ne l'ai rattrapée que dans la cuisine.

— Voyons, Amma, que se passe-t-il ?

— Prends ça, m'a-t-elle lancé en me tendant un mouchoir usé jusqu'à la trame en prenant soin de ne pas me toucher. Et maintenant, mets-y ce truc. Tout de suite !

Ce comportement dépassait amplement le fait de virer au noir. Elle perdait la boule.

— Amma…

— Ne discute pas, Ethan.

Elle ne m'appelait jamais par mon seul prénom.

Une fois le médaillon enveloppé dans le tissu, elle s'est un peu calmée. D'une poche de son tablier, elle a extrait une petite bourse en cuir et une fiole contenant de la poudre. J'étais assez au courant de certains arcanes pour reconnaître un sortilège quand j'en voyais un. La main légèrement tremblante, elle a versé une dose de poudre noire dans la bourse.

— Tu as bien noué les bords ?

— Ouais.

Ce mot, exprès, afin de voir si elle allait me corriger pour avoir osé lui répondre de manière aussi familière.

— Sûr ?

— Oui.

— Bon, place-le là-dedans. Vas-y !

Le sac était tiède et chaud. J'y ai lâché l'ignominieux camée.

— Ferme-le avec ça, m'a-t-elle ensuite ordonné en me donnant un brin de ficelle.

Du moins, ça ressemblait à de la ficelle ordinaire, même si je savais qu'elle n'utilisait jamais rien d'ordinaire en matière de sorcellerie, que ses ingrédients n'étaient jamais ce dont ils avaient l'air.

— Maintenant, rapporte ça là où tu l'as trouvé et enterre-le. Immédiatement. Et ne fais pas de détour.

— Explique-moi, Amma.

Elle m'a pris par le menton, a repoussé les cheveux qui me tombaient devant les yeux. Pour la première fois depuis que je lui avais montré le camée, elle m'a regardé bien en face. Nous sommes restés dans cette position durant la minute la plus longue de mon existence. L'expression d'Amma – une sorte d'incertitude – me désarçonnait.

— Tu n'es pas prêt, a-t-elle murmuré en me relâchant.

— Pas prêt pour quoi ?

— Tais-toi et obéis. Va remettre ça où tu l'as pris, enfouis-le sous terre et reviens directement à la maison. Je ne veux plus que tu traînes avec cette fille, tu m'as comprise ?

Elle avait dit tout ce qu'elle avait l'intention de dire. Un peu plus, peut-être. Ce que je ne découvrirais pas, cependant, car s'il y avait un domaine où elle excellait encore plus que la cartomancie ou les mots croisés, c'était la conservation d'un secret.

— Tu es debout, Ethan Wate ?

Quelle heure était-il ? Neuf et demie, un samedi. J'aurais dû être debout depuis longtemps, mais j'étais épuisé. La veille au soir, j'avais passé deux heures à me balader çà et là, de façon à ce qu'Amma croie que j'étais retourné à Greenbrier pour me débarrasser du médaillon.

Me tirant du lit, j'ai titubé à travers ma chambre en trébuchant sur un paquet de biscuits rassis. Mon antre était une telle pétaudière, bourrée de tant d'affaires que mon père – bien qu'il n'y soit pas monté depuis un bon moment – la qualifiait de menace permanente. D'après lui, j'allais bien finir par réussir à flanquer le feu à la maison. En sus de la carte, des posters couvraient les murs et le plafond, reproductions des endroits que j'espérais pouvoir visiter un jour – Athènes, Barcelone, Moscou et même l'Alaska. Des cartons à chaussures s'empilaient sur le pourtour de la pièce, atteignant parfois des hauteurs d'un mètre, un mètre vingt. Malgré le hasard apparent de ces rangements, j'étais en mesure de localiser la moindre boîte, de la blanche signée Adidas qui renfermait ma collection de briquets remontant à ma phase « pyromane en herbe », quand j'étais en cinquième, à la verte de New Balance qui contenait des douilles de cartouches et un morceau de drapeau déchiré que j'avais découvert lors d'une visite de Fort Sumter avec ma mère.

Et la jaune, Nike, celle que je cherchais, avec dedans le camée qui avait mis Amma dans tous ses états. Ouvrant la boîte, j'en ai sorti la bourse en cuir lisse. L'idée m'avait semblé bonne, la nuit précédente, de la cacher. Ce matin-là, je l'ai remise dans ma poche. Au cas où.

— Descends ou tu vas être en retard ! a crié Amma dans la cage d'escalier.

Je passais tous mes samedis avec les trois plus vieilles dames de Gatlin, mes grands-tantes Charity, Prudence et Grace. En ville, tout le monde les surnommait les Sœurs, comme si elles avaient constitué une entité unique. Ce qui, dans un sens, n'était guère éloigné de la vérité.

Toutes trois avaient dans les cent ans, et aucune ne se rappelait laquelle était la plus âgée. Toutes trois avaient été mariées à de multiples reprises. Après avoir survécu à leur ribambelle d'époux, elles s'étaient installées ensemble chez Grace. Toutes trois étaient encore plus folles qu'elles n'étaient vieilles.

Quand j'avais atteint douze ans, ma mère avait commencé à me laisser là-bas le samedi pour que je rende service. Le rituel n'avait pas cessé depuis. Le pire était que je devais les conduire à la messe. Les Sœurs étaient de confession baptiste sudiste, et elles allaient à l'église tous les samedis et tous les dimanches. La plupart des autres jours aussi, au demeurant.

Aujourd'hui, cependant, je me suis rué sous la douche avant qu'Amma n'ait lancé son troisième appel. J'avais hâte de me rendre chez mes tantes. Nul ne leur était étranger de ceux qui avaient vécu à Gatlin. Normal, vu qu'à elles trois, elles avaient eu, de par leurs unions respectives, des liens de famille avec la moitié de la population. Simultanément ou successivement. Après ma vision, je n'avais eu aucun mal à déduire que le G des initiales GKD voulait dire Genevieve. Si quelqu'un devait savoir quels noms recouvraient les autres lettres, c'étaient bien les trois plus vieilles femmes de Gatlin.

Quand j'ai ouvert mon tiroir pour y prendre une paire de chaussettes, j'ai noté une petite poupée aux allures de singe qui tenait une minuscule pochette de sel et une pierre bleue. Un talisman de plus. Amma les fabriquait quand elle voulait éloigner les mauvais esprits ou la guigne, voire un rhume. Elle en avait placé un au-dessus de la porte du bureau de mon père quand il avait commencé à travailler le dimanche au lieu de fréquenter l'église. Même s'il n'avait jamais écouté le service que d'une oreille distraite, Amma affirmait que le Bon Dieu appréciait que vous vous soyez déplacé. Un mois plus tard, mon père lui avait acheté sur le Net une poupée représentant une sorcière. Amma avait été tellement fâchée que, une semaine durant, elle ne lui avait servi que du porridge froid et du café bouilli.

Normalement, je ne faisais guère attention à ce genre de découverte. Mais le médaillon recelait un secret. Un secret qu'Amma ne tenait pas à ce que j'apprenne.

Lorsque je suis arrivé chez les Sœurs, un seul mot m'est venu à l'esprit pour décrire l'état de la maison : le chaos. C'est tante Charity qui m'a accueilli à la porte, des bigoudis sur la tête.

— Dieu soit loué, te voilà, Ethan ! C'est la Ca-ta-strophe.

En insistant sur la première syllabe, comme si elle avait constitué un terme à part entière. Avec une majuscule. L'accent sudiste des trois dames était tellement fort et leur grammaire tellement fantaisiste que, la plupart du temps, je ne comprenais rien à leurs caquetages. Il en allait ainsi, à Gatlin : vous pouviez déterminer l'âge d'une personne à la façon dont elle parlait.

— Madame ?

— Harlon James s'est blessé, et c'huis pas sûre qu'i' va pas calancher.

Elle avait chuchoté sa dernière phrase, des fois que Dieu en personne l'écoute. Pas question de Lui donner des idées. Harlon James était le terrier de Prudence. Il tirait son nom de son ultime – et défunt – mari.

— Que s'est-il passé ?

— Je m'en vais t'y dire, moi, ce qui s'est passé ! est intervenue Prudence en surgissant de nulle part, une trousse de premiers secours à la main. Grace a essayé de tuer c'te pauv' Harlon James. Sa vie tient p'us qu'à un fil.

— J'ai r'en essayé du tout ! a piaillé Grace, depuis la cuisine. Raconte donc pas d'histoires, Prudence Jane ! C'était un as'kident !

— Appelle Dean Wilks, Ethan, et dis-lui que c'est une Ca-tastrophe, m'a ordonné Prudence.

De sa trousse, elle a sorti un flacon de sels et deux grands pansements.

— On le perd !

Harlon James était allongé sur le carrelage de la cuisine. S'il paraissait traumatisé, il était loin de la tombe. Une de ses pattes arrière était coincée sous lui. Quand il a voulu se lever, elle a traîné par terre.

— Le Tout-Puissant m'en soit témoin, Grace, si jamais Harlon James meurt…

— Il ne va pas mourir, tante Prue. Je crois qu'il a juste la patte cassée. Comment est-ce arrivé ?

— Grace a voulu le dégommer à coups de balai.

— Même pas vrai ! P'isque j'te dis que j'avais point mes lunettes ! Y ressemblait à un rat d'égout !

— Et d'où que tu sais à quoi ça ressemble, un rat d'égout ? T'as jamais mis les pieds en dedans d'un égout !

J'ai donc conduit les Sœurs – en proie à une hystérie totale – et Harlon James – qui aurait sûrement préféré être mort – chez Dean Wilks, à bord de leur Cadillac de 1964. Dean Wilks tenait la boutique d'aliments pour bétail. C'était ce qui s'approchait le plus d'un vétérinaire, à Gatlin. Heureusement, Harlon James n'avait qu'une patte brisée, que Dean a été capable de soigner.

De retour chez Grace, je me suis demandé si je n'étais pas cinglé d'espérer obtenir des informations auprès des Sœurs. La voiture de Thelma était garée dans l'allée. Mon père l'avait embauchée pour garder un œil sur ses tantes après que Grace avait failli incendier la maison, dix ans auparavant, en oubliant une tarte au citron meringuée dans le four pendant qu'elles étaient à la messe.

— Alors, les filles, où étiez-vous ? a lancé Thelma, qui s'affairait dans la cuisine.

Avides de raconter leur mésaventure, les trois vieilles se sont ruées dans la pièce sans hésiter à se donner des coups de coude pour arriver la première. Les rejoignant, je me suis assis sur une des chaises dépareillées, près de Grace que paraissait déprimer son mauvais rôle dans l'histoire. J'ai tiré le camée de ma poche. Tenant la chaînette par le mouchoir, je l'ai fait tourner plusieurs fois.

— Qu'est-ce que t'as là, beau gosse ? s'est enquise Thelma.

Elle s'est emparée d'une pincée de tabac à priser dans la boîte posée sur le rebord de la fenêtre et l'a placée sur sa lèvre inférieure. Le spectacle était encore plus curieux qu'il ne peut vous sembler, car Thelma était du genre délicat, avec des airs à la Dolly Parton[1].

— Rien qu'un médaillon que j'ai trouvé sur la plantation Ravenwood.

— Ravenwood ? Que diable faisais-tu là-bas ?

— Mon amie y habite.

— Lena Duchannes, tu veux dire ? s'est exclamée Charity.

Elle était au courant, bien sûr. Comme toute la ville. Nous étions à Gatlin, après tout. N'empêche, je les avais ferrées.

— Oui, madame. Nous avons des cours en commun, au lycée. Nous avons découvert ce bijou dans le jardin

1. Immense chanteuse et compositrice de country originaire du Tennessee.

situé derrière la grande maison. Nous ignorons à qui il était, mais il a l'air drôlement vieux.

— Alors, c'est point la propriété de Macon Ravenwood, a décrété Prudence, très sûre d'elle-même. Ce terrain, il appartenait à Greenbrier.

— Montre-moi ça, a ordonné Charity en sortant ses lunettes de la poche de sa blouse d'intérieur.

Je lui ai donné le médaillon, toujours enveloppé dans le mouchoir.

— Il y a une inscription au revers, ai-je précisé.

— C'est trop p'tiot, je lis r'en. Tu lis que'que chose, toi ? a-t-elle dit en tendant l'objet à Grace.

— J'y vois r'en non plus, a maugréé cette dernière en louchant.

— Ce sont deux séries d'initiales, ai-je expliqué en désignant les gravures. ECW et GKD. Et si vous l'ouvrez, à l'intérieur, il y a une date. Le 11 février 1865.

— Ça m'dit que'que chose, a murmuré Prudence. Que c'est-y qui s'est passé c'te année-là, Charity ?

— C'est-y pas l'année où tu t'es mariée, Grace ?

— 1865, pas 1965, a rectifié l'intéressée.

Elles étaient presque aussi sourdes qu'elles étaient aveugles.

— Oui, le 11 février 1865, ai-je répété.

— C'est l'année oùsque les Fédéraux, y z'ont presque réduit Gatlin en cendres, a grommelé Grace. Not' arrière-grand-papa a tout perdu dans l'incendie. Voyons, les filles, z'avez oublié ? Sherman et l'Union, y z'ont marché sur le Sud en brûlant tout sur leur passage, Gatlin compris. Le Grand Incendie, qu'y z'ont appelé ça. Aucune plantation en a réchappé. Sauf Ravenwood. Not' grand-papa disait que l'Abraham Ravenwood, il avait dû signer un pacte avec le Diable, c'te nuit-là.

— Comment ça ?

— C'est la seule es'plication possible, a enchaîné Charity. Les Fédéraux ont incendié les propriétés le long de la rivière avec méthode, l'une après l'autre. Jusqu'à Ravenwood. Là, y z'ont continué leur chemin comme si de r'en n'était.

— Et d'après grand-papa, ça a pas été le seul truc étrange, a renchéri Prudence en donnant un morceau de bacon à Harlon James. Abraham avait un frère, y vivaient ensemble. Eh ben, il a disparu, c'te même nuit, et on l'a jamais revu.

— Ce n'est pas aussi étrange que cela, ai-je objecté. Il peut avoir été tué par les soldats de l'Union. Ou coincé dans une des maisons en feu.

Tante Grace a levé un sourcil dubitatif.

— Ou c'était aut' chose, a-t-elle interjeté. On n'a jamais retrouvé le corps.

Je me suis rendu compte que des générations entières d'habitants de Gatlin avaient fait leurs gorges chaudes des Ravenwood. Ça n'avait pas commencé avec Macon. Les Sœurs connaissaient sûrement d'autres détails.

— Et Macon ? ai-je demandé. Que savez-vous de lui ?

— Ce garçon, l'était mal parti dès le début, a diagnostiqué Grace. L'était Il-légitime.

Avec une majuscule. À Gatlin, être un enfant illégitime était aussi affreux qu'être communiste ou athée.

— Son papa, le Silas, l'avait rencontré sa maman après que sa première femme l'avait quitté. Une jolie fille. De la Nouvelle-Orléans, m'est avis. Bref, Macon et son frère sont nés peu de temps après. Sauf que le Silas l'a jamais mariée, c'te p'tiote. Et p'is, elle aussi, elle est partie.

— Tu sais point raconter les histoires, Grace Ann, l'a coupée Prudence. Le Silas Ravenwood, l'était un Es-centrique. Mauvais comme la gale, par-dessus le marché ! Et des choses bizarres se produisaient, dans c'te baraque. Les lumières brûlaient toute la nuit. De temps en temps, on voyait un homme en grand chapeau noir qui rôdait dans le coin.

— Et le loup ! a lancé Grace. Parle-lui donc du loup !

C'était inutile. J'avais croisé la bête – chien ou loup. Sauf qu'il était impossible que ce fût le même animal. Les chiens, même lupins, ne vivaient pas aussi longtemps.

— Vrai, a opiné Charity. Y avait un loup dans c'te maison. C'était comme son cabot, au Silas.

— Ces pauv' gars, y faisaient la navette entre le Silas et leur maman. Quand y z'étaient chez leur père, il les traitait comme c'est pas possible. Les battait comme plâtre et les surveillait comme le lait sur le feu. Il les laissait même pas aller à l'école.

— C'est peut-être pourquoi Macon Ravenwood ne sort pas de chez lui, ai-je souligné.

Tante Charity a balayé ma remarque d'un revers de la main, comme si elle n'avait jamais entendu plus grande sottise.

— Mais y sort ! a-t-elle protesté. Je l'ai vu des tas de fois près du bureau des FRA. Juste après souper.

Mon œil ! C'était le problème, avec les Sœurs. La moitié du temps, elles étaient bien ancrées dans la réalité. Malheureusement, l'autre moitié, elles divaguaient. À ma connaissance, personne n'avait jamais croisé Macon Ravenwood. Je doutais qu'il traîne du côté des FRA, histoire de commenter l'état de la peinture de telle ou telle maison ou de tailler une bavette avec Mme Lincoln.

Tenant le médaillon à la lumière, Grace l'étudiait de plus près.

— Je vais vous y dire une bonne chose, a-t-elle déclaré. C'te mouchoir, l'appartenait à la Sulla Treadeau. Sulla la Prophétesse, qu'on l'appelait. Les gens racontaient qu'elle lisait vot' futur dans les cartes.

— Le tarot ? ai-je demandé.

— Pas'que y en a d'autres ?

— Ben, les cartes à jouer, les cartes de vœux, les cartes de visite…, a énuméré Charity.

— Comment sais-tu à qui était ce mouchoir ? me suis-je enquis.

— Ses initiales sont brodées juste sur le bord, a repris tante Grace. Et p'is, tu vois ça ? C'était son signe.

Elle désignait un minuscule oiseau sous les initiales.

— Son signe ?

— La plupart des voyantes en avaient un, à l'époque, est intervenue Thelma. Elles marquaient leurs cartes pour s'assurer que personne ne les leur volait. Une cartomancienne n'est douée qu'avec un jeu. Je suis bien placée pour le savoir.

Avec la précision d'un tireur d'élite, elle a craché un jet de salive en direction d'une petite urne placée dans un coin de la cuisine. Treadeau. C'était le nom de famille d'Amma.

— C'était une parente d'Amma ?

— Bien sûr que oui. L'était son arrière-arrière-grand-maman.

— Et les initiales sur le camée ? ECW et GKD ? Ça vous dit quelque chose ?

Je leur en demandais beaucoup, là. Je ne me rappelais pas la dernière fois où les Sœurs étaient restées lucides aussi longtemps.

— Te moquerais-tu de vieilles femmes, Ethan Wate ? m'a vertement réprimandé Grace.

— Non, madame.

— ECW. Ethan Carter Wate. Ton arrière-arrière-arrière-grand-oncle. Ou ton arrière-arrière-arrière-arrière-grand-oncle, peut-être.

— T'as jamais été bonne en calcul, a fait remarquer Prudence.

— En tout cas, c'était le frère de ton arrière-arrière-arrière-arrière-grand-papa Ellis.

— Mais le frère d'Ellis Wate s'appelait Lawson, pas Ethan. C'est de lui que je tiens mon deuxième prénom.

— Ellis Wate avait deux frères, Ethan et Lawson. On t'a donné leurs deux noms, Ethan Lawson Wate.

J'ai essayé de me souvenir de l'arbre généalogique familial. J'y avais eu droit à de nombreuses reprises. S'il existait une chose qu'un Sudiste connaissait, c'était son arbre généalogique. Aucun Ethan Carter Wate ne figurait sur la reproduction accrochée dans notre salle à manger. Visiblement, j'avais surestimé les capacités de lucidité de tante Grace. Mon air de doute a dû se voir, car Prudence s'est brusquement levée.

— J'ai tous les Wate dans mon recueil d'arb' géné'logiques, a-t-elle dit. J'garde la trace de not' lignée pour les Sœurs de la Confédération.

Les Sœurs de la Confédération, cousines mineures des FRA, mais tout aussi horribles, étaient une sorte de club de couture hérité de la guerre de Sécession. À présent, ses membres consacraient l'essentiel de leur temps à traquer leurs racines pour divers documentaires et feuilletons comme *Nord et Sud*.

— Le voici, a lancé tante Prue en revenant dans la cuisine avec un énorme volume en cuir relié plein de feuilles volantes jaunies et de photos passées.

Elle en a tourné les pages, expédiant une pluie de vieilles coupures de journaux sur le carrelage.

— Regardez-moi ça... Burton Free, mon troisième mari. Hein qu'il était le plus beau de tous ?

Elle a brandi un cliché craquelé devant nos yeux.

— Continue à chercher, Prudence Jane, s'est énervée Grace. C'te gamin est en train de tester notre mémoire.

— Il arrive, juste après celui des Statham.

J'ai examiné la liste des ancêtres que je connaissais par cœur, pour avoir dîné devant en maintes occasions. Le nom était bien là, Ethan Carter Wate, qui manquait sur notre exemplaire. Pourquoi les Sœurs possédaient-elles une version différente de la nôtre ? Il était évident que le leur était le bon, j'en avais la preuve, enveloppée dans un mouchoir ayant appartenu à une prophétesse cent cinquante ans plus tôt.

— Pourquoi ne figure-t-il pas sur le nôtre ?

— Des tas d'arb' géné'logiques du Sud sont un tissu de mensonges, a déclaré Grace en refermant le volume dans un grand nuage de poussière. N'empêche, c'huis surpris que ce gaillard, l'est sur un exemplaire du nôtre.

— Uniquement pa'sque c'huis une es'cellente archiviste, a triomphé tante Prue en souriant de tout son dentier.

Un peu de concentration, les filles.

— Mais pourquoi Ethan Carter ne devrait-il pas être mentionné ?

— Pa'squ'il était un déserteur, c'te blague !

J'étais paumé, là.

— Comment ça, un déserteur ?

— Seigneur ! s'est écriée Grace en boulottant tous les bretzels d'un sachet de biscuits apéritifs. Mais qu'est-ce qu'y vous apprennent, dans ton école de lus'c ?

— Ben... comme dans déserter, quoi, a précisé Prudence. Les Confédérés qui z'ont lâché le général Lee pendant la Guerre.

Devant mon expression égarée, elle a eu l'obligeance de développer :

— Y avait deux sortes de Confédérés. Les ceusses qui

Arbre généalogique de la Famille Wate

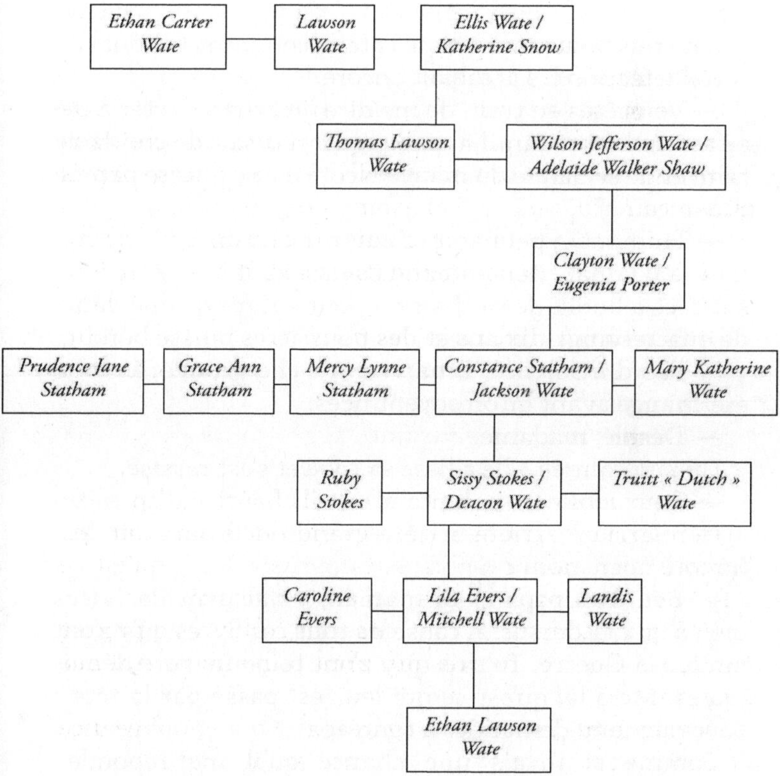

soutenaient not' cause, et les ceusses que leurs familles, elles avaient obligés à s'engager.

Se levant, elle s'est mise à arpenter la pièce comme un vrai prof d'histoire délivrant son savoir.

— En 1865, l'armée de Lee, elle était en déroute, elle crevait la faim, et elle était moins nombreuse que les Yankees. Y'en avait pour dire que les Tuniques grises, y z'avaient perdu le feu sacré. Y sont partis. Y z'ont déserté. Ethan Carter Wate parmi eux.

Les trois Sœurs ont baissé la tête, comme si la honte de cette défection les accablait encore.

— Vous êtes en train de me dire qu'Ethan Carter a été effacé de l'arbre familial parce qu'il refusait de crever de faim et de se battre du mauvais côté d'une guerre perdue d'avance ?

— Hum... On peut voir ça comme ça, oui.

— J'ai jamais rien entendu d'aussi idiot !

Grace a bondi de sa chaise – pour autant qu'une dame de quatre-vingt-dix ans et des poussières puisse bondir.

— Pas d'insolence, Ethan ! m'a-t-elle grondé. L'arb' a été changé avant qu'on soyent nées.

— Désolé, madame.

Un peu calmée, elle a lissé sa robe et s'est rassise.

— Pourquoi mes parents m'ont-ils baptisé d'après un arrière-arrière-arrière-arrière-grand-oncle qui avait déshonoré notre nom ?

— Ben, ton papa et ta maman, y z'avaient des idées bien à eux là-dessus. À cause de tous ces livres qu'y z'ont lus sur la Guerre. Tu sais qu'y z'ont toujours voté démocrates. Mais là, qu'est-ce qui leur est passé par la tête ? Faudra que tu demandes à ton papa.

Comme si j'avais une chance qu'il me réponde ! Toutefois, connaissant la sensibilité politique de mes parents, j'imagine que ma mère avait sans doute été fière d'Ethan Carter Wate. Je l'étais moi-même, d'ailleurs. J'ai caressé la couverture fanée du recueil de tante Prue.

— Et les initiales GKD ? Je crois que le G, c'est pour Genevieve.

En vérité, j'en étais sûr.

— GKD. T'as pas fréquenté un jeune homme avec les initiales GD, Charity ?

— Aucun souvenir. Et toi, Grace, tu te rappelles un GD ?

— GD… GD ? Non. Ça me dit r'en.

Je les avais perdues.

— Bonté divine ! s'est soudain exclamée Charity. Vous avez vu l'heure, les filles ? On va être en retard à la messe.

— Sois gentil, Ethan, m'a ordonné Grace, sors la Cadillac du garage. Nous, on doit encore se faire belles.

Je les ai emmenées assister au service de l'après-midi, dans l'église baptiste des Missionnaires Évangélistes, à quatre cents mètres de chez elle. Là-bas, j'ai poussé le fauteuil roulant de Charity sur l'allée. Ce qui a demandé plus de temps que le trajet en voiture, car les roues du fauteuil s'enfonçaient dans le gravier tous les deux ou trois pas. Chaque fois, j'ai été obligé de le secouer à droite et à gauche pour le dégager, manquant de renverser ma grand-tante. Le pasteur en était au troisième témoignage du service, celui d'une croulante qui affirmait que Jésus avait sauvé ses rosiers des scarabées japonais et ses mains de couturière de l'arthrite, je somnolais. La main au fond de la poche, je tripotais le camée. Pourquoi avait-il déclenché cette vision chez Lena et moi ? Et pourquoi avait-il soudain cessé de fonctionner ?

Ethan ! Arrête ! Tu ne sais pas ce que tu fais.

Une fois encore, Lena s'exprimait dans mon cerveau.

Range-le !

Autour de moi, l'église s'est estompée. J'ai senti que les doigts de Lena agrippaient les miens, comme si elle se trouvait juste à mon côté…

Rien n'aurait pu préparer Genevieve au spectacle de Greenbrier en feu. Les flammes léchaient les murs, dévorant les treillis et engloutissant la véranda. Des soldats sortaient des objets anciens et des tableaux de la maison, s'adonnant au pillage comme de vulgaires voleurs. Où était passé tout le monde ? La famille s'était-elle cachée dans les bois comme elle-même ? Des feuilles craquèrent. Elle devina que quelqu'un était derrière elle mais, avant qu'elle ait pu se retourner, une paume sale se plaqua sur ses lèvres. Attrapant le poignet de son agresseur à deux mains, elle tenta de se libérer.

— C'est moi, Genevieve.

L'étreinte se desserra.

— Toi ici ? Tu vas bien ?

Geneviève se jeta au cou du soldat dont l'uniforme gris des Confédérés, autrefois objet de fierté, tombait en lambeaux.

— Oui, mon amour, répondit Ethan.

Elle devina qu'il mentait, cependant.

— Je croyais que tu avais été…

Ces deux dernières années, depuis qu'il s'était engagé, Genevieve n'avait eu de nouvelles d'Ethan que par le courrier qu'il lui avait adressé. Elle n'avait plus reçu de lettres après la bataille de la Wilderness. Elle savait que bien des hommes qui avaient suivi Lee lors de cet affrontement étaient morts sur la terre de Virginie. Elle s'était résignée à terminer vieille fille, tant elle était certaine d'avoir perdu Ethan. Qu'il soit vivant, devant elle, par cette nuit atroce, était presque inimaginable.

— Où est le reste de ton régiment ?

— La dernière fois que je les ai vus, ils étaient dans les faubourgs de Summit.

— Comment ça, la dernière fois que tu les as vus ? Ont-ils tous péri ?

— Je ne sais pas. Ils étaient toujours vivants, quand je suis parti.

— Je ne comprends pas.

— J'ai déserté, Genevieve. Il m'était impossible de me battre un jour de plus pour une cause à laquelle je ne crois pas. À laquelle je ne crois plus. Plus depuis ce dont j'ai été témoin. La plupart des gars qui luttaient avec moi ne comprenaient même pas les raisons de cette guerre. Ni qu'ils versaient leur sang seulement pour quelques balles de coton.

Ethan prit dans ses mains calleuses celles de la jeune fille.

— J'accepterais que tu ne veuilles plus m'épouser. Je n'ai pas d'argent, et j'ai perdu mon honneur.

— Je me moque que tu sois pauvre, Ethan Carter Wate. Et tu es l'homme le plus honorable que je connaisse. Je me moque aussi que mon père juge l'abîme qui nous sépare trop vaste pour être comblé. Il a tort. Maintenant que tu es rentré, nous allons nous marier.

Genevieve s'accrocha à lui, de peur qu'il ne se volatilise si elle le lâchait. L'odeur la ramena à l'instant présent. L'odeur âcre des citronniers qui brûlaient, l'odeur âcre de leurs existences qui partaient en fumée.

— Il faut que nous rejoignions la rivière. C'est là que maman sera allée. Elle aura pris la route du sud pour se réfugier chez tante Marguerite.

Ethan n'eut pas le loisir de répondre. On approchait. Des branches craquaient, comme si quelqu'un fendait rapidement la broussaille.

— Reste derrière moi, enjoignit le soldat.

Il poussa Genevieve à l'abri de son dos tout en s'emparant de son fusil. Les fourrés s'écartèrent sur Ivy, la cuisinière de

Greenbrier. En chemise de nuit, le visage noirci de suie, elle titubait. En voyant un uniforme, elle se mit à hurler, trop effrayée pour remarquer qu'il était gris, et non bleu.

— Ivy ! s'écria Genevieve en se précipitant à sa rencontre. Ça va ?

Elle rattrapa la vieille femme au moment où celle-ci s'affaissait.

— Mamzelle Genevieve ! Par le diab', que faites-vous ici ?

— J'essayais d'atteindre Greenbrier. Pour avertir tout le monde.

— L'est trop tard, enfant. Et pis, ça aurait servi à r'en. Ces maudites Tuniques bleues ont défoncé les portes et envahi la maison. Y z'ont fouillé pour voir ce qu'y z'emportaient, pis y z'y ont mis le feu.

Il était difficile de saisir les paroles d'Ivy, en proie à une crise d'hystérie et à des quintes de toux. La fumée qu'elle avait aspirée et ses sanglots l'étouffaient.

— De ma vie, j'ai vu pareils démons ! Incendier une maison pleine de femmes. Tous, y devront répond' de leurs crimes devant le Seigneur Tout-Puissant.

Il fallut un moment à Genevieve pour comprendre.

— Une maison pleine de femmes ! Que veux-tu dire ?

— Ch'uis désolée, enfant.

Genevieve sentit ses jambes se dérober sous elle. Elle s'agenouilla dans la boue, tandis que la pluie se mêlait à ses larmes. Sa mère, sa sœur, Greenbrier... tout avait disparu. Elle leva les yeux au ciel.

— C'est Dieu qui devra répondre de cela devant moi, jura-t-elle.

La vision nous a exclus aussi vite qu'elle nous avait inclus. Je fixais l'autel, Lena n'était plus là. Je l'ai senti m'échapper.

Lena ?

Silence. J'étais trempé d'une sueur froide, coincé entre Charity et Grace qui cherchaient dans leur sac l'argent de la quête.

Brûler une demeure avec des femmes à l'intérieur ; incendier une maison bordée de citronniers. L'endroit même où, j'étais prêt à le parier, Genevieve avait égaré son médaillon. Un camée gravé d'une date qui correspondait au jour de naissance de Lena, mais cent ans plus tôt. Pas étonnant que celle-ci craigne les visions. Je commençais à être d'accord avec elle sur ce point.

Les coïncidences, ça n'existait pas.

14 septembre
Le vrai Boo Radley

Le dimanche soir, je me suis efforcé de relire *L'Attrape-cœurs* jusqu'à l'épuisement, dans l'espoir de m'endormir. Ça n'a pas fonctionné. J'avais du mal à me concentrer. Je n'ai pas réussi à me fondre dans le personnage de Holden Caulfield, à me perdre dans l'histoire comme il l'aurait fallu, à devenir quelqu'un d'autre. Je n'étais pas seul dans ma tête, pleine de médaillons, d'incendies, de voix. De gens que je ne connaissais pas, et de visions dont la compréhension m'échappait.

D'autre chose, aussi. Reposant le livre, j'ai glissé mes mains derrière ma nuque.

Lena ? Tu es là, hein ?

J'ai fixé le plafond bleu.

Inutile de te taire. Je sais que tu es là. Ici. Peu importe.

J'ai attendu jusqu'à ce qu'elle me réponde. Son timbre s'est déplié, tel un minuscule et vivace souvenir caché dans le recoin le plus sombre, le plus lointain de mon cerveau.

Non. J'y suis sans y être.

Si. Tu as été présente toute la soirée.

Je dors, Ethan. Du moins, je dormais.

J'ai souri.

Non, tu écoutais.

Non.

Si, admets-le.

Vous les mecs ! Vous croyez toujours être le centre du monde. Si ça se trouve, ce bouquin me plaît, rien de plus.

Peux-tu t'inviter ainsi où bon te semble ?

Il y a eu un long silence.

Normalement, non. Mais ce soir, ça s'est fait tout seul. J'ai encore des difficultés à saisir comment ça fonctionne.

Nous pourrions interroger quelqu'un.

Qui ?

Aucune idée. Il va falloir nous débrouiller seuls, j'imagine. Comme pour tout le reste.

Nouveau silence. J'ai tâché de ne pas me demander si le « nous » l'effrayait, au cas où elle m'entendrait. Ça ou l'autre chose ; elle ne tenait pas à ce que je découvre quoi que ce soit la concernant.

N'essaye pas.

Souriant, j'ai senti que mes paupières se fermaient. Je n'arrivais pas à les garder ouvertes.

J'essaye.

J'ai éteint la lampe de chevet.

Bonne nuit, Lena.

Bonne nuit, Ethan.

Pourvu qu'elle ne soit pas capable de lire toutes mes pensées ! Le basket. J'allais être obligé de consacrer plus de temps à réfléchir au basket. Pendant que je révisais le manuel pratique, mes yeux se sont définitivement clos, j'ai coulé, j'ai perdu le contrôle…

Noyade.

Je me noyais.

Je me débattais dans l'eau verte, submergé par les vagues. Mes pieds cherchaient le fond boueux d'une rivière, la Santee peut-être – en vain. Je distinguais de la lumière qui flottait à la surface, à laquelle je ne parvenais pas à remonter cependant.

Je m'enfonçais.

C'est mon anniversaire, Ethan. C'est en train de se produire.

Je tendais le bras. Elle attrapait mes doigts, je me tortillais pour la retenir, mais elle s'éloignait, m'échappait au fil du courant. Je tentais de crier en regardant sa petite main pâle dériver dans l'obscurité, l'eau emplissait ma bouche, je n'émettais aucun son. Je suffoquais. Je perdais peu à peu conscience.

Je t'avais prévenu. Tu dois me laisser partir.

Je me suis assis dans mon lit. Mon tee-shirt était trempé. Mon oreiller, humide. Mes cheveux, mouillés. Une atmosphère moite régnait dans ma chambre. J'avais sûrement oublié de fermer la fenêtre. Une fois de plus.

— Ethan Wate ! Vas-tu m'écouter ? Tu as intérêt de descendre en vitesse, sinon tu seras privé de petit déjeuner.

Je me suis glissé sur ma chaise à l'instant où trois œufs sur le plat tout juste cuits glissaient sur mon assiette de pain perdu.

— Bonjour, Amma.

Elle m'a tourné le dos sans daigner m'adresser un regard.

— Il n'y a pas de bonjour qui tienne, garde tes fadaises pour toi, a-t-elle ronchonné.

Elle était encore furieuse. Je ne savais pas trop si c'était parce que j'avais séché les cours ou parce que j'avais rapporté le camée à la maison. Les deux, sans doute. Je comprenais sa colère. J'étais un élève plutôt sage, d'ordinaire. Mon attitude était nouvelle.

— Je suis désolé d'avoir quitté le lycée vendredi, Amma. Ça ne se répétera pas. Tout va redevenir normal.

Ses traits se sont adoucis – rien qu'un peu –, et elle s'est assise en face de moi.

— Je ne crois pas. Nous faisons tous des choix, qui ont des conséquences. Je pense que tu paieras les tiens très chers quand tu arriveras à l'école, tout à l'heure. Au moins, tu commenceras peut-être à m'obéir. Tiens-toi à distance de cette Lena Duchannes. Et de cette maison.

Amma n'était pas du genre à se rallier à l'opinion générale, dans la mesure où cette opinion était souvent erronée. À la façon dont elle a continué à touiller son café alors que le lait s'y était dissous depuis longtemps, j'ai deviné qu'elle était soucieuse. Amma s'inquiétait constamment pour moi, raison de mon amour à son égard. Cependant, quelque chose avait changé dès que je lui avais montré le médaillon. Contournant la table, je l'ai enlacée et serrée contre moi. Il émanait d'elle une odeur familière de mine de crayon et de bonbons à la cannelle.

— Je ne veux plus entendre parler d'yeux verts et de cheveux bruns, a-t-elle grondé en secouant la tête. Il va y avoir un vilain nuage, aujourd'hui, alors sois prudent.

Amma ne virait pas seulement au noir, ce matin-là. Elle virait carrément au noir d'encre. Moi-même, j'ai senti venir le vilain nuage.

Link a déboulé au volant de La Poubelle qui crachait à fond une musique atroce, comme d'habitude. Lorsque je me suis installé à côté de lui, il a baissé le son. Ce qui, d'ordinaire, n'augurait rien de bon.

— On est dans la panade.

— Je sais.

— Toute une foule est prête au lynchage, ce matin à Jackson.

— Qu'as-tu appris ?

— Ça a commencé vendredi soir. J'ai entendu ma mère en parler. J'ai essayé de te joindre. Où étais-tu ?

— Je faisais semblant d'enterrer un médaillon ensorcelé à Greenbrier pour obtenir d'Amma qu'elle me laisse rentrer à la maison.

Il a ri. Avec Amma, les sortilèges, les amulettes et le mauvais œil étaient monnaie courante.

— Au moins, elle ne t'oblige pas à porter un sachet puant l'oignon autour du cou. C'était dégueu, ça.

— De l'ail, pas de l'oignon. Pour l'enterrement de ma mère.

— N'empêche, c'était dégueu.

Le truc, avec Link, c'est que depuis que nous étions amis, après le coup de la moitié de gâteau qu'il m'avait donnée dans le bus, il se fichait pas mal de ce que je disais ou de ce que je faisais. Les choses étaient comme ça, à Gatlin. Vous saviez sur quels amis compter. Tout avait eu lieu dix ans auparavant. Pour nos parents, tout avait eu lieu vingt ou trente ans auparavant. Quant à la ville elle-même, il semblait bien que rien n'avait eu lieu depuis plus d'un siècle. Rien qui ait des conséquences, s'entend.

Là, j'avais le pressentiment que ça allait changer.

Ma mère aurait soutenu qu'il était grand temps. S'il y avait une chose qu'elle appréciait, c'était le changement. Contrairement à celle de Link. Mme Lincoln était une enragée qui se croyait chargée d'une mission sacrée et qui était dotée d'un solide réseau de relations – une combinaison dangereuse. Lorsque nous étions en cinquième, elle avait arraché du mur la prise du câble, parce qu'elle avait surpris Link en train de regarder un *Harry Potter*, films et livres contre lesquels elle avait lancé une campagne de bannissement de la bibliothèque municipale sous prétexte qu'ils prônaient la sorcellerie. Par bonheur, Link avait réussi à se faufiler chez Earl Petty pour regarder MTV. Sinon, Qui a tué Lincoln ? ne serait jamais devenu le premier – comprenez l'unique – groupe de rock de Jackson.

Mme Lincoln avait toujours représenté une énigme pour moi. Lorsqu'elle tombait sur le tapis de la conversation, ma mère levait les yeux au ciel et lâchait : « Link est peut-être ton meilleur ami, mais ne compte pas sur moi pour m'inscrire chez les FRA ni pour enfiler une robe à crinoline et participer à une reconstitution historique. » Alors, tous deux, nous éclations de rire, rien qu'à l'imaginer en Fille de la Révolution organisant des ventes de gâteaux et expliquant à tout un chacun comment décorer son intérieur, elle qui crapahutait des heures durant dans la boue des champs de bataille à la recherche de douilles et de balles et qui se coupait les cheveux au sécateur.

Mme Lincoln, en revanche, était le portrait craché de la FRA typique. Elle était la secrétaire locale du groupe et siégeait au conseil d'administration en compagnie des mères de Savannah Snow et d'Emily Asher, tandis que la mienne passait l'essentiel de son temps plongée dans des microfilms, à la bibliothèque.

Avait passé l'essentiel de son temps.

Link n'avait cessé de jacasser. Au bout d'un moment, j'en avais entendu assez pour commencer à vraiment l'écouter.

— Ma mère, celle d'Emily, celle de Savannah… elles ont fait exploser leurs notes de téléphone, ces deux derniers jours. Ma vieille, elle a mentionné la vitre brisée au bahut, le sang sur les mains de la nièce de ce Vieux Fou de Ravenwood.

Sans même reprendre haleine, il a bifurqué.

— Ta chérie sortirait à peine d'un asile de Virginie, elle serait orpheline et elle souffrirait de schizophrénie bipolaire ou je ne sais quoi.

— Ce n'est pas ma chérie, nous sommes juste amis, ai-je automatiquement objecté.

— La ferme. Tu es tellement sous influence que je devrais t'acheter une laisse de toutou.

Une remarque qu'il aurait appliquée à propos de n'importe quelle fille à qui j'aurais adressé la parole ou que j'aurais simplement matée dans le couloir.

— Je te le jure, il ne s'est rien passé. On discute, c'est tout.

— Tu refoules autant la merde que des chiottes bouchées, Wate. Elle te botte, reconnais-le.

La subtilité n'était pas le fort de Link. Je ne crois pas qu'il aurait pu envisager un instant de fréquenter une nana pour d'autres raisons que les raisons habituelles évidentes ; à moins, peut-être, qu'elle ne joue de la guitare solo.

— Je ne prétends pas qu'elle ne me botte pas. Il n'en reste pas moins que nous ne sommes qu'amis.

Rien n'était plus exact, que ça me plaise ou non. Mais ça, c'était une autre question. Un sourire a dû m'échapper, en tout cas, car Link a fait semblant de vomir sur ses genoux, manquant de peu un camion. Il se moquait de moi. Je pouvais bien m'amouracher de qui je voulais, du moment que ça lui permettait de m'embêter.

— Alors, c'est vrai ? a-t-il demandé.

— Quoi donc ?

— Ben, est-ce qu'elle s'est échappée d'une maison de dingues en brisant tout sur son passage ?

— Une fenêtre s'est cassée, point barre. Il n'y a rien de mystérieux là-dedans.

— La mère Asher affirme qu'elle y a flanqué son poing ou qu'elle y a jeté un objet.

— Ce qui est amusant, vu que la mère Asher n'est pas inscrite à mon cours de littérature. Du moins, pas à ma connaissance.

— Ma vieille non plus, ce qui ne l'a pas empêchée de me dire qu'elle allait venir au bahut aujourd'hui.

— Formidable ! Garde-lui une place à notre table, à la cantine.

— Si ça se trouve, Lena a provoqué des incidents pareils dans tous ses lycées. C'est pour ça qu'elle a été placée dans une institution.

Il était sérieux, à présent. Ça signifiait qu'il avait dû en apprendre beaucoup en deux jours. Durant une seconde, je me suis souvenu de l'adjectif que Lena avait utilisé pour qualifier sa vie. Compliquée. Cette histoire d'internement constituait-elle une de ces complications ? Ou n'était-elle qu'un des vingt-six mille détails qu'elle disait ne pas pouvoir aborder ? Et si toutes les Emily Asher du monde avaient raison ? Si j'avais choisi le mauvais parti ?

— Sois prudent, mec, a repris Link. Il est possible qu'elle ait sa place réservée à Dingoland.

— Si tu crois ça, tu es vraiment débile.

Nous avons poursuivi notre route sans échanger un mot. J'étais agacé, bien que j'aie conscience que Link essayait seulement de me protéger. C'était plus fort que moi, cependant. Tout me paraissait nouveau, ce jour-là. Une fois sur le parking, je suis descendu de voiture en claquant la portière.

— Je m'inquiète pour toi, mon pote ! m'a lancé Link. Tu te comportes bizarrement, ces derniers temps.

— Et alors ? Depuis quand on est mariés, toi et moi ?

Tu ferais mieux de t'inquiéter des raisons qu'ont les filles de refuser de te parler, bizarres ou pas.

À son tour, il est sorti de La Poubelle et a regardé en direction de l'administration.

— En tout cas, je te conseille de prévenir ton « amie », quel que soit le sens que tu donnes à ce terme. Elle a intérêt à se tenir à carreau, aujourd'hui. Vise un peu.

Mmes Lincoln et Asher discutaient avec le proviseur Harper sur les marches du perron. Blottie près de sa mère, Emily s'efforçait d'afficher une mine malheureuse. Mme Lincoln était en train de sermonner Harper, lequel opinait comme s'il essayait de mémoriser la moindre de ses phrases. S'il dirigeait Jackson, il savait pertinemment qui régentait la ville. Il affrontait deux de ses tyrans en ce moment même. La mère de Link ayant terminé sa mercuriale, Emily s'est lancée dans un récit particulièrement animé de l'incident de la fenêtre brisée. Dans un geste puant de compassion, Mme Lincoln a posé une main sur son épaule. Le proviseur a acquiescé avec accablement.

Pas d'équivoque – c'était bien une journée lourde de nuages qui s'annonçait.

Assise derrière le volant du corbillard, Lena griffonnait dans son calepin usé. Le moteur refroidissait en cliquetant. J'ai cogné à la vitre, et elle a sursauté avant de jeter un coup d'œil vers les bureaux du lycée. Elle non plus n'avait pas manqué de remarquer les deux mégères.

Je lui ai fait signe d'ouvrir la portière, mais elle a refusé d'un signe de la tête. J'ai contourné la voiture. La portière passager était également verrouillée. Elle n'allait pas se débarrasser de moi aussi facilement. Laissant tomber mon sac sur le gravier, je me suis assis sur le capot. Il était hors de question que je m'éloigne.

Qu'est-ce que tu fiches ?

J'attends.

Tu risques d'attendre longtemps.

Ça m'est égal.

Elle m'a toisé à travers le pare-brise. J'ai entendu les loquets s'abaisser.

— T'a-t-on jamais dit que tu étais cinglé ? a-t-elle tempêté en venant se planter devant moi, bras croisés, comme Amma quand elle me grondait.

— Pas aussi cinglé que toi, d'après les rumeurs.

Ses cheveux étaient noués en arrière dans un foulard de soie noire orné de fleurs de cerisier rose vif quelque peu ostentatoires. Je me la suis imaginée en train de s'étudier dans un miroir avec l'impression qu'elle se rendait à son propre enterrement et tâchant de se redonner le moral. Un long machin, sorte de croisement entre un tee-shirt et une robe, tombait sur son jean et ses Converse. Fronçant les sourcils, elle a de nouveau contemplé le bâtiment de l'administration. Les harpies devaient avoir investi le bureau du proviseur, maintenant.

— Les entends-tu ?

— Non. Je ne lis pas dans l'esprit des gens, Ethan.

— Dans le mien, si.

— Pas exactement.

— Et ce qui s'est passé hier soir ?

— Je te le répète, j'ignore pourquoi ça se produit. Nous semblons... unis.

Le mot a paru difficile à sortir, ce matin-là, et elle a fui mon regard.

— Ce n'était encore jamais arrivé avec personne, a-t-elle précisé.

J'aurais aimé lui confier que je comprenais ce qu'elle éprouvait. J'aurais aimé lui avouer que, quand nous étions ainsi reliés par l'esprit alors que nos corps se trouvaient à des millions de kilomètres l'un de l'autre, je me sentais plus proche d'elle que de n'importe qui. Je n'ai pas pu, cependant. Je n'ai même pas osé le penser. À la place, j'ai pensé au manuel de basket, au menu de la cafète, aux couloirs couleur soupe aux pois que je n'allais pas tarder à arpenter. À tout, sauf à elle.

— Je connais ça, ai-je répondu en penchant la tête, les filles n'arrêtent pas de me le répéter.

Imbécile ! Plus j'étais nerveux, pires étaient mes plaisanteries. Elle a eu un petit sourire hésitant.

— Inutile de vouloir me rasséréner, ça ne marchera pas.

Sauf que si, ça marchait. Je me suis tourné en direction du perron.

— Si ce qu'elles ont balancé à Harper t'intéresse, je suis en mesure de te le répéter.

— Comment ça ?

— N'oublie pas que nous sommes à Gatlin. Les secrets n'y existent pas.

— La situation est grave ? Me prennent-elles pour une folle ?

— Plutôt, oui.

— Et je représente un danger pour les autres élèves ?

— Sûrement. Nous n'aimons guère les étrangers, par ici. Ni les étranges. Et, sans vouloir offenser personne, qui est plus étrange que Macon Ravenwood ?

Je lui ai souri. La première sonnerie a retenti. Lena m'a attrapé par la manche, anxieuse.

— Hier soir… j'ai rêvé. As-tu…

J'ai opiné. Inutile de le formuler. Il était évident qu'elle avait partagé mon rêve.

— J'avais même les cheveux mouillés.

— Moi aussi.

Elle a tendu le bras. Une trace marquait son poignet, là où mes doigts avaient tenté de la retenir. Avant qu'elle ne se noie dans les ténèbres. J'aurais préféré qu'elle n'ait pas assisté à cette partie du cauchemar mais, à son expression, j'ai deviné que si.

— Je suis désolé, Lena.

— Ce n'est pas ta faute.

— Je voudrais comprendre pourquoi ces rêves sont aussi vivaces.

— Je t'ai averti. Tu ferais mieux de m'éviter.

— Ne te bile pas, je me considère comme averti.

Quelque part, je m'en savais incapable. De l'éviter. Même si j'allais entrer dans le lycée et affronter tout un tas d'ennuis. Ça n'avait pas d'importance. Il était bon d'avoir quelqu'un à qui parler sans être obligé de surveiller le moindre de mes mots. Or, j'arrivais à parler à Lena. À Greenbrier, j'avais eu l'impression que j'aurais pu rester assis dans l'herbe et discuter avec elle pendant des jours. Plus. Aussi longtemps qu'elle serait là à m'écouter.

— Qu'est-ce que ton anniversaire a de si particulier ?

Elle s'est empressée de changer de sujet.

— Et le camée ? As-tu vu les mêmes choses que moi ? L'incendie ? La scène au jardin ?

— Oui. J'étais à l'église et j'ai failli tomber de mon banc. J'ai découvert quelques éléments auprès des Sœurs. Mes trois grands-tantes. Les initiales ECW sont pour Ethan Carter Wate, mon arrière-arrière-arrière-arrière-grand-oncle. D'après mes folles de tantes, on m'a prénommé Ethan en sa mémoire.

— Pourquoi n'as-tu pas deviné tout de suite ?

— C'est le plus bizarre. Je n'avais jamais entendu parler de cet ancêtre. Fort opportunément, il ne figure pas sur l'arbre généalogique que nous avons à la maison.

— Et GKD ? Le G est pour Genevieve, n'est-ce pas ?

— Mes tantes n'avaient pas l'air de savoir. Pourtant, c'est forcément ça. Elle est la jeune fille des visions. Le

D doit être celui des Duchannes. Je voulais interroger Amma, ma gouvernante, mais quand je lui ai montré le médaillon, les yeux ont failli lui sortir de la tête. À croire qu'il a été ensorcelé trois fois plutôt qu'une, trempé dans un seau de vaudou et soumis à un sortilège pour faire bonne mesure. Malheureusement, je n'ai pas accès au bureau de mon père, où sont conservés les livres ayant appartenu à ma mère, sur la guerre de Sécession et Gatlin. Et si tu en parlais à ton oncle ?

— Il ne saura rien. Où as-tu mis le médaillon ?

— Dans ma poche. Enfermé dans une bourse pleine de poudre. Amma croit que je l'ai rapporté à Greenbrier. Et enterré.

— Elle doit me détester.

— Pas plus que mes autres copines. Enfin, des amies. Des amies filles, je veux dire. (Bon sang ! Qu'est-ce que je pouvais être idiot, parfois !) Allons en cours avant de nous attirer d'autres ennuis, d'accord ?

— J'envisageais plutôt de rentrer chez moi. Il me faudra les affronter tôt ou tard, mais j'apprécierais de vivre dans le déni un jour de plus.

— Tu ne risques pas d'avoir des problèmes en séchant ?

Elle a éclaté de rire.

— De la part de mon oncle ? L'infâme Macon Ravenwood qui considère que les études sont une perte de temps ? Et qu'il vaut mieux fuir comme la peste les citoyens de Gatlin ? Il sera ravi, au contraire !

— Dans ce cas, pourquoi te donnes-tu la peine de venir au lycée ?

Si sa mère ne l'y avait pas forcé tous les matins, Link n'aurait jamais mis les pieds à Jackson. Lena a joué avec une des babioles de son collier – une étoile à sept pointes.

— J'ai dû croire que les choses seraient différentes, ici, a-t-elle murmuré. Que j'arriverais à nouer des amitiés, que je pourrais participer au journal du bahut ou à une activité quelconque.

— La feuille de chou des élèves ? *La Défense Jackson*[1] ?

— Dans mon précédent lycée, j'ai proposé ma candidature mais on m'a répondu que tous les postes étaient pris alors qu'ils manquaient toujours de rédacteurs pour sortir leur canard à temps.

Elle s'est détournée, gênée, puis a dit qu'elle devait partir. Je lui ai ouvert le corbillard.

— À mon avis, il serait bien que tu discutes du camée avec ton oncle. Il en sait sûrement plus que tu ne l'imagines.

— Non, fais-moi confiance là-dessus.

J'ai claqué la portière. J'avais beau désirer qu'elle reste, j'étais aussi soulagé qu'elle s'éloigne. J'allais avoir assez de soucis comme ça pour la journée.

— Veux-tu que je rende ça à ta place ? ai-je proposé en désignant le calepin qui gisait sur le siège passager.

— Non, ce ne sont pas mes devoirs, a-t-elle répondu en le fourrant dans la boîte à gants. Ce n'est rien.

Rien dont elle comptait me parler aujourd'hui, en tout cas.

— Allez, file avant que Gros Lard ne rapplique par ici.

Elle a démarré sans me laisser le temps d'ajouter quoi que ce soit et m'a adressé un signe de la main en décollant du trottoir.

Entendant un aboiement, je me suis retourné. L'énorme chien noir de Ravenwood se tenait à seulement quelques

1. D'après le sobriquet de Thomas Jonathan Jackson (1824-1863), « Défense Jackson », dont le journal du lycée porte le nom. Un des généraux confédérés les plus respectés après Lee, réputé pour sa stratégie militaire de défense acharnée.

pas de là. Ses protestations s'adressaient à Mme Lincoln qui était ressortie des locaux administratifs. Elle m'a souri. L'animal a grondé, le poil de son échine s'est hérissé. La mère de Link l'a observé avec une telle révulsion qu'on aurait cru qu'elle contemplait Macon Ravenwood en personne. Se seraient-ils battus, je n'aurais pas parié sur le vainqueur.

— Les chiens errants sont porteurs de la rage. Il faudrait signaler celui-ci aux autorités.

— Oui, madame.

— Qui était au volant de cette étrange voiture noire ? J'ai comme l'impression que toi et cette personne étiez plongés dans une discussion passionnante.

Elle savait pertinemment de qui il s'agissait. Sa question n'en était pas une. C'était une accusation.

— Madame, me suis-je borné à ânonner.

— À propos d'étrange, le proviseur Harper m'expliquait à l'instant qu'il envisage de proposer à cette petite Ravenwood un transfert thérapeutique dans un autre établissement. Elle pourra choisir n'importe quel lycée de trois comtés différents. Du moment qu'elle quitte Jackson.

Je n'ai pas relevé. Je ne l'ai même pas regardée.

— Il est de notre responsabilité, Ethan, la mienne comme celle de M. Harper, celle de tous les parents de Gatlin, de nous assurer que les jeunes gens de cette ville ne courent aucun danger. Qu'ils ne sont pas en contact avec de mauvaises personnes.

Autrement dit, tous ceux qui ne ressemblaient pas à Mme Lincoln. Elle m'a effleuré l'épaule, comme elle l'avait fait avec Emily dix minutes plus tôt à peine.

— Je suis certaine que tu me comprends. Après tout, tu es des nôtres. Ton papa est né ici, et ta maman a été enterrée ici. Tu es de chez nous. Ce n'est pas le cas de tout le monde.

Je l'ai toisée, mais elle était montée dans sa voiture avant que j'aie eu le temps de trouver une réplique. Cette fois, Mme Lincoln s'était lancée dans une mission plus sérieuse que l'autodafé de quelques livres.

Lorsque les cours ont eu commencé, la journée est devenue anormalement normale. Bizarrement banale. Je n'ai pas recroisé le chemin d'autres parents, bien que je les aie soupçonnés de rôder autour de l'administration. Au déjeuner, j'ai englouti trois bols de crème au chocolat en compagnie de la bande, comme d'habitude. Même si le sujet de conversation que nous avons évité était criant. Le spectacle d'Emily envoyant des textos comme une malade durant le cours de littérature et de chimie a eu un effet rassurant comme en provoque une espèce de vérité universelle. Si l'on omet que je devinais ce sur quoi – ce sur qui, plutôt – portaient ses messages. Bref, un jour anormalement normal.

Jusqu'à ce que Link me dépose à la maison après l'entraînement et que je décide de faire un truc carrément dingue.

Amma était postée sur la véranda, une promesse sans ambiguïté d'ennuis se profilant à l'horizon.

— Tu l'as vue ?

J'aurais dû m'y attendre.

— Elle n'était pas au lycée, aujourd'hui.

La vérité, techniquement parlant.

— Tant mieux. Les problèmes collent aux basques de cette gamine comme le chien de Macon Ravenwood. Je ne tiens pas à ce qu'ils te suivent dans cette maison.

— Je monte me doucher, ai-je répliqué en grimpant les

marches. On dîne bientôt ? Link et moi avons un exposé à préparer, ce soir.

Je m'étais efforcé d'adopter un ton neutre.

— Un exposé ? Quel genre d'exposé ?

— Histoire.

— À quelle heure y vas-tu et quand comptes-tu rentrer ?

J'ai claqué la porte de ma chambre afin d'éviter de répondre. J'avais un plan, mais il me fallait une histoire, et cette dernière avait intérêt à être bonne.

Dix minutes plus tard, assis à la table de la cuisine, je la tenais. Pas franchement résistante à toute épreuve, la meilleure qui me soit venue à l'esprit dans un délai aussi court, toutefois. Il ne me restait plus qu'à la dévider, sachant que je n'étais pas spécialement doué pour mentir, et qu'Amma était tout sauf une sotte.

— Link passe me chercher après manger. Nous serons à la bibliothèque jusqu'à la fermeture. Neuf ou dix heures, je crois.

J'ai versé de la Carolina Gold sur ma viande. La Carolina Gold, une moutarde spéciale barbecue gluante, était la seule chose n'ayant aucun rapport avec la guerre de Sécession qui ait rendu célèbre le comté de Gatlin.

— La bibliothèque ?

Comme raconter des salades à Amma me rendait nerveux, je m'arrangeais pour ne pas me risquer trop souvent à l'exercice. Ce soir-là, j'étais particulièrement anxieux, au point d'avoir l'estomac noué. J'aurais préféré me pendre plutôt qu'avaler trois portions de porc. Sauf que je n'ai pas eu le choix. Amma savait très exactement ce que j'étais capable d'engloutir. Si je me contentais de deux assiettes, elle deviendrait soupçonneuse. Une seule, et elle m'enverrait au lit avec le thermomètre et une cannette de *ginger ale*. Hochant la tête, j'ai donc entrepris de nettoyer ma deuxième ration.

— Tu n'y as pas mis les pieds depuis…

La mort de ma mère.

— Je sais.

La bibliothèque avait constitué le second foyer de ma mère. Sa seconde famille aussi. Nous y avions passé tous nos dimanches après-midi depuis que j'étais petit garçon. Je rôdais dans les allées, sortant des étagères le moindre livre ayant une image de bateau pirate, de chevalier, de soldat ou d'astronaute. « Ceci est mon église, Ethan, avait eu l'habitude de me dire ma mère. Telle est notre façon de respecter le jour saint. »

La bibliothécaire en chef du comté de Gatlin, Marian Ashcroft, était la plus vieille amie de ma mère, l'historienne la plus brillante de la ville après elle et, jusqu'à l'an passé, sa collègue de recherches. Elles avaient été diplômées de l'université de Duke la même année et, une fois sa thèse d'histoire afro-américaine achevée, Marian avait suivi ma mère à Gatlin afin d'y terminer leur premier livre commun. Elles en étaient à la moitié de leur cinquième ouvrage lorsque l'accident avait eu lieu.

Je n'étais pas retourné là-bas depuis. Je n'étais d'ailleurs pas encore prêt à le faire. Mais je savais qu'Amma ne m'interdirait jamais de m'y rendre. Elle n'appellerait même pas pour vérifier ma présence sur place. Marian Ashcroft était de la famille. Or, Amma, qui avait aimé ma mère autant que Marian l'avait aimée, respectait la famille plus que tout au monde.

— Eh bien, n'oublie pas tes manières et n'élève pas la voix. Tu te souviens de ce que disait ta maman. N'importe quel livre est une Bible, et l'endroit où est conservée la Bible est la maison du Seigneur.

Décidément, ma mère n'aurait jamais été acceptée comme membre des FRA.

Link a klaxonné. Il avait accepté de m'emmener alors que lui-même se rendait à une répétition de son groupe. Je me suis sauvé, si coupable que j'ai dû me retenir de me jeter dans les bras d'Amma et de tout lui avouer, comme si j'avais eu de nouveau six ans et que j'avais boulotté l'intégralité des réserves de chocolat. Si ça se trouve, elle avait raison – j'avais peut-être percé un trou dans le ciel, et l'univers s'apprêtait à me tomber sur la tête.

J'ai grimpé les marches du perron de Ravenwood, ma main serrée sur un classeur bleu luisant, mon excuse pour débarquer sans invitation chez Lena. Je passais déposer le sujet du devoir de littérature qui nous avait été assigné aujourd'hui. Tel était le prétexte que je comptais avancer, du moins. Chez moi, il m'avait paru convaincant. À présent, ce n'était plus aussi évident.

Il n'était pas dans ma nature d'agir ainsi. Mais il était clair que Lena ne m'inviterait jamais d'elle-même. Or, j'avais le pressentiment que son oncle était en mesure de nous aider, qu'il savait quelque chose.

Ou alors, c'était l'autre motivation qui m'avait poussé. J'avais envie de la voir. Sans la présence de l'ouragan Lena, la journée avait été longue et barbante, et je commençais à me demander comment j'allais supporter huit heures de cours sans tous les ennuis qu'elle m'attirait. Sans tous les ennuis que, sous son impulsion, je désirais m'attirer.

De la lumière filtrait à travers les fenêtres recouvertes de lierre. J'ai perçu de la musique, de vieilles chansons écrites par Johnny Mercer, le parolier géorgien que ma mère avait tant aimé. « *In the cool cool cool of the evening…* » Je n'ai pas eu le temps de frapper. Derrière la porte ont retenti des aboiements, puis le battant s'est ouvert à la volée sur Lena. Elle m'a paru différente. Pieds nus, vêtue d'une robe noire brodée de petits oiseaux, élégante comme si elle s'apprêtait à partir dîner dans un restaurant chic. Moi, j'avais plus l'air de me rendre au Dar-ee Keen, avec mon tee-shirt Atari troué et mon jean. Elle a avancé sur la véranda en refermant derrière elle.

— Que fiches-tu ici, Ethan ?

Assez piteusement, j'ai montré le classeur.

— Je t'ai apporté tes devoirs.

— Je n'en reviens pas que tu sois monté chez nous ! s'est-elle exclamée en me poussant déjà au bas des marches. Je t'ai pourtant dit que mon oncle n'appréciait pas les inconnus. Va-t'en. Tout de suite.

— J'espérais juste que nous pourrions lui parler.

Un raclement de gorge gêné a résonné. Levant les yeux, j'ai découvert le chien de Macon Ravenwood et, derrière lui, Macon Ravenwood en personne. Je me suis efforcé de dissimuler ma surprise, même si je crains m'être trahi en sursautant comme un fou.

— Eh bien, voilà une chose que je n'entends guère. Il se trouve que, en parfait gentleman sudiste, j'ai horreur de faire faux bond aux gens. C'est un plaisir de vous rencontrer enfin, monsieur Wate.

Il avait beau s'exprimer avec l'accent traînant du Sud, sa prononciation était impeccable. Quant à moi, j'étais ahuri de me retrouver devant lui. Le mystérieux Macon Ravenwood. En vérité, je m'étais attendu à tomber sur Boo Radley, un type rôdant autour de la maison en salopette, proférant une sorte de langue monosyllabique néandertalienne, de l'écume à la commissure des lèvres, même.

Sauf que Macon Ravenwood n'avait rien de Boo Radley. Il tenait plus d'Atticus Finch.

Il était habillé avec recherche, dans un style démodé – 1942, genre. Les poignets de sa chemise blanche amidonnée étaient fermés par des boutons de manchette en argent d'une autre époque. Sa veste de smoking n'avait ni une tache ni un pli. Ses prunelles sombres et luisantes paraissaient presque noires ; elles étaient voilées, teintées comme les vitres du corbillard que conduisait Lena ; elles ne trahissaient rien, ne reflétaient rien ; elles se détachaient sur un visage blanc comme neige, marmoréen, d'une pâleur qui n'avait rien d'étonnant chez le reclus de la ville. Ses cheveux poivre et sel étaient gris sur les tempes, noirs comme ceux de sa nièce au sommet.

Il aurait pu être une star du cinéma américain d'avant l'invention du Technicolor. Voire le membre d'une famille royale régnant sur un petit pays dont personne n'aurait jamais entendu parler par ici. Sinon que Macon Ravenwood était bien de chez nous. Tel était le détail perturbant. Ce Vieux Fou de Ravenwood était le croquemitaine de Gatlin, un conte auquel j'avais eu droit dès la maternelle. Et pourtant, en cet instant, j'ai eu l'impression qu'il était moins ancré dans la réalité de notre ville que moi.

Sans me quitter des yeux, il a sèchement refermé le livre qu'il tenait. Il me fixait, mais c'était comme s'il regardait à travers moi, en quête de quelque chose. Il était peut-être doté d'une vision radiographique. Vu ce qui s'était produit en une semaine, tout était possible. Mon cœur battait si fort que j'étais sûr qu'il le percevait. Il m'avait ébranlé, et il en était conscient. Ni lui ni moi n'avons souri. Son chien, tendu, rigide, semblait attendre l'ordre de m'attaquer.

— Mais où ai-je été élevé ? a repris Macon Ravenwood. Entrez, monsieur Wate. Nous allions passer à table. Vous devez vous joindre à nous. Ici, à Ravenwood, le dîner relève toujours d'un certain protocole.

J'ai regardé Lena, espérant un conseil.

Réponds que tu n'en as pas envie.

C'est vrai, crois-moi.

— Non merci, monsieur. Je ne veux pas déranger. Je suis juste venu remettre ses devoirs à Lena.

Pour la deuxième fois, j'ai montré le classeur bleu.

— Sornettes ! Vous restez. Nous fumerons quelques bons cigares cubains sur la véranda après le repas. Ou êtes-vous plutôt amateur de cigarillos ? À moins que vous ne teniez pas à entrer dans la maison, bien sûr. Ce que je comprendrais aisément.

J'ai été incapable de déterminer s'il plaisantait ou non.

Lena a glissé un bras autour de la taille de son oncle. Aussitôt, l'expression de ce dernier a changé – le soleil transperçant soudain les nuages d'une journée maussade.

— Voyons, oncle M, cesse de te moquer d'Ethan. Il est mon seul ami, ici. Si tu l'effraies, je serai obligée d'aller vivre avec tante Del, et tu n'auras plus personne à martyriser.

— Il me restera Boo.

Le chien a levé des yeux interrogateurs sur son maître.

— Je l'emmènerai avec moi. C'est moi qu'il suit partout, je te rappelle, pas toi.

Ça a été plus fort que moi.

— Boo ? ai-je demandé. Le chien s'appelle Boo Radley ?

Macon s'est fendu d'un sourire extrêmement ténu.

— Mieux vaut lui que moi.

Rejetant la tête en arrière, il a éclaté d'un rire qui m'a

fait tressaillir, car je n'aurais jamais imaginé ses traits compassés céder à la gaîté. Il a rouvert la porte.

— J'insiste, monsieur Wate, joignez-vous à nous. J'adore la compagnie, et voilà des siècles que Ravenwood n'a eu la joie d'accueillir un invité de notre merveilleux petit comté de Gatlin.

— Ne sois pas snob, oncle M, a riposté Léna avec un sourire embarrassé. Ce n'est pas leur faute si tu ne leur adresses pas la parole.

— Ce n'est pas la mienne non plus si j'apprécie la bonne éducation, une intelligence raisonnable et une hygiène corporelle passable. Pas forcément dans cet ordre, d'ailleurs.

— Ne fais pas attention, m'a-t-elle dit. Il est dans l'un de ses mauvais jours.

— Laisse-moi deviner. Aurait-ce un rapport avec le proviseur Harper ?

Elle a acquiescé en levant les yeux au ciel.

— Le lycée a téléphoné. Je suis en sursis pendant qu'ils enquêtent. Une infraction supplémentaire, et je serai exclue.

Macon a eu un ricanement dédaigneux, comme si nous évoquions un aléa de la vie sans importance aucune.

— En sursis ? s'est-il exclamé. Comme c'est amusant. Le concept de sursis suppose une forme d'autorité légitime, à la source. (Il nous a poussés dans le hall de la demeure.) Un proviseur souffrant de surcharge pondérale, ayant à grand-peine décroché un diplôme de deuxième année à l'université, et une meute de femmes au foyer furibondes dont le pedigree ne saurait rivaliser avec celui de Boo Radley, ce n'est pas ce que j'appelle une autorité légitime.

Une fois le seuil franchi, je me suis arrêté net. Le hall était immense, très haut de plafond. Loin du prototype de maison individuelle banlieusarde dans lequel j'étais entré quelques jours auparavant. Un tableau monstrueusement grand, portrait de quelque femme à la beauté terrifiante et dotée de prunelles dorées luisantes, était accroché au-dessus des marches, lesquelles avaient cessé d'être contemporaines pour devenir un classique escalier suspendu qui semblait se soutenir tout seul. Scarlett O'Hara aurait pu le dévaler en robe à crinoline sans paraître le moins du monde déplacée. Des lustres en cristal à plusieurs étages dégoulinaient du plafond. La pièce regorgeait d'authentiques meubles victoriens, petits groupes de fauteuils aux broderies compliquées, consoles à dessus de marbre, fougères gracieuses. Une bougie était allumée sur toutes les surfaces disponibles. De vastes portes-fenêtres à claire-voie avaient été repoussées. Le vent soulevait des senteurs de gardénias, bouquets placés dans de hauts vases en argent artistiquement posés sur les guéridons.

L'espace d'une seconde, j'ai failli croire que j'avais une nouvelle vision, si ce n'est que le camée était soigneusement enveloppé dans son mouchoir, au fond de ma poche – j'ai vérifié qu'il y était toujours. L'horrible chien me contemplait depuis les marches.

Ça n'avait aucun sens. Ravenwood avait muté en quelque chose d'entièrement différent depuis ma dernière visite. Ça paraissait impossible. Comme si j'avais pénétré dans l'Histoire. En dépit de l'irréalité du spectacle, j'aurais aimé que ma mère le voie. Elle aurait adoré cet endroit. Sauf que, maintenant, ça avait l'air réel. Je savais que l'ancienne demeure devait ressembler à ça, la plupart du temps. Elle évoquait Lena. Le jardin entouré de murs. Greenbrier.

Pourquoi Ravenwood a-t-il changé ?

Qu'est-ce que tu racontes ?

Tu m'as très bien compris.

Macon nous a précédés dans une pièce qui, la semaine précédente, avait constitué le salon confortable. Ce soir-là, c'était une vaste salle de bal où une table aux longs pieds fourchus était dressée pour trois, comme si le maître de céans m'avait attendu. Dans son coin, le piano continuait à jouer tout seul. Un instrument mécanique, sans doute. La scène était sinistre : j'avais l'impression que les lieux auraient dû retentir du tintement des verres et de rires ; Ravenwood avait organisé la soirée de l'année, mais j'en étais l'unique invité.

Macon discourait. L'écho de ses paroles rebondissait sur les gigantesques murs peints à la fresque et les plafonds voûtés et sculptés.

— J'imagine que je suis snob, pérorait-il. Je méprise les villes. Je méprise les citadins. Ils ont l'esprit étroit et le derrière large. Autrement dit, leurs grosses fesses compensent leur misère intérieure. Ils sont pareils à la mauvaise nourriture. Bourrés de graisses mais, au bout du compte, affreusement insatisfaisants.

Un sourire s'est dessiné sur ses lèvres. Pas un sourire amical, toutefois.

— Pourquoi ne déménagez-vous pas, dans ce cas ? ai-je lancé.

Un agacement brutal s'était emparé de moi, me ramenant à la réalité – quelle qu'elle soit. Que je me moque de Gatlin était une chose. Que Macon Ravenwood le fasse en était une autre.

— Épargnez-moi les absurdités, monsieur Wate. C'est Ravenwood ma patrie, pas Gatlin. (Ce dernier mot craché, à croire qu'il était toxique.) Lorsque je m'éteindrai, libéré des entraves de cette existence, il me faudra trouver quelqu'un pour s'occuper de la propriété à ma place, puisque je n'ai pas d'enfants. Maintenir la demeure en vie a été mon but dès le départ. Un grand et terrible objectif. J'aime à me concevoir comme le conservateur d'un musée vivant.

— Inutile d'être aussi théâtral, oncle M.

— Inutile d'être aussi diplomate, Lena. Ton désir d'interagir avec ces ignorants de citadins m'échappera toujours.

Il n'a pas tort.

Es-tu en train de dire que tu ne veux plus que je vienne au lycée ?

Non. Je voulais seulement…

— Vous excepté, naturellement, a précisé Macon en me regardant droit dans les yeux.

Plus il parlait, plus vive était ma curiosité. Qui aurait pu deviner que ce Vieux Fou de Ravenwood était la personne la plus intelligente de la ville, après ma mère et Marian Ashcroft ? Et après mon père peut-être, si ce dernier daignait un jour refaire surface. J'ai tenté de discerner le titre du livre que tenait Macon.

— Qu'est-ce ? ai-je osé demander. Shakespeare ?

— Betty Crocker[1]. Une femme fascinante. J'essayais de me rappeler ce que les tristes individus constituant la population locale considèrent comme un dîner. J'étais d'humeur à me lancer dans une recette régionale, ce soir. Mon choix s'est arrêté sur du porc à l'étouffé.

Encore du porc. Rien que l'idée m'a donné la nausée.

Macon a tiré la chaise de Lena avec une galanterie appuyée.

— À propos d'hospitalité, Lena, tes cousins seront ici

1. Référence quasi institutionnelle aux États-Unis. À partir des années 1920, un groupement de minotiers a lancé ce personnage fictif afin de promouvoir la vente de farine et de produits pâtissiers. L'idée a évolué et s'est développée jusqu'à devenir incontournable, ce que symbolise le livre de recettes signé Betty Crocker.

pour les Journées du Clan. N'oublions pas de prévenir Maison et Cuisine que nous serons cinq de plus.

— J'avertirai les employées de maison et de cuisine, si c'est ce que tu entends par là, oncle M, a rétorqué Lena avec irritation.

— Que sont les Journées du Clan ?

— Une bizarrerie familiale. Les Journées ne sont qu'une vieille coutume destinée à fêter les récoltes. Un Thanksgiving[1] précoce, si tu préfères. Laisse tomber.

Des visiteurs – famille ou autres – à Ravenwood ? C'était une surprise. Je n'avais jamais vu aucune voiture tourner à droite, au niveau de la fourche.

— À ta guise, s'est réjoui Macon. Mais puisque nous parlons de Cuisine, je meurs de faim. Je vais m'enquérir de ce qu'elle nous a concocté.

Au fur et à mesure qu'il parlait, j'entendais des bruits de casserole quelque part au-delà de la salle de bal.

— N'en fais pas trop, s'il te plaît, oncle M.

Macon Ravenwood s'est éclipsé. Le claquement de ses chaussures sur les parquets cirés a résonné encore longtemps. Décidément, cette demeure donnait à la Maison-Blanche des allures de masure.

— Que se passe-t-il, Lena ?

— Comment ça ?

— Comment a-t-il su qu'il fallait mettre un couvert pour moi ?

— Il nous aura vus sur le porche.

— Et cet endroit ? Je suis venu ici, la fois où nous avons

1. Journée d'action de grâces qui se tient chaque quatrième jeudi de novembre depuis 1621, lorsque, un an après leur arrivée, les premiers colons célébrèrent les récoltes abondantes qui récompensaient leurs sacrifices. Aujourd'hui symbole de liberté et de prospérité, cette fête est la plus importante avec le 4 juillet (Indépendance) pour les Américains.

découvert le médaillon. Ça ne ressemblait en rien à ce que c'est aujourd'hui.

Dis-moi. Aie confiance.

Butée, elle a joué avec l'ourlet de sa robe.

— Mon oncle est passionné d'antiquités. Le décor ne cesse de changer. Est-ce vraiment important ?

Il était clair qu'elle n'avait pas l'intention de me révéler quoi que ce soit maintenant.

— Très bien. Tu n'as pas d'objection à ce que j'explore un peu ?

Elle a froncé les sourcils, n'a pas protesté cependant. Me levant de table, je suis allé dans le salon voisin. Il était meublé comme un bureau – canapés, cheminée et quelques petites tables de travail. Boo Radley était allongé devant le feu. À l'instant où j'ai mis le pied dans la pièce, il a grondé.

— Gentil chien-chien.

Les grondements se sont amplifiés. J'ai reculé d'un pas. Aussitôt, la bête s'est tue et a reposé la tête sur la pierre de l'âtre. Sur la table la plus proche se trouvait un paquet enveloppé de papier kraft et ficelé. Je m'en suis emparé. Boo Radley a recommencé à grogner. La parcelle était estampillée Bibliothèque du comté de Gatlin. Ce sceau m'était familier. Ma mère avait reçu des centaines de colis comme celui-ci. Seule Marian Ashcroft se donnait la peine d'emballer un livre de cette façon.

— Vous vous intéressez aux bibliothèques, monsieur Wate ? Connaissez-vous Marian Ashcroft ?

Macon avait surgi près de moi. Il m'a repris le paquet, l'a contemplé avec délice.

— Oui, monsieur. Marian... le professeur Ashcroft était la meilleure amie de ma mère. Elles travaillaient ensemble.

Les yeux de mon interlocuteur se sont allumés, éclat passager vite éteint.

— Mais oui bien sûr ! Suis-je sot ! Ethan Wate. Je connaissais votre mère.

Je me suis figé. Comment cela était-il possible ? Une drôle d'expression a traversé le visage de Macon, comme s'il se souvenait d'une chose qu'il avait oubliée.

— À travers ses livres seulement, a-t-il ajouté. Je les ai tous lus. Au passage, si vous étudiez attentivement les notes de *Jardinage et plantations : maîtres et esclaves sur une même terre*, vous constaterez que plusieurs sources de cette étude proviennent de ma collection personnelle. Votre mère était brillante. Sa disparition a été une grande perte.

— Merci, ai-je réussi à articuler avec un pauvre sourire.

— Ce serait un honneur de vous montrer ma bibliothèque. Partager mes possessions avec le fils unique de Lila Evers me ferait très plaisir.

Je l'ai contemplé, interdit par le nom de ma mère dans la bouche de Macon Ravenwood.

— Wate, l'ai-je corrigé. Lila Evers Wate.

— Cela va de soi, a-t-il opiné avec bonne humeur. Mais chaque chose en son temps. D'après le brusque silence régnant dans la cuisine, j'en déduis que le dîner a été servi.

Me tapotant l'épaule, il m'a ramené dans la salle de bal. Lena patientait à table. Elle était en train de rallumer une bougie que le vent vespéral avait soufflée. Un festin élaboré nous attendait. Je n'avais pas la moindre idée de la façon dont il s'était retrouvé là. Je n'avais vu personne d'autre que nous trois. Une maison entièrement nouvelle, un chien-loup, et maintenant ça… Dire que j'avais cru que Macon Ravenwood constituerait la plus étrange bizarrerie de la soirée !

Il y avait là de quoi rassasier les FRA, les congrégations religieuses de toute la ville et l'équipe de basket par-dessus le marché. Sinon que ce n'était pas le genre de nourriture servie d'ordinaire à Gatlin. Un des mets semblait être un cochon entier rôti, une pomme fourrée dans la gueule. Un plat de côtes dont les extrémités étaient emmaillotées de décorations en papier voisinait avec une oie désossée couverte de châtaignes. Les bols de sauce et de crème côtoyaient les assiettes de petits pains et les saladiers de feuilles de chou frisé et de betterave ainsi que différents accompagnements que je n'aurais su identifier. Naturellement, il y avait du porc à l'étouffé, qui semblait particulièrement déplacé au milieu de tout ce raffinement. À la perspective de ce que j'allais devoir engloutir rien que par politesse, j'ai réprimé un haut-le-cœur. Je me suis tourné vers Lena.

— Oncle M, a-t-elle soupiré, c'est beaucoup trop.

Roulé en boule au pied de la chaise de la jeune fille, Boo a agité la queue, ravi de la fête à venir.

— Balivernes ! Ceci est une occasion spéciale. Tu t'es fait un ami. Cuisine sera offensée si nous ne mangeons pas tout ça.

Lena m'a regardé avec anxiété, à croire qu'elle avait peur que, sous prétexte de me rendre aux toilettes, j'en profite pour déguerpir. Haussant les épaules, je me suis servi. Avec un peu de chance, Amma m'autoriserait à sauter le petit déjeuner le lendemain.

J'ai décidé qu'il était temps de produire le médaillon quand Macon en a été à son troisième verre de scotch. À la réflexion, si je l'avais vu remplir son assiette, je ne l'avais pas vu la vider. Tout se passait comme si la nourriture se volatilisait après une ou deux minuscules bouchées. Boo Radley était sans doute le chien le plus verni du comté. J'ai posé ma serviette.

— Accepteriez-vous que je vous pose quelques questions, monsieur ? Vous semblez être féru d'histoire, et je peux difficilement interroger ma mère, n'est-ce pas ?

Non, Ethan !

Il ne s'agit que de quelques questions.

Il n'est au courant de rien.

Nous devons essayer, Lena.

— Bien sûr, a répondu Macon en buvant une gorgée de whisky.

Tirant le camée de la bourse donnée par Amma, j'ai soigneusement déplié le mouchoir. Aussitôt, les flammes de toutes les bougies sont mortes. Les lampes ont grésillé avant de s'éteindre à leur tour. Même le piano s'est tu.

Ethan ! Arrête ça !

Je n'ai rien fait.

La voix de Macon a retenti dans l'obscurité.

— Qu'avez-vous dans la main, fiston ?

— Un médaillon, monsieur.

— Cela vous gênerait-il de le remettre dans votre poche ?

Son ton était mesuré, mais je devinais qu'il déployait beaucoup d'efforts pour se contrôler. Sa loquacité affable s'était évaporée. Il s'exprimait avec une urgence qu'il tentait de dissimuler. J'ai obtempéré. De l'autre côté de la table, Macon a effleuré les chandeliers. Une à une, les bougies se sont rallumées. Le festin avait disparu. À la lueur des chandelles, Macon avait l'air sinistre. Il se taisait – une première depuis mon arrivée –, comme s'il soupesait les choix qui s'offraient à lui sur une balance invisible qui, d'une façon ou d'une autre, déciderait de l'équilibre de nos destins. Il était temps que je m'en aille. Lena avait eu raison, ma venue avait été une mauvaise idée. Macon Ravenwood avait sûrement de bonnes raisons de ne pas quitter sa maison.

— Je vous demande pardon, monsieur. J'ignorais ce qui allait se produire. Quand je le lui ai montré, ma gouvernante, Amma, a réagi comme si... comme si cet objet était très puissant. Mais lorsque Lena et moi l'avons trouvé, il ne s'est rien passé.

N'ajoute rien. Ne mentionne surtout pas les visions.

T'inquiète. Je voulais seulement découvrir si j'avais vu juste à propos de Genevieve.

C'était vrai. Je n'avais pas envie de raconter quoi que ce soit à Macon, rien qu'envie de partir. Je me suis levé.

— Je crois que je ferais mieux de rentrer chez moi, monsieur. Il est tard.

— Ayez la bonté de me décrire ce médaillon, je vous prie.

C'était un ordre. Je n'ai pas répondu. C'est Lena qui a fini par s'y résoudre.

— Il est vieux et abîmé, avec un camée. Nous sommes tombés dessus à Greenbrier.

— Tu aurais dû me dire que tu étais allée là-bas, a riposté son oncle en tripotant nerveusement sa bague en argent. Greenbrier n'appartient pas à Ravenwood. Je ne suis pas en mesure de t'y défendre.

— Je ne risquais rien. Je l'ai senti.

Risquer quoi ? L'attitude de Macon était quelque peu outrée, non ?

— Non, tu n'étais pas en sécurité. Cet endroit est hors limites. Il n'est plus contrôlable. Par personne. Tu ignores bien des choses, Lena. Et lui – il m'a désigné d'un geste las – ne sait rien. Il ne te protégera pas. Tu n'aurais pas dû le mêler à tout ça.

Je suis intervenu. Bien obligé. Cet homme parlait de moi comme si je n'étais pas là.

— Cela me concerne aussi, monsieur. Le bijou comporte deux séries d'initiales. ECW. Pour Ethan Carter Wate, mon arrière-arrière-arrière-arrière-grand-oncle. Les autres sont GKD. Or, nous sommes convaincus que le D est là pour Duchannes.

Tais-toi, Ethan !

Je ne pouvais pas, cependant.

— Vous n'avez aucun droit de nous cacher des choses, car quoi qu'il arrive, cela nous arrive à tous les deux. Et, que ça vous plaise ou non, ça arrive maintenant.

Un vase de gardénias a volé avant de s'écraser contre un mur. Le Macon Ravenwood des contes de mon enfance commençait à se dévoiler.

— Vous n'avez pas la moindre idée de ce dont vous parlez, jeune homme.

Il m'a fixé avec une sombre intensité qui a fait se dresser les cheveux sur ma nuque. Il avait du mal à garder son calme, maintenant. J'avais dépassé les bornes. Se levant, Boo Radley s'est mis à arpenter l'espace derrière son maître, l'air de traquer sa proie, ses prunelles trop rondes et trop familières à mon goût.

Ne dis plus rien.

Agacé, Macon a plissé les paupières. La star de cinéma avait cédé la place à un personnage beaucoup plus ténébreux. J'aurais aimé m'enfuir en courant, mais j'étais pétrifié, comme hypnotisé. Je m'étais trompé au sujet de Ravenwood Manor et de Macon Ravenwood. Les deux m'effrayaient. Lorsqu'il a enfin repris la parole, le maître des lieux a semblé s'adresser à lui-même.

— Cinq mois. Vous doutez-vous seulement des extrémités jusqu'auxquelles je suis prêt à aller pour veiller sur sa sécurité pendant cinq mois ? Du prix qu'il m'en coûtera ? De l'épuisement que cela signifiera pour moi, de ma destruction, peut-être ?

Sans un mot, Lena s'est glissée vers lui et a posé la main sur son épaule. Alors, la tempête qui agitait ses yeux a disparu aussi vite qu'elle avait surgi, et il s'est ressaisi.

— Amma me semble être une femme d'une grande sagesse. Si j'étais vous, je suivrais ses conseils. Je remettrais cet objet à l'endroit où je l'ai trouvé. Je vous saurai gré de ne plus le rapporter ici.

Se levant, il a jeté sa serviette sur la table avant de continuer :

— Je crois que notre petite visite de ma bibliothèque devra attendre, vous n'êtes pas de cet avis ? Lena ? Raccompagne ton ami. Cette soirée a été extraordinaire, bien sûr. Particulièrement éclairante. N'hésitez pas à revenir, monsieur Wate.

Sur ce, la pièce a été plongée dans le noir, et il s'est volatilisé.

J'ai filé comme si j'avais le diable à mes trousses. Je voulais m'éloigner du dangereux oncle de Lena et de sa maison des horreurs. Bon sang ! Que venait-il de se produire ? Lena m'a poussé vers la porte, comme si elle craignait qu'il ne m'arrive quelque chose si je ne m'en allais pas très vite. Toutefois, quand nous avons traversé le hall, j'ai remarqué un détail qui m'avait échappé.

Le médaillon. La femme aux yeux dorés fascinants du tableau arborait le camée. J'ai attrapé Lena par le bras. Elle a vu. Elle s'est figée.

Il n'y était pas tout à l'heure.

Comment ça ?

Ce portrait, je le connais depuis que je suis toute petite. Je suis passé devant à des milliers de reprises. Jamais cette femme n'a porté le médaillon.

15 septembre
LA CROISÉE DES CHEMINS

Sur le trajet du retour, nous avons à peine échangé un mot. Je ne savais que dire, et Lena paraissait soulagée que je ne le dise pas. Elle m'a laissé conduire, me donnant ainsi la distraction dont j'avais besoin, le temps que mon pouls reprenne un rythme normal. Nous avons dépassé ma rue, mais je n'étais pas encore prêt à regagner mes pénates. Si j'ignorais ce qui se produisait avec Lena, son foyer ou son oncle, j'avais bien l'intention de l'obliger à me l'expliquer.

— Tu as loupé ta maison.

Ses premières paroles depuis que nous avions quitté Ravenwood.

— J'ai remarqué, oui.

— Tu crois que mon oncle est fou. Comme tout le monde. Vas-y, dis-le. Ce Vieux Fou de Ravenwood.

Sa voix était amère.

— Il faut que je rentre chez moi, a-t-elle ajouté.

Sans répondre, j'ai contourné la Pâture du Général,

un pan d'herbe jaunie qui entourait le seul monument ayant jamais valu à Gatlin de figurer dans les guides touristiques, une statue du général de la guerre de Sécession Jubal A. Early. Ce dernier défendait son éternel pré carré, ce qui, sur le coup, m'a semblé déplacé. Tout avait changé, tout changeait. J'étais différent, je voyais, je sentais et je faisais des choses qui, une semaine auparavant, m'auraient paru inconcevables. J'ai eu l'impression que le général aurait dû changer d'attitude lui aussi.

Bifurquant dans Dove Street, j'ai garé le corbillard le long du trottoir, juste sous la pancarte qui proclamait : BIENVENUE À GATLIN, PATRIE DES PLUS BELLES PLANTATIONS SUDISTES ET DE LA TARTE AU BABEURRE LA MEILLEURE DU MONDE. Je n'étais pas certain que cette dernière assertion soit juste, mais le reste l'était.

— Pourquoi t'arrêtes-tu ?

— Nous devons discuter, ai-je lancé en coupant le contact.

— Je ne suis pas du genre à traîner dans une voiture avec un garçon.

Malgré l'apparente plaisanterie, j'ai perçu la panique dans ses intonations.

— Parle-moi.

— De quoi ?

— Tu te fiches de moi, hein ?

Je me suis contraint pour ne pas hurler. Elle a joué avec son collier.

— J'ignore ce que tu attends de moi.

— Et si tu me rencardais sur ce qui vient de se produire, par exemple ?

Elle a fixé l'obscurité, de l'autre côté de sa vitre.

— Il était en colère. Il lui arrive de perdre son calme.

— En balançant des objets à travers la pièce sans les toucher et en allumant des bougies sans allumettes ?

— Je suis navrée, Ethan, a-t-elle chuchoté.

Plus elle esquivait, plus j'étais furieux.

— Je ne veux pas de tes excuses, ai-je crié. Je veux que tu me dises ce qui se passe.

— À quel propos ?

— À propos de ton oncle et de sa drôle de baraque dont il a réussi à modifier la décoration en deux jours. À propos de la nourriture qui surgit et disparaît comme par enchantement. À propos de cette allusion à des limites territoriales et à la protection dont tu as besoin. Tu as le choix.

— Je n'ai pas le droit d'en parler, a-t-elle objecté en secouant la tête. De toute façon, tu ne comprendrais pas.

— Qu'en sais-tu ? Donne-moi une chance.

— Ma famille est différente des autres familles. Crois-moi, ça te dépasse.

— Qu'est-ce que c'est censé signifier, ça ?

— Admets-le, Ethan. Tu as beau répéter que tu n'es pas comme tous les autres, tu l'es. Tu souhaites être différent, mais rien qu'un petit peu. Pas entièrement.

— Tu es aussi cinglée que ton oncle.

— Tu es venu chez moi sans y avoir été invité et, maintenant, tu es en colère parce que tu n'as pas apprécié ce dont tu as été témoin.

Je n'ai pas répondu. Je ne voyais rien à travers le pare-brise, je ne parvenais pas à réfléchir clairement non plus.

— Si tu es en colère, c'est parce que tu as peur, a-t-elle poursuivi. Comme vous tous. Au plus profond de vous, vous êtes tous les mêmes.

Sa voix était lasse, à présent, comme si elle avait déjà renoncé.

— Non, ai-je protesté. C'est toi qui as peur.

— C'est ça, oui, a-t-elle ri avec rancœur. Tu n'as pas idée des choses dont j'ai peur.

— Tu as peur de me faire confiance.

Elle est restée coite.

— Tu as peur d'être suffisamment intime avec une personne pour remarquer si elle est venue ou non au lycée.

Du doigt, elle a tracé une ligne tremblante, un zigzag, dans la buée de sa vitre.

— Tu as peur de t'attarder quelque part.

Le zigzag s'est transformé en une sorte d'éclair.

— Tu n'es pas d'ici. Tu as raison. Et tu n'es pas juste un peu différente.

Elle continuait de fixer l'extérieur sans rien voir, puisqu'on ne voyait rien dehors. Mais moi, je la voyais. Je voyais tout.

— Tu es incroyablement, absolument, extrêmement, suprêmement différente. (J'ai effleuré son bras et, aussitôt, j'ai senti la chaleur d'une décharge électrique.) Je le sais parce que, au fond de moi, je crois que je suis également différent. Alors, dis-moi, s'il te plaît. Différent comment ?

— Je ne veux pas te le dire.

Une larme a roulé sur sa joue. Je l'ai recueillie sur le bout d'un doigt. Elle brûlait.

— Pourquoi ?

— Parce que ceci est peut-être ma dernière chance d'être une fille normale, quand bien même ça se produirait à Gatlin. Parce que tu es le seul ami que j'ai ici. Parce que si je te le disais, tu ne me croirais pas. Ou tu me croirais, ce qui serait pire. (Tournant la tête, elle a plongé ses yeux dans les miens.) Quoi qu'il en soit, tu refuserais de m'adresser de nouveau la parole.

On a frappé au carreau, et nous avons tous les deux sursauté. Le faisceau d'une lampe de poche a transpercé la buée accumulée sur le verre. Éloignant ma main du visage de Lena, j'ai baissé la vitre tout en étouffant un juron.

— Alors, les mômes, vous êtes perdus ?

Gros Lard. Qui souriait de toutes ses dents comme s'il venait de trouver deux beignets sur le bas-côté.

— Non, monsieur. Nous rentrons chez nous tout de suite.

— Ceci n'est pas votre véhicule, monsieur Wate.

— Non, monsieur.

Il a dirigé sa torche sur Lena, s'est longuement attardé.

— Alors, filez à la maison. Vous ne voudriez pas qu'Amma s'inquiète.

— Oui, monsieur.

J'ai remis le contact. Quand j'ai jeté un coup d'œil dans le rétroviseur, j'ai aperçu Amanda, sa copine, qui riait sur le siège passager de la voiture de patrouille.

J'ai claqué la portière. Lena m'avait remplacé au volant.

— À demain.

— Oui.

Je savais cependant que nous ne nous reverrions pas le lendemain. Je savais que, si elle s'en allait, c'en serait fini. Nous étions à une croisée des chemins, comme la fourche qui séparait Ravenwood du reste de Gatlin. Il fallait choisir une direction. Si elle n'optait pas pour la mienne, le corbillard poursuivrait sa route, s'éloignerait de moi. Comme le matin où je l'avais remarqué pour la première fois.

Si elle ne me choisissait pas.

Emprunter deux voies à la fois n'était pas possible. Et, la décision prise, il n'était pas possible non plus de revenir sur ses traces. Je l'ai entendue enclencher une vitesse. Pourtant, j'ai continué à avancer vers la porte de chez moi. Le corbillard s'en est allé.

Elle ne m'avait pas choisi.

J'étais allongé sur mon lit, face à la fenêtre. La lumière de la lune envahissait la pièce, ce qui m'agaçait et m'empêchait de m'endormir, alors que je mourais d'envie que cette journée s'achève.

Ethan.

L'appel avait été si faible que j'ai failli ne pas le capter. J'ai fixé la croisée. Elle était fermée. J'y avais veillé.

Allons, Ethan.

J'ai fermé les paupières. Le loquet de la fenêtre a remué.

Laisse-moi entrer.

Les volets en bois se sont brutalement ouverts. Le vent, bien sûr. Sauf qu'il n'y avait pas le moindre souffle. Me levant, je suis allé regarder dehors. Lena se tenait sur la pelouse, en pyjama. Les voisins allaient s'en donner à cœur joie, et Amma succomber à une crise cardiaque.

— Descends, ou c'est moi qui monte.

Une crise cardiaque, puis une attaque cérébrale.

Nous étions assis sur le porche. J'étais en jean car je dormais toujours en sous-vêtement. Et si Amma m'avait découvert en compagnie d'une fille vêtue de mon seul caleçon, j'aurais été enterré dans le jardin avant le lever du soleil.

Lena s'est adossée à une marche et a fixé le plafond de la véranda dont la peinture blanche s'écaillait.

— J'ai failli faire demi-tour au bout de ta rue, mais j'ai eu trop peur de revenir.

Sous la lune, j'ai constaté que son pyjama était vert et mauve, dans le style chinois.

— Une fois à la maison, j'ai eu trop peur de ne pas revenir, a-t-elle enchaîné.

Comme elle arrachait des éclats au vernis de ses orteils, j'en ai conclu qu'elle s'était décidée à me parler.

— Je ne sais pas trop comment procéder, a-t-elle continué. Je n'ai encore jamais eu à le formuler. J'ignore ce que ça va donner, exprimé.

J'ai fourragé dans mes cheveux en désordre.

— Quoi que tu aies à dire, tu peux y aller. Ma famille à moi aussi est cinglée.

— Si tu crois ça, tu te trompes.

Elle a inspiré profondément. Elle avait du mal à se lancer. Elle a cherché ses mots.

— Les membres de ma famille ont des pouvoirs. Moi comprise. Nous sommes en mesure d'accomplir des choses qui échappent aux gens normaux. C'est de naissance, nous n'avons pas le choix. Nous sommes ce que nous sommes.

Il m'a fallu une seconde pour saisir les implications de ce qu'elle racontait.

Magie.

Où était Amma quand j'avais besoin d'elle ?

Malgré la crainte que m'inspirait la réponse, j'ai été obligé de poser la question.

— Et qu'êtes-vous exactement ?

Ça semblait si étrange que les mots n'ont pas été faciles à sortir.

— Des Enchanteurs.

— Des Enchanteurs ?

Elle a hoché la tête.

— Du genre qui jettent des sorts ?

Derechef, elle a acquiescé.

— Des sorciers et des sorcières, autrement dit ?

— Ne dis pas de bêtises, Ethan.

J'ai soufflé un bon coup, soulagé. J'étais un idiot, bien sûr. Qu'est-ce qui me prenait ?

— Ces mots sont tellement stupides ! a-t-elle poursuivi. De véritables stéréotypes.

Mon estomac s'est noué. Une partie de moi a eu envie de déguerpir dans la maison, de verrouiller la porte, de se cacher dans mon lit. Mais une autre partie, plus forte, a désiré rester. N'avait-elle pas, cette partie de moi, deviné depuis le début ? Je n'avais peut-être pas su précisément ce que Lena était ; néanmoins, j'avais soupçonné quelque chose, un secret plus vaste que ce que laissaient transparaître le collier minable et les vieilles baskets. Qu'avais-je donc espéré d'une fille capable de déclencher des déluges ? De communiquer avec moi sans être dans la même pièce ? De contrôler les nuages dans le ciel ? D'ouvrir les volets de ma chambre depuis la rue ?

— As-tu une meilleure dénomination ?

— Aucun mot n'est susceptible de résumer chacun des membres de ma famille. En existe-t-il un pour ceux de la tienne ?

J'ai voulu détendre l'atmosphère, faire comme si elle était une fille quelconque. Me convaincre que la situation n'avait rien d'extraordinaire.

— Oui, ai-je donc répondu. Des malades mentaux.

— Nous sommes des Enchanteurs. C'est la définition la plus large. Nous sommes tous dotés de pouvoirs. Nous avons un don, comme d'autres familles sont intelligentes, riches, belles ou sportives.

La question suivante était évidente, mais j'ai préféré ne pas la poser. Je savais déjà que Lena était en mesure de briser une fenêtre rien que par la force de sa pensée. Je n'étais pas sûr d'être prêt à découvrir ce qu'elle pouvait casser d'autre. Et puis, je commençais à avoir l'impression que nous étions en train de discuter d'une énième famille sudiste déjantée, telles les Sœurs. Les Ravenwood faisaient partie du paysage local depuis aussi longtemps que n'importe qui à Gatlin. Pourquoi auraient-ils été moins fous que les autres ? Du moins, c'est ce dont j'ai essayé de me persuader.

— Il aurait mieux valu que je me taise, a soupiré Lena, se méprenant sur mon silence. Je t'avais pourtant averti de me laisser tranquille. Tu dois sûrement me considérer comme une erreur de la nature.

— Non. Je crois que tu es talentueuse.

— Tu trouves ma maison étrange. Tu l'as déjà signalé.

— Vous changez souvent de décoration, c'est tout.

Je m'efforçais de ne pas craquer. Je m'efforçais de l'amener à sourire. Je devinais ce qu'il lui en avait coûté de m'avouer la vérité. Je ne pouvais décemment pas la lâcher, pas maintenant. Me retournant, j'ai désigné la pièce éclairée qui surplombait les azalées, à l'abri des volets en bois.

— Tu vois cette fenêtre ? C'est celle du bureau de mon père. Il travaille la nuit et dort le jour. Depuis la mort de ma mère, il n'a pas quitté la maison. Il refuse même de me montrer ce sur quoi il écrit.

— N'est-ce pas romantique ? a-t-elle murmuré.

— Non, c'est dingue. Personne n'en parle, cependant, parce qu'il n'y a plus personne pour en parler. Sauf Amma, qui planque des amulettes dans ma chambre et m'enguirlande quand je rapporte un vieux bijou.

Le sourire n'était plus très loin.

— Alors, tu es, peut-être toi aussi, une erreur de la nature.

— J'en suis une, tu en es une. Chez toi, les pièces disparaissent, chez moi ce sont les gens. Ton reclus d'oncle est timbré, mon reclus de père est fou. Nous ne sommes pas très différents l'un de l'autre.

Cette fois, elle a franchement souri, soulagée.

— Je me décarcasse pour considérer cette phrase comme un compliment, a-t-elle commenté.

— C'en est un.

Je l'ai contemplée. Sous la lune, elle irradiait, spéciale. Un moment, je me suis vu me pencher vers elle pour l'embrasser. M'écartant, je me suis hissé sur la marche supérieure.

— Ça va ? a-t-elle demandé.

— Oui. Je suis seulement fatigué.

Je ne l'étais pas.

Nous sommes restés ainsi à bavarder pendant des heures. J'étais au sommet du perron, elle un gradin en dessous de moi. Nous avons observé le sombre ciel nocturne, puis le sombre ciel matutinal, jusqu'à ce que les oiseaux se mettent à pépier.

Lorsque le corbillard a fini par s'éloigner, le soleil se levait. J'ai regardé Boo Radley prendre lentement la direction de Ravenwood Manor. Au rythme où il avançait, il serait rentré au crépuscule. À se demander pourquoi il se donnait la peine de la suivre partout.

Stupide cabot.

J'ai posé la main sur la poignée en laiton de ma chambre. J'ai failli ne pas réussir à entrer. Ma vie était sens dessus dessous, et rien dans la pièce n'y changerait quoi que ce soit. J'avais l'esprit en déroute, mélangé comme une grande poêle d'œufs brouillés cuisinés par Amma. À l'instar de mes tripes, depuis plusieurs jours maintenant.

T.I.M.O.R.É. Voilà ce dont m'aurait traité Amma. Six lettres horizontal, autrement dit froussard. J'avais peur. Devant Lena, j'avais affirmé qu'il m'importait peu qu'elle et les siens soient… quoi ? Des sorciers ? Des Enchanteurs ? Loin des dix et deux banals que mon père m'avait enseignés.

Oui, rien de bien grave.

Je n'étais qu'un gros menteur. J'étais prêt à parier que même ce crétin de chien l'avait senti.

24 septembre

LES TROIS DERNIÈRES RANGÉES

Connaissez-vous l'expression « le ciel m'est tombé sur la tête » ? Elle est vraie. À l'instant où Lena avait fait demi-tour pour venir s'échouer en pyjama mauve sur mon seuil, c'est ce que j'avais ressenti.

Je m'étais douté que quelque chose allait arriver. J'ignorais seulement que j'éprouverais cette émotion-là.

Depuis, je n'avais envie que de deux choses : être en sa compagnie et être seul, de façon à m'extirper tout ça de la tête. Les mots me manquaient pour décrire ce que nous étions. Elle n'était pas ma petite copine ; nous ne sortions même pas ensemble. Jusqu'à la semaine précédente, elle avait refusé d'admettre que nous étions amis. Je n'avais pas la moindre idée de ses sentiments à mon égard, et ce n'était pas comme si j'avais pu envoyer Savannah se renseigner à ce sujet. Je ne tenais pas à mettre en péril ce que nous partagions – quoi que ce fût. Alors, pourquoi étais-je obsédé par elle ? Pourquoi étais-je soudain plus heureux dès que je la voyais ? J'avais l'impression d'avoir la réponse, peut-être, mais comment m'en assurer ? Je l'ignorais, je n'avais aucun moyen de le découvrir.

Les mecs ne parlent pas de ce genre de chose. Les mecs se bornent à subir le fardeau du ciel.

— Qu'est-ce que tu écris ?

Elle a refermé le cahier à spirale qu'elle semblait emporter partout avec elle. Le mercredi, l'équipe de basket n'avait pas entraînement. Voilà pourquoi Lena et moi étions dans le jardin de Greenbrier, que j'en étais venu à considérer comme notre endroit réservé, même si je ne l'aurais jamais admis devant quiconque, surtout elle. C'était ici que nous avions découvert le médaillon. C'était un lieu où nous pouvions traîner ensemble sans que les autres nous épient et chuchotent. Nous étions censés étudier, mais Lena griffonnait dans son calepin, et je venais de lire pour la neuvième fois consécutive le même paragraphe sur la structure interne des atomes. Nos épaules se touchaient, bien que nous soyons tournés dans des directions différentes. J'étais étendu sous le soleil déclinant ; elle était assise sous l'ombre grandissante d'un chêne moussu.

— Rien de particulier. J'écris, c'est tout.

— Pas de souci, ai-je répondu en tâchant de dissimuler ma déception. Tu n'es pas obligée de me le dire.

— C'est... c'est bête.

— Alors, dis-le-moi.

L'espace d'une minute, elle n'a pas réagi, se bornant à gribouiller la tranche en caoutchouc de sa chaussure avec son stylo-bille noir.

— Il m'arrive d'écrire des poèmes. Depuis toute petite. C'est bizarre, je sais.

— Je ne trouve pas ça bizarre. Ma mère était écrivain. Mon père en est un.

Bien que ne voyant pas son visage, j'ai deviné qu'elle souriait.

— Bon, d'accord, ai-je rectifié, c'est un très mauvais exemple, vu que mon père est archibizarre. Mais ce n'est pas à cause de l'écriture.

J'ai attendu, espérant qu'elle me tendrait son carnet en me priant de lire une de ses œuvres. Raté.

— J'aurai peut-être le droit d'en lire un, un jour, ai-je de nouveau essayé.

— N'y compte pas trop.

Je l'ai entendue rouvrir le cahier et faire courir la pointe de son stylo sur le papier. J'ai baissé les yeux sur mon livre de chimie, répétant la phrase que j'avais ressassée une bonne centaine de fois dans ma tête. Nous étions seuls. Le soleil se couchait ; elle écrivait des vers. Si je voulais le faire, c'était maintenant.

— Alors, ai-je lancé en adoptant un ton décontracté, ça te dirait de... ben, de passer du temps avec moi ?

— N'est-ce pas ce que nous sommes en train de faire ?

J'ai mâchonné le bout d'une vieille cuiller en plastique que j'avais dénichée dans mon sac à dos.

— Si. Non. Tu aurais envie, je ne sais pas, moi, d'aller quelque part ?

— Tout de suite ?

Elle a mordu dans une barre de céréales et, d'une rotation des jambes, s'est retrouvée près de moi. Elle m'a tendu la friandise. J'ai décliné d'un geste du menton.

— Non. Vendredi, par exemple. On pourrait aller au ciné.

Fourrant la cuiller sale dans mon manuel, j'ai refermé ce dernier.

— C'est dégoûtant, a-t-elle commenté avec une grimace en tournant une feuille de son calepin.

— Comment ça ? ai-je sursauté en me sentant rougir.

Il ne s'agit que d'un film.

Espèce d'idiot.

— C'est ça qui est dégoûtant, a-t-elle précisé en désignant mon marque-page.

Soulagé, j'ai souri.

— Oui, ai-je reconnu. Une mauvaise habitude que je tiens de ma mère.

— Elle avait une passion pour les couverts ?

— Non, pour les livres. Elle en lisait une vingtaine en même temps, les semant dans toute la maison, sur la table de la cuisine, près de son lit, dans la salle de bains, la voiture, ses sacs, les marches de l'escalier. Et elle se servait de n'importe quoi en guise de marque-page. Une de mes chaussettes, un trognon de pomme, ses lunettes, un autre volume, une fourchette.

— Une vieille cuiller sale ?

— Oui.

— Ça devait rendre Amma complètement dingue.

— Cinglée. Attends, non. Elle en était... toute P.E.R.T. U.R.B.É.E.

— Neuf vertical ? a rigolé Lena.

— Sans doute.

— Ma mère, elle était comme ça.

Elle m'a montrée une des babioles suspendues à la longue chaîne d'argent qu'elle semblait ne jamais quitter, un minuscule oiseau en or.

— C'est un corbeau.

— Comme dans Ravenwood[1] ?

— Non. Les corbeaux sont les créatures les plus puissantes, dans l'univers des Enchanteurs. La légende soutient qu'ils sont capables d'aspirer l'énergie extérieure

1. Littéralement « le bois des corbeaux ».

et de la relâcher sous d'autres formes. Il arrive qu'on les redoute, à cause de leurs pouvoirs.

Elle a lâché le bijou qui est retombé entre un disque gravé d'étranges hiéroglyphes et une perle de verre noir.

— Tu as beaucoup de porte-bonheur, sur ce collier.

— Ce ne sont pas vraiment des porte-bonheur, a-t-elle répondu en coinçant une mèche de cheveux derrière son oreille, juste des objets qui ont une signification particulière pour moi. Celui-ci, a-t-elle ajouté en montrant la languette d'une cannette de soda, provient de la première limonade à l'orange que j'aie bue, assise sur la véranda de notre maison, à Savannah. Bonne-maman me l'avait achetée pour me consoler. J'étais rentrée de l'école en pleurant parce que personne ne m'avait donné de carte de Saint-Valentin.

— Trop mignon.

— Uniquement si, par mignon, tu entends tragique.

— Non, que tu aies gardé ce souvenir.

— Je garde tout.

— Et celui-ci ? ai-je demandé en désignant la perle noire.

— Ma tante Twyla me l'a offerte. On les fabrique à partir d'une roche qu'on trouve dans un coin extrêmement reculé de la Barbade. D'après elle, la perle est censée me porter chance.

— J'aime bien ton collier.

Il était évident qu'il revêtait une grande importance à ses yeux. Il suffisait de voir le soin avec lequel elle manipulait chacune des babioles.

— J'ai conscience qu'il ressemble à un ramassis de bric-à-brac, mais je n'ai jamais vécu très longtemps dans un endroit. Je n'ai jamais habité la même maison ou la même chambre plus de quelques années. Parfois, j'ai le sentiment que ces petits pans de mon existence sont tout ce que je possède.

En soupirant, j'ai arraché un brin d'herbe.

— Je regrette de ne pas avoir vécu dans un de ces endroits dont tu parles.

— Sauf que tu as tes racines, ici. Un meilleur ami depuis toujours, une maison avec une chambre qui t'appartient depuis l'enfance. Et, sûrement, un encadrement de porte où sont inscrites tes différentes tailles.

En effet.

C'est bien le cas, hein ?

Je l'ai gentiment bousculée de l'épaule.

— Si tu veux, je te mesurerai sur mon encadrement de porte. Tu seras immortalisée chez les Wate.

Adressant son sourire à son calepin, elle m'a rendu ma bourrade. Du coin de l'œil, j'ai remarqué le soleil couchant qui éclairait un côté de son visage, une page du cahier, une mèche de ses cheveux bruns, le bout d'une de ses Converse noires.

En ce qui concerne le cinéma, d'accord pour vendredi.

Puis elle a glissé la barre de céréales au milieu de son carnet et l'a refermé.

Les pointes de nos tennis usées se sont touchées.

Plus je pensais à la soirée de vendredi, plus j'étais nerveux. Ce n'était pas un rendez-vous galant, pas officiellement du moins. Ce qui était une partie du problème. J'avais envie que ça le soit. Que faire quand il devient évident qu'on éprouve des sentiments pour une fille qui n'admet que du bout des lèvres son amitié avec vous ? Une fille dont l'oncle vous a jeté hors de chez lui et qui n'est pas non plus la bienvenue chez vous ? Une fille que presque toutes vos connaissances abhorrent ? Une fille qui partage vos rêves mais peut-être pas votre attirance ?

Comme je n'en avais pas la moindre idée, je n'ai rien fait. Ce qui ne m'a en rien empêché de songer à Lena. Je serais même passé devant chez elle le jeudi si la maison n'avait pas été située hors de la ville ; si j'avais eu ma voiture ; si son oncle n'avait pas été Macon Ravenwood. Grâce à ces « si », j'ai évité de me comporter comme un imbécile.

Chacune de mes journées ressemblait à celle d'un autre. De ma vie, rien ne m'était arrivé, et voici que tout m'arrivait. Par tout, je veux dire Lena. Les heures s'écoulaient à la fois plus vite et plus lentement. J'avais l'impression d'avoir avalé l'air contenu dans un ballon gigantesque. Que mon cerveau manquait d'oxygène. Les nuages étaient plus intéressants, la cantine moins répugnante, la musique plus belle, les sempiternelles blagues plus amusantes. Bâtiment d'un gris-vert industriel, Jackson a transmuté en une carte de moments et d'endroits où je risquais de la rencontrer. Je souriais sans raison, je gardais mes écouteurs sur les oreilles, rejouant nos conversations dans ma tête, juste pour les réécouter ensuite. J'avais été témoin de ce genre d'attitude.

Je ne l'avais simplement encore jamais vécue.

Vendredi soir. J'avais été d'une humeur exceptionnelle toute la journée, ce qui signifiait que je m'étais planté en cours plus que mes camarades et que j'avais surpassé mes coéquipiers pendant l'entraînement. Il fallait bien que je libère l'énergie qui m'emplissait. Même l'entraîneur l'a remarqué et a souhaité en discuter.

— Continue comme ça, Wate, et tu seras recruté par une fac l'an prochain.

Link m'a emmené à Summerville. La bande projetait elle aussi de se payer une toile. J'aurais dû me méfier, vu que le Cineplex n'avait qu'une salle. Mais il était trop tard. Au demeurant, j'avais dépassé le stade de la prudence.

Lorsque nous avons débarqué à bord de La Poubelle, Lena patientait dehors, devant le cinéma violemment éclairé. Elle était habillée d'un tee-shirt mauve sous une robe noire moulante qui ne cachait rien de la femme en elle, et chaussée de gros godillots qui contredisaient toute sa féminité. Dans le hall, il y avait, en plus de la foule habituelle des étudiants de l'université, le groupe au grand complet des *cheerleaders* avec mes coéquipiers. Mon humeur s'est aussitôt assombrie.

— Salut.

— Tu es en retard. J'ai pris nos billets.

Dans l'obscurité, le regard de Lena était indéchiffrable. Je l'ai suivie à l'intérieur. Ça commençait mal.

— Wate ! a braillé Emory par-dessus le brouhaha et la musique des années 1980. Amène-toi !

— T'as un rancard, Wate ? a raillé Billy.

Earl n'a rien dit, mais c'était parce qu'il ne disait jamais grand-chose. Lena les a ignorés. Se frottant la tête, elle marchait devant moi et refusait de me regarder.

— On appelle ça vivre sa vie ! ai-je crié à la cantonade.

Je ne couperais pas aux allusions, le lundi matin. J'ai rattrapé Lena.

— Désolé pour ça, me suis-je excusé.

Elle a virevolté pour me fixer droit dans les yeux.

— Si tu n'aimes pas les bandes-annonces, ça ne va pas fonctionner, entre nous.

Tu m'as fait attendre.

J'ai souri.

— Les bandes-annonces, les génériques, le pop-corn, j'aime tout.

Elle a contemplé le spectacle derrière moi – mes amis ou, du moins, ceux qui avaient toujours joué ce rôle.

Ne leur prête pas attention.

— Avec ou sans beurre ? a-t-elle lancé, agacée.

À cause de mon retard, elle avait dû affronter seule la meute sociale de Jackson. C'était mon tour, à présent.

— Avec, ai-je confessé, devinant que c'était la mauvaise réponse.

J'ai eu droit à une grimace.

— Mais va pour sans si on rajoute du sel, me suis-je empressé de proposer.

Ses prunelles ont papillonné dans mon dos avant de revenir sur moi. Le rire d'Emily s'est rapproché. Ça m'était égal.

Tu n'as qu'à demander, Lena, et nous partons.

— Sans beurre et salé, plus des pépites de chocolat, ça va te plaire, a-t-elle décidé en se détendant.

J'adore déjà.

Mes coéquipiers et les *cheerleaders* nous ont dépassés. Emily a mis un point d'honneur à m'ignorer, cependant que Savannah contournait Lena comme une pestiférée. J'imaginais déjà ce qu'elles allaient raconter à leurs mères respectives ce soir-là, en rentrant à la maison.

J'ai attrapé la main de Lena. Une décharge a traversé mon corps mais, cette fois, je n'ai pas éprouvé la secousse qui s'était produite durant l'orage. Ça a plutôt ressemblé à une confusion des sens. Comme si j'avais été frappé par une vague sur la plage et que je m'étais couché sous une couverture électrique pendant une nuit pluvieuse, tout ça en même temps. Je me suis laissé envahir par la sensation. Le remarquant, Savannah a donné un coup de coude à Emily.

Tu n'es pas obligé de faire ça.

J'ai serré ses doigts.

Faire quoi ?

— Hé, les enfants, vous avez vu, les gars ?

Link me tapotait l'épaule, armé d'un gigantesque pot de pop-corn beurré et d'une limonade bleue énorme.

Le Cineplex projetait une espèce de polar qui aurait ravi Amma, vu son penchant pour les mystères et les cadavres. Link est allé s'asseoir à l'avant avec l'équipe en matant les allées, en quête d'étudiantes de la fac. Non parce qu'il ne voulait pas être avec Lena et moi, mais parce qu'il croyait que nous préférions être seuls. Ce qui était le cas. Pour moi, du moins.

— Où veux-tu t'installer ? Devant, au milieu ?

— À l'arrière.

Je l'ai suivie au dernier rang.

Si les gosses de Gatlin fréquentaient le cinéma, c'était essentiellement pour se peloter, dans la mesure où les films proposés étaient déjà sortis en DVD. C'était la seule raison expliquant que les trois dernières rangées de sièges soient occupées. Le Cineplex, le château d'eau et, l'été, le lac. Ces endroits mis à part, il restait quelques toilettes et sous-sols, mais guère plus d'options. Je savais que Lena et moi ne nous tripoterions pas. Quand bien même nos relations auraient été de cet ordre-là, je ne l'aurais pas amenée ici pour ça. Lena n'était pas le genre de fille qu'on traînait au fond du cinoche local. Elle valait mieux.

Mais elle en avait décidé ainsi, et j'ai compris pourquoi. Il n'y avait pas de place plus éloignée d'Emily Asher.

J'aurais peut-être dû la prévenir. Avant que le générique ne commence à défiler, nos voisins étaient à la tâche. Elle et moi nous sommes mis à fixer notre pop-corn, la seule chose de sûre sur laquelle poser les yeux.

Pourquoi ne m'as-tu rien dit ?

Je ne savais pas.

Menteur.

Je me comporterai en parfait gentleman. Promis.

J'ai repoussé tout ça au fond de mon cerveau, me concentrant sur tout et n'importe quoi – le temps, le basket – en piochant dans le pot de pop-corn. Lena a fait de même et, l'espace d'une seconde, nos doigts se sont effleurés, provoquant une décharge dans mon bras, chaleur et froid mélangés. Le *pick and roll*, le *picket fences*, le *down the lane*... Il n'y avait pas tant de principes de jeux décrits dans le manuel de basket du lycée de Jackson. Cette séance de cinéma allait être plus ardue que je ne l'avais pensé.

Le film était atroce. Au bout de dix minutes seulement, j'avais deviné la fin.

— C'est lui, ai-je chuchoté.

— Quoi ?

— Ce type, là. C'est lui l'assassin. J'ignore qui il tue, mais c'est lui le coupable.

Une autre des raisons pour lesquelles Link préférait ne pas être assis à mon côté. Je découvrais toujours dès le début comment se terminait un film et j'étais incapable de le garder pour moi. Ma version des mots croisés. Ce qui expliquait pourquoi j'étais doué pour les jeux vidéo et de fête foraine, les échecs en compagnie de mon père. Je déterminais l'évolution de la partie dès le premier mouvement.

— Comment le sais-tu ?

— Je le sais, c'est tout.

Alors, comment tout ça se finit ?

Si j'ai compris l'allusion, je suis resté sec. Pour la première fois de ma vie.

Bien. Très bien.

Menteur. Passe-moi les pépites de chocolat.

Elle a fourré sa main dans la poche de mon sweat-shirt

pour s'emparer du paquet. Sauf qu'elle s'est trompée de côté, si bien qu'elle a trouvé la dernière chose au monde qu'elle cherchait. La bourse avec, dedans, l'objet dur qu'était le médaillon. Elle s'est brusquement redressée et l'a tenue entre deux doigts comme s'il s'agissait d'une souris crevée.

— Pourquoi trimballes-tu ça dans ta poche ?

— Chut !

Nous embêtions nos voisins. Ironique, vu qu'ils ne regardaient même pas le film.

— Je ne peux pas le laisser à la maison. Amma croit que je l'ai enterré.

— Tu aurais peut-être mieux fait.

— Ça n'aurait rien changé. Ce truc n'obéit qu'à lui-même. Il ne fonctionne presque jamais. Tu as assisté à chacune de ses prestations.

— Vous allez la boucler, oui ?

Le couple assis devant nous a repris son souffle. Lena a sursauté, lâchant le camée au passage. D'un même mouvement, nous avons plongé pour le rattraper. Dans la bataille, le mouchoir est tombé, comme au ralenti. Dans l'obscurité, j'ai à peine distingué le carré blanc. L'écran s'est distordu en un éclat de lumière sans importance. Déjà, l'odeur de la fumée chatouillait nos narines…

Incendier une maison pleine de femmes.

C'était inimaginable. Maman. Evangeline. Genevieve réfléchissait à toute vitesse. Il n'était peut-être pas trop tard. Elle se mit à courir, ignorant les griffes acérées des buissons qui tentaient de la retenir, de même que les voix d'Ethan et d'Ivy qui l'appelaient. Les fourrés s'ouvrirent, et elle découvrit deux Fédéraux devant ce qu'il restait de la demeure que son grand-père avait fait bâtir. Deux jeunes soldats qui transvasaient le contenu d'un plateau plein d'argenterie dans un sac à dos des armées gouvernementales. Genevieve ressemblait à un tourbillon de tissu noir qu'agitaient les bourrasques brûlantes crachées par l'incendie.

— Qu'est-ce que...

— Attrape-la, Emmett ! lança le premier adolescent à son comparse.

Genevieve grimpait les marches du perron deux à deux, toussant sous l'effet des volutes de fumée qui se déversaient par la cavité de l'ancienne porte principale. Elle n'était plus elle-même. Maman. Evangeline. Ses poumons la brûlaient. Elle se sentit tomber. Était-ce à cause des vapeurs du brasier ? Perdait-elle connaissance ? Non. C'était autre chose. Une main sur son poignet, qui la plaquait à terre.

— Où croyez-vous aller comme ça, jeune fille ?

— Lâchez-moi ! hurla-t-elle d'une voix que la fumée rendait rauque.

Son dos frappa les marches une à une, cependant que l'homme, un mélange flou de bleu marine et d'or, la tirait dans l'escalier. Sa tête cogna contre le bord d'un gradin. Chaleur puis, soudain, quelque chose qui coulait le long du col de sa robe. Une sensation de vertige et de confusion se mêla à son désespoir.

Il y eut un coup de feu. Si bruyant qu'elle revint à elle. L'étreinte autour de son poignet se détendit. Elle tenta de forcer ses yeux à y voir.

Deux détonations supplémentaires.

« Seigneur, épargne maman et Evangeline. » Mais ce devait être trop demander, ou la prière n'avait pas été la bonne. Car, quand elle entendit le troisième corps s'effondrer, elle recouvra sa vision suffisamment longtemps pour distinguer la veste grise d'Ethan maculée de rouge. Visé par les soldats mêmes qu'il avait refusé de combattre plus avant.

L'odeur du sang se mélangeait à celle de la poudre et des citrons calcinés.

Le générique de fin défilait. Les lumières se rallumaient. Allongée sur son siège, Lena avait encore les paupières fermées. Ses cheveux étaient emmêlés, ni elle ni moi n'arrivions à reprendre haleine.

— Lena ? Ça va ?

Elle a ouvert les yeux, puis a relevé le bras de fauteuil qui nous séparait. Sans un mot, elle a posé sa tête sur mon épaule. Elle tremblait si fort qu'elle n'était même plus capable de parler.

Je sais. J'y étais, moi aussi.

Nous n'avions pas bougé quand Link et le reste de la bande est passé près de nous. Link m'a adressé un clin d'œil complice et a brandi la paume, comme s'il s'apprêtait à m'en taper cinq, à l'instar du geste victorieux que nous pratiquions quand j'avais marqué un panier difficile.

Il se trompait. Tous se trompaient. Nous avions eu beau nous installer au dernier rang, nous ne nous étions pas tripotés. L'odeur du sang s'attardait dans mes narines, et le bruit des coups de feu résonnait encore dans mes oreilles.

Nous venions seulement d'assister à la mort d'un homme.

9 octobre
Les journées du Clan

Il n'a guère fallu de temps après la séance au Cineplex pour que le bruit se répande : la nièce de ce Vieux Fou de Ravenwood sortait avec Ethan Wate. Si ça n'avait pas été « Ethan Wate dont la maman est morte l'an dernier », la rumeur aurait circulé encore plus vite ; et les mots auraient été plus cruels. Même les gars de l'équipe y sont allés de leurs commentaires. Les formuler leur a juste pris un peu plus de temps, car je ne leur en ai pas donné l'occasion.

Bien que je sois un type incapable de survivre sans manger comme trois à chaque repas, j'ai esquivé la moitié des déjeuners en compagnie de mes coéquipiers. Mais je ne pouvais pas continuer à me contenter d'un sandwich sur les gradins du gymnase ; et puis, je n'avais guère d'endroits où me cacher.

Jackson était une version en miniature de Gatlin ; je n'avais nulle part où m'enfuir. Mes potes s'étaient bien sûr rendu compte de ma disparition. Je l'ai déjà mentionné, nous devions nous présenter à l'appel du mercredi. Pour peu que vous autorisiez une fille à perturber le rituel, surtout une fille qui ne figurait pas sur la liste approuvée – approuvée par Savannah et Emily, cela va de soi –, vous vous exposiez à une situation difficile. Lorsque la fille était une Ravenwood, ce que Lena serait à jamais dans leurs esprits, la situation devenait carrément impossible.

Il fallait que je réagisse. Il était temps que j'affronte la cantine. Peu importait que nous ne formions même pas un couple digne de ce nom. À Jackson, déjeuner avec une nana équivalait à l'emmener en voiture derrière le château d'eau. Tout le monde imaginait toujours le pire ou, plutôt, le plus. La première fois que Lena et moi sommes entrés dans la cafétéria, elle a manqué de tourner les talons. J'ai été obligé de la retenir par la bandoulière de son sac.

Inutile de paniquer. Il ne s'agit que de déjeuner.

— Je crois que j'ai oublié quelque chose dans mon casier.

Elle a insisté pour partir, je ne l'ai pas lâchée.

Les amis mangent ensemble.

Non. Pas nous. Pas ici, en tout cas.

J'ai pris deux plateaux orange. Je lui en ai fourré un dans les mains avant d'y déposer une part de pizza.

Maintenant, si. Du poulet.

Penses-tu vraiment que je n'ai pas déjà essayé ?

Pas avec moi. Je croyais que tu souhaitais ne pas revivre les mêmes expériences que dans ton ancien lycée ?

Elle a contemplé la pièce d'un air dubitatif. Après avoir inspiré profondément, elle a placé une assiette de carottes et de céleri sur mon propre plateau.

Si tu avales ça, je m'assiérais où tu me l'ordonneras.

J'ai observé les légumes, puis la salle. Les gars étaient déjà installés.

Vraiment ?

Si ceci avait été un film, nous nous serions invités d'office à la table de l'équipe, et mes copains auraient appris une bonne leçon – ne pas juger les autres sur leur apparence, accepter la différence, etc. Quant à Lena, elle aurait découvert que les sportifs n'étaient pas tous idiots et superficiels. Au cinéma, ça paraissait marcher systématiquement. Malheureusement, nous n'étions pas au cinéma. Nous étions à Gatlin, ce qui limitait singulièrement la tournure des événements. Ayant croisé mon regard alors que je me dirigeais vers la bande, Link a secoué la tête, style : « Pas question, mec. » Lena me suivait, prête à décamper. J'ai deviné comment la scène allait se jouer – disons juste que personne n'allait apprendre de bonne leçon ce jour-là. Je me détournais déjà quand Earl m'a fixé.

Son regard résumait tout. Il criait : « Si tu l'amènes ici, tu es mort. »

Lena l'a sûrement capté elle aussi car, quand je me suis retourné, elle avait disparu.

Ce même jour, après l'entraînement, Earl a été désigné pour me parler. Ce qui était d'une merveilleuse ironie, puisque parler n'était pas son fort. Il s'est posé sur le banc placé devant mon casier. J'ai aussitôt senti le coup monté, vu qu'il était seul. Or, Earl Petty n'était presque jamais seul. Il a attaqué bille en tête.

— Ne fais pas ça, Wate.

— Je ne fais rien, ai-je riposté sans daigner lui accorder un coup d'œil.

— Ne monte pas sur tes grands chevaux. Ce n'est pas toi, le problème.

— Ah ouais ? Et c'est quoi, alors ?

J'ai enfilé mon tee-shirt des Transformers.

— Les gars n'apprécient pas. Si tu t'engages sur ce chemin, tu ne pourras plus revenir.

Si Lena ne s'était pas sauvée de la cantine, il aurait su que je me fichais de leur opinion, et ce depuis un moment. J'ai claqué la porte de mon casier. Earl est parti avant que j'aie pu lui dire ce que je pensais de lui et de sa foutue métaphore sur le cul-de-sac.

J'ai eu l'impression que je venais d'avoir droit à mon ultime avertissement. Je n'en voulais pas à Earl. Une fois n'est pas coutume, j'étais même d'accord avec lui. Mes coéquipiers avaient choisi une route, moi une autre. C'était vrai, il n'y avait pas matière à discuter.

Link, lui, a refusé de m'abandonner. J'ai continué à me rendre aux entraînements ; les mecs me lançaient même le ballon. Je jouais mieux que jamais, quoi qu'ils disent ou, plus souvent, ne disent pas, dans les vestiaires. Lorsque j'étais en leur présence, je m'efforçais d'oublier que mon univers s'était déchiré en deux, que le ciel me paraissait différent désormais, qu'il m'était égal que l'équipe se hisse ou non en finale des championnats d'État. Lena ne quittait pas mon esprit, où que je sois, quelles que soient les personnes avec qui j'étais.

Non que je le mentionne à quiconque. Ni pendant l'entraînement, ni après, comme ce jour-là, lorsque Link et moi nous sommes arrêtés au Stop & Steal afin de faire le plein d'essence en rentrant à la maison. Le reste de l'équipe était là également et, par égard pour Link, j'ai essayé de me comporter comme si j'étais encore l'un des leurs. J'avais la bouche pleine de beignet saupoudré de sucre, et j'ai bien failli m'étouffer quand j'ai franchi les portes coulissantes du magasin pour sortir et que je l'ai découverte.

La deuxième fille la plus jolie du monde.

Elle était sans doute un peu plus âgée que moi car, bien qu'elle semble vaguement familière, je ne l'avais jamais croisée à Jackson. De cela, j'étais certain. C'était le genre de nana qu'un mec n'oublie pas. Une musique que je ne connaissais pas braillait dans les haut-parleurs, cependant qu'elle trônait derrière le volant de sa Mini Cooper décapotable noire et blanche, laquelle occupait deux emplacements sur le parking. Soit elle n'avait pas remarqué les lignes au sol, soit elle s'en fichait comme d'une guigne. Elle dégustait une sucette comme on fume une cigarette, et le rouge de ses lèvres était accentué par la couleur cerise de la friandise.

Elle nous a détaillés de la tête aux pieds avant de monter le son de l'autoradio. L'instant d'après, deux jambes ont volé par-dessus la portière, et elle s'est plantée devant la bagnole sans cesser de lécher son bonbon.

— Frank Zappa, a-t-elle dit. *Drowning Witch.* C'était un peu avant votre époque, les garçons.

Elle s'est rapprochée, l'air de nous octroyer le temps nécessaire pour la mater. J'avoue que nous ne nous en sommes pas privés. Elle avait de longs cheveux blonds ; une épaisse mèche teinte en rose dégoulinait le long de son visage. Elle portait d'immenses lunettes de soleil et une minijupe plissée noire, telle une espèce de *cheerleader* gothique. Son débardeur blanc très échancré était si fin qu'on apercevait les contours d'une sorte de soutien-gorge noir, ainsi que tout ce qu'il était censé contenir. Des bottes de motard, un piercing au nombril et, autour de ce dernier, un tatouage noir style tribal. Je n'ai pas réussi à distinguer ce qu'il représentait. D'autant que je m'efforçais de ne pas regarder.

— Ethan ? Ethan Wate ?

Je me suis arrêté net. La moitié de l'équipe de basket m'est rentrée dedans.

— Je rêve ! a marmonné Shawn, aussi surpris que moi qu'elle ait prononcé mon nom.

— Craquante, a bavé Link, les yeux écarquillés, la bouche ouverte. Craquante ASD.

À Se Damner. Le plus beau compliment que Link pouvait adresser à une fille. Encore plus haut que l'habituel standard Savannah Snow.

— Une source d'ennuis à venir, oui.

— Les nanas craquantes sont des ennuis sur pattes. C'est ça, l'intérêt.

Elle a avancé jusqu'à moi, sa sucette dans la bouche.

— Lequel d'entre vous est Ethan Wate, bande de petits veinards ?

D'une bourrade, Link m'a propulsé vers elle.

— Ethan ! s'est-elle écriée en enroulant ses bras autour de mon cou.

Ses mains dégageaient une froideur étonnante, à croire qu'elle venait de serrer un sac de glaçons entre ses doigts. Frissonnant, j'ai reculé.

— On se connaît ?

— Pas du tout. Je m'appelle Ridley. Je suis la cousine de Lena. Comme je regrette de ne pas t'avoir rencontré la première !

Au nom de Lena, les gars m'ont jeté des regards bizarres et, de mauvaise grâce, se sont éloignés vers leurs voitures. Suite à mon entretien avec Earl, nous étions parvenus à un accord tacite très masculin dans son genre. Autrement dit, je ne mentionnais pas Lena, eux non plus. *Grosso modo*, ça roulerait tant que ça durerait. Agrément mutuel qui risquait cependant de tourner court, surtout si des parentes bizarres de Lena commençaient à débarquer en ville.

— Sa cousine ?

Lena avait-elle jamais fait allusion à une Ridley ?

— Les Journées du Clan ? Tante Del ? Rime avec fiel ? Ça t'interpelle ?

Mais oui bien sûr ! Macon en avait parlé au dîner. Un sourire soulagé m'a fendu les lèvres, même si mon estomac était encore serré par un nœud énorme – tout compte fait, je ne devais pas être aussi soulagé que ça.

— Désolé, j'avais oublié. La famille.

— Chéri, tu as devant toi la famille ! Les autres ne sont que les enfants que ma mère a pondus après moi.

Ridley a réintégré sa place derrière le volant d'un bond. Littéralement. J'avais eu raison de la comparer à une *cheerleader*. Elle avait des jambes sacrément puissantes. Près de La Poubelle, Link nous toisait.

— Grimpe, L'Amoureux, m'a lancé Ridley en tapotant le siège passager. Sinon, nous allons être à la bourre.

— Je ne... nous ne...

— Tu es trop mignon toi. Et maintenant, monte. Tu ne voudrais pas que nous soyons en retard, hein ?

— En retard pour quoi ?

— Le dîner. Les Journées du Clan. Je suis venue te chercher. Pour quelle autre raison crois-tu qu'ils m'ont expédiée jusqu'à ce trou de Gaga ?

— Lena ne m'a pas invité.

— Sache qu'il est impossible d'empêcher tante Del de jauger le premier garçon que Lena ramène à la maison. Tu es convoqué en bonne et due forme. Comme Lena est occupée à préparer le dîner et que Macon continue de, tu sais, « dormir », c'est moi qui ai tiré la courte paille.

— Elle ne m'a pas ramené à la maison. Je suis seulement passé un soir déposer ses devoirs.

— Bouge-toi, Courte Paille, a-t-elle insisté en ouvrant la portière.

— Lena m'aurait averti si elle avait souhaité ma présence.

J'avais beau résister, j'étais conscient que j'allais finir par céder. J'ai hésité.

— Tu es toujours ainsi ou tu es en train de me draguer ? Parce que si tu as décidé de jouer les inaccessibles, crache le morceau. Nous irons nous garer près du marécage afin de régler ça.

— Bon, ai-je cédé en m'installant près d'elle. Allons-y.

De sa main glacée, elle a écarté ma frange trop longue.

— Tu as de beaux yeux, L'Amoureux. Tu ne devrais pas les cacher.

Quand nous sommes arrivés à Ravenwood, il s'était produit quelque chose que je ne comprenais pas. Tandis que Ridley continuait à passer de la musique que je ne connaissais pas, je m'étais mis à jacasser comme une pipelette, déballant tout ce que je n'avais jamais confié à personne, sauf à Lena. Je suis incapable d'expliquer le phénomène. C'était comme si j'avais perdu le contrôle de ma langue.

J'avais évoqué ma mère, sa mort, alors que c'était un sujet que je n'avais abordé avec quiconque depuis l'événement. J'avais mentionné Amma, la cartomancie, le rôle de mère qu'elle jouait auprès de moi maintenant que j'avais perdu la mienne, abstraction faite de ses amulettes, de ses poupées et de son caractère bougon. J'avais disserté sur Link, sur sa mère qui, ces derniers temps avait changé, consacrant son énergie à convaincre tout le monde que Lena était aussi dérangée que Macon Ravenwood et représentait un danger pour tout élève de Jackson. J'avais parlé de mon père, terré dans son bureau avec ses livres et un tableau secret que je n'avais jamais été autorisé à contempler, du sentiment que j'avais qu'il me revenait de le protéger, alors que ce dont je devais le protéger avait déjà eu lieu. J'avais expliqué Lena, notre rencontre sous la pluie, cette impression que nous nous connaissions avant même de nous être rencontrés, l'incident de la fenêtre en littérature.

Tout s'était passé comme si Ridley aspirait ces confidences de la même manière qu'elle léchait consciencieusement sa sucette rouge et collante, ce qu'elle n'avait cessé de faire tout en conduisant. Il m'avait fallu en appeler à toutes mes forces pour ne pas mentionner le médaillon et les rêves. Peut-être, son statut de cousine facilitait la communication entre nous. Ou alors, il s'agissait d'autre chose.

Je me posais la question lorsque nous nous sommes garés devant Ravenwood Manor. Ridley a éteint la radio. Le soleil s'était couché, la sucette avait disparu, et je la bouclais enfin. À quel moment cela était-il arrivé ?

Ridley s'est penchée vers moi, toute proche. J'ai distingué mes traits dans ses lunettes de soleil. J'ai inhalé son odeur, à la fois sucrée et humide, rien à voir avec celle de Lena, et pourtant familière.

— Inutile de te biler, Courte Paille.

— Ah ouais ? Et pourquoi pas, hein ?

— Tu es la bonne pioche.

Elle m'a souri et, derrière ses lunettes, ses yeux ont lui. J'ai aperçu un éclat doré, pareil à celui d'un poisson rouge évoluant dans un étang sombre. Son regard était hypnotique, malgré l'obstacle des verres fumés. C'était peut-être pour cela qu'elle ne quittait pas ces derniers.

Brusquement, l'étincelle s'est volatilisée, et elle a ébouriffé mes cheveux.

— Dommage seulement que tu risques de ne plus jamais la revoir une fois que tu auras rencontré la famille. Nous ne sommes qu'une bande de cinglés.

Elle est descendue de voiture. Je l'ai imitée.

— Plus cinglée que toi ?

— Infiniment plus.

Génial !

Quand nous avons été au pied du perron, elle a de nouveau posé une main glacée sur mon poignet.

— Lorsque Lena te larguera, L'Amoureux, d'ici cinq mois environ, téléphone-moi. Tu sauras où me trouver.

Elle a noué son bras autour du mien en un geste soudain formel et a lancé :

— Me permets-tu ?

— Bien sûr. Après toi.

Nous avons grimpé les marches qui ont gémi sous nos poids conjugués, au point que j'ai craint qu'elles ne rompent. J'ai frappé à la porte. Pas de réponse. J'ai effleuré la lune. Le battant s'est ouvert, lentement… Ridley a paru hésiter. Au moment où nous franchissions le seuil, j'ai presque senti la maison se mettre en place, à croire que le climat, à l'intérieur, avait imperceptiblement changé.

— Bonsoir, mère.

Une femme replète occupée à installer des courges et des feuilles d'automne sur le manteau de la cheminée a sursauté et laissé tomber une coloquinte blanche, qui a explosé par terre. La femme s'est accrochée à la cheminée. Elle avait une drôle d'allure, sa robe avait l'air d'avoir cent ans d'âge.

— Julia ! Pardon, Ridley ! Qu'est-ce que tu fabriques ici ? Je dois perdre la tête. Je pensais… je pensais que…

Il y avait quelque chose de bizarre. Cette rencontre

ne ressemblait en rien à des salutations normales entre mère et fille.

— C'est toi, Jules ?

Une version plus jeune de Ridley, une dizaine d'années peut-être, est entrée dans le hall, suivie par Boo Radley qui était affublé d'une cape bleue à paillettes. Déguiser le loup familial, comme si tout était normal... La fillette était lumineuse, tant par ses cheveux blonds que par ses yeux d'un bleu radieux qui paraissaient renfermer de petits lambeaux de ciel par un après-midi ensoleillé. Elle a souri avant de plisser le front.

— Ils m'avaient dit que tu étais partie.

Boo s'est mis à gronder. Ridley a écarté les bras, attendant que la petite s'y précipite, mais celle-ci n'a pas bougé. Du coup, Ridley a tendu les mains et les a ouvertes l'une après l'autre. Une sucette rouge s'est matérialisée dans la première et, comme pour ne pas être en reste, la seconde a laissé apparaître une souris grise vêtue d'une cape bleue à paillettes identique à celle du chien. Un tour de passe-passe digne d'une foire de troisième ordre.

La fillette a avancé d'un pas réticent, donnant l'impression que sa sœur avait le pouvoir de l'attirer à travers la pièce sans même la toucher, comme la Lune avec les marées. J'avais moi-même éprouvé cette sensation. Quand Ridley s'est exprimée, sa voix était épaisse et feutrée comme du miel.

— Allons, Ryan, maman t'a fait marcher. Je ne suis partie nulle part. Enfin, pas vraiment. Crois-tu que ta grande sœur préférée serait capable de t'abandonner ?

Tout sourires, Ryan a couru vers Ridley en bondissant, l'air de vouloir sauter dans ses bras ouverts. Boo a aboyé. Pendant un instant, Ryan a paru suspendue en l'air, à l'instar d'un de ces personnages de dessin animé qui enjambe par accident le bord d'une falaise et plane au-dessus du vide avant de dégringoler. Puis elle est retombée brusquement sur le sol, comme si elle s'était heurtée à une paroi invisible. Les lampes de la pièce ont brillé plus vivement, toutes ensemble, donnant des allures de scène de théâtre à la maison, projecteurs signalant la fin d'un acte. Dans la lumière vive, les traits de Ridley ont projeté des ombres dures.

Cette brusque illumination a changé la donne. Portant une paume à ses yeux, Ridley a lancé :

— S'il te plaît, oncle Macon, était-ce bien nécessaire ?

Boo s'est rué en avant pour s'interposer entre Ryan et son aînée. En grognant, il s'est rapproché, le poil de son dos hérissé, plus lupin que jamais. Apparemment, la séduction de Ridley n'opérait pas sur la bête. La jeune femme a de nouveau crocheté mon bras et a lâché un rire qui ressemblait à un feulement. Pas très amical. J'ai eu beau tenté de garder contenance, ma gorge paraissait remplie de chaussettes mouillées. Sans me lâcher, ma cavalière a brandi sa deuxième main en direction du plafond.

— Puisque tu as décidé de te montrer impoli ! s'est-elle écriée.

Aussitôt, toutes les lumières se sont éteintes, à croire qu'un court-circuit avait frappé la demeure. La voix calme de Macon a flotté dans la pénombre, depuis un endroit surélevé.

— Quelle surprise, ma chère Ridley ! Nous ne t'attendions pas.

Ah bon ?

— Pour rien au monde je ne manquerais les Journées du Clan. Regarde, j'ai amené un invité. À moins que ce ne soit moi qui sois son invitée.

Macon a descendu l'escalier sans quitter des yeux Ridley. J'assistais à la rencontre de deux lions, et j'étais au milieu de la confrontation. Ridley s'était jouée de moi, et je ne m'étais rendu compte de rien, en véritable niais.

— Je ne pense pas que ça ait été une bonne idée. Tu as sûrement d'autres obligations ailleurs.

Ridley a retiré de sa bouche le bonbon rouge qu'elle avait recommencé à suçoter.

— Je te le répète, je ne louperais jamais cette réunion familiale. Et puis, tu n'oserais pas me demander de reconduire Ethan jusqu'à chez lui. Tout ce chemin ! De quoi parlerions-nous ?

J'avais envie de proposer de partir, mais les mots ne me sont pas venus. Nous sommes restés là à nous toiser les uns les autres. Ridley s'est adossée à l'une des colonnes de la pièce. Macon a rompu le silence.

— Et si tu menais Ethan à la salle à manger ? Tu n'as pas oublié où elle est, n'est-ce pas ?

La femme, tante Del sans doute, a semblé céder à la panique, puis à la confusion, donnant l'impression de ne pas comprendre ce qui se déroulait devant elle.

— Mais Macon…

— Tout va bien, Delphine.

Le visage de Macon indiquait qu'il réfléchissait, préparant la suite, en avance sur nous. Sans bien savoir dans quoi j'avais mis les pieds, j'ai trouvé réconfortante sa présence.

J'aurais préféré me pendre plutôt que me rendre dans la salle à manger. Mon seul désir était de déguerpir, sauf que je n'étais pas en mesure de le faire. Ridley ne me lâchait pas et, tant qu'elle me touchait, j'étais comme branché sur pilote automatique. Elle m'a entraîné dans la grande pièce formelle où j'avais offensé Macon lors de ma dernière visite. Je l'ai regardée s'agripper à moi. Cette offense-là était bien plus grave.

Les lieux étaient éclairés par des centaines de petites

bougies votives noires. Des guirlandes de perles en verre noir dégoulinaient du lustre. Une énorme couronne de plumes également noires ornait la porte menant à la cuisine. La table était dressée, argenterie et porcelaine blanche comme des perles fines. Au point où j'en étais, les assiettes étaient peut-être en perles fines.

L'accès à la cuisine s'est ouvert à la volée. Lena a surgi à reculons, porteuse d'un immense plateau d'argent sur lequel s'empilaient des fruits exotiques très éloignés de la production de la Caroline du Sud. Elle était habillée d'une veste ajustée noire qui tombait jusqu'au sol, cintrée à la taille. Le vêtement paraissait étrangement atemporel et ne ressemblait à rien de ce que j'avais pu croiser dans le comté et dans ce siècle. Lorsque j'ai baissé les yeux, j'ai cependant constaté qu'elle était chaussée de ses Converse. Elle était encore plus belle que le soir où j'avais dîné ici… quand déjà ? Quelques semaines plus tôt ?

Mon cerveau était embrumé. J'avais l'impression de somnoler. J'ai respiré à fond, mais je n'ai humé que Ridley, son odeur musquée mêlée à un élément douceâtre, trop sucrée, pareil à un sirop qui bouillonne sur la cuisinière. Un parfum fort, suffocant.

— C'est presque prêt, a annoncé Lena. Plus que…

Elle s'est pétrifiée. La porte battait encore. On aurait dit qu'elle venait de voir un fantôme, ou pire. Était-ce la présence de Ridley ? Ou le fait que j'étais en sa compagnie, bras dessus dessous ?

— Bonjour, cousine ! a lancé Ridley en avançant de quelques pas, m'entraînant dans son sillage. Ça fait un bail. Tu ne m'embrasses pas ?

Le plateau s'est écrasé par terre.

— Que fiches-tu ici ? a répondu Lena d'une voix à peine perceptible.

— Je suis venue rendre visite à ma cousine préférée, bien sûr. Et je me suis permis d'amener un cavalier.

— Je ne suis pas ton cavalier, ai-je piteusement protesté.

Tirant une cigarette d'un paquet enfoncé dans l'une de ses bottes, Ridley l'a allumée de sa main libre, sans me libérer de son emprise.

— Je te saurai gré de ne pas fumer dans cette maison, Ridley, est intervenu Macon.

Aussitôt, la cigarette s'est éteinte. En riant, Ridley l'a jetée dans un plat contenant ce qui ressemblait à de la purée mais n'en était sans doute pas.

— Tu as toujours été si à cheval sur les règles domestiques, oncle Macon.

— Elles ont été instaurées il y a longtemps, Ridley. Ni toi ni moi ne sommes en mesure de les changer aujourd'hui.

Ils se sont défiés du regard. Macon a eu un geste, et une chaise s'est écartée d'elle-même de la table.

— Et si nous prenions place ? Lena, veux-tu bien dire à Cuisine que nous serons deux de plus à dîner ?

Lena n'a pas bronché. Elle fulminait.

— Ridley s'en va, a-t-elle lâché.

— Ne t'inquiète pas, il ne peut rien t'arriver, ici, l'a rassurée son oncle.

Lena n'avait pas l'air effrayée, cependant. Plutôt furibonde.

— En es-tu certain ? a riposté Ridley avec un sourire.

— Le repas est prêt, a répondu Macon. Tu sais combien Cuisine déteste que nous mangions froid.

Il avait eu beau murmurer, à peine audible, tout le monde s'est approché de la table. Boo le premier, suivi de Ryan. Tante Del avait été rejointe par un homme grisonnant dans les âges de mon père. Il était vêtu comme s'il sortait d'un livre de ma mère, hautes bottes montant jusqu'aux genoux, chemise à jabot, cape d'opérette. Le couple avait des allures de reliques exposées dans un musée.

Une nouvelle jeune femme est entrée dans la salle à manger. Elle ressemblait beaucoup à Ridley, si ce n'est qu'elle était plus couverte et paraissait moins dangereuse. Elle avait de longs cheveux blonds et raides, et la même frange que Ridley, en plus soignée. Elle évoquait une de ces nanas qu'on croise, chargée de bouquins, sur le campus d'une vieille université prestigieuse du Nord, style Yale ou Harvard. Elle a planté ses yeux dans ceux de Ridley, comme si elle parvenait à distinguer ses prunelles derrière les lunettes noires.

— Ethan, permets-moi de te présenter ma grande sœur, Annabel. Oh, pardon, je voulais dire Reece.

Qui se trompe sur le prénom de sa frangine ? Quoi qu'il en soit, Reece a souri. Quand elle a parlé, ça a été d'une voix lente, l'air de choisir soigneusement ses mots.

— Que fais-tu ici, Ridley ? Je croyais que tu avais d'autres obligations, ce soir ?

— Il arrive que les plans changent.

— Les familles aussi.

Tendant la main, Reece l'a agitée devant le visage de sa sœur. Un simple geste de magicien au-dessus d'un chapeau claque. J'ai tressailli. Je ne sais pas trop à quoi je m'attendais. À ce que Ridley se volatilise, peut-être. Ou, mieux encore, à ce que je me volatilise. Sauf que ça ne s'est pas produit. Cette fois, c'est Ridley qui a flanché et a détourné la tête, comme s'il lui était douloureux de soutenir le regard de son aînée. Cette dernière s'est penchée vers sa sœur, à croire que son visage était un miroir.

— Intéressant, a-t-elle murmuré. Explique-moi un peu pourquoi, quand j'observe tes yeux, Rid, je vois les *siens* ? *Elle* et toi vous entendez comme larrons en foire, n'est-ce pas ?

— Tu recommences à bavasser pour ne rien dire, sœurette.

Reece a fermé les yeux et s'est concentrée. Ridley s'est tortillée, tel un papillon épinglé. Derechef, sa sœur a agité la main et, l'espace d'un instant, les traits de Ridley se sont effacés pour céder la place à ceux, flous, d'une autre femme. Cette dernière ne m'était pas totalement inconnue, bien que je n'aie pas su pour quelle raison.

Macon a abattu une paume sur l'épaule de Ridley. C'était la première fois que quelqu'un, moi excepté, la touchait. Elle a grimacé, et j'ai senti une décharge désagréable se transmettre de sa main à mon bras. Macon Ravenwood n'était pas un homme dont on pouvait s'amuser à agacer les nerfs.

— Et maintenant, a-t-il dit, que ça vous plaise ou non, les Journées du Clan ont commencé. Je ne laisserai personne gâcher cette fête. Pas sous mon toit. Comme elle a eu l'obligeance de nous le signifier, Ridley a été invitée à se joindre à nous. Inutile d'ajouter quoi que ce soit. Que tout le monde s'asseye.

Lena s'est installée sur une chaise, les yeux rivés sur le couple que je formais avec sa cousine. Tante Del semblait encore plus soucieuse qu'à notre arrivée. L'homme en cape d'opérette lui a tapoté la main d'un geste rassurant. Un grand type de mon âge en jean sombre, tee-shirt d'un noir délavé et bottes de motard éraflées a fait son apparition. Il arborait une expression d'ennui absolu. Ridley s'est chargée des présentations.

— Tu as déjà rencontré ma mère. Voici mon père, Barclay Kent, et mon frère, Larkin.

— Enchanté, Ethan, a lancé Barclay.

Il a avancé d'un pas, prêt à me serrer la main, mais a

reculé en voyant que Ridley me tenait par le bras. Larkin a passé le sien par-dessus mon épaule. Sauf que, quand j'ai tourné la tête, j'ai constaté que son bras s'était transformé en serpent qui agitait la langue dans ma direction.

— Larkin ! a grondé Barclay.

Aussitôt, le serpent est redevenu membre.

— Ben quoi ! J'essayais juste de détendre l'atmosphère. Vous n'êtes que des pisse-vinaigre, tous autant que vous êtes.

Ses yeux ont eu un éclat jaune, se sont étrécis. Des prunelles reptiliennes.

— Je te répète que ça suffit, Larkin !

Son père l'a toisé comme seuls les pères toisent le fils qui les a toujours déçus. Les iris de Larkin ont repris leur couleur verte naturelle. Macon s'est assis en bout de table.

— Et si nous dînions ? Cuisine nous a préparé un festin des plus raffiné. Lena et moi en avons subi le branlebas durant des jours.

Nous avons pris place autour du vaste rectangle aux pieds griffus. Le bois en était sombre, presque noir, et des dessins compliqués pareils à des girandoles de plantes grimpantes étaient sculptés dans ses montants. D'énormes chandelles noires brûlaient en son centre.

— Assieds-toi près de moi, Courte Paille.

Ridley m'a conduit à une chaise vide, face à l'oiseau d'argent dans lequel était fichée une carte portant le nom de Lena. Avais-je le choix ?

J'ai tenté de croiser le regard de Lena, mais cette dernière fixait Ridley. Avec férocité. Pourvu que sa colère ne soit dirigée que contre sa cousine…

La table croulait sous les mets, encore plus qu'au dernier dîner. Chaque fois que j'y jetais un coup d'œil, de nouveaux plats s'étaient matérialisés. Carré d'agneau, bœuf au romarin et d'autres recettes extraordinaires qui m'étaient inconnues. Un gros oiseau en sauce fourré aux poires et posé sur des plumes de paon assemblées pour former une queue déployée. J'espérais qu'il ne s'agissait pas d'un vrai paon, bien que les plumes en roue indiquent le contraire. Il y avait aussi des friandises luisantes représentant des hippocampes.

Mais personne ne mangeait. Personne, sauf Ridley, qui paraissait se régaler.

— J'adore ces chevaux en sucre, a-t-elle dit en en fourrant deux d'un coup dans sa bouche.

Tante Del a toussoté à plusieurs reprises et s'est versé un verre d'un liquide noir ayant la consistance du vin contenu dans une carafe. Ridley a levé la tête en direction de Lena.

— Alors, cousine, tu as prévu quelque chose pour ton anniversaire ?

Elle a trempé ses doigts dans la saucière placée près de l'oiseau dont j'espérais qu'il n'était pas un paon.

— Nous ne parlerons pas de l'anniversaire de Lena ce soir, est intervenu Macon.

— Et pourquoi donc ? a rigolé Ridley en gobant un troisième hippocampe doré.

— Inutile de t'inquiéter de ça, a riposté Lena, les yeux agrandis par la colère. Tu ne seras pas invitée.

— Eh bien toi, tu devrais. T'inquiéter, s'entend. C'est une date si importante, après tout.

Ridley a éclaté de rire. Les cheveux de Lena se sont mis à s'agiter tout seul, comme si du vent avait soufflé dans la pièce. Ce qui n'était pas le cas.

— Ça suffit, Ridley ! a tonné Macon, en perdant patience.

Ses intonations m'ont rappelé celles qu'il avait employées quand j'avais sorti le médaillon de ma poche.

— Pour quelle raison prends-tu son parti, oncle M ? J'ai passé avec toi presque autant de temps qu'elle, quand nous étions petites. En quel honneur devient-elle soudain ta préférée ?

Un instant, Ridley a presque semblé blessée.

— Cela n'a rien à voir avec une quelconque préférence, et tu le sais très bien. Tu as été Appelée. Cela ne me concerne plus.

Appelée ? Par quoi ? Par qui ? Qu'est-ce qu'il racontait ? La brume suffocante qui m'environnait s'est épaissie, et j'ai cru avoir mal entendu.

— Mais elle et moi sommes pareilles, a insisté la jeune femme, suppliante, telle une enfant gâtée.

La table a commencé à vibrer presque imperceptiblement, et le liquide noir a clapoté dans les verres à vin. Un son régulier a résonné sur le toit. La pluie. Lena s'agrippait au rebord de la table, les jointures blanchies.

— Non, nous ne sommes pas du tout pareilles ! a-t-elle sifflé.

Le corps de Ridley s'est tendu contre mon bras, autour duquel elle était toujours enroulée comme un serpent.

— Tu te crois tellement mieux que moi, hein ? a-t-elle craché. Alors que tu ne connais même pas ton vrai nom. Alors que tu ne comprends même pas que ton couple est voué à l'échec. Attends un peu d'être Appelée. Tu verras comment les choses fonctionnent, à ce moment-là. (Elle s'est esclaffée, d'un rire sinistre, empreint d'une vague souffrance.) Tu ignores complètement si toi et moi sommes différentes. Si ça se trouve, d'ici quelques mois, tu finiras exactement comme moi.

Paniquée, Lena m'a contemplé. La table a tremblé plus fort, les assiettes ont raclé sur le bois. Dehors, un éclair a retenti, et la pluie s'est mise à dégouliner le long des fenêtres, telles des larmes.

— La ferme !

— Explique-lui, Lena. Tu ne penses pas que Courte Paille mérite d'être mis au courant ? D'apprendre que tu ne sais pas si tu es Ténèbres ou Lumière ? Et que tu n'as pas le choix ?

Lena a bondi sur ses pieds, renversant sa chaise dans sa précipitation.

— Je t'ai dit de la fermer !

Ridley avait recouvré son calme. Elle s'amusait beaucoup.

— Raconte-lui que nous avons vécu ensemble, que nous avons partagé notre chambre, telles deux sœurs. Que j'étais comme toi, il y a un an, et que maintenant…

Macon s'est levé. Sa peau déjà pâle paraissait livide.

— Tais-toi, Ridley ! Un mot de plus, et je te bannis de cette maison.

— Tu ne peux pas, oncle M. Tu n'es pas assez fort.

— Ne surestime pas tes propres pouvoirs. Aucun Enchanteur des Ténèbres sur terre n'est assez puissant pour pénétrer dans Ravenwood par sa seule volonté. J'ai Scellé ces lieux en personne. Comme tous ici.

Enchanteur des Ténèbres ? Ça n'augurait rien de bon.

— Ah ! Mais tu oublies la fameuse hospitalité du Sud, oncle M. Je ne me suis pas imposée. J'ai été invitée par le plus beau gentleman de Gaga.

Se tournant vers moi, Ridley m'a souri. Elle a ôté ses lunettes de soleil. Ses prunelles étaient étranges, dorées comme si elles avaient été en feu. Elles avaient la forme de celles d'un chat, avec deux fentes noires au milieu. Il en émanait de la lumière, sous l'éclairage de laquelle tout a changé. Tandis qu'elle me contemplait avec son sourire sinistre, son visage a été distordu par des ombres. Ses traits si féminins et si séduisants se sont durcis sous mes yeux. Sa peau a paru se resserrer autour de ses os, faisant ressortir chaque veine, jusqu'à distinguer le sang qui courait à l'intérieur. Elle avait tout d'un monstre.

J'avais amené un monstre dans la maison. La maison de Lena.

Presque aussitôt, la demeure a violemment tremblé. Les lustres en cristal se sont balancés, les lumières ont tressauté. Les volets à claire-voie se sont ouverts et refermés avec fracas, cependant que la pluie s'abattait sur le toit. Le bruit était tel qu'il était pratiquement impossible d'entendre quoi que ce soit d'autre que ce vacarme, comme le soir où j'avais failli écraser Lena sur la route.

Ridley a raffermi sa prise glaciale autour de mon bras. J'ai tenté de me libérer, en vain. Le froid s'est répandu, engourdissant mon poignet, mon avant-bras, mon coude... Relevant la tête, Lena a écarquillé des yeux horrifiés.

— Ethan !

Tante Del a tapé du pied, et le plancher a semblé rouler. Le froid a envahi mon corps. Ma gorge était glacée, mes jambes paralysées. J'étais incapable de bouger, de m'éloigner de Ridley, de dire aux autres ce qui était en train de se produire. Dans quelques minutes, j'allais cesser de respirer.

Une voix de femme a flotté au-dessus de la table. Tante Del.

— Ridley. Je t'avais demandé de t'éloigner, mon enfant. Nous ne pouvons plus rien pour toi, à présent. Je suis désolée.

— Ridley, a renchéri Macon d'une voix beaucoup plus dure, une année fait toute la différence. Tu as été Appelée. Tu as trouvé ta place dans l'Ordre des Choses. Tu n'es plus la bienvenue ici. Va-t'en.

La seconde suivante, il se tenait juste devant elle. Ou alors, je perdais le fil des événements. Les voix et les visages tournoyaient, je haletais. J'avais si froid et mes mâchoires étaient si gelées que je n'arrivais même pas à claquer des dents.

— Va-t'en ! a hurlé Macon.

— Non !

— Sois raisonnable, Ridley ! a lancé tante Del avec fermeté. Tu dois partir. Ravenwood n'est pas un endroit de magie noire. C'est un sanctuaire, un lieu de Lumière. Tu ne saurais survivre ici. Pas longtemps, du moins.

— Je refuse, mère, a grondé Ridley. Tu ne m'y obligeras pas.

— C'est faux, et tu le sais, a rétorqué Macon.

— Je suis devenue plus forte, oncle M. Tu ne peux plus me contrôler.

— Certes, tes pouvoirs s'amplifient, mais tu n'es pas encore prête à me défier. Je ferai ce qu'il faudra pour défendre Lena. Même si cela suppose de te blesser. Ou pire.

La menace a ébranlé Ridley.

— Tu oserais ? Ravenwood Manor appartient aux Ténèbres. Il en est toujours allé ainsi, depuis Abraham, qui était des nôtres. Ces lieux nous reviennent de plein droit. Pourquoi les avoir protégés ? Pourquoi les as-tu placés sous le Sceau de la Lumière ?

— Ravenwood est désormais le foyer de Lena.

— Tu es comme moi, Oncle M. Comme elle.

Ridley s'est mise debout, m'entraînant avec elle. Lena, Macon et elle se faisaient face maintenant, telles les trois pointes d'un triangle terrifiant.

— Je ne crains pas ceux de votre espèce, a craché Ridley.

— Peut-être, mais tu es dénuée de pouvoir, ici. Nous

sommes plus nombreux que toi. Sans compter la présence d'une Élue.

— Lena, Élue ? a ricané ma geôlière. C'est la meilleure ! J'ai été témoin de ce dont sont capables les Élus. Crois-moi, Lena n'en est pas une.

— Un Cataclyste et un Élu ne sont pas la même chose.

— En es-tu sûr ? Un Cataclyste n'est jamais qu'un Élu ayant cédé aux Ténèbres. Les deux faces d'une même pièce.

Mais de quoi parlait-elle ? J'étais complètement dépassé.

Soudain, j'ai senti mon corps s'alourdir. J'ai deviné que j'étais sur le point de perdre conscience – que j'allais sans doute mourir. Tout se passait comme si l'on aspirait la vie hors de moi en même temps que la chaleur de mon sang. J'ai perçu un grondement de tonnerre. Un seul, suivi d'un éclair et du fracas d'une branche, de l'autre côté de la fenêtre. La tempête s'était déclenchée. Elle était juste au-dessus de nous.

— Tu commets une erreur, oncle M. Lena ne vaut pas qu'on la protège, et elle est tout sauf une Élue. Tu ne découvriras son destin qu'à son anniversaire. Parce qu'elle est douce et innocente, tu as parié qu'elle serait Appelée par la Lumière. Ça n'a aucun sens. N'étais-je pas ainsi, il y a un an ? D'après ce que Courte Paille m'a raconté, elle me semble plus près des Ténèbres que de la Lumière. Des ouragans ? Un lycée terrorisé ?

Le vent a forci, à l'instar de la colère de Lena, dont les yeux trahissaient une rage pure. Une fenêtre a explosé, exactement comme lors du cours de littérature. J'ai pressenti la suite.

— Tais-toi ! Tu racontes n'importe quoi !

La pluie s'est déversée par la croisée cassée, ainsi que des bourrasques qui ont envoyé les verres et les assiettes se briser sur le sol, le liquide noir tachant le parquet de longues traînées. Personne n'a bronché.

— Tu as toujours eu une fâcheuse tendance à lui accorder trop d'importance, a déclaré Ridley en se tournant vers Macon. Elle n'est rien.

Une deuxième, une troisième fenêtre ont éclaté en mille morceaux. Une autre encore, puis une autre. Des éclats volaient dans tous les sens – vitres, porcelaine, verres à vin, encadrements des photos. Les meubles heurtaient les murs. Le vent ressemblait à une tornade qui se serait invitée dans la salle à manger. Le vacarme était infernal, assourdissant tout le reste. Les bougies et les plats ont valsé et se sont écrasés contre les parois. Je crois bien que la pièce tourbillonnait. Ses éléments étaient entraînés un à un par le maelström en direction du hall, de la porte d'entrée. Boo Radley a poussé son horrible hurlement humain. L'emprise de Ridley sur mon bras a semblé se desserrer. J'ai cligné des paupières en m'efforçant de ne pas tomber dans les pommes.

Au milieu de ce chaos, Lena était en proie à une immobilité absolue, sa chevelure seule décoiffée par le vent. Que se passait-il ?

Mes jambes ont cédé. À l'instant où je sombrais, j'ai senti une bourrasque plus forte que les autres arracher mon bras de la main de Ridley, comme si cette dernière était elle aussi aspirée hors de la pièce, rejetée à l'extérieur de la demeure. Quand je me suis effondré, j'ai entendu, ou cru entendre la voix de Lena.

— Ne touche pas à mon petit ami, sorcière !

Petit ami.

Était-ce ce que j'étais ?

J'ai tenté de sourire. À la place, j'ai perdu connaissance.

9 octobre

Une Fissure Dans Le Plâtre

Lorsque je me suis réveillé, je n'avais pas la moindre idée de l'endroit où j'étais. Je me suis focalisé sur les premières choses que j'ai vues. Des mots. Des phrases manuscrites, apparemment rédigées au feutre indélébile. Au plafond. À l'aplomb du lit.

les instants saignent ensemble, le temps n'a pas de durée

Il y avait des centaines de maximes du même acabit, partout, bouts de phrases ou de vers, assemblages aléatoires de mots. Sur l'une des portes du placard était gribouillé *la destinée décide*. Sur l'autre, *jusqu'au défi du destin*. Au-dessus et en dessous de la porte, j'ai distingué les termes *désespoir/inéluctabilité/condamnation/pouvoirs*. Le miroir proclamait *ouvre les yeux*; les vitres, *et vois*. Même l'abat-jour pâle de la lampe était griffonné : *illuminelesténèbresilluminelesténèbres*, les mots identiques répétés en un dessin infini.

La poésie de Lena. J'avais enfin l'occasion d'en lire des

extraits. Quand bien même l'encre si particulière qu'elle utilisait ne l'aurait pas trahie, cette pièce ne ressemblait en rien au reste de la maison. Petite et douillette, elle était coincée sous les combles. Un ventilateur suspendu au plafond fendait paresseusement l'air, coupant les phrases à intervalles réguliers. Des carnets à spirale étaient entassés sur toutes les surfaces planes, une pile de livres encombrait la table de chevet. Des recueils de poésie. Plath, Eliot, Bukowski, Frost, Cummings – au moins, ces auteurs ne m'étaient pas totalement inconnus.

J'étais couché sur un petit lit en fer forgé blanc ; mes jambes en débordaient. C'était la chambre de Lena, et j'étais allongé sur son lit. Elle-même était roulée en boule dans un fauteuil installé au bout de la couche, tête sur le bras. Un peu sonné, je me suis assis.

— Salut ! Qu'est-il arrivé ?

Si j'étais à peu près certain de m'être évanoui, les détails m'échappaient. Mon dernier souvenir, c'était le froid polaire qui avait envahi mon corps, ma gorge qui s'était serrée, la voix de Lena. Je croyais me rappeler qu'elle m'avait qualifié de petit ami, mais j'avais des doutes, vu que j'avais été sur le point de perdre conscience, et qu'il ne s'était pas franchement passé grand-chose entre nous. Le fruit de mes fantasmes, j'imagine.

— Ethan !

Sautant du fauteuil, elle m'a rejoint sur le lit d'un bond – en prenant soin de ne pas m'effleurer cependant.

— Tu vas bien ? s'est-elle inquiétée. Ridley ne voulait pas te lâcher. Je ne savais que faire. Tu avais l'air de tellement souffrir. J'ai juste laissé parler mon instinct.

— La tornade en pleine salle à manger ?

Elle a détourné les yeux, malheureuse.

— C'est ainsi. J'éprouve des émotions, colère, peur, et… ça se produit.

J'ai posé ma main sur les siennes, goûtant leur tiédeur.

— Des fenêtres qui se brisent ?

Elle m'a de nouveau regardé, et j'ai refermé ma paume sur ses doigts. Derrière elle, dans un coin de la pièce, une lézarde anodine a semblé s'agrandir, contourner le lustre dépoli et revenir en boucle vers le sol. Le dessin d'un cœur. Un immense cœur de fille venait d'apparaître dans le plâtre fissuré du plafond de sa chambre.

— Lena ?

— Oui ?

— Le plafond risque-t-il de nous tomber sur la tête ?

Elle a levé les yeux. En découvrant la crevasse, elle s'est mordu les lèvres, ses joues ont rosi.

— Je ne crois pas. Ce n'est rien qu'une fissure dans le plâtre.

— Est-ce toi qui as fait ça ?

— Non.

Le rose s'est étendu à son nez. Elle a regardé ailleurs. J'aurais bien aimé lui demander à quoi elle songeait, mais je ne voulais pas la mettre dans l'embarras. Je me suis donc borné à espérer que ça avait un rapport avec moi ; avec sa main nichée dans la mienne ; avec le mot que je croyais l'avoir entendue prononcer avant de tomber dans les pommes.

J'ai contemplé la lézarde d'un air dubitatif. Elle était porteuse de bien des choses.

— Peux-tu les défaire ? Ces événements… qui se produisent ?

Elle a soupiré, soulagée que j'aie changé de sujet.

— Parfois. Ça dépend. Il arrive que je sois si dépassée que je ne contrôle plus rien, qu'il m'est impossible de réparer, y compris plus tard. Je ne pense pas que j'aurais été capable de remettre en place ce carreau, au lycée. Je ne crois pas non plus que j'aurais réussi à arrêter la tempête avant qu'elle n'éclate, le jour où nous nous sommes rencontrés.

— Tu n'y étais pour rien, à mon avis. Ne te sens pas responsable de tous les orages qui arrosent le comté de Gatlin. La saison des ouragans n'est pas encore terminée.

Roulant sur le ventre, elle a planté ses yeux droit dans les miens. Elle n'a pas lâché ma main, je ne l'ai pas lâchée non plus. Tout mon corps vibrait de la chaleur de ce contact.

— Tu n'as pas vu ce qui s'est passé, ce soir ?

— Il se peut qu'une tempête ne soit que ça, Lena. Une tempête.

— Tant que je suis dans les parages, je suis la saison des ouragans dans le comté de Gatlin.

Elle a tenté de m'échapper. J'ai raffermi ma prise.

— Amusant. Pour moi, tu ressembles plutôt à une fille.

— Eh bien, je n'en suis pas une. Je suis un système orageux complexe et incontrôlable. La plupart des Enchanteurs savent gérer leurs dons avant d'avoir mon âge. Malheureusement, pour ce qui me concerne, il semble que ce soient eux qui me régissent.

Elle a tendu le doigt sur son reflet dans le miroir accroché au mur. Les lettres au feutre sont apparues d'elles-mêmes par-dessus l'image que nous contemplions. *Qui est cette fille ?*

— J'essaye encore de comprendre comment tout ça fonctionne. Quelquefois, j'ai le sentiment que je n'y parviendrai jamais.

— Tous les Enchanteurs sont-ils dotés des mêmes talents… ou pouvoirs ?

— Non. Nous sommes tous en mesure de faire des

choses simples, comme déplacer des objets. Néanmoins, chacun a des aptitudes spécifiques liées à des dons précis.

En cet instant, j'aurais apprécié qu'il existe un cours sur ces matières-là, de façon à ce que je devienne capable de suivre ce genre de conversation. Enchanteurs premier niveau, un truc de ce style, qui m'aurait évité d'avoir l'impression d'être toujours largué. La seule personne de ma connaissance ayant des talents hors norme était Amma. Car il fallait bien que la cartomancie et l'éloignement des mauvais esprits comptent pour autre chose que du beurre, non ? Et, pour autant que je sache, Amma était parfaitement à même de déplacer des objets rien que par la force de son mental. Ainsi, il lui suffisait d'un regard à mon adresse pour que je décampe.

— Qu'en est-il de tante Del ? Que fait-elle ?

— Elle est de la race des Palimpsestes. Elle déchiffre le temps.

— Pardon ?

— Par exemple, quand toi et moi entrons dans une pièce, nous y voyons le présent. Tante Del y voit, elle, des épisodes passés et présents, simultanément. Quand elle pénètre dans un endroit, elle le voit tel qu'il est sur le moment, tel qu'il était il y a dix, vingt, cinquante ans, tout cela en même temps. Un peu comme lorsque toi et moi touchons le médaillon. Ça explique pourquoi elle paraît si souvent confuse. Elle ne sait jamais exactement quand ni où elle se trouve.

— Bon sang !

J'ai repensé aux effets que provoquaient chez moi mes visions ; j'ai tenté d'imaginer ce que ça faisait d'être dans cet état-là de façon permanente.

— Et Ridley ?

— C'est une Sirène. Son don réside dans son talent de

persuasion. Elle est capable d'implanter n'importe quelle idée dans l'esprit de quelqu'un, de l'obliger à tout dire, à tout faire. Si elle usait de son pouvoir sur toi et t'ordonnait de sauter d'une falaise, tu t'exécuterais.

M'est revenue l'impression que j'avais eue dans sa voiture, celle de lui avoir tout raconté de ma vie.

— Non.

— Si. Tu n'aurais pas le choix. Un Mortel est impuissant face à une Sirène.

— Non.

Je l'ai dévisagée. Ses cheveux étaient agités par une brise, sauf qu'aucune des fenêtres de la chambre n'était ouverte. J'ai scruté ses prunelles, en quête d'un signe qui indiquerait qu'elle ressentait la même chose que moi.

— On ne saute pas d'une falaise lorsqu'on est déjà tombé d'une falaise encore plus haute.

En entendant ces mots sortir de ma bouche, j'ai eu envie de les ravaler. Ils avaient sonné beaucoup mieux dans ma tête. Lena m'a étudié, comme si elle s'efforçait de déterminer si j'étais sérieux. Je l'étais, sauf qu'il m'était impossible de le dire. J'ai préféré poser une question.

— Et Reece ? Quel est son superpouvoir ?

— C'est une Sibylle. Elle décrypte les visages. Elle devine qui ou ce que tu as vu, ce que tu as fait, rien qu'en te fixant dans les yeux. Elle est capable d'ouvrir ta figure et de la déchiffrer comme un livre.

Lena continuait son examen de mes traits.

— Oui, d'ailleurs qui était-ce ? Cette femme en laquelle Ridley s'est transformée pendant une seconde, alors que Reece l'observait ? Tu as noté ?

— Oui. Macon n'a pas voulu me le dire, mais je suppose qu'il s'agit d'une créature des Ténèbres. Puissante.

J'ai continué à l'interroger. Il fallait que je sache. C'était comme si je découvrais que je venais de dîner avec une bande d'extraterrestres.

— De quoi est capable Larkin ? De charmer les serpents ?

— Larkin est un Illusionniste. Un peu comme un Transmutant. Sauf qu'oncle Barclay est le seul Transmutant de la famille.

— Quelle est la différence ?

— Larkin transforme n'importe quoi – les gens, les objets, les lieux – en ce qu'il veut. Il crée des illusions qui n'ont rien de réel. Oncle Barclay, en revanche, change les choses en d'autres choses, et ce autant de temps qu'il le souhaite.

— Si je comprends bien, ton cousin modifie les apparences alors que ton oncle modifie les substances ?

— Oui. D'après Bonne-maman, leurs pouvoirs sont trop semblables. Cela arrive parfois entre parents et enfants. Du coup, ils se disputent sans arrêt.

J'ai deviné à quoi elle songeait – c'était une situation qu'elle-même ne connaîtrait jamais. Son visage s'est assombri, j'ai tenté de la rasséréner, assez bêtement d'ailleurs.

— Et Ryan ? Elle est créatrice de mode pour chiens ?

— Il est trop tôt pour le dire. Elle n'a que dix ans.

— Macon ?

— Il est juste... oncle Macon. Il n'y a rien qu'il ne puisse faire ou ne ferait pour moi. Je l'ai beaucoup fréquenté, depuis mon enfance.

Elle a détourné les yeux, fuyant ma question. Elle me dissimulait quelque chose. Avec elle, il était malheureusement impossible de comprendre quoi.

— Il est comme mon père, a-t-elle poursuivi. Du moins, comme j'imagine mon père.

Inutile d'ajouter quoi que ce soit. Moi aussi, j'avais

perdu un parent. Cependant, était-ce pire de ne les avoir jamais vraiment connus ?

— Et toi ? Quel est ton talent ?

Comme si elle n'en avait qu'un. Comme si je n'avais pas été témoin de ses dons dès le premier jour de la rentrée scolaire. Comme si je n'avais pas essayé de rassembler mon courage pour l'interroger à ce sujet depuis la nuit où elle s'était assise à mon côté sur le perron de ma véranda, en pyjama mauve. Elle a réfléchi quelques instants. Soit elle préparait sa réponse, soit elle hésitait à la formuler. Puis elle a posé ses prunelles au vert infini sur moi.

— Je suis une Élue. Du moins, c'est ce que croient oncle Macon et tante Del.

Une Élue. Ça semblait plus joli qu'une Sirène, et j'en ai été soulagé. Il me semble que je n'aurais pas supporté qu'elle fût une Sirène.

— Et qu'est-ce que ça signifie exactement ?

— Aucune idée. Ça recouvre plusieurs réalités. Apparemment, les Élus sont beaucoup plus puissants que les autres Enchanteurs.

Elle avait déballé cette information à toute vitesse, comme si elle espérait que je n'en saisirais pas le sens. Pas de chance.

Plus puissants que les autres Enchanteurs.

Plus. Je n'étais pas certain de mes sentiments envers ce plus. Je crois que j'aurais pu gérer un moins. Moins aurait été bien.

— Mais, a repris Lena, tu l'as vu ce soir, je ne sais pas vraiment ce dont je suis capable.

Nerveuse, elle s'est mise à jouer avec le couvre-lit. J'ai tiré sur sa main jusqu'à ce qu'elle s'allonge à mon côté, la tête sur son coude.

— Je me moque de tout ça, ai-je murmuré. Je t'apprécie telle que tu es.

— Tu me connais à peine, Ethan !

La chaleur enivrante envahissait mon corps et, pour être franc, ses paroles m'indifféraient complètement. Il était si bon de tenir sa main, d'être près d'elle, seulement séparé par le couvre-lit.

— Ce n'est pas vrai, ai-je cependant objecté. Je sais que tu écris de la poésie, je sais ce que représente le corbeau de ton collier, je sais que tu aimes le soda à l'orange, ta grand-mère, les pépites de chocolat avec ton pop-corn.

L'espace d'une seconde, j'ai cru qu'elle allait sourire.

— Ce n'est presque rien, a-t-elle toutefois répondu.

— C'est un début.

Ses prunelles vertes ont fouillé les miennes, bleues.

— Tu ne connais même pas mon nom.

— Tu t'appelles Lena Duchannes.

— Eh bien, pour commencer, ce n'est pas exact.

— Comment ça ? ai-je demandé en me redressant et en lâchant ses doigts.

— Ce n'est pas mon nom. Ridley n'a pas menti.

Des bribes de la conversation autour de la table me sont revenues. Ridley avait en effet dit quelque chose à propos de Lena et de son véritable nom. Sur le moment, je n'avais pas pris ça au pied de la lettre.

— Quel est-il, alors ?

— Je n'en sais rien.

— Encore une caractéristique des Enchanteurs ?

— Non, pas vraiment. La plupart des Enchanteurs connaissent leur nom. Chez nous, c'est différent. Nous ne découvrons notre prénom que quand nous atteignons nos seize ans. Avant nous en avons d'autres. Ridley s'appelait Julia, Reece était Annabel. Moi, je suis Lena.

— Qui est Lena Duchannes, dans ce cas ?

— Je suis une Duchannes. Je suis certaine de ça, au moins. Mais Lena est juste un prénom que Bonne-maman m'a donné, parce que je souriais tout le temps. Lena Banana.

J'ai médité cette révélation.

— Bon, ai-je fini par commenter, ce n'est pas grave. Tu apprendras comment tu t'appelles d'ici quelques mois.

— Ce n'est pas aussi simple. Je ne sais rien de moi non plus. C'est pourquoi je suis si souvent en colère. J'ignore mon prénom et j'ignore ce qu'il est arrivé à mes parents.

— Mais ils sont morts dans un accident, non ?

— Ça, c'est ce qu'on m'a raconté. Sauf que personne n'en parle jamais. Je n'ai trouvé aucun dossier concernant l'accident. Je n'ai jamais vu leurs tombes non plus. Comment accepter que ce soit la vérité ?

— Qui mentirait sur quelque chose d'aussi horrible ?

— Tu n'as pas rencontré ma famille ?

— Si.

— Et le monstre, en bas, cette sorcière qui a manqué de te tuer ? Crois-le ou non, mais elle était ma meilleure amie. Ridley et moi avons été élevées ensemble par Bonne-maman. Nous déménagions si souvent que nous partagions une valise.

— Cela explique pourquoi vous n'avez presque pas d'accent. Nombreux seraient les gens qui refuseraient de croire que vous avez grandi dans le Sud.

— Et toi, quelle est ton excuse ?

J'ai levé les yeux au ciel.

— Des parents profs et un bocal plein de piécettes chaque fois que je me laissais aller à traîner sur la fin des mots ou à l'avaler. Ainsi, Ridley n'a jamais vécu avec sa mère ?

— Non. Tante Del lui rendait visite aux vacances. Dans notre famille, les enfants n'habitent pas avec leurs géniteurs. C'est trop dangereux.

Je me suis interdit de poser les cinquante autres questions qui me tarabustaient, cependant que Lena poursuivait ses explications, comme si elle avait patienté un siècle avant de pouvoir raconter son histoire.

— Ridley et moi étions comme deux sœurs. Nous dormions dans la même chambre, nous prenions des cours à domicile ensemble. Lorsque nous avons déménagé en Virginie, nous avons persuadé Bonne-maman de nous autoriser à fréquenter une école normale. Auparavant, nos seuls contacts avec les Mortels, c'était quand elle nous emmenait au musée, à l'opéra ou au restaurant.

— Que s'est-il passé, à l'école ?

— Ça a été une catastrophe. Nos vêtements étaient décalés, nous n'avions pas la télévision, nous rendions tous nos devoirs. Des nullardes en chef.

— N'empêche, vous étiez en contact avec des Mortels.

— Avant toi, je n'ai pas eu d'ami mortel, a-t-elle répondu sans me regarder.

— Ah bon ?

— Je n'avais que Ridley. Pour elle, c'était aussi difficile que moi. Mais elle s'en fichait. Elle était trop occupée à veiller à ce que personne ne m'embête.

J'ai eu du mal à imaginer Ridley en protectrice de Lena. De quiconque, d'ailleurs.

Les gens changent, Ethan.

Pas à ce point-là. Les Enchanteurs comme les autres.

Au contraire. C'est ce que j'essaye de te faire comprendre depuis tout à l'heure.

— Ensuite, Ridley a commencé à se comporter de manière étrange, et les garçons qui, jusque-là, l'avaient ignorée se sont mis à la suivre partout, à l'attendre à la sortie des cours, à se battre pour déterminer lequel d'entre eux la raccompagnerait à la maison.

— Je vois. Il existe en effet des filles dans ce genre.

— Ridley n'est pas une fille quelconque. C'est une

Sirène, je te rappelle. Elle pouvait obliger les autres à faire des choses que, normalement, ils n'auraient pas faites. Tous ces garçons sautaient de la falaise, l'un après l'autre.

Elle s'est interrompue, ses doigts jouant avec son collier, puis a enchaîné :

— La veille des seize ans de Ridley, je l'ai suivie jusqu'à la gare. Elle était terrorisée. Elle pressentait qu'elle était vouée aux Ténèbres et voulait s'éloigner avant de blesser ceux qu'elle aimait. Moi. Je suis la seule que Ridley ait jamais aimée. Elle a disparu cette nuit-là, et je ne l'avais pas revue avant aujourd'hui. Après ce dont tu as été témoin ce soir, il est évident qu'elle est effectivement devenue une force des Ténèbres.

— Une minute ! Qu'est-ce que ça signifie, cette histoire de Ténèbres ?

Aspirant un grand coup, Lena a hésité.

— Il faut que tu m'expliques, ai-je insisté.

— Dans notre famille, lorsqu'on atteint l'âge de seize ans, on est Appelé. On ne choisit pas son destin. On devient Lumière comme tante Del et Reece, ou Ténèbres comme Ridley. Ténèbres ou Lumière, magie noire ou magie blanche. Le gris n'existe pas. Une fois qu'on a été Appelé, il est impossible de revenir sur ce qui a été décidé. Nous n'y sommes pour rien.

— Comment ça ?

— Personne ne se décrète Lumière ou Ténèbres, bon ou maléfique, contrairement aux Mortels ou aux autres Enchanteurs. Chez nous, le libre arbitre n'existe pas. Tout est écrit à l'avance et nous est dévoilé à nos seize ans.

Je me suis efforcé de saisir ses paroles, mais elles étaient trop dingues. J'avais vécu suffisamment longtemps avec Amma pour savoir qu'il y avait la magie noire et la magie blanche. N'empêche, il était difficile d'admettre que Lena n'avait, en la matière, pas le choix.

Qu'elle ne pouvait décider de qui elle serait.

— C'est la raison pour laquelle nous ne sommes pas élevés par nos parents, a-t-elle poursuivi.

— Quel rapport ?

— Il en allait différemment, autrefois. Quand la sœur de Bonne-maman, Althea, est devenue Ténèbres, leur mère n'a pu se résoudre à se séparer d'elle. À l'époque, la coutume voulait qu'un Enchanteur voué aux Ténèbres quitte son foyer et les siens. Pour des raisons évidentes. Mais la mère d'Althea a cru qu'elle réussirait à aider sa fille à combattre la fatalité. Bien sûr, elle y a échoué, et des événements horribles se sont produits dans la ville où elles habitaient.

— Genre ?

— Althea était une Évo. Ces Enchanteurs-là sont dotés d'une puissance extraordinaire. Non seulement ils peuvent influencer les gens, à l'instar de Ridley, mais ils sont capables d'Évoluer, de se transformer en quelqu'un d'autre, en n'importe qui. Dès lors, des accidents inexplicables ont eu lieu. Des personnes ont été blessées, une jeune fille a même fini par se noyer. La mère d'Althea a donc été obligée de l'exiler.

Et moi qui croyais que nous avions des problèmes à Gatlin ! Qu'une créature plus nocive que Ridley puisse traîner dans les parages dépassait mon imagination.

— Par conséquent, aucun de vous ne vit en compagnie de ses parents.

— Il a été décidé qu'il serait trop difficile pour eux de rejeter leur enfant, au cas où ce dernier serait destiné au mal. Donc, les autres membres de la famille les élèvent jusqu'à leurs seize ans.

— Mais pourquoi Ryan vit-elle avec tante Del et oncle Barclay ?

— Ryan est... Ryan est une exception. Du moins, c'est ce que m'a dit oncle Macon la dernière fois que je lui ai posé la question.

Tout cela semblait irréel. L'idée que cette famille soit douée de pouvoirs surnaturels. Ces gens-là me ressemblaient, ils ressemblaient à n'importe quel habitant de Gatlin. Enfin, non, peut-être pas à n'importe qui, mais quand même. Y compris Ridley. Quand elle était apparue devant le Stop & Steal, aucun des gars n'avait soupçonné qu'elle était autre chose qu'une fille incroyablement craquante – et un peu dérangée, puisque c'est moi qu'elle cherchait. Comment cela fonctionnait-il ? Comment devenait-on Enchanteur au lieu d'être un humain ordinaire ?

— Tes parents avaient-ils eux aussi un don ?

J'avais beau savoir combien il était difficile d'évoquer les morts, à ce stade, il fallait que je sache.

— Oui. Tout le monde en a un, dans la famille.

— Et quels pouvoirs avaient-ils ?

— Aucune idée. Bonne-maman n'en a jamais parlé. Je te le répète, c'est comme s'ils n'avaient pas existé. Ce qui m'amène à me poser des questions, bien sûr.

— Lesquelles ?

— Si ça se trouve, ils étaient Ténèbres, et je vais le devenir également.

— Jamais !

— Qu'en sais-tu ?

— Je ne partagerais pas les mêmes rêves que toi, si c'était le cas. Je ne sentirais pas, lorsque j'entre dans une pièce, que tu y es passée.

Ethan.

C'est vrai.

— J'ignore d'où vient ma certitude, mais elle est bien réelle, crois-moi, ai-je chuchoté en effleurant sa joue.

— Certes. N'empêche, ce n'est qu'une supposition. Moi-même, je ne sais pas du tout ce qu'il va m'arriver.

— N'importe quoi !

Comme la plupart des choses que j'avais dites ce soir, les mots m'avaient échappé. Mais j'en ai été heureux.

— Quoi ?

— Ces histoires de destin fixé à l'avance. Bêtises. Personne ne peut décider de ce qu'il adviendra de toi. Personne d'autre que toi.

— Pas quand tu es un Duchannes, Ethan. Les autres Enchanteurs choisissent, en effet. Pas nous. Nous sommes Appelés à seize ans, nous sommes voués à la Lumière ou aux Ténèbres, point barre.

J'ai pris son menton dans ma main.

— Et toi, tu es une Élue. Qu'y a-t-il de mal à ça ?

J'ai plongé dans ses yeux ; j'ai deviné que j'allais l'embrasser ; j'ai compris que nous n'avions aucune raison de nous inquiéter tant que nous resterions ensemble. Et, pendant une seconde, j'ai cru que nous resterions ensemble à jamais. Alors, cessant de penser au manuel de basket de Jackson, je lui ai laissé voir mes émotions, ce qui agitait mon esprit. Ce que je m'apprêtais à faire, le temps qu'il m'avait fallu pour avoir le courage de passer à l'acte.

Oh !

Ses prunelles se sont écarquillées, leur couleur verte s'est accentuée – comme si c'était possible.

Ethan… je ne suis pas sûre que…

Me penchant, j'ai baisé ses lèvres. Elles étaient salées comme des larmes. Cette fois, ce n'est pas une chaleur mais une décharge électrique qui m'a secoué des orteils à la bouche. Le bout de mes doigts m'a picoté. Comme si j'avais enfoncé un crayon dans une prise, un défi que m'avait lancé Link à huit ans. Fermant les paupières, Lena m'a attiré contre elle et, l'espace d'une minute, tout a été parfait. Elle m'a embrassé, ses lèvres souriant sous le poids des miennes, et j'ai compris qu'elle m'avait attendu, aussi longtemps peut-être que je l'avais attendue. Puis, aussi vite qu'elle s'était ouverte à moi, elle s'est refermée, me poussant dehors. Plus réellement, elle m'a repoussé.

Nous ne pouvons pas, Ethan.

Pourquoi ? Il me semble que nous partageons les mêmes sentiments l'un envers l'autre.

Peut-être pas, en fin de compte. J'étais peut-être le seul à éprouver quelque chose.

Je la dévisageais, séparé d'elle par ses mains reposant sur mon torse. Elle sentait sûrement les battements de mon cœur.

Ce n'est pas ça…

Elle a voulu se détourner. J'ai deviné qu'elle était prête à s'enfuir, comme le jour où nous avions déterré le médaillon à Greenbrier, comme la nuit où elle m'avait abandonné sur le perron de ma maison. Je me suis emparé de son poignet. Aussitôt, une vague de chaleur m'a envahi.

— Qu'est-ce que c'est, alors ?

Elle m'a fixé, et j'ai essayé de percer ses pensées. En vain.

— Tu crois que j'ai le choix de mon avenir, Ethan, mais ce n'est pas vrai. Ce que Ridley a fait ce soir, ce n'était rien. Elle aurait pu te tuer. Elle serait peut-être allée jusque-là si je ne l'avais pas arrêtée. (Elle a respiré profondément, ses yeux étaient humides.) Je risque de devenir comme elle. Un monstre. Même si toi, tu en doutes.

Ignorant ses réticences, j'ai glissé mes bras autour de son cou.

— Je refuse que tu me voies ainsi, a-t-elle cependant persisté.

— Je m'en fiche, ai-je répondu en déposant un baiser sur sa joue.

Elle est descendue du lit, échappant à mon étreinte.

— Tu ne comprends pas.

Elle a levé la main. 122. Cent vingt-deux jours encore, inscrit à l'encre bleue. Comme si c'était tout ce qui nous restait.

— Si, je comprends. Tu as peur. Mais nous trouverons une solution. Nous sommes voués l'un à l'autre.

— Non. Tu es un Mortel. La situation t'échappe. Je ne veux pas que tu aies mal. Or, c'est ce qui se produira si tu te rapproches de moi.

— Trop tard !

Elle pouvait toujours arguer, ça ne servirait à rien.

J'étais mordu.

9 octobre
Les Grands

Raconté par une belle fille, tout cela avait eu du sens. À présent que j'étais rentré chez moi et seul dans mon propre lit, c'était très différent. Même Link n'y croirait pas. J'ai tenté d'imaginer notre discussion : la nana qui me plaît, et dont je ne connais pas le prénom, est une sorcière… pardon, une Enchanteresse issue de toute une tribu d'Enchanteurs et, dans quatre mois, elle découvrira si elle est bonne ou mauvaise. Elle est capable de déclencher des typhons à l'intérieur d'une pièce et de briser les vitres d'une fenêtre. De plus, j'arrive à voir le passé quand je touche le camée qu'Amma et Macon Ravenwood, lequel n'est finalement pas si reclus que ça, veulent que j'enterre. Un camée qui s'est matérialisé sur le portrait d'une femme à Ravenwood Manor qui, au passage, n'est pas une maison hantée mais une demeure merveilleusement restaurée dont la décoration change chaque fois que j'y mets les pieds, histoire de rendre visite à celle qui me brûle, me secoue, me détruit d'un seul effleurement.

Et figure-toi que je l'ai embrassée. Et qu'elle m'a rendu mon baiser.

Non, tout cela était par trop inconcevable. Y compris pour moi. J'ai roulé sur le flanc.

Gifle.

Les courants d'air fouettaient mon corps.

Je m'accrochais à l'arbre, cependant que le vent m'assaillait de ses bourrasques, et que ses hurlements me déchiraient les tympans. Autour de moi, des tourbillons s'affrontaient, prenaient de la vitesse et de la force de seconde en seconde. La grêle s'abattait comme si la nue s'était ouverte. Il fallait que je me mette à l'abri.

Sauf que je n'avais nul endroit où me réfugier.

Lâche-moi, Ethan ! Sauve ta peau !

Je ne la voyais pas. L'ouragan était trop violent. Pourtant, je la sentais. Je serrais son poignet avec tant de hargne que j'étais persuadé qu'il allait se rompre d'un instant à l'autre. Tant pis. Je ne la lâcherais pas. Changeant de direction, le vent m'a soulevé du sol. J'ai raffermi ma prise autour du tronc et autour de son bras. Malheureusement, la puissance de la tempête nous séparait.

M'arrachait à l'arbre, m'arrachait à elle. Son poignet a glissé entre mes doigts.

Je ne tenais plus.

Je me suis réveillé, secoué par une quinte de toux. Les assauts du vent me brûlaient encore la peau. Comme si avoir failli mourir à Ravenwood ne suffisait pas, voilà que mes rêves revenaient. C'était trop pour une seule nuit, même pour moi. La porte de ma chambre était béante, ce qui était bizarre, puisque je m'étais mis à la verrouiller, ces derniers temps – pas question qu'Amma profite de mon sommeil pour venir m'envoûter de l'un de ses charmes vaudous. J'étais sûr d'avoir fermé à clé.

J'ai contemplé le plafond. Je n'arriverais pas à me rendormir. En soupirant, j'ai tâtonné autour de moi, en quête de la vieille lampe de poche que je conservais près de mon lit. J'ouvrais *Snow Crash*, de Neal Stephenson, à l'endroit de mon marque-page, quand j'ai perçu un bruit. Des pas ? Ils venaient de la cuisine, discrets mais audibles. Mon père s'octroyait peut-être une pause. Voilà qui m'offrait une occasion de converser. À condition d'avoir beaucoup de chance.

Cependant, lorsque j'ai atteint le pied de l'escalier, j'ai constaté qu'il ne s'agissait pas de lui. Son bureau était fermé, un rai de lumière filtrait sous la porte. Donc, c'était Amma. À l'instant où je me courbais pour entrer dans la cuisine, je l'ai aperçue qui décampait dans le couloir desservant sa chambre. Pour autant qu'elle puisse décamper, s'entend. La moustiquaire de derrière a couiné. Quelqu'un était entré. Ou sorti. Après les événements de la soirée, c'était une distinction qui avait son importance.

J'ai contourné la maison. Un vieux pick-up abîmé, une Studebaker des années 50, attendait près du trottoir, moteur au ralenti. Penchée à la fenêtre, Amma parlait au chauffeur. Elle lui a tendu son sac avant de grimper à bord. Où se rendait-elle ainsi au beau milieu de la nuit ?

Il fallait que je la suive. Or, filer la femme qui aurait pu tout aussi bien être ma mère biologique tandis qu'elle montait dans le tas de boue d'un inconnu était une tâche ardue quand vous n'aviez pas de voiture. Je n'avais pas le choix. Je devais emprunter la Volvo. Le véhicule que conduisait ma mère lors de son accident ; telle était la première chose qui me traversait l'esprit quand je la voyais.

Je me suis glissé derrière le volant. L'habitacle sentait les vieux journaux et le produit à vitres. Comme toujours.

Circuler sans phares s'est révélé plus compliqué que je ne l'aurais cru. Heureusement, j'avais deviné que la camionnette se dirigeait vers Wader's Creek. Amma retournait sans doute chez elle. Le pick-up a quitté la Nationale 9 pour s'enfoncer dans les terres. Quand il a fini par ralentir et se ranger le long de la route, j'ai coupé le contact et garé la Volvo sur le bas-côté. Amma a ouvert la portière, et le plafonnier s'est allumé. J'ai plissé les yeux. Le conducteur était Carlton Eaton, le facteur. Pourquoi Amma avait-elle demandé à Carlton Eaton de lui servir de chauffeur en pleine nuit ? Alors qu'ils ne s'étaient jamais adressé la parole, à ma connaissance du moins ?

Après quelques mots, Amma est descendue et a refermé la portière. La camionnette s'est éloignée en rugissant. Je suis sorti à mon tour et j'ai entrepris de suivre ma gouvernante. Amma était une femme d'habitudes. Quelle que soit la chose qui l'avait attirée jusqu'au marais à des heures indues, elle revêtait forcément une ampleur autre que celle de ses clients ordinaires.

Elle a disparu dans les broussailles, le long d'un sentier gravillonné que quelqu'un s'était donné beaucoup de mal à aménager. Ses pas crissaient. Moi, je marchais dans l'herbe bordant le chemin pour éviter de me faire repérer. J'ai eu beau tenter de me convaincre que mon unique raison était que je ne souhaitais pas qu'Amma me surprenne en train de baguenauder à la lune, j'avais surtout peur qu'elle me chope en flagrant délit d'espionnage.

Il n'était pas difficile de deviner pourquoi on avait

baptisé l'endroit Wader's Creek[1]. On était en effet obligé de traverser des mares d'eau sombre pour y parvenir. En tout cas, quand on empruntait le chemin d'Amma. La lune n'aurait pas été pleine que je me serais brisé le cou à tenter de la filer dans le labyrinthe de chênes aux troncs moussus et de fourrés. Nous approchions du marécage, je l'ai humé dans l'air tiède et épais comme une seconde peau.

Les berges du marigot étaient bordées de plates-formes en bois constituées de rondins de cyprès reliés par des cordes – le bac du pauvre. Elles étaient alignées comme des taxis attendant leurs passagers, prêtes à transporter quiconque sur les eaux. Dans le clair de lune, j'ai aperçu Amma qui, en experte, éloignait son radeau de la rive à l'aide d'un long bâton avant d'utiliser ce dernier comme une rame pour se propulser sur la berge opposée.

Bien que je ne sois pas venu chez Amma depuis des années, je n'aurais pas oublié ce genre d'acrobatie. Conclusion, nous avions sans doute emprunté un autre itinéraire à l'époque, même s'il m'était difficile de m'orienter dans l'obscurité. Le seul détail clair, c'était l'état de pourrissement des rondins ; chaque plate-forme semblait plus instable que sa voisine. Je me suis résolu à prendre la première venue.

La manœuvrer a été bien plus difficile que ce que le spectacle d'Amma aurait pu laisser croire. De temps en temps, une éclaboussure retentissait, quand la queue d'un alligator frappait la surface au moment où le saurien se glissait dans l'eau. J'ai été heureux de ne pas avoir songé à traverser la rivière à pied. Après un dernier coup de perche dans le sol marécageux du bayou, j'ai heurté la rive. J'ai sauté sur le sable et j'ai repéré la maison d'Amma,

1. Littéralement, « le ruisseau qu'on traverse à gué ».

petite, modeste, où brûlait une unique lampe, derrière une fenêtre. Les montants de celle-ci étaient du même bleu que les nôtres. La baraque était en cyprès, telle une excroissance du marais.

Il y avait un détail étrange, cependant. Dans l'air. Une odeur aussi forte et entêtante que celle des citrons et du romarin. Ce qui était improbable, et ce pour deux raisons. Le faux jasmin, ou jasmin des Confédérés, ne fleurissait qu'au printemps, pas en automne, et il ne poussait pas dans ces parages humides. Pourtant, son parfum régnait en maître, reconnaissable entre mille. Comme tant de choses cette nuit-là, c'était irréel.

J'ai observé la cahute. Rien. Amma avait peut-être décidé de rentrer chez elle, tout simplement. Si ça se trouve, mon père était au courant, et je traînais dans le coin au risque d'être dévoré par les alligators pour rien.

Je m'apprêtais à rebrousser chemin, regrettant déjà de ne pas avoir semé de miettes de pain en route, quand la porte de la maisonnette s'est rouverte. Dans l'encadrement, éclairé de l'intérieur, j'ai vu Amma qui rangeait des objets que je ne distinguais pas dans son sac à main en cuir verni blanc du dimanche. Elle-même portait sa meilleure robe, celle réservée à la messe, couleur lavande, des gants blancs et un bibi assorti décoré de fleurs. Très chic.

Elle est repartie en direction du marécage. Comptait-elle patauger dans la gadoue alors qu'elle était sur son trente et un ? Je n'avais guère apprécié de crapahuter jusque chez elle, mais me traîner en jean au milieu du marigot a été encore pire. La boue était si dense que, à chaque pas parcouru, j'avais l'impression de m'extirper du ciment. J'ignore comment Amma se débrouillait pour avancer, dans sa tenue et à son âge.

Pourtant, elle paraissait savoir très précisément où elle

allait. Elle a fini par s'arrêter dans une clairière pleine de hautes herbes. Les branches des cyprès se mêlaient à celles des saules pleureurs, créant un dais de verdure. Un frisson m'a secoué, alors que la température avoisinait encore les vingt et un degrés. Après tout ce dont j'avais été témoin ce soir, il y avait quelque chose d'effrayant, dans cet endroit. Une brume montait de l'eau, telle de la vapeur s'échappant de sous le couvercle d'une marmite en ébullition. Je me suis rapproché. Amma tirait des objets de son sac, dont le cuir verni blanc luisait sous la lune.

Des os. On aurait dit des os de poulet.

Elle a marmotté quelques paroles aux débris avant de les déposer dans une petite bourse, guère différente de celle qu'elle m'avait donnée afin de dompter le pouvoir du médaillon. Fouillant de nouveau dans son sac, elle en a sorti un essuie-mains pelucheux comme ceux qu'on trouve dans les toilettes des dames et s'en est servi pour frotter la boue qui tachait sa robe. J'ai distingué des lueurs blanches pareilles à des lucioles, j'ai capté des bribes d'une musique lente et lourde, de même que des éclats de rire. Quelque part, et pas si loin que ça, des gens buvaient et dansaient dans le bayou.

Amma a relevé la tête. Quelque chose avait attiré son attention, alors que je n'avais rien entendu.

— Montre-toi ! Je sais que tu es là.

Je me suis figé, au bord de la panique. Elle m'avait repéré !

Ce n'est pas à moi qu'elle s'était adressée, toutefois. De la brume accablante a surgi Macon Ravenwood, un cigare au coin des lèvres. Il paraissait détendu, comme s'il venait de descendre d'une limousine et non de franchir des étendues d'eau noire et sale. Comme d'ordinaire, il était très élégant, dans l'une de ses chemises blanches amidonnées. Et immaculé. Alors qu'Amma et moi étions couverts de boue et d'herbes jusqu'aux genoux, il était propre comme un sou neuf.

— Il était temps, a ronchonné Amma. Tu sais pourtant que je n'ai pas toute la nuit devant moi, Melchizedek. Il faut que je rentre. Et puis, je n'apprécie pas beaucoup d'être convoquée jusqu'ici, à des kilomètres de la ville. C'est malpoli. Pour ne pas dire pénible. (Elle a reniflé.) Malcommode, même.

M.A.L.C.O.M.M.O.D.E. Dix lettres vertical. J'ai épelé le mot dans ma tête.

— Ma soirée n'a pas été de tout repos non plus, Amarie. Mais l'affaire était urgente.

Macon a avancé de quelques pas. Reculant, Amma a tendu un doigt maigre vers lui.

— Reste où tu es ! a-t-elle exigé. Je n'aime pas me retrouver dehors avec ceux de ton espèce par des nuits pareilles. Pas du tout. Tu ne m'approches pas, je ne t'approche pas.

Il a regagné sa place d'un pas décontracté tout en faisant des ronds de fumée dans l'air.

— Pour revenir à ce qui nous intéresse, des événements récents exigent notre intervention immédiate, a-t-il soupiré. « La Lune, quand elle est la plus pleine, est aussi le plus loin du Soleil[1] », pour citer nos amis les hommes d'Église.

— Pas la peine de jouer l'érudit avec moi, Melchizedek. Qu'y a-t-il de si important pour que tu m'aies tirée du lit à des heures indécentes ?

— Entre diverses choses, le médaillon de Genevieve.

Amma a failli hurler et a plaqué un foulard devant son

1. Robert Burton, pasteur et écrivain anglais (1577-1640).

nez. Visiblement, elle ne pouvait même pas supporter qu'on prononce le mot « médaillon » devant elle.

— Et alors ? Je t'ai dit que je l'avais Scellé et je lui ai ordonné de le rapporter à Greenbrier et de l'enterrer. Une fois dans le sol, cet objet est inoffensif.

— Faux et faux. Il l'a conservé. Il me l'a montré dans le sanctuaire de ma propre demeure. De plus, je ne suis pas sûr que quoi que ce soit puisse Sceller un talisman aussi ténébreux.

— Ta maison... quand est-il allé chez toi ? Je lui avais pourtant défendu de mettre les pieds à Ravenwood.

Amma était carrément furieuse, à présent. Super. Elle allait trouver un moyen de me faire payer ça.

— Tu devrais mieux le tenir en laisse. Ce n'est pas un garçon très obéissant, à l'évidence. Je t'avais prévenue que cette amitié serait dangereuse, qu'elle risquait de se transformer en quelque chose de plus fort. Or, un avenir entre ces deux-là n'est pas envisageable, tu en es consciente.

Amma bougonnait, comme toujours quand elle découvrait que je ne l'avais pas écoutée.

— Il m'obéissait avant de rencontrer ta nièce, je te signale. Ne rejette pas la faute sur moi. Nous ne serions pas dans un tel pétrin si tu ne l'avais pas fait venir, pour commencer. Je vais m'en occuper. Je vais lui interdire de la revoir.

— Ne dis pas de bêtises. Ce sont des adolescents. Plus nous essayerons de les séparer, plus ils s'efforceront d'être ensemble. Ce ne sera plus un problème dès qu'elle aura été Appelée, pour peu que nous vivions jusque-là. En attendant, contrôle ce gamin, Amarie. Plus que quelques mois. La situation est assez pénible comme ça sans qu'il vienne flanquer la pagaille.

— Merci de ne pas me parler de pagaille, Melchizedek

Ravenwood. Ma famille répare la pagaille que la tienne sème à tout vent depuis plus de cent ans. J'ai gardé tes secrets, comme tu as gardé les miens.

— Ce n'est pas moi, la Voyante qui a échoué à deviner qu'ils découvriraient le médaillon. As-tu une explication ? Comment tes amis les esprits se sont-ils débrouillés pour rater ça ?

D'un geste moqueur, il a désigné les alentours avec son cigare. Amma l'a fusillé du regard, furibonde.

— N'insulte pas les Grands ! Pas ici. Ils ont leurs raisons. S'ils ne m'ont rien révélé, c'est sûrement pour quelque chose.

Se détournant de Macon, elle a enchaîné :

— Ne l'écoutez pas. Je vous ai apporté vos plats préférés : des crevettes, de la bouillie d'avoine et de la tarte au citron meringuée.

J'ai compris qu'elle ne s'adressait plus à son interlocuteur. Elle a tiré la nourriture de boîtes en plastique et l'a placée sur une assiette qu'elle a déposée par terre. Une petite pierre tombale se dressait juste à côté. Quelques autres étaient éparpillées alentour.

— Ceci est notre Grande Maison, la grande maison de ma famille, tu entends, Melchizedek ? Ma grand-tante Sissy. Mon arrière-grand-oncle Abner. Mon arrière-arrière-arrière-arrière-grand-mère Sulla. Je t'interdis d'offenser les Grands dans leur Maison. Si tu veux des réponses, montre un peu de respect.

— Je suis désolé.

Elle a patienté.

— En toute sincérité.

— Et attention à ta cendre, a-t-elle reniflé, hautaine. Il n'y pas de cendrier ici. Toi et tes sales habitudes !

Macon a secoué son cigare au-dessus de la mousse.

— Bon, a-t-il ensuite repris, passons aux choses

sérieuses. Nous n'avons guère de temps. Il faut que nous découvrions où Saraf...

— Chut ! Ne prononce pas Son nom. Pas cette nuit. Nous ne devrions pas être ici, d'ailleurs. La demi-lune est pour la magie blanche, la pleine pour la noire. Ce n'est pas une nuit à être dehors.

— Nous n'avions pas le choix. Un épisode des plus déplaisants s'est produit, j'en ai peur. Ma nièce, celle qui a été vouée aux Ténèbres quand elle a été Appelée, a déboulé aux Journées du Clan.

— La fille de Del ? Ce poison ?

— Ridley, oui. Personne ne l'avait invitée, bien entendu. Elle a franchi mon seuil au bras du garçon. J'ai besoin de savoir si c'est une coïncidence.

— Pas bon, ça, a grommelé Amma en se balançant d'avant en arrière sur ses pieds. Pas bon du tout.

— Alors ?

— Les coïncidences, ça n'existe pas, tu le sais.

— Enfin une chose sur laquelle nous sommes d'accord.

J'étais paumé. Macon Ravenwood ne sortait jamais de chez lui et, pourtant, il était là, en plein marécage, à se disputer avec Amma – dont je ne soupçonnais pas qu'il la connaissait – à mon sujet, à celui de Lena et du camée. Une fois encore, ma gouvernante a fourragé dans son sac.

— Tu as apporté le whisky ? Oncle Abner ne crache jamais sur sa petite goutte.

Macon a tendu une bouteille.

— Pose-la ici, lui a ordonné Amma en désignant le sol. Et recule.

— Malgré toutes ces années, je constate que tu as encore peur de me toucher.

— Je n'ai peur de rien. Simplement, garde ton quantà-soi. Je ne me mêle pas de tes affaires, je veux en savoir le moins possible.

Il a placé le flacon par terre, à quelques pas d'Amma. Cette dernière l'a ramassé, a versé du whisky dans un petit verre et l'a bu. De ma vie, je ne l'avais vue avaler de boisson plus forte que du thé sucré. Ensuite, elle a mouillé d'alcool l'herbe qui recouvrait la sépulture.

— Nous avons besoin que tu intercèdes, oncle Abner. J'appelle ton esprit en ces lieux.

Macon a toussoté.

— Ne me tape pas sur les nerfs, Melchizedek, l'a averti Amma.

Elle a fermé les yeux et a levé ses bras grands ouverts au ciel, la tête rejetée en arrière, comme si elle communiquait en direct avec la Lune. Puis elle s'est penchée et a secoué la bourse qu'elle avait sortie de son sac. Le contenu s'est répandu sur la tombe. De minuscules os. J'ai espéré qu'il ne s'agissait pas de ceux d'un poulet rôti qu'elle avait pu me servir à un repas, mais j'ai eu le sentiment que si.

— Que disent-ils ? s'est enquis Macon.

— Je n'obtiens pas de réponse, a lâché Amma en éparpillant les restes à droite et à gauche.

L'apparence composée de son interlocuteur a commencé à se fissurer.

— Nous n'avons pas de temps à perdre avec ces bêtises ! Quelle Voyante es-tu, qui ne vois rien ? Il reste quatre mois avant qu'elle n'ait seize ans. Si elle devient Ténèbres, elle nous damnera tous, Mortels ou Enchanteurs. Nous avons une lourde responsabilité, une responsabilité que nous avons accepté d'endosser, toi comme moi, il y a longtemps. Toi envers les Mortels, moi envers les Enchanteurs.

— Inutile de me rafraîchir la mémoire ! Et baisse d'un ton, tu veux ? Je n'ai pas envie que mes clients rappliquent et nous trouvent ensemble. J'aurais l'air de quoi, hein ? Un membre respectable de la communauté comme moi ? Alors, merci de ne pas bousiller mes affaires, Melchizedek.

— Si nous ne découvrons pas où est Saraf... où Elle est, et ce qu'elle mijote, nous serons confrontés à des soucis autrement plus importants que tes entreprises aussi hasardeuses que défaillantes, Amarie.

— Elle appartient aux Ténèbres. On ne sait jamais dans quel sens le vent va tourner, avec celle-là. C'est comme d'essayer de deviner où une tornade frappera.

— Quand bien même, il faut que je sache si elle va tenter d'entrer en contact avec Lena.

— Pas si. Quand.

Derechef, Amma a fermé les paupières, tout en tripotant l'amulette du collier qu'elle conservait toujours sur elle. C'était un disque gravé de ce qui ressemblait à un cœur surmonté d'une espèce de croix. Le dessin était usé à force d'avoir été caressé à maintes reprises par Amma, comme en ce moment. Elle avait entonné une sorte d'incantation dans une langue que je ne connaissais pas, même si je l'avais déjà entendue. Macon faisait les cent pas, impatient. Je me suis dégourdi un peu dans les hautes herbes, sans émettre un son.

— Je n'arrive à rien, cette nuit. Tout est flou. À mon avis, oncle Abner est de mauvaise humeur. Sûrement à cause d'un truc que tu as dit.

Cette accusation a dû être la goutte de trop, car le visage de Macon a soudain changé. Sa peau s'est mise à luire dans l'obscurité ambiante. Quand il a avancé, ses traits anguleux sont devenus terrifiants, sous le clair de lune.

— Assez ! a-t-il décrété. Une Enchanteresse des Ténèbres est entrée ce soir chez moi. Ce qui, par définition, était impossible. Elle était accompagnée de ton garçon, Ethan. Cela signifie une chose, et une seule : il est doté de pouvoirs. Et tu me l'as caché.

— N'importe quoi ! Ce gamin a des pouvoirs comme moi j'ai des ailes.

— Faux, Amarie. Interroge les Grands. Consulte les os. Il n'y a pas d'autre explication. C'est forcément Ethan. Ravenwood est Scellé. Un Enchanteur des Ténèbres n'aurait jamais dû pouvoir contourner cette barrière sans une protection quelconque, sans une forme d'aide puissante.

— Tu perds la tête. Je te répète que cet enfant n'a aucun don particulier. Je l'ai élevé. Tu ne crois pas que je serais au courant, si c'était le cas ?

— Cette fois, tu te trompes. Tu es trop proche de lui. Cela altère ta clairvoyance. Or, l'enjeu est trop important pour que nous risquions une erreur. J'ai quelques talents moi aussi et je t'avertis : le garçon mérite notre attention.

— Je demanderai aux Grands. S'il a quelque chose, ils ne manqueront pas de m'en faire part. N'oublie pas, Melchizedek, que nous luttons tant contre les morts que contre les vivants. Ce n'est pas une tâche facile.

Elle a de nouveau fouillé son sac à main, d'où elle a extrait une ficelle crasseuse à laquelle était suspendue une rangée de perles minuscules.

— Des os de cimetière. Prends ça. Les Grands y tiennent. Ça protège l'esprit des esprits, les défunts des défunts. Il ne nous est d'aucune utilité, à nous autres Mortels. Donne-le à ta nièce, Macon. Il ne lui fera pas de mal et, si ça se trouve, il tiendra en respect un Enchanteur des Ténèbres.

L'air de se saisir d'un ver de terre particulièrement répugnant, Macon s'est emparé du bracelet entre deux doigts prudents avant de le laisser tomber dans son mouchoir. Puis il a tourné les talons et a disparu. Il s'est évaporé dans la brume du marais comme s'il avait été soufflé par la brise.

10 octobre

Le pull rouge

J'avais regagné mon lit juste avant le lever du jour. J'étais fatigué – fatigué jusqu'aux os, aurait dit Amma. J'attendais Link au coin de ma rue. En dépit du soleil, j'étais accablé par un sombre nuage personnel. Et j'étais affamé. Je n'avais pas eu le courage d'affronter Amma dans la cuisine. Un seul regard lui aurait suffi pour lire sur mon visage ce dont j'avais été témoin durant la nuit et deviner mes émotions. Je ne pouvais me permettre de courir ce risque.

Je ne savais trop quoi penser. Amma, en qui j'avais confiance comme en personne, autant, voire plus, qu'en mes parents, me dissimulait des choses. Elle connaissait Macon, et tous deux souhaitaient nous séparer, Lena et moi. Cela était lié au médaillon, à l'anniversaire de Lena. À un danger.

Je n'arrivais pas à assembler les morceaux du puzzle. Pas tout seul. Il fallait que j'en parle à Lena. Obsédé par cette pensée, j'imagine que je n'aurais pas dû être surpris quand, à la place de La Poubelle, c'est le corbillard qui s'est rangé le long du trottoir.

— Tu as entendu, ai-je dit en me glissant sur le siège passager, mon sac à mes pieds.

— Quoi donc ? a-t-elle riposté avec un sourire presque timide en me tendant un sachet. Que tu aimais les beignets ? J'ai eu droit à tes gargouillements d'estomac depuis Ravenwood.

Nous avons échangé un regard gêné. Mal à l'aise, Lena a baissé les yeux et s'est mise à tirer sur un fil de son pull rouge brodé et douillet, qui aurait pu provenir du grenier des Sœurs. La connaissant, il était clair que le vêtement n'avait pas été acheté au centre commercial de Summerville.

Du rouge ? Depuis quand portait-elle cette couleur ?

Elle, n'était accablée par aucun nuage ; elle venait juste de sortir du sien. Elle n'avait pas perçu mes pensées. Elle ne savait pas, pour Amma et Macon. Elle désirait seulement me voir. Sans doute, mes paroles de la veille avaient déclenché quelque chose. Elle voulait peut-être nous donner une chance. J'ai souri en ouvrant le sachet de papier blanc.

— J'espère que tu as faim. J'ai dû me battre contre le gros flic pour obtenir ces beignets.

Elle a démarré.

— Alors, comme ça, tu as eu envie de passer me chercher pour m'emmener au lycée ?

C'était nouveau, ça.

— Non.

Elle a baissé sa vitre, et la brise matinale a agité ses boucles. Juste l'effet du vent.

— Tu as une meilleure idée en tête ?

Son visage s'est illuminé.

— Voyons, que pourrait-il y avoir de mieux que de passer une aussi belle journée au lycée Jackson ?

Elle était heureuse. J'ai observé ses mains posées sur le volant. Pas de feutre. Pas de nombre. Pas d'anniversaire. Elle avait décidé de ne s'inquiéter de rien, aujourd'hui.

120. Je le savais, comme si ça avait été écrit à l'encre invisible sur ma propre main. Cent vingts jours avant que ça se produise – *ça*… n'importe quoi, ce qui terrifiait Macon et Amma. Lorsque nous avons débouché sur la Nationale 9, j'ai regardé par la fenêtre, souhaitant que Lena puisse rester ainsi encore un petit moment. J'ai fermé les paupières, j'ai feuilleté le manuel de basket dans ma tête. *Pick and roll. Picket fences. Down the lane. Full court press…*

Quand nous avons atteint Summerville, j'ai deviné notre destination. Il n'y avait qu'un endroit où les jeunes comme nous allaient en dehors des trois derniers rangs du Cineplex. Le corbillard a traversé la poussière qui s'élevait derrière le château d'eau, au bout d'un champ.

— Le château d'eau ? Maintenant ?

Link n'allait pas en revenir.

Elle a coupé le contact. Nos vitres étaient ouvertes, le silence régnait, une brise légère entrait dans l'habitacle.

N'est-ce pas ce que les gens font, par ici ?

Oui. Non. Pas les gens comme nous. Pas au beau milieu d'une journée de cours.

Et si, pour une fois, nous étions eux ? Devons-nous toujours être nous ?

J'aime bien quand nous sommes nous.

Elle a détaché sa ceinture de sécurité, moi la mienne. Je l'ai prise sur mes genoux. J'ai senti sa tiédeur et sa joie se répandre en moi.

Ainsi, c'est à ça que ressemble une escapade au château d'eau ?

Elle a ri, a écarté mes cheveux de mes yeux.

— C'est quoi ça ? ai-je demandé en saisissant son poignet auquel était accroché le bracelet qu'Amma avait donné à Macon dans le marais.

L'estomac noué, j'ai pressenti que la bonne humeur de Lena allait s'envoler. Mais je devais la mettre au courant.

— Un cadeau de mon oncle.

— Enlève-le.

J'ai cherché le nœud qui maintenait la ficelle en place.

— Hein ? Qu'est-ce que tu racontes ?

Son sourire s'était estompé.

— Enlève-le.

— Pourquoi ?

Elle m'a arraché son poignet.

— Il s'est passé quelque chose, cette nuit.

— Quoi donc ?

— J'ai suivi Amma à Wader's Creek, où elle habite. Elle s'est glissée en douce hors de chez nous afin de retrouver quelqu'un dans le bayou.

— Qui ?

— Ton oncle.

— Et qu'est-ce qu'ils ont fait, là-bas ?

Son visage était devenu blanc comme de la craie. Il était clair que notre session au château d'eau était terminée.

— Ils ont discuté de toi, de nous. Et du médaillon.

— Qu'ont-ils dit à ce sujet ? s'est-elle enquise, son attention éveillée.

— Qu'il s'agissait d'un talisman ténébreux, quel que soit le sens de ces termes. Ton oncle a raconté à Amma que je ne l'avais pas enterré. Ils flippaient à mort.

— Comment savent-ils que c'est un talisman ?

Elle commençait à m'agacer, avec sa manie de ne pas se focaliser sur l'essentiel.

— Et si tu t'interrogeais plutôt sur le fait qu'ils se connaissent ? Tu t'en doutais ?

— Non, mais Macon ne me parle pas de toutes ses fréquentations.

— Leur conversation a essentiellement porté sur nous, Lena. Sur le camée dont il fallait nous éloigner. Sur la nécessité de nous séparer. J'ai eu l'impression que, à leurs yeux, je représentais une espèce de menace. Comme si je risquais de gêner, d'être un obstacle. Ton oncle pense que...

— Quoi ?

— Que j'ai des pouvoirs.

— Qu'est-ce qui le pousse à croire une chose pareille ? s'est-elle esclaffée.

Ce qui m'a énervé encore plus.

— C'est moi qui ai amené Ridley à Ravenwood. D'après lui, c'est la preuve que j'ai un don particulier.

— Il n'a pas tort, a-t-elle acquiescé, les sourcils froncés.

Pas la réponse que j'avais espérée.

— Tu plaisantes ? Si j'avais un talent spécial, je le saurais, non ?

— Aucune idée.

Peut-être ; n'empêche, j'étais sûr de moi. Mon père était écrivain, et ma mère avait consacré son existence à déchiffrer les journaux de campagne de généraux morts lors de la guerre de Sécession. Personne n'était plus loin que moi du statut d'Enchanteur, à moins de considérer ma faculté à taper sur le système d'Amma comme un pouvoir surnaturel. Il était évident que les mesures de sécurité échafaudées par Macon avaient déraillé, ce qui avait permis à Ridley d'entrer à Ravenwood Manor.

— Détends-toi, a repris Lena, qui avait dû arriver aux mêmes conclusions que moi. Il y a certainement une explication. Par ailleurs, Macon et Amma se connaissent. Bien. Nous sommes au courant, à présent.

— Ça n'a pas l'air de te déranger beaucoup.

— Comment ça ?

— Ils nous ont menti. À toi comme à moi. Ils se rencontrent en catimini pour tenter de nous séparer. Ils veulent que nous nous débarrassions du camée.

— Nous ne leur avons jamais posé la question, pour ce qui est de se connaître.

Pourquoi se comportait-elle ainsi ? Pourquoi n'était-elle pas bouleversée ni furieuse, ni rien ?

— En quel honneur les aurions-nous interrogés ? Tu ne trouves pas bizarre que ton oncle traîne dans le marécage la nuit pendant qu'Amma s'adresse aux esprits et lit dans des os de poulet ?

— Si, c'est étrange. Mais je suis persuadée qu'ils essayent juste de nous protéger.

— De quoi ? De la vérité ? Ils ont mentionné autre chose, d'ailleurs. Ils cherchent à localiser une Sara Machintruc. Et puis, il paraît que tu pourrais nous damner tous si tu étais vouée aux Ténèbres.

— Pardon ?

— Écoute, je n'ai rien compris. Et si tu en parlais à ton oncle ? Histoire de voir s'il te dit la vérité, pour une fois.

Là, j'étais allé trop loin.

— Mon oncle risque sa vie pour moi, s'est-elle rebiffée. Il a toujours été là quand j'avais besoin de lui. Il m'a recueillie, alors qu'il savait que je pouvais me transformer en monstre d'ici quelques mois.

— Contre quoi exactement te défend-il ? Le sais-tu seulement ?

— Contre moi-même ! a-t-elle aboyé.

On y était. Elle a ouvert la portière, est descendue de mes genoux et s'est éloignée dans le champ. L'ombre du château d'eau nous protégeait de Summerville, mais la journée ne paraissait plus aussi ensoleillée. Le ciel d'un bleu pur avait commencé à se zébrer de gris. L'orage approchait. Lena avait beau refuser d'aborder le sujet, je m'en fichais.

— Ça n'a aucun sens, ai-je donc insisté. Pourquoi Macon a-t-il rencontré Amma en pleine nuit pour lui annoncer que j'avais conservé le médaillon ? Pourquoi veulent-ils que nous l'enterrions ? Plus important, pourquoi désirent-ils nous éloigner l'un de l'autre ?

Nous étions seuls, à brailler en plein champ. La brise virait à la bise. La chevelure de Lena volait dans tous les sens.

— Qu'est-ce que tu veux que j'en sache ? a-t-elle rétorqué. Les parents passent leur temps à vouloir séparer les ados, non ? Si tu tiens tant que ça à avoir une réponse, tu n'as qu'à t'adresser à Amma. C'est elle qui me déteste. Je n'ai même pas le droit de passer te prendre chez toi, parce que tu as peur qu'elle nous voie ensemble !

Le nœud qui s'était mis à me tordre l'estomac s'est resserré. J'étais furieux contre Amma, plus furax que je l'avais jamais été. N'empêche, je l'aimais. C'était elle qui avait déposé une pièce sous mon oreiller quand je perdais une dent, elle qui avait soigné mes écorchures aux genoux, elle qui m'avait lancé des centaines de balles quand j'avais voulu entrer dans l'équipe de base-ball. Et, depuis que ma mère était morte, et que mon père s'était retranché dans son bureau, elle était la seule à m'avoir surveillé, à avoir pris soin de moi, à s'être inquiétée que je sèche le lycée ou que je perde un match. Je voulais croire qu'elle avait une explication à tout ça.

— Tu ne la comprends pas, l'ai-je défendue. Elle pense…

— Quoi ? Te protéger ? Comme mon oncle s'efforce de le faire avec moi ? As-tu seulement songé que, peut-être, tous deux veulent nous défendre contre une seule et même chose ? Moi ?

— Pourquoi ne cesses-tu de remettre ça sur le tapis ?

Elle s'est éloignée de quelques pas. Si elle avait pu, elle aurait carrément filé.

— Parce que c'est le problème ! Ils ont peur que je te fasse du mal. À toi ou à quelqu'un d'autre.

— Tu te trompes. Tout cela concerne le médaillon. Ils veulent seulement nous cacher des trucs.

J'ai fourragé dans ma poche pour en sortir le mouchoir et son contenu aux contours désormais familiers. Après les événements de la nuit, j'étais plus que jamais déterminé à ne pas perdre le bijou des yeux. J'étais sûr qu'Amma allait le chercher en mon absence. Si elle mettait la main dessus, nous ne le reverrions plus. Je l'ai posé sur le capot de la voiture.

— Nous devons découvrir ce qui est arrivé ensuite.

— Maintenant ?

— Pourquoi pas ?

— Tu ne sais même pas si ça fonctionnera.

— Il n'y a qu'une façon de l'apprendre, ai-je répondu en déballant le bijou.

J'ai attrapé la main de Lena. Elle a résisté, mais je ne l'ai pas lâchée. J'ai effleuré le métal poli…

La lumière matinale est devenue de plus en plus éclatante, jusqu'à être aveuglante. J'ai perçu la décharge qui me ramenait cent cinquante ans en arrière, puis un soubresaut. J'ai ouvert les yeux. Au lieu du jardin boueux et de l'incendie, je n'ai vu que l'ombre du château d'eau et le corbillard. Le médaillon ne nous avait rien montré.

— Tu as senti ça ? ai-je demandé. Ça a commencé avant de s'arrêter brusquement.

Lena a hoché la tête tout en me repoussant.

— Je crois que j'ai mal au cœur. À cause du trajet en voiture. Enfin, ça y ressemble.

— As-tu bloqué la vision ?

— Ça va bien ? Je n'ai rien fait du tout.

— Tu le jures ? Tu n'utilises pas tes pouvoirs d'Enchanteresse pour saboter les choses ?

— Non. Je suis bien trop occupée à contrer tes pouvoirs de gros débile. Malheureusement, je ne crois pas être assez forte pour ça.

Ce qui venait de se produire était dénué de sens. Qu'est-ce qui avait changé ? Soudain, Lena a tendu la main pour replier le mouchoir autour du bijou. Le bracelet crasseux d'Amma m'a tiré l'œil.

— Enlève ce machin, lui ai-je dit en glissant un doigt sous la cordelette.

— Il me protège, Ethan. Tu m'as raconté qu'Amma fabriquait ce genre d'objets tout le temps.

— Je ne pense pas, non.

— Pardon ?

— D'après moi, c'est à cause de ce bracelet que le médaillon ne fonctionne pas.

— Tu sais bien que ça ne marche pas à tous les coups.

— Sauf que là, ça a débuté avant de stopper net.

— Non mais tu t'entends ? a-t-elle soupiré.

— Prouve-moi que j'ai tort. Ôte-le.

Elle m'a dévisagé comme si j'étais fou. N'empêche, elle y réfléchissait.

— Si je me trompe, tu n'auras qu'à le remettre.

Elle a hésité un instant puis m'a donné son bras pour que je dénoue la ficelle. J'ai obtempéré avant de fourrer l'amulette dans ma poche. Ensuite, j'ai effleuré le camée, et Lena a posé sa main sur la mienne. J'ai refermé mes doigts autour des siens, et nous avons tourbillonné dans le néant…

La pluie se mit à tomber presque aussitôt. Une pluie drue, un déluge. Comme si le ciel s'était fendu en deux. Ivy avait toujours affirmé que la pluie était les larmes de Dieu. Cette nuit-là, Genevieve était prête à y croire. Bien qu'elle ne soit qu'à quelques pas d'Ethan, elle eut l'impression de mettre des heures à le rejoindre. Elle s'agenouilla près de lui et prit sa tête entre ses mains. Il respirait avec difficulté. Il était vivant.

— Non, non, pas lui aussi ! T'en emportes trop ! Beaucoup trop ! Pas lui ! Pas ce garçon !

La voix d'Ivy monta dans les aigus quand elle commença à prier.

— Ivy ! Va chercher de l'aide. J'ai besoin d'eau, de whisky et d'un objet pour retirer la balle.

Genevieve appuya le tissu doublé de sa robe contre le trou qui transperçait la poitrine d'Ethan.

— Je t'aime, chuchota-t-il. Je t'aurais épousée, en dépit de ta famille.

— Ne dis pas ça, Ethan Carter Wate. Ne parle pas comme si tu allais mourir. Tu vas vivre. Tout ira bien.

Elle répéta ces derniers mots autant pour se convaincre que pour le convaincre. Fermant les yeux, elle se concentra. Des boutons en fleurs. Des bébés pleurant. L'aurore.

La vie, pas la mort.

Elle se représenta ces images, désirant avec ardeur qu'elles fussent vraies. Elles défilèrent encore et encore dans son esprit.

La vie, pas la mort.

Ethan s'étrangla. Elle ouvrit les paupières, et leurs regards se croisèrent. Un instant, le temps parut arrêter sa course. Puis Ethan ferma les yeux, et sa tête roula sur le côté.

De nouveau, Genevieve avait les paupières closes, elle était retournée à ses images. C'était forcément une erreur. Il ne pouvait pas être mort. Elle avait invoqué ses pouvoirs. Ce n'était pas la première fois, mais la millionième. Elle avait déplacé des objets dans la cuisine de sa mère pour agacer Ivy, elle avait soigné des oisillons tombés du nid.

Pourquoi cet échec ? Maintenant ? Alors qu'il était si important qu'elle réussisse ?

— Ethan, réveille-toi. Je t'en supplie, réveille-toi.

J'ai ouvert les yeux. Nous étions debout au milieu du champ, à l'endroit exact où nous nous étions tenus avant la vision. J'ai contemplé Lena. Des larmes brillaient au coin de ses paupières, prêtes à rouler sur ses joues.

— Oh, mon Dieu !

Me penchant, j'ai caressé les herbes à nos pieds. Une tache rougeâtre marquait les alentours.

— C'est du sang.

— Le sien ?

— Je crois.

— Tu avais raison. C'est le bracelet qui a bloqué le processus. Mais pourquoi oncle Macon m'a-t-il soutenu qu'il était censé me protéger ?

— C'est peut-être le cas. Seulement, il doit avoir un autre usage aussi.

— Pas la peine de tenter de me rassurer.

— Il est évident que ton oncle et Amma veulent nous empêcher d'apprendre une histoire en rapport avec le médaillon et, je te le parie, avec Genevieve. Nous devons en découvrir un maximum à leur sujet. Et ce, avant ton anniversaire.

— Pourquoi cette date ?

— Hier soir, Amma et Macon en ont parlé. Il semble que tout soit lié à tes seize ans.

Lena a aspiré profondément, comme si elle s'efforçait d'encaisser toutes ces nouvelles.

— Ils ont deviné que j'allais être vouée aux Ténèbres. D'où leur réaction.

— Quel rapport avec le camée ?

— Aucune idée, mais ça n'a pas d'importance. Rien n'a d'importance. Dans quatre mois, je ne serai plus moi. Tu as vu Ridley. Je vais devenir comme elle, ou pire. Si mon oncle a raison, et si je suis une Élue, en comparaison, ma cousine aura l'air d'une bénévole de la Croix-Rouge.

L'attirant à moi, je l'ai étreinte. Comme si, de cette manière, j'étais capable de la défendre contre des forces face auxquelles j'étais impuissant, ce dont nous étions conscients tous les deux.

— Tu n'as pas le droit de penser ainsi. Si c'est la vérité, il existe obligatoirement un moyen de l'empêcher.

— Tu ne saisis pas. Rien ne peut empêcher ça. C'est la fatalité.

Son ton était monté. Le vent a forci.

— D'accord. Admettons que tu aies raison. Que ce soit le destin. N'empêche, nous allons nous débrouiller pour qu'il ne te frappe pas, toi.

Ses yeux ont foncé, à l'instar du ciel.

— Ne pourrions-nous pas plutôt profiter du temps qui nous reste ?

Pour la première fois, la réalité m'a abasourdi.

« Le temps qu'il nous reste. »

Je refusais de la perdre. Obstinément. La seule perspective de ne plus jamais la toucher me rendait dingue. Plus dingue que si j'avais été privé de l'ensemble de mes copains. Plus dingue que si j'avais été le garçon le plus haï du bahut. Plus dingue que si Amma avait dû m'en vouloir jusqu'à la fin de mes jours. La perdre était le pire qui pouvait m'arriver. Je tomberais et, cette fois, je m'écraserais au sol.

J'ai pensé à Ethan Carter Wate qui s'était écroulé par terre, au sang rouge dans le champ. Le vent s'est mis à ululer. Mieux valait partir.

— Ne parle pas comme ça, ai-je murmuré. Nous allons trouver une solution.

Malheureusement, tandis que je prononçais ces paroles, je n'étais pas certain d'y croire.

13 octobre
Marian la bibliothécaire

Cela s'était passé trois jours plus tôt, et je n'arrêtais pas d'y penser. Ethan Carter Wate avait reçu une balle ennemie qui l'avait probablement tué. J'en avais été témoin. Certes, d'un point de vue technique, tous les protagonistes de cette époque étaient morts, aujourd'hui. Mais, d'un Ethan Wate à un autre, j'avais des difficultés à me remettre du décès de ce soldat confédéré en particulier. Ou plutôt, de ce déserteur confédéré. Mon arrière-arrière-arrière-arrière-grand-oncle.

J'y ai pensé pendant le cours de maths, tandis que Savannah s'étouffait au tableau avec son équation. Le prof, Bates, ne s'en est pas aperçu, bien plus intéressé par le dernier numéro de *Guns and Ammo*[1]. J'y ai pensé pendant la réunion consacrée aux « futurs fermiers d'Amérique » où, n'ayant pas trouvé Lena, je me suis retrouvé assis en compagnie des mecs de la fanfare. Link était ins-

1. Littéralement « *Pistolets et munitions* », magazine pour les fans d'armes.

tallé avec nos coéquipiers, quelques rangs derrière moi, mais je ne m'en suis rendu compte que lorsque Shawn et Emory ont entrepris de pousser des cris d'animaux. Au bout d'un moment d'ailleurs, je ne les ai plus entendus. Mon cerveau ne cessait de revenir à Ethan Carter Wate.

Qu'il ait été un Confédéré ne comptait guère. Dans le comté de Gatlin, tout le monde avait des liens de parenté avec le camp des vaincus de la guerre inter-États. Nous nous y étions habitués. C'était comme d'être né allemand après la Seconde Guerre mondiale, japonais après Pearl Harbor ou américain après Hiroshima. Parfois, l'Histoire vous jouait de sales tours. Vous ne pouviez changer votre pays d'origine. Vous n'étiez pas contraint d'y rester non plus, remarquez. Rien ne vous forçait à vivre dans le passé, à l'instar des dames des FRA, de la Société Historique de Gatlin ou des Sœurs. Et rien ne vous obligeait à accepter le destin sans broncher, comme Lena. Ethan Carter Wate n'avait pu s'y résoudre. Moi non plus.

J'avais au moins une certitude : maintenant que nous étions au courant de l'existence de l'autre Ethan Wate, nous devions en découvrir plus à propos de Genevieve. Il y avait sans doute une raison pour expliquer que nous avions trouvé le médaillon. Et une autre pour expliquer que nous nous étions rencontrés dans un rêve, même si ce dernier avait plutôt les apparences d'un cauchemar.

Normalement, j'aurais interrogé ma mère sur la marche à suivre, à l'époque où les choses étaient normales et où elle vivait. Sauf qu'elle était morte, et que mon père était trop à l'ouest pour m'épauler. Quant à Amma, elle refuserait tout net de m'aider dans quelque entreprise ayant un lien avec le camée. Lena continuait de bouder à cause de Macon – la pluie qui dégringolait sans discontinuer en était la preuve flagrante.

J'étais censé faire mes devoirs, ce qui signifiait que

j'avais besoin de carburant – un litre de lait chocolaté et autant de cookies que ma paume pouvait en contenir. Sortant de la cuisine, je me suis arrêté devant la porte du bureau. Mon père était à l'étage, en train de se doucher, le seul moment où il quittait son antre. La pièce était sûrement bouclée à double tour. Elle l'était toujours, depuis l'incident du manuscrit.

J'ai contemplé la poignée avant de jeter un coup d'œil furtif de chaque côté du couloir. Mes biscuits en équilibre périlleux sur le carton de lait, j'ai tendu la main. Avant que j'atteigne le bouton en cuivre, j'ai entendu le cliquetis de la serrure qui se déverrouillait, et le battant s'est ouvert tout seul, comme si, à l'intérieur, quelqu'un avait décidé de me laisser entrer. Mes cookies en sont tombés par terre.

Un mois auparavant, je n'en aurais pas cru mes yeux. J'étais plus averti, à présent. Nous étions à Gatlin. Pas le Gatlin que j'avais pensé connaître, un autre Gatlin qui s'était apparemment caché aux yeux de tous ses habitants depuis le début. Une ville où la fille qui me plaisait descendait d'une longue lignée d'Enchanteurs, où ma gouvernante était une Voyante qui lisait dans les os de poulet au beau milieu du marigot et convoquait les esprits de ses défunts ancêtres, où même mon père se comportait en vampire. Rien ne paraissait trop extraordinaire, dans ce Gatlin-là. Il est amusant de constater qu'on peut vivre toute son existence dans un endroit sans vraiment le voir.

Lentement, prudemment, j'ai poussé la porte. J'ai aperçu un bout de la pièce, un coin de rayonnages croulant sous les livres de ma mère et les débris de la guerre de Sécession qu'elle avait ramassés partout où elle allait. Prenant une grande aspiration, j'ai humé l'air du bureau. Pas étonnant que mon père n'en sorte presque jamais.

Je l'ai presque vue, recroquevillée dans son vieux fauteuil de lecture, près de la fenêtre. Elle taperait sur l'ordinateur. Juste de l'autre côté de la cloison. Si j'entrebâillais un peu plus le battant, elle serait là. Sauf que je n'ai pas entendu le bruit de ses doigts sur le clavier, que j'avais conscience qu'elle n'était pas là et qu'elle n'y remettrait plus jamais les pieds.

Les bouquins dont j'avais besoin se trouvaient sur ces étagères. Si quelqu'un en avait su plus sur l'histoire du comté de Gatlin que les Sœurs, ça avait été ma mère. J'ai avancé d'un pas en appuyant légèrement sur la porte.

— Jésus Marie Joseph, Ethan Wate ! Si jamais tu oses mettre un orteil dans cette pièce, ton papa t'assommera d'une beigne qui te fera dormir jusqu'à la semaine prochaine !

Amma ! J'ai failli lâcher le lait.

— Je n'ai rien fait ! me suis-je défendu. La porte s'est ouverte toute seule.

— Honte sur toi. Aucun fantôme de Gatlin ne se permettrait d'entrer dans le bureau de ta maman et de ton papa, à l'exception de ta mère elle-même.

Elle m'a toisé d'un air de défi. Un drôle d'éclat dans ses yeux m'a amené à me demander si elle essayait de me dire quelque chose – la vérité, pourquoi pas ? C'était peut-être ma mère qui m'avait ouvert. En tout cas, une chose était claire. Quelqu'un, quelque chose voulait que je pénètre dans cette pièce avec autant d'ardeur que quelqu'un d'autre souhaitait m'en tenir éloigné.

Amma a claqué le battant et, avec une clé qu'elle a sortie de sa poche, elle l'a verrouillé. Le cliquetis m'a confirmé que l'occasion venait de m'échapper aussi vite qu'elle s'était présentée à moi.

— Nous sommes au milieu de la semaine, a aboyé Amma. Tu n'as pas de devoirs ?

Je l'ai regardée, agacé.

— Tu retournes à la bibliothèque ? Link et toi avez fini cet exposé ?

C'est alors que l'idée m'a frappé.

— Oui, la bibliothèque. Justement, je m'y rendais.

Après un baiser sur sa joue, j'ai filé.

— Salue Marian de ma part. Et ne sois pas en retard pour le dîner !

Chère vieille Marian. Elle avait réponse à tout. Qu'elle connaisse ou pas le renseignement qu'on cherchait ; qu'elle soit prête ou pas à le donner.

Lena m'attendait sur le parking de la bibliothèque du comté. Le béton craquelé était humide de la dernière averse. Bien que les lieux soient ouverts pour deux heures encore, le corbillard était le seul véhicule présent, en sus de la vieille camionnette turquoise que je connaissais bien. Disons juste qu'il ne s'agissait pas là d'une grosse bibliothèque municipale. Nous ne tenions guère à en apprendre sur une autre ville que la nôtre, et si votre grand-papa ou arrière-grand-papa ne pouvait vous renseigner, il était vraisemblable que c'était parce que vous n'aviez pas besoin d'en savoir davantage.

Blottie à l'un des angles du bâtiment, Lena écrivait dans son calepin. Elle portait un jean usé, d'énormes bottes de pluie et un tee-shirt noir léger. Perdues dans la masse de ses boucles, de fines tresses pendaient autour de son visage. Elle avait presque l'air d'une fille normale. Or, je n'étais pas sûr d'avoir envie qu'elle ressemble à une fille normale. J'étais sûr de vouloir l'embrasser de nouveau, sauf que ça devrait attendre. Si Marian détenait les réponses à nos questions, mes chances de l'embrasser n'en seraient que plus grandes.

Une fois encore, j'ai listé mes mouvements de jeu. *Pick and roll*.

— Tu crois vraiment que nous trouverons quelque chose qui nous aidera, ici ? m'a lancé Lena en relevant la tête de son carnet.

Je l'ai entraînée à l'intérieur par la main.

— Pas quelque chose. Quelqu'un.

L'édifice en lui-même était beau. Enfant, j'y avais passé tant d'heures que j'avais hérité de ma mère la croyance qu'une bibliothèque était une sorte de temple. Celle-ci en particulier était l'un des trois bâtiments qui avaient survécu à la marche de Sherman et au Grand Incendie. Avec le siège de la Société Historique – et Ravenwood Manor, encore plus ancien –, c'était un des plus vieux de la ville, une vénérable maison victorienne à deux étages qui affichait son âge sous sa peinture blanche écaillée et ses antiques plantes grimpantes qui sommeillaient autour des portes et des fenêtres. Y flottait une odeur faite de créosote, de couvertures de livres en plastique et de vieux papier. Le vieux papier, dont ma mère avait eu l'habitude de dire qu'il était le parfum du temps.

— Je ne comprends pas. Pourquoi la bibliothèque ?

— Ce n'est pas que la bibliothèque. C'est Marian Ashcroft.

— La responsable ? L'amie d'oncle Macon ?

— Marian était la meilleure amie de ma mère ainsi que sa partenaire de recherches. Elle est la seule qui en sait autant que ma mère sur le comté de Gatlin et elle est aujourd'hui la personne la plus intelligente de la ville.

— Plus intelligente qu'oncle Macon ? a commenté Lena, dubitative.

— D'accord. La Mortelle la plus intelligente de Gatlin.

Je n'avais jamais vraiment saisi ce que quelqu'un comme Marian fabriquait dans un bled comme Gatlin. « Ce n'est pas parce que tu habites au milieu de nulle part que tu ignores où tu vis », me répétait-elle souvent autour d'un sandwich au thon pris en compagnie de ma mère. Une remarque dont le sens m'avait complètement échappé. La moitié du temps, je ne pigeais rien à ce qu'elle disait, d'ailleurs. Sans doute la raison pour laquelle elle s'était si bien entendue avec ma mère. Car, le reste du temps, c'était ma mère que je ne comprenais pas. Encore une fois, le plus gros cerveau du patelin. Ou, peut-être, son caractère le mieux trempé.

Quand nous avons pénétré dans l'immeuble désert, Marian errait au milieu des rayonnages. En chaussettes. Gémissant à voix haute, telle une de ces héroïnes de tragédie grecque qu'elle aimait à citer. Comme l'endroit était en général vide, mis à part pour une visite occasionnelle d'une de ces dames des FRA qui venait vérifier un point de généalogie discutable, Marian était libre de s'y comporter comme elle voulait.

— « En sais-tu quelque chose ? »

Me guidant à sa voix, je me suis enfoncé dans les allées.

— « En as-tu perçu un écho ? »

J'ai tourné au rayon fiction. Elle était bien là, titubant sous une pile de volumes, le regard perdu.

— « Ou vraiment ignores-tu… »

Lena m'a rejoint.

— « … que le malheur est en marche… »

Marian nous a dévisagés l'un après l'autre par-dessus la monture carrée de ses lunettes rouges.

— « … et que ceux qui nous haïssent visent ceux que nous aimons ? »

Marian était là sans être là. Cet air m'était familier et,

bien qu'elle ait une citation pour tout, elle ne les choisissait pas au hasard. De quel malheur ceux qui me haïssaient me menaçaient-ils, moi ou mes amis ? Si l'amie visée était Lena, je n'étais très sûr de vouloir la réponse.

J'avais beaucoup lu, mais je ne m'étais pas encore plongé dans la tragédie grecque.

— *Œdipe* ? ai-je demandé en étreignant Marian et ses livres.

Elle m'a serré si fort contre elle qu'une lourde biographie du général Sherman s'est enfoncée dans mes côtes, me coupant le souffle.

— *Antigone*, a soufflé Lena dans mon dos.

Frimeuse.

— Excellent, l'a félicitée Marian avec un sourire.

— Je l'ai étudié, s'est excusée Lena devant la grimace que je lui adressais.

— Je suis toujours impressionnée quand je rencontre un jeune qui connaît *Antigone*.

— Je n'en ai qu'un souvenir, qu'elle voulait enterrer le mort.

Cette fois, Marian nous a souri à tous les deux avant de fourrer la moitié de son chargement dans mes bras, l'autre moitié dans ceux de Lena. Quand elle souriait, elle ressemblait à une couverture de magazine. Ses dents blanches qui se détachaient sur sa peau brune lui donnaient plus l'allure d'un mannequin que d'une bibliothécaire. Elle était si jolie et exotique, fruit d'une multitude de croisements, qu'on avait l'impression, en la regardant, de contempler l'histoire même du Vieux Sud – peuples originaires des Antilles, les îles à sucre, d'Angleterre, d'Écosse, d'Amérique même, qui s'étaient mélangés à un tel point qu'il aurait fallu une forêt entière d'arbres généalogiques pour s'y retrouver.

Bien que, pour reprendre les paroles d'Amma, nous

soyons au sud de quelque part et au nord de nulle part, Marian Ashcroft était habillée comme si elle avait dispensé un cours à ses étudiants de Duke. Tous ses vêtements, tous ses bijoux, tous ses foulards bigarrés qui étaient sa signature paraissaient venir d'ailleurs et flattaient ses cheveux coupés très court, une coiffure involontairement cool.

Elle ne venait pas plus du comté de Gatlin que Lena et, pourtant, elle y avait vécu depuis aussi longtemps que ma mère. Plus longtemps, désormais.

— Tu m'as tellement manqué, Ethan. Et toi, tu dois être la nièce de Macon, Lena. L'infâme nouvelle de la ville. La fille à la vitre. Oh oui, j'ai entendu parler de toi. Ces dames ne rechignent jamais à cancaner.

Nous l'avons suivie jusqu'au comptoir, où nous avons déposé les livres sur le chariot des ouvrages à ranger plus tard.

— Ne croyez pas tout ce qu'on vous raconte, professeur Ashcroft.

— Oh, s'il te plaît, appelle-moi Marian.

J'ai failli en lâcher ma pile. À l'exception de ma famille, tout le monde donnait du « professeur Ashcroft » à Marian. Pour des raisons qui m'échappaient, Lena venait de se voir offrir un accès instantané au cercle des intimes.

— Marian, a-t-elle acquiescé en souriant.

Mis à part avec Link et moi, elle goûtait pour la première fois à notre fameuse hospitalité sudiste, de la part d'une autre étrangère qui plus est.

— Je ne veux savoir qu'une chose. Quand tu as cassé cette fenêtre avec ton balai de sorcière, en as-tu profité pour éliminer les futures générations de FRA ?

Marian s'est mise à baisser les volets, nous indiquant du geste de lui donner un coup de main.

— Certainement pas ! Si j'avais fait ça, je n'aurais pas eu droit à toute cette publicité gratuite !

Rejetant la tête en arrière, Marian a éclaté de rire.

— Un bon sens de l'humour, a-t-elle commenté en passant son bras autour des épaules de Lena. Exactement ce qu'il faut pour s'en sortir, dans cette ville.

— J'ai en effet eu droit à bon nombre de plaisanteries, a soupiré Lena. Presque toutes à mes dépens.

— Ah, mais « les monuments de l'esprit survivent aux monuments du pouvoir ».

— Shakespeare ? ai-je risqué.

Je commençais à me sentir quelque peu exclu.

— Pas loin. Sir Francis Bacon. Donc, si tu fais partie de ceux qui croient qu'il a écrit les pièces de Shakespeare, ta réponse est recevable.

— J'abandonne !

Marian m'a ébouriffé les cheveux.

— Tu as grandi d'au moins cinq centimètres, depuis notre dernière rencontre, EW. Que te donne donc à manger Amma ? Du gâteau à tous les repas ? J'ai l'impression qu'il y a un siècle que je t'ai vu.

— Je sais. Désolé. Je n'avais pas très envie... de lire.

Elle a deviné que je mentais, deviné aussi ce que je voulais dire. Gagnant la porte, elle a retourné le panonceau « Ouvert » du côté « Fermé ». Puis elle a verrouillé la porte. Le bruit sec de la serrure m'a rappelé le bureau de mon père.

— Je croyais que la bibliothèque était ouverte jusqu'à vingt et une heures ? me suis-je étonné.

Dans le cas contraire, voilà qui me fournirait une excuse idéale pour aller chez Lena.

— Pas ce soir. La bibliothécaire en chef vient de se décréter en congés. Ça lui arrive régulièrement. Parlez-moi d'une bibliothécaire !

— Merci, tante Marian.

— Bon. Toi, tu ne serais pas ici sans une bonne raison. Je soupçonne que la nièce de Macon Ravenwood en est une valable, à défaut d'autre chose. Alors, je vous propose d'aller dans la pièce du fond afin de boire un thé et de tenter de nous montrer raisonnables.

Marian ne détestait pas les calembours.

— Plus qu'une bonne raison, nous avons une question.

J'ai tripoté le médaillon enveloppé dans le mouchoir de Sulla la Prophétesse.

— « Questionne tout. Apprends un peu. Ne réponds rien. »

— Homère ?

— Euripide. Je te conseille de trouver quelques-uns des auteurs que je cite, EW, sinon je m'en vais débarquer à la prochaine réunion parents-professeurs du lycée pour leur remonter les bretelles.

— Tu viens pourtant de me conseiller de ne rien répondre.

— Moi ? a-t-elle riposté en ouvrant une porte marquée ARCHIVES PRIVÉES.

Marian paraissait avoir réponse à tout, comme Amma. Comme une bonne bibliothécaire.

Comme ma mère.

Je n'étais jamais entré dans les archives privées de Marian, la fameuse pièce du fond. D'ailleurs, personne à ma connaissance n'y était jamais entré non plus, sauf ma mère. C'était leur endroit à toutes les deux, où elles écrivaient, menaient leurs recherches et Dieu sait quoi encore. Même mon père n'avait pas été autorisé à y pénétrer. Je me souvenais d'une scène où Marian l'avait stoppé sur le seuil, cependant que ma mère examinait des documents historiques à l'intérieur.

— Privé signifie privé.

— Nous sommes dans une bibliothèque, Marian, et les bibliothèques ont été créées pour démocratiser le savoir, pour le rendre public.

— Par ici, elles n'ont été créées que pour accueillir les réunions des Alcooliques Anonymes quand ils ont été chassés des églises baptistes.

— Ne sois pas sotte, Marian. Ce ne sont que des archives.

— Essaye de ne pas m'envisager comme bibliothécaire mais comme savant fou. Ceci est mon laboratoire secret.

— Tu es dingue. Vous ne faites que consulter de vieux papelards qui tombent en miettes.

— « Si tu révèles tes secrets au vent, ne lui reproche pas de les répéter aux arbres. »

— Khalil Gibran.

— « Trois hommes peuvent garder un secret si deux d'entre eux sont morts. »

— Benjamin Franklin.

Mon père avait fini par renoncer à vouloir s'inviter dans leur antre. Nous étions rentrés à la maison et avions mangé de la glace au chocolat aux éclats de noisette. Après cet incident, j'avais toujours considéré Marian et ma mère comme des forces de la nature que rien n'arrêtait. Deux savants fous, avait dit Marian, enchaînés l'un à l'autre dans leur labo. Elles avaient produit livre après livre, avaient même été sélectionnées pour la Voix du Sud, l'équivalent du prix Pulitzer dans nos contrées. Mon père avait été férocement fier de ma mère, d'elles deux, et tant pis si lui et moi n'étions que la cinquième roue du carrosse. « Un esprit fertile. » C'est ainsi qu'il avait eu l'habitude de résumer ma mère, surtout quand elle était au milieu d'un projet. Alors que c'était dans ces moments-là qu'elle s'absentait le plus de nos existences, il avait semblé ne l'en aimer que plus ardemment.

Et voici que j'étais accueilli dans le saint des saints, la pièce la plus recluse, dénuée de fenêtre et d'air, du troisième bâtiment le plus ancien de Gatlin. En son centre, quatre longues tables en chêne étaient alignées parallèlement. Il n'y avait pas un pan de mur qui ne fût dissimulé par des ouvrages. *Artillerie et munitions de la guerre de Sécession. Le coton-roi : l'or blanc du Sud.* Des tiroirs en métal suspendus supportaient des manuscrits, et des vitrines débordant d'objets remplissaient une pièce contiguë plus petite.

Marian s'est affairée avec la bouilloire et la plaque électrique. Lena s'est approchée de la seule paroi sans livres, sur laquelle étaient encadrées des cartes du comté de Gatlin aussi anciennes que les Sœurs.

— Regarde, Ravenwood, a-t-elle murmuré en promenant son doigt sur le verre. Et là, Greenbrier. La frontière séparant les propriétés est très distincte, sur ce plan.

Je me suis dirigé dans un coin de la pièce où un bureau isolé prenait la poussière ; il y avait même quelques toiles d'araignée. Un vieux document de la Société Historique y gisait, ouvert. Des noms avaient été entourés d'un trait de crayon, lequel reposait encore au milieu du volume. Une carte sur papier calque était punaisée à un plan du Gatlin contemporain, comme si quelqu'un avait tenté de déterrer la ville ancienne enfouie sous l'actuelle. Sur tout cela trônait la reproduction du portrait qui ornait l'entrée de Ravenwood Manor.

La femme au camée.

Genevieve. Ce ne peut être qu'elle. Il faut que nous lui disions, L. Que nous lui demandions.

Non. Nous ne pouvons avoir confiance en personne. Nous ne savons même pas pourquoi nous avons les visions.

Lena… Fie-toi à mon instinct.

— Qu'est-ce que tout ceci, tante Marian ?

Relevant la tête, l'interpellée m'a regardé, et une vague de chagrin a brusquement assombri ses traits.

— Nos dernières recherches. À ta mère et à moi.

Pourquoi ma mère possédait-elle une représentation du portrait de Ravenwood ?

Aucune idée.

Lena m'a rejoint et s'est emparée du cliché.

— Que comptiez-vous faire avec ce tableau, Marian ? a-t-elle demandé.

Marian nous a tendu à chacun une tasse de thé avec sa soucoupe. Encore un truc bien de Gatlin. Rien au monde n'aurait amené ses habitants à ne pas utiliser de soucoupe.

— Il devrait t'être familier, Lena, a-t-elle ensuite répondu. Il appartient à ton oncle Macon. D'ailleurs, c'est lui qui m'a donné cette photo.

— Mais qui est cette femme ?

— Genevieve Duchannes. Je pensais que tu le savais.

— Non, pas du tout.

— Ton oncle ne t'a donc rien dit de tes ascendants ?

— Nous ne parlons guère de mes défunts ancêtres. Cela nous amènerait à évoquer mes parents.

Marian s'est mise à fourrager dans l'un des tiroirs suspendus, en quête de quelque chose.

— Genevieve Duchannes était ton arrière-arrière-arrière-arrière-grand-mère. Un personnage très intéressant. Lila et moi avons reconstitué l'arbre généalogique des Duchannes, en vue d'un projet pour lequel Macon nous avait aidées. Jusqu'à… jusqu'à l'an passé.

Ainsi, ma mère avait été en relation avec Macon

Ravenwood ? Alors qu'il avait affirmé ne la connaître que par le biais de ses écrits.

— Franchement, Lena, a repris Marian, il serait bon que tu t'intéresses à ta famille.

Elle a feuilleté quelques pages jaunies d'un parchemin. L'arbre généalogique des Duchannes faisait face à celui des Ravenwood. Du doigt, j'ai désigné le premier.

— C'est bizarre, toutes les filles de ta famille s'appellent Duchannes, y compris celles qui se sont mariées.

— Il en a toujours été ainsi. C'est une tradition.

— C'est souvent le cas dans les lignées où les femmes sont considérées comme particulièrement puissantes, a commenté Marian en fixant Lena.

Houps ! Il était préférable de changer de sujet. Pas question de trop creuser la question des pouvoirs chez les dames Duchannes en présence de Marian, d'autant que Lena semblait avoir pris le relais.

— C'était quoi, ce projet ? ai-je donc demandé.

— Du sucre ? a-t-elle répondu en remuant son thé.

Tandis que j'en mettais une cuiller dans ma tasse, elle a détourné les yeux.

— Nous intéressait surtout ce médaillon, a-t-elle enchaîné en montrant une autre photo de Genevieve.

Sur celle-ci, elle arborait le camée.

— Une histoire en particulier, a continué Marian avec un sourire triste. Juste une histoire d'amour. Ta mère était une grande romantique, Ethan.

J'ai croisé le regard de Lena. Nous savions l'un comme l'autre ce que la bibliothécaire s'apprêtait à nous dire.

— Et, ce qui est amusant pour vous deux, c'est qu'elle implique un Wate et une Duchannes. Un soldat confédéré et la belle maîtresse de Greenbrier.

Les visions. L'incendie de Greenbrier. Le dernier

Arbre généalogique de la Famille Duchannes

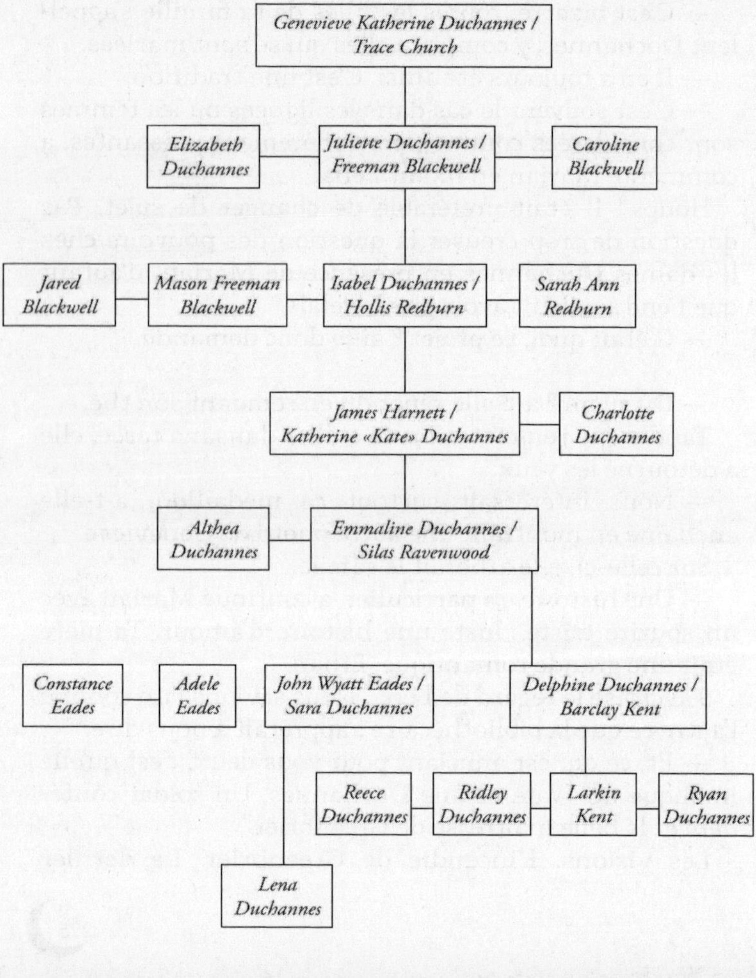

Arbre généalogique de la Famille Ravenwood

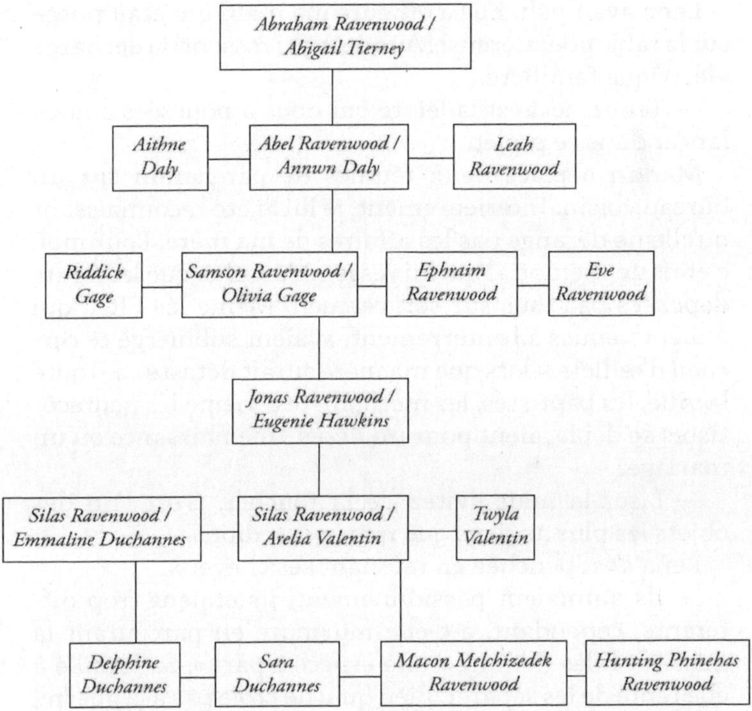

ouvrage que ma mère avait eu l'intention de rédiger portait sur tout ce que nous avions vu se produire entre Genevieve et Ethan, entre l'arrière-arrière-arrière-arrière-grand-mère de Lena et mon arrière-arrière-arrière-arrière-grand-oncle. Ma mère était en train de travailler sur ce livre quand elle était morte. Ainsi allaient les choses, à Gatlin. Jamais rien n'y arrivait qu'une fois.

Lena avait pâli. Elle a effleuré ma main qui était posée sur la table poussiéreuse. Aussitôt, j'ai ressenti la décharge électrique familière.

— Tenez, ceci est la lettre qui nous a poussées à nous lancer dans ce projet.

Marian a placé deux feuilles de parchemin sur un bureau voisin. Intérieurement, je lui ai été reconnaissant qu'elle ne dérange pas les affaires de ma mère. Pour moi, c'était un mémorial qui lui ressemblait plus que les fleurs déposées par tous sur son cercueil. Même les FRA, qui étaient venues à l'enterrement, avaient submergé ce cercueil d'œillets, alors que ma mère aurait détesté ça. Toute la ville, les baptistes, les méthodistes, même les pentecôtistes se déplaçaient pour un décès, une naissance ou un mariage.

— Lisez-la mais évitez de la toucher. C'est l'un des objets les plus anciens que nous possédions.

Lena s'est penchée en retenant ses cheveux.

— Ils s'aimaient passionnément, ils étaient trop différents, cependant, a-t-elle murmuré en parcourant la missive. Il les nomme « une espèce à part ». Sa famille à elle tente de les séparer. Bien qu'il ne croie pas à la guerre, il s'est engagé, dans l'espoir que se battre pour le Sud lui gagnera l'approbation des Duchannes.

Fermant les yeux, Marian s'est mise à réciter :

— « Je pourrais tout aussi bien être singe plutôt qu'homme, cela ne changerait rien, à Greenbrier. Bien que je ne sois qu'un simple Mortel, mon cœur se brise de douleur à l'idée de passer le reste de mon existence sans toi, Genevieve. »

On aurait dit de la poésie. Quelque chose que Lena aurait pu écrire.

— Comme s'il était Atlas supportant le poids du monde sur ses épaules, a murmuré Marian en rouvrant les paupières.

— Tout cela est d'une telle tristesse, a chuchoté Lena en me regardant.

— Ils s'aimaient. C'était la guerre. Désolée, mais tout indique que l'histoire se termine mal.

— Et le médaillon ? ai-je demandé en le pointant sur la photo.

J'avais presque eu peur de poser la question.

— On suppose qu'Ethan l'a offert à Genevieve, gage de fiançailles secrètes. Nous ne saurons jamais ce qu'il est devenu. Personne ne l'a jamais revu, après la nuit où Ethan est mort. Le père de Genevieve l'a forcée à en épouser un autre. Toutefois, la légende raconte qu'elle a conservé le bijou et a été enterrée avec. Ce médaillon aurait été un talisman puissant, le sceau brisé d'un cœur brisé.

J'ai frissonné. Le puissant talisman en question n'était pas enseveli avec Genevieve ; il était dans ma poche. Or, c'était un talisman des Ténèbres, à en croire Macon et Amma. Je le sentais grésiller, comme s'il avait brûlé sur des charbons ardents.

Non, Ethan.

Il le faut. Elle peut nous aider. Ma mère nous aurait aidés.

J'ai fourré mes doigts dans ma poche, écartant le mouchoir pour être en contact avec le camée abîmé, puis j'ai pris la main de Marian, en priant pour que le bijou accepte de fonctionner. La tasse de thé qu'elle tenait encore s'est écrasée sur le sol. La pièce a commencé à tourbillonner.

— Ethan ! a-t-elle crié.

Lena s'est emparée de son autre main. La lumière a cédé place à la nuit.

— Ne vous inquiétez pas, nous serons à vos côtés tout le temps.

La voix de Lena m'a paru lointaine, et j'ai entendu des coups de feu. En quelques instants, la bibliothèque a été submergée de pluie…

Le vent avait forci, et la pluie tombait dru, les trempant et domptant les flammes, bien qu'il fût trop tard. Genevieve contempla ce qu'il restait de la grande demeure. Elle avait tout perdu, ce jour-là. Maman. Evangeline. Il était impossible qu'elle perdît également Ethan.

Ivy revint en courant dans la boue. Sa robe contenait tout ce que sa maîtresse lui avait demandé de rapporter.

— J'arrive trop tard ! se lamenta-t-elle. Seigneur Dieu, j'arrive trop tard ! Venez, mamzelle Genevieve, ajouta-t-elle en jetant des coups d'œil effrayés alentour, on peut p'us rien faire.

Ivy se trompait. Il y avait une chose.

— Il n'est pas trop tard. Il n'est pas trop tard, répétait-elle.

— Vous avez la fièv', enfant.

— Il me faut le Livre, *répondit-elle, avec un regard désespéré à Ivy.*

Cette dernière recula en secouant la tête.

— Non ! Vous pouvez pas courir ce risque. C'est trop dangereux.

Genevieve secoua la vieille femme par l'épaule.

— C'est notre seule chance, Ivy. Donne-le-moi !

— Non ! C'est trop demander. Vous savez r'en de r'en de c'te livre…

— Donne-le-moi ou j'irai le chercher moi-même.

Derrière elle, des volutes de fumée noire salissaient le ciel, et le feu crachait en engloutissant le peu de la maison qu'il restait à dévorer. Ivy céda. Relevant ses jupons déchirés, elle entraîna la jeune fille au-delà de ce qui avait été le verger de citronniers de sa mère. Genevieve ne s'était jamais enfoncée aussi loin sur la propriété. Il n'y avait là rien d'autre que des champs de coton – du moins, c'est ce qu'on lui avait toujours dit. Elle n'avait jamais eu de raison de se rendre sur la plantation, sauf dans les rares occasions où elle et Evangeline avaient joué à cache-cache.

Pourtant, Ivy avançait sans hésiter. Elle savait exactement où elle allait. Au loin, Genevieve percevait encore les détonations et les hurlements perçants des voisins qui assistaient à la ruine de leurs demeures.

Ivy s'arrêta devant un fourré de buissons enchevêtrés, romarin et jasmin qui grimpaient à l'assaut d'un vieux mur de pierres. Une petite arche se dissimulait sous la végétation luxuriante. Ivy se pencha et passa dessous, suivie par sa jeune maîtresse. Elles se retrouvèrent dans un endroit clos. Un cercle parfait dont les parois étaient obscurcies par les plantes qui poussaient là depuis des années.

— Où sommes-nous ?

— En un lieu que vot' maman, elle voulait pas que vous en avez connaissance.

De petites pierres parsemaient les hautes herbes. Mais oui ! Le cimetière familial. Elle se souvint y être venue une fois, très jeune, à la mort de son arrière-grand-mère. Elle se souvint que les funérailles s'étaient déroulées de nuit, elle revit sa mère, debout sous la lune, entonnant à voix basse des paroles dans une langue qu'elle-même et sa sœur ne comprenaient pas.

— Pourquoi m'as-tu amenée ici ?

— Vous avez bien dit que vous voulez c'te livre, non ?

— Il est ici ?

La vieille femme s'arrêta et la regarda avec étonnement.

— Et où d'autre qu'y serait, hein ?

Un peu plus loin, une autre structure était étranglée par les plantes grimpantes. Une crypte. À la porte en pierre, Ivy marqua une pause.

— Vous êtes sûre que vous…

— Dépêchons ! la coupa Genevieve en cherchant une poignée.

Il n'y en avait pas.

— Comment on entre ?

Se mettant sur la pointe des pieds, la domestique tâtonna au-dessus de l'entrée. À la lueur des incendies environnants, Genevieve distingua un caillou poli dans le linteau, gravé d'un croissant de lune. Ivy appuya dessus. La porte s'ouvrit en émettant le son de la pierre frottant contre de la pierre. Ivy attrapa un objet placé juste derrière le battant. Une bougie.

Celle-ci éclaira l'intérieur de la pièce exiguë, qui ne mesurait que quelques mètres de large. De vieilles étagères en bois couvraient les murs, surchargées de flacons et de fioles remplis de boutons de fleurs, de poudres et de liquides boueux. Au milieu de la salle, un autel usé trônait, sur lequel reposait un coffret en bois ancien. La boîte était sobre, la seule ornementation étant un minuscule croissant de lune gravé sur le couvercle. Le même dessin que celui du linteau.

— Moi, j'y touche point, s'empressa de murmurer Ivy, comme si le coffre risquait de l'entendre.

— Ce n'est qu'un livre…

— Non. Surtout dans vot' famille.

Genevieve souleva doucement le couvercle. La couverture de l'ouvrage était en cuir noir craquelé, plus gris que noir à cause du temps. Aucun titre, juste un nouveau croissant de lune. Hésitant, la jeune fille s'en empara. Elle savait qu'Ivy était superstitieuse. Bien qu'elle se soit moquée de ses peurs, elle avait également conscience que la vieille femme était pleine de sagesse. Elle lisait dans les cartes et les feuilles de thé, et la mère de Genevieve la consultait en à peu près toute chose – le meilleur jour où planter ses légumes afin de les protéger du gel, les herbes susceptibles de guérir un rhume.

Le Livre *dégageait une certaine tiédeur. Comme s'il avait été en vie, qu'il avait respiré.*

— Pourquoi n'a-t-il pas de nom ?

— C'est pas parce qu'un livre a pas de titre qu'il a pas de nom. Y s'appelle le Livre des lunes.

Elles avaient assez perdu de temps comme ça. Se guidant aux flammes, Genevieve retourna à ce qui restait de Greenbrier et d'Ethan.

Elle feuilleta le volume. Il contenait des centaines de sortilèges. Comment être certaine qu'elle trouverait le bon ? Soudain, elle l'aperçut. Il était en latin, une langue qu'elle connaissait bien. Sa mère avait fait venir un répétiteur du Nord exprès pour qu'il le leur enseigne, à elle et à Evangeline. Le latin était la langue la plus importante qui soit, aux yeux de la famille.

Le Sortilège du Sceau. Celui qui liait la mort à la vie.

Genevieve posa le Livre *sur le sol, près d'Ethan, un doigt sous la première ligne de l'incantation. Ivy s'empara de son poignet et le serra, fort.*

— C'est pas la bonne nuit pour ça. La demi-lune est pour la magie blanche, la pleine pour la noire. Faut toujours se méfier de la lune.

Genevieve se libéra d'un geste brusque.

— Je n'ai pas le choix. Je n'ai que cette nuit.

— Mamzelle Genevieve, vous devez comprend'. Ces mots, y vont au-delà d'un sortilège. Y sont un marché. Vous pouvez pas vous servir du Livre des lunes *sans donner que'que chose en échange.*

— Le prix m'importe peu. Il s'agit de la vie d'Ethan. Je n'ai plus que lui.

— Ce garçon a plus de vie. L'a été tué d'une balle. Ce que vous essayez de faire, c'est pas naturel. Y sortira r'en de bon de tout ça.

Ivy avait raison, Genevieve le savait. Sa mère les avait assez souvent sermonnées, Evangeline et elle, sur le respect à montrer envers les Lois de la Nature. Elle s'apprêtait à franchir une limite qu'aucun Enchanteur dans sa famille n'avait jamais osé franchir.

Mais ils étaient tous morts, à présent. Elle était la seule survivante.

Elle devait essayer.

— Non ! hurla Lena en nous lâchant, rompant ainsi le cercle. Elle est devenue Ténèbres ! Vous comprenez ? Genevieve a recouru à la magie noire.

J'ai attrapé ses mains, elle a tenté de se libérer. D'ordinaire, Lena me transmettait une sorte de chaleur ensoleillée – cette fois, ça a plutôt ressemblé à une tornade.

— Elle n'est pas toi, Lena. Et lui n'est pas moi. Tout cela s'est passé il y a plus d'un siècle.

— Si ! a-t-elle crié, cédant à l'hystérie. Elle est moi. C'est pourquoi le médaillon nous montre ces scènes. Il m'avertit que je dois t'éviter. Pour ne pas te faire du mal, lorsque j'aurais été vouée aux Ténèbres.

Marian a ouvert des yeux encore plus vastes que d'habitude. Ses cheveux courts, normalement toujours en place étaient décoiffés, comme ébouriffés par le vent. Elle paraissait aussi épuisée que ravie. Je connaissais bien cet air, ces cernes. À croire que ma mère la hantait.

— Tu n'as pas été encore Appelée, Lena, l'a-t-elle rassurée. Tu n'es ni bonne ni maléfique. Tu éprouves juste les émotions d'une Duchannes de quinze ans et demi. J'ai rencontré nombre d'Enchanteurs, dans ma vie, parmi lesquels bien des Duchannes, tant Lumière que Ténèbres.

Lena l'a dévisagée avec stupeur.

— Tu ne deviendras pas Ténèbres, a enchaîné Marian, le souffle court. Tu es aussi théâtrale que Macon. Calme-toi.

Comment était-elle au courant, pour l'anniversaire de Lena ? Et pour les Enchanteurs ?

— Vous détenez le médaillon de Genevieve, vous deux. Pourquoi ne pas me l'avoir dit ?

— Nous ne savons que faire. Tout le monde nous donne des conseils différents.

— Montrez-le-moi.

J'ai enfoncé ma main dans ma poche, tandis que Lena s'accrochait à mon bras. J'ai hésité. Marian avait été l'amie la plus proche de ma mère, elle faisait partie de la famille. Je n'aurais pas dû l'interroger plus avant sur ses motivations. En même temps, j'avais suivi Amma dans les marais où elle avait rencontré Macon Ravenwood, et je ne m'étais pas un instant douté de ce dont j'avais été témoin quelques instants plus tard.

— Comment savoir si nous pouvons te faire confiance ? ai-je demandé, très mal à l'aise.

— « Le meilleur moyen de découvrir si l'on peut faire confiance à quelqu'un, c'est de lui faire confiance. »

— Elton John ?

— Pas loin. Ernest Hemingway. La rock star de son époque, en quelque sorte.

Si j'ai souri, Lena n'était pas prête à se laisser charmer aussi aisément.

— Pourquoi nous accorderions-vous notre confiance alors que tous les autres nous ont menti ?

— Parce que je ne suis ni Amma ni oncle Macon, a répondu Marian en redevenant sérieuse. Je suis une Mortelle. Je suis neutre. Entre la magie noire et la magie blanche, entre la Lumière et les Ténèbres, il y a forcément quelque chose qui résiste à la tentation. Cette chose, c'est moi.

Lena a reculé. Cette révélation dépassait les bornes, pour elle comme pour moi. En quel honneur Marian en connaissait-elle autant à propos de la famille de Lena ?

— Qu'êtes-vous ?

Chez les Duchannes comme chez les Ravenwood, c'était une question lourde de sens.

— Je suis la bibliothécaire en chef du comté de Gatlin, ce que je suis depuis que je me suis installée ici, ce que je serai toujours. Je ne suis pas une Enchanteresse. Je me contente de conserver les dossiers. Les livres. Je suis la Gardienne, juste un maillon supplémentaire dans la longue chaîne de Mortels à qui l'on a confié l'histoire et les secrets d'un univers dont nous ne ferons jamais entièrement partie. Il en faut toujours un. En ce moment, c'est moi.

— Mais qu'est-ce que tu racontes, tante Marian ? ai-je bégayé, paumé.

— Disons juste qu'il y a bibliothèques et bibliothèques. Je m'occupe des bons citoyens de Gatlin, qu'ils soient Enchanteurs ou Mortels. Ce qui fonctionne assez bien, puisqu'une partie de ma clientèle est plutôt du genre noctambule.

— Tu...

— La bibliothèque des Enchanteurs du comté de Gatlin. Oui, ça va de soi, je suis la bibliothécaire des Enchanteurs. La bibliothécaire en *chef* des Enchanteurs.

Je l'ai contemplée comme si je la voyais pour la première fois. Elle m'a fixé de ses yeux bruns habituels, m'a adressé son habituel sourire. Elle était la même tout en étant complètement différente. Je m'étais souvent demandé pourquoi elle s'était enterrée à Gatlin. J'avais cru que c'était à cause de ma mère. Je réalisais à présent qu'il s'agissait de tout autre chose. J'ignore ce que j'ai ressenti, en cet instant. Quoi que cela ait été, Lena avait des sentiments opposés.

— Alors, vous êtes en mesure de nous donner un coup de main, a-t-elle décrété. Nous devons découvrir ce qui est arrivé à Ethan et à Genevieve, et quel rapport cela a avec Ethan et moi. Et ce, avant mon anniversaire. La bibliothèque des Enchanteurs doit posséder des fichiers. Si ça se trouve, le *Livre des lunes* y est rangé. Vous pensez qu'il pourrait contenir des réponses ?

— Peut-être, peut-être pas, a répondu Marian en détournant les yeux. Malheureusement, je crains de ne pas pouvoir vous aider. Je suis navrée.

— Pardon ?

C'était insensé. Je ne l'avais encore jamais vue refuser son aide à personne. Surtout à moi.

— Je n'ai pas le droit de m'impliquer, quand bien même je le désirerais. C'est l'une des conditions de ce boulot. Je n'écris pas les livres, ni les règles. Je me borne à conserver les uns et à respecter les autres. Il m'est interdit d'intervenir.

— Et ce boulot est plus important que nous ? ai-je lancé en m'approchant d'elle, manière de l'obliger à soutenir mon regard. Plus important que moi ?

— Ce n'est pas aussi simple, Ethan. Il existe un équilibre entre le monde des Mortels et celui des Enchanteurs, entre la Lumière et les Ténèbres. Le Gardien est une composante de cet équilibre, de l'Ordre des Choses. Si j'enfreignais les lois qui m'y lient, je mettrais cet équilibre en péril. Je n'ai pas le droit d'agir, même si ça me tue. Même si ça blesse les gens que j'aime.

J'avais beau avoir du mal à saisir son discours, je ne doutais pas qu'elle m'aimait comme elle avait aimé ma mère. Elle avait une bonne raison de ne pas nous épauler plus avant.

— Très bien. Puisque c'est comme ça, conduis-moi seulement à la bibliothèque des Enchanteurs, et je me débrouillerai tout seul.

— Tu n'es pas un Enchanteur, Ethan. Cette décision ne t'appartient pas.

Lena s'est collée à moi et a saisi ma main.

— Elle m'appartient, a-t-elle dit. Et je veux y aller.

Marian a acquiescé.

— D'accord, je vous y emmènerai la prochaine fois qu'elle sera ouverte. Les horaires diffèrent de ceux de la bibliothèque du comté. Ils sont un peu plus irréguliers.

Tu m'étonnes.

31 octobre
HALLOWEEN

La bibliothèque du comté de Gatlin n'était fermée que lors des fêtes nationales – Thanksgiving, Noël, jour de l'an, Pâques. Conséquence, c'étaient là les seuls jours où la bibliothèque des Enchanteurs du comté de Gatlin ouvrait. Un état de fait contre lequel, apparemment, Marian était impuissante.

— Voyez ça avec les autorités locales. Comme je vous l'ai dit, ce n'est pas moi qui écris les règles.

À quelles autorités faisait-elle référence ? Celles sous l'administration desquelles j'avais vécu toute ma vie ou celles qui s'étaient cachées à ma connaissance tout aussi longtemps ?

Cela n'empêchait pas Lena de rester confiante. Pour la première fois, elle donnait l'impression de penser qu'il existait une solution qui empêcherait ce qu'elle considérait comme inévitable. Si Marian n'avait pas les moyens de nous fournir des réponses, elle nous proposait un point d'ancrage qui compensait la défection des deux personnes sur lesquelles nous comptions le plus. Bien qu'elles ne soient parties nulle part, ces deux-là paraissaient avoir déménagé aux antipodes. Je n'en avais rien confié à Lena mais, sans Amma, j'étais perdu. Et je doutais que, privée de Macon, Lena soit seulement en état de retrouver son chemin, pour peu qu'elle s'égare.

Marian nous a par ailleurs offert quelque chose – les lettres d'Ethan et Genevieve, si vieilles et délicates qu'elles en étaient presque transparentes, ainsi que toute la matière qu'elle et ma mère avaient rassemblée sur les deux malheureux. Un monceau de papiers rangés dans un carton poussiéreux dont les flancs imitaient des lambris. Bien que Lena se délecte de cette prose – « les jours sans toi s'écoulent comme une blessure se vide de son sang jusqu'à ce que le temps ne soit plus qu'un énième obstacle que nous devrons franchir » –, leur destin semblait se résumer à une histoire d'amour qui se terminait très mal et de façon fort ténébreuse. Rien de plus.

Il ne nous restait désormais plus qu'à définir ce que nous traquions. L'aiguille dans une meule de foin ou, dans ce cas précis, dans un carton. Voilà pourquoi nous nous sommes lancés bille en tête dans la seule issue qui nous était donnée. Nous avons commencé à fouiller.

Deux semaines plus tard, j'avais consacré plus de temps qu'il n'était envisageable en compagnie de Lena sur les archives concernant le médaillon. Plus nous épluchions notre documentation, plus nous avions le sentiment de lire une littérature qui nous concernait. Le soir, nous veillions tard à tenter de résoudre le mystère d'Ethan et de Genevieve, un Mortel et une Enchanteresse qui, prêts à soulever des montagnes, avaient tenté de s'unir avec l'énergie du désespoir. Au lycée, nous affrontions nos propres montagnes rien qu'en nous efforçant de survivre aux huit heures de cours quotidiennes, ce qui devenait de plus en plus ardu. Chaque jour apportait un nouveau stratagème destiné à exiler Lena ou à me séparer d'elle. La cerise sur le gâteau a été, bien sûr, le jour de Halloween.

D'ordinaire, cette fête était une épreuve, à Jackson. Quand on était un gars, tout événement supposant de se costumer était un fardeau. Puis venait le stress de savoir si vous étiez ou non invité à la bringue annuelle organisée par Savannah Snow. Halloween, cette année-là, a cependant atteint des niveaux de tension encore jamais connus parce que la fille dont j'étais raide dingue était une Enchanteresse.

Je n'avais pas la moindre idée de ce à quoi je devais m'attendre quand Lena est passée me chercher pour m'emmener au bahut, à deux pâtés de maisons de chez moi, loin des yeux qu'Amma paraissait avoir greffés dans le dos.

— Tu ne t'es pas déguisée ? ai-je remarqué, surpris.

— Pardon ?

— Je pensais que tu saisirais l'occasion de porter un costume.

Sitôt les mots prononcés, je me suis fait l'effet d'un idiot.

— Parce que tu crois que les Enchanteurs profitent de Halloween pour enfiler leurs capes noires et enfourcher leurs balais ? s'est-elle esclaffée.

— Ce n'est pas ce que…

— Désolée de te décevoir. Nous nous bornons à nous habiller pour dîner, comme lors de tous les grands événements.

— Donc, c'est aussi une célébration pour vous.

— C'est même la nuit la plus sacrée de l'année. Et la plus dangereuse. La plus importante de nos quatre fêtes principales. Disons que c'est notre version du jour de l'an, la fin d'une année et le début d'une autre.

— Pourquoi est-elle dangereuse ?

— D'après Bonne-maman, c'est à ce moment-là que le voile entre ce monde et l'Autre-Monde est le plus fin. Une nuit de pouvoir, une nuit de souvenir.

— L'Autre-Monde ? Comme l'au-delà ?

— Si tu veux. C'est le royaume des esprits.

— Donc les humains ont raison ? Halloween est bien la célébration des morts et des fantômes ?

Elle a levé les yeux au ciel.

— Nous évoquons le souvenir des Enchanteurs ayant été persécutés parce qu'ils étaient différents. Des hommes et des femmes qui ont été brûlés pour avoir usé de leurs dons.

— Est-ce une allusion aux sorcières de Salem[1] ?

— Entre autres. Il y a eu des procès en sorcellerie sur toute la côte Est du pays et dans le monde entier. Celui de Salem est le seul que mentionnent tes manuels scolaires.

Elle a accentué le « tes » comme s'il avait été un gros mot. Au demeurant, aujourd'hui plus que n'importe quel jour, c'était peut-être le cas.

Nous avons dépassé le Stop & Steal. Boo était assis près du panneau Stop, au coin de la rue. À l'affût. Sitôt qu'il a vu le corbillard, il s'est mis en route en bondissant paresseusement.

— Nous devrions prendre ce chien à bord. Il est sûrement fatigué, à te suivre partout du matin au soir.

1. En 1692, des jeunes filles de Salem, dans le Massachusetts, accusèrent plusieurs concitoyens d'être possédés du diable et de les avoir envoûtées. Nombreux furent ceux qu'on emprisonna, et vingt-cinq personnes furent exécutées. Ce retentissant épisode de paranoïa collective contribua par la suite à tempérer l'influence du puritanisme en Nouvelle-Angleterre.

Elle a jeté un coup d'œil dans le rétroviseur.

— Il refuserait de monter.

Elle avait raison. N'empêche, quand je me suis retourné pour regarder l'animal, j'aurais juré qu'il opinait.

J'ai repéré Link sur le parking. Il arborait une perruque blonde et un sweat-shirt bleu où était brodé le nom de l'équipe, les Chats Sauvages. Il était même équipé de pompons. Il faisait peur à voir, ainsi travesti, et ressemblait bizarrement à sa mère. Les gars avaient décidé de se déguiser en *cheerleaders*, cette année. Avec tout ce qui s'était passé ces derniers temps, ça m'était sorti de l'esprit. Du moins, c'est ce dont j'ai essayé de me persuader. J'allais avoir droit à un paquet de reproches, d'autant qu'Earl n'attendait qu'une raison pour me sauter sur le poil. Depuis que je fréquentais Lena, j'avais une chance incroyable au jeu. Je commençais à lui faire de l'ombre, et il n'appréciait guère.

Lena m'avait juré qu'il n'y avait rien de magique là-dedans. En tout cas, rien qui soit la signature d'un Enchanteur. Elle avait assisté à un match durant lequel je n'avais raté aucun panier. L'inconvénient, c'est qu'elle avait envahi mon cerveau pendant tout le jeu, me posant des questions sur tel ou tel mouvement, telle ou telle règle. Il faut dire qu'il s'agissait d'une première, pour elle. Ça avait été encore pire que d'emmener les Sœurs à la fête foraine du comté. Par la suite, elle avait séché. Mais je devinais qu'elle tendait l'oreille lorsque je jouais. Je sentais sa présence.

Par ailleurs, il était possible qu'elle fût la raison pour laquelle la bande de *cheerleaders* rencontrait des difficultés. Emily avait du mal à rester au sommet de la pyramide. Je m'étais cependant abstenu de questionner Lena à ce sujet.

Aujourd'hui, il n'était pas aisé d'identifier mes coéquipiers, à moins de s'en approcher assez pour distinguer les poils des jambes et la barbe. Link nous a rejoints. De près, il était encore plus moche. Il s'était risqué à se maquiller, rouge à lèvres rose et tout le toutim. Il a remonté sa jupe pour tirer sur les collants moulants qu'il portait dessous.

— Tu crains, m'a-t-il lancé de loin. Où est ton costume ?

— Désolé, mec. J'ai oublié.

— Conneries. Tu ne voulais pas t'attifer comme ça, c'est tout. Je te connais, Wate. T'as eu les jetons.

— Je te trouve super, lui a dit Lena avec un sourire.

— Je ne sais pas comment vous, les nanas, vous supportez ces merdes sur votre visage. Ça me gratte comme pas permis.

Lena a grimacé, elle qui ne se maquillait presque jamais. Elle n'en avait pas besoin.

— Tu sais, a-t-elle répondu, nous ne sommes pas toutes sous contrat avec telle ou telle ligne de produits de beauté dès nos treize ans.

— Ha ! Va donc raconter ça à Savannah.

Link a tapoté sa perruque et fourré une nouvelle paire de chaussettes dans son soutien-gorge. Nous nous sommes dirigés vers le perron. Boo était installé sur la pelouse, près du mât du drapeau. J'ai failli demander comment le chien s'était débrouillé pour nous devancer au lycée. Cependant, j'avais appris qu'il valait mieux laisser tomber ce genre de question.

Les couloirs étaient bondés. À croire que la moitié des élèves avaient décidé de sécher la première heure de cours. Mes autres coéquipiers traînaient devant le casier de Link. Travestis eux aussi.

— Où sont tes pompons, Wate ? a demandé Emory en agitant les siens sous mon nez. Que se passe-t-il ? Tes cannes de serin n'étaient pas chouettes sous une jupe ?

— Je te parie plutôt qu'aucune des filles de la bande n'a voulu lui en prêter une, a persiflé Shawn en enfilant son sweat-shirt.

Il y a eu des rires. Emory a passé son bras autour de mon cou.

— C'est bien ça, Wate ? Ou c'est Halloween tous les jours pour toi depuis que tu t'accroches aux basques de la nana qui vit dans la Maison Hantée ?

Je l'ai chopé par le col. Une des chaussettes de son soutif est tombée par terre.

— Tu tiens à régler ça tout de suite, Em ?

— Tu choisis, a-t-il répondu avec un haussement d'épaules. Ça devait arriver, de toute façon.

— Mesdames, mesdames, s'est interposé Link. Nous sommes ici pour nous réjouir. Tu ne voudrais pas abîmer ton joli minois, Em ?

Secouant la tête, Earl a poussé ce dernier dans le couloir. Comme d'habitude, il s'était tu. N'empêche, son opinion se lisait sur ses traits. « Si tu t'engages sur ce chemin, tu ne pourras plus revenir. »

Apparemment, l'équipe de basket travestie en filles alimentait toutes les conversations. Puis j'ai découvert la bande de *cheerleaders*. Elles aussi avaient opté pour un déguisement commun à toutes. Lena et moi nous rendions en cours de littérature quand nous les avons vues.

— Nom d'un chien ! s'est exclamé Link en me donnant un coup sur le bras.

— Qu'est-ce qu'il y a ?

Elles marchaient dans le couloir en file indienne. Emily, Savannah, Eden et Charlotte, suivies par les supportrices officielles des Chats Sauvages au grand complet. Toutes arboraient les mêmes robes noires ridiculement courtes, des bottes pointues noires et des chapeaux de sorcière tordus. Ce n'était pas le pire, cependant. Leurs longues perruques noires étaient des masses de bouclettes hérissées. Sous leur œil droit, en maquillage noir, étaient peintes avec grand soin de grosses demi-lunes. La tache de naissance de Lena, exagérée. Pour couronner le tout, elles trimballaient des balais et faisaient semblant d'écarter les gens se trouvant sur le chemin de leur petite procession.

Des sorcières ? Le jour de Halloween ? Comme c'est original !

J'ai serré sa main. Si son expression n'a pas changé, j'ai senti qu'elle tremblait.

Je suis désolé, Lena.

Si seulement elles savaient.

J'ai guetté l'instant où le bâtiment allait se mettre à trembler, les vitres à exploser, une réaction, quoi. Rien. Lena s'est bornée à les toiser, furieuse. La future génération des FRA approchait de nous. J'ai décidé d'aller à leur rencontre et de tirer le premier.

— Pourquoi n'es-tu pas déguisée, Emily ? Tu as oublié que c'est Halloween ?

Emily a semblé déroutée. Puis elle m'a souri, du sourire collant comme un bonbon de qui est un peu trop fier de soi.

— Qu'est-ce que tu racontes, Ethan ? Ceci n'est pas ton grand truc, en ce moment ?

— Nous voulons juste que ta petite amie se sente comme chez elle, a renchéri Savannah en faisant une bulle de chewing-gum.

Lena m'a lancé un coup d'œil.

Arrête, Ethan. Tu ne vas qu'empirer ta propre situation.

Je m'en fous.

Je suis capable de gérer ça toute seule.

Ce qui t'arrive m'arrive aussi.

Link est venu se coller à moi en tirant sur les chaussettes de son soutien-gorge.

— Hé, les filles ! Je croyais que nous devions nous déguiser en chiennasses. Oh, pardon ! Ça, c'est la tenue de tous les jours.

Malgré elle, Lena a souri.

— Boucle-la, Wesley Lincoln ! a aboyé Savannah. Sinon, je raconte à ta maman que tu traînes avec cette erreur de la nature, et elle te consignera jusqu'à Noël.

— Tu sais ce qu'est ce machin sur son visage, non ? a ricané Emily en désignant le croissant de lune qu'elle avait tracé sur sa propre joue. On appelle ça une marque de sorcière.

— Tu t'es rencardée sur le Net hier soir ? me suis-je esclaffé. Tu es encore plus débile que je ne pensais.

— C'est toi, le débile, a-t-elle riposté. Toi qui sors avec elle.

J'ai senti que je commençais à rougir, la dernière chose au monde que je voulais. De la même façon, je n'avais pas envie d'avoir cette discussion en public, sans mentionner que je n'étais pas du tout sûr que Lena et moi sortions ensemble. Nous nous étions embrassés une fois. Nous passions également la plupart de notre temps en compagnie l'un de l'autre. Pour autant, elle n'était pas ma petite amie, du moins je ne le pensais pas, bien que je l'aie entendue se qualifier ainsi pendant le dîner des Journées du Clan. Que pouvais-je faire ? Lui poser la question ? À coup sûr, je me serais condamné à un non catégorique. Lena gardait sa retenue, vis-à-vis de moi ; il y avait une partie d'elle qui me restait inaccessible.

Emily m'a enfoncé le manche de son balai dans les

côtes. J'ai deviné que la perspective de me planter un pieu dans le cœur ne lui aurait pas déplu, en cet instant.

— Et si vous sautiez toutes par la fenêtre, hein ? l'ai-je provoquée. Histoire de vérifier que vous pouvez voler.

— J'espère que vous deux ne vous ennuierez pas trop ensemble, ce soir à la maison, a sifflé Emily, mauvaise. Pendant que nous autres nous amuserons chez Savannah. Et tiens-toi-le pour dit : ton amie ne survivra pas assez longtemps à Jackson pour assister à une autre fête.

Sur ce, elle a tourné les talons et est repartie vers son casier, entraînant Savannah et leur clique dans son sillage. De son côté, Link blaguait avec Lena afin de lui remonter le moral. Ce qui n'était pas bien difficile, vu son allure ridicule. On pouvait toujours compter sur Link.

— Elles me détestent pour de bon, a soupiré Lena. Et ça n'est pas prêt de changer, hein ?

Agitant ses pompons dans tous les sens, Link s'est mis à danser comme une *cheerleader* et à parodier l'un de leurs chants guerriers.

— Oui, elles te détestent, elles te détestent, elles te détestent ! Car elles détestent tout le monde ! Et toi ?

— Je m'inquiéterais plus si elles t'appréciaient, ai-je dit en passant mon bras autour de ses épaules.

Du moins, j'ai essayé. Maladroitement. Sauf qu'elle s'est détournée, et que ma main l'a à peine effleurée. Super.

Pas ici.

Pourquoi donc ?

Tu ne fais qu'aggraver ta situation.

Je raffole des punitions.

— Bas les pattes ! m'a ordonné Link en m'assenant un coup de coude. Sinon, je vais commencer à m'apitoyer sur moi-même, maintenant que je viens de me condamner à une nouvelle année de célibat. Et puis, on va être en retard en littérature, et il faut que je me débarrasse de ce collant en chemin. Il me rentre dans la raie des fesses.

— Je dois d'abord passer à mon casier, a déclaré Lena.

Ses cheveux s'étaient mis à fourcher tout seuls. Bien que soupçonneux, je n'ai rien dit.

Emily, Savannah, Charlotte et Eden se pomponnaient devant les miroirs collés sur la porte de leurs casiers. Celui de Lena se trouvait juste un peu plus loin.

— Ignore-les, lui ai-je conseillé.

Emily se frottait la joue avec un mouchoir en papier. Au lieu de s'effacer, la demi-lune noircissait et grandissait.

— Tu as du démaquillant, Charlotte ?

— Bien sûr.

Emily a continué de frotter.

— Ça ne part pas, Savannah. Je croyais que ce truc s'enlevait avec de l'eau et du savon ?

— C'est le cas.

— Alors, pourquoi je n'arrive pas à l'ôter ?

Agacée, Emily a flanqué un grand coup dans la porte de son casier.

— Qu'est-ce que vous fichez, vous quatre ? s'est enquis Link, attiré par ce geste d'humeur.

— On dirait qu'elles ont un problème, a expliqué Lena en s'appuyant contre le mur.

— Le mien ne part pas non plus, a gémi Savannah en se récurant la peau.

La marque s'étalait à présent sur la moitié de son visage. Savannah a fouillé dans son sac.

— J'ai le crayon sur moi.

— Laisse tomber, j'ai le mien à portée de main, a lancé Emily en sortant son propre sac de son casier.

— Mais qu'est-ce que…

Savannah a extrait un objet de son sac.

— Tu t'es servie de feutre indélébile ? a rigolé Emily.

— Bien sûr que non ! a protesté l'autre. Je ne sais pas comment ce truc est arrivé ici.

— Tu es nulle ! Ça ne sera jamais parti avant la bringue de ce soir.

— Il est hors de question que je reste avec ça sur la tronche ! J'ai l'intention de m'habiller en Aphrodite, la déesse grecque. Tout ce noir va complètement bousiller mon déguisement.

— Tu aurais dû faire attention.

Emily continuait de chercher dans son petit sac argenté. Exaspérée, elle a fini par en renverser le contenu par terre. Rouge à lèvres, vernis à ongles, flacons se sont répandus sur le sol.

— Il est forcément là, a-t-elle râlé.

— Quoi ? a demandé Charlotte.

— Le crayon que j'ai utilisé ce matin.

Elle avait réussi à attirer des curieux, qui s'étaient rassemblés pour voir de quoi il retournait. Un feutre indélébile a soudain roulé au milieu du couloir.

— Toi aussi, tu t'es servi de ça ?

— Certainement pas ! a hurlé Emily en frottant frénétiquement la tache, qui n'a fait que grossir. Qu'est-ce qui se passe, merde ?

— J'ai mon crayon, j'en suis certaine, a affirmé Charlotte en regardant dans son casier.

Son dos s'est raidi.

— Qu'y a-t-il ? a lancé Savannah.

Charlotte a ressorti sa main du casier. Dedans, un feutre noir indélébile.

— Trop fortes, les *cheerleaders* ! a braillé Link en brandissant ses pompons.

J'ai dévisagé Lena.

Du feutre indélébile ?

Un sourire malicieux a étiré ses lèvres.

Il me semble pourtant me souvenir que tu avais affirmé ne pas contrôler tes pouvoirs.

Mets ça sur le compte de la chance du débutant.

À la fin de la journée, l'équipe des *cheerleaders* alimentait toutes les conversations de Jackson. La rumeur racontait que celles qui s'étaient déguisées en Lena avaient par erreur utilisé du feutre indélébile au lieu d'eye-liner pour dessiner le croissant de lune. Les plaisanteries allaient bon train sur la blondeur des *cheerleaders*.

Bref, elles allaient être condamnées à arpenter le bahut et la ville, à chanter dans la chorale et à animer les matchs avec du noir sur la figure, le temps que ça s'efface. Mmes Lincoln et Snow ne manqueraient pas de déclencher un esclandre.

Dommage, je ne serais pas là pour le voir.

Après les cours, j'ai raccompagné Lena à sa voiture – rien qu'une excuse pour lui tenir la main un peu plus longtemps. Les sensations physiques intenses que j'éprouvais quand je la touchais n'avaient pas l'effet dissuasif qu'on aurait pu escompter. Que j'aie l'impression d'être brûlé, dissous en petites bulles ou frappé par la foudre, mon besoin de proximité avec elle ne s'estompait pas. C'était comme manger ou respirer. Pas une question de choix. C'était encore plus effarant qu'un mois auparavant ; ça me tuait.

— Qu'as-tu de prévu, ce soir ? a-t-elle demandé en passant une main distraite dans ses cheveux.

Elle était perchée sur le capot du corbillard, je me tenais debout devant elle.

— Je m'étais dit que tu pourrais passer. On restera à la maison, on ouvrira la porte aux gamins et on leur distribuera des bonbons. Tu m'aideras aussi à surveiller la pelouse pour que personne ne vienne y incendier une croix.

Je m'étais efforcé de ne pas penser au reste de mon plan, lequel mettait en scène Lena, notre canapé, de vieux films et une Amma absente toute la soirée.

— Désolée, c'est impossible. Il s'agit d'une fête primordiale, chez nous. Des parents sont censés venir de partout. Oncle M refusera que je m'absente cinq minutes, sans parler du danger. Jamais je n'ouvrirais ma porte à des inconnus en une nuit où les forces des Ténèbres sont au plus haut.

— Je n'avais pas songé à ça.

Jusqu'à maintenant, s'entend.

Le temps que je rentre, Amma était presque prête à partir. Une poule au pot mijotait sur la cuisinière, et elle terminait de pétrir sa pâte à pain. À la main, car c'était « la seule manière dont une femme respectable fait son pain ». J'ai examiné la casserole avec suspicion, me demandant si ce repas nous était destiné ou réservé à la table des Grands.

Elle m'a gratifié d'une tape sur la main quand j'ai plongé un doigt dans la pâte.

— M.A.R.A.U.D.E.U.R.

J'ai rigolé.

— Autrement dit, pas touche, Ethan Wate. J'ai des centaines d'affamés à nourrir.

Conclusion, je n'aurais droit ni au poulet ni aux petits pains aujourd'hui.

Amma rentrait chez elle à Halloween, c'était une tradition. Elle prétendait que son église offrait un service spécial mais, d'après ma mère, c'était surtout une excellente nuit pour conduire ses affaires. Quoi de mieux que de se faire tirer les cartes en cette veille de Toussaint ? Pâques ou la Saint-Valentin n'attiraient pas les mêmes foules.

Toutefois, à la lumière des récents événements, je me suis demandé si elle n'avait pas d'autres raisons, cette année. En effet, c'était sans doute une bonne nuit aussi pour décrypter les os de poulet dans un cimetière. Quoi qu'il en soit, je n'étais pas en mesure de poser la question, et je n'étais pas très sûr d'avoir envie de connaître la réponse. Amma me manquait, comme me manquaient nos conversations, la confiance que je lui avais toujours accordée. Si elle sentait mon changement d'attitude, elle n'en montrait rien. Ou alors, elle le mettait sur le compte de ma croissance. Ce qui était peut-être vrai, d'ailleurs.

— Tu vas à la fête des Snow ?

— Non. Je reste ici.

Elle a sourcillé, sans insister, cependant. Elle savait déjà pourquoi je n'irais pas.

— Comme on fait son lit on se couche, a-t-elle commenté.

Je n'ai pas relevé. Au demeurant, elle n'attendait pas de réaction de ma part.

— Je partirai dans quelques minutes. Ouvre aux petiots. Ton papa travaille.

Comme si mon père avait des chances de s'extraire de l'exil qu'il s'était imposé à lui-même !

— Pas de souci.

Les sachets de friandises étaient dans le hall. Je les ai déchirés et renversés dans un grand plat en verre. Lena m'obsédait. « Une nuit où les forces des Ténèbres sont au plus haut. » M'est revenue l'image de Ridley, debout devant sa voiture, sur le parking du Stop & Steal, toute en jambes et en sourires mielleux. Apparemment, identifier les forces des Ténèbres n'étaient pas plus mon rayon que ne l'était deviner à qui ouvrir ou non ma porte. Comme je l'ai dit, quand la fille qui vous obnubilait était une Enchanteresse, Halloween prenait une dimension nouvelle. J'ai contemplé le saladier que je tenais, puis j'ai ouvert la porte, je l'ai déposé sur la véranda, et je suis rentré à l'intérieur.

Je me suis installé devant *Shining*. Lena me manquait. J'ai laissé mon esprit vagabonder car, en général, il avait tendance à vagabonder dans les parages où elle se trouvait. Malheureusement, elle n'était pas là. Je me suis assoupi sur le canapé en attendant de rêver d'elle, un truc dans le genre.

C'est un coup frappé à la porte qui m'a réveillé. J'ai regardé ma montre. Presque vingt-deux heures. Trop tard pour les gamins en quête de sucreries.

— Amma ?

Pas de réponse. En revanche, on a de nouveau toqué.

— C'est toi ?

La salle télé était sombre, éclairée seulement par les lueurs que renvoyait l'écran de l'appareil. C'était l'instant où, dans *Shining*, le père démolit la porte de l'hôtel avec sa hache ensanglantée afin de massacrer sa famille. Pas le meilleur moment pour ouvrir à quelqu'un, surtout la nuit de Halloween. Mon visiteur a insisté.

— Link ?

Éteignant le poste, j'ai cherché des yeux une arme quelconque. Il n'y avait rien. Je me suis emparé d'une console de jeux qui gisait sur le sol, au milieu d'un tas de boîtes vidéo. Ce n'était pas une batte de base-ball, mais de la bonne vieille technologie japonaise. Elle devait peser dans les trois kilos. Ça ferait l'affaire. La brandissant au-dessus de ma tête, je me suis approché du mur qui séparait la pièce du hall. Un pas de plus, et j'ai soulevé d'un millimètre le rideau de dentelle qui protégeait la porte vitrée.

Dans l'obscurité de la véranda non allumée, je n'ai pas distingué son visage. En revanche, j'aurais reconnu n'importe où l'ancien van dont le moteur tournait au ralenti, d'une couleur beigeasse qu'elle appelait « Sable du Désert ». C'était la mère de Link, porteuse d'une assiette de gâteaux au chocolat. Si Link m'avait vu avec ma console, je n'aurais pas fini d'en entendre parler.

— Un instant, madame Lincoln !

J'ai appuyé sur l'interrupteur commandant la lumière du porche avant de déverrouiller la porte. Cependant, quand j'ai voulu l'ouvrir, elle a résisté. J'ai vérifié – le verrou était encore en place, alors que je venais de le tirer.

— Ethan ?

Une fois de plus, j'ai tiré le verrou. Il s'est refermé en claquant avant même que je l'aie lâché.

— Désolé, madame Lincoln. Il y a un problème avec la porte.

J'ai secoué celle-ci de toutes mes forces. Un objet est tombé à mes pieds. Je l'ai ramassé. De l'ail, enveloppé dans l'un des mouchoirs d'Amma. Sauf erreur, elle devait en avoir accroché au-dessus de tous les accès à la maison. Sa petite manie de Halloween.

La porte continuait cependant de résister, un peu comme, quelques jours auparavant, celle du bureau s'était ouverte toute seule. Cette plaisanterie de serrures qui se verrouillaient et se déverrouillaient quand bon leur semblait allait-elle durer longtemps ? Qu'est-ce que c'était que ce cirque ?

Une fois encore, j'ai manœuvré le verrou tout en tirant sur le battant, qui a cédé et est allé rebondir avec violence contre le mur de l'entrée. Avec la lumière dans son dos, Mme Lincoln formait une silhouette sombre assez dérangeante. Elle a toisé la console que je ne n'avais pas lâchée.

— Ces jeux vidéo te pourriront la cervelle, Ethan.

— Oui, madame.

— J'ai apporté des brownies. En gage de paix.

Elle a tendu son assiette, dans l'expectative. J'aurais dû l'inviter à entrer. Il y avait des règles à respecter. Appelons ça des bonnes manières. L'hospitalité du Sud. Mais je m'y étais risqué avec Ridley, et ça s'était plutôt mal passé. J'ai tergiversé.

— Que faites-vous dehors à cette heure, madame ? Link n'est pas ici.

— Bien sûr que non. Il est chez les Snow, l'endroit où tout élève de Jackson qui se respecte devrait s'estimer heureux d'être. Il m'a fallu pas mal de coups de fil pour qu'il soit invité, vu son récent comportement.

Je ne comprenais toujours pas. J'avais connu Mme Lincoln toute ma vie. C'était un drôle d'oiseau. Elle se mêlait de retirer certains livres des étagères de la bibliothèque, de faire renvoyer certains enseignants des écoles, de démolir des réputations en un seul après-midi. Mais ces derniers temps, elle était différente. Sa croisade contre Lena l'était aussi. Si Mme Lincoln avait constamment défendu ses convictions, cette affaire-là relevait du règlement de compte personnel.

— Madame ?

Elle m'a semblé agitée.

— Je t'ai cuisiné des biscuits. Je pensais entrer et avoir une petite conversation avec toi. Ce n'est pas contre toi que j'en ai, Ethan. Ce n'est pas ta faute si cette fille te tient sous le charme de sa sorcellerie. Tu devrais être à la fête, avec tes amis. Avec les enfants fréquentables.

Elle a brandi son offrande, ses fameux brownies moelleux à cœur qui étaient les premiers à partir à toutes les ventes de pâtisserie qu'organisait l'église baptiste. J'avais grandi en m'en gavant.

— Ethan ?

— Madame ?

— Tu me laisses entrer ?

Je n'ai pas bronché, sauf pour raffermir ma prise autour de la console. J'ai contemplé les gâteaux et, soudain, je n'ai plus eu faim du tout. Cette assiette, pas une miette de cette femme n'étaient les bienvenues chez moi. À l'instar de Ravenwood Manor, ma maison commençait à agir par elle-même, et aucune partie de ses murs ne désirait inviter Mme Lincoln.

— Non, madame.

— Pardon ?

— Non.

Elle a plissé les paupières. Elle a poussé le plat vers moi, l'air de vouloir entrer malgré tout, mais il a sauté en arrière, comme s'il s'était heurté à un mur invisible nous séparant. L'assiette est tombée, répandant une pluie d'éclats de céramique et de chocolat sur notre paillasson « Joyeux Halloween ». Amma allait piquer une crise en découvrant ça le lendemain matin.

Mme Lincoln a reculé, descendant les marches du perron avec précaution, puis elle s'est évanouie dans l'obscurité du vieux Sable du Désert.

Ethan !

Sa voix a déchiré le linceul de mon sommeil. J'avais dû m'assoupir. Mon marathon de l'horreur s'était achevé, et l'écran de télévision n'affichait plus qu'une neige grise.

Oncle Macon ! À l'aide !

Lena hurlait. Quelque part. Ses intonations trahissaient une véritable terreur. Un instant, sa souffrance a résonné avec une telle violence dans mon crâne, que j'en ai oublié où je me trouvais.

Que quelqu'un m'aide ! Je vous en supplie !

La porte était béante et claquait au gré du vent, le vacarme pareil à une cataracte de détonations qui ricochaient contre les murs.

Tu avais pourtant dit que je serais en sécurité, ici !

Ravenwood.

Attrapant les clés de la Volvo, j'ai foncé.

Je ne me rappelle pas comment j'ai réussi à gagner Ravenwood. Je sais seulement que, à plusieurs reprises, j'ai manqué de quitter la chaussée. J'avais du mal à me concentrer sur la route. Lena était en proie à une douleur sans égale, et nos liens étaient si étroits que j'ai failli perdre connaissance en éprouvant cette peine à travers elle.

Et c'est sans mentionner ses hurlements.

Entre le moment où je m'étais réveillé et celui où j'ai appuyé sur le croissant de lune afin d'entrer dans la demeure, ils n'avaient pas cessé.

Lorsque la porte a cédé, j'ai constaté que Ravenwood s'était encore transformé. Ce soir, on aurait presque dit un château d'antan. Des candélabres projetaient des ombres étranges sur des gens en longues aubes noires, robes du soir noires, smokings noirs ; ils étaient bien plus nombreux que les hôtes des Journées du Clan.

Ethan ! Vite ! Je ne vais pas tenir…

— Lena ! ai-je crié. Macon ! Où est-elle ?

Personne n'a réagi à mes braillements, et je n'ai reconnu personne dans la cohue. Les invités flottaient de pièce en pièce, tels des fantômes participant à un banquet spectral. Ils n'étaient pas de chez nous, pas de notre époque, en tout cas. Des hommes arboraient des kilts sombres et de grossières tuniques gaéliques, des femmes étaient carrément corsetées. Tout était noir et nimbé de pénombre.

Me frayant un passage, j'ai gagné ce qui ressemblait à une salle de bal. Je n'ai aperçu aucun membre de la famille, ni tante Del, ni Reece, ni la petite Ryan. Des bougies aux flammes crachotantes éclairaient les coins de la pièce, et une sorte d'orchestre translucide composé d'étranges instruments qui apparaissaient et disparaissaient tour à tour jouaient seuls, cependant que des couples aux contours flous virevoltaient sur le sol à présent en pierre. Les danseurs semblaient ne pas avoir conscience de ma présence.

La musique était clairement une mélodie d'Enchanteurs et lançait un sortilège bien à elle. Les cordes, surtout. Violon, alto et violoncelle. Je distinguais presque le réseau de fils qui reliait les danseurs entre eux, comme s'ils suivaient une chorégraphie délibérée, qu'ils appartenaient tous à une scène dont j'étais exclu.

Ethan...

Il fallait que je la localise.

Brusque vague de souffrance. Sa voix avait faibli. Titubant, je me suis raccroché à l'épaule de l'homme le plus proche. Un simple effleurement, et la douleur, la douleur de Lena, s'est transmise à lui. Il a vacillé, heurtant le couple voisin.

— Macon ! me suis-je époumoné.

J'ai aperçu Boo Radley au pied des marches. Comme s'il m'avait guetté. Ses prunelles rondes et humaines trahissaient la terreur.

— Où est-elle, Boo ?

Il m'a regardé, et j'ai reconnu les yeux voilés d'un gris acier de Macon Ravenwood. Du moins, je l'aurais juré. Puis l'animal a filé, et je me suis jeté à sa poursuite, ou j'ai cru le faire, grimpant l'escalier en colimaçon de ce qui était désormais le château Ravenwood. Sur le palier, le chien a attendu que je le rattrape avant de galoper au fond du couloir, en direction d'une pièce sombre. Venant de lui, c'était quasiment une invitation.

Il a aboyé, et deux portes en chêne massif se sont ouvertes d'elles-mêmes en couinant. Nous étions si loin du bal que je n'entendais plus ni la musique ni le brouhaha des conversations. Comme si j'étais entré dans un autre lieu, une autre époque. Le palais se modifiait au fur et à mesure que j'avançais, le sol se délitant, les murs se couvrant de mousse froide. Les lampes s'étaient transformées en torches.

L'ancien m'était familier. J'avais grandi dedans. Gatlin était la quintessence de l'ancien. Pourtant, ceci était entièrement différent. Comme l'avait dit Lena, c'était un nouvel an. Une nuit hors du temps.

Lorsque j'ai pénétré dans la vaste salle, j'ai été frappé par le ciel. La pièce ouvrait dessus, telle une véranda. La nue était noire comme de l'encre. À croire que nous étions en plein ouragan, sans qu'aucun bruit ne résonne cependant.

Lena était couchée sur une lourde table en pierre, recroquevillée en position fœtale. Elle était trempée de sueur et se débattait sous l'effet de la douleur. Tous l'encerclaient : Macon, tante Del, Reece, Larkin, même Ryan, ainsi qu'une inconnue. Ils se tenaient par la main, formant une ronde.

Bien que leurs paupières soient ouvertes, ils ne voyaient pas. Ils ne se sont pas rendu compte non plus de mon arrivée. Leurs bouches s'agitaient, marmonnant une incantation. Je me suis approché de Macon. Ils ne s'exprimaient pas en anglais. Je n'en aurais pas juré, mais j'avais suffisamment fréquenté Marian pour estimer que c'était du latin.

Sanguis sanguinis mei, tutela tua est.
Sanguis sanguinis mei, tutela tua est.
Sanguis sanguinis mei, tutela tua est.
Sanguis sanguinis mei, tutela tua est.

Mon esprit était vide. Je ne captais plus Lena, juste l'étrange cantilène.

Lena ! Réponds-moi !

Rien. Elle gisait en geignant et en se tordant lentement, comme si elle tentait de se débarrasser de sa peau. Elle transpirait toujours, sa sueur se mêlant à ses larmes.

— Fais quelque chose, Macon ! a crié Del, hystérique.

— J'essaye, Delphine.

Pour la première fois depuis que je l'avais rencontré, j'ai perçu de la peur dans sa voix.

— Je ne comprends pas. Nous avons Scellé cet endroit ensemble. Cette maison est le seul lieu où elle est censée être en sécurité.

Tante Del fixait Macon, en quête de réponses.

— Nous nous sommes trompés. Il n'existe pas de havre où elle puisse se réfugier.

C'était l'inconnue qui venait de parler. Une belle femme qui aurait pu être ma grand-mère, aux cheveux coiffés en anglaises brunes. Plusieurs rangs de perles s'empilaient autour de son cou, et ses pouces arboraient des bagues en argent ouvragé. Il émanait d'elle un exotisme identique à celui de Marian, comme si elle avait été originaire d'un pays lointain.

— Tu ne peux pas en être sûre, tante Arelia, a riposté Del en se tournant vers sa fille aînée. Reece, vois-tu quelque chose ?

— Non, maman, rien, a répondu l'interpellée, les yeux fermés, les joues baignées de larmes.

Soudain, le corps de Lena s'est arqué, et elle a hurlé.

Plus exactement, elle a ouvert la bouche et a donné l'impression de crier, mais elle n'a produit aucun son. Inconcevable.

— Agissez ! me suis-je exclamé. Aidez-la !

— Qu'est-ce que tu fiches ici ? m'a lancé Larkin. File ! C'est dangereux.

C'était la première fois que la famille s'apercevait de ma présence.

— Concentrez-vous ! a ordonné Macon sur un ton désespéré.

Avec les autres, il a de nouveau entonné l'incantation, élevant la voix jusqu'à s'égosiller :

Sanguis sanguinis mei, tutela tua est !
Sanguis sanguinis mei, tutela tua est !
Sanguis sanguinis mei, tutela tua est !
Sang de mon sang, la protection est tienne !

Ils ont tendu leurs bras comme pour donner plus de force à leur cercle. En vain. Lena continuait à pousser ses hurlements de terreur silencieux. C'était encore pire que les rêves. C'était la réalité. S'ils n'arrêtaient pas ça, je m'en chargerais. Passant sous les bras de Reece et de Larkin, je me suis rué sur elle.

— Ethan ! Non !

Une fois franchie la barrière de la ronde, je l'ai perçu. Un ululement. Sinistre. Maléfique. Pareil à la voix du vent. Mais était-ce seulement une voix ? Rien n'était moins certain. La table où Lena gisait avait beau être à quelques pas de moi, j'ai eu l'impression qu'elle se trouvait à des millions de kilomètres. Une force essayait de me repousser, plus puissante que tout ce que j'avais rencontré jusqu'à présent. Encore plus efficace que celle qu'avait déployée Ridley quand elle m'avait congelé sur place. J'ai lutté contre elle, en appelant à toute l'énergie dont je disposais.

J'arrive, Lena ! Tiens bon !

Je me suis jeté en avant, main tendue comme dans les rêves. L'abysse noir du ciel s'est mis à tournoyer. J'ai fermé les yeux. Mes doigts se sont effleurés. Je l'ai entendue.

Ethan. Je…

À l'intérieur du cercle, l'air était agité comme un vortex, grimpant vers la nue, pour peu que ce fût encore la nue. Vers la noirceur plutôt. Une sorte d'explosion s'est produite, qui a plaqué oncle Macon, tante Del et tous les présents contre les murs de la salle. Simultanément, le tourbillon a été aspiré par l'obscurité céleste.

Alors, ça a été fini. Le château s'est dissous en un banal grenier doté d'une fenêtre rectangulaire banale qui ouvrait sur la pente du toit. Lena était allongée sur le plancher, enchevêtrement de cheveux, de membres et d'inconscience. Elle respirait, cependant.

Macon s'est relevé et m'a dévisagé avec hébétude. Puis il s'est approché de la croisée et l'a fermée d'un geste sec. Tante Del me contemplait en pleurant.

— Si je n'en avais pas été témoin en personne…

Je me suis agenouillé près de Lena. Elle ne pouvait ni bouger ni parler. Mais elle était vivante. Je l'ai senti, minuscule pulsation dans sa paume. J'ai posé ma tête à côté de la sienne, à deux doigts de m'effondrer.

Lentement, la famille a avancé vers nous, sombre sabbat au-dessus de moi.

— Je te l'avais bien dit. Le garçon a des pouvoirs.

— Impossible. C'est un Mortel. Il n'est pas des nôtres.

— Comment un Mortel pourrait-il briser un Cercle *Sanguinis* ? Comment un Mortel serait-il capable de parer un *Mentem Interficere* tellement puissant que même Ravenwood s'est Descellé ?

— Aucune idée. Et pourtant, il doit y a voir une explication. (Del a levé sa main.) *Evinco, contineo, colligo, includo.* (Elle a ouvert les yeux.) La maison est toujours Scellée, Macon. Je le sens. Cela ne L'a cependant pas empêchée d'atteindre Lena.

— Je sais, merci. Nous n'arrivons pas à protéger l'enfant de Ses attaques.

— Les pouvoirs de Sarafine se renforcent de jour en jour. Reece la voit, maintenant, quand elle inspecte les prunelles de Lena.

La voix de Del tremblait.

— S'en prendre à nous, ici et cette nuit ! C'est un signal qu'elle nous envoie.

— Quel signal, Macon ?

— Qu'elle est en mesure de parvenir à ses fins.

Une main s'est posée sur ma tempe, la caressant, remontant vers mon front. J'essayais de rester en alerte, mais ce contact m'endormait. J'aurais voulu me glisser sous ma couette.

— Ou peut-être pas.

J'ai regardé en l'air. Arelia me massait les tempes comme si j'avais été un petit moineau blessé. Seul moi ai deviné qu'elle me testait, qu'elle cherchait ce qui était en moi. Elle trifouillait dans mon esprit, l'air de traquer un bouton égaré ou une vieille chaussette.

— La sotte, a repris Arelia. Elle a commis une erreur fatale. Grâce à elle, nous venons de découvrir l'unique chose qui compte vraiment.

— Ainsi, tu es d'accord avec Macon ? s'est agitée Del. Le garçon a un don ?

— C'est toi qui as raison, Delphine, a grogné Macon, l'air de vouloir se convaincre autant que de convaincre les autres. Il doit y a voir une explication sensée. Nous savons tous que les Mortels sont dénués de talents surnaturels. Or, il est Mortel.

J'avais cependant commencé à douter de la véracité de cet axiome. Dans le bayou, il avait dit à Amma que j'étais doté de pouvoirs. Je n'y comprenais rien. Je n'étais pas l'un d'eux, ça j'en étais sûr. Je n'avais rien d'un Enchanteur.

— Tu pourras Sceller la maison autant que tu voudras, Macon, lui a lancé Arelia. Tu pourras convoquer tous les Duchannes et les Ravenwood qu'il te plaira, former un cercle aussi vaste que ce pays perdu, lancer tous les *Vincula* à ta disposition, mais, en tant que mère je te le dis : ce n'est pas la demeure qui protège Lena. C'est le garçon. Je n'ai jamais croisé quelque chose de pareil. Aucun Enchanteur n'est en mesure de les séparer.

— Ça m'en a tout l'air, en effet, a acquiescé l'interpellé.

Malgré sa colère, il n'a pas osé défier sa mère. J'étais trop fatigué pour m'en soucier. Arelia a chuchoté des mots à mon oreille. Encore du latin, apparemment, bien que les mots aient changé.

— *Cruor pectoris mei, tutela tua est !* Sang de mon cœur, la protection est tienne !

1er novembre
Les mots sur le mur

Au matin, je n'avais pas la moindre idée de l'endroit où j'étais. Puis j'ai distingué les mots qui couvraient les murs et le vieux lit en fer forgé, les fenêtres et les miroirs maculés de feutre. L'écriture de Lena. Alors, je me suis rappelé.

Soulevant la tête, j'ai essuyé la salive qui avait coulé sur ma joue. Lena était plongée dans un profond sommeil ; j'apercevais le bout de ses pieds qui pendait au-dessus du vide. Je me suis levé, courbatu d'avoir dormi par terre. Je me suis demandé qui nous avait descendus du grenier, et comment.

Mon portable a carillonné. Mon réveil de secours, qui permettait à Amma de ne hurler que trois fois dans la cage d'escalier pour me tirer des limbes du sommeil. La différence, c'est qu'aujourd'hui il ne braillait pas *Bohemian Rhapsody,* mais la chanson. Lena s'est redressée d'un bond, encore dans les vapes.

— Qu'est-il arr…

— Chut ! Écoute.

Il s'agissait d'un nouveau couplet.

Seize lunes, seize années,
Seize songes de mes peurs,
Seize cris, un auditeur,
Seize sphères sont scellées…

— Arrête ça !

Lena m'a pris mon portable et l'a éteint. Les vers se sont cependant répétés.

— Je crois que ça parle de toi. Qu'est-ce que ça signifie, « sceller des sphères » ?

— J'ai failli mourir, cette nuit. J'en ai assez que tout tourne autour de moi. Assez de ces trucs bizarres qui m'arrivent. Si ça se trouve, cette chanson idiote te concerne, toi. Ça nous changerait. Après tout, tu es le seul à avoir seize ans, ici.

Énervée, elle a brandi la main, paume ouverte avant de serrer le poing et de l'abattre sur le sol, comme si elle écrasait une araignée.

La mélodie s'est tue. Ce matin, Lena était de mauvais poil. Ce n'est pas moi qui le lui reprocherais. Elle était verdâtre, vaseuse, encore pire que Link le lendemain du jour où Savannah l'avait mis au défi de boire la vieille bouteille d'alcool de menthe que sa mère conservait dans le placard, la veille des vacances de Noël. Trois ans après, Link n'approchait toujours pas d'un bonbon à la menthe.

Les cheveux de Lena partaient dans tous les sens, ses yeux étaient petits, bouffis par les larmes. Ainsi, c'était à ça que ressemblaient les filles au lever. Je n'en avais jamais vu une d'aussi près. Je me suis efforcé d'oublier

Amma et la belle engueulade à laquelle j'allais avoir droit en rentrant à la maison.

Grimpant sur le lit, j'ai pris Lena sur mes genoux et j'ai aplati sa chevelure de démone.

— Ça va ?

Elle a fermé les paupières, a enfoui son visage dans mon sweat-shirt. Je devais puer le putois.

— Je crois.

— J'ai entendu tes cris. Depuis chez moi.

— Qui aurait prédit que le Kelting me sauverait ?

Quelque chose m'échappait. Comme d'habitude.

— Qu'est-ce que c'est, le Kelting ?

— La façon que nous avons de communiquer à distance. On l'appelle ainsi. Certains Enchanteurs ont ce don, d'autres pas. Ridley et moi nous parlions comme ça tout le temps, à l'école, mais...

— Je croyais que ça ne t'était encore jamais arrivé ?

— Pas avec un Mortel. D'après oncle Macon, c'est très rare.

Voilà qui me plaît.

Lena m'a donné une bourrade amicale.

— Ça vient du côté celte de la famille. C'est ainsi que les Enchanteurs s'envoyaient des messages, pendant les procès. Aux États-Unis, ils l'appelaient « Le Chuchotement ».

— Or, je ne suis pas un Enchanteur.

— Je sais, et c'est très étrange. Ce n'est pas censé fonctionner avec les Mortels.

Naturellement.

— Tu trouves ça étrange seulement ? Toi et moi arrivons à faire ce Kelting, Ridley a pu pénétrer dans Ravenwood à cause de moi, et ton oncle assure que je te protège. Comment l'expliquer ? Encore une fois, je ne suis pas un Enchanteur. Mes parents sortent de la norme, mais pas à ce point-là.

— Il n'est peut-être pas nécessaire d'être de la race des Enchanteurs pour avoir des pouvoirs ? a-t-elle objecté en s'appuyant contre moi.

J'ai coincé une de ses mèches derrière son oreille.

— Ou alors, il faut tomber amoureux de l'un d'eux.

C'était sorti comme ça. Ni blague idiote, ni changement de sujet. Une fois n'est pas coutume, je n'ai pas été gêné, parce que c'était la vérité. J'étais épris. Depuis le début. Autant qu'elle soit au courant, pour peu que ce ne soit déjà le cas. Car, désormais, le recul n'était plus possible. Pas pour moi.

Elle m'a regardé, et le monde a disparu. Comme s'il n'y avait plus que nous, comme s'il n'y aurait plus jamais que nous, et que la magie ne nous était pas nécessaire. C'était à la fois joyeux et triste. Je ne pouvais pas être près d'elle sans éprouver des choses, sans éprouver tout.

À quoi penses-tu ?

Elle a souri.

Tu le sais, me semble-t-il. Il te suffit de lire les mots sur le mur.

Au moment où elle le formulait, des lettres sont apparues, lentement, dessinant les termes un à un.

Tu
n'es pas
le seul
à être
amoureux.

Les mots ont surgi d'eux-mêmes, rédigés dans la cursive identique à celle qui couvrait déjà la pièce. Lena s'est empourprée et s'est caché le visage entre les mains.

— Si tout ce que je pense se met à s'afficher sur les murs, ça va devenir très embarrassant.

— Parce que tu n'avais pas l'intention de faire ça ?

— Non.

Pas la peine d'être gênée, L.

J'ai écarté ses paumes.

Je ressens la même chose pour toi.

Elle a fermé les yeux, et je me suis penché pour l'embrasser. Un baiser miniature, un baiser léger comme le vent. Pourtant, il a déclenché la chamade de mon cœur. Rouvrant les paupières, elle a souri.

— Raconte-moi tout. Je veux entendre comment tu m'as sauvé la vie.

— Je ne me rappelle même pas comment je suis arrivé jusqu'ici. Je ne te trouvais pas, la maison était pleine de gens horribles qui avaient l'air d'assister à un bal costumé.

— Ce n'était pas le cas.

— J'ai deviné, oui.

— Puis tu m'as découverte ? a-t-elle insisté en posant sa tête sur mes genoux. Tu as déboulé dans la pièce sur ton destrier blanc et tu m'as délivrée des griffes d'un Enchanteur des Ténèbres ?

— Ne plaisante pas. Ça m'a flanqué une mégafrousse. D'ailleurs, il n'y avait pas de cheval, plutôt un chien.

— La dernière chose dont je me souviens, c'est d'oncle Macon évoquant le Sceau, a-t-elle murmuré en jouant avec ses cheveux.

— Qu'est-ce que c'était que cette ronde ?

— Le Cercle *Sanguinis*. Ou Cercle de Sang.

Je me suis raisonné pour ne pas flipper. J'avais déjà du mal à digérer Amma et ses os de poulet. Je ne crois pas que j'aurais supporté du vrai sang de poulet. Si, comme je l'espérais, il ne s'agissait que de sang de poulet, bien sûr.

— Je n'ai pas vu de sang.

— Bêta ! Il ne s'agit pas de vrai sang mais de lignée, de famille. Tous les miens étaient présents, je te signale.

— Ah oui. Désolé.

— Je te répète que Halloween est une nuit importante pour nous autres.

— C'est ça que vous faisiez, à l'intérieur de ce Cercle ? Vous lanciez des sorts ?

— Macon désirait Sceller Ravenwood. La demeure l'est toujours, mais il renouvelle le sortilège tous les ans à Halloween, pour la nouvelle année.

— Et ça a mal tourné.

— J'imagine, oui. Nous étions en pleine cérémonie quand, brusquement, oncle Macon a dit quelque chose à tante Del, puis tout le monde s'est mis à brailler et à parler d'une femme. Sara quelque chose.

— Sarafine. Moi aussi, je les ai entendus.

— C'était ça ? Sarafine ? Je ne sais pas qui c'est.

— Une Enchanteresse des Ténèbres, sans doute. Ils avaient tous l'air… effrayés. La voix de ton oncle… il avait perdu son sang-froid habituel. As-tu deviné ce qui se passait ? Crois-tu qu'elle a essayé de te tuer ?

J'avais posé cette dernière question avec réticence, angoissé par la réponse.

— Aucune idée. J'ai presque tout oublié, sauf cette voix qui s'adressait à moi de très, très loin.

Gigotant, elle s'est redressée pour s'appuyer contre mon torse. J'ai eu l'impression de sentir son cœur battre contre le mien, pareil à un oiseau en cage. Nous étions aussi proches que deux personnes peuvent l'être sans se regarder. Ce matin, c'était la position idéale pour chacun d'entre nous.

— Le temps presse, Ethan. Quoi qu'il se soit produit, qui qu'elle ait été, ne crois-tu pas qu'elle est venue me chercher parce que, dans quatre mois, je serai vouée aux Ténèbres ?

— Non.

— Non ? s'est-elle indignée. C'est tout ce que tu as à dire au sujet de la pire nuit de mon existence ? Alors que j'ai failli y rester ?

— Réfléchis cinq minutes. Cette Sarafine te pourchasserait-elle jusqu'ici si tu faisais partie des vilains ? Non, ce serait les gentils qui te traqueraient. Prends Ridley. Personne dans la famille n'a été très chaleureux avec elle.

— Sauf toi, crétin, a-t-elle blagué en m'enfonçant un doigt dans les côtes.

— Oui. Parce que je ne suis pas un Enchanteur, juste un misérable Mortel. Et puis, tu l'as dit toi-même. Si elle m'ordonnait de sauter d'une falaise, je lui obéirais.

— Ta mère t'a-t-elle jamais demandé, Ethan Wate, si tu te jetterais d'une falaise au cas où tes amis avaient décidé de le faire ?

Je l'ai enlacée, plus heureux que j'aurais dû l'être, vu les événements de la nuit. Ou alors, Lena allait mieux, et ça me déteignait dessus. Ces derniers temps, un tel courant avait circulé entre nous qu'il était difficile de déterminer ce qui venait de moi ou d'elle.

Je ne savais qu'une chose, j'avais envie de l'embrasser.

Tu seras Lumière.

Je l'ai embrassée.

Sûr et certain. Lumière.

Encore un baiser, encore une étreinte. L'embrasser était comme respirer. Vital. C'était plus fort que moi. J'ai pressé mon corps contre le sien. J'ai écouté le souffle de sa respiration, perçu la chamade de son cœur. Mon système nerveux s'est embrasé. Mes poils se sont hérissés. Sa chevelure a submergé mes mains, et elle s'est détendue. Le moindre effleurement de ses boucles déclenchait une décharge électrique. J'attendais ce moment depuis notre première rencontre, depuis le premier rêve.

C'était comme la foudre. Nous ne formions qu'un.

Ethan.

J'ai capté l'urgence de son ton dans ma tête. Je l'ai sentie aussi dans mon corps, comme si je ne pouvais être assez proche d'elle. Sa peau était douce et chaude. Les piqûres d'aiguille se sont intensifiées. Nos lèvres étaient à vif ; nous échangions des baisers de plus en plus brutaux. Le lit s'est mis à trembler avant de se soulever, de tanguer. J'ai eu le sentiment que mes poumons explosaient. Ma peau est devenue glacée. Dans la chambre, les lampes s'allumaient et s'éteignaient, la pièce tournoyait, à moins qu'elle ne s'assombrisse seulement, je n'aurais pas été en mesure de le dire et je ne savais plus si cela venait de moi ou de l'extérieur.

Ethan !

Le lit est retombé avec fracas. Au loin, un bruit de verre a retenti, comme si une fenêtre venait de se briser. J'ai entendu Lena pleurer. Puis une voix d'enfant.

— Qu'y a-t-il, Lena Banana ? Pourquoi es-tu si triste ?

Une petite main tiède s'est posée sur ma poitrine. Une chaleur m'a envahi, et la pièce a cessé de tourner. J'ai réussi à respirer de nouveau. J'ai ouvert les yeux.

Ryan.

Je me suis assis. Le sang battait à mes tempes. Lena était à côté de moi, blottie contre moi, comme une heure plus tôt. La différence, c'est que les vitres étaient cassées, le lit démoli, et qu'une blondinette de dix ans se tenait devant moi, une main sur mon torse. En reniflant, Lena a essayé de repousser un éclat de miroir et un reste de lit.

— Je crois que nous venons de découvrir ce qu'est Ryan.

Lena a souri et s'est essuyé les yeux. Elle a attiré la fillette à elle.

— Une Thaumaturge. Une première, dans la famille.

— J'imagine que c'est un de ces mots prétentieux d'Enchanteur pour désigner une guérisseuse ?

Acquiesçant, elle a déposé un baiser sur la joue de la petite.

— Quelque chose comme ça, oui.

27 novembre
Rien qu'un repas de fête bien ordinaire

Les jours suivant Halloween, l'ambiance générale a été celle du calme qui suit la tempête. Bien que conscients de la fuite du temps qui nous était imparti, nous avons adopté une routine quotidienne. Tous les matins, j'attendais Lena au coin de la rue, loin du regard perçant d'Amma, et le corbillard passait me chercher. Boo Radley nous rattrapait devant le Stop & Steal et nous escortait jusqu'au lycée. À l'exception, parfois, de Winnie Reid – l'unique membre du club de rhétorique de Jackson, ce qui rendait les joutes oratoires plutôt difficiles – ou de Robert Lester Tate – qui avait remporté le concours national d'orthographe deux années de suite –, la seule personne daignant partager notre table à la cantine était Link. Quand nous ne déjeunions pas sur les gradins du gymnase, quand nous échappions à la surveillance acharnée du proviseur Harper, nous nous terrions à la bibliothèque afin de relire les archives concernant le médaillon, tout en espérant un signe de Marian. Aucune trace de cousines Sirènes à sucettes et étreintes mortelles, pas de tempêtes de catégorie 3 inexpliquées, pas de nuages noirs menaçants dans le ciel, même pas un drôle de repas en compagnie de Macon. Bref, rien d'extraordinaire.

Sauf pour une chose. La plus importante. J'étais raide dingue d'une fille qui éprouvait les mêmes sentiments pour moi. Était-ce jamais arrivé ? Il était presque plus facile d'admettre son statut d'Enchanteresse que son inclination envers moi.

J'avais Lena. Elle était douée de pouvoirs, elle était belle. Chaque journée était terrifiante, chaque journée était parfaite.

Jusqu'au moment où, sans crier gare, l'impensable s'est produit : Amma a invité Lena à partager notre dîner de Thanksgiving.

— Je ne comprends pas pourquoi tu veux venir. Ce sera une soirée plutôt barbante.

J'étais nerveux. Amma mijotait quelque chose. Lena m'a souri, je me suis détendu. Il n'existait rien de mieux que ce sourire, qui me ravissait à tout coup.

— Je ne crois pas que ce sera barbant.

— C'est que tu n'as jamais passé Thanksgiving chez moi, alors.

— Je ne l'ai passé nulle part. Les Enchanteurs ne le fêtent pas. C'est un truc de Mortels.

— Tu rigoles ? Pas de dinde ? Pas de tarte au potiron ?

— Non.

— Tu n'as pas trop mangé, aujourd'hui, hein ?

— Non.

— Alors, tu t'en sortiras.

J'avais briefé Lena pour qu'elle ne tombe pas des nues en voyant les Sœurs emballer des petits pains dans leur serviette et les glisser dans leur sac à main. Ou en assistant à un débat animé entre ma tante Caroline et Marian pour déterminer l'endroit où avait été implantée la première bibliothèque municipale des États-Unis (Charleston) ou les proportions exacts du vert « Charleston » (deux tiers de noir « yankee » et un tiers de jaune « rebelle »). Tante Caroline était conservatrice de musée à Savannah, et elle était aussi calée en architecture et en antiquités que ma mère l'avait été en munitions et stratégie militaire de la guerre de Sécession. C'était en effet à cela que Lena devait se préparer : Amma, mes grands-tantes à moitié folles, Marian et, pour faire bonne mesure, Harlon James.

J'ai omis le seul détail qu'il aurait été vraiment important qu'elle sache. Vu la tournure des choses, récemment, Thanksgiving allait sans doute impliquer que mon père débarque en pyjama. Malheureusement, c'était là une chose que je ne me sentais pas d'expliquer.

Amma prenait Thanksgiving au sérieux. Ce qui avait deux conséquences : un, mon père serait contraint de quitter son bureau (même si, techniquement, la différence serait minime, puisque la nuit serait tombée au moment du repas), et deux, il ne couperait pas au dîner en notre compagnie. Pas de céréales. Tel était le minimum exigé par Amma. Et, en l'honneur de son pèlerinage dans le monde des vivants, elle en ferait des tonnes. Dinde, purée et sauce à la viande, haricots beurre et crème de maïs, patates douces à la guimauve, jambon au miel et petits pains, tartes au potiron et au citron meringuée. Cette dernière, je le soupçonnais depuis mon escapade nocturne dans les marais, était plus destinée à oncle Abner qu'à nous autres.

Sur le porche, j'ai marqué une pause, me souvenant de ce que j'avais ressenti à Ravenwood, la première fois où je m'y étais pointé. C'était au tour de Lena. Elle avait attaché ses cheveux en arrière ; j'ai effleuré une mèche folle qui s'était échappée et s'enroulait autour de son menton.

Prête ?

Mal à l'aise, elle a tiré sur sa robe noire.

Non.

Tu devrais.

— Prête ou pas…

J'ai ouvert la porte, un grand sourire aux lèvres. La maison embaumait mon enfance. Petits plats et gros boulot.

— C'est toi, Ethan Wate ? a lancé Amma depuis la cuisine.

— Oui, madame.

— Tu es avec la petite ? Amène-nous-la, qu'on jette un coup d'œil dessus.

La pièce débordait de partout. Debout devant la cuisinière, Amma était armée d'une cuiller en bois dans chaque main. Tante Prue tournicotait alentour et plongeait ses doigts dans les plats posés sur le plan de travail. Tante Charity et tante Grace jouaient au Scrabble sur la table. Ni l'une ni l'autre ne paraissait s'apercevoir qu'elles ne formaient aucun mot existant.

— Eh bien, ne reste pas planté là comme un poteau ! Qu'elle vienne ici.

Je me suis raidi. Impossible de prédire ce qu'Amma ou les Sœurs allaient sortir. D'ailleurs, je ne pigeais toujours pas les raisons de cette invitation. Lena s'est avancée.

— Je suis ravie de vous rencontrer enfin.

Amma l'a inspectée de la tête aux pieds tout en s'essuyant les mains sur son tablier.

— C'est donc toi qui occupes tant mon garçon ? Le facteur avait raison. Tu es jolie comme un cœur.

Carlton Eaton avait-il mentionné ce détail lors du trajet jusqu'au bayou ? Lena a rougi.

— Merci.

— D'après la rumeur, t'as un peu secoué le cocotier, au lycée, est intervenue Grace, tout sourires. Bravo. Y vous apprennent r'en de r'en, dans c'te bazar.

Charity a posé ses pavés l'un après l'autre sur le plateau de jeu. T.I.T.I.Y.E. Tante Grace s'est penchée et a louché sur les lettres.

— Tu triches encore, Charity Lynne ! Qu'est-ce que c'est que ce mot qu'ec'ziste pas ? Fais-y donc une phrase, pour voir !

— Ça me titiye drôlement de manger une part du quatre-quarts qu'est là-bas, a riposté l'interpellée sans se démonter.

— Ça s'écrit pas comme ça !

Au moins une qui avait de l'orthographe.

— Faut deux T, dans « tittiyer ».

Houps.

Tu n'as pas exagéré.

Je t'avais prévenue.

— Est-ce Ethan que j'entends ?

Tante Caroline est entrée dans la cuisine, les bras grands ouverts.

— Viens donc embrasser ta tante.

Sa ressemblance avec ma mère me désarçonnait toujours pendant quelques secondes. Mêmes longs cheveux châtains coiffés en arrière, mêmes yeux marron foncé. Sinon que ma mère préférait se trimballer en jean et pieds nus, là où Caroline tenait plus de la beauté du Sud, avec ses robes fleuries et ses petits gilets. Je crois que ma tante appréciait la surprise des gens lorsqu'ils apprenaient qu'elle était conservatrice du musée d'Histoire de Savannah et non quelque débutante vieillissante.

— Comment va la vie, dans le Grand Nord ?

Elle ne manquait jamais de se référer ainsi à Gatlin qui, effectivement, se trouvait au nord de Savannah.

— Ça roule. M'as-tu apporté des pralines ?

— M'est-il déjà arrivé d'oublier ?

Prenant les doigts de Lena, je l'ai attirée vers moi.

— Lena, je te présente ma tante Caroline et mes grands-tantes Prudence, Charity et Grace.

— Enchantée de faire votre connaissance à toutes.

Lena a tendu la main, mais Caroline l'a serrée contre elle. La porte d'entrée a claqué.

— Joyeux Thanksgiving à tous !

Marian a déboulé, porteuse d'un gratin et d'un gâteau.

— J'ai manqué quelque chose ?

— Les 'cureuils, a répondu Prue en glissant son bras sur le sien. Qu'est-ce que tu sais là-dessus ?

— Bon, déguerpissez de ma cuisine, vous autres ! a lancé Amma. J'ai besoin de place pour opérer ma magie. Et attention à toi, Charity Statham ! Je t'ai vue boulotter un de mes croquants.

Interdite, Charity a cessé de mâchonner un instant. Lena a eu du mal à ne pas rire.

Je pourrais appeler Cuisine à la rescousse.

Inutile. Amma n'a pas besoin d'aide pour faire à manger. C'est une Enchanteresse à sa façon.

Nous nous sommes entassés dans le salon. Tante Caroline et tante Prue discutaient de la meilleure manière d'obtenir des kakis sur une véranda ensoleillée, et Grace et Charity se disputaient encore sur l'orthographe de « titiller », cependant que Marian arbitrait le débat. N'importe qui aurait pété un plomb. Pourtant, coincée entre les Sœurs, Lena semblait contente, heureuse, même.

C'est chouette.

Tu plaisantes ?

Était-ce là l'idée qu'elle se faisait d'un repas en famille ? Gratins, Scrabble et chamailleries de vieilles dames ? On était à des années-lumière des Journées du Clan.

Au moins, personne n'essaye de tuer qui que ce soit.

Donne-leur un quart d'heure, L.

J'ai surpris Amma qui nous épiait depuis la cuisine. Mais ce n'était pas moi qui l'intéressais, c'était Lena. Pour le coup, il m'est devenu évident qu'elle complotait quelque chose.

Le dîner s'est déroulé comme d'habitude. Sauf que rien n'était comme d'habitude. Mon père était en pyjama, la chaise de ma mère était vide, et je tenais la main d'une Enchanteresse sous la table. L'espace d'une seconde, ça a été trop – à la fois triste et gai, comme si les deux émotions étaient indissociables. Je n'ai cependant pas eu le temps d'y songer. Le bénédicité à peine récité, les Sœurs ont entrepris de faucher des petits pains, Amma de servir des portions énormes de nourriture, et tante Caroline de faire la conversation.

Ce qui se passait était évident. Tant que nous nous agiterions, discuterions et nous gaverions, personne ne s'attarderait sur la place désertée. Sauf qu'aucune quantité de gâteau au monde n'y suffirait, même dans la cuisine d'Amma. J'ignore pourquoi, Caroline s'était fourré dans le crâne que je tiendrais le crachoir.

— As-tu besoin de m'emprunter des affaires pour la reconstitution, Ethan ? J'ai de remarquables vareuses au grenier.

— Ne me parle de ça, ai-je râlé.

J'avais presque oublié que j'étais censé m'habiller en soldat confédéré pour la reconstitution de la bataille de Honey Hill si je voulais obtenir une bonne note en histoire. Ce genre d'âneries se tenait tous les ans au mois de février, à Gatlin… et attirait les touristes. Lena a pris un petit pain.

— Je ne comprends pas très bien pourquoi ce spectacle est si important. Recréer une bataille qui a eu lieu il y a plus d'un siècle, c'est beaucoup de travail, non ? Alors qu'il nous suffit de lire nos manuels pour savoir ce qui s'est passé.

Houps !

Tante Prudence a hoqueté devant pareil blasphème.

— On devrait brûler ce lycée ! s'est-elle exclamée, outrée. On vous y enseigne r'en qui ressemb' à de la vraie histoire. C'est point dans les livres qu'on apprend ce qu'a été la guerre d'Indépendance du Sud. Pour ça, faut y voir. Et vous, les mômes, ça vous fait pas de mal qu'on vous rappelle que le même pays qui s'était uni pour lutter contre ces maudits Angliches s'est déchiré pendant c'te guerre.

Interviens, Ethan ! Change de sujet.

Trop tard. On va avoir droit à l'hymne américain dans un instant.

Marian a brisé un petit pain sur lequel elle a mis du jambon.

— Mlle Statham a raison, a-t-elle renchéri. La guerre de Sécession a divisé notre nation en une lutte fratricide. C'est un épisode tragique de notre histoire. Plus d'un demi-million d'hommes sont morts, plus souvent de maladie qu'au combat, d'ailleurs.

— Ek'zact ! a opiné tante Prue.

— Allons, allons, Prudence Jane, t'énerve pas, a tenté de la calmer Grace en lui tapotant la main.

— Toi, ne me dis pas quand c'huis énervée ou pas, a riposté l'autre en la repoussant sèchement. Je m'assure juste que ces p'tiots y savent de quoi y retourne. C'huis la seule à leur enseigner que'que chose. C'te lycée devrait me payer, tiens !

J'aurais dû t'avertir de ne pas les lancer sur cette foutue guerre.

Ça...

— Écoutez, je suis désolée, s'est excusée Lena, en se trémoussant sur sa chaise. Je ne voulais pas me montrer irrespectueuse. C'est la première fois que je rencontre des dames aussi bien renseignées sur la guerre de Sécession.

Joli ! Si par « renseignées », tu veux dire « obsédées », bien sûr.

— T'inquiète don' pas, trésor, l'a consolée tante Grace en donnant un coup de coude à Prue, c'est seulement Prudence Jane qui monte facilement sur ses grands chevaux.

Tu piges pourquoi nous mouillons toujours leur thé de whisky.

— C'est la faute à ces croquants aux ca'huètes qu'a apportés Carlton Eaton, s'est défendue l'accusée. Trop de sucre me réussit point.

Mais tu t'en gaves du matin au soir.

Mon père a toussoté et, distraitement, a joué avec la purée qui encombrait son assiette. Lena en a profité pour changer de sujet.

— Ethan m'a raconté que vous étiez écrivain, monsieur Wate. Dans quel genre d'ouvrages vous spécialisez-vous ?

Il l'a regardée sans un mot. Il ne s'était sans doute même pas rendu compte que c'était à lui qu'elle s'était adressée.

— Mitchell est sur un nouveau projet, est intervenue Amma. Un gros projet. Le plus important de sa vie, peut-être. Alors qu'il a déjà écrit des tas de livres. Rappelle-nous combien, Mitchell ?

Amma s'était exprimée comme si elle parlait à un

enfant. Elle savait pertinemment le nombre de romans qu'il avait signés.

— Treize, a-t-il marmonné.

Si j'ai été découragé par l'asociabilité de mon père – j'ai contemplé ses cheveux hirsutes et ses cernes noirs en me demandant depuis quand il était dans cet état lamentable –, ça n'a pas été le cas de Lena.

— Et sur quoi porte-t-il, ce dernier livre ? a-t-elle insisté.

Pour la première fois de la soirée, mon père a semblé s'animer.

— C'est une histoire d'amour. Ça a constitué un véritable voyage. Le grand roman américain. *Le Bruit et la Fureur* de ma carrière, avanceraient certains, même. Je ne peux cependant évoquer l'intrigue. Pas vraiment. Pas pour l'instant. Pas quand je suis aussi près de... de...

Il a brusquement cessé de divaguer, à croire que quelqu'un avait appuyé sur l'interrupteur qui le commandait. Les yeux fixés sur la chaise vide de ma mère, il est reparti dans ses songes éveillés. Amma paraissait anxieuse. Tante Caroline a tenté de divertir l'assemblée de ce qui devenait rapidement la soirée la plus gênante de mon existence.

— D'où viens-tu, Lena ? a-t-elle demandé.

Je n'ai pas saisi la réponse. Soudain, j'étais sourd. Autour de moi, les mouvements se sont ralentis. La pièce est devenue floue, s'agrandissant et s'étrécissant tour à tour, comme quand les vagues de chaleur brouillent le paysage.

Puis...

La salle à manger s'est figée. Plus exactement, je me suis figé. Mon père aussi, les yeux plissés, la bouche arrondie pour former des sons qui n'avaient pas eu le loisir de s'échapper de ses lèvres. Il regardait encore l'assiette de purée qu'il n'avait pas entamée. Les Sœurs, Caroline et Marian ressemblaient à des statues. Même l'air était parfaitement immobile. Le balancier de l'horloge s'était arrêté à mi-course.

Ethan ? Tu vas bien ?

J'ai tenté de répondre à Lena, en vain. Lorsque Ridley m'avait emprisonné dans son étreinte mortelle, j'avais cru mourir de froid. Là, j'étais tout aussi pétrifié, mais je n'avais pas froid, et j'étais bien vivant.

— Est-ce moi ? a murmuré Lena à voix haute.

Seule Amma a été en mesure de parler.

— Toi ? Lancer un sortilège temporel ? C'est à peu près aussi probable qu'une poule couvant un alligator. Non, ma petite, ce n'est pas toi. Cela te dépasse. Les Grands ont décidé que le moment était venu que toi et moi ayons une petite conversation. De femme à femme. Personne ne nous entend.

Sauf moi. Je vous entends très bien.

Ce qui n'empêchait pas que j'étais incapable de produire le moindre son.

— Merci, tante Delilah, a lancé Amma en direction du plafond. J'apprécie ton aide.

Elle est allée jusqu'au buffet afin de couper une tranche de tarte au potiron. Elle l'a placée sur une belle assiette en porcelaine qu'elle a déposée au milieu de la table.

— Voilà, je vous donne ça, à toi et aux Grands. Comme preuve de ma gratitude. Ne l'oubliez pas.

— Que se passe-t-il ? Que leur avez-vous fait ?

— À eux ? Rien. J'ai juste acheté un peu de temps.

— Êtes-vous une Enchanteresse ?

— Non, une Voyante, c'est tout. Je vois ce qui doit être vu, ce que personne d'autre ne peut ou ne veut voir.

— Avez-vous arrêté le temps ?

Lena m'avait dit que certains des siens possédaient ce don. Seulement les très puissants.

— Je n'ai pas bougé le petit doigt. J'ai demandé un coup de main aux Grands, ce qu'a très gentiment accepté tante Delilah.

Lena semblait perdue et apeurée.

— Qui sont les Grands ?

— Mes parents de l'Autre-Monde. Il leur arrive de m'épauler. Et ce ne sont pas les seuls. Ils ont des alliés.

Amma s'est penchée par-dessus la table et a plongé son regard dans celui de Lena.

— Pourquoi ne portes-tu pas le bracelet ?

— Quoi ?

— Melchizedek te l'a bien donné, hein ? Je lui ai expliqué que tu en aurais besoin.

— Il me l'a donné, oui, mais je l'ai enlevé.

— Et pourquoi ça ?

— Nous avons deviné qu'il bloquait les visions.

— Pour bloquer, il bloquait quelque chose, en effet. Jusqu'à ce que tu cesses de le mettre.

— Et que bloquait-il ?

Amma a pris une des mains de Lena et l'a retournée, paume vers le ciel.

— Je ne voulais pas être celle qui te l'annoncerait, ma petite. Malheureusement, ni Melchizedek ni aucun membre de ta famille ne va te le dire. Or, il faut que tu saches. Et que tu te prépares.

— À quoi ?

En marmonnant, Amma a contemplé le plafond.

— *Elle* approche, petite. Pour s'emparer de toi. *Elle* représente une force non négligeable. Aussi ténébreuse que la nuit.

— Qui ? Qui vient s'emparer de moi ?

— J'aurais vraiment préféré qu'ils te l'expliquent eux-mêmes. Ce n'est pas mon rôle. Mais les Grands insistent pour tu sois mise au courant avant qu'il ne soit trop tard.

— Au courant de quoi ? Qui arrive, Amma ?

Cette dernière a tiré de son chemisier une petite bourse accrochée à un cordon passé autour de son cou. La serrant entre ses doigts, elle a baissé la voix, comme si elle craignait d'être surprise.

— Sarafine. La Ténébreuse.

— Qui est-ce ?

Amma a serré la bourse encore plus fort, hésitante.

— Ta maman.

— Pardon ? Mes parents sont morts quand j'étais petite. Et ma mère s'appelait Sara. C'est marqué sur notre arbre généalogique.

— Ton papa est mort, c'est vrai. Mais ta maman est aussi en vie que moi à l'heure où je te cause. Quant aux arbres généalogiques du Sud, ils ne sont jamais aussi exacts qu'ils affirment l'être.

Lena a blêmi. J'ai tenté de tendre le bras pour attraper sa main. Seul un de mes doigts a tremblé. J'étais réduit à l'impuissance. J'étais contraint d'observer la scène, tandis que Lena dégringolait dans un puits sombre sans personne pour la retenir. Comme dans les rêves.

— Et elle est vouée aux Ténèbres ? a-t-elle chuchoté.

— Elle est l'Enchanteresse la plus Ténébreuse qui soit actuellement.

— Pourquoi mon oncle ne m'en a-t-il rien dit ? Ou Bonne-maman ? Ils ont soutenu qu'elle était morte. Pourquoi m'ont-ils menti ?

— Il y a vérité et vérité. C'est rarement la même chose, au passage. J'imagine qu'ils essayaient de te protéger. Ils continuent de croire qu'ils le peuvent. Les Grands en sont beaucoup moins certains. Je ne voulais pas te le révéler, mais Melchizedek est têtu comme un âne.

— Pourquoi m'aidez-vous ? Je croyais… je croyais que vous ne m'aimiez pas ?

— Que je t'aime ou pas n'a rien à voir là-dedans. Elle se rapproche pour te prendre, et tu as intérêt à rester concentrée. De plus, je ne veux pas qu'il arrive quoi que ce soit à mon garçon. Tout ça est bien trop gros pour toi. Bien trop gros pour vous deux.

— Qu'est-ce qui est trop gros pour nous ?

— Tout. Toi et Ethan n'êtes pas destinés à être ensemble, un point c'est tout.

Amma s'exprimait par énigmes, et Lena était de plus en plus paumée.

— Comment ça ?

Amma s'est soudain retournée, comme si quelqu'un venait de lui taper sur l'épaule.

— Qu'est-ce que tu dis, tante Delilah ? D'accord. Il ne nous reste plus beaucoup de temps.

Cette dernière phrase était destinée à Lena.

Presque imperceptiblement, le balancier de l'horloge a recommencé à bouger, et mon père à cligner des paupières, si lentement qu'on distinguait très bien ses cils effleurer ses joues.

— Je t'ordonne de remettre ce bracelet. Tu as besoin de toute l'aide possible.

Sur ce, le temps a repris son cours…

J'ai, à mon tour, papilloté des yeux tout en observant la pièce. Mon père fixait ses patates. Tante Charity enveloppait un petit pain dans sa serviette. J'ai soulevé mes mains, agité mes doigts.

— Qu'est-ce que c'était que ça, merde ? ai-je râlé.

— Ethan Wate ! s'est offusquée tante Grace.

Amma, qui était occupée à poser une tranche de jambon sur son pain, m'a jeté un coup d'œil dérouté. Il était clair qu'elle n'avait pas songé un instant que je saisirais sa petite discussion entre filles. Elle m'a fusillé de son fameux regard. Celui qui conseillait à Ethan Wate de la boucler.

— Je t'interdis d'utiliser pareil langage à ma table, m'a-t-elle réprimandé. Tu n'es pas assez vieux pour que je ne te lave pas la bouche au savon. Qu'est-ce que tu crois que c'est ? Du jambon et du pain. De la dinde farcie. Je me suis esquintée à cuisiner toute la journée, alors tais-toi et mange !

Je me suis tourné vers Lena. Son sourire s'était effacé. Elle toisait son assiette.

Lena Banana. Reviens à moi. Je te défendrai. Tout ira bien.

Malheureusement, elle s'était exilée.

Elle n'a pas prononcé un seul mot sur le chemin du retour. Une fois à Ravenwood, elle a ouvert la portière brutalement et l'a claquée derrière elle avant de filer vers la maison sans me décocher une parole.

J'ai failli ne pas la suivre. J'avais le vertige. Je n'osais imaginer ce qu'elle éprouvait. Il était déjà assez dur comme ça de perdre sa mère, j'étais bien placé pour le savoir, mais apprendre que cette mère souhaitait votre mort... Moi, j'avais perdu ma mère mais je n'étais pas perdu. Avant de disparaître, elle m'avait ancré à Amma, à mon père, à Link, à Gatlin. Je sentais sa présence dans les rues, chez moi, à la bibliothèque et même dans le garde-manger. Lena n'avait pas eu droit à cela. Comme aurait dit Amma, elle dérivait sans attaches, pareille à un bac du pauvre dans le marais.

Je désirais être son anneau d'amarrage. Sauf que, là,

tout de suite, je ne crois pas que quiconque aurait été en mesure de jouer ce rôle.

Lena est passée sans s'arrêter devant Boo, qui était assis sur le porche. Il ne haletait même pas, alors qu'il avait couru derrière la voiture durant tout le chemin. Il avait monté la garde sur ma pelouse pendant le dîner et avait paru apprécier les patates douces à la guimauve que je lui avais lancées depuis la porte, quand Amma avait eu le dos tourné.

Les hurlements de Lena me sont parvenus depuis l'intérieur de la vaste demeure. En soupirant, je suis descendu de la Volvo et je me suis posé sur les marches du perron, près du chien. J'avais mal au crâne, à croire que j'étais en manque de sucre.

— Oncle Macon ! Oncle Macon ! Lève-toi ! Il n'y a plus de soleil. Je sais que tu ne dors pas !

Les cris ont résonné dans ma tête.

Il n'y a plus de soleil. Je sais que tu ne dors pas !

J'attendais le jour où Lena se jetterait à l'eau et m'avouerait la vérité sur Macon, de la même façon qu'elle me l'avait révélée à son propre sujet. Quoi qu'il soit, Macon Ravenwood avait l'air de ne pas être un Enchanteur ordinaire, pour peu que pareille créature existe. Qu'il dorme toute la journée et se montre ou disparaisse quand bon lui semblait… il ne fallait pas être grand clerc pour deviner où cela menait. N'empêche, je ne crois pas que j'étais prêt à encaisser ça ce soir-là.

Boo m'a toisé. Quand j'ai voulu le caresser, il s'est détourné, l'air de me signifier que ce n'était pas la peine d'en rajouter. Merci de ne pas me toucher, jeune homme. Des objets ont commencé à se briser dans la maison. D'un commun accord, Boo et moi nous sommes levés et avons tracé la source du fracas. Lena tambourinait à une porte de l'étage.

La maison avait retrouvé l'état dans lequel je soupçonnais fort Macon de la préférer, celui de beautés fanées datant d'avant la guerre de Sécession. En secret, j'ai été soulagé de ne pas être dans le château de Halloween. J'aurais aimé pouvoir arrêter le temps et remonter trois heures en arrière. Pour être franc, j'aurais été aux anges si Ravenwood Manor s'était transformé en caravane, et que nous avions été assis devant des restes de dinde, à l'instar de tout Gatlin en cet instant.

— Ma mère ?! s'égosillait Lena. Ma propre mère ?!

Le battant s'est ouvert à la volée, et Macon est apparu dans l'encadrement, sale et ébouriffé. Il portait une sorte de pyjama froissé qui, je suis au regret de le dire, s'est révélé être une chemise de nuit. Ses yeux étaient plus rouges que d'ordinaire, et sa peau plus pâle. Un camion lui aurait roulé dessus qu'il n'aurait pas eu plus mauvaise mine. En un sens, il ne se différenciait pas tant que cela de mon père – une épave. Plus élégante, peut-être. Sauf pour la chemise de nuit. Mon père aurait préféré se pendre plutôt qu'en enfiler une.

— Ma mère est Sarafine ? La créature qui a essayé de me tuer la nuit de Halloween ? Comment as-tu osé me cacher ça ?

Macon a secoué la tête et passé une main agacée dans ses cheveux.

— Amarie ! a-t-il soupiré.

J'aurais donné n'importe quoi pour assister à une bataille rangée entre ces deux-là. J'aurais parié sur la victoire d'Amma, bien sûr.

Macon a avancé en prenant soin de refermer la porte derrière lui. J'ai juste eu le temps d'entrapercevoir sa chambre à coucher. Un décor tout droit sorti du *Fantôme de l'Opéra*, avec des chandeliers en fer forgé plus hauts que moi et un lit à baldaquin sombre orné de draperies en velours gris et noir. Le même tissu – qui devait avoisiner le siècle – dissimulait les fenêtres déjà obturées par des volets à claire-voie. Même les murs en étaient tendus. L'effet était réfrigérant.

Les ténèbres, les vraies, allaient largement au-delà de la simple absence de lumière.

Au moment où il mettait le pied dans le couloir, Macon est apparu habillé de pied en cap, sans un cheveu qui dépassait, sans un pli sur son pantalon ou sa chemise amidonnée blanche. Même ses chaussures en daim étaient immaculées. Rien à voir avec l'allure qu'il avait eue une seconde auparavant ; alors qu'il s'était simplement borné à franchir un seuil.

J'ai regardé Lena. Elle ne prêtait aucune attention à ce tour de magie. J'ai frissonné en songeant combien sa vie et la mienne devaient être différentes.

— Ma mère est-elle vivante ?

— Je crains que ce ne soit un peu plus complexe que ça.

— En dehors du fait que ma propre génitrice cherche à me tuer, tu veux dire ? Quand comptais-tu m'avertir, oncle Macon ? Une fois que j'aurais été Appelée ?

— S'il te plaît, ne remets pas ça sur le tapis. Tu ne seras pas vouée aux Ténèbres.

— Je ne comprends pas que tu puisses y croire, puisque je suis la fille de, ouvrez les guillemets : « l'Enchanteresse la plus Ténébreuse qui soit actuellement », fermez les guillemets.

— J'admets que tu sois bouleversée. C'est une nouvelle dérangeante, et je reconnais que j'aurais mieux fait de t'en parler en personne. Mais je te jure que j'essayais de te protéger.

Lena était au-delà de la simple colère, à présent.

— Me protéger ! a-t-elle rugi. Tu m'as soutenu que l'événement de Halloween n'était qu'une attaque hasardeuse, alors qu'il s'agissait de ma mère. Ma mère est en vie, elle veut m'assassiner et toi, tu estimes qu'il vaut mieux que je n'en sache rien ?

— Nous ne sommes pas sûrs qu'elle cherche à te liquider.

Les tableaux se sont mis à cogner contre les murs. Les lampes des appliques ont grillé les une après les autres. Le bruit de la pluie qui s'abattait sur le toit a résonné.

— Tu ne trouves pas que nous avons eu assez de mauvais temps comme ça, ces dernières semaines ? a plaidé Macon.

— Que m'as-tu caché d'autre ? Quels sont les mensonges dont je devrais être avertie ? Mon père vit-il aussi ?

— J'ai bien peur que non.

Macon s'était exprimé sur un ton qui laissait présumer un drame, un accident trop affreux pour qu'on l'évoque. Le même que celui qu'empruntaient les gens quand ils mentionnaient ma défunte mère.

— J'exige que tu m'aides ! a piaillé Lena, dont la voix s'est brisée.

— Je mettrai en œuvre tout ce qui est en mon pouvoir pour ça, Lena. Comme toujours.

— Faux ! Tu ne m'as pas expliqué quels étaient mes pouvoirs. Tu ne m'as pas appris à me défendre toute seule.

— J'ignore l'étendue de tes talents. Tu es une Élue. En cas de besoin, tu agis. À ta manière, en ton temps.

— Je n'ai pas de temps. Je te rappelle que ma mère veut ma peau.

— Et je te répète que nous n'en savons rien.

— Et ce qui s'est produit à Halloween, alors ?

— Des tas de possibilités sont envisageables. Del et moi travaillons dessus.

Macon s'est retourné, comme s'il s'apprêtait à regagner sa chambre.

— Calme-toi, a-t-il ajouté. Nous reparlerons de tout cela plus tard.

Lena a fixé un vase posé sur une crédence, à l'autre bout du couloir. Comme tiré par une ficelle, l'objet a suivi le parcours de ses yeux et s'est écrasé contre le mur, juste à côté de la chambre de Macon. Suffisamment loin de ce dernier pour ne pas le blesser, mais assez près pour exprimer une objection. Rien d'accidentel là-dedans. Il ne s'agissait pas d'un de ces moments où Lena perdait le contrôle des choses, lesquelles arrivaient, tout simplement. Elle avait fait ça exprès.

Macon a virevolté si lestement que je ne l'ai pas vu faire : en une fraction de seconde, il était devant sa nièce. Apparemment aussi choqué que moi. Et ayant compris la situation, comme moi. Quant à l'expression de Lena, elle trahissait une surprise égale à la nôtre, tant à cause de son geste qu'à cause de la réaction de Macon. Celui-ci avait l'air offensé, dans les limites où il pouvait l'être, s'entend.

— Comme je te l'ai dit, a-t-il murmuré, en cas de besoin, tu agis.

Puis il s'est adressé à moi.

— Je pense que le péril va augmenter dans les semaines à venir. Les choses ont changé. Ne la laissez pas seule. Ici, je suis en mesure de la protéger. Mais ma mère avait raison, il semble que vous en soyez également capable. Mieux que moi, peut-être.

— Hé ! a braillé Lena. Je suis ici ! Ne parle pas de moi comme si je n'étais pas là.

Elle s'était remise de son étonnement. J'ai deviné que,

par la suite, elle se ferait des reproches mais, pour l'heure, la colère l'emportait. Une ampoule a explosé dans le dos de Macon, qui n'a pas bronché.

— Non, mais tu t'entends ? a-t-elle poursuivi. Il faut que je sache. C'est moi que l'on traque ! C'est moi qu'elle veut. Or, j'ignore pourquoi.

Ils se sont défiés du regard, un Ravenwood et une Duchannes, deux branches de la même lignée d'Enchanteurs. J'ai eu l'impression qu'il était temps que je file. Macon m'a jeté un coup d'œil qui m'a conforté dans ma résolution. Lena m'a jeté un coup d'œil qui m'a fait hésiter. Elle m'a attrapé par la main, et une chaleur brûlante m'a irradié. Elle était un incendie, en proie à une fureur dans laquelle je ne l'avais jamais vue. J'étais même ahuri qu'aucune fenêtre de la maison n'ait encore volé en éclats.

— Tu connais ses raisons, n'est-ce pas ? a-t-elle lancé à son oncle.

— C'est...

— Complexe, hein ? l'a-t-elle interrompu.

Ils se sont toisés. Les cheveux de Lena se recroquevillaient. Macon jouait avec sa bague en argent. Boo a reculé en rampant. Pas sot, ce chien. J'aurais volontiers déguerpi moi aussi, sur le ventre si nécessaire. La dernière lampe a sauté, et nous avons été plongés dans l'obscurité.

— Tu dois me dire tout ce que tu sais sur mes pouvoirs.

Macon a poussé un soupir, les ombres ont commencé à s'éclaircir.

— Comprends-moi bien, Lena, ce n'est pas que je refuse d'aborder le sujet. Après la petite démonstration dont tu viens de nous régaler, il est évident que je ne sais même pas ce que tu es en mesure d'accomplir. Personne ne le soupçonne. Pas même toi, à mon avis. Il en va ainsi, avec les Élus. Cela constitue une partie de leur don.

Lena s'est détendue. La bagarre était terminée, et elle l'avait remportée. La première manche, du moins.

— Que vais-je faire, alors ? s'est-elle enquise.

Macon arborait la même expression de détresse que celle de mon père, le jour où, alors que j'étais au CM2, il était entré dans ma chambre pour me dévoiler les secrets des fleurs et des abeilles.

— L'apprentissage de ses pouvoirs est une période très perturbante. Il y a peut-être un livre qui traite de ce sujet. Si tu veux, nous demanderons à Marian.

Ben tiens ! *Choix et changements : guide de la fille moderne pour devenir Enchanteresse. Ma mère veut me tuer : ouvrage d'autodéfense à l'usage des adolescents*.

Les quelques semaines à venir promettaient d'être longues.

28 novembre
Domus lunae libri

— Ce soir ? Mais ce n'est pas un jour férié !

Quand j'avais répondu aux coups frappés à notre porte, Marian avait été la dernière personne que je m'étais attendu à voir sur mon seuil, emmitouflée dans son manteau. À présent, avec Lena, j'étais assis sur la banquette glacée de sa vieille camionnette turquoise, en route pour la bibliothèque des Enchanteurs.

— Une promesse est une promesse. Thanksgiving était hier, je te rappelle. C'est le pont du Vendredi noir[1]. Ça suffit amplement.

Marian disait vrai. Amma avait sûrement commencé à faire la queue au centre commercial dès l'aube, une poi-

1. Lendemain de Thanksgiving (lequel a toujours lieu un jeudi, voir note p. 153), date de lancement des achats de Noël. Les boutiques ouvrent très tôt, parfois à cinq heures du matin. L'expression Vendredi noir daterait du milieu des années 1970, même si la coutume est beaucoup plus ancienne et renvoie aux embouteillages monstres de cette journée particulière, tout en faisant allusion au Mardi noir de la crise de 1929.

gnée de coupons de réductions à la main. La nuit était tombée, et elle n'était toujours pas rentrée.

— La bibliothèque municipale de Gatlin est fermée, donc celle des Enchanteurs est ouverte.

— Mêmes horaires ? ai-je demandé tandis qu'elle bifurquait dans la Grand-Rue.

— Oui, a-t-elle acquiescé. De neuf à dix-huit. Ou plutôt, de vingt et une à six, a-t-elle précisé avec un clin d'œil. Toute ma clientèle n'est pas forcément apte à s'aventurer dehors en pleine lumière.

— Ce qui est assez injuste, a marmonné Lena. Les Mortels disposent de beaucoup plus de jours ouvrables, alors qu'ils lisent à peine.

— Je suis payée par les autorités du comté, a lâché Marian avec un haussement d'épaules. Si tu veux te plaindre, adresse-toi à elles. Mais n'oublie pas que vous pouvez conserver vos *Lunae Libri* d'autant plus longtemps.

Je l'ai regardée avec des yeux ronds.

— *Lunae Libri*, a-t-elle répété. « Livres de la lune ». Ou, si tu préfères, les « manuscrits des Enchanteurs ».

Je ne préférais rien du tout. J'avais surtout hâte de découvrir ce que les ouvrages de cette bibliothèque si particulière avaient à nous révéler, puisque nous manquions à la fois de réponses et de temps.

Nous sommes descendus de voiture. En voyant où nous étions, j'en suis resté comme deux ronds de flan. Marian s'était garée à moins de trois mètres de la Société Historique de Gatlin. Ou, pour reprendre une expression chère à ma mère et à sa collègue, la Société Hystérique de Gatlin. Qui abritait également l'état-major des FRA. Marian avait pris soin de ranger la camionnette assez loin du premier réverbère. Boo Radley patientait sur le trottoir, comme s'il avait deviné que nous viendrions ici.

— Ces *Lunae bidules choses* se trouvent au siège des FRA ? me suis-je exclamé.

— *Domus Lunae Libri*. La Maison des Livres de la lune. On dit *Lunae Libri* pour faire court. Ce n'est que l'entrée de Gatlin qui se situe ici.

J'ai éclaté de rire.

— Au moins, tu as le sens de l'humour de ta mère, a commenté Marian.

Nous nous sommes approchés du bâtiment désert. La soirée était idéale pour ce que nous nous apprêtions à faire.

— Ce n'est pas une mauvaise plaisanterie, a continué Marian. La Société Historique occupe le plus ancien édifice de la ville, après Ravenwood. Rien d'autre n'a survécu au Grand Incendie.

— N'empêche, les FRA et les Enchanteurs ? a marmonné Lena, ahurie. Tout les oppose !

— Tu découvriras plus tard qu'ils ont plus en commun que tu crois, a rétorqué Marian en sortant son trousseau de clés de sa poche. Ainsi, je suis membre des deux sociétés. Je suis neutre, a-t-elle précisé devant mon air hébété. Je pensais que tu l'avais compris, Ethan. Je ne suis pas comme toi. Tu me rappelles Lila, toujours trop impliquée...

Elle s'est interrompue. J'aurais pu terminer sa phrase. « Et regarde où ça l'a menée. »

Marian a pâli. Ses mots flottaient encore dans l'air, et elle ne pouvait rien dire ni faire pour les ravaler. Bien que blessé, je n'ai pas moufté. Lena a attrapé ma main, me tirant hors de moi-même.

Ça va, Ethan ?

— Neuf heures moins cinq, a repris Marian en consultant sa montre. Il est encore trop tôt pour que vous entriez, mais je dois être en bas à vingt et une heures précises, au cas où d'autres personnes nous rendraient visite ce soir. Suivez-moi.

Nous avons contourné l'immeuble obscur. Marian a tripoté son trousseau jusqu'à ce qu'elle isole un anneau, dont j'avais toujours pensé qu'il s'agissait d'un porte-clés, vu qu'il n'avait en rien l'air d'une clé. Une de ses moitiés était montée sur charnière. D'un geste expert, Marian a fait jouer celle-ci, et le cercle s'est replié sur lui-même, se transformant en croissant de lune.

Elle a appuyé cette espèce de sésame sur une grille placée au niveau des fondations arrière de la maison, a tourné le poignet, et les barreaux ont glissé sur le côté, dévoilant des marches en pierre plongées dans le noir qui descendait vers des lieux encore plus sombres, le sous-sol du sous-sol des FRA. Une nouvelle rotation sur la gauche, et une rangée de torches plantées dans le mur s'est allumée. La cage d'escalier était maintenant éclairée de lumières vacillantes. J'ai distingué les mots DOMUS LUNAE LIBRI gravés dans l'arche de l'entrée, en bas. Nouveau tour de clé, et les marches se sont effacées, remplacées par la grille.

— On ne descend pas ? a protesté Lena.

Marian a passé la main à travers les barreaux. C'était une illusion.

— Comme vous le savez, je ne suis pas en mesure de lancer des sortilèges. Pourtant, il fallait protéger cet endroit des importuns. Macon a demandé à Larkin de fabriquer cet effet d'optique pour moi. Il passe régulièrement vérifier que son stratagème résiste au temps.

Marian est brusquement devenue grave.

— Bon, a-t-elle enchaîné. Puisque vous voulez entrer, je ne peux pas m'y opposer. Je ne peux pas non plus vous guider à l'intérieur, ni vous empêcher d'emprunter un livre, ni vous le reprendre avant que la *Lunae Libri* ne se rouvre d'elle-même.

Elle a posé une main sur mon épaule.

— Comprends-tu, Ethan ? Ceci n'est pas un jeu. Certains des ouvrages qui se trouvent en bas sont très puissants. Il y a également des objets qu'aucun Mortel, sauf moi et mes prédécesseurs, n'a jamais vus. Bien des livres sont défendus par un sortilège, d'autres portent malheur. Sois prudent. Ne touche à rien, laisse Lena s'en occuper.

Les cheveux de celle-ci fourchaient, sous l'effet de la magie qu'elle sentait émaner de ces lieux. J'ai acquiescé aux paroles de Marian, un peu anxieux. Personnellement, j'éprouvais plutôt une sorte de nausée, comme si c'était moi qui avais bu tout l'alcool de menthe, et non Link. Combien de fois Mme Lincoln et ses copines avaient-elles arpentées l'étage du dessus, inconscientes de ce sur quoi elles marchaient ?

— Quoi que vous dénichiez, a poursuivi Marian, rappelez-vous que vous devez être sortis d'ici avant le lever du soleil. Six heures précises. Si vous êtes en retard, vous serez coincés jusqu'à la prochaine ouverture de la bibliothèque des Enchanteurs, et j'ignore complètement si un Mortel survivrait à cette expérience. Est-ce clair ?

Lena a hoché la tête.

— On peut y aller, maintenant ? a-t-elle dit en prenant ma main, impatiente.

— Si Macon et Amma étaient au courant, ils me tueraient, a soupiré Marian. Allons-y.

— Un instant, Marian. As-tu... ma mère a-t-elle vu ça ?

Elle m'a dévisagé avec des yeux étrangement brillants.

— C'est elle qui m'a refilé le boulot, Ethan.

Sur ce, elle a disparu derrière la grille illusoire. Boo Radley a aboyé. Il était cependant trop tard pour rebrousser chemin.

Les marches étaient froides et moussues, l'atmosphère humide. Des choses mouillées, des choses qui galopaient, des choses qui se terraient… il ne fallait pas beaucoup d'imagination pour se les représenter vivant confortablement ici.

Je m'efforçais de ne pas repenser aux derniers mots de Marian. Ma mère descendant cet escalier ? Impensable. Ma mère au courant de ce monde dans lequel je venais de débarquer avec mes gros sabots ou, à l'inverse et plus justement, ce monde qui venait de me piétiner allègrement ? Inconcevable. C'était ainsi, pourtant. J'avais du mal à ne pas m'interroger sur le pourquoi et le comment. Cela s'était-il produit par hasard, comme avec moi, ou avait-elle été invitée ? Qu'elle et moi partagions le même secret semblait rendre tout ceci étrangement plus réel, bien qu'elle ne soit plus là.

C'était moi qui, à sa place, arpentais ces gradins usés comme le sol d'une vieille église. Le passage était encadré par de grossiers moellons de pierre, les fondations d'une ancienne pièce qui avait existé longtemps avant que le bâtiment des FRA n'ait été érigé. J'ai regardé en bas, n'ai cependant distingué que des formes floues, des ombres dans le noir. Rien de bien commun avec une bibliothèque. Plutôt avec une crypte.

Au pied des marches, dans la pénombre ambiante, j'ai découvert d'innombrables petits dômes, là où les colonnes soutenaient la voûte du plafond. Il y en avait entre quarante et cinquante en tout. Lorsque mes yeux se sont habitués à l'obscurité, j'ai constaté que chaque pilier se distinguait des autres, d'aucuns étant même inclinés, tels des chênes ancestraux. Les ombres qu'ils projetaient sur la pièce circulaire évoquaient une sorte de forêt silencieuse et noire. Quel endroit terrifiant ! D'autant plus qu'il était impossible de mesurer sa taille, car ses limites se fondaient dans la nuit.

Marian a inséré une clé dans la première colonne, qui était marquée d'une lune. Les torches fixées aux murs se sont enflammées d'elles-mêmes, illuminant les lieux de lueurs vacillantes.

— Comme c'est beau ! a murmuré Lena.

Ses cheveux continuaient de boucler. Apparemment, la crypte avait sur elle un effet qui m'échappait et m'échapperait toujours.

C'est vivant. C'est puissant. Comme si la vérité, toutes les vérités étaient rassemblées ici, quelque part.

— Ces piliers ont été rapportés du monde entier, bien longtemps avant que j'apparaisse dans le tableau, a expliqué Marian avant de désigner quelques chapiteaux : Istanbul, Babylone, l'Égypte et l'œil d'Horus (quatre têtes de faucons en ornaient les coins), l'Assyrie.

Cette dernière colonne était sculptée d'une tête de lion impressionnante. Promenant une main sur les parois, j'ai découvert qu'elles aussi étaient sculptées, visages d'humains, de créatures mythiques, d'oiseaux qui, tels des prédateurs, surveillaient la forêt de piliers. Certaines pierres étaient gravées de symboles qui m'étaient inconnus, de hiéroglyphes appartenant à la langue des Enchanteurs et à d'autres cultures dont je n'avais jamais entendu parler.

Quittant la crypte, nous avons pénétré dans une salle qui avait l'air de servir de hall et, encore une fois, les flambeaux se sont allumés tout seuls, l'un après l'autre, comme s'ils suivaient notre progression. Au milieu, les colonnes s'arquaient autour d'un autel en pierre. Les étagères – du moins, ce qui me semblait l'être – partaient d'un cercle central, tels les rayons d'une roue, s'élançaient vers le plafond et formaient un labyrinthe effrayant où un Mortel avait toutes les chances de s'égarer. Dans la salle elle-même, il n'y avait rien de plus que les piliers et la table ronde.

Très calme, Marian a décroché une torche de son support en fer forgé comme un croissant de lune et me l'a tendue. Elle a répété l'opération avec Lena, puis elle-même s'est servie.

— Visitez un peu les alentours, nous a-t-elle dit. Moi, je dois jeter un coup d'œil au courrier. Des fois que j'aie une demande de transfert.

— Parce qu'il existe d'autres bibliothèques comme celle-ci ?

— Naturellement, a répondu Marian en retournant vers l'escalier.

— Une minute ! Comment fonctionne le courrier, ici ?

— Comme chez toi. Carlton Eaton nous le livre, qu'il pleuve ou qu'il vente.

Le facteur était donc dans le secret. Bien sûr. Ce qui expliquait sans doute pourquoi c'était lui qui était passé chercher Amma au milieu de la nuit pour la conduire à son rendez-vous avec Macon. Carlton Eaton était-il aussi indiscret avec les lettres des Enchanteurs qu'avec les nôtres ? Quelles autres particularités de Gatlin et de ses habitants ignorais-je ? Je n'ai pas eu à poser la question.

— Nous ne sommes pas très nombreux, mais plus nombreux que tu le penses, a enchaîné Marian. N'oublie pas que Ravenwood date de bien avant ce bâtiment-ci. Le pays était une contrée d'Enchanteurs longtemps avant de devenir un comté de Mortels.

— Ce qui explique sûrement pourquoi vous êtes tous

aussi bizarres, m'a taquiné Lena en m'assenant un coup de coude.

J'étais encore sous le coup de la révélation concernant Carlton Eaton. Qui d'autre était au courant de ce qui se passait réellement dans la ville, la seconde ville, celle aux bibliothèques souterraines magiques et aux nanas qui pouvaient commander aux éléments ou vous amener à sauter d'une falaise ? Qui d'autre appartenait au cercle des Enchanteurs, à l'instar de Marian et de Carlton Eaton ? De ma mère ?

Gros Lard ? Mme English ? M. Lee ?

Non, sûrement pas lui.

— Ne t'inquiète pas, Ethan, a ri Marian devant mon ébahissement. Quand tu auras besoin d'eux, ils te trouveront. C'est ainsi que ça fonctionne, depuis la nuit des temps.

— Attends ! ai-je crié en la retenant par la manche alors qu'elle s'apprêtait à s'en aller vaquer à ses occupations. Est-ce que mon père sait ?

— Non.

Au moins une personne chez moi qui, bien que cinglée, ne menait pas une double vie.

— Bon, bougez-vous, a lancé Marian. La *Lunae Libri* est cent fois plus vaste que n'importe quelle bibliothèque. Si vous vous perdez, revenez immédiatement sur vos pas. C'est la raison pour laquelle les rayonnages sont construits en roue de vélo. Si vous vous bornez à avancer et à revenir en arrière, vous risquez moins de vous égarer.

— Il est impossible de se perdre, quand on va tout droit, non ?

— Essaye donc, tu verras bien.

— Qu'y a-t-il au bout des rayonnages ? a demandé Lena. Enfin, au bout des allées ?

Marian l'a gratifiée d'un drôle de regard.

— Nul ne le sait. Personne n'a jamais réussi à se rendre aussi loin. Certaines allées se transforment en tunnels. Des parties de la *Lunae Libri* ne sont pas encore répertoriées, ni cartographiées. Il y a bien des aspects de cet endroit que je ne connais pas du tout.

— Mais qu'est-ce que tu racontes ? ai-je protesté. Toute chose a une fin. Il ne peut y avoir des rangées de livres qui courent sous toute la ville. C'est dément ! Imagine... tu te retrouverais soudain chez Mme Lincoln pour une tasse de thé ? Tu tournerais à gauche pour déposer un livre à tante Del dans le bled voisin ? Tu prendrais le tunnel de droite afin d'avoir une petite conversation avec Amma ?

J'étais pour le moins sceptique. Amusée, Marian m'a souri.

— À ton avis, de quelle façon Macon obtient-il ses nombreuses lectures ? Et comment expliques-tu que les FRA ne remarquent jamais un visiteur qui entre ou sort ? Gatlin est Gatlin. Ses habitants l'apprécient telle qu'elle est, telle qu'ils la croient être. Les Mortels voient ce qu'ils veulent bien voir. Une communauté d'Enchanteurs florissante s'est épanouie dans et autour de ce comté bien avant la guerre de Sécession. Cela remonte à très loin, Ethan, et ça ne changera pas tout d'un coup juste parce que, soudain, tu en as pris conscience.

— Je n'en reviens pas qu'oncle Macon ne m'ait jamais parlé de cet endroit, est intervenue Lena. Songez un peu à tous les Enchanteurs qui l'ont fréquenté.

Soulevant sa torche, elle a tiré un volume d'une étagère. Il était richement relié, lourd, et a dégagé un nuage de poussière qui s'est répandu partout. Je me suis mis à tousser. Elle en a déchiffré le titre.

— *Abrégé de l'Enchantement*. Nous sommes à la lettre A, j'imagine.

Elle a choisi un autre ouvrage, cette fois une boîte en

cuir qui contenait un manuscrit parcheminé. Elle l'a extirpé de son coffret. Même la poussière semblait plus vieille et plus grise.

— *L'Art d'Enchanter : création et confusion.* Celui-ci est ancien.

— Prends-en soin. Il a plusieurs centaines d'années. Gutenberg n'a pas inventé l'imprimerie avant 1455.

Marian lui a repris le document, le maniant avec le soin qu'elle aurait mis à s'occuper d'un nouveau-né.

— *L'Amérique confédérée des Enchanteurs*, a lu Lena qui avait attrapé un livre en cuir ardoise. Il y avait des Enchanteurs pendant la guerre de Sécession ?

— Dans les deux camps, a acquiescé Marian. Le conflit a déchiré la communauté. Comme chez les Mortels.

Lena a levé les yeux vers la bibliothécaire tout en rangeant le volume poussiéreux sur son étagère.

— Dans ma famille, la guerre n'est pas terminée, n'est-ce pas ?

— Le président Lincoln a parlé un jour de « maison divisée », a-t-elle admis avec tristesse. J'ai bien peur que ce soit votre cas en effet, Lena. D'où ta présence ici, je te rappelle. Tu es venue chercher ce dont tu as besoin afin de donner un sens à ce qui est apparemment insensé. Alors, au travail.

— Il y a tellement de livres, Marian. Ne pouvez-vous pas nous mettre sur la bonne voie ?

— Inutile de me regarder comme ça. Je te répète que ce n'est pas moi qui ai les réponses, juste les ouvrages. Mets-toi au boulot. Nous suivons l'horloge lunaire, ici-bas. Attention à ne pas perdre la notion du temps. Les choses ne correspondent pas forcément à ce à quoi elles ressemblent.

Mes yeux faisaient la navette entre Lena et Marian. J'avais peur de les perdre de vue, l'une comme l'autre. La

Lunae Libri était plus intimidante que je l'avais imaginée. Elle tenait moins de la bibliothèque que des catacombes. Quant au *Livre des lunes*, il pouvait être rangé n'importe où.

Lena et moi avons contemplé les rayonnages qui couraient à l'infini. Ni elle ni moi n'avons bougé.

— Je ne sais pas, a-t-elle murmuré. Peut-être que...

J'ai aussitôt deviné ce à quoi elle pensait.

— On essaye avec le médaillon ?

— Tu l'as sur toi ?

Hochant la tête, j'ai tiré le petit baluchon tiède de ma poche tout en tendant ma torche à Lena.

— Il faut que nous voyions ce qui se passe. Il y a sûrement quelque chose d'autre.

Dénouant le mouchoir, j'ai déposé le camée sur la table en pierre au milieu de la salle. Un éclat a traversé les prunelles de Marian. Il m'était familier. C'était celui qu'elle avait partagé avec ma mère chaque fois qu'elles avaient mis au jour une trouvaille extraordinaire.

— Souhaites-tu assister à cela ? lui ai-je demandé.

— À un point dont tu n'as pas idée.

Lentement, elle a pris ma main, cependant que j'attrapais celle de Lena. Nos doigts entremêlés ont effleuré le bijou. Un éclair aveuglant m'a contraint à fermer les paupières. J'ai vu de la fumée, j'ai senti le feu, nous avons disparu...

Genevieve souleva le Livre *de façon à déchiffrer les mots sous la pluie battante. Elle savait que prononcer l'incantation reviendrait à défier les Lois de la Nature. Elle entendait presque sa mère la suppliant d'arrêter, de réfléchir au choix qu'elle s'apprêtait à faire.*

Mais Genevieve ne pouvait s'interrompre. Il était hors de question qu'elle perdît Ethan.

Elle entonna les paroles :

CRUOR PECTORIS MEI, TUTELA TUA EST.
VITA VITAE MEAE, CORRIPIENS TUAM, CORRIPIENS MEAM,
CORPUS CORPORIS MEI, MEDULLA MENSQUE,
ANIMA ANIMAE MEAE, ANIMAM NOSTRAM CONECTE.
CRUOR PECTORIS MEI, LUNA MEA, AESTUS MEUS.
CRUOR PECTORIS MEI, FATUM MEUM, MEA SALUS.

— Taisez-vous, enfant, il est trop tard !

Ivy était au bord de la panique. La pluie tombait à verse, des éclairs fendaient les rideaux de fumée. Genevieve retint son souffle et attendit. Rien. Elle avait dû commettre une erreur. Elle se concentra afin de mieux distinguer les vers dans l'obscurité. Elle se mit à hurler dans la langue qu'elle connaissait la mieux :

SANG DE MON CŒUR, LA PROTECTION EST TIENNE.
VIE DE MA VIE, PRENDS LA TIENNE, PRENDS LA MIENNE,
CORPS DE MON CORPS, DE MA MOELLE ET DE MON ESPRIT,
ÂME DE MON ÂME, QUE SOIENT SCELLÉS NOS ESPRITS.
SANG DE MON CŒUR, DE MA LUNE ET DE MES SAISONS.
SANG DE MON CŒUR, DE MON SALUT ET DE MA DAMNATION.

Elle crut que ses yeux lui jouaient des tours quand les paupières d'Ethan battirent, luttant pour s'ouvrir.

— Ethan !

L'espace d'une seconde, leurs regards se croisèrent. Il s'efforça d'avaler une goulée d'air, essaya de parler. Genevieve plaqua son oreille contre ses lèvres, et elle sentit sa douce haleine sur sa joue.

— Je n'ai jamais cru ton père quand il affirmait qu'une

Enchanteresse et un Mortel ne pouvaient vivre ensemble. Nous aurions trouvé une solution. Je t'aime, Genevieve.

Il glissa un objet dans la main de la jeune fille. Un médaillon.

Puis, aussi soudainement qu'ils s'étaient ouverts, ses yeux se refermèrent, et sa poitrine cessa de se soulever. Avant que Genevieve ait eu le temps de réagir, une décharge électrique traversa son corps, et elle éprouva la sensation du sang qui courait dans ses veines. Elle avait dû être frappée par la foudre. Des vagues de douleur la submergèrent.

Elle tenta de résister.

Puis tout devint noir.

— Doux Jésus ! La prends pas elle aussi !

Genevieve reconnut la voix d'Ivy. Où était-elle ? L'odeur la ramena à la réalité. Citrons brûlés. Elle voulut parler, mais sa gorge lui donnait l'impression d'être remplie de sable. Ses paupières papillotèrent.

— Dieu soit loué !

Agenouillée à ses côtés, Ivy la contemplait. La jeune fille toussa et tendit la main vers la vieille femme pour qu'elle se rapproche.

— Ethan ! souffla-t-elle. Est-il…

— Je suis désolée, enfant. L'est parti.

Genevieve se contraignit à ouvrir les yeux. Ivy sauta en arrière, comme si elle venait de croiser le diable en personne.

— Aie pitié, ô Seigneur !

— Quoi ? Que se passe-t-il, Ivy ?

La domestique s'efforça de formuler ce qu'elle voyait.

— Vos yeux, enfant. Y sont plus verts. Y sont jaunes. Jaunes comme le soleil.

Genevieve se moquait de la couleur de ses yeux. Elle se moquait de tout, à présent qu'elle avait perdu Ethan. Elle fondit en larmes. La pluie redoubla, transformant la terre en boue.

— Faut que vous vous levez, mam'zelle Genevieve. On doit communiquer avec ceux de l'Autre-Monde.

Ivy tenta de la remettre sur ses pieds.

— Qu'est-ce que tu racontes, Ivy ?

— Vos yeux… je vous avais prévenue. J'avais parlé de cette lune, l'absence de lune. Faut qu'on découvre ce que ça veut dire. Faut qu'on consulte les Esprits.

— Si mes yeux sont étranges, c'est sûrement à cause de la foudre.

— Qu'avez-vous vu ? s'exclama la vieille, affolée.

— Allons, Ivy, qu'est-ce qui te prend ? Pourquoi es-tu si bizarre ?

— Z'avez pas été frappée par la foudre. C'était aut' chose.

Ivy retourna en courant en direction des champs de coton. Genevieve l'appela tout en essayant de se hisser debout, mais elle chancelait. Elle se rallongea, offrit son visage à la pluie. La pluie qui se mélangeait aux larmes de la défaite. Elle perdit la notion du temps, elle perdit conscience, revenant à elle par à-coups. La voix d'Ivy qui la hélait au loin lui parvint. Lorsqu'elle rouvrit les paupières, la domestique était de nouveau près d'elle, sa jupe ramassée dans une de ses mains.

Elle y avait transporté quelque chose, qu'elle laissa tomber sur le sol détrempé, à côté de Genevieve. Des flacons de diverses poudres et de ce qui ressemblait à un mélange de sable et de terre.

— Que fais-tu ?

— Une offrande. Aux Esprits. Eux seuls peuvent dire ce qui se passe.

— Calme-toi. Tu délires.

La vieille femme tira de la poche de sa robe un éclat de miroir qu'elle brandit sous le nez de sa maîtresse. Malgré l'obscurité, cette dernière vit clairement que ses prunelles flamboyaient.

D'un vert profond, elles avaient viré à un or intense ; elles ne ressemblaient plus aux siennes. En leur centre, à la place de la pupille ronde et noire, elle distingua des fentes en amande pareilles à celles d'un chat. Écartant la glace, Genevieve se tourna vers Ivy.

Celle-ci ne lui prêtait pas attention, cependant. Elle avait déjà mixé les poudres et la terre qu'elle tamisait en les passant d'une main à l'autre tout en chuchotant dans la langue antique de ses ancêtres Gullah.

— Ivy ! Que…

— Chut ! J'écoute les Esprits. Y savent ce que vous avez fait. Y vont nous y dire. De la terre de son sang, du sang de mon sang…

Ivy se piqua le bout du doigt à l'aide de l'éclat de miroir et répandit quelques gouttes de sang sur le mélange qu'elle tenait.

— … Donnez-moi à entendre ce que vous entendez. À voir ce que vous voyez. À savoir ce que vous savez.

Elle se leva, bras brandis vers le ciel. La pluie roulait sur ses joues, des filets de boue maculaient ses vêtements. Elle prononça derechef quelques paroles dans sa langue ancestrale, puis…

— Non ! Elle voulait pas ça…

Elle se mit à gémir.

— Que se passe-t-il, Ivy ?

La vieille tremblait, se tordait les poignets, geignait.

— Non, non…

Se levant, Genevieve l'attrapa par les épaules.

— Quoi ? Qu'y a-t-il ? Qu'est-ce que j'ai ?

— Je vous avais dit de pas jouer avec ce Livre. *Je vous avais dit que c'était pas la bonne nuit pour les sortilèges. L'est trop tard, enfant. On peut pas revenir en arrière.*

— Qu'est-ce que tu racontes ?

— Z'êtes maudite, mam'zelle Genevieve. Z'avez été Appelée.

Z'êtes Vouée, et r'en n'y fera. Un marché. On n'obtient r'en du Livre des lunes *sans donner que'que chose en échange.*

— Quoi donc ? Qu'ai-je donné ?

— Vot' destin, petiote. Vot' destin et çui de tout enfant Duchannes à venir.

Genevieve ne saisissait pas. Elle comprenait seulement qu'il lui était impossible de revenir sur ce qu'elle avait fait.

— Que veux-tu dire ?

— À la seizième lune, à la seizième année, le Livre *prendra ce qui lui a été promis. Vot' marché. Le sang de la lignée Duchannes qui sera Vouée aux Ténèbres.*

— Toute la lignée ?

Ivy baissa la tête. Genevieve n'était pas la seule vaincue, cette nuit-là.

— Non, pas toute.

— Qui, alors ? s'écria la jeune fille, pleine d'espoir. Comment saurons-nous de qui il s'agit ?

— Le Livre *choisira. À la seizième lune. Aux seize ans de l'héritier.*

— Ça n'a pas marché.

La voix de Lena était étranglée, lointaine. Je ne voyais que de la fumée, je n'entendais que Lena. Nous n'étions pas dans la bibliothèque, nous n'étions pas dans la vision non plus. Nous étions quelque part entre les deux, et c'était horrible.

— Lena !

Un instant, j'ai distingué ses traits au milieu des volutes. Ses prunelles étaient immenses et sombres, le vert en semblait presque noir. Elle chuchotait, désormais.

— Deux secondes. Il n'a vécu que deux secondes avant qu'elle ne le perde.

Fermant les paupières, elle s'est volatilisée.

— L ! Où es-tu ?

— Ethan, le médaillon, m'a lancé Marian, l'air d'être très loin, elle aussi.

J'ai palpé la dureté du camée. J'ai compris. Je l'ai laissé tomber.

Ouvrant les yeux, j'ai toussé, les poumons encore encombrés des vapeurs délétères de l'incendie. La pièce tournoyait, floue.

— Que diable fichez-vous ici, les enfants ?

Je me suis concentré sur le médaillon, et les contours de la salle se sont stabilisés. Gisant par terre, le bijou paraissait petit et inoffensif. Marian a lâché mes doigts. Macon Ravenwood se tenait au centre de la crypte, drapé dans son pardessus. Amma était juste à ses côtés, vêtue de son beau manteau – même si elle l'avait boutonné de travers. Elle agrippait son sac. Je n'aurais su dire lequel des deux était le plus furieux.

— Désolée, Macon, est intervenue Marian. Vous connaissez les règles. Ils m'ont demandé de l'aide, et je suis obligée d'obtempérer.

Amma l'a disputée avec une véhémence telle, qu'on aurait pu croire qu'elle venait d'asperger notre maison de gasoil.

— Pour moi, tu es surtout obligée de veiller sur le fiston de Lila et la nièce de Macon. Or, je n'ai pas l'impression que c'est ce que tu fais.

Je m'attendais à ce que Macon morigène également la bibliothécaire. Il n'a pas dit un mot, cependant. Soudain, j'ai saisi pourquoi. Il secouait Lena, qui s'était effondrée sur l'autel. Bras écartés, face contre la pierre rude. Inconsciente, apparemment.

— Lena !

Ignorant son oncle, je l'ai prise dans mes bras. Ses prunelles étaient toujours aussi noires et fixaient quelque chose au-delà de moi.

— Elle n'est pas morte, a diagnostiqué Macon. Elle dérive. Je pense réussir à l'atteindre.

Il s'est mis à l'œuvre, tripotant sa bague en argent. Son regard était étrangement illuminé.

— Lena ! Reviens !

J'ai serré son corps inerte contre moi. Macon marmonnait des paroles inintelligibles. Les cheveux de sa nièce ont commencé à s'agiter sous l'effet du vent invisible et surnaturel qui m'était maintenant familier ; que j'en étais venu à surnommer le Souffle Enchanteur.

— Pas ici, Macon, a dit Marian d'une voix tremblante tout en feuilletant un livre poussiéreux. Vos sortilèges sont inefficaces, ici.

— Il ne lance pas de sortilège, Marian, l'a corrigée Amma. Il Voyage. Les Enchanteurs n'en sont pas capables. Seuls ceux comme Macon peuvent se rendre là où elle est partie. Dessous.

Elle s'efforçait de parler de façon rassurante, sans être très convaincante, toutefois. J'ai compris qu'elle avait raison quand j'ai senti un froid s'installer au-dessus du corps vide de Lena. Où qu'elle soit, ce n'était pas dans mes bras. Elle se trouvait très loin. Même moi qui n'étais qu'un humble Mortel, je le devinais.

— Je vous répète que cet endroit est neutre, Macon, a insisté Marian. Vous êtes impuissant, dans une pièce souterraine.

Elle allait et venait, agrippant son livre comme s'il était d'un secours quelconque. Sinon qu'il ne renfermait aucune réponse. Comme elle nous l'avait signifié en personne, aucun Enchantement ne nous aiderait en pareille situation. Me souvenant des rêves, et de la boue à travers laquelle je tirais Lena, je me suis demandé si, en cet instant, elle était là où je la perdais systématiquement.

Macon a pris la parole. Ses yeux étaient ouverts, vides. On aurait dit qu'ils regardaient vers l'intérieur, là où se trouvait Lena.

— Écoute-moi, Lena. Elle ne peut pas te retenir.

Elle. J'ai contemplé les prunelles vides de Lena.

Sarafine.

— Tu es forte, Lena. Défends-toi. Brise son étreinte. Elle est consciente de ne pas être en mesure de te garder. Elle te guettait dans l'ombre. Tu dois t'en sortir seule.

Marian a surgi avec un verre d'eau. Macon l'a renversé sur le visage et dans la bouche de sa nièce. Qui n'a, malheureusement, pas réagi. C'en était trop. La recouchant sur la table, j'ai attrapé son menton et je l'ai embrassée. Fort. L'eau a dégouliné entre nos lèvres. J'ai eu l'impression de faire du bouche-à-bouche à une noyée.

Réveille-toi, L. Tu ne vas pas me quitter maintenant. Pas comme ça. J'ai plus besoin de toi qu'elle.

Elle a battu des paupières.

Ethan. Je suis fatiguée.

Elle a peu à peu recouvré la vie, recrachant l'eau qui l'étranglait sur sa veste. Malgré moi, j'ai souri. Elle m'a rendu mon sourire. Si cette scène s'apparentait aux rêves, nous venions d'en changer la fin. Cette fois, j'avais tenu bon. Pourtant, au fond de moi, je pense que je savais. Ce qui venait de se produire n'était pas le moment où elle m'échappait ; il n'était que le début.

Mais, quand bien même, je l'avais sauvée.

J'ai voulu la reprendre dans mes bras afin de sentir le courant qui nous unissait d'habitude. Je n'en ai pas eu le temps. Se redressant brutalement, elle m'a esquivé.

— Oncle Macon !

Ce dernier se tenait de l'autre côté de la salle, adossé à

un mur, l'air d'avoir du mal à rester debout. Il a appuyé sa tête contre la pierre. Il transpirait, le souffle court, sa peau était blanche comme de la craie. Lena s'est précipitée vers lui, s'est accrochée à lui, telle une enfant soucieuse de son père.

— Tu n'aurais pas dû. Elle risquait de te tuer.

Quoi que l'activité surnommée Voyage suppose et signifie, l'effort semblait épuisant.

C'est donc ainsi qu'œuvrait Sarafine. Et cette présence, cette créature indéfinie, était la mère de Lena.

Si une simple visite de la bibliothèque impliquait autant de danger, je n'étais pas sûr d'être prêt à affronter ce qui se produirait d'ici les prochains mois.

Qui avaient des allures de demain. Soixante-quatorze jours.

Toujours trempée, Lena était enroulée dans une couverture. Elle avait l'air d'avoir cinq ans. J'ai jeté un coup d'œil au lourd battant en chêne derrière elle en songeant que j'avais peu de chances de jamais retrouver mon chemin seul. Nous avions parcouru une trentaine de pas le long des rayonnages avant de descendre un escalier et de franchir une série de petits passages jusqu'à un bureau douillet qui constituait une sorte de salle de lecture. Le couloir m'avait paru interminable et ponctué de portes, au point de se croire dans un hôtel souterrain.

Dès que Macon s'était assis, un service à thé en argent s'était matérialisé sur la table. Il comportait cinq tasses et une assiette de biscuits. Au stade où nous en étions, Cuisine était peut-être dans les parages, elle aussi. J'ai regardé autour de moi. Je n'avais pas la moindre idée de l'endroit où je me trouvais, sinon que j'étais quelque part à Gatlin et pourtant plus éloigné de Gatlin que je ne l'avais jamais été.

De toute façon, je ne jouais pas dans ma cour, là.

J'ai essayé de m'installer confortablement dans la chaise en cuir qui aurait pu appartenir à Henry VIII. D'ailleurs, c'était peut-être le cas. La tapisserie suspendue au mur semblait provenir d'un château. Ou de Ravenwood. Ses fils bleu nuit et argent tissaient une constellation. Chaque fois que mes yeux se posaient dessus, la Lune avait changé de phase.

Macon, Marian et Amma étaient assis de l'autre côté de la table. Affirmer que Lena et moi étions dans les ennuis jusqu'au cou était une litote. Macon était en proie à une telle rage que sa soucoupe en tressautait devant lui. Amma avait carrément dépassé le stade de la rage et s'en prenait à Marian.

— Qu'est-ce qui t'amène à croire que tu as le droit de décider que mon garçon est prêt pour le Monde Souterrain ? Lila t'écorcherait vive de ses propres mains si elle était là. Tu ne manques pas de culot, Marian Ashcroft.

Les mains de l'interpellée ont tremblé quand elle s'est emparée de sa tasse.

— Ton garçon, Amma ? a interjeté Macon. Et qu'en est-il de ma nièce ? Il me semble que c'est elle qui a été attaquée.

Après nous avoir réglé notre compte, Macon et Amma se chamaillaient. Je n'ai pas osé me tourner vers Lena.

— Tu n'as fait que provoquer des embêtements à tout le monde depuis ta naissance, Macon, a rétorqué Amma avant de s'adresser sèchement à Lena. Je n'en reviens pas que tu aies attiré mon garçon là-dedans, Lena Duchannes.

Cette dernière a craqué.

— Bien sûr que je l'ai entraîné là-dedans, s'est-elle emportée. Je suis l'incarnation du mal. Quand l'admettrez-vous ? Et ça ne va qu'empirer au fil des semaines !

Le service à thé s'est envolé et s'est figé en l'air. Macon l'a contemplé sans sourciller. Un défi. Le plateau est lentement redescendu sur la table. Lena a regardé son oncle comme s'ils étaient seuls.

— Je vais être Vouée aux Ténèbres, et tu n'y changeras rien.

— Faux.

— Ben tiens ! Puisque je te dis que je finirai comme ma...

Elle s'est tue, incapable de lâcher le mot. La couverture a glissé de ses épaules, elle m'a saisi la main.

— Tu dois t'éloigner de moi, Ethan. Avant qu'il ne soit trop tard.

— Cesse d'être aussi crédule, s'est irrité Macon. Tu ne deviendras pas Ténèbres. Elle veut seulement te pousser à le croire.

Le dédain avec lequel il avait prononcé le « elle » m'a rappelé celui qu'il employait en parlant de Gatlin.

— Tout est tellement... apocalyptique, avec les ados, a murmuré Marian en reposant sa tasse.

Amma a secoué la tête.

— Certaines choses sont destinées à être, a-t-elle soupiré. D'autres exigent qu'on intervienne. Rien n'est encore inscrit, pour ce qui concerne Lena.

— Ils ont raison, ai-je tenté de rassurer cette dernière. Tout ira bien.

Elle m'a lâché brutalement.

— Tout ira bien ? a-t-elle répété. Ma mère, un Cataclyste, essaye de me tuer. Une vision vieille de cent ans vient de nous apprendre que notre famille est damnée depuis la guerre de Sécession. J'aurai seize ans dans deux mois. Tu as quelque chose à ajouter, Ethan ?

Tendrement, j'ai repris sa main. Elle ne m'a pas repoussé.

— J'ai partagé ta vision, je te rappelle. Le *Livre* choisit son dû. Il ne te choisira peut-être pas ?

J'avais conscience de me raccrocher à de faux espoirs, mais je n'avais rien d'autre.

En m'entendant, Amma avait cependant violemment reposé sa tasse. Elle a fusillé Marian du regard.

— Le livre ? a demandé Macon en me transperçant des yeux.

Malgré mes efforts, je n'ai pas réussi à lui tenir tête.

— Celui de la vision, ai-je avoué.

Pas un mot, Ethan.

Nous devrions leur dire. Nous ne nous en sortirons pas seuls.

— Ce n'est rien, oncle M. De toute façon, nous ne comprenons même pas ce que signifie cette vision.

Lena résistait. Vu ce qui s'était passé cette nuit, je n'étais pas d'accord avec elle. Tout échappait à notre contrôle. J'avais l'impression de me noyer et de ne pas être en mesure de me sauver, encore moins de sauver Lena.

— Elle signifie peut-être que tous les membres de ta famille ne sont pas forcément Voués aux Ténèbres quand ils sont Appelés. Pense à Del. À Reece. Crois-tu vraiment que la petite Ryan deviendra Ténèbres alors qu'elle a le don de soigner les autres ?

Lena s'est rencognée dans sa chaise.

— Tu ne connais pas du tout ma famille.

— Il n'a pas tort, est intervenu Macon, exaspéré.

— Tu n'es pas Ridley, ai-je insisté. Tu n'es pas ta mère non plus.

— D'où tiens-tu ça ? Tu ne l'as jamais rencontrée. Moi non plus, d'ailleurs, sauf lors des agressions psychiques qu'elle m'inflige et que personne n'a l'air de pouvoir empêcher.

— Nous n'étions pas préparés à des attaques de ce genre, a plaidé Macon en se voulant rassurant. J'ignorais qu'elle était capable de Voyager. Qu'elle partageait certains de mes pouvoirs. Ce don n'est pas offert aux Enchanteurs, d'habitude.

— Personne ne sait rien d'elle ou de moi.

— C'est pourquoi nous avons besoin du *Livre*.

Cette fois, j'avais regardé Macon droit dans les yeux.

— De quel livre parlez-vous ? s'est-il impatienté.

Ne dis rien, Ethan.

Nous n'avons pas le choix.

— De celui qui est responsable de la damnation de Genevieve.

Macon et Amma ont échangé un coup d'œil. Ils avaient déjà compris.

— Le *Livre des lunes*, ai-je enchaîné. Si la malédiction vient de lui, il doit renfermer le moyen de la briser, non ?

Le silence est tombé sur la pièce.

— Macon..., a commencé Marian.

— Restez en dehors de cela, lui a-t-il ordonné. Vous n'avez déjà que trop interféré. De plus, le soleil se lèvera dans quelques minutes.

Marian aussi était au courant. Elle savait où se trouvait le *Livre des lunes*, et Macon tenait à ce qu'elle n'en révèle rien.

— Où est-il, tante Marian ? ai-je persisté. Tu dois nous aider. C'est ce que ma mère aurait fait. Tu n'es pas censée prendre parti, je te rappelle.

Si ce n'était guère loyal, c'était vrai. Amma a levé les mains, les a laissées retomber sur ses genoux. Un signe de défaite. Ce qui était rare, chez elle.

— On ne peut arrêter ce qui a été mis en branle, Melchizedek. Ils ont tiré sur le fil, et ce vieux pull ne pourra que se détricoter.

— Il existe un protocole, Macon, a renchéri Marian. Je suis obligée de répondre à leur question.

Se tournant vers moi, elle a ajouté :

— Le *Livre des lunes* n'est pas dans la *Lunae Libri*.

— Qu'en sais-tu ?

Mâchoires serrées, le regard sombre de fureur, Macon s'est levé pour partir. Quand il a daigné parler, sa voix a résonné, solennelle et forte.

— Elle le sait, parce que ces archives ont été baptisées d'après cet ouvrage. Il s'agit de l'œuvre la plus puissante qui soit, d'ici-bas à l'Autre-Monde. C'est elle aussi qui a voué notre famille à une damnation éternelle. Or, elle a disparu depuis plus d'un siècle.

1er décembre
Chasse aux sorcières

Le lundi matin, Link et moi avons emprunté la Nationale 9, nous arrêtant à la fourche pour prendre Lena. Link avait beau l'apprécier, il ne serait monté jusqu'à Ravenwood Manor pour rien au monde. À ses yeux, c'était toujours la Maison Hantée.

Si seulement il s'était douté ! Le pont de Thanksgiving n'avait duré que le temps d'un week-end prolongé, mais il m'avait paru beaucoup plus long, vu la quatrième dimension qu'avait été le dîner, les vases qui avaient volé entre Macon et Lena, et notre voyage au centre de la terre – tout cela sans quitter le territoire de Gatlin. Contrairement à Link, qui avait consacré son congé à regarder le foot à la télé, à dérouiller ses cousins et à essayer de déterminer si la boule de fromage aux noix de pécan avait ou non des oignons à l'intérieur cette année.

D'après lui, couvaient des ennuis d'une autre espèce qui, ce matin, avaient l'air tout aussi dangereux. Sa mère avait passé les dernières vingt-quatre heures au téléphone, enfermée dans la cuisine. Mmes Snow et Asher étaient venues après le dîner, et toutes les trois s'étaient claquemurées dans la même cuisine, élevée soudain au rang de quartier général. Quand Link y était entré sous prétexte de se servir une limonade, il n'avait malheureusement pas saisi grand-chose du conseil de guerre. Assez toutefois pour deviner les manœuvres maternelles. « D'une manière ou d'une autre, nous la chasserons de ce lycée. Et son cabot avec. »

C'était un maigre indice, mais je connaissais Mme Lincoln. Suffisamment pour être inquiet. Il ne fallait jamais sous-estimer ce que les femmes de son espèce étaient capables de mettre en branle afin de protéger leurs enfants et leur ville de ce qu'elles détestaient par-dessus tout : la différence. J'étais bien placé pour le savoir. Ma mère m'avait narré ses premières années à Gatlin. À l'en croire, elle était une telle criminelle que même les grenouilles de bénitier les plus acharnées avaient fini par se lasser de la dénoncer. Elle faisait ses courses le dimanche, fréquentait toutes les églises et aucune, était féministe (ce que Mme Asher confondait parfois avec communiste), démocrate (terme qui, comme ne manquait pas de le souligner Mme Lincoln, contenait presque le mot « démon ») et, encore plus grave, végétarienne (ce qui excluait toute invitation à dîner chez Mme Snow). Pire que tout, pire même que de ne pas appartenir à la bonne congrégation religieuse, de ne pas être membre des FRA et de ne pas avoir sa carte de la National Rifle Association, ma mère était d'abord une étrangère.

Cependant, mon père était né et avait grandi ici, on le considérait comme un fils de Gatlin. Du coup, à la mort de ma mère, ces mêmes dames qui l'avaient si sévèrement jugée durant sa vie, étaient passées déposer des gratins, des rôtis et des douceurs avec un sentiment de revanche assouvie. Comme si elles avaient enfin le dernier mot. Ma mère aurait abhorré cela, et elles en étaient parfaitement conscientes. C'était la première fois que mon père s'était réfugié dans son bureau et s'y était verrouillé durant des jours. Amma et moi avions laissé les offrandes s'empiler sur la véranda jusqu'à ce qu'elles viennent les rechercher et se relancent de plus belle dans leur condamnation de ce que nous étions.

Elles avaient toujours le dernier mot. Link et moi en étions conscients, ce qui n'était pas le cas de Lena.

Celle-ci était coincée entre Link et moi sur la banquette avant de La Poubelle. Elle écrivait sur sa main. J'ai distingué les mots : *brisée comme tout le reste*. Elle passait son temps à écrire, comme d'autres à mâcher du chewing-gum ou à tirebouchonner leurs cheveux. Je crois qu'elle ne s'en rendait même pas compte. Je me demandais aussi si elle m'autoriserait un jour à lire l'un de ses poèmes, et si l'un d'eux portait sur moi.

— Quand vas-tu m'écrire une chanson ? a lancé Link en baissant les yeux sur elle.

— Dès que j'aurai terminé celle que m'a commandée Bob Dylan.

— Bordel de Dieu !

Devant l'entrée du parking, Link a enfoncé la pédale du frein. Une réaction légitime. La vision de sa mère sur les lieux avant huit heures du matin était terrifiante. Et elle était bien là, en chair et en os.

L'endroit était encore plus bondé que d'ordinaire. D'élèves. Et de parents. Or, aucun d'eux ne s'était montré sur le parking du bahut depuis que la mère de Jocelyn Walker avait déboulé comme une furie pour arracher sa fille au film sur la reproduction projeté durant le cours de sciences nat'.

Il se passait quelque chose, c'était clair.

La mère de Link a tendu une boîte à Emily qui commandait l'équipe de *cheerleaders*, laquelle collait sur tous les véhicules des espèces de dépliants d'un vert pétant. Certains voletaient dans le vent, ce qui ne m'a pas empêché, depuis la relative sécurité de La Poubelle, de distinguer leurs slogans. On aurait dit une campagne électorale. Sans candidat.

NON À LA VIOLENCE À JACKSON !
TOLÉRANCE ZÉRO !

Link est devenu rouge comme une tomate.

— Désolé, les enfants, a-t-il marmonné en se tassant derrière le volant de sorte que la voiture paraissait privée de chauffeur. Il faut que vous sortiez. Pas question que ma mère me flanque une raclée devant toute la bande des *cheerleaders*.

J'ai ouvert la portière.

— On te retrouve à l'intérieur, mec.

Prenant la main de Lena, je l'ai serrée.

Prête ?

Autant que je le serai jamais.

Courbés, nous avons sinué entre les bagnoles garées sur le parking. Si nous ne voyions pas Emily, nous l'avons entendue, de l'autre côté du pick-up d'Emory.

— Lisez les affiches ! a-t-elle clamé en approchant de la fenêtre ouverte de Carrie Jensen. Nous avons formé un nouveau club. Les Anges Gardiens de Jackson. Nous comptons seconder les autorités du lycée en rapportant tout acte de violence ou de comportement inhabituel dont nous serons témoins. Personnellement, j'estime qu'il en va de la responsabilité de chaque élève de veiller à la sécurité de notre établissement. Si vous voulez vous joindre à nous, une réunion est organisée à la cafétéria, cet après-midi après les cours.

Les cris d'Emily se sont estompés dans le lointain. Lena a raffermi sa prise autour de mes doigts.

Qu'est-ce que ce charabia peut bien signifier ?

Aucune idée. Ils ont pété les plombs. Viens.

J'ai voulu l'entraîner, elle m'a retenu, blottie contre un pneu.

— Donne-moi une minute.

— Ça va ?

— Regarde-les. Ils me prennent pour un monstre. Ils ont formé un club.

— Ils ne supportent pas les étrangers, c'est tout. Tu es la nouvelle. Une vitre s'est brisée, ils ont besoin d'un bouc émissaire. Ce n'est qu'une...

— Chasse aux sorcières.

Ce n'est pas ce que je comptais dire.

Mais tu l'as pensé.

J'ai pressé sa main, mes poils se sont hérissés.

Tu n'es pas obligée de supporter ça.

Si. J'ai laissé les élèves de mon précédent lycée me chasser. Je ne permettrai pas que ça recommence.

Nous avons surgi de la dernière rangée de voitures. Elles étaient là. Mme Asher et Emily remettaient les cartons de dépliants en trop dans le coffre de leur camionnette. Eden et Savannah tendaient des feuilles aux *cheerleaders* et à tous les mecs qui voulaient se rincer l'œil en matant un peu des jambes ou du décolleté de Savannah. À quelques pas de là, Mme Lincoln s'entretenait avec les autres mères – elle leur promettait sûrement d'inscrire leurs maisons au programme de la visite touristique Héritage sudiste en échange d'un ou deux coups de fil au proviseur Harper. Elle a donné à la maternelle d'Earl Petty une planchette à laquelle était attaché un stylo. Il m'a fallu une minute pour comprendre de quoi il s'agissait – une pétition.

Soudain, elle nous a repérés debout dans une allée et a zoomé sur nous. Les autres femmes ont suivi son regard. Il y a eu un silence. J'ai cru qu'elles avaient de la peine pour moi et qu'elles allaient cesser de brandir leurs papelards, remonter dans leurs voitures et s'en aller. Mme Lincoln, chez laquelle j'avais dormi presque aussi souvent que chez moi ; Mme Snow, qui était ma cousine au troisième degré par quelque tour de magie généalogique ; Mme Asher, qui avait soigné ma main le jour où je me l'étais ouverte avec un hameçon, à dix ans ; Mlle Ellery, qui m'avait coupé les cheveux durant toute mon enfance. Ces femmes me connaissaient. Depuis ma naissance. Elles n'oseraient pas m'infliger ça – pas à moi. Elles allaient faire machine arrière.

Il suffisait que je le répète suffisamment pour que ça soit vrai.

Tout va bien se passer.

Quand j'ai compris que je me leurrais, il était trop tard. Elles se sont remises de leur surprise de découvrir Lena en ma compagnie. Mme Lincoln a froncé les sourcils. Ses yeux sont allés de Lena à moi, et elle a secoué la tête. Il était évident que je ne serais pas invité de sitôt à dîner chez Link.

— M. Harper, a-t-elle repris à l'intention de son cénacle, M. Harper nous a assurés de son plein soutien. Nous ne tolérerons pas à Jackson ce type de violence qui a gangrené les établissements scolaires des grandes villes de ce pays. Vous autres, jeunes gens, agissez comme de juste en protégeant votre lycée et, nous autres, parents inquiets, nous ferons tout ce qui est notre pouvoir pour vous seconder.

Main dans la main, Lena et moi les avons dépassées.

Emily nous a barré le chemin et m'a brandi un dépliant sous le nez, tout en ignorant soigneusement ma compagne.

— Viens à la réunion tout à l'heure, Ethan. Tu pourrais être très utile aux Anges Gardiens.

C'était la première fois depuis plusieurs semaines qu'elle m'adressait la parole. J'ai saisi le message : « Tu es des nôtres. C'est ta dernière chance. »

— Exactement ce qui manquait à Jackson, ai-je répliqué en l'écartant. Un peu plus d'angélisme. Pourquoi ne vas-tu pas torturer quelques enfants ? Arracher ses ailes à un papillon ? Ou un oisillon à son nid ?

— Que dirait ta pauvre maman, Ethan Wate ? Quelle opinion aurait-elle de tes fréquentations ?

J'ai virevolté sur mes pieds. Mme Lincoln se tenait juste derrière moi. Elle était vêtue comme d'habitude, incarnation, directement sortie d'un film, d'une sorte de bibliothécaire prompte à châtier, avec ses lunettes bon marché achetées en pharmacie et ses cheveux en colère qui semblaient ne pas arriver à décider s'ils étaient bruns ou gris. À se demander qui avait engendré Link.

— Je vais te dire, moi, comment elle réagirait, a-t-elle lancé. Elle en pleurerait. Elle s'en retournerait dans sa tombe.

Là, elle venait de franchir la ligne blanche.

Mme Lincoln ignorait tout de ma mère. Elle ignorait que c'était elle qui avait envoyé au directeur de l'école une copie des règlements interdisant de bannir tout livre aux États-Unis. Elle ignorait qu'elle avait redouté chacune de ses invitations aux FRA ou œuvres de charité en faveur des enfants hospitalisés. Non parce que ma mère haïssait les FRA ou les enfants malades, mais parce qu'elle vomissait tout ce que représentait Mme Lincoln ; cette étroitesse d'esprit érigée en supériorité, pour laquelle Mmes Lincoln et Asher étaient si réputées.

Ma mère m'avait maintes fois répété : « Ce qui est bien et ce qui est facile sont rarement la même chose. » En cet instant, j'ai su où se situait le bien, même s'il risquait de ne pas être facile. Plus exactement, les retombées n'en seraient pas faciles.

— « Bien joué, Ethan ! » Voilà ce que ma pauvre maman dirait, madame ! ai-je donc répliqué en regardant la mère Lincoln droit dans les yeux.

Sur ce, je me suis retourné et suis reparti en direction du bâtiment, entraînant Lena dans mon sillage. Il ne nous restait que quelques mètres à parcourir. Lena tremblait, alors qu'elle ne semblait pas intimidée. J'ai continué à serrer sa main, histoire de la réconforter. Ses longs cheveux noirs s'agitaient, comme si elle était à deux doigts d'exploser. À moins que ce ne soit moi. Je n'aurais jamais cru que je serais aussi heureux un jour de mettre le pied dans les couloirs de Jackson. Enfin, jusqu'à ce que je découvre Harper planté sur le seuil, nous toisant avec l'air de regretter son statut de proviseur qui l'empêchait de nous tendre à son tour un papier appelant à l'ostracisme.

Les cheveux de Lena se sont ébouriffés quand nous sommes passés devant lui. Il ne nous regardait plus, cependant, trop occupé par ce qui se produisait dehors.

— Que diable...

Jetant un coup d'œil par-dessus mon épaule, j'ai vu des centaines de papiers vert fluo qui s'échappaient de sous les essuie-glaces où on les avait coincés, des cartons entreposés dans les coffres, des mains qui les distribuaient, et s'envoler sous l'effet d'une brusque rafale de vent, telle une bande d'oiseaux s'éloignant à travers les nuages, beaux, libres. Un peu comme dans le film de Hitchcock, mais dans le sens inverse.

Les piaillements de l'assistance nous ont suivis jusqu'à ce que les lourdes portes en métal se referment derrière nous. Lena a lissé ses cheveux.

— Vous avez vraiment un drôle de climat, par ici, a-t-elle susurré.

6 décembre
Objets trouvés

J'étais presque soulagé qu'on soit samedi. Il y avait quelque chose de réconfortant à passer la journée avec des femmes dont les pouvoirs magiques se réduisaient à oublier leur propre nom. Quand je suis arrivé chez les Sœurs, la chatte siamoise de tante Charity, Lucille Ball – comme l'actrice principale du feuilleton *I Love Lucy* que les Sœurs adoraient – était « en plein exercice » dans le jardin de devant. Les Sœurs avaient planté une corde à linge qui courait sur toute la longueur du jardin et, tous les matins, Charity y accrochait la laisse de Lucille Ball afin que l'animal se dégourdisse les pattes. J'avais beau avoir essayé de leur expliquer qu'on pouvait lâcher les chats dehors, qu'ils revenaient toujours quand l'envie leur en prenait, tante Charity m'avait toisé comme si je lui avais suggéré de se mettre à la colle avec un homme marié.

— J'peux point laisser Lucille Ball se balader seule dans les rues. C'huis sûre que que'qu'un me la volerait.

Les enlèvements de félins n'étaient pas monnaie courante à Gatlin, mais je n'avais jamais emporté le morceau.

En ouvrant la porte, je m'attendais au bazar habituel. Toutefois, la maison était étonnamment calme. Mauvais signe.

— Tante Prue ?

Les intonations traînantes du Sud me sont parvenues depuis l'arrière de la maison.

— On est dans le solarium, Ethan !

Je les y ai rejointes pour les découvrir en train de s'agiter dans la pièce en portant ce qui ressemblait à des petits rats dénués de poils.

— Qu'est-ce que c'est que ça, bon Dieu ? ! me suis-je exclamé sans réfléchir.

— Surveille ton langage, Ethan Wate ! a piaillé tante Grace. Sinon, je te lave la bouche au savon. Pas de blasphèmes chez nous !

Pour elle, des mots tels que « culotte », « nu » et « vessie » relevaient du blasphème.

— Désolé, madame. Mais qu'avez-vous dans les mains ?

Se précipitant vers moi, Charity m'a montré ses paumes, où deux rongeurs dormaient.

— Des bébés 'cureuils. Ruby Wilcox les a trouvés dans son grenier mardi dernier.

— Sauvages ?

— Y en a six. Y sont pas adorab' ?

Ils étaient surtout susceptibles de provoquer un incident. La perspective que mes vieillardes de grands-tantes soignent des animaux sauvages, nouveau-nés ou adultes, était affolante.

— Comment les avez-vous récupérés ?

— Ben, Ruby pouvait pas les garder…, a commencé tante Charity.

— À cause de son horrib' bonhomme. Elle est même obligée de le prévenir quand elle va au Stop & Shop.

— Bref, Ruby nous les a donnés, vu qu'on a une cage.

Les Sœurs avaient sauvé un raton laveur blessé. Par la suite, ledit raton laveur avait boulotté Sonny et Cher, les perruches de tante Prudence, et Thelma l'avait fichu dehors. Elles avaient cependant conservé la cage.

— Vous savez que les écureuils sont porteurs de la rage ? Vous devez vous en débarrasser. Imaginez que l'un d'eux vous morde ?

— Ethan, a grondé Prue, ce sont nos bébés, et y sont mignons comme tout. Y nous mordront pas. On est leurs mamans.

— Y sont sages comme des images, hein vous aut' ? a roucoulé Grace en embrassant une des bestioles.

Je voyais déjà un de ces petits nuisibles s'attaquer au cou d'une des Sœurs, m'obligeant à les conduire aux urgences pour y subir la vingtaine de piqûres dans le ventre qu'exigeait un traitement antirabique. Des injections dont j'étais à peu près sûr qu'elles ne sortiraient pas vivantes, à leur âge. J'ai tenté de les raisonner, une perte de temps complète.

— Vous n'en savez rien, ai-je plaidé. Ce sont des animaux sauvages.

— Il est clair que t'aimes pas les bêtes, Ethan Wate, m'a reproché Grace en fronçant les sourcils. Ces chéris nous feraient de mal pour r'en au monde. Et pis, qu'est-ce que tu veux qu'on en fasse ? Leur maman les a abandonnés. Y mourront si on s'en occupe pas.

— Et si je les portais à la SPA ?

Horrifiée, tante Charity a serré un de ses protégés contre sa poitrine.

— La SPA ! s'est-elle écriée. Ce sont des assassins ! Y les tueront, c'est sûr.

— Assez parlé de SPA, Ethan ! Passe-moi plutôt c'te compte-gouttes.

— Pour quoi faire ?

— Faut qu'on les nourrisse toutes les quat' heures, a expliqué Grace.

Comme pour illustrer la chose, tante Prue tenait l'un des écureuils qui tétait férocement l'extrémité de la pipette.

— Et, une fois par jour, a obligeamment poursuivi tante Grace, on leur nettoie le derrière avec un Coton-Tige pour leur apprend' la propreté.

Merci de cette précision, les filles !

— D'où tenez-vous ces renseignements ?

— L'In-ternet ! a triomphé Charity.

J'avais du mal à imaginer. Elles ne possédaient même pas de grille-pain !

— Et comment vous êtes-vous connectées ?

— Thelma nous a emmenées à la bi'othèque, et Mam'zelle Marian nous a aidées. Y z'ont des ordinateurs, là-bas. T'étais au courant ?

— En plus, tu peux r'garder tout ce que tu veux, même des photos cochonnes, s'est enthousiasmée Grace. Y en a eu des tas qu'ont surgi sur l'écran sans crier gare. Non, mais tu te rends compte ?

Par « photos cochonnes », il fallait sans doute entendre « photos de nus ». J'aurais cru que cela les aurait découragées à jamais de surfer sur le Net.

— Je tiens quand même à signaler que c'est une très mauvaise idée. Vous n'allez pas pouvoir les garder toute leur vie. Ils vont grandir, devenir agressifs.

— 'Videmment qu'on les gardera pas, a riposté tante Prue en secouant la tête devant une suggestion aussi ridicule. On les lâchera dans le jardin dès qu'y seront capab' de se débrouiller seuls.

— Sauf qu'ils ne sauront pas comment se nourrir. C'est pourquoi il ne faut jamais recueillir d'animaux sauvages. Parce que, quand on les libère, ils meurent de faim.

C'était là un argument susceptible de les convaincre et de m'éviter une visite à l'hôpital.

— Tu te trompes, a ricané Grace. L'In-ternet, y nous a tout es'pliqué.

J'aurais volontiers démoli ce site idiot qui vous renseignait sur la meilleure façon de nettoyer les fesses des écureuils avec des Coton-Tige.

— Y suffit de leur apprend' à trouver des noisettes. Tu les enterres dans le jardin, et tu laisses les 'cureuils les chercher.

J'ai deviné la suite sans difficulté. Et c'est ainsi que j'ai passé une partie de la journée à mettre en terre un mélange de noix et de noisettes pour les bébés. Combien de trous je serais obligé de creuser pour satisfaire les Sœurs, ça n'a été bien sûr pas précisé.

Une demi-heure après que je m'étais attaqué à la tâche, j'ai commencé à dénicher des objets. Un dé à coudre, une cuiller en argent et une bague ornée d'une améthyste qui n'avait guère de valeur mais qui m'a donné une bonne excuse pour interrompre mon labeur. Quand je suis retourné à l'intérieur de la maison, tante Prue déchiffrait difficilement une pile de journaux jaunis, ses lunettes à triple foyer sur le nez.

— Que lisez-vous ?

— Juste des trucs pour la maman de ton ami Link, a-t-elle répondu en fouillant dans un des tas posés devant elle. Les FRA ont besoin de notes sur l'histoire de Gatlin pour la visite guidée Héritage sudiste. Mais c'est dur de trouver que'que chose où qu'on parle pas des Ravenwood.

Le dernier nom que les FRA avaient envie qu'on mentionne en leur présence.

— Comment ça ?

— Ben, sans eux, Gatlin aurait jamais es'zisté. Du coup, pas fastoche d'écrire sur le passé de la ville en les oubliant.

— Ils en ont vraiment été les premiers habitants ?

Marian avait stipulé ce détail, que je trouvais difficile à croire, cependant. Tante Charity s'est emparée d'un des journaux et l'a tant approché de ses yeux qu'elle devait loucher. Prue le lui a repris sèchement.

— Donne-moi ça ! J'ai mon système à moi.

— Reste donc, p'isque tu veux pas qu'on t'aide ! s'est vexée l'autre avant de s'adresser à moi : les Ravenwood ont bien été les premiers à débarquer ici. Un roi d'Écosse leur avait donné des terres, dans les années 1800.

— 1781, j'ai un artic' là-dessus, est intervenue tante Prue en brandissant une gazette. C'étaient des fermiers. Y s'est révélé que le comté de Gatlin avait le sol le plus fertile de toute la Caroline du Sud. Coton, tabac, riz, indigotiers, tout ça poussait ensemble, ce qu'était bizarre pa'sque c'est jamais le cas. Une fois que les gens ont pigé que tout prenait, dans le coin, les Ravenwood étaient dev'nus les chefs d'une vraie ville.

— Que ça leur plaise ou non, a précisé Grace en levant les yeux de sa broderie.

Le destin réservait bien des ironies. Sans les Ravenwood, Gatlin n'aurait sûrement jamais vu le jour. Les personnes qui fuyaient Macon et les siens auraient plutôt dû les remercier. Comment Mme Lincoln prenait-elle la chose ? J'étais prêt à parier qu'elle était au courant, ce qui expliquait sans doute pourquoi elle détestait autant le maître de Ravenwood Manor.

J'ai contemplé ma main pleine de cette terre si bizarrement fertile. Je tenais encore les saletés que j'y avais dégotées.

— Ceci vous appartient-il, tante Prue ? ai-je demandé en montrant la bague après l'avoir rincée dans l'évier.

— Mais c'est celle que m'a offerte mon deuxième époux Wallace Pritchard pour notre premier, et unique, anniversaire de mariage ! s'est-elle exclamée avant d'ajouter en baissant la voix : c'était un vieux radin. Où l'as-tu trouvée ?

— Elle était enterrée dans le jardin. Avec une cuiller et un dé à coudre.

— Hé, Charity, regarde un peu ! Ethan a mis la main sur ta cuiller de collection du Tennessee. Je t'avais bien dit que je l'avais pas prise !

L'interpellée a mis ses lunettes.

— Fais voir ? Nom d'un chien, c'est bien elle ! J'ai enfin les onze États au complet.

— Notre pays en compte plus que ça, tante Charity.

— Je collectionne seulement les ceusses de la Confédération, a-t-elle répliqué avec superbe.

Grace et Prudence ont approuvé d'un hochement de tête.

— À propos de trucs enterrés, vous savez que l'Eunice Honeycutt a es'zigé qu'on l'ensevelisse avec son livre de cuisine ? Elle voulait pas que que'qu'un de la paroisse lui pique sa recette de génoise aux fruits. Incroyab', non ?

— C'était une méchante femme, comme sa sœur, a décrété Grace en ouvrant une boîte de chocolats avec sa cuiller de collection du Tennessee.

— En plus, sa génoise, elle était même pas bonne ! a renchéri Charity.

Tante Grace a retourné le couvercle de la boîte afin de lire les noms des friandises qu'elle contenait.

— Lequel est fourré à la crème, Charity ?

— Quand je mourrai, je veux qu'on m'enterre avec mon étole de fourrure et ma bible, a annoncé Prue.

— C'est pas ça qui te donnera des points en plus auprès du bon Dieu, Prudence Jane.

— J'essaye pas d'avoir des points, j'ai juste envie d'avoir de quoi lire en attendant qu'ils décident de mon sort. Et pis, s'ils distribuaient des points, j'en aurais sûrement plus que toi, je te signale.

Ensevelie avec son livre de cuisine... Et si le *Livre des lunes* avait subi le même sort ? Si, pour éviter qu'on le retrouve, quelqu'un avait décidé de le cacher ainsi ? Quelqu'un qui avait saisi l'ampleur de ses pouvoirs mieux que personne. Genevieve.

Lena ? Je crois avoir deviné où se trouve le Livre.

Il y a eu un instant de silence, puis ses pensées se sont frayé un chemin jusqu'aux miennes.

Pardon ?

Le Livre des lunes. *À mon avis, il est avec Genevieve.*

Genevieve est morte.

Je sais.

Qu'est-ce que tu es en train de me dire, Ethan ?

Il me semble que tu as compris.

Harlon James a boitillé jusqu'à la table, pitoyable. Sa patte était encore enveloppée de pansements. Tante Charity a entrepris de lui refiler tous les chocolats noirs de la boîte.

— Cesse de donner des bonbons à ce chien, Charity ! Tu vas le tuer. J'ai vu ça dans l'émission d'Oprah. Le chocolat, c'est mauvais pour les bêtes… Ou c'est-y les oignons ?

— Je te garde les caramels, Ethan ? Ethan ?

Je n'écoutais plus. Je réfléchissais à la meilleure façon de déterrer un cadavre.

7 décembre
Pilleurs de tombes

C'était une idée de Lena. Profitant de l'anniversaire de tante Del, elle avait décidé, à la dernière minute, d'organiser une fête à Ravenwood. C'était elle aussi qui y avait convié Amma, sachant très bien qu'il n'aurait fallu pas moins qu'une intervention divine pour que cette dernière franchisse le seuil de Ravenwood Manor. Dès que Macon entrait en scène, Amma réagissait presque aussi mal qu'en présence du médaillon. Elle préférait de loin garder ses distances avec l'oncle de Lena.

Boo Radley était passé dans l'après-midi, un parchemin soigneusement calligraphié dans la gueule. Amma avait refusé d'y toucher, alors qu'il ne s'agissait que d'une invitation, et elle avait bien failli ne pas m'autoriser à m'y rendre. Heureusement qu'elle ne m'a pas vu grimper à bord du corbillard avec la vieille pelle de jardin ayant appartenu à ma mère. Pour le coup, ça aurait été la guerre.

J'étais heureux de m'échapper de la maison. N'importe

quel prétexte m'aurait d'ailleurs satisfait, y compris le projet de piller une tombe. Après Thanksgiving, mon père était retourné à son confinement habituel ; depuis que Macon et Amma nous avaient surpris dans la *Lunae Libri*, je n'avais eu droit qu'au mauvais œil de la part de ma gouvernante.

— Tu feras ce que tu voudras après le onze février, avait-elle grommelé. D'ici-là, contente-toi de te comporter comme les garçons de ton âge. Écoute de la musique, regarde la télévision, mais ne mets surtout pas le nez dans ces bouquins.

Qu'on m'interdise de lire aurait sûrement déclenché l'hilarité de ma mère. Il était clair que les choses avaient drôlement mal tourné, à Gatlin.

C'est encore pire ici, Ethan. Boo dort même au pied de mon lit, maintenant.

Ça n'a pas l'air si terrible.

Il m'attend devant la porte des toilettes.

Du Macon tout craché.

J'ai l'impression d'avoir été mise aux arrêts à domicile.

Ce n'était pas faux, nous en avions tous deux conscience.

Il fallait que nous trouvions le *Livre des lunes*, lequel était forcément auprès de Genevieve. Il était plus que probable que celle-ci avait été inhumée à Greenbrier. De vieilles stèles étaient éparpillées dans la clairière qui jouxtait le jardin emmuré. Nous les apercevions depuis la pierre sur laquelle nous avions pris l'habitude de nous asseoir, et qui s'était révélée être celle d'une cheminée disparue. Notre endroit, c'est ainsi que j'y pensais, même si je ne l'avais jamais formulé à voix haute. Genevieve ne pouvait qu'être enterrée là-bas, à moins qu'elle ne soit partie après la guerre. Sauf que personne ne quittait jamais Gatlin.

J'avais cru que je serais le premier.

Maintenant que j'avais réussi à tromper la vigilance d'Amma, comment allais-je dénicher un manuel d'Enchantements qui pouvait, ou non, sauver la vie de Lena, qui pouvait, ou non, être enseveli dans la tombe d'une ancêtre maudite, qui pouvait, ou non, se trouver juste à côté de la demeure de Macon Ravenwood ? Tout ça, sans que ce dernier ne me repère, ne m'interrompe, ne me tue ?

Le reste dépendait de Lena.

— Quel type d'exposé exige qu'on visite un cimetière en pleine nuit ? a gémi tante Del en trébuchant sur un enchevêtrement de plantes grimpantes. Oh, mon Dieu !

— Sois prudente, maman, a recommandé Reece en lui prenant le bras pour l'aider à se diriger dans la végétation.

Tante Del avait déjà du mal à marcher le jour sans se cogner partout ; dans l'obscurité, c'était un véritable défi.

— Nous devons faire le frottis de la stèle d'un de nos ancêtres. Nous étudions la généalogie.

On pouvait présenter les choses comme ça, en effet.

— Mais pourquoi Genevieve ? a demandé Reece, soupçonneuse.

Elle a regardé Lena, qui s'est aussitôt détournée. Mon amie m'avait averti de toujours cacher mon visage à sa cousine. Apparemment, un seul coup d'œil suffisait à une Sibylle pour découvrir vos cachotteries. Mentir à une Sibylle était encore plus difficile que mentir à Amma.

— Parce qu'elle figure sur le tableau du hall. J'ai pensé que ce serait sympa. Après tout, notre cimetière familial n'offre qu'un choix limité, contrairement à ceux de la plupart des habitants du coin.

La musique envoûtante des Enchanteurs qui rythmait la fête s'est estompée avec la distance, remplacée par le craquement des feuilles sèches sous nos pieds. Nous venions de pénétrer sur le territoire de Greenbrier. Nous approchions. Il faisait sombre, mais la pleine lune était si éclatante que nos lampes de poche étaient inutiles. Je me suis rappelé ce qu'Amma avait dit à Macon dans le marais. « La demi-lune est pour la magie blanche, la pleine pour la noire. » J'ai espéré qu'il ne serait pas question de magie, ce soir ; ça n'a pas pour autant rendu les choses moins terrifiantes.

— Je doute que Macon serait content d'apprendre que nous errons dans l'obscurité. L'as-tu averti ?

Del avait peur. Elle a remonté le col montant de son corsage en dentelle.

— Je lui ai annoncé que nous sortions pour une petite promenade. Il m'a simplement priée de ne pas m'éloigner de toi.

— Je ne suis pas certaine d'être assez en forme pour ce genre d'expédition. J'ai le souffle court.

Elle était en effet hors d'haleine, et des mèches s'étaient échappées de son chignon toujours un peu de travers.

— Nous y sommes, ai-je annoncé en humant le parfum familier.

— Dieu soit loué.

Nous nous sommes dirigés vers le mur en ruine du jardin où j'avais découvert Lena en pleurs le lendemain de l'incident de la fenêtre brisée. Me courbant, j'ai franchi l'arche de végétation. Les lieux semblaient différents, la nuit, moins destinés à la contemplation des nuages qu'à l'accueil de la dépouille d'une Enchanteresse damnée.

C'est bien ça, Ethan. Elle est là, je la sens.

Moi aussi.

Où est sa tombe, à ton avis ?

Nous avons enjambé la pierre de cheminée où j'avais trouvé le camée. Un peu plus loin, dans la clairière, se dressait une stèle. Sur laquelle était assise une silhouette floue. Lena a hoqueté, assez doucement pour que moi seul l'entende.

Tu la vois, Ethan ?

Oui.

Genevieve. Elle n'était qu'en partie matérialisée, mélange de brume et de lumière, plus ou moins visible selon les courants d'air qui traversaient son corps spectral ; il n'y avait pas de doute, cependant. C'était elle, la femme portraiturée. Elle avait les mêmes yeux dorés et la même longue chevelure rousse ondulée. Ses boucles s'agitaient doucement sous l'effet du vent, comme si elle n'était qu'une femme attendant le bus et non une apparition perchée sur une sépulture. Elle était belle, en dépit de son état présent, et terrifiante en même temps. Sur ma nuque, mes cheveux se sont hérissés.

Nous étions peut-être en train de commettre une erreur.

Tante Del s'est arrêtée net. Elle aussi l'avait aperçue, même si elle n'imaginait pas que ce soit le cas de quelqu'un d'autre. Elle pensait sûrement que ce fantôme était le simple résultat de son propre don, celui de voir plusieurs choses à la fois, de distinguer les images embrouillées d'un unique endroit sur plusieurs décennies.

— J'estime qu'il vaudrait mieux rentrer, a-t-elle chevroté. Je ne me sens pas très bien.

Il m'a paru évident qu'elle ne tenait pas à déranger un fantôme vieux de cent cinquante ans au milieu d'un cimetière d'Enchanteurs. À cet instant, Lena s'est pris les pieds dans une racine et est tombée. Je n'ai pas eu le temps de la retenir.

— Ça va ?

Se relevant, elle a croisé mon regard. Malheureusement, il n'en a pas fallu plus à Reece. Zoomant sur sa cousine, elle a inspecté ses traits, son expression, ses pensées.

— Ils mentent, maman ! s'est-elle alors exclamée. Ils n'ont pas d'exposé à faire. Ils cherchent quelque chose. Un livre ! a-t-elle ajouté en plaquant sa main sur sa tempe.

Tante Del a paru encore plus confuse que d'ordinaire.

— Quel genre de livre trouve-t-on dans les cimetières, voyons !

— Un ouvrage qui appartenait à Genevieve, a répondu Lena en s'arrachant au laser de Reece.

Ouvrant le sac de marin que je portais, j'ai sorti la pelle. Lentement, je me suis approché de la tombe en m'efforçant d'oublier que le spectre de Genevieve m'observait. La foudre allait peut-être me frapper, ou un truc comme ça. Ce qui ne m'aurait pas étonné. Nous étions trop près du but pour reculer, cependant. Enfonçant la pelle dans la terre, j'ai dégagé une grosse motte.

— Sainte mère de Dieu, Ethan ! Qu'est-ce que tu fais ?

Visiblement, piller une tombe avait le don de ramener tante Del à la réalité présente.

— Je cherche le livre.

— Ici ? a-t-elle geint. Mais qu'a-t-il de si important ?

— Il s'agit d'un manuel d'Enchantements, a expliqué Lena avec un coup d'œil à Genevieve. Très ancien. Nous ne sommes même pas sûrs qu'il soit là. Ce n'est qu'une intuition.

Je me concentrais pour ne pas songer à l'apparition éthérée. Que sa silhouette clignote au gré du vent était gênant. Par ailleurs, elle nous fixait de ses prunelles dorées de chat, vides et dénuées de vie, comme si elles avaient été en verre. Flippant.

Le sol était plutôt meuble, ce qui était surprenant,

surtout au mois de décembre. En quelques minutes seulement, j'avais creusé sur plus de trente centimètres de profondeur. Tante Del arpentait nerveusement les environs. De temps à autre, elle lançait un regard à Genevieve après s'être assurée qu'aucun d'entre nous ne l'observait. Je n'étais pas le seul à avoir les jetons. C'était déjà ça.

— Nous devrions rentrer, a plaidé Reece en me scrutant. Ceci est dégoûtant.

— Arrête de jouer les effarouchées, a riposté Lena en s'agenouillant près du trou.

Reece ne la voit pas ?

Je n'en ai pas l'impression. Évite de la regarder, en tout cas.

Et si jamais elle lit dans les yeux de sa mère ?

Non. Personne n'y arrive. Tante Del voit trop de choses en même temps. Seul un Palimpseste serait capable de trier toutes ces informations pour leur donner un sens.

— Tu comptes vraiment les laisser déterrer un cadavre, maman ?

— Tu as raison, chérie, c'est complètement idiot. Cessez vos bêtises tout de suite, vous deux, et rejoignons la fête.

— Impossible, a objecté Lena. Nous devons découvrir si le livre est ici ou non. Aide-nous plutôt.

Quoi ?

Elle est en mesure de nous montrer ce qu'il y a là-dessous. Elle a l'aptitude à projeter ses visions.

— Je ne sais pas trop, a tergiversé Del en se mordillant la lèvre. Macon ne serait pas content.

— À ton avis, il préférerait que nous profanions une sépulture ?

— Bon, d'accord, d'accord. Écarte-toi de ce trou, Ethan.

J'ai obtempéré en essuyant mes mains sur mon jean.

Un coup d'œil en direction de Genevieve m'a permis de constater que son expression avait changé, presque comme si elle était curieuse de voir ce qui allait se produire. Ou alors, elle s'apprêtait juste à nous atomiser.

— Que tout le monde s'assoie, ceci risque de vous donner le vertige, a ordonné Del, telle une sorte d'hôtesse de l'air du surnaturel. Si c'est le cas, mettez votre tête entre vos jambes. La première fois est toujours la plus difficile.

Elle a tendu les bras, de manière à ce que nous lui prenions les mains.

— Je n'en reviens pas que tu joues leur jeu, maman, a râlé Reece.

Retirant sa barrette, Del a détaché ses cheveux qui sont tombés en cascade sur ses épaules.

— Arrête de jouer les effarouchées, a-t-elle rétorqué à sa fille.

Avec un soupir, celle-ci a serré ses doigts autour des miens. Je me suis tourné vers Genevieve qui a regardé droit à travers moi, en moi, et a porté son index à sa bouche, comme pour m'intimer le silence.

Autour de nous, l'air s'est soudain raréfié. Nous nous sommes mis à tourbillonner, comme sur ces manèges où l'on vous attache à une paroi avant que l'engin ne tournoie, si vite que vous êtes persuadé que vous allez vomir.

Des éclairs.

Successifs, pareils à des portes qui claquent, précipités.

Deux fillettes en jupon blanc courent dans l'herbe en se tenant par la main, rieuses. Des rubans jaunes retiennent leurs cheveux.

Une nouvelle porte s'est ouverte.

Une jeune femme à la peau caramel accroche du linge à une corde tout en chantonnant, le vent soulève les draps.

La domestique se tourne en direction d'une imposante maison blanche de style colonial et crie : « Genevieve ! Evangeline ! »

Une autre porte.

Une jeune fille marche dans la clairière au crépuscule. Elle regarde derrière elle afin de s'assurer que personne ne la suit, sa tignasse rousse volette. Genevieve. Elle se jette dans les bras d'un grand garçon dégingandé – un garçon qui pourrait être moi. Il se penche pour l'embrasser. « Je t'aime, Genevieve. Un jour, je t'épouserai. Je me fiche de ce que raconte ta famille. Rien n'est impossible. » Elle effleure ses lèvres. « Chut ! Nous n'avons pas beaucoup de temps. »

Le battant s'est refermé, cédant la place au suivant.

Pluie, fumée, craquements de l'incendie qui dévore et respire. Genevieve est debout dans la pénombre ; des larmes mêlées de suie maculent ses joues. Elle tient un livre en cuir relié noir. Il ne comporte pas de titre, rien qu'un croissant de lune gravé sur la couverture. Elle contemple la femme, la même que celle qui étendait la lessive. Ivy. « Pourquoi n'a-t-il pas de nom ? » Les yeux de la vieille sont pleins de frayeur. « C'est pas parce qu'un livre a pas de titre qu'il a pas de nom. Y s'appelle le *Livre des lunes*. »

La porte a claqué.

Ivy, encore plus âgée, encore plus triste, auprès d'une tombe fraîchement creusée dans laquelle repose un cercueil en pin. « Quand je marche dans la vallée de l'ombre de la mort, je ne crains aucun mal[1] ». Elle tient quelque chose. Le *Livre*, reconnaissable à sa couverture en cuir et sa demi-lune. « Emportez-ça avec vous, mam'zelle Genevieve. Comme ça, il fera plus de mal à personne. » Elle jette l'ouvrage dans la fosse.

1. Psaume 23 : 4.

Une énième porte.

Nous quatre assis autour du trou en partie creusé avec, plus bas, là où nous ne le verrions pas sans l'aide de Del, le cercueil. Le *Livre* est posé dessus. Plus bas encore, à l'intérieur de la bière, le corps de Genevieve allongé dans le noir. Ses paupières sont closes, sa peau est de porcelaine blanche, préservée comme si elle respirait encore, comme la peau d'aucun cadavre ne devrait l'être. Sa longue chevelure de feu dégouline sur ses épaules.

La vision repart en tournoyant, s'arrache au sol. Nous quatre de nouveau, assis près du trou à moitié creusé, nous tenant la main. Plus haut maintenant, la stèle, du haut de laquelle la silhouette ténue de Genevieve nous contemple.

Reece a hurlé. L'ultime porte s'est brutalement refermée.

J'ai tenté d'ouvrir les yeux, mais la tête me tournait. Del avait dit vrai. J'avais la nausée. J'ai essayé de prendre mes repères, en dépit de mon vertige. J'ai senti que Reece me lâchait, s'éloignait de moi, s'efforçait de s'écarter autant que possible de Genevieve et de ses terrifiantes prunelles dorées.

Ça va ?

Je crois, oui.

Lena avait baissé la tête entre ses jambes.

— Tout le monde va bien ? a demandé tante Del d'une voix égale, maîtrisée.

Elle ne paraissait plus ni maladroite ni perdue. Personnellement, si j'avais été contraint de subir ce genre d'images du matin au soir, je me serais évanoui. Ou je serais devenu fou.

— Je suis effaré à l'idée que c'est ce que vous voyez, ai-je d'ailleurs commenté.

— Le don de Palimpsesterie est un grand honneur et un fardeau encore plus grand.

— Le *Livre*, il est bien ici.

— Oui, mais il semble appartenir à cette femme, a-t-elle répondu en désignant le fantôme. Que vous deux n'avez pas l'air d'être surpris de voir, au passage.

— Ce n'est pas la première fois, a avoué Lena.

— Alors, c'est qu'elle a décidé de se révéler à vous. Distinguer les défunts n'est pas un talent donné aux Enchanteurs, même aux Élus, encore moins aux Mortels. Ils ne se rendent visibles que s'ils le souhaitent.

J'avais la frousse. Pas la même que celle que j'avais éprouvée en grimpant le perron de Ravenwood ou quand Ridley m'avait pétrifié de froid. Celle-ci s'apparentait plus à celle que je ressentais en émergeant des rêves, lorsque je craignais de perdre Lena. Elle était paralysante. Du genre qui s'empare de vous au moment où vous réalisez que le spectre d'une puissante Enchanteresse des Ténèbres vous observe au milieu de la nuit en train de creuser sa tombe afin de lui dérober le livre placé sur son cercueil. À quoi avais-je pensé ? Qu'est-ce qui nous avait pris de venir ici violer une sépulture sous la pleine lune ?

Vous essayez de corriger un mal en bien.

Une voix a résonné dans ma tête, qui n'était pas celle de Lena. Je me suis tournée vers cette dernière. Elle était pâle. Reece et tante Del fixaient ce qu'il restait de Genevieve. Elles aussi l'avaient entendue. J'ai contemplé l'éclat de ses prunelles d'or tandis qu'elle continuait à clignoter. Elle a semblé deviner les raisons de notre présence ici.

Prenez-le.

Je l'ai étudiée, incertain. Fermant les paupières, elle a acquiescé de manière imperceptible.

— Elle souhaite que nous ayons le *Livre*, a murmuré Lena.

Je n'étais donc pas cinglé.

— Comment savoir si elle est digne de confiance ? Elle était Ténèbres, après tout. Et elle a les mêmes yeux que Ridley.

— C'est un pari à prendre, m'a répliqué Lena avec une lueur ravie dans le regard.

Il ne nous restait plus qu'une chose à faire.

Creuser.

Le *Livre* avait l'apparence exacte de celui que nous avait révélé la vision – cuir noir craquelé et rehaussé d'un petit croissant de lune. Il en émanait une odeur de désespoir, et il était lourd, non seulement physiquement mais psychiquement. C'était une œuvre des Ténèbres. Je l'ai compris alors que je ne l'ai eu que quelques secondes entre mes mains, avant qu'il ne me brûle les doigts. À chacune de mes respirations, j'ai eu l'impression qu'il me volait un peu de mon souffle.

Je l'ai brandi au-dessus de ma tête, du fond de la fosse. Lena me l'a pris et est remontée sur le sol. J'avais envie de la rejoindre, et ce le plus vite possible. Après tout, j'étais en train de piétiner la bière de Genevieve.

— Doux Jésus ! a hoqueté tante Del. Je n'aurais jamais cru que je le verrais un jour. Le *Livre des lunes*. Attention ! Il est vieux comme le monde, plus vieux, peut-être. Macon ne voudra…

— Il n'en saura rien, l'a interrompue Lena en ôtant doucement la terre qui maculait l'ouvrage.

— Alors, là, tu dérailles, est intervenue Reece en croisant les bras, telle une baby-sitter mécontente. Si tu espères un instant que nous ne dirons rien à oncle Macon, tu…

Lena a coupé son élan en lui fourrant le volume sous le nez.

— Lui dire quoi ? a-t-elle aboyé.

Elle toisait sa cousine comme cette dernière avait toisé Ridley, pendant le dîner des Journées du Clan – intensément, volontairement. L'expression de Reece s'est modifiée. Elle a semblé soudain perdue, presque désorientée. Elle fixait le *Livre*, mais c'était comme si elle ne le voyait pas.

— Qu'y a-t-il à raconter, Reece ? a insisté Lena.

La jeune fille a plissé les paupières, l'air de vouloir se débarrasser d'un mauvais rêve. Elle a ouvert la bouche, a essayé de parler, l'a refermée aussitôt. L'ombre d'un sourire s'est dessinée sur le visage de Lena, qui s'est ensuite adressée à sa tante.

— Del ?

Cette dernière paraissait aussi perdue que sa fille. Rien que de très ordinaire, certes ; pourtant, quelque chose avait changé. Elle non plus n'a pu répondre à la question. Quand Lena a laissé tomber le *Livre* sur mon sac, j'ai distingué des étincelles vertes dans ses yeux, ainsi que ses cheveux qui fourchaient sous la Lune – le Souffle Enchanteur. J'ai presque cru voir la magie tourbillonner autour d'elle dans l'obscurité. Je n'ai pas saisi ce qui se passait, mais toutes les trois avaient l'air plongées dans une conversation silencieuse.

Soudain, le phénomène a cessé, la Lune est redevenue Lune, la nuit est redevenue nuit. J'ai regardé derrière Reece, en direction de la stèle. Genevieve avait disparu, comme si elle n'était jamais apparue. Reece a bougé et repris son expression moralisatrice habituelle.

— Si tu espères un instant que nous ne dirons pas à oncle Macon que tu nous as attirées dans un cimetière sans autre raison qu'un stupide exposé pour le lycée que tu n'as même pas terminé...

Qu'est-ce que c'était que ce délire ? La jeune fille ne plaisantait pas, cependant. Elle ne se souvenait pas plus de ce qui venait de se produire que je ne le comprenais.

Qu'as-tu fait ?

Oncle Macon et moi nous sommes entraînés.

Lena a refermé mon havresac avec le *Livre* à l'intérieur.

— Je sais, je suis désolée, s'est-elle excusée auprès de sa cousine. Cet endroit flanque vraiment la trouille, la nuit. Filons d'ici.

— Tu n'es qu'un bébé ! a commenté Reece, méprisante.

Elle a pris la direction de Ravenwood en emmenant sa mère avec elle. Lena m'a adressé un clin d'œil complice.

Vous vous êtes entraînés à quoi ? À contrôler les esprits ?

À des broutilles. Jets de cailloux, décors illusoires, manipulation du temps. Ces dernières sont difficiles.

Parce que ça, c'était fastoche ?

J'ai déplacé le Livre *de leurs cerveaux. Effacé, si tu préfères. Elles l'ont oublié car, en réalité, la scène n'a jamais eu lieu.*

L'ouvrage nous était nécessaire, j'en avais conscience. Lena avait eu raison d'agir ainsi. Pourtant, j'ai eu le sentiment qu'une limite avait été franchie, et je ne savais plus trop où elle et moi nous tenions par rapport à cette frontière, ni si elle la retraverserait un jour pour me rejoindre. Pour revenir là où elle avait été.

Reece et tante Del avaient déjà atteint le jardin. Inutile d'être une Sibylle pour deviner que la jeune fille avait hâte de s'en aller. Lena leur a emboîté le pas. Quelque chose m'a retenu.

Attends, L.

Retournant au trou, j'ai mis la main dans ma poche. J'ai

déballé le mouchoir aux initiales désormais familières et j'ai soulevé le médaillon par sa chaînette. Rien. Aucune vision. D'une façon qui m'échappe, j'ai réalisé qu'il n'y en aurait plus. Le camée nous avait conduits jusqu'ici, il nous avait montré ce que nous avions besoin de voir.

Le bijou suspendu au-dessus de la tombe, je me suis dit que c'était un juste échange. J'allais le laisser tomber quand j'ai de nouveau entendu la voix de Genevieve, plus douce cette fois.

Non. Il ne m'appartient pas de l'avoir.

J'ai regardé la stèle. Elle était revenue, sa forme vacillant à chaque coup de vent. Elle n'était plus aussi effrayante. Elle semblait brisée, plutôt. Comme quand vous avez perdu la seule personne que vous ayez aimée.

Ce que je pouvais comprendre.

8 décembre
Jusqu'au cou

À force de se fourrer dans les ennuis, la menace de nouveaux ennuis à venir finit par ne plus représenter de menace. Il arrive un moment où l'on s'est enfoncé si loin dans la rivière des emmerdements qu'on n'a plus d'autre choix que de continuer à patauger en espérant réussir à gagner la berge opposée. Telle était la philosophie de Link, et je commençais à en saisir tout le génie. Au bout du compte, on ne se connaît peut-être soi-même qu'après s'être mis dans le bain jusqu'au cou.

Dès le lendemain, c'est là où Lena et moi nous trouvions. Jusqu'au cou dans les ennuis. Ça a commencé par l'élaboration d'un mot d'excuse rédigé à l'aide du crayon à papier n° 2 d'Amma, s'est poursuivi par une journée d'école buissonnière afin de lire un ouvrage que nous n'étions pas censés détenir, et s'est achevé par un tissu de mensonges à propos d'un projet commun destiné à améliorer notre dossier scolaire. Deux secondes seulement après avoir prononcé ces derniers mots, je m'étais attendu à ce qu'Amma renifle le pot aux roses, mais elle était à ce moment-là au téléphone, en grande conversation avec ma tante Caroline, et discutait de « l'état » de mon père.

Si mentir, voler, écrire un faux et sécher le bahut ont éveillé ma culpabilité, nous n'avions pas le choix – des études plus vitales requéraient notre attention. Car, désormais, nous étions en possession du Livre des lunes. Un élément tangible. Que je pouvais tenir...

— Ouille !

Il me brûlait les doigts comme un four chauffé à blanc. Je l'ai laissé tomber sur le plancher de la chambre de Lena. Boo Radley a aboyé quelque part dans la maison. J'ai perçu le cliquètement de ses griffes sur le sol tandis qu'il grimpait l'escalier pour nous rejoindre.

— Porte, a murmuré Lena sans même lever les yeux du dictionnaire latin qu'elle consultait.

Le battant a claqué au nez du chien juste à l'instant où il arrivait sur le palier. L'animal a protesté d'un jappement amer.

— Reste dehors, Boo, lui a dit Lena. Nous ne faisons rien de mal. Je vais répéter mon alto.

J'ai contemplé la porte avec ahurissement. Encore une leçon dispensée par Macon, sans doute. Lena n'a pas pris la peine de s'expliquer, à croire qu'elle réalisait ce tour de passe-passe pour la millième fois. Comme le micmac qu'elle avait accompli la veille avec Reece et tante Del. Je commençais à me dire que plus son anniversaire approchait, plus l'Enchanteresse se dessinait en elle. Je tâchais de ne pas m'y attarder. Naturellement, plus je déployais d'efforts, plus je le remarquais.

J'ai frotté mes mains douloureuses sur mon jean.

— Dans la phrase « tu ne peux pas le toucher si tu

n'es pas Enchanteur », quel mot ne comprends-tu pas, Ethan ? m'a demandé Lena.

— Tous.

Elle a ouvert un étui éraflé dont elle a sorti son alto.

— Il est presque dix-sept heures. Il faut que je répète. Si je m'en abstiens, oncle Macon le devinera lorsqu'il se lèvera. Il le devine toujours.

— Quoi ? Maintenant ?

En souriant, elle s'est assise sur le fauteuil installé dans un coin de la pièce. Elle a coincé l'instrument sous son menton et a posé l'archet sur les cordes. Pendant une minute, elle n'a pas bougé, les yeux fermés comme une musicienne d'orchestre philharmonique, puis elle s'est mise à jouer. La musique s'est échappée de ses mains, s'est répandue dans la chambre, a voleté dans l'air, pareille à l'un des pouvoirs de Lena récemment découverts. Les rideaux blancs devant la fenêtre se sont agités, et les paroles de la chanson ont résonné :

Seize lunes, seize années,
Lune Appelle, approche l'heure,
Page où les Ténèbres meurent,
Don qui Scelle le brasier…

Ensuite, Lena s'est glissée hors du fauteuil avant de mettre soigneusement l'alto à sa propre place. Elle ne jouait plus, mais la mélodie continuait de retentir. Appuyant l'archet contre le mur, elle m'a rejoint sur le lit.

Chut.

C'est ça, ton entraînement de musique ?

— Oncle M ne semble pas s'en rendre compte. Regarde !

Elle a désigné la porte. Derrière la fente du sol, j'ai distingué une ombre. Des battements ponctuaient la mélodie. La queue de Boo.

— Il aime la chanson. Et moi, j'aime qu'il soit devant ma chambre. Un peu comme une alarme anti-adultes.

Bien vu.

Elle a ramassé le *Livre* – sans se brûler – et l'a ouvert. À l'intérieur, ce sur quoi nous nous étions cassé la tête toute la journée. Des centaines d'Enchantements, des listes en anglais, latin, gaélique et dans des langues que je ne connaissais pas, dont l'une se composait d'étranges cursives que je n'avais jamais vues. Les fines pages brunies étaient fragiles, presque translucides. L'écriture était délicate, l'encre brun sombre également. Enfin, j'espérais qu'il s'agissait d'encre. Tapotant une feuille, Lena m'a tendu le dictionnaire.

— Ce n'est pas du latin, a-t-elle déclaré. Regarde.

— À mon avis, c'est du gaélique. Tu as déjà rencontré ça quelque part ?

J'ai montré la drôle d'écriture cursive.

— Non. C'est peut-être une langue d'Enchanteurs.

— Dommage alors que nous n'ayons pas de dico.

— Nous en avons un. Du moins, mon oncle devrait en avoir un. Il possède des centaines d'ouvrages consacrés aux Enchanteurs, dans la bibliothèque du rez-de-chaussée. Ce n'est pas la *Lunae Libri*, mais elle renferme sûrement ce que nous cherchons.

— Dans combien de temps sera-t-il debout ?

— Bientôt, hélas.

Tirant sur les manches de mon sweat-shirt pour protéger mes mains, je me suis emparé du *Livre* que j'ai consulté à mon tour. Les pages bruissaient sous mes doigts, telles des feuilles mortes et non du papier.

— As-tu une idée de ce que tout cela signifie ?

Lena a secoué la tête.

— Chez nous, tu n'es pas franchement autorisée à savoir quoi que ce soit avant l'Appel. Au cas où tu serais Voué aux Ténèbres, j'imagine.

Je n'ai pas commenté cette dernière réflexion.

L'ouvrage ne recelait rien qui nous donne un début de piste. Il y avait des dessins, certains effrayants, d'aucuns magnifiques. Des créatures, des symboles, des animaux. Même les visages humains réussissaient à ne pas avoir l'air humains. Personnellement, j'aurais pu tout aussi bien feuilleter l'encyclopédie d'une autre planète. Lena m'a repris le volume.

— Il y a tant de choses que j'ignore, et tout ça est si...

— Psychédélique ?

Me collant à elle, j'ai contemplé le plafond. Il était couvert de mots, de nouveaux mots, de nombres aussi. J'ai repéré le compte à rebours griffonné sur les murs, donnant à la chambre des allures de cellule. 100, 78, 50... Combien de temps encore allions-nous tenir ainsi ? L'anniversaire de Lena se rapprochait, et ses pouvoirs croissaient déjà. Et si elle avait raison ? Si elle devenait autre ? Si Ténébreuse qu'elle ne me reconnaîtrait même plus, qu'elle se ficherait de moi comme d'une guigne ? J'ai fixé l'alto dans son coin jusqu'à ne plus avoir envie de le voir. Fermant les yeux, j'ai prêté l'oreille à la chanson des Enchanteurs. Soudain, la voix de Lena a retenti :

— ... « JUSQU'À CE QUE LES TÉNÈBRES PORTENT LE TEMPS DE L'APPEL, À LA SEYZIÈME LUNE, QUANT L'ESTRE DE POUVOIRS AURA LA LIBERTÉ DE SA VOLONTÉ ET L'APTITUDE AU CHOIX ÉTERNEL, À LA FIN DU JOUR OU AU DERNIER MOMENT DE LA DERNIÈRE HEURE, DESSOULZ LA LUNE APPELANTE... »

Nous nous sommes regardés.

— Comment as-tu...

Je me suis penché par-dessus son épaule. Elle a tourné une page.

— C'est de l'anglais. Quelqu'un a entrepris de traduire les sortilèges, au dos des pages. Tu vois la couleur de l'encre ?

Même les textes anglais devaient remonter à des centaines d'années. Cet extrait était rédigé d'une écriture élégante mais différente de l'original, et l'encre était effectivement d'une autre teinte.

— Reviens en arrière.

Soulevant l'ouvrage, elle s'est remise à lire.

— « L'APPEL, LORS SCELLÉ, NE PEUT ESTRE DESCELLÉ. LE CHOIX, LORS FAICT, NE PEUT ÊTRE DÉFAICT. UNG ESTRE DE POUVOIRS TOMBE À JAMAIS DEDANS GRANS TÉNÈBRES OU DEDANS GRANT LUMYÈRE. LORS LE TEMPS S'ÉCOULE, LORS LA DERNIÈRE HEURE DE LA SEYZIÈME LUNE N'EST PAS SCELLÉE, ADONCQUES L'ORDRE DES CHOSES EST BRISÉ. CELA NE DOIT PAS ESTRE. LE LIVRE SE CHARGERA DE SCELLER CELUY QUI NE L'AURA PAS ESTÉ, ET CE POUR L'ÉTERNITÉ. »

— Donc, il n'y a aucun moyen d'échapper à l'Appel ?

— C'est ce que je te répète depuis le début.

J'ai relu les mots, sans mieux en saisir le sens pour autant.

— Que se passe-t-il exactement lors de l'Appel ? Cette Lune Appelante envoie-t-elle une sorte de rayon enchanté ?

— Ce n'est pas dit. Tout ce que je sais, c'est que ça a lieu sous la Lune, à minuit. « AU MITAN DES GRANS TÉNÈBRES ET DESSOULZ LA GRANT LUMYÈRE D'YCELLES NOUS VENONS. » Cela peut se produire n'importe où. Ce n'est pas quelque chose qu'on voit. Ça arrive, tout simplement. Aucune mention d'un quelconque rayon enchanteur.

— Mais que se passe-t-il exactement ? ai-je insisté.

J'avais soif de tout découvrir ; or, j'avais le sentiment qu'elle me dissimulait des éléments. Elle a continué à fixer la page, évitant de croiser mon regard.

— Pour la plupart des Enchanteurs, le phénomène est conscient, comme il est écrit ici. La personne de pouvoirs, soit l'Enchanteur, opère le choix éternel. Chacun opte pour la Lumière ou les Ténèbres. Comme les Mortels choisissent d'être bons ou mauvais. La différence, c'est que, pour nous, c'est à jamais. Nous décidons de la vie que nous souhaitons mener, de la manière dont nous agirons dans l'univers magique et entre nous. C'est une convention signée avec le monde naturel, avec l'Ordre des Choses. Je l'admets, ça paraît dingue.

— À seize ans, donc ? Comment es-tu censé deviner ce que tu es ou ce que tu veux être pour l'éternité à seize ans ?

— Ceux qui savent sont chanceux. Moi, je n'ai pas le choix, de toute façon.

J'ai failli ne pas poser la question qui s'imposait.

— Que va-t-il t'arriver ?

— D'après Reece, tu changes, rien de plus. Ça ne dure qu'une seconde. Tu sens une énergie, un pouvoir qui envahit ton corps, un peu comme si tu naissais. Enfin, c'est ce qu'elle prétend.

— Ça n'a pas l'air bien méchant.

— Reece décrit ça comme une chaleur qui te submerge. Elle, a eu l'impression d'être inondée de soleil, alors que les autres restaient dans l'ombre. Elle dit que, à cet instant, tu es sûr du chemin qui t'a été assigné.

Ça m'a paru trop facile, trop indolore. Comme si elle omettait un détail. Genre, ce que l'on ressentait quand on était Voué aux Ténèbres. Je n'ai pas insisté, cependant, bien que j'aie deviné qu'elle songeait à la même chose que moi.

Rien d'autre, alors ?

Rien d'autre. Ça ne fait pas mal, si c'est ça qui t'inquiète.

Cet élément me perturbait en effet, mais il y en avait d'autres.

Je ne suis pas inquiet.

Moi non plus.

Cette fois, nous avons mis un point d'honneur à éviter de formuler nos pensées, y compris à nous-mêmes.

Le soleil rampait sur le tapis tressé de la chambre, la lumière orange dotant chaque fil d'une couleur dorée. Pendant un instant, le visage, les yeux, les cheveux de Lena, tout ce qu'effleurait cette lueur a pris une teinte dorée. Lena était belle, à cent années et à cent kilomètres de là et, à l'instar des personnages du *Livre*, pas tout à fait humaine.

— Fin du jour. Oncle Macon va se lever dans une minute. Rangeons le *Livre*.

Elle l'a enfermé dans mon sac.

— C'est toi qui le gardes. Si mon oncle le trouve, il essayera de me le dérober, comme tout le reste.

— Je n'arrive pas à comprendre ce que lui et Amma nous cachent. Si l'événement doit se produire, si nous ne pouvons rien pour l'empêcher, pourquoi ne nous expliquent-ils pas ?

Elle a refusé de me regarder. Je l'ai attirée dans mes bras, elle a appuyé sa tête contre mon torse. Elle n'a pas dit un mot mais, à travers les couches de nos vêtements, j'ai senti son cœur qui battait à l'unisson du mien.

Elle a fixé l'alto jusqu'à ce que la musique se taise, peu à peu, au rythme du soleil qui se couchait.

Le lendemain au lycée, il est apparu évident que Lena et moi étions les deux seuls élèves à nourrir des pensées ayant rapport à des livres. Personne n'a levé la main en cours, sauf pour demander l'autorisation de se rendre aux toilettes ; pas un crayon n'a effleuré une feuille de papier, sauf pour écrire un mot sur qui avait été invité par qui, sur qui n'avait pas la moindre chance d'être invité, sur qui pouvait déjà renoncer à tout espoir d'être invité.

Décembre ne signifiait qu'une chose, à Jackson : le bal d'hiver qui clôturait le premier semestre. Nous étions à la cafète quand Lena a abordé le sujet. Une première.

— As-tu invité une fille ? a-t-elle demandé à Link.

Elle n'était pas au courant de la stratégie pas trop secrète que déployait Link tous les ans pour aller à la soirée en solitaire afin de pouvoir draguer Maggie Cross, l'entraîneuse de l'équipe de course à pied des filles. Il en était amoureux depuis la sixième, à l'époque où, cinq ans après voir quitté le lycée avec son bac en poche, elle y était revenue pour occuper ce poste.

— Non, a-t-il répondu en souriant largement, la bouche pleine de frites, j'aime aborder l'événement en solo.

— C'est Mlle Cross qui est de surveillance, ai-je expliqué. Du coup, Link refuse d'emmener une fille, histoire de rôder autour d'elle toute la soirée.

— Je ne voudrais pas décevoir ces dames en en privilégiant une, a riposté Link. Elles se battront pour m'avoir dès que quelqu'un aura un peu épicé le punch.

— Je n'ai encore jamais assisté à un bal, a murmuré Lena en baissant les yeux sur son plateau.

Elle semblait presque déçue. Je ne lui avais pas proposé d'être ma cavalière. Il ne m'était pas venu à l'esprit qu'elle aurait envie d'aller à la fiesta. Il se passait tellement de trucs entre nous, bien plus vitaux qu'une soirée dansante au bahut. Link m'a jeté un coup d'œil. Il m'avait prévenu que ça risquait d'arriver. « Toutes les nanas veulent aller au bal, mec. Je ne comprends pas pourquoi, mais même moi, je le sais. » Qui aurait pu prévoir qu'il avait raison, alors que son mégaplan de séduction de Mlle Cross n'avait jamais fonctionné ? Il a vidé sa cannette de Coca.

— Une jolie fille comme toi ? a-t-il lancé à Lena. Tu sais que tu pourrais être élue Reine des Neiges ?

Elle s'est efforcée de sourire, sans grand résultat.

— C'est quoi, ce titre ? Vous ne vous contentez pas d'une reine du bal, comme partout ailleurs ?

— Non. C'est le bal d'hiver, je te signale. Notre reine s'appelle la Reine des Glaces, normalement. Mais comme c'est la cousine de Savannah, Suzanne, qui a été élue tous les ans jusqu'à ce qu'elle quitte le bahut, et que c'est Savannah qui a remporté le titre après elle, l'an dernier, tout le monde la surnomme Reine des Neiges.

Link a piqué une part de pizza sur mon assiette. Il était clair que Lena souhaitait qu'on l'invite. Encore un des mystères propres aux filles – elles veulent qu'on leur propose d'aller à une soirée à laquelle elles n'ont pourtant pas envie de se rendre. Ce n'était pas le cas de Lena, cependant. J'avais l'impression qu'elle avait dressé la liste de tout ce que, d'après elle, une lycéenne ordinaire était censée faire, et qu'elle comptait bien les accomplir à son tour. Dingue. Le bal d'hiver était le dernier endroit où je désirais me montrer en ce moment. Nous n'étions guère appréciés de nos pairs. Il m'était égal qu'on nous toise quand elle et moi arpentions les couloirs, y compris quand nous ne nous tenions pas par la main. Il m'était égal que tous soient en train de balancer des horreurs sur nous en cet instant même, alors que nous déjeunions seuls avec Link, trois exilés à leur table désertée au milieu d'une cantine pleine d'élèves. Il m'était égal que tout le club des Anges Gardiens patrouille dans le lycée en guettant le moment où nous tacler.

Le truc, c'est que, avant Lena, ça ne m'aurait pas été

égal. Je commençais à me demander si je n'étais pas l'objet d'une forme d'envoûtement.

Ce n'est pas mon genre de faire ça.

Je n'ai rien dit de tel.

Si.

Je ne t'ai pas accusée de m'avoir envoûté. J'ai juste songé que, peut-être, je l'étais.

Tu me prends pour Ridley ?

Je... laisse tomber.

Lena a scruté mon visage avec intensité, comme pour tenter de le déchiffrer. Il se pouvait qu'elle en soit désormais capable.

Qu'y a-t-il ?

Ce que tu m'as confié, le lendemain de Halloween. Tu le pensais vraiment, L ?

Qu'est-ce que je t'ai confié ?

Ce que tu as écrit sur le mur.

Quel mur ?

Celui de ta chambre. Arrête tes âneries. Tu m'as dit que tu éprouvais les mêmes sentiments que moi.

Elle a tripoté son collier.

J'ignore de quoi tu parles.

Tomber.

Tomber ?

Tomber a... tu sais, quoi.

Tomber à quoi ?

Oublie.

Dis-le, Ethan.

Je viens de le faire.

Regarde-moi.

Je te regarde.

J'ai contemplé mon carton de lait chocolaté.

— Savannah Snow/Neige, tu piges ? continuait Link de son côté.

Il a renversé sa glace à la vanille sur ses frites. Lena a croisé mon regard et a rougi. Elle a pris ma main sous la table. Je l'ai serrée, puis j'ai failli reculer tant le choc de ce contact était violent. J'ai vraiment eu l'impression de m'être fourré les doigts dans une prise électrique. Sa façon de me dévisager… Même si je n'avais pas été capable de percevoir ses pensées, j'aurais deviné.

Si tu as quelque chose à dire, Ethan, dis-le.

Ouais, ça, justement.

Dis-le.

Sauf que ce n'était pas nécessaire. Nous étions seuls en pleine cafétéria bondée, seuls en pleine conversation avec Link. À nous deux, nous n'avions pas – plus – la moindre idée de ce dont il était en train de parler.

— Alors, tu piges ? C'est drôle seulement parce que c'est vrai. Savannah Snow est une sacrée Reine des Glaces.

Me lâchant, Lena a jeté une carotte à la tête de Link. Elle souriait, c'était plus fort qu'elle. Il a cru que c'était à lui que ce sourire s'adressait.

— Je comprends, a-t-elle répondu. C'est bête.

Link a planté sa fourchette dans le tas gluant de son assiette.

— C'est débile, a insisté Lena. Il ne neige jamais, par ici.

— Méfie-toi, Ethan, m'a averti Link. Cette petite est jalouse. Elle veut être élue Reine des Glaces pour pouvoir danser avec moi quand j'aurai été élu Roi.

Malgré elle, Lena a éclaté de rire.

— Toi ? Je croyais que tu te réservais pour l'entraîneuse de course à pied.

— En effet. Et cette fois, elle va craquer pour moi.

— Link consacre toute sa nuit à essayer d'inventer des reparties pleines d'esprit à lui balancer quand elle passera près de lui.

— Elle me trouve drôle.

— Pas au sens d'amusant.

— Je sens que je tiens le bon bout, cette année. Je vais devenir Roi des Neiges, et Maggie Cross finira par m'admirer sur l'estrade, en compagnie de Savannah Snow.

— Je ne me représente pas du tout la suite des événements, a plaisanté Lena qui s'était mise à peler une orange.

— Oh, fastoche ! Elle va être frappée par ma beauté, mon charme, mes talents de musicien. Surtout si tu m'écris une chanson. Alors, elle renoncera à lutter, dansera avec moi et, après le bac, me suivra à New York pour devenir ma groupie.

— Une *after* très spéciale, si je comprends bien.

La pelure d'orange formait une seule longue spirale parfaite.

— Ta copine me trouve spécial, mec ! s'est exclamé Link en en recrachant ses frites.

Lena m'a regardé. Ma copine. Nous l'avions bien entendu le dire.

Est-ce ce que je suis ?

Est-ce ce que tu veux être ?

Es-tu en train de me demander quelque chose ?

Ce n'était pas la première fois que j'y pensais. Cela faisait même un moment qu'elle était ma copine, pour moi. Après tout ce que nous avions traversé ensemble, c'était presque logique. Voilà pourquoi j'ignore pour quelle raison je ne l'avais jamais formulé, et pour quelle raison c'était si difficile maintenant. Prononcer les mots rendait la situation beaucoup plus réelle.

Il faut croire.

Tu n'as pas l'air très sûr de toi.

J'ai attrapé son autre main sous la table tout en plongeant mes yeux dans le vert des siens.

Je le suis, L.

Alors, il faut croire que je suis ta copine.

Link continuait à pérorer.

— Toi aussi, mec, tu me trouveras spécial quand Mlle Cross sera suspendue à mon cou.

Il s'est levé, a fait sauter son plateau.

— N'espère pas que ma copine t'accordera une danse, en tout cas, ai-je répondu en faisant sauter le mien.

Le regard de Lena s'est illuminé. Je ne m'étais pas trompé. Non seulement elle avait envie que je l'invite au bal, mais elle avait envie de s'y rendre. J'ai deviné que je me fichais complètement de ce que comportait sa liste des activités d'une lycéenne normale ; j'allais juste me débrouiller pour qu'elle les accomplisse toutes.

— Alors, les enfants, vous serez à la soirée ? a demandé Link.

J'ai contemplé Lena, elle a pressé mes doigts.

— Oui, je pense que oui.

Cette fois, son sourire a été authentique.

— Tu es d'accord si je te réserve deux danses, Link ? Mon copain sera d'accord. Jamais il n'oserait me dire avec qui je peux ou ne peux pas danser.

J'ai levé les yeux au ciel. Link a brandi son poing, et nous nous en sommes tapé cinq.

— Vendu !

La sonnerie a retenti, marquant la fin de la pause repas. Ainsi, tout naturellement, je me retrouvais engagé pour le bal d'hiver et doté d'une copine. Pas n'importe laquelle, en plus. Pour la première fois de ma vie, j'avais failli prononcer le mot en A. Au beau milieu de la cantine ! Devant Link !

Parlez-moi d'un déjeuner !

13 décembre
Fonte des neiges

— Je ne vois pas pourquoi elle ne peut pas te rejoindre ici. J'espérais voir la nièce de Melchizedek toute pomponnée dans sa jolie robe.

Je me tenais devant Amma, afin qu'elle puisse nouer mon nœud papillon. Elle était si petite qu'elle était obligée de se percher sur la troisième marche de l'escalier pour atteindre mon cou. Quand j'étais enfant, elle avait ainsi attaché mon nœud papillon et m'avait coiffé, le dimanche pour la messe. Elle avait toujours eu l'air très fière alors, comme en cet instant.

— Désolé, on n'a pas le temps pour une session photo. Je passe la prendre chez elle. C'est le rôle du cavalier, je te rappelle.

Façon de parler, vu que je conduirais La Poubelle. Link devait se rendre à la soirée avec Shawn. Les gars de l'équipe continuaient de lui réserver une place à leur table, même s'il préférait généralement déjeuner avec Lena et moi. Tirant sur le ruban de soie, Amma a étouffé un ricanement. J'ignore ce qu'elle trouvait si drôle, mais ça m'a rendu nerveux.

— Tu as trop serré, me suis-je plaint. J'ai l'impression qu'on m'étrangle.

J'ai tenté de glisser un doigt entre mon cou et le col de la veste du smoking que j'avais loué. En vain.

— Ce n'est pas le nœud papillon, a-t-elle rétorqué, ce sont tes nerfs. Ne t'inquiète pas, tu vas te débrouiller comme un chef.

Elle m'a balayé d'un regard appréciateur, comme ma mère l'aurait fait si elle avait été là.

— Et maintenant, montre-moi les fleurs.

J'ai attrapé derrière moi un petit coffret dans lequel reposait une rose rouge au milieu de son nid de gypsophile blanche. Plutôt moche, à mon avis, mais le Jardin d'Éden, unique fleuriste de Gatlin, ne proposait rien de mieux.

— Je n'ai jamais rien vu d'aussi laid, a décrété Amma en jetant la boîte dans la corbeille à papier située au pied de l'escalier.

Tournant les talons, elle a disparu dans la cuisine.

— On peut savoir pourquoi tu as fait ça ? ai-je protesté.

Ouvrant le réfrigérateur, elle en a sorti un bracelet petit, délicat. Jasmin des Confédérés blanc et romarin sauvage, le tout noué par un ruban gris pâle. Argent et blanc, les couleurs du bal d'hiver. Parfait. Amma avait beau ne guère apprécier ma relation avec Lena, elle s'était quand même donné ce mal. Pour moi. Un geste que ma mère aurait eu. Ce n'est qu'à ce moment que j'ai compris combien je comptais sur Amma, depuis la mort de ma mère. Combien j'avais toujours compté sur elle. Elle était la bouée qui me tenait à flot. Sans elle, j'aurais sûrement sombré, à l'instar de mon père.

— Tout a un sens. Inutile de vouloir domestiquer une créature sauvage.

J'ai examiné le bracelet à la lumière du plafonnier. J'ai tâté le ruban. Dessous, était caché un os minuscule.

— Amma !

Elle a haussé les épaules.

— Quoi, tu vas piquer une crise à cause d'un tout petit osselet de cimetière comme ça ? Après avoir grandi dans cette maison, après avoir vu ce que tu as vu, aurais-tu perdu l'esprit ? Un peu de protection n'a jamais fait de mal à personne. Pas même à toi, Ethan Wate.

Soupirant, j'ai remis les fleurs dans leur écrin.

— Moi aussi, je t'aime, Amma.

Elle m'a serré contre elle à me casser les côtes avant que je dégringole les marches du perron.

— Sois prudent, compris ? Ne t'emballe pas.

Je n'avais pas la moindre idée de ce qu'elle entendait par là, mais je lui ai quand même souri.

— À vos ordres, madame !

La lampe était allumée, dans le bureau de mon père. Je me suis demandé s'il se doutait que, ce soir, c'était le bal d'hiver.

Quand Lena m'a ouvert, mon cœur a failli s'arrêter. Alors qu'elle ne m'a même pas touché. C'est dire. J'avais pressenti qu'elle ne ressemblerait en rien aux autres filles qui assisteraient à l'événement. On ne trouvait que deux types de robes de bal, dans le comté de Gatlin, toutes provenant des deux seuls magasins qui en vendaient : Petite Mademoiselle, le fournisseur local des tenues d'apparat, et Belle du Sud, la boutique de mariage à deux villes d'ici.

Celles qui s'habillaient chez Petite Mademoiselle étaient vêtues de robes de sirène vulgaires, toutes en fentes, décolletés plongeants et paillettes – des nanas avec lesquelles Amma ne m'aurait jamais autorisé à me montrer au pique-nique de la paroisse, encore moins au bal d'hiver. Elles étaient parfois les filles de la « jet-set » tapageuse du coin, comme Eden, dont la mère avait été élue deuxième dauphine de Miss Caroline du Sud ; plus souvent, elles étaient les héritières de mères qui auraient bien voulu appartenir à cette triste élite. En général, on les retrouvait deux ans plus tard lestées de bébés, lors de la cérémonie de remise des diplômes du lycée.

Belle du Sud proposait des extravagances à la Scarlett O'Hara, pareilles à d'immenses cloches. Ses clientes étaient les filles des FRA et activistes d'autres bonnes œuvres, les Emily Asher et les Savannah Snow. Celles-là, on était en droit de les exhiber partout, à condition d'en avoir le cran, de les supporter, et de digérer l'idée qu'on était en train de danser avec la jeune épousée le jour de son propre mariage.

Qu'elles viennent de Petite Mademoiselle ou de Belle du Sud, toutes ces robes étaient bigarrées et impliquaient beaucoup d'ourlets renforcés métalliques et un orange très particulier que les gens d'ici appelaient « pêche de Gatlin ». Partout ailleurs que dans notre comté, cette couleur dégueu était sûrement réservée aux tenues de demoiselles d'honneur minables.

Pour les mecs, la pression était moindre, ce qui ne rendait pas pour autant les choses plus aisées. Nous étions censés nous accorder à nos cavalières, ce qui supposait souvent d'arborer le redouté pêche de Gatlin. Cette année cependant, l'équipe de basket avait opté pour des nœuds pap' et des ceintures de smoking argentés, histoire de s'éviter l'humiliation d'accessoires roses, mauves ou orange pâle.

Il était clair que, de sa vie, Lena n'avait jamais porté de

pêche de Gatlin. Mes genoux ont flageolé, une réaction physique que je commençais à bien connaître maintenant. Elle était si jolie que c'en était à hurler.

Wouah !

Tu aimes ?

Elle a virevolté sur elle-même. Ses boucles tombaient sur ses épaules, retenues à l'arrière par des barrettes scintillantes, en l'un de ces tours de magie que les filles savent accomplir pour que leurs cheveux aient l'air à la fois coiffés et libres. J'ai eu envie d'y passer la main, me suis abstenu cependant, faute de courage. Sa robe moulait tous les bons endroits de son corps sans avoir l'air de sortir de Petite Mademoiselle, fils gris pâle aussi délicats que des toiles d'araignées d'argent qu'auraient tissées des araignées d'argent.

C'est bien ça ? Elle a été cousue par des araignées d'argent ?

Va savoir. Peut-être. C'est un cadeau d'oncle Macon.

Rieuse, elle m'a attiré à l'intérieur de la maison. Même Ravenwood paraissait refléter le thème hivernal de l'événement. Ce soir-là, le hall avait des allures du Hollywood d'antan. Damier de carrelage noir et blanc, flocons de neige argent qui flottaient. Une table ancienne laquée noire se dressait devant des rideaux gris iridescents, au-delà desquels j'apercevais ce qui ressemblait à un océan étincelant, chose bien sûr impossible. Des chandelles projetaient une lumière vacillante sur les meubles, créant des petites flaques de lune un peu partout.

— Sans blague ? Des araignées ?

Les flammes des bougies se reflétaient sur ses lèvres brillantes. J'ai essayé de penser à autre chose. J'ai essayé de ne plus vouloir embrasser le petit croissant de lune sur sa pommette. Une infime poussière argentée luisait sur ses épaules, son visage, ses boucles. Même sa tache de naissance paraissait argentée, ce soir.

— Je plaisantais. Sans doute rien qu'un article qu'il a déniché dans quelque échoppe de Paris, Rome ou New York.

Elle a effleuré le pendentif en croissant de lune suspendu à son cou, juste au-dessus de son collier de souvenirs. Un autre présent de Macon, sûrement. Au même instant, les intonations traînantes de ce dernier ont retenti dans le couloir sombre, accompagnées par une simple chandelle.

— Budapest, pas Paris. Ce détail mis à part, je plaide coupable.

Il a émergé, en smoking noir et chemise blanche impeccables. Ses boutons de manchettes en argent lançaient des éclairs, sous l'effet de la flamme.

— J'apprécierais beaucoup que vous preniez grand soin de ma nièce, Ethan, a-t-il enchaîné. Comme vous le savez, je préfère qu'elle passe ses soirées à la maison.

Il m'a tendu une broche de fleurs destinée à Lena. Une petite couronne de jasmin des Confédérés.

— Toutes les précautions possibles, a-t-il insisté.

— Oncle M ! a râlé Lena.

J'ai inspecté la parure de plus près. Un anneau d'argent était accroché à l'épingle retenant le jasmin. Il comportait une inscription dans une langue que je ne comprenais pas mais que j'ai reconnue pour l'avoir rencontrée dans le *Livre des lunes.* Je n'ai pas eu besoin d'examiner la bague pour constater que c'était celle dont Macon ne se séparait jamais. Jusqu'à présent. J'ai sorti le bracelet d'Amma, identique à la broche. Entre les centaines d'Enchanteurs probablement reliés à l'anneau et tous les Grands rassemblés par Amma, pas un esprit n'oserait s'attaquer à nous. Je l'espérais du moins.

— Grâce à vous et à Amma, Lena devrait survivre au bal d'hiver de Jackson, monsieur.

J'ai souri. Pas Macon.

— Le bal ne m'inquiète pas, a-t-il répondu. Merci quand même à Amma.

Lena a froncé les sourcils, nous regardant tour à tour, son oncle et moi. Nous ne devions pas afficher les mines les plus réjouies de la ville, j'imagine.

— À toi, a-t-elle dit.

Elle s'est emparée d'une boutonnière placée sur la table du hall, une rose blanche toute simple agrémentée d'un brin de jasmin, et l'a épinglée au revers de ma veste.

— J'aimerais que vous cessiez de vous faire du souci pendant une ou deux minutes, a-t-elle commenté. Ça devient embarrassant. Je suis capable de me défendre.

— Mieux vaut prévenir que guérir, a rétorqué Macon, guère convaincu.

J'ignore si c'était là une allusion aux sorcières du lycée ou à la puissante Enchanteresse des Ténèbres, Sarafine. Quoi qu'il en soit, j'avais été témoin de suffisamment d'incidents, ces derniers mois, pour prendre son avertissement au sérieux.

— Ramenez-la avant minuit.

— S'agit-il d'une heure particulière pour les Enchanteurs ?

— Non, juste du couvre-feu que je lui impose.

J'ai étouffé un sourire.

En route pour Jackson, Lena m'a semblé anxieuse. Assise toute raide sur le siège avant, elle tripotait la radio, sa robe, sa ceinture de sécurité.

— Détends-toi.

— Sommes-nous fous d'y aller ? m'a-t-elle demandé avec un regard interrogateur.

— Comment ça ?
— Ils me détestent tous.
— Ils *nous* détestent, plus exactement.
— Si tu veux.
— Rien ne nous oblige à assister à ça.
— J'en ai envie. Le truc…
Elle a joué avec le bracelet de fleurs.
— L'an dernier, a-t-elle repris, Ridley et moi avions prévu de nous rendre ensemble au bal du lycée. Sauf que… ça avait déjà mal tourné, à ce moment-là. Ridley a eu seize ans, elle a disparu, et j'ai été forcée de quitter le bahut.
— Nous ne sommes pas l'an dernier, ce n'est qu'une soirée dansante, et rien n'a mal tourné, que je sache.
Elle a plissé le front.
Pour l'instant.

Quand nous sommes entrés dans le gymnase, j'ai été impressionné par le travail de l'amicale des élèves. Ils avaient dû s'échiner tout le week-end. Jackson s'était transformé en songe d'une nuit d'hiver. Des centaines de petits flocons de neige en papier – blancs, en alu étincelant, recouverts de strass et d'autres matières susceptibles de luire – étaient accrochés au plafond par du fil de pêche. Il neigeait des paillettes de savon aux quatre coins de la salle, et des guirlandes d'ampoules clignotantes blanches ornaient les contremarches des gradins.
— Bonsoir, Ethan, Lena, vous êtes très beaux.
Mlle Cross nous a tendu à chacun un gobelet de punch à la pêche de Gatlin. Elle portait une robe noire qui, à mon avis, dévoilait juste un peu trop de jambes pour le bien de Link. Me tournant vers ma cavalière, j'ai songé aux flocons de neige argentés qui avaient flotté dans l'air de Ravenwood, sans fil de pêche ni papier alu. Pourtant,

ses yeux brillaient et elle me serrait la main, comme une enfant à sa première fête d'anniversaire. Je n'avais guère cru Link quand il avait soutenu que les bals produisaient un effet inexplicable sur les filles. Cela s'avérait cependant, y compris sur les Enchanteresses.

— C'est magnifique.

Franchement, ça ne l'était pas. C'était juste ce bon vieux gymnase de Jackson décoré pour l'événement. Rien que de très banal. Mais, pour Lena, c'était beau, naturellement. Si ça se trouve, la magie cessait d'être magique quand vous grandissiez avec elle.

Soudain, une voix a résonné, improbable.

— Que la fête commence !

Regarde, Ethan…

Me retournant, j'ai manqué de m'étrangler avec ma boisson. Radieux, Link me contemplait, vêtu d'un smoking gris requin ; dessous, il portait un tee-shirt dont le devant imitait une chemise. Aux pieds, il avait ses baskets montantes noires. On aurait dit un danseur de charleston des rues.

— Salut, Courte Paille ! Salut, cousine !

De nouveau, la voix inimitable qui supplantait le brouhaha de la foule, le tintamarre du DJ, le vacarme des basses et les bruissements des couples s'agitant sur la piste de danse. Miel, sucre, mélasse, sucettes à la cerise – tout cela mélangé. La première fois de mon existence où j'ai eu l'impression d'un trop-plein de douceur.

La main de Lena s'est crispée sur la mienne. Au bras de Link, drapée dans la robe à paillettes la plus symbolique jamais arborée au bal d'hiver de Jackson (à n'importe quel bal sans doute), Ridley. Je ne savais plus où poser mes yeux. Elle n'était que jambes, courbes et blondeur échevelée. Rien qu'à la regarder, on sentait la température augmenter. Et ce n'était pas que moi, à en juger par le nombre de gars qui ont soudain arrêté de se trémousser, au grand dam de leurs partenaires déguisées en pièces montées. Dans un monde étriqué où les robes du soir provenaient des deux seules boutiques existantes, Ridley avait réussi à surpasser les petites mesdemoiselles. À côté d'elle, Mlle Cross avait des allures de mère supérieure. En d'autres termes, Link était cuit.

Blême, Lena nous a alternativement regardés, sa cousine et moi.

— Que fais-tu ici, Ridley ?

— Eh bien, chérie, nous voici enfin au bal ensemble. N'es-tu pas ravie ? Tout cela n'est-il pas génial ?

Les cheveux de Lena se sont mis à boucler sous l'effet du Souffle Enchanteur. Elle a cligné des paupières, et la moitié des guirlandes électriques blanches se sont éteintes. Il fallait que je me dépêche d'agir. J'ai entraîné Link vers le bol de punch.

— Qu'est-ce qui t'a pris de l'amener ici ?

— Tu te rends compte de ma chance, mon vieux ? La plus belle nana de Gatlin, sans vouloir t'offenser. ASD. Elle était devant le Stop & Steal quand j'y suis passé pour acheter des lanières de viande séchée. Elle était déjà sur son trente et un et tout.

— Et tu ne trouves pas ça bizarre ?

— Si tu savais comme je m'en fous.

— Imagine que ce soit une dingue ?

— Tu crois qu'elle pourrait m'attacher ou un truc comme ça ?

Il s'est marré, ravi par la perspective.

— Je suis sérieux.

— Tu n'es jamais sérieux. Qu'est-ce qui te prend ? Oh ! J'y suis. T'es jaloux. C'est vrai que t'es monté dans sa bagnole sans trop te faire prier, si je me souviens bien. Ne me dis pas que tu as des vues sur elle...

— Tu déconnes ? C'est la cousine de Lena.

— Qu'importe. Tout ce que je sais, moi, c'est que je suis au bal avec la fille la plus bandante de trois comtés à la ronde. Ça avait autant de chances de m'arriver qu'une météorite de tomber sur Gatlin. Ça ne se reproduira pas. Alors, sois cool, OK ? Ne me gâche pas la soirée.

Il était déjà sous le charme, même si Ridley n'avait pas dû user de beaucoup de magie pour ça. Je pouvais toujours causer, je gaspillais ma salive. Néanmoins, j'ai insisté.

— Cette nana porte malheur, mec. Elle te trouble le ciboulot. Elle va te gober et te recrachera sans plus de façon quand elle en aura terminé avec toi.

— Va te faire mettre, m'a-t-il répondu en me secouant par les épaules.

Sur ce, il a rejoint sa cavalière, a glissé un bras autour de sa taille et l'a entraînée sur la piste de danse. Il n'a même pas jeté un coup d'œil à Maggie Cross quand il est passé devant elle.

J'ai attiré Lena dans la direction opposée, vers l'endroit où le photographe tirait le portrait des couples devant une fausse congère et un bonhomme de neige tout aussi faux, cependant que les membres de l'amicale des élèves se relayaient pour secouer des flocons artificiels sur la scène. Je suis entré en plein dans Emily. Qui a dévisagé Lena.

— Lena, tu... luis.

— Et toi, Emily, tu... gonfles.

Pas faux. La Belle du Sud Emily Je-Hais-Ethan avait des airs de chou à la crème surdimensionné, engoncée qu'elle était dans des masses de taffetas argent et pêche. Ses cheveux coiffés en petites anglaises effarantes semblaient avoir la texture d'un ruban jaune frisé ; son visage paraissait avoir été trop tendu par son chignon haut, lequel devait être piqué dans son crâne à coups d'innombrables épingles.

Qu'avais-je pu trouver à ces filles ?

— J'ignorais que les gens de ton espèce dansaient, a-t-elle rétorqué.

— Nous dansons, pourtant.

— Autour d'un bûcher ? a ricané l'autre.

De nouveau, les boucles de Lena se sont agitées.

— Tu en cherches un pour brûler cette tenue ridicule ?

L'autre moitié des guirlandes s'est éteinte à son tour. Les élèves responsables de la déco ont filé vérifier leurs branchements.

Ne la laisse pas gagner. Il n'y a qu'une sorcière ici, et c'est elle.

Oh que non, Ethan.

Savannah a en effet surgi auprès de sa comparse, Earl à la remorque. Elle était la copie conforme d'Emily, sinon qu'elle était argent et rose au lieu d'être argent et pêche. La jupe de sa robe était tout aussi bouffante. Avec un peu d'imagination, il n'était pas difficile d'imaginer ces deux-là le jour de leurs noces. Vision d'horreur. Fixant le sol, Earl évitait de croiser mon regard.

— Viens, Em, a lancé Savannah, c'est l'heure des résultats de l'élection. Et vous, a-t-elle ajouté à notre adresse en montrant la queue des couples attendant d'être pris en photo, je ne voudrais pas vous retenir. Enfin, si tu apparais sur la pellicule, Lena.

Sur ce, elle a déguerpi dans un froufrou de tissu.

— Suivants !

Les cheveux de Lena continuaient de frémir dangereusement.

Ce sont des idiotes. Aucune importance. Rien de tout ça n'a d'importance.

— Suivants ! a appelé derechef le photographe.

Prenant la main de Lena, je l'ai amenée devant la fausse congère. Elle a levé sur moi des yeux voilés. Mais ça n'a pas duré, et elle est redevenue elle-même. La tempête s'éloignait.

— Envoyez la neige ! a crié quelqu'un.

Tu as raison. Ça n'a pas d'importance.

Je me suis penché pour l'embrasser.

Seule toi as de l'importance.

Nous avons échangé un baiser, le flash de l'appareil photo s'est déclenché. Pendant une seconde, une seconde parfaite, a dominé le sentiment que nous étions seuls au monde, et que rien d'autre que nous ne comptait. Il y a eu l'éclair blanc aveuglant, puis une glu collante et blanche a cascadé sur nous.

Qu'est-ce que...

Lena a hoqueté. J'ai essuyé la bouillasse qui obscurcissait mes yeux, sans grand résultat. Quant à Lena, c'était encore pire. Elle en avait sur les cheveux, le visage, sa belle robe. Son premier bal venait d'être réduit à néant. La mélasse blanche, de la consistance d'une pâte à gaufre, moussait. Elle dégoulinait du seau qui était censé lâcher les faux flocons de neige pour la photo. Renversant la tête en arrière pour mieux voir, je me suis pris une nouvelle tournée sur la tronche. Puis le seau est tombé par terre.

— Qui a mis de l'eau dans la neige ? a braillé le photographe, furieux.

Une flaque de savon – ou de colle, peu importe – s'étalait à nos pieds. Nous devions donner aux badauds qui nous entouraient, hilares, l'impression de vouloir rétrécir jusqu'à disparaître. Savannah et Emily se tenaient en retrait, se délectant de chaque minute de cette mauvaise blague, enchantées d'assister à l'épisode sans doute le plus humiliant de la vie de Lena.

— Tu aurais dû rester chez toi ! a gueulé un mec pardessus le tintamarre.

J'aurais reconnu cette voix débile n'importe où. Je l'avais assez entendue sur le terrain de basket, à peu près le seul endroit où son propriétaire s'en servait. Earl chuchotait à l'oreille de Savannah, un bras passé sur ses épaules. J'ai pété un câble. J'ai traversé l'espace me séparant de lui si vite qu'Earl ne m'a pas vu venir. J'ai balancé mon poing couvert de savon dans sa mâchoire, il s'est retrouvé au tapis, envoyant valser par la même occasion sa belle sur son cul crinoliné.

— Hé ! Ça va pas la tête, Wate ? a-t-il crié.

Il a voulu se redresser mais, du pied, je l'ai réexpédié sur le sol.

— Je te conseille de ne pas bouger, ai-je grondé.

Il s'est assis et a rajusté sa veste, comme s'il pouvait conserver son air cool dans cette position.

— J'espère que tu sais ce que tu fais, a-t-il menacé.

Sans se remettre debout cependant. Il pouvait bien parler, lui comme moi étions conscients que, s'il tentait de se relever, il serait celui qui finirait à terre.

— T'inquiète, je le sais, ai-je répondu.

J'ai aidé Lena à s'extirper du tas dégoûtant qu'était devenue la fausse congère.

— Viens, Earl, a dit Savannah, agacée. C'est l'heure d'annoncer le roi, la reine et leurs courtisans.

Son cavalier s'est hissé sur ses pieds et a épousseté son smoking. J'ai essuyé mes yeux et rejeté mes cheveux mouillés en arrière. Lena frissonnait, dégoulinante de fausse neige. Une nouvelle flaque se formait déjà autour d'elle. Personne n'osait approcher, sauf moi. J'ai voulu sécher son visage avec ma manche, elle a reculé.

Il est arrivé ce qui devait arriver.

— Lena.

J'aurais pu m'en douter.

À cet instant, Ridley l'a rejointe, Link dans son sillage. Elle était furieuse.

— Je ne pige pas, cousine, a-t-elle rugi, en crachant ses mots comme une Emily. Je ne comprends pas pourquoi tu as tellement envie de fréquenter cette espèce. Personne n'a le droit de nous traiter ainsi, que nous soyons Lumière ou Ténèbres. Aucun d'eux, en tout cas. Qu'as-tu fait de ton estime de toi, Lena Banana ?

— Laisse tomber. Ça n'en vaut pas la peine. Pas ce soir. Je veux juste rentrer à la maison.

Lena était trop gênée pour se fâcher. Partir ou se battre, tel était le choix, et elle a opté pour la première solution.

— Ramène-moi, Ethan.

Retirant sa veste, Link l'a posée sur ses épaules.

— C'était un très sale coup, a-t-il dit.

Mais Ridley refusait de se calmer. Ou alors, elle n'en était pas capable.

— Ces gens-là sont des minables, cousine. Sauf Courte Paille. Et mon nouveau petit copain, Dingo Dink.

— Link. Je t'ai dit que je m'appelle Link.

— La ferme, Ridley, ai-je lancé. Lena en a marre.

J'étais devenu complètement allergique à la magie de la Sirène. Regardant derrière moi, l'interpellée a souri. Un sourire mauvais.

— À la réflexion, j'en ai marre moi aussi, a-t-elle lâché.

Je me suis retourné. Elle observait la Reine des Glaces et sa cour qui se dirigeaient vers l'estrade en souriant, fortes de leur victoire. Une fois encore, Savannah Snow avait raflé le trône. C'était toujours pareil. Emily était sa Princesse des Glaces, comme l'année précédente. Ridley a baissé ses lunettes noires d'actrice. Ses prunelles se sont mises à étinceler, on sentait presque une chaleur en émaner. Une sucette a surgi dans sa main, et j'en ai humé la douceur épaisse et écœurante.

S'il te plaît, Ridley, non.

Ne te mêle pas de ça, cousine. Ça te dépasse. Il va falloir que certaines choses changent, dans cette ville de merde.

J'entendais la voix de Ridley dans mon crâne aussi clairement que celle de Lena. J'ai secoué la tête.

Laisse tomber, Ridley. Tu vas juste aggraver la situation.

Sois réaliste. Ça ne peut pas être pire. Quoique…

Ridley a tapoté l'épaule de Lena.

Prends-en de la graine, chérie.

Elle fixait la cour tout en léchant sa sucette à la cerise. J'ai croisé les doigts pour que l'obscurité soit suffisante et que personne ne remarque ses effrayants yeux de chat.

Non ! C'est à moi qu'elles en voudront ! S'il te plaît !

Une bonne leçon ne fera pas de mal à Gatlin. Or, il se trouve que je suis exactement celle qu'il faut pour la lui donner.

Dans un martèlement de talons aiguilles, Ridley a avancé vers l'estrade à grands pas.

— Hé, bébé, où vas-tu comme ça ? a lancé Link en la suivant.

Charlotte approchait des marches, emmitouflée dans des mètres de taffetas luisant couleur lavande – pourtant, sa robe était de deux tailles trop petite –, prête à recevoir la couronne en plastique argenté récompensant son habituelle quatrième place, derrière Eden, en dame d'honneur. Au moment où elle posait le pied sur la première marche, la traîne de sa gigantesque meringue s'est accrochée à un coin et s'est déchirée au niveau de la couture. Il a fallu quelques secondes à Charlotte pour s'en apercevoir. Entre-temps, la moitié des élèves avaient pu contempler sa culotte rose aussi vaste que le Texas. Charlotte a émis un hurlement à vous glacer les sangs, un hurlement laissant entendre maintenant-tout-le-monde-sait-à-quel-point-je-suis-grosse.

Ridley a eu un grand sourire.

Houps !

Arrête, Ridley !

Tu rigoles ? Ça, ce n'était rien qu'un échauffement.

Charlotte s'égosillait, cependant qu'Emily, Eden et Savannah essayaient de dissimuler son derrière à l'aide de leurs robes de mariée. Des craquements ont retenti du côté de la platine, comme si le disque venait brusquement de changer. Les Stones, *Sympathy for the Devil*, une chanson fort bien adaptée à Ridley. Décidément, elle ne lésinait pas quand il s'agissait de se présenter.

Sur la piste, les danseurs ont juste cru qu'il s'agissait d'une des sempiternelles âneries de Dickey Wix, bien parti pour décrocher le titre de plus célèbre DJ de trente-cinq ans dans le circuit des bals scolaires. Sauf que c'étaient eux, les dindons de la farce. Les guirlandes qui s'étaient éteintes n'étaient que de la petite bière. En quelques secondes, toutes les ampoules délimitant l'estrade et la piste de danse ont explosé. Une à une, comme des dominos.

Ridley a entraîné Link sur le parquet, et il l'a fait tourbillonner au milieu des élèves qui criaient en s'efforçant de vider les lieux, arrosés par une pluie d'éclats de verre et d'étincelles. Tous pensaient sûrement être victimes d'une catastrophe technique que l'on reprocherait plus tard à Red Sweet, l'unique électricien de Gatlin. Rejetant la tête en arrière, Ridley s'est esclaffée tout en ondulant des hanches devant Link, dans sa tenue grande comme un cache-sexe.

Il faut que nous fassions quelque chose, Ethan !

Et quoi donc ?

Il était trop tard pour intervenir. Tournant les talons,

Lena s'est sauvée. Je lui ai emboîté le pas. Nous n'avions pas atteint les portes du gymnase quand les alarmes anti-incendie se sont déclenchées, arrosant l'assistance. La sono a crachoté dans une gerbe d'étincelles, comme une électrocution sur le point de se produire. Des flocons de neige humides semblables à des gaufres dégorgeant d'eau sont tombés sur le sol, transformant les paillettes de savon en une mélasse moussante.

Les hurlements n'en finissaient plus, les filles au mascara et aux cheveux dégoulinants se ruaient vers la sortie dans leurs crinolines de taffetas spongieuses. Vu le bazar régnant, il était impossible à présent de distinguer une Petite Mademoiselle d'une Belle du Sud. Toutes les nanas ressemblaient à des rats mouillés pastel.

Un énorme craquement a retenti au moment où j'arrivais aux portes. Par-dessus mon épaule, j'ai vu s'effondrer le flocon de neige à paillettes géant suspendu au-dessus de l'estrade. Emily a dérapé sur le parquet glissant. Sans cesser de saluer la foule, elle a tenté de se rattraper, mais ses pieds se sont dérobés sous elle, et elle a culbuté en avant, dans une envolée de tissu pêche et argent. Maggie Cross s'est précipitée vers elle.

Je n'ai éprouvé aucune compassion, alors que j'en éprouvais pour ceux qu'on accuserait d'être responsables du désastre général : l'amicale des élèves pour avoir imaginé un décor aussi dangereux, Dickey Wix pour s'être moqué des déboires d'une *cheerleader* grasse en sous-vêtements, Red Sweet pour son installation électrique d'amateur et lourde de périls.

À plus, cousine. Tout cela était encore mieux qu'un bal normal.

— File ! ai-je ordonné à Lena en la poussant dehors.

Elle avait si froid que j'avais du mal à la toucher. Quand

nous avons rejoint la voiture, Boo Radley nous rattrapait déjà.

Les inquiétudes de Macon quant à son couvre-feu s'étaient révélées vaines.

Il n'était même pas vingt et une heures trente.

Macon enrageait. Ou alors, il n'était que soucieux. Impossible de le déterminer car, chaque fois qu'il me regardait, je détournais la tête. Même Boo n'osait pas le fixer. Allongé aux pieds de Lena, il battait le plancher de sa queue.

La maison avait perdu tout aspect festif. J'étais prêt à parier que le maître des lieux n'autoriserait plus jamais qu'un seul flocon de neige franchisse le seuil de Ravenwood Manor. Le noir régnait de nouveau sur tout : les planchers, les meubles, les rideaux, le plafond. Seul le feu qui crépitait dans la cheminée du bureau formait une tache de lumière qui éclairait la pièce. La maison reflétait peut-être les humeurs sombres de Macon. Auquel cas, il broyait vraiment du noir.

— Cuisine !

Une tasse noire remplie de chocolat s'est matérialisée entre les doigts de Macon. Il l'a tendue à sa nièce qui était assise devant l'âtre, enveloppée dans une couverture de laine vierge. Elle a agrippé la tasse à deux mains, s'accrochant à sa chaleur. Ses cheveux mouillés étaient coincés derrière ses oreilles. Macon arpentait le sol devant elle.

— Tu aurais dû quitter cet endroit dès l'instant où tu l'as vue, Lena.

— Excuse-moi, mais j'étais un peu occupée. On m'avait arrosée de savon, et tout le monde se moquait de moi.

— Crois-moi, ça ne se reproduira plus. Tu es consignée jusqu'à ton anniversaire. Pour ton propre bien.

— Mon propre bien n'a tellement rien à voir là-dedans, a-t-elle riposté.

Si elle tremblait encore, ce n'était pas – plus – de froid, m'a-t-il semblé. Macon m'a toisé de ses yeux sombres et glacés. Maintenant, j'étais certain qu'il était furieux.

— Vous auriez dû l'obliger à partir.

— Je ne savais pas quoi faire, monsieur. J'ignorais que Ridley allait détruire le gymnase. Et puis, Lena n'avait encore jamais assisté à un bal.

Un argument stupide, y compris à mes propres oreilles. Macon s'est borné à me fusiller du regard tout en agitant son verre de scotch.

— Je vous signale que vous n'avez pas dansé. Pas une fois.

— Qu'en sais-tu ? a demandé Lena en posant sa tasse.

— Aucune importance.

— Pour moi, si.

Son oncle a haussé les épaules.

— Boo, a-t-il simplement dit. À défaut d'autres mots, disons qu'il est mes yeux.

— Quoi ?

— Il voit ce que je vois, je vois ce qu'il voit. C'est un chien d'Enchanteur, je te rappelle.

— Oncle Macon ! s'est indignée Lena. Tu m'as espionnée !

— Pas toi en particulier. Comment crois-tu que j'arrive à tenir mon rôle de reclus de la ville ? Je n'irais pas loin, sans ce meilleur ami de l'homme. Boo est mon relais.

J'ai observé l'animal. Ses prunelles étaient trop humaines. J'aurais dû me douter de la chose ; je m'en étais peut-être douté dès le début, au demeurant. Il avait les yeux de Macon. Et autre chose. Une espèce de balle qu'il mâchouillait. Me penchant, je la lui ai prise. C'était un Polaroid baveux et froissé. Il l'avait rapporté du gymnase.

Notre portrait. Lena et moi, au milieu de la fausse neige. Savannah avait eu tort. Lena apparaissait bien sur la pellicule. En quelque sorte, du moins. Sa silhouette était floue, transparente, comme si, à partir de la taille, elle avait commencé à se dissoudre en une espèce d'ectoplasme. Comme si elle avait commencé à fondre, avant même que la neige ne lui tombe dessus.

Tapotant la tête de Boo, j'ai empoché le cliché. Inutile de montrer ça à Lena maintenant. Il ne restait que deux mois avant son anniversaire. Je n'avais pas besoin de la photo pour me rappeler que le temps nous était compté.

16 décembre

Jugement dernier

Lena était assise sur le porche quand je suis passé la chercher. J'avais insisté pour conduire, car Link avait tenu à faire le trajet avec nous et ne pouvait courir le risque d'être aperçu à bord du corbillard. De mon côté, je refusais que Lena aille là-bas seule. Si ça n'avait dépendu que de moi, d'ailleurs, je l'aurais carrément empêchée de s'y rendre, mais elle n'avait rien voulu entendre. Tout en noir, col roulé, jean et veste à capuchon bordé de fourrure, elle s'était préparée pour l'événement. C'était le peloton d'exécution qu'elle allait affronter, elle en avait conscience.

Trois jours seulement s'étaient écoulés depuis le bal, et les FRA n'avaient pas chômé. Le conseil de discipline de Jackson convoqué pour l'après-midi ne différerait guère d'un procès en sorcellerie, pas la peine d'être Enchanteur pour le pressentir. Emily avait la jambe cassée, la catastrophe qu'avait été la soirée alimentait les conversations de toute la ville, et Mme Lincoln avait enfin reçu le soutien qu'elle avait recherché avec tant d'ardeur. Des témoins s'étaient présentés d'eux-mêmes. Il suffisait de déformer ce que les uns et les autres affirmaient se rappeler avoir vu et entendu puis d'envisager les choses sous un certain angle, et la conclusion s'imposait : Lena Duchannes était la responsable du désastre.

Tout allait bien, avant son arrivée à Gatlin.

Link a bondi dehors pour tenir la portière à Lena. Il se sentait si coupable qu'il avait l'air à un cheveu de vomir.

— Salut, Lena ! Comment va ?

— Ça va.

Menteuse.

Inutile d'en rajouter. Link n'y est pour rien.

Ce dernier s'est raclé la gorge.

— Je suis vraiment désolé. Je me suis engueulé avec ma mère tout le week-end. Elle a toujours été dingue, mais là, ça dépasse les bornes.

— Ce n'est pas ta faute. Merci d'avoir essayé de lui parler.

— J'aurais peut-être réussi à la convaincre si cette bande de vieux chameaux des FRA ne lui avaient pas monté le bourrichon. Mmes Snow et Asher ont dû lui téléphoner une bonne centaine de fois, ces deux derniers jours.

Nous sommes passés devant le Stop & Steal. Même Gros Lard n'était pas là. Les rues étaient désertes, comme si nous avions traversé une ville fantôme. Le conseil de discipline avait été programmé pour dix-sept heures tapantes, nous allions arriver juste à temps. Il avait été décidé de se réunir dans le gymnase, seul endroit du bahut assez vaste pour accueillir tous ceux qui risquaient de débarquer. Encore une caractéristique de Gatlin : chaque événement impliquait l'ensemble de la population.

Le règlement amiable des problèmes n'y était pas de mise. À en juger par l'allure des rues, il était évident que personne ne souhaitait rater la réunion.

— J'ai du mal à piger comment ta mère s'est débrouillée pour déclencher tout ce tremblement aussi vite, ai-je lancé. C'est du rapide, même pour elle.

— D'après ce que j'ai entendu, le docteur Asher s'en est mêlé. Il chasse avec Harper et certaines des huiles du conseil d'administration du lycée.

Le docteur Asher était le père d'Emily. Et le seul médecin de Gatlin.

— Formidable.

— Vous vous doutez que je vais être expulsée, hein ? a demandé Lena. Je parie que la décision a déjà été entérinée. Ce conseil de discipline, ce n'est que de la frime.

— Voyons, Lena ! a protesté Link. Ils n'ont pas le droit de te virer sans avoir écouté ta version de l'histoire. Tu n'as rien fait du tout.

— Aucune importance. Ces choses-là se décident en petit comité. Rien de ce que je dirai n'y changera quoi que ce soit.

J'étais d'accord. Aussi, je n'ai pas tenté de la persuader du contraire. À la place, j'ai pris sa main, je l'ai portée à ma bouche et je l'ai embrassée en regrettant, pour la centième fois, que ce ne soit pas moi qui aie été convoqué par le conseil de discipline.

Mais cela aurait été inenvisageable. Je pouvais agir ou parler comme bon me semblait, je serais toujours des leurs. Contrairement à Lena. Je crois que c'était ce qui me mettait le plus en colère, me gênait le plus aussi. Je détestais d'autant plus ces crétins que, au fond de moi, je savais qu'ils continuaient à me considérer comme l'un des leurs, quand bien même je sortais avec la nièce de ce Vieux Fou de Ravenwood, quand bien même j'envoyais promener Mme Lincoln, quand bien même je n'étais plus invité aux fêtes de Savannah Snow. J'étais de leur espèce. J'étais comme eux, et rien n'y ferait. Or, si l'inverse était vrai aussi, si eux étaient comme moi, cela signifiait que ce n'était pas juste eux que Lena affrontait. C'était moi.

Cette vérité me tuait. Lena serait peut-être Appelée à son seizième anniversaire, mais moi, je l'étais depuis ma naissance. Je n'avais pas plus de contrôle sur ma destinée qu'elle sur la sienne. Nous étions tous les deux dans le même panier.

Je suis entré sur le parking de Jackson. Il était plein. Une file de gens patientaient devant les portes principales. Je n'en avais pas vu autant depuis la projection de *Gods and Generals*, le film le plus long et le plus rasoir jamais tourné sur la guerre de Sécession. Au passage, une bonne moitié des membres de ma famille y avait joué les figurants, car ils possédaient leur propre uniforme. Sur la banquette arrière, Link s'est baissé.

— Je descends ici, les enfants. On se retrouve à l'intérieur. Bonne chance.

Il s'est glissé entre les voitures et a filé. Lena avait les mains sur ses genoux. Elles tremblaient. Tant de nervosité m'a bouleversé.

— Tu n'es pas obligée d'y aller, ai-je suggéré. Nous pouvons faire demi-tour et rentrer chez toi.

— Non. J'y tiens.

— Pourquoi ? Tu as dit toi-même que ce n'était que de la frime.

— Pas question de les laisser croire que j'ai peur d'eux. J'ai quitté mon dernier lycée, je refuse de fuir cette fois aussi.

Elle a respiré profondément.

— Il ne s'agit pas de fuir.

— Pour moi, si.
— Ton oncle sera-t-il là, au moins ?
— Il ne peut pas.
— Pourquoi ça, merde ?
Elle était seule, malgré ma présence à ses côtés.
— Il est trop tôt. Je ne lui en ai même pas parlé.
— Trop tôt ? C'est quoi, ces bêtises ? Il est enfermé dans sa crypte, quelque chose comme ça ?
— Quelque chose comme ça, plutôt.

Inutile de vouloir creuser le sujet maintenant. Et puis, elle allait avoir assez de problèmes à régler dans quelques minutes.

Nous nous sommes dirigés vers le bâtiment. Il a commencé à pleuvoir. J'ai regardé Lena.

Crois-moi, je me retiens. Si je me laissais aller, on serait en pleine tornade.

Les badauds nous reluquaient, nous montraient même du doigt, pour certains. Non que ça m'ait surpris. Un minimum de décence n'était pas à l'ordre du jour. J'ai inspecté les alentours, cherchant plus ou moins Boo Radley. Mais non, il n'était pas là.

Nous sommes entrés par l'accès latéral du gymnase, celui réservé aux visiteurs. Une idée de Link, qui s'est révélée excellente. En effet, une fois à l'intérieur, je me suis rendu compte que les gens regroupés devant l'édifice n'attendaient pas d'accéder à la salle – ils espéraient seulement grappiller des bribes de la réunion : il n'y avait plus de place.

On aurait dit la version minable d'un procès d'assises comme en montrent les feuilletons télé. Une vaste table pliante en plastique avait été installée au fond du gymnase. Autour, quelques profs – dont le père Lee, naturellement, exhibant un nœud pap' rouge et ses solides préjugés de bouseux –, le proviseur Harper, et plusieurs personnes qui devaient être des membres du conseil d'administration. Tous avaient l'air vieux et s'ennuyaient ferme, comme s'ils regrettaient d'être coincés ici plutôt qu'être chez eux en train de regarder la chaîne de télé-achat ou une émission religieuse quelconque.

L'élite de Gatlin remplissait les gradins. Aux trois premiers rangs, Mme Lincoln et sa meute de FRA prêtes au lynchage. Les membres des Sœurs de la Confédération, du chœur de l'église méthodiste et de la Société Historique occupaient les suivants. Juste derrière venaient les Anges Gardiens du bahut – également connues comme les filles rêvant d'être Emily et Savannah, et les garçons rêvant de fourrer leurs paluches dans la culotte d'Emily et de Savannah. Tous arboraient des tee-shirts neufs dont le devant était la photo d'un ange – qui ressemblait suspicieusement à Emily Asher – dont les immenses ailes blanches étaient déployées et qui était vêtu – quoi d'étonnant ? – du maillot des Chats Sauvages de Jackson. L'arrière des tee-shirts reprenait le dessin des ailes blanches déployées, sous lesquelles s'inscrivait le cri de guerre du club : « Nous te surveillons. »

Emily était assise à côté de sa mère, sa jambe plâtrée placée sur une des chaises orange de la cafétéria. En nous voyant, Mme Lincoln a froncé les sourcils, et Mme Asher a passé un bras protecteur autour des épaules de sa fille, comme si l'un de nous deux s'apprêtait à se ruer vers elle pour la tabasser à coups de club de golf, tel un bébé phoque sans défense. J'ai vu Emily tirer son portable de son minuscule sac argenté, prête à envoyer des textos. Ses doigts n'allaient pas tarder à voleter sur les touches. En ce moment, le gymnase était sûrement l'épicentre des ragots de toute la région.

Amma était installée quelques rangées plus loin et

tripotait l'amulette suspendue à son cou. Avec un peu de chance, cela ferait pousser à Mme Lincoln les cornes qu'elle avait si astucieusement dissimulées durant tant d'années. Mon père n'était pas là, bien sûr. En revanche, les Sœurs avaient fait le déplacement avec Thelma et étaient assises de l'autre côté de l'allée par rapport à Amma. Leur présence signifiait que les choses étaient plus graves que je ne l'avais craint. Les Sœurs n'étaient plus sorties de leur quartier depuis les années 1980, le jour où tante Grace avait cru succomber à une crise cardiaque après avoir abusé d'un chili trop épicé. Croisant mon regard, Charity a agité son mouchoir.

J'ai accompagné Lena jusqu'au siège placé face à la table et qui, visiblement, lui était réservé. Juste en face du peloton d'exécution.

Tout ira bien.

Tu me le jures ?

La pluie s'abattait sur le toit du gymnase.

Je te jure que ceci n'a aucune importance. Je te jure que ces gens sont des idiots. Je te jure que rien de ce qu'ils diront ne changera ce que j'éprouve pour toi.

Je prends ça pour un non.

L'averse a forci. Ça n'augurait rien de bon. Attrapant sa main, j'y ai fourré le petit bouton en argent qui était tombé de son gilet et que j'avais retrouvé dans les craquelures de la sellerie de La Poubelle, le soir où nous nous étions rencontrés, sous l'orage. Malgré ses allures de déchet, je l'avais trimballé dans ma poche depuis.

Tiens. C'est une sorte de porte-bonheur. En tout cas, il m'en a apporté.

Ses efforts pour ne pas craquer ne m'ont pas échappé. Sans un mot, elle s'est emparée du bouton, a retiré sa chaîne et l'a accroché à sa collection de souvenirs précieux.

Merci.

Elle aurait souri si elle en avait eu la force.

Je me suis dirigé vers Amma et les Sœurs. Tante Grace s'est levée en s'appuyant sur sa canne.

— Par ici, Ethan ! On t'a gardé un siège, mon chéri.

— Et si tu t'asseyais, Grace Statham ? a ronchonné une vieille aux cheveux bleus, derrière elle.

— Mêle-toi de tes oignons, Sadie Honeycutt, a aussitôt riposté Prue en se retournant. Sinon, je me chargerai de m'en mêler à ta place.

— Viens ici, Ethan, a repris Grace avec un petit sourire à l'adresse de la gêneuse.

Je me suis serré entre Charity et Grace.

— Tu tiens le coup, sucre d'orge ? m'a demandé Thelma en me pinçant le bras.

Dehors, le tonnerre a grondé. Les lumières ont clignoté. Quelques bonnes femmes ont gémi. Un type coincé trônant au milieu des juges s'est éclairci la gorge.

— Juste un petit raté dans l'alimentation électrique, a-t-il rassuré l'assemblée. Et si tout le monde prenait gentiment place pour que nous puissions commencer ? Je m'appelle Bertrand Hollingsworth et je dirige le conseil d'administration de cet établissement. Cette réunion fait suite à une pétition exigeant l'expulsion d'une élève de Jackson, une certaine Mlle Lena Duchannes. C'est bien ça ?

C'est Harper qui s'est chargé de lui répondre, dans le rôle du procureur ou, plus exactement, du bourreau à la solde de la mère Lincoln.

— Oui, monsieur. La pétition m'a été remise par plusieurs parents inquiets et a été signée par plus de deux cents citoyens respectables de Gatlin, ainsi que par nombre d'élèves.

Tu m'étonnes !

— Sur quoi repose la demande d'expulsion ?

Harper a feuilleté quelques pages de son calepin jaune officiel, comme s'il consultait un acte d'accusation.

— Agression, destruction des biens de l'établissement. Par ailleurs, Mlle Duchannes était déjà l'objet d'une mesure de surveillance.

Agression ? Je n'ai agressé personne.

Ce ne sont que des mots. Ils n'ont aucune preuve.

— Tout cela est faux ! ai-je braillé en me mettant debout.

Un autre des types qui siégeaient à la table, l'air nerveux, a élevé la voix afin de couvrir le vacarme de la pluie et les chuchotements de la trentaine de vioques qui commentaient ma mauvaise éducation.

— Asseyez-vous, jeune homme ! Et cessez de semer la pagaille !

Hollingsworth a aussitôt enchaîné :

— Y a-t-il des témoins susceptibles de corroborer ces accusations ?

À présent, les murmures allaient bon train, pas mal de spectateurs s'interrogeant sur le sens du mot « corroborer ».

— Oui, a lâché Harper en se grattant la gorge, mal à l'aise. Qui plus est, j'ai récemment reçu des informations indiquant que Mlle Duchannes avait connu des ennuis similaires dans son établissement précédent.

Qu'est-ce qu'il raconte ? Comment sont-ils au courant ?

Aucune idée. Que s'est-il passé, alors ?

Rien.

Une femme du conseil d'administration a regardé quelques papiers étalés devant elle.

— Je crois que nous aimerions entendre d'abord la présidente du conseil des parents d'élèves, Mme Lincoln.

Très théâtrale, la mère de Link s'est levée et s'est avancée vers les juges de Gatlin. Elle avait suivi assidûment plusieurs feuilletons mettant en scène des tribunaux.

— Bonjour, mesdames et messieurs.

— Madame Lincoln, auriez-vous l'obligeance de nous raconter ce que vous savez de la situation, puisque vous êtes l'une des personnes à l'origine de la pétition ?

— Bien sûr. Mlle Ravenwood, pardon, Mlle Duchannes, a emménagé dans notre ville il y a quelques mois. Depuis, toutes sortes d'incidents se sont produits à Jackson. Pour commencer, elle a brisé une fenêtre en cours de littérature anglaise…

— En manquant de réduire mon bébé en lambeaux ! a crié Mme Snow.

— C'est vrai, elle a failli blesser gravement plusieurs de ses camarades. Beaucoup ont d'ailleurs souffert de coupures.

— Personne n'a rien eu, sauf elle, et c'était un accident ! s'est époumoné Link depuis l'arrière de la salle, où il se tenait debout.

— Si tu tiens à tes fesses, je te conseille de rentrer à la maison tout de suite, Wesley Jefferson Lincoln ! a sifflé sa mère.

Se ressaisissant, elle a lissé sa jupe et s'est de nouveau tournée vers le conseil de discipline.

— Les charmes de Mlle Duchannes semblent opérer de manière efficace sur le sexe soi-disant fort, a-t-elle minaudé. Bref, comme je vous l'expliquais, elle a cassé une vitre en cours de littérature. Certains élèves ont eu tellement peur qu'un groupe de jeunes filles à l'esprit civique remarquable ont, d'elles-mêmes, décidé de créer un club, les Anges Gardiens de Jackson, dont le seul but est d'assurer la protection de leurs pairs. Sur le modèle de nos chers comités de surveillance de quartier, si vous préférez.

Les intéressées ont opiné comme un seul homme, à croire qu'un marionnettiste tirait des fils invisibles. Ce qui, à la réflexion, n'était pas très éloigné de la vérité. Hollingsworth gribouillait quelques notes.

— S'agit-il du seul incident ayant impliqué Mlle Duchannes ?

— Dieu du ciel, non ! s'est exclamée Mme Lincoln en s'efforçant de prendre un air choqué. Lors du bal d'hiver, elle a déclenché l'alarme incendie, gâchant ainsi la soirée et détruisant quatre mille dollars de matériel audio. Comme si ça ne suffisait pas, elle a poussé Mlle Asher de l'estrade. La pauvrette a eu la jambe cassée. D'après mes sources, très bien informées, elle en aura pour des mois avant de se rétablir.

Lena a fixé l'horizon, refusant de regarder quiconque.

— Merci, madame Lincoln.

Cette dernière a souri à Lena. Pas un vrai sourire, ni même un sourire sarcastique, mais un sourire proclamant je-vais-te-bousiller-l'existence-et-je-prends-mon-pied. Puis elle a fait mine de regagner sa place avant de s'arrêter juste devant Lena.

— J'allais oublier, a-t-elle marmonné en sortant des papiers de son sac à main. Un dernier petit détail. J'ai ici le dossier de Mlle Duchannes envoyé par son dernier lycée, en Virginie. Enfin, il serait sans doute plus juste d'appeler ça une institution.

Ce n'en était pas une. C'était un bahut privé.

— Ainsi que l'a signalé M. Harper, Mlle Duchannes n'est pas une novice en matière de violences.

Quoi ?

Lena était hystérique. J'ai tenté de la rassurer.

Ne t'inquiète pas.

Mais j'étais soucieux moi-même. Mme Lincoln n'aurait pas osé avancer ça si elle n'avait pas eu de preuves.

— Mlle Duchannes est une jeune fille très perturbée, a poursuivi la mégère. Elle souffre d'une maladie mentale. Laissez-moi vérifier…

Elle a fait courir son doigt sur la page qu'elle tenait, comme si elle cherchait quelque chose. J'ai attendu qu'elle nous lise le diagnostic de la folie dont elle estimait Lena atteinte – la différence, sans doute.

— Ah, ça y est ! Il a été établi, semble-t-il, que Mlle Duchannes est victime de désordre bipolaire, ou manie dépressive. Le docteur Asher pourra vous expliquer la gravité de cette affection mentale. Les maniaco-dépressifs sont enclins à la violence et ont des comportements imprévisibles. C'est de famille. Sa mère en souffrait également.

Je rêve !

Sur le toit, le fracas de la pluie a redoublé. Le vent s'est levé, ébranlant les portes du gymnase.

— D'ailleurs, cette femme a assassiné le père de cette petite il y a quatorze ans.

L'assistance a poussé un hoquet général.

Jeu, set et match.

Un brouhaha a envahi la salle.

— Mesdames et messieurs, s'il vous plaît !

Harper a tenté de rétablir l'ordre, mais autant vouloir éteindre un feu avec un dé à coudre. Une fois l'incendie déclaré, rien n'était en mesure de l'arrêter.

Dix minutes ont été nécessaires pour ramener le calme. Lena, elle, ne s'est pas calmée. Je percevais la chamade de son cœur comme si ça avait été le mien, et le nœud qui l'étranglait à force de ravaler ses larmes. Ce qui, à en juger par le déluge qui s'abattait dehors, n'était pas une tâche facile. J'étais surpris qu'elle ne se soit pas déjà enfuie. Soit elle était très courageuse, soit elle était stupéfiée.

La mère Lincoln mentait, j'en étais sûr. Que Lena ait été placée dans une institution, je n'y croyais pas plus qu'à la volonté des Anges Gardiens de protéger leurs camarades de Jackson. Ce que j'ignorais, en revanche, c'était si la virago mentait sur le reste, sur le meurtre du père de Lena par sa mère.

Toutefois, je savais que j'avais envie de tuer Mme Lincoln. Je l'avais connue toute ma vie mais, ces derniers temps, je n'étais même pas arrivé à penser à elle comme à la mère de Link. Elle ne ressemblait plus à la femme qui avait arraché du mur le boîtier du câble ou nous sermonnait durant des heures sur les vertus de l'abstinence. Ceci n'était plus un de ses combats agaçants mais inoffensifs ; ceci relevait de la vindicte, du règlement de comptes personnel. Or, je ne comprenais pas pourquoi elle haïssait Lena à ce point.

— Bon, que tout le monde se taise ! a lancé Hollingsworth. Merci d'avoir pris le temps de venir nous parler, madame Lincoln. J'aimerais jeter un coup d'œil à ces documents, si vous n'y voyez pas d'inconvénient.

Une fois encore, je me suis levé.

— Ce procès est ridicule ! Pourquoi n'érigez-vous pas un bûcher et ne la brûlez-vous pas, tant que vous y êtes ?

Mon intervention a déclenché un tel tollé que la réunion a menacé de tourner à l'une des « émissions pugilats » de Jerry Springer. Derechef, Hollingsworth a essayé de tenir le cap.

— Monsieur Wate, asseyez-vous ou je demande à ce qu'on vous expulse de cette salle ! Il n'y aura plus d'éclats de ce genre jusqu'à la fin de notre session. J'ai lu les rapports écrits des témoins concernant les événements, et il apparaît que le cas est simple, et qu'une seule solution raisonnable s'offre à nous.

Un craquement a retenti, et les énormes portes métalliques du gymnase se sont ouvertes, laissant entrer une bourrasque et un rideau de pluie.

Ainsi qu'autre chose.

D'un pas mesuré, Macon Ravenwood a gagné la table des accusateurs, un pardessus en cachemire sur son costume gris à fines rayures d'une élégance renversante. Marian Ashcroft était à son bras. Elle portait un petit parapluie à carreaux juste assez grand pour l'abriter. Bien que démuni de protection, Macon était sec. Boo suivait, son poil noir mouillé et hérissé lui donnant plus que jamais des allures de loup.

Sur sa chaise orange, Lena s'est retournée. L'espace d'une seconde, sa vulnérabilité s'est affichée sur ses traits. Un éclat de soulagement a traversé ses prunelles, j'ai deviné combien elle avait du mal à rester assise et à ne pas se précipiter en pleurant dans les bras de son oncle. Un coup d'œil de ce dernier l'en a empêchée, tandis qu'il s'approchait des membres du conseil de discipline.

— Excusez notre retard, a-t-il lancé. Ce soir, le temps est proprement traître. Mais pardonnez-moi de vous avoir interrompu. Vous parliez, je crois, de quelque chose de raisonnable.

Le père Hollingsworth a paru paumé. Comme la plupart des présents, d'ailleurs. Nul parmi eux n'avait jamais vu Macon Ravenwood en chair et en os.

— Désolé, monsieur, j'ignore qui vous êtes. De plus, nous sommes au beau milieu d'une séance de travail. Enfin, vous n'avez pas le droit d'amener ce... ce chien. Seuls les animaux au service des handicapés sont autorisés dans l'enceinte de l'établissement.

— Je comprends. Il se trouve justement que Boo Radley me sert de chien d'aveugle.

Je n'ai pu retenir un sourire. Techniquement, c'était

vrai, j'imagine. Boo s'est secoué, expédiant des gouttes d'eau sur ceux qui étaient assis aux premiers rangs.

— Eh bien, monsieur… Monsieur ?

— Ravenwood. Macon Ravenwood.

Un nouveau hoquet a agité l'assistance, aussitôt suivi par un bourdonnement qui s'est étendu à tous les sièges. La ville attendait ce jour depuis que j'étais né. J'ai senti un regain d'énergie envahir la salle, juste par la grâce du spectacle qui s'annonçait. Aux yeux de Gatlin, rien, absolument rien, ne surclassait un bon spectacle.

— Chers habitants de Gatlin, sachez combien je suis heureux de vous rencontrer enfin, a repris Macon. Je pars du principe que, tous ici, vous connaissez ma très belle amie, le charmant professeur Ashcroft. Elle a eu la bonté de m'accompagner ce soir, dans la mesure où je m'égare un peu dans notre jolie ville.

Marian a agité la main.

— Permettez-moi de vous présenter une nouvelle fois mes excuses pour mon retard. Je vous en prie, monsieur, poursuivez. Je suis persuadé que vous vous apprêtiez à expliquer que les accusations portées à l'encontre de ma nièce sont totalement infondées et à encourager ces enfants à rentrer chez eux afin de se coucher pour être en forme demain.

Pendant une minute, Hollingsworth m'a donné l'impression qu'il allait, en effet, suivre les instructions de Macon, ce qui m'a amené à me demander si ce dernier était doué du même talent de persuasion que Ridley. Une femme en voilette s'est penchée vers lui, et il a paru se ressaisir.

— Non, monsieur, ce n'est pas ce que je vais faire, pas du tout. Les reproches adressés à votre nièce sont des plus sérieux. Nous détenons plusieurs dépositions écrites narrant les événements qui se sont produits. Au regard de ces témoignages et des informations qui ont été portées à notre connaissance au cours de cette réunion, j'ai bien peur que nous n'ayons d'autre choix que de l'expulser de l'établissement.

— Sont-ce là les témoins que vous invoquez ? a rétorqué Macon en désignant d'un même geste Emily, Savannah, Charlotte et Eden. Une bande de fillettes à l'imagination débordante et en proie à une sévère rancœur.

Mme Snow a sauté sur ses pieds.

— Insinueriez-vous que ma fille ment ?

Macon l'a gratifié de son sourire de star.

— Du tout, ma chère. *J'affirme* que votre fille ment. J'espère que vous saisissez la nuance.

— Comment osez-vous ? a aussitôt bondi Mme Lincoln, telle une chatte sauvage. Vous n'avez aucun droit d'être ici et d'influencer les décisions.

— Pour reprendre les mots d'un grand homme, « une injustice commise quelque part est une menace pour la justice dans le monde entier », est intervenue Marian, tout sourires. Or, je ne vois nulle trace de justice dans cette salle, madame Lincoln.

— Oh, gardez vos discours de Harvardienne pour vous ! a rétorqué l'autre.

— Je ne crois pas que Martin Luther King ait été inscrit à Harvard, a répondu la bibliothécaire en refermant son parapluie.

Hollingsworth a repris la parole avec autorité.

— Il reste que, d'après les témoins, Mlle Duchannes a déclenché l'alarme incendie, provoquant des milliers de dollars de dommages matériels, et qu'elle a poussé Mlle Asher de l'estrade, occasionnant de graves blessures. Cela suffit à prononcer son renvoi.

— « Il est bien malaisé d'ôter à des insensés des chaînes qu'ils révèrent », a soupiré Marian. Voltaire, a-t-elle ensuite précisé en regardant fixement la mère de Link. Encore un homme qui n'est pas allé à Harvard.

Macon ne se départait pas de son calme, ce qui visiblement agaçait encore plus ses adversaires.

— Monsieur...

— Hollingsworth.

— Monsieur Hollingsworth, continuer dans cette veine vous couvrirait de honte. Voyez-vous, il est illégal d'interdire à un mineur de fréquenter un établissement scolaire, dans le merveilleux État de Caroline du Sud. L'éducation y est obligatoire. Vous n'êtes pas en droit de renvoyer une innocente sans bonnes raisons. Cette époque-là est révolue, y compris dans le Sud.

— Je vous répète, monsieur Ravenwood, que nous avons de très bonnes raisons et sommes parfaitement en droit d'expulser votre nièce.

Mme Lincoln a plongé dans l'arène.

— Vous ne pouvez pas débarquer comme ça de nulle part pour vous mêler des affaires de la ville, monsieur Ravenwood. Voilà des années que vous ne quittez plus votre maison. Qu'est-ce qui vous permet de croire que vous avez votre mot à dire sur les événements de notre vie et celle de nos enfants ?

— Est-ce une allusion à votre petite collection de marionnettes habillées en... qu'est-ce donc ? Des licornes ? Pardonnez ma mauvaise vue.

Macon a montré les Anges Gardiens.

— Ce sont des anges, monsieur Ravenwood, pas des licornes. Non que je m'attende à ce que vous reconnaissiez les messagers de Notre-Seigneur, puisque je ne me rappelle pas vous avoir jamais croisé à l'église.

— « Que celui qui n'a jamais péché jette la première pierre », madame Lincoln.

Macon a observé un bref silence, comme s'il estimait

qu'il fallait un moment à son interlocutrice pour méditer cette Écriture.

— Vous n'avez pas tort, a-t-il enchaîné ensuite. Je passe beaucoup de temps chez moi. Il faut dire que c'est un lieu tellement charmant. Je devrais sans doute descendre plus souvent en ville, vous consacrer à tous de longs moments. Histoire de secouer un peu le cocotier, à défaut d'une meilleure expression.

Mme Lincoln a pris un air horrifié, et les FRA se sont agitées sur leurs sièges, s'interrogeant nerveusement du regard sur cette éventualité.

— Si Lena n'est pas autorisée à réintégrer Jackson, a poursuivi Macon, elle sera obligée de suivre ses études à la maison. J'inviterai sûrement quelques-uns et quelques-unes de ses cousins et cousines. Il serait dommage qu'elle ne bénéficie pas de l'aspect social d'une éducation digne de ce nom. Certains membres de notre famille sont des plus captivants. Il me semble d'ailleurs que vous en avez rencontré un lors de votre petite mascarade dansante de l'hiver.

— Ce n'était pas une mascarade...

— Navré. J'ai cru que ces robes étaient des costumes. Sans doute à cause de leurs couleurs si... flamboyantes.

La mère Lincoln s'est empourprée. Elle n'était plus seulement une femme qui tentait de mettre des livres à l'index. Elle était une femme avec laquelle on ne plaisantait pas. J'ai commencé à m'inquiéter pour Macon. Pour nous tous, d'ailleurs.

— Soyons francs, monsieur Ravenwood. Vous n'avez pas votre place dans cette ville. Vous n'en faites pas partie et, très clairement, votre nièce non plus. Je ne crois pas que vous soyez en position de formuler des exigences.

L'expression de Macon s'est légèrement modifiée. Il a joué avec sa bague.

— J'apprécie votre sincérité à sa juste valeur, madame Lincoln, et je vais essayer d'être aussi direct avec vous que vous l'avez été avec moi. Vous entêter dans la voie que vous avez décidé d'emprunter serait une grave erreur de votre part, une grave erreur de la part de tout le monde ici. Voyez-vous, je dispose de très nombreux moyens. Je suis un peu dépensier, si vous préférez. Tenteriez-vous d'empêcher ma nièce de fréquenter Jackson que je me verrais contraint de dépenser cet argent. Qui sait ? Je choisirai peut-être d'implanter une grande surface à Gatlin.

Un nouveau hoquet a parcouru les gradins.

— C'est une menace ?

— Pas du tout. Il se trouve que, par hasard, je possède également le terrain sur lequel a été construit le Comfort Hôtel du Sud. La fermeture de ce dernier représenterait un grand inconvénient pour vous, madame Snow, car elle obligerait votre époux à se rendre beaucoup plus loin pour rencontrer ses amies du beau sexe. Ce qui, je n'en doute pas, le mettrait en retard au dîner assez régulièrement. Voilà qui ne serait pas très agréable, n'est-ce pas ?

Rougissant comme une tomate, l'interpellée s'est cachée derrière deux costauds de l'équipe de football. Macon ne faisait que commencer, cependant.

— Quant à vous, monsieur Hollingsworth, j'ai l'impression de vous avoir déjà vu. De même que la délicieuse fleur confédérée assise à votre côté. Ne nous serions-nous pas croisés quelque part ? J'en jurerais…

— Certainement pas, monsieur Ravenwood, a protesté Hollingsworth. Je suis un homme marié !

Macon s'est tourné vers l'autre voisin du président du conseil d'administration, un type avec un début de calvitie.

— S'il me prenait l'envie de rompre le bail du pub le

Wayward Dog, dites-moi où vous iriez boire vos bières le soir pendant que votre femme vous croit en train d'étudier la Bible avec votre groupe de méditation, monsieur Ebitt ?

— Quel culot, Wilson ! s'est aussitôt écriée ladite épouse en jaillissant de sa place. Se servir de Notre-Seigneur tout-puissant comme d'un alibi ! Tu rôtiras en Enfer, aussi sûr que tu me vois, là !

Récupérant son sac à main, Mme Ebitt s'est dirigée vers la sortie.

— Ce n'est pas vrai, Rosalie !

— Ah bon ? a ronronné Macon en souriant. Je n'ose même pas imaginer ce que me raconterait Boo s'il était doué de parole. Sachez qu'il se promène dans tous les jardins et parkings de votre charmante ville et qu'il a vu une ou deux petites choses.

J'ai étouffé un éclat de rire. En entendant son nom, Boo avait dressé les oreilles. Pas mal de spectateurs se sont trémoussés sur leur siège, comme si le chien allait soudain se mettre à révéler leurs plus noirs secrets. Après la nuit de Halloween, ça ne m'aurait guère surpris et, au regard de la réputation de Macon Ravenwood, personne à Gatlin n'aurait été particulièrement choqué non plus.

— Comme vous pouvez le constater, nombreux sont les habitants de cette cité qui sont malhonnêtes. Vous prenez donc la mesure de mon inquiétude lorsque j'apprends que quatre adolescentes sont les seuls témoins des graves accusations portées contre mon propre sang. Cela ne servirait-il pas mieux nos intérêts à tous si nous renoncions à cette triste affaire ? N'est-ce pas là ce que le bon sens et la bonne éducation nous dictent, monsieur Hollingsworth ?

Ce dernier paraissait à deux doigts de dégobiller, et sa voisine semblait espérer qu'un trou dans le sol allait l'engloutir. Ebitt, dont le nom n'avait été prononcé par personne avant Macon, avait déjà vidé les lieux, à la poursuite de sa douce moitié. Les membres restants du tribunal avaient l'air d'être morts de frousse, à croire que, d'un instant à l'autre, Macon Ravenwood ou son chien allaient balancer à l'assistance leurs crapoteux secrets.

— Sa mère est une meurtrière ! a hurlé Mme Lincoln, toujours debout.

Macon a virevolté pour la toiser. Il arborait la même expression que celle qu'il avait eue le soir où je lui avais montré le médaillon de Genevieve. Boo a poussé un grognement menaçant.

— Je vous conseille d'être prudente, Martha. Vous ne savez pas quand nos chemins se recroiseront.

— Oh, si, Macon.

Elle a souri sans sourire. J'ignore ce qui est passé entre eux, mais j'ai tout à coup eu le sentiment que Macon ne l'emportait plus sur la mère de Link.

Marian a ouvert son parapluie, alors qu'elle n'était pas encore sortie.

— Et maintenant, a-t-elle lancé à la foule avec un sourire diplomatique, rappelez-vous que je vous attends à la bibliothèque. Nous sommes ouverts jusqu'à dix-huit heures tous les jours de la semaine. Sans bibliothèques, que serions-nous ? Nous n'aurions ni passé ni futur. Posez donc la question à Ray Bradbury. Ou allez à Charlotte et lisez-le vous-mêmes sur le mur de leur bibliothèque municipale.

Macon l'a prise par le bras. Elle n'en avait pas terminé, cependant.

— Bradbury n'est pas allé à Harvard non plus, madame Lincoln. Il n'a même pas effectué de premier cycle universitaire dans une fac de second ordre.

Sur ce, ils sont partis.

19 décembre
Noël blanc

Après le conseil de discipline, personne ne croyait que Lena oserait se montrer le lendemain à Jackson. Pourtant, elle est venue. Je m'y étais d'ailleurs attendu. Nul ne savait qu'elle avait déjà renoncé une fois à son droit d'aller au lycée ; elle refusait qu'on le lui retire de nouveau. Pour tous les autres, le bahut était une prison ; pour Lena, il incarnait la liberté. Quoi qu'il en soit, cela n'a guère eu d'importance car, à partir de ce jour-là, elle est devenue un fantôme – aucun élève ne l'a regardée, ne lui a adressé la parole, ne s'est assis à côté d'elle, que ce soit à une table, à un pupitre, sur un gradin. À partir du jeudi, la moitié de nos camarades portaient des tee-shirts estampillés Anges Gardiens de Jackson, ceux avec les ailes blanches sur le dos. À leur façon de toiser Lena, on aurait dit qu'une bonne moitié des profs auraient aimé en enfiler un eux aussi.

Le vendredi, j'ai rendu mon maillot de basket. Je n'avais tout simplement plus l'impression d'appartenir à la même équipe qu'autrefois. L'entraîneur était furax. Après avoir braillé comme un âne, il a secoué la tête.

— Tu es fou, Wate. Pense un peu à la saison que tu jouais, et tu la jettes aux orties pour une espèce de fille.

« Une espèce de fille. » La nièce de ce Vieux Fou de Ravenwood.

Notons cependant que personne ne nous a agressés verbalement. Du moins, pas en face. Si Mme Lincoln avait insufflé la peur de Dieu dans les âmes des habitants de Gatlin, Macon Ravenwood leur avait donné une raison encore pire de trembler – la vérité.

Au fur et à mesure que les nombres, sur les murs de la chambre et la main de Lena, décroissaient, l'éventualité prenait de la réalité. Et si nous n'arrivions pas à enrayer le destin ? Si Lena avait eu raison dès le début ? Si, après son anniversaire, la fille que je connaissais disparaissait ? Comme si elle n'avait jamais existé ?

Lena n'avait que le *Livre des lunes* auquel se raccrocher. De mon côté, il y avait une idée que je m'efforçais de plus en plus de garder hors de ma tête et de la sienne – et si le *Livre* ne suffisait pas ?

— « PARMI LES ESTRES DE POUVOIR, ON TROUVERA DEUX FORCES JUMELLES DESQUELLES SAILLIRA LA MAGIE, TÉNÈBRES ET LUMYÈRE. »

— Il me semble que nous avons bien compris ce qu'étaient Ténèbres et Lumière, ai-je protesté. Pourrions-nous passer à la partie sympa ? Celle qui s'intitule *Échappatoires possibles le jour de l'Appel* ? Ou *De l'art de vaincre une crapule de Cataclyste* ? Ou encore *Comment enrayer l'écoulement du temps* ?

J'étais sur les nerfs, et Lena ne me répondait pas. Depuis les bancs glacés sur lesquels nous étions assis, le lycée paraissait désert. Nous étions censés nous trouver au concours de sciences et regarder Alice Milkhouse tremper un œuf dans le vinaigre, écouter Jackson Freeman argumenter que le réchauffement climatique n'existait pas, et Annie Honeycutt lui opposer la meilleure manière de transformer le bahut en établissement écolo. Les Anges Gardiens allaient peut-être devoir se mettre à recycler leurs pamphlets.

J'ai contemplé le manuel d'algèbre qui sortait de mon sac à dos. J'avais l'impression que cet endroit ne m'offrait plus rien de neuf. J'en avais assez appris ces derniers mois. Lena était à des millions de kilomètres de là, toujours plongée dans l'étude du *Livre*. Je le transportais partout, par crainte qu'Amma ne tombe dessus si je le laissais dans ma chambre.

— Tiens, un passage qui parle des Cataclystes. « LA FORCE LA PLUS PUISSANTE DES TÉNÈBRES SERA LE POUVOIR LE PLUS PROCHE DE CE MONDE ET DU MONDE SOUTERRAIN, LE CATACLYSTE. LA FORCE LA PLUS PUISSANTE DE LA LUMYÈRE SERA LE POUVOIR LE PLUS PROCHE DU MONDE ET DU MONDE SOUTERRAIN, L'ÉLU. OÙ L'UN NE SERA PAS, L'AUTRE N'Y SERA PAS NON PLUS, POURCE SANS TÉNÈBRES LUMYÈRE N'EST PAS. »

— Tu vois ? Tu ne seras pas Vouée aux Ténèbres, puisque tu es une Élue.

Lena a secoué la tête en montrant le paragraphe suivant.

— Pas nécessairement. Mon oncle pense comme toi, mais écoute ça. « À L'HEURE DE L'APPEL, LA VÉRITÉ SE MANIFESTERA. CE QUE PARAÎTRA TÉNÈBRES POURRA ESTRE PLUS GRANT LUMYÈRE ; CE QUE PARAÎTRA LUMYÈRE POURRA ESTRE PLUS GRANS TÉNÈBRES. »

Pas de doute, nous n'avions aucun moyen d'être certains de ce qui se produirait.

— Ensuite, ça devient vraiment compliqué. Je ne suis

même pas sûre de saisir le sens des mots. « POURCE LA MATIÈRE PLUS TÉNÉBREUSE A FAICT FEU TÉNÉBREUX, ET LE FEU TÉNÉBREUX A FAICT POUVOIRS DE TOUT LILUM DEDANS LE MONDE DÉMONIAQUE, ET LES ENCHANTEURS DE TÉNÈBRES ET DE LUMYÈRE. SANS TOUT LE POUVOIR, LE POUVOIR NE PEUT ESTRE. LE FEU TÉNÉBREUX A FAIT GRANS TÉNÈBRES ET GRANT LUMYÈRE. TOUT POUVOIR EST POUVOIR DES TÉNÈBRES, POURCE LE POUVOIR DES TÉNÈBRES EST AUSSI LUMYÈRE. »

— Matière des Ténèbres ? Feu des Ténèbres ? Qu'est-ce que c'est ? Le Big Bang des Enchanteurs ?

— Et les Lilum ? Je n'ai jamais entendu rien de tout cela. Mais comme, encore une fois, personne ne me dit rien... Je ne savais même pas que ma mère était en vie.

Elle essayait de jouer les cyniques, mais la souffrance était audible dans sa voix.

— Lilum est peut-être un terme ancien désignant les Enchanteurs ?

— Plus je découvre de choses, moins je comprends.

Et moins nous avons de temps.

Ne dis pas ça.

La sonnerie a retenti. Je me suis levé.

— Tu viens ?

— Non, je vais rester un peu ici.

Seule dans le froid. C'était de plus en plus souvent comme ça ; elle n'avait même pas croisé mon regard depuis le conseil de discipline, à croire que j'étais l'un d'eux. Je ne pouvais pas franchement le lui reprocher, dans la mesure où le bahut au grand complet et la moitié de la ville avaient décrété qu'elle était la fille d'une meurtrière et qu'elle souffrait de manie dépressive au point d'avoir été internée.

— Il faudra que tu te montres en cours à un moment

ou un autre. Inutile de fournir de nouvelles munitions à Harper.

— Je ne vois pas en quoi ça changera quoi que ce soit, maintenant, a-t-elle répondu en fixant le bâtiment, derrière elle.

Elle a été absente tout le reste de l'après-midi. Du moins, si elle a été présente, elle n'a rien écouté. Elle a rendu copie blanche à notre test de chimie sur le tableau périodique des éléments.

Tu n'es pas Vouée aux Ténèbres, L. Autrement, je le sentirais.

En histoire, elle n'a pas suivi un mot de notre reconstitution des fameux débats publics de 1858 entre Lincoln et Douglas. Le père Lee a essayé de me donner le rôle du défenseur de l'esclavage, probablement pour me punir de l'éventuelle disserte « imbibée d'esprit libéral » que je risquais de lui rendre à l'avenir.

Ne les laisse pas t'entamer ainsi. Ils ne comptent pas.

En cours de langage des signes, j'ai été obligé de retranscrire « *Ah, vous dirai-je maman* » sous le regard goguenard de l'équipe de basket.

Je ne m'éloignerai pas, L. Tu ne me chasseras pas de ta vie.

Puis j'ai compris qu'elle en était parfaitement capable.

À la fin de la journée, je n'en pouvais plus. Je l'ai guettée à la sortie du cours de trigonométrie. Là, je l'ai entraînée vers le mur du couloir. Lâchant mon sac par terre, j'ai pris son visage entre mes paumes.

Qu'est-ce que tu fais, Ethan ?

Ceci.

Je l'ai attirée contre moi. Quand nos lèvres se sont touchées, j'ai senti la chaleur de mon corps s'infiltrer dans la froideur du sien. Je l'ai sentie se fondre en moi, tandis que l'attirance inexplicable qui nous avait liés dès le début nous ramenait l'un vers l'autre. Elle a laissé tomber ses livres et a enroulé ses bras autour de ma nuque, répondant ainsi à mon désir. J'en ai eu le vertige. La cloche a sonné. Elle s'est écartée de moi, le souffle court. Je me suis baissé pour ramasser son exemplaire des *Pleasures of the Damned* de Bukowski. Son calepin était quasiment en lambeaux, mais il faut dire qu'elle avait eu matière à écrire, ces dernières semaines.

Tu n'aurais pas dû.

Pourquoi ? Tu es ma copine, tu me manques.

Cinquante-quatre jours, Ethan. C'est tout ce qu'il me reste. Il est temps d'arrêter de prétendre que nous pouvons changer le cours des événements. Ce sera plus facile si nous l'acceptons tous les deux.

Sa manière de l'exprimer m'a donné l'impression qu'elle évoquait plus que son anniversaire. Qu'elle évoquait d'autres choses que nous n'étions pas en mesure de modifier. Elle a commencé à se détourner, je l'ai retenue par le bras. Si elle était en train de dire ce que je pensais qu'elle était en train de dire, je voulais qu'elle me regarde en face.

— Qu'entends-tu par-là, L ?

— Ethan, a-t-elle soupiré en fuyant mes yeux, tu crois que cela se terminera bien, je le sais. Moi aussi, j'y ai cru, pendant un moment. Mais nous n'habitons pas le même monde et, dans le mien, désirer une chose avec assez de force ne suffit pas à ce qu'elle se produise. Nous sommes trop différents, c'est tout.

— Parce que, maintenant, nous sommes différents ? Après tout ce que nous avons traversé ?

J'avais élevé la voix, et plusieurs élèves se sont retournés et m'ont fixé. Ils ne se sont même pas donné la peine de jeter un coup d'œil à Lena.

Oui, nous le sommes. Tu es un Mortel, je suis une Enchanteresse. Il arrive que nos univers se croisent, mais ils ne seront jamais identiques. Nous ne sommes pas destinés à vivre dans les deux à la fois.

Traduisez : *elle* n'était pas destinée à vivre dans les deux à la fois. Emily et Savannah, l'équipe de basket, Mme Lincoln et M. Harper, les Anges Gardiens obtenaient enfin ce qu'ils voulaient.

Tu me parles du conseil de discipline, là, hein ? Ne les…

Non, ça va au-delà de ça. C'est tout. Je ne suis pas d'ici, Ethan. Toi, si.

Elle a fermé les yeux, et j'ai presque discerné ses pensées, enchevêtrées dans son esprit.

Je ne t'accuse pas d'être comme eux, mais tu es l'un d'eux. C'est ici que tu vis depuis que tu es né et, quand tout cela sera fini, après que j'aurai été Appelée, c'est ici que tu continueras à vivre. Il va te falloir de nouveau arpenter ces couloirs et ces rues, et je ne serai sans doute pas là. Toi, si. Pour on ne sait encore combien de temps. Or, tu l'as dit toi-même, les gens de Gatlin n'oublient jamais.

Deux ans.

Quoi ?

C'est la peine que je devrai encore purger ici.

C'est long d'être invisible pendant deux ans. Crois-moi, je suis bien placée pour le savoir.

Un silence d'une minute s'est installé. Lena arrachait des bouts de papiers à la spirale de son calepin.

— Je suis lasse de me battre. Je suis lasse de faire semblant d'être normale.

— Tu n'as pas le droit d'abandonner. Pas maintenant, pas après tout ça. Tu ne peux les laisser gagner.

— Ils ont déjà gagné. Ils ont gagné le jour où j'ai cassé le carreau en cours de littérature.

Le ton de sa voix m'a amené à deviner qu'elle renonçait plus qu'au seul lycée.

— Es-tu en train de rompre avec moi ? ai-je soufflé.

— S'il te plaît, ne me complique pas la tâche. Moi non plus, ce n'est pas ce que je souhaite.

Alors, ne le fais pas.

J'avais la respiration coupée. Je ne réfléchissais plus. Comme si le temps s'était arrêté, à l'instar de ce qui s'était produit lors du dîner de Thanksgiving. Sinon que la magie n'y était pour rien. C'était même l'opposé de la magie.

— J'estime seulement que la situation sera plus simple ainsi. Ça ne change rien à ce que je ressens pour toi.

Elle a enfin levé les yeux sur moi, des flaques vertes où brillaient les larmes. Puis elle a tourné les talons et s'est enfuie dans un couloir si silencieux qu'on aurait pu entendre un crayon rebondir sur le sol.

Joyeux Noël, Lena.

Je n'ai pas eu de réponse. Elle était partie, et ce n'était pas une chose à laquelle j'étais prêt ; à laquelle je serais jamais prêt, ni dans cinquante-trois jours, ni dans cinquante-trois ans, ni dans cinquante-trois siècles.

Cinquante-trois minutes plus tard, je regardais par la fenêtre, seul – façon de parler, vu que la cantine était pleine à craquer. Gatlin était grise ; le ciel s'était couvert. Pas vraiment une tempête. Il n'avait pas neigé depuis des années. Quand nous étions chanceux, une fois l'an, nous avions droit à une ou deux rafales de flocons bien humides, mais je n'avais pas connu de véritable chute de neige depuis mes douze ans.

J'aurais aimé qu'il neige. J'aurais aimé pouvoir appuyer sur le bouton de retour en arrière afin d'être de nouveau dans le couloir avec Lena. J'aurais aimé lui dire qu'il m'était bien égal que toute la ville me déteste, car ça n'avait aucune importance. Avant de la trouver dans mes rêves, avant qu'elle ne me trouve ce soir-là sous l'orage, j'avais été perdu. J'avais conscience des apparences qui laissaient accroire que j'étais celui qui passait son temps à tenter de sauver Lena ; en vérité, c'était elle qui m'avait sauvé, et je n'étais pas prêt à accepter qu'elle cesse de le faire maintenant.

— Salut, mec ! m'a lancé Link en se glissant sur le banc d'en face, de l'autre côté de la table vide. Où est Lena ? je voulais la remercier.

— De quoi ?

Il a tiré une feuille de papier de sa poche.

— Elle m'a écrit une chanson. Cool, non ?

Je n'ai même pas eu le cran de regarder la chose. Ainsi, elle parlait à Link. C'était moi qu'elle rejetait.

— Écoute, j'ai un service à te demander, a repris mon pote en volant une part de la pizza à laquelle je n'avais pas touché.

— Bien sûr. De quoi as-tu besoin ?

— Ridley et moi comptons aller à New York, pour les vacances de Noël. Si on te pose des questions, je serai à Savannah, en camp de prières.

— Il n'y a pas de camp de prières à Savannah.

— Ouais, sauf que ma mère n'est pas au courant. Je lui ai raconté que je m'étais inscrit parce qu'ils ont une espèce de groupe de rock baptiste.

— Et elle t'a cru ?

— Elle est un peu bizarre, ces derniers temps. Mais je m'en fiche. Elle a accepté.

— Qu'elle accepte ou non n'est pas le problème. Il y a des choses que tu ignores à propos de Ridley. Elle est… dangereuse. Il pourrait t'arriver des trucs.

Ses yeux se sont éclairés. Je ne l'avais encore jamais

vu dans cet état-là. Certes, je ne l'avais guère fréquenté, récemment, puisque je passais tout mon temps avec Lena, ou à penser à elle, au *Livre*, à son anniversaire. Ce autour de quoi mon monde tournait. Avait tourné, jusqu'à il y a une heure, du moins.

— J'y compte bien ! s'est exclamé Link. Et puis, j'en pince un max pour cette nana. Elle provoque de sacrés machins, chez moi, tu sais ?

Il a englouti ma dernière part de pizza. Un instant, j'ai songé tout lui balancer, comme au bon vieux temps, sur Lena, sa famille, Ridley, Genevieve et Ethan Carter Wate. J'avais tenu Link informé, au début. Toutefois, je doutais qu'il avalerait le reste sans broncher. Il y a des limites à ce que vous êtes en droit de demander à votre meilleur ami. Je ne pouvais me permettre de courir le risque de perdre Link lui aussi ; d'un autre côté, je ne pouvais pas rester sans réagir. Il était impensable que je le laisse partir pour New York, pour n'importe où, avec Ridley.

— Il faut que tu me fasses confiance, mon pote, ai-je fini par souffler. Éloigne-toi d'elle. Elle te manipule. Tu vas souffrir.

Il a écrasé une cannette de Coca d'une seule main.

— Je vois. La nana la plus chouette du coin sort avec moi, donc elle me manipule forcément ? Tu crois sans doute être le seul à pouvoir te lever une fille bandante, hein ? Depuis quand tu te pousses du col comme ça ?

— Tu déformes mes propos.

Link s'est mis debout.

— Oublie, mec. Pas la peine de me bourrer le mou.

Il était trop tard. Ridley l'avait déjà envoûté. Rien de ce que je dirais ne le ferait changer d'avis. Pas question pour autant de perdre ma petite amie et mon meilleur copain le même jour.

— Écoute, désolé si tu as interprété mes paroles comme

ça. Je te promets de la boucler. De toute façon, ce n'est pas comme si ta mère m'adressait la parole.

— Cool. Je comprends, ça doit être duraille d'avoir pour meilleur copain un mec aussi beau et talentueux que moi.

Prenant le cookie posé sur mon plateau, Link l'a brisé en deux. Comme la demi-barre chocolatée ramassée sur le plancher du bus. La dispute était close. Il fallait plus qu'une fille, même une Sirène, pour nous séparer.

— File avant qu'Emily ne te dénonce à ta mère, lui ai-je conseillé en remarquant que l'autre nous espionnait. Autrement, tu n'iras à aucun camp de prières, imaginaire ou non.

— Je n'ai pas peur d'elle.

Faux. Il ne tenait pas du tout à être coincé chez lui avec sa maternelle durant toutes les vacances de Noël. Il ne voulait pas non plus être rejeté par l'équipe de basket, par quiconque à Jackson, même s'il était trop bête ou trop loyal pour se le formuler.

Le lundi, j'ai aidé Amma à descendre du grenier les cartons de décorations. La poussière m'a tiré des larmes ; enfin, c'est ce dont je me suis persuadé. J'avais retrouvé une ville miniature éclairée par des ampoules blanches que ma mère avait disposée tous les ans au pied du sapin, sur du coton en guise de neige. Ces maisonnettes avaient appartenu à sa grand-mère, et elle les avait tant aimées que je les avais aimées à mon tour, bien qu'elles soient constituées de carton fragile, de colle et de paillettes, et que, la plupart du temps, elles tombent quand j'essayais de les faire tenir debout. « Les objets anciens sont mieux que les neufs parce qu'ils racontent des histoires, Ethan, m'avait-elle dit. Imagine ton arrière-grand-mère jouant avec ça, avait-elle ajouté en brandissant une petite voiture en fer blanc. Imagine-la disposant la même petite ville sous son arbre de Noël, comme nous maintenant. »

Je n'avais pas revu cette décoration depuis… quand ? Depuis la mort de ma mère, en tout cas. Elle semblait plus petite que dans mon souvenir, le carton était plus tordu et usé. Je n'ai pas réussi à remettre la main sur les personnages ou les animaux censés la peupler. Du coup, la ville m'a paru esseulée, ce qui m'a rendu triste. Sans elle, la magie avait disparu. Je me suis surpris à tenter d'atteindre Lena, malgré tout.

Il manque des tas de choses. Les boîtes sont là, mais ce n'est plus ça. Elle n'est pas ici. Ce n'est même plus une ville. Et elle ne t'aura jamais connue.

Bien sûr, je n'ai pas eu de réponse. Lena s'était volatilisée. Ou elle m'avait banni. Je ne sais pas quelle option était la pire. J'étais si seul et, plus pénible encore, cette solitude risquait d'être perceptible à tous. Aussi, je me suis rendu dans le seul endroit de Gatlin où j'étais certain de ne rencontrer personne. La bibliothèque municipale.

— Tante Marian ?

Les lieux étaient glacés et complètement vides, comme d'habitude. Depuis le conseil de discipline, Marian n'avait dû recevoir la visite de personne.

— Ici, au fond ! a-t-elle lancé.

Elle était assise par terre, emmitouflée dans son manteau, au milieu de piles de livres ouverts, comme s'ils venaient de tomber des étagères alentour. Elle tenait un ouvrage et le lisait à voix haute, en proie à l'une de ces transes qui s'emparaient d'elle régulièrement.

— « Nous Le voyons venir et Le savons nôtre / Lui qui, avec Son soleil et Ses pluies / Recouvre la terre patiente de fleurs / Le Meilleur du monde est venu… » a-t-elle cité avant de fermer le volume. Robert Herrick. Une chanson de Noël écrite en l'honneur du roi, à Whitehall Palace.

— Désolé, connais pas.

Le froid était tel que nos haleines étaient visibles.

— Qui cela te rappelle-t-il ? Le Meilleur du monde qui couvre le sol de fleurs ?

— Lena ? Je te parie que Mme Lincoln ne serait pas d'accord.

Je me suis installé à côté d'elle et des ouvrages éparpillés.

— Quelle triste créature, cette Mme Lincoln ! a-t-elle soupiré en secouant la tête et en attrapant un autre volume. Dickens estime que Noël est une période où les hommes et les femmes semblent « ouvrir librement les secrets de leurs cœurs et voir, dans les gens au-dessous d'eux, de vrais compagnons de voyage sur le chemin du tombeau, et non pas une autre race de créatures ».

— La chaudière est cassée ? Veux-tu que j'appelle l'électricien ?

— Je ne l'ai pas allumée. J'avais la tête ailleurs, sans doute. Dommage que Dickens n'ait jamais mis les pieds à Gatlin. Nous avons plus que notre lot de cœurs par trop fermés, ici.

À mon tour, j'ai ramassé un volume. Richard Wilbur. L'ouvrant, j'ai plongé le nez dedans, me délectant de son odeur.

— « Quel est l'opposé de deux ? Moi tout seul, et toi toute seule. »

Bizarre. Exactement ce que je ressentais. Refermant sèchement l'ouvrage, j'ai regardé Marian.

— Merci d'être venue à ce simulacre de procès, tante Marian. J'espère que ça ne t'aura pas attiré d'ennuis. J'ai l'impression que tout est ma faute.

— Ce n'est pas le cas.

— N'empêche.

J'ai balancé le livre par terre.

— Tu te prends pour le responsable de toutes les ignorances ? Est-ce toi qui as appris la haine à Mme Lincoln et la peur à M. Hollingsworth ?

Nous sommes restés ainsi assis au milieu des bouquins sans rien dire pendant un moment. Puis Marian a pris ma main et l'a serrée.

— Cette bataille a commencé bien avant toi, Ethan. Et elle ne finira pas avec toi non plus, je le crains. Ni avec moi, d'ailleurs. Quand je suis arrivée, ce matin, ces livres étaient entassés comme ça sur le sol. J'ignore comment ils se sont retrouvés ici. Ni pour quelle raison. J'ai fermé à clé hier soir en partant, les portes étaient toujours verrouillées à neuf heures. Je me suis assise pour les consulter, l'un après l'autre, et chacun m'a dispensé une sorte de message sur ce qui se passe en ce moment dans cette ville. Sur Lena, sur toi, sur moi.

— Une coïncidence, ai-je objecté. C'est comme ça que ça marche, avec les bouquins.

Elle en a pris un au hasard et me l'a tendu.

— Essaye par toi-même.

— C'est quoi ?

— *Jules César.* Shakespeare.

— « Les hommes sont parfois maîtres de leur destin / Si nous sommes soumis, la faute, cher Brutus / N'est pas dans nos étoiles mais en nous-mêmes. » Quel rapport avec moi ?

— Je ne suis que la bibliothécaire, Ethan, m'a-t-elle répondu, souriante, en m'observant par-dessus ses lunettes. Je ne peux que te donner les livres, pas les réponses. Mais bon, je vais être sympa. L'idée est la suivante : qui de toi ou des étoiles est le maître de ton destin ?

— Excuse-moi, je n'ai jamais lu la pièce. Parles-tu de Lena ou de Jules César ?

— À toi de me le dire.

Nous avons passé une heure encore à farfouiller dans les piles et à nous lire des extraits des œuvres. J'ai fini par comprendre pourquoi je m'étais réfugié ici.

— J'ai besoin de retourner aux archives, tante Marian.

— Aujourd'hui ? Tu n'as pas mieux à faire ? Des courses de Noël, par exemple ?

— Ce n'est pas mon truc.

— Sage parole. Quant à moi, « J'aime vraiment Noël... À sa façon maladroite, il confine à la paix et à la bonté. Mais il est tous les ans un peu plus maladroit. »

— Encore du Dickens ?

— E.M. Forster.

— Je ne peux pas t'expliquer, ai-je soupiré. J'ai le sentiment qu'il me faut être avec ma mère.

— Je comprends. Elle me manque également.

Je n'avais pas vraiment préparé de discours à l'usage de Marian sur ce que j'éprouvais, tant envers la ville qu'envers tout ce qui déraillait. À présent, les mots semblaient coincés dans ma gorge, comme si c'était un autre que moi qui tentait de les formuler.

— Je me suis dit que, peut-être, il suffirait que je sois près de ses affaires pour sentir comment les choses étaient avant. Que, peut-être, j'arriverais à communiquer avec elle. J'ai essayé d'aller au cimetière, une fois, mais je n'ai pas eu l'impression qu'elle était là-bas, sous terre.

J'ai contemplé un grain de poussière sur la moquette.

— Je sais.

— Je ne parviens toujours pas à l'imaginer là-bas. Ça n'a pas de sens. Pourquoi enterrer un être cher dans un trou ? Où règnent le froid, la saleté, où pullulent les bestioles ? Il est impossible que la vie se termine de cette manière, après tout, et après tout ce qu'elle était.

Je me suis efforcé de ne pas imaginer son corps se transformant en ossements, en boue, en poussière. M'était détestable l'idée qu'elle dût affronter cela seule, comme seul j'affrontais les événements maintenant.

— Et comment voudrais-tu que la vie se termine ? a demandé Marian en posant une paume sur mon épaule.

— Aucune idée. Je devrais, quelqu'un devrait, lui bâtir un mémorial, un truc comme ça.

— Comme celui de notre cher Général ? Voilà qui aurait bien fait rire ta mère. Je te comprends, en tout cas. Elle n'est pas là-bas, elle est ici.

Elle m'a tendu la main, et je l'ai aidée à se relever. Sans me lâcher, elle m'a entraîné jusqu'aux archives, comme si j'étais toujours un enfant, et qu'elle s'occupait de moi pendant que ma mère travaillait. Tirant son trousseau de clés de sa poche, elle a ouvert la porte, mais ne m'a pas suivi à l'intérieur.

Je me suis affalé sur le fauteuil de ma mère, devant son bureau. Le fauteuil de ma mère. Il était en bois, frappé aux insignes de l'université de Duke. Je crois qu'ils le lui avaient offert pour avoir obtenu les félicitations du jury lors de sa soutenance de thèse, un truc comme ça. Il était inconfortable, mais réconfortant, familier. J'en ai humé le vieux vernis. Tout de suite, je me suis senti mieux que je ne l'avais été depuis des mois. J'ai respiré à fond l'odeur des piles de livres protégés par des couvertures en plastique cassantes, celle des parchemins en déliquescence, celle de la poussière et des vieux meubles bon marché. Je me suis délecté de l'atmosphère particulière qui imprégnait l'air particulier de la planète si particulière de ma mère. Pour moi, c'était la même que celle de mes sept ans, quand, assis sur ses genoux, j'enfouissais mon visage dans son épaule.

J'avais envie de retrouver mon chez-moi. Sans Lena, je n'avais nulle part où aller.

J'ai pris sur la table de travail une petite photo encadrée presque cachée parmi les livres. Elle représentait mes parents, dans le bureau, à la maison. En noir et blanc, elle remontait à longtemps. Elle avait sûrement été destinée à illustrer la quatrième de couverture de l'un de leurs premiers projets communs, à l'époque où mon père était encore historien. L'époque où ils arboraient de drôles de coiffures et des pantalons moches, l'époque où le bonheur rayonnait sur leurs traits. S'il m'a été difficile de contempler le cliché, il m'a été encore plus difficile de le reposer. Au moment où je le faisais, un ouvrage en particulier a attiré mon attention. Je l'ai tiré de sous une encyclopédie des armes de la guerre de Sécession et un catalogue des plantes originaires de Caroline du Sud. Je n'avais aucune idée de ce qu'était ce volume précis, j'avais juste remarqué qu'un long brin de romarin en marquait une des pages. J'ai souri. Pour une fois qu'il ne s'agissait pas d'une chaussette ou d'une cuiller sale.

Le livre de cuisine du Club des dames du comté de Gatlin, *Poulet frit et légumes à la vapeur.* Il s'est ouvert de lui-même à la recette des beignets de tomate au babeurre, le plat préféré de ma mère. Le parfum du romarin m'a assailli les narines. J'ai examiné le brin de plus près. Il était frais, comme s'il avait été cueilli la veille. Ce n'était donc pas ma mère qui l'avait placé là, mais personne d'autre ne se serait servi d'un bouquet d'herbe en guise de marque-page. La recette favorite de ma mère était signalée par l'odeur propre à Lena. Les livres essayaient peut-être de m'envoyer un message, finalement.

— Tante Marian ? Tu comptais faire des beignets de tomate ?

— Tu crois vraiment que je suis du genre à toucher une tomate ? a-t-elle aussitôt riposté en passant la tête par l'encadrement de la porte. Et à en manger une ?

— Je ne savais pas, ai-je répondu en contemplant le brin de romarin.

— C'était la seule chose sur laquelle ta mère et moi n'étions pas d'accord.

— Je peux emprunter ce livre ? Rien que quelques jours ?

— Tu n'as pas à demander, Ethan. Il s'agit des affaires de ta mère. Prends tout ce que tu veux.

J'aurais aimé interroger Marian sur la présence de l'aromate dans l'ouvrage, mais je n'ai pas réussi à m'y résoudre. Je n'ai pas réussi à me résoudre à le montrer à quiconque, à partager ça. Même si je n'avais jamais goûté à un beignet de tomate de ma vie, et que je n'y goûterais sans doute jamais. J'ai coincé le bouquin sous mon bras, tandis que Marian me reconduisait à la porte.

— En cas de besoin, tu sais que je suis là. Pour toi, pour Lena. Il n'y a rien que je ne ferais pour vous.

Écartant mes cheveux de mes yeux, elle m'a adressé un sourire. Ce n'était pas celui de ma mère, mais c'était l'un de ceux qu'elle avait préférés. Puis Marian m'a serré contre elle.

— Ça ne sent pas le romarin ? a-t-elle marmonné en reniflant.

Haussant les épaules, je me suis faufilé dehors, dans la grisaille du soir. Shakespeare avait peut-être raison. Il était sans doute temps que j'affronte mon destin, celui de Lena. Qu'il dépende de nous ou des étoiles, il m'était impossible de rester inactif en attendant de voir ce qui se produirait.

Quand je suis sorti, il neigeait. Je n'en suis pas revenu. Levant la tête, j'ai offert mon visage aux flocons glacés. Blancs et épais, ils voletaient sans but précis. Ce n'était pas une tempête, pas du tout, même. C'était un cadeau, voire un miracle. Un Noël blanc, comme dans la chanson.

À mon arrivée à la maison, elle était là, assise nu-tête sur le perron, sa capuche dans le dos. Dès que je l'ai aperçue, j'ai compris la signification de la neige – une offre de paix. Lena m'a souri. En cet instant, les morceaux de mon existence qui s'étaient éparpillés se sont recollés. Tout ce qui déraillait s'est remis en place. Enfin, pas tout, peut-être, mais c'était suffisant. Je me suis installé à côté d'elle.

— Merci, L.

— Je voulais que tu ailles mieux, a-t-elle répondu en s'appuyant à moi. Je suis tellement perdue, Ethan. Je ne veux pas que tu souffres. Je ne sais pas comment je réagirais s'il t'arrivait quelque chose.

J'ai caressé ses cheveux humides.

— Ne me repousse pas, s'il te plaît. Je ne supporterai pas de perdre encore un être cher.

Entrouvrant sa parka, j'ai glissé mes mains autour de sa taille et je l'ai attirée à moi. Elle s'est pressée contre moi, et je l'ai embrassée jusqu'à avoir l'impression que nous allions faire fondre tout le jardin de devant si nous ne nous interrompions pas.

— C'était quoi, ça ? a-t-elle demandé, le souffle court.

De nouveau, je l'ai embrassée, avec une passion qui m'a forcé à m'arrêter.

— Je crois qu'on appelle ça le destin, ai-je murmuré. J'attendais ça depuis le bal d'hiver, il était hors de question que j'attende encore.

— Ah bon ?

— Ouais.

— Eh bien, il va falloir t'y résoudre. Je suis toujours consignée. Oncle M me croit à la bibliothèque.

— Je me fiche que tu sois consignée. Moi, je ne le suis pas. J'emménagerai chez toi si nécessaire. Je dormirai avec Boo, sur son tapis.

— Boo a une chambre. Il couche sur un lit à baldaquin.

— C'est encore mieux.

Souriant, elle a agrippé ma main. Les flocons fondaient au contact de notre peau tiède.

— Tu m'as manqué, Ethan Wate, a-t-elle dit en m'embrassant à son tour. (La neige a redoublé d'intensité.) Tu avais peut-être raison. Nous devrions passer le maximum de temps possible ensemble avant que…

Elle s'est tue, et j'ai deviné la suite sans qu'elle ait besoin de la formuler.

— Nous allons trouver une solution, L. Je te le promets.

Elle a mollement acquiescé et s'est blottie dans mes bras. Une espèce de sérénité nous a envahis tous les deux.

— Je ne veux pas penser à ça aujourd'hui.

Elle m'a repoussé d'un geste joueur, m'a ramené dans le monde des vivants.

— Ah ouais ? À quoi veux-tu penser, alors ?

— Aux bonshommes de neige. Je n'en ai jamais fait.

— Vraiment ? Ce n'est pas votre truc, à vous autres Enchanteurs ?

— Ce n'est pas ça. Je ne suis restée que quelques mois en Virginie. Je n'ai jamais habité dans un endroit où il neige.

Une heure plus tard, trempés, nous étions assis à la table de la cuisine. Amma était partie au Stop & Steal, et nous buvions le pauvre chocolat chaud que j'avais tenté de préparer.

— Je ne crois pas qu'on le fasse comme ça, s'est moquée Lena en m'observant racler un bol de copeaux de chocolat réchauffés au micro-ondes dans du lait chaud.

Le résultat était brun et blanc, grumeleux. Parfait à mes yeux.

— Qu'en sais-tu ? ai-je rétorqué. « Un chocolat chaud, s'il vous plaît Cuisine ! »

J'avais tenté d'imiter ses intonations haut perchées de ma voix grave. Elle a souri. Ce sourire m'avait manqué, alors que son absence n'avait duré que quelques jours. Il me manquait, y compris quand son absence ne durait que quelques minutes.

— À propos de Cuisine, il faut que je me sauve. La bibliothèque, où je suis censée être, ferme à vingt et une heures.

Je l'ai prise sur mes genoux. J'avais du mal à ne pas la toucher à tout instant, maintenant que m'en avait été redonnée la possibilité. Je me suis surpris à trouver des excuses pour la chatouiller, caresser ses cheveux, ses mains, ses genoux. Notre attirance mutuelle était comme un aimant. Elle s'est appuyée contre mon torse, et nous sommes restés sans bouger, jusqu'à ce que des bruits de pas résonnent, à l'étage. Aussitôt, Lena a bondi sur le sol, tel un chat affolé.

— Ne t'inquiète pas, c'est mon père qui prend une douche. Il ne sort plus de son bureau que pour cela, dorénavant.

— C'est de pire en pire, hein ?

Ce n'était pas vraiment une question. Elle a pris ma main.

— Il est ainsi depuis la mort de ma mère. Il a pété les plombs.

Inutile que je détaille la suite. Elle m'avait assez entendu y penser. Le décès de ma mère, la fin des beignets de tomate, la perte des petits morceaux de la ville de Noël, plus personne pour tenir tête à Mme Lincoln, et rien n'était plus comme avant.

— Je suis désolée.

— Je sais.

— C'est pour ça que tu es allé à la bibliothèque, aujourd'hui ? Afin d'y chercher ta mère ?

J'ai levé les yeux vers elle, j'ai écarté ses cheveux de son visage. Acquiesçant, j'ai sorti le brin de romarin de ma poche et je l'ai posé sur la table.

— Viens, je veux te montrer quelque chose.

Je l'ai entraînée jusqu'au bureau. Nos chaussettes mouillées glissaient sur le parquet. J'ai jeté un coup d'œil dans l'escalier, en direction de la chambre de mon père. L'eau ne coulait pas encore, nous avions largement le temps. J'ai testé la poignée de la porte.

— C'est fermé, a murmuré Lena. Tu as la clé ?

— Attends. Regarde ce qui va se passer.

Nous avons contemplé le battant. Je me suis senti un peu idiot, Lena aussi sans doute, car elle a commencé à rire. Juste au moment où j'allais m'esclaffer à mon tour, la serrure s'est déverrouillée d'elle-même. L'hilarité de Lena a instantanément cessé.

Ce n'est pas un sortilège. Je le sentirais, sinon.

Je crois que je suis censé entrer. Nous sommes censés entrer.

J'ai reculé d'un pas, et la serrure s'est refermée en cliquetant. Lena a levé une main, comme si elle s'apprêtait à recourir à ses pouvoirs pour la rouvrir. J'ai effleuré son dos.

— Ce n'est pas la peine, L.

Une fois encore, j'ai touché la poignée. Le verrou a joué,

et la porte s'est ouverte en grand. Pour la première fois depuis des années, j'ai pénétré dans le sanctuaire. Un endroit toujours aussi sombre et effrayant. Le tableau couvert de son drap était suspendu à sa place, au-dessus du canapé. Près de la fenêtre, le bureau en acajou ouvragé de mon père était enfoui sous son dernier roman, piles de papier sur l'ordinateur, sur la chaise, sur le tapis persan.

— Ne touche à rien, sinon il s'en rendra compte.

Lena s'est agenouillée près du tas de feuilles le plus proche. Elle en a attrapé une avant d'allumer la lampe en laiton sur la table de travail.

— Ethan.

— Éteins ! Je ne veux pas qu'il rapplique et pique une crise. Il me tuerait s'il apprenait que nous sommes ici. La seule chose qui compte à ses yeux, c'est son bouquin.

Sans un mot, elle m'a tendu la page. Je m'en suis emparé. Elle était noircie de gribouillis. Pas des mots griffonnés au hasard, juste des barbouillages. J'ai pris une poignée de feuilles. Toutes étaient couvertes de lignes et de formes serpentines, de graffitis sans queue ni tête. Une page du tas posé par terre ne présentait que des petits alignements de cercles. J'ai brutalement inspecté toutes les piles du bureau et du sol. Encore et encore des formes, des gribouillages, sur des centaines de feuilles. Pas un mot.

Alors, j'ai compris. Il n'y avait pas de livre.

Mon père n'était pas un écrivain. Il n'était même pas un vampire.

Il était un dément.

Je me suis incliné en avant, mains sur les genoux, à deux doigts de vomir. J'aurais dû m'en douter. Lena m'a frotté le dos.

Ça va aller. Il traverse une sale période, c'est tout. Tu le retrouveras.

Non. Il est parti. Elle d'abord, et maintenant lui.

Qu'avait fait mon père depuis qu'il m'évitait ? À quoi bon dormir toute la sainte journée et bosser la nuit si ce n'était pas pour rédiger le grand roman américain mais pour tracer d'interminables lignes de ronds ? Pour fuir son fils unique ? Amma savait-elle ? Tout le monde sauf moi était-il dans le secret de cette vaste blague ?

Ce n'est pas ta faute. Ne t'inflige pas ça.

Cette fois, c'est moi qui ai perdu les pédales. La colère est montée en moi, et j'ai expédié l'ordinateur portable au sol, envoyant voler les feuilles. J'ai renversé la lampe. Sans réfléchir, j'ai arraché le drap qui dissimulait le tableau, qui a dégringolé par terre, démolissant une étagère au passage. Les livres ont valsé, se répandant sur tout le tapis.

— Regarde la peinture ! a lancé Lena en redressant cette dernière.

C'était un portrait de moi.

Moi en soldat confédéré. Moi en 1865. Mais bien moi.

Aucun de nous deux n'a eu besoin de lire la légende rédigée au dos du tableau pour deviner qui était le sujet. Il avait même mes cheveux mous et châtains qui pendaient devant ses traits.

— Il était temps qu'on se rencontre, Ethan Carter Wate.

À cet instant, mon père a dévalé les marches.

— Ethan Wate !

— Porte ! a crié Lena, paniquée.

Le battant a claqué, et la serrure a cliqueté. J'ai tressailli. Je ne m'y habituerais jamais.

— Ethan ! a braillé mon père en tambourinant à la porte. Ça va ? Que se passe-t-il, là-dedans ?

Je l'ai ignoré. Et d'une, je ne savais pas comment réagir, et de deux, je n'aurais pas supporté de le voir sur le moment. Soudain, j'ai remarqué les bouquins. Je me suis mis à genoux près du plus proche. Il était ouvert à la page 1. J'ai tourné celle-ci ; immédiatement, l'ouvrage est revenu à la précédente. De lui-même. À l'instar de la serrure.

— C'est toi qui as fait ça ?

— De quoi parles-tu ? Dis donc, on ne va pas rester ici toute la nuit.

— Aussi cinglé que ça semble, quand j'étais à la bibliothèque, Marian m'a confié qu'elle pensait que les livres nous envoyaient des messages.

— Qui diraient quoi ?

— Je ne sais pas trop. Des trucs sur le destin, la mère Lincoln, toi.

— Moi ?

— Ouvre cette porte, Ethan ! s'est étranglé mon père en continuant de marteler le battant de ses poings.

Mais il m'avait exclu de son bureau pendant assez longtemps. Chacun son tour.

— Dans les archives, j'ai trouvé une photo de ma mère ici, puis un livre de cuisine. Un brin de romarin marquait la page de sa recette préférée. Du romarin encore frais. Tu piges ? Cela doit avoir un rapport avec toi. Et avec ma mère. Maintenant, nous sommes ici, comme si nous y avions été attirés. Par quelque chose. Ou quelqu'un.

— À moins que tu ne penses cela parce que tu viens de voir une photo d'elle.

— Peut-être. N'empêche, vise un peu ça.

J'ai feuilleté l'*Histoire constitutionnelle* posée devant moi, passant de la page 1 à la 2 ; une fois encore, le livre a résisté, revenant à la page 1.

— Bizarre, a admis Lena.

Elle a contemplé l'ouvrage suivant. *Caroline du Sud :*

du berceau à la tombe. Il était ouvert à la page 16. Elle l'a tourné à la page 15. Toute seule, la 16 s'est réimposée.

— C'est drôle, ai-je marmonné en rejetant une mèche qui tombait devant mes yeux. Il n'y a rien qu'un graphique. À la bibliothèque, tous les bouquins étaient ouverts sur des extraits significatifs. Ceux-là ont l'air de ne rien dire de particulier.

— Et s'il s'agissait d'un code ?

— Ma mère était nulle en maths. Elle était écrivain.

Comme si cette explication suffisait. Toutefois, je n'étais pas écrivain, et ma mère le savait.

— Page 16, a murmuré Lena en inspectant un autre volume.

— Pourquoi me laisserait-elle un code ?

— Parce que tu devines toujours la fin des films. Parce que tu as grandi en compagnie d'Amma, de ses romans policiers et de ses mots croisés. Ta mère a peut-être songé à un système que toi seul comprendrais.

Mon père frappait encore, mais avec lassitude, à présent. J'ai consulté les différents ouvrages. Page 5, 12. Aucune ne dépassait le nombre vingt-six. Or, les livres comptaient largement plus de pages...

— Il y a vingt-six lettres dans l'alphabet, n'est-ce pas ?

— Oui.

— Alors, c'est ça. Quand j'étais petit et que j'étais incapable de rester tranquille à la messe avec les Sœurs, ma mère me faisait jouer à différents jeux qu'elle griffonnait au dos du programme de l'église. Le pendu, les mots mêlés, des codes alphabétiques.

— Attends, j'attrape un stylo. Si A est 1, B est 2...

— Commençons d'abord par le plus simple, on verra ensuite.

Nous nous sommes assis au milieu des livres pour les

répertorier l'un après l'autre, tandis que mon père continuait de marteler le battant. Je n'avais pas l'intention de lui ouvrir ni de me justifier. Qu'il goûte à son tour ce que c'était d'être ignoré, rejeté.

— 1, 16, 16, 5, 12, 12, 5, 20, 15, 9…

— Qu'est-ce que vous fichez là-dedans, Ethan ? C'est quoi, ces bruits que j'ai entendus ?

— 20, 15, 9, 13, 5, 13, 5.

Ayant terminé le premier, j'ai brandi ma feuille sous le nez de Lena.

— Je crois que ça te concerne.

Le message était aussi clair que si ma mère avait été avec nous et l'avait prononcé à voix haute.

APPELLE-TOI TOI-MÊME

Ces mots s'adressaient forcément à Lena.

Ma mère était présente, sous une forme autre, à travers un sens autre, dans un univers autre. Elle était toujours ma mère, même si elle n'existait plus que par le biais des livres, des serrures, du parfum des beignets de tomate et de l'odeur du vieux papier.

Elle vivait.

Quand j'ai enfin ouvert la porte, mon père se tenait derrière, en robe de chambre. Il a regardé, au-delà de moi, les pages de son roman imaginaire éparpillées sur le plancher, le tableau d'Ethan Carter Wate appuyé contre le canapé, dévoilé.

— Ethan, je…

— Tu quoi ? l'ai-je brutalement coupé en brandissant une poignée de feuilles froissées. Tu avais l'intention de me dire que tu t'enfermes depuis des mois dans ce bureau pour rédiger ce genre de choses ?

Piteux, il s'est absorbé dans la contemplation de ses pieds. Il avait beau être fou, il restait assez sain d'esprit pour comprendre que j'avais deviné la vérité. Lena s'est assise sur le divan, mal à l'aise.

— Pourquoi ? ai-je poursuivi. C'est tout ce que je veux savoir. As-tu seulement eu un projet de livre ou n'était-ce qu'une façon de m'éviter ?

Lentement, il a relevé la tête. Il avait les yeux rouges et fatigués. Il paraissait vieux, comme si la vie l'avait usé à force de déceptions.

— Je voulais seulement être proche d'elle, a-t-il chuchoté. Quand je suis dans cette pièce, avec ses livres et ses affaires, j'ai l'impression qu'elle n'est pas vraiment partie. Je sens encore son odeur. Les beignets de tomate…

Il s'est interrompu, perdu dans ses propres pensées, comme si son instant de lucidité était passé. Entrant dans le bureau, il s'est penché, a ramassé une des feuilles couvertes de cercles. Sa main tremblait.

— J'ai essayé d'écrire, a-t-il dit en fixant le fauteuil de ma mère. Simplement, je ne sais plus quoi écrire.

Ce n'était pas moi. Ce n'avait jamais été moi. C'était ma mère. Quelques heures auparavant, j'avais éprouvé une chose identique, à la bibliothèque, au milieu de ses affaires, quêtant sa présence. Mais maintenant, je savais qu'elle n'était pas partie, ce qui changeait tout. Pas mon père. Elle ne déverrouillait pas les portes pour lui, elle ne lui transmettait pas de messages. Lui n'avait même pas ça.

La semaine suivante, le soir de Noël, la ville en carton abîmé ne m'a plus paru aussi petite. Le clocher tordu de l'église tenait en place, la ferme restait debout toute seule, à condition de trouver comment la positionner. La colle à paillettes blanches luisait, et l'éternelle couche de neige en coton emmitouflait les maisons, aussi constante que le temps.

J'étais allongé sur le ventre, la tête glissée sous les branches basses du sapin, comme je le faisais depuis l'enfance. Les aiguilles bleu-vert me chatouillaient la nuque, tandis que j'installais avec soin une guirlande de minuscules ampoules blanches derrière les trous ronds découpés à l'arrière de la ville cassée. Les lumières ont éclairé les fenêtres en papier coloré des bâtiments. Nous n'avions pas retrouvé ses habitants, ni les voitures en fer blanc, ni les animaux. La bourgade était vide, mais elle n'avait pas l'air déserte, et je ne me sentais plus aussi seul.

Je me suis assis, songeur, bercé par le crayon d'Amma qui courait sur sa grille de mots croisés et les craquements du vieux disque de chants de Noël de mon père. Soudain, quelque chose a attiré mon attention. Un petit objet sombre coincé entre deux plis de coton. Je m'en suis emparé. C'était une étoile, grande comme une pièce d'un centime, peinte en argent et or, entourée d'un halo qui semblait avoir été réalisé dans un trombone tordu. Elle venait de l'arbre de Noël en cure-pipe que ma mère avait fabriqué à l'école, toute petite, à Savannah. Il avait lui aussi disparu depuis des années.

J'ai glissé l'étoile dans ma poche. Je la donnerais à Lena la prochaine fois que je la verrais, pour son collier d'amulettes. Ainsi, nous ne la perdrions plus. Ainsi, je ne me perdrais plus.

Cela aurait plu à ma mère. Cela plairait à ma mère. Comme Lena lui aurait plu ou, peut-être, lui plaisait.

Appelle-toi toi-même.

Nous avions la réponse sous les yeux depuis le début. Elle avait juste été enfermée avec les bouquins dans le bureau de mon père, coincée entre les pages du livre de cuisine de ma mère.

Accrochée entre deux plis de neige poussiéreuse.

12 janvier
Promesse

Quelque chose se préparait, ça se sentait dans l'atmosphère. D'ordinaire, lorsque les gens employaient cette expression, cela ne recouvrait rien de réel. Il n'empêche que, plus la date de l'anniversaire de Lena approchait, plus je me posais de questions. À la rentrée des classes, après les vacances de Noël, nous avons trouvé les couloirs du lycée, casiers et murs, tagués à la peinture. Il ne s'agissait pas là des graffitis habituels ; les mots n'avaient même rien d'anglais. Nul n'aurait d'ailleurs songé à les qualifier de mots. À moins d'avoir lu le *Livre des lunes*.

Une semaine plus tard, en littérature, toutes les vitres se sont brisées. Là encore, ça aurait pu être l'effet du vent, sinon que pas la moindre brise ne soufflait. D'ailleurs, comment une bourrasque aurait-elle été en mesure de viser les fenêtres d'une seule salle de classe ?

Depuis que j'avais cessé de jouer dans l'équipe de basket, j'étais obligé de suivre le cours d'éducation physique, le pire qui soit, à Jackson. Un jour, après une heure à piquer des sprints chronométrés et à m'érafler les paumes à force de grimper une corde à nœuds, j'ai regagné mon casier pour découvrir mes cahiers et manuels répandus sur le sol. Mon sac à dos avait disparu. Link l'a repêché quelques heures plus tard dans une poubelle placée à l'extérieur du gymnase, mais j'ai compris la leçon. Le bahut n'était pas l'endroit où conserver le *Livre des lunes*.

Dès lors, je l'ai caché dans mon armoire, à la maison. Je guettais l'instant où Amma tomberait dessus, me ferait une remarque, saupoudrerait ma chambre de sel. Cela ne s'est jamais produit. Ces six dernières semaines, avec ou sans Lena, j'avais étudié le vieil ouvrage, à l'aide du dictionnaire de latin usé qui avait appartenu à ma mère. Les maniques d'Amma me préservaient un tant soit peu des brûlures. Le volume renfermait des centaines de sortilèges, dont seuls quelques-uns étaient rédigés en anglais. Les autres relevaient de langues que je ne pouvais lire ou du langage propre aux Enchanteurs que nous avions renoncé à déchiffrer. Au fur et à mesure que nous nous familiarisions avec les pages, Lena perdait patience.

— Appelle-toi toi-même. Ça ne veut rien dire.

— Bien sûr que si.

— Ce n'est mentionné dans aucun chapitre, dans aucune description du *Livre*.

— Nous devons continuer à chercher, puisqu'il n'existe aucun manuel susceptible de nous éclairer.

Le *Livre des lunes* avait la réponse, c'était forcé. Le problème était de la dénicher. Cela nous obnubilait, évacuant tout autre pensée, mis à part la perspective de tout perdre, d'ici un mois. Le soir, nous veillions tard à discuter depuis nos lits respectifs car, désormais, chaque nuit menaçait plus que jamais d'être la dernière.

À quoi songes-tu, L ?

Tu tiens vraiment à le savoir ?

Je veux toujours tout savoir.

Était-ce vrai ? J'ai contemplé la carte pleine de plis accrochée au mur de ma chambre et les fines lignes vertes qui reliaient les endroits rencontrés au cours de mes lectures. Elles étaient donc là, les villes de mon futur fantasmé, rassemblées à coups de scotch, de marqueur et d'épingles. En six mois, bien des choses avaient changé. Aucune fine ligne verte n'était plus capable de me conduire vers mon avenir. Juste une fille. Dont la voix était à présent si faible que j'ai dû me concentrer pour la capter.

Une part de moi regrette que nous nous soyons connus.

J'espère que tu n'es pas sérieuse ?

Elle n'a pas répondu. Pas tout de suite.

Ça rend juste les choses tellement plus difficiles. Avant, je croyais avoir beaucoup à perdre. Maintenant, c'est pire : je t'ai, toi.

Je comprends.

Retirant l'abat-jour de ma lampe de chevet, j'en ai contemplé l'ampoule nue. Si je le fixais, la violence de sa clarté me piquerait les yeux et m'empêcherait de pleurer.

Je risque de te perdre.

Ça n'arrivera pas, L.

Elle s'est tue. J'étais temporairement aveugle, des rubans et des éclats de lumière défilaient devant mes prunelles. Je ne distinguais pas le bleu du plafond, alors que j'avais le regard rivé dessus.

Tu me le promets ?

Je te le promets.

Un serment que je ne pourrais peut-être pas tenir, ce dont elle était consciente. Cela ne m'a pas empêché de le faire, parce que je comptais bien trouver un moyen de le respecter.

Lorsque j'ai voulu éteindre ma lampe, je me suis brûlé les doigts.

4 février
Le marchand de sable ou quelque chose dans ce style

L'anniversaire de Lena tombait dans une semaine.

Sept jours.

Cent soixante-huit heures.

Dix mille huit secondes.

Appelle-toi toi-même.

Malgré notre épuisement, Lena et moi séchions les cours pour consacrer nos journées à l'étude du *Livre des lunes*. J'étais devenu expert pour imiter la signature d'Amma, et Mlle Hester n'aurait pas osé demander à Lena qu'elle lui fournisse un mot d'excuse de Macon Ravenwood. C'était un beau jour lumineux, et nous étions blottis l'un contre l'autre dans le jardin glacé de Greenbrier, recouverts du vieux duvet de La Poubelle. Pour la millième fois, nous tâchions de déceler ce qui, dans le *Livre*, pouvait nous aider.

Je sentais que Lena était prête à renoncer. Le plafond de sa chambre était noir de feutre indélébile, couvert de mots qu'elle ne parvenait pas à exprimer à voix haute et de pensées qu'elle craignait de formuler.

feu ténébreux, lumière ténébreuse / matière ténébreuse, quelle matière prévaut ? les grandes ténèbres avalent la grande lumière comme elles avalent ma vie / enchanteresse / fille sur/naturel avant / première vision sept jours sept jours sept jours 77777777777777.

Comment le lui reprocher ? Notre démarche paraissait assez inutile. Pour autant, je n'étais pas d'accord pour laisser tomber. Je ne le serais jamais. Lena s'est affalée contre le mur de pierre usé, se délitant comme le peu de chance qu'il nous restait.

— C'est infaisable. Il existe trop de sortilèges. Nous ne savons même pas ce que nous cherchons.

Il y avait en effet des formules magiques pour tout et n'importe quoi : *Aveugler l'infidèle*, *Faire jaillir de l'eau de la mer*, *Sceller les runes*. Malheureusement, rien ne proposait : « Recette pour désenvoûter votre famille d'une malédiction », ni « Sortilège destiné à défaire la tentative de votre arrière-arrière-arrière-arrière-grand-mère Genevieve en vue de rendre la vie à son héros soldat », ni « Comment éviter d'être Voué aux Ténèbres le jour de votre Appel ». Encore moins celui sur lequel j'aurais vraiment voulu mettre la main : « Sortilège pour sauver votre copine (maintenant que vous en avez enfin une) avant qu'il ne soit trop tard. »

Délaissant mes idées sombres, j'ai relu la table des matières : *OBSECRATIONES, INCANTAMINA, NECTENTES, MALEDICENTES, MALEFICIA*.

— Ne t'inquiète pas, L. Nous allons trouver.

Rien n'était moins certain.

Plus le *Livre* reposait sur l'étagère la plus haute de mon armoire, plus j'avais l'impression que ma chambre devenait hantée. Cela nous arrivait à tous deux, chaque nuit ; les rêves, que j'assimilais plutôt à des cauchemars, empiraient. Cela faisait des jours que je ne dormais que quelques heures. Dès que je fermais les yeux et que je m'assoupissais, ils étaient là. À l'affût. Pis encore, il s'agissait du même songe qui se répétait à l'envi en une boucle infinie. Toutes les nuits, je recommençais à perdre Lena. Ça me tuait.

La seule stratégie qui m'était venue à l'esprit était de rester éveillé. Shooté au sucre et à la caféine à force d'absorber du Coca et du Red Bull ; jouant à des jeux vidéo ; lisant tout, depuis *Au cœur des ténèbres* de Conrad jusqu'à mon numéro préféré de Silver Surfer, celui où Galactus ne cesse d'engloutir l'univers. Mais, comme sait celui qui a expérimenté l'insomnie plusieurs jours d'affilée, arrive le moment, vers la troisième ou quatrième nuit, où l'on est si épuisé qu'on s'endort debout.

Même Galactus n'avait aucune chance, face à cela.

Feu.

Le feu était partout.

Et la fumée. Mêlée aux cendres, elle m'étouffait. Le noir était d'encre, je n'y voyais rien. Quant à la chaleur, on aurait dit du papier de verre frotté contre ma peau.

Je n'entendais que le rugissement de l'incendie.

Je n'entendais même pas les cris de Lena, sauf dans ma tête.

Lâche-moi ! Tu dois me lâcher !

Les os de mon poignet ont claqué, telles de minuscules cordes de guitare qui se seraient cassées l'une après l'autre. Elle a desserré l'étreinte de ses doigts, comme si elle se préparait à ce que je la laisse partir, mais je ne m'y résoudrai jamais.

Ne fais pas ça, L ! Résiste !

Lâche-moi ! Je t'en supplie… sauve ta peau !

Jamais.

Malheureusement, elle glissait, échappant à mon emprise. Je m'efforçais de la retenir, mais elle glissait…

Je me suis dressé droit dans mon lit en toussant. La vision était tellement réelle. Le goût de la fumée s'attardait sur ma langue. Pourtant, ma chambre n'était pas chaude, elle était froide. Une fois de plus, la fenêtre était ouverte. La lumière dispensée par la Lune m'a permis de m'habituer à l'obscurité plus vite que d'habitude.

Du coin de l'œil, j'ai repéré un mouvement. Une ombre dans les ombres.

Un intrus avait pénétré dans ma chambre.

— Sainte merde !

Il avait essayé de filer avant que je ne le repère, mais j'avais été trop rapide. Comprenant que je l'avais vu, il a fait la seule chose à faire. Il s'est tourné vers moi pour m'affronter.

— Bien que je ne considère pas la matière comme particulièrement sainte, je suis mal placé pour vous corriger après ma tentative de sortie aussi disgracieuse.

M'adressant son sourire à la Cary Grant, Macon s'est approché de mon lit. Il portait un long manteau noir et un pantalon sombre. On aurait dit qu'il était vêtu pour quelque bamboche nocturne d'un autre siècle et non pour un fric-frac moderne.

— Bonsoir, Ethan.

— Que diable fichez-vous dans ma chambre ?

Il a semblé un peu égaré. Pour lui, s'entend. Ce qui

signifie qu'il ne disposait d'aucune explication aussi immédiate que charmante sur le bout de la langue.

— C'est compliqué.

— Auquel cas, je vous engage à très vite décompliquer les choses. Comme vous avez escaladé ma fenêtre au milieu de la nuit, j'en déduis que vous êtes soit un vampire soit un pervers, voire les deux. Décidez-vous.

— Tout est si noir ou si blanc, avec vous, les Mortels. Je ne suis ni un Chasseur ni un Nuisible. Vous m'aurez confondu avec mon frère, Hunting. Le sang ne m'intéresse pas, personnellement. (L'idée a déclenché ses frissons.) Ni sang ni chair.

Il a allumé un cigare, l'a fait rouler entre ses doigts. Amma allait piquer une crise quand elle en sentirait l'odeur, le lendemain.

— D'ailleurs, ça me donne des nausées.

Je commençais à m'impatienter. Je manquais de sommeil et j'étais las que tout le monde passe son temps à esquiver mes questions. Je voulais des réponses, et je les voulais tout de suite.

— J'en ai marre de vos devinettes. Répondez. Que fabriquez-vous dans ma chambre ?

Gagnant le fauteuil pivotant bon marché de mon bureau, il s'y est assis avec grâce.

— Disons juste que je vous espionnais.

J'ai ramassé un vieux tee-shirt de l'équipe de basket du lycée et l'ai enfilé.

— Et qu'espionniez-vous exactement ? Il n'y a personne, ici. Je dormais.

— Non. Vous rêviez.

— Comment le savez-vous ? Ce don-là est-il compris dans votre panoplie d'Enchanteur ?

— Je crains que non. Je ne suis pas un Enchanteur. Techniquement parlant, du moins.

J'ai cessé de respirer. Macon Ravenwood ne quittait jamais sa demeure la journée ; il était capable de surgir et de disparaître comme par magie, d'épier les gens à travers les yeux d'un loup déguisé en chien et de pressurer quasiment à mort un Enchanteur des Ténèbres sans frémir. S'il n'était pas lui-même un Enchanteur, il n'y avait qu'une explication.

— Ainsi, vous êtes un vampire.

— Certainement pas, s'est-il offusqué, agacé. Quelle banalité ! Quel cliché ! Si peu flatteur, qui plus est. Les vampires n'existent pas. J'imagine que vous croyez également aux loups-garous et aux extraterrestres. La faute à la télévision. (Il a aspiré une grosse bouffée de son cigare.) Au risque de vous décevoir, je suis un Incube. De toute façon, Amma aurait fini par vous le dire, avec sa manie de révéler tous mes secrets.

Un Incube ? Je ne savais même pas si je devais avoir peur. J'avais sûrement l'air paumé, car Macon s'est senti obligé de développer.

— Par nature, les gentlemen de mon espèce ont certains pouvoirs, mais ces derniers sont soumis à notre énergie que nous devons régulièrement entretenir.

Sa façon de prononcer ce dernier mot avait quelque chose de dérangeant.

— Qu'entendez-vous par « entretenir » ?

— Eh bien, faute d'autres termes, disons que nous nous nourrissons de Mortels afin de conserver nos forces.

La pièce s'est mise à tanguer. Ou alors, c'était Macon.

— Asseyez-vous, Ethan, m'a ordonné ce dernier en me ramenant vers mon lit. Vous êtes d'une pâleur terrifiante. Je vous répète que j'emploie « nourrir » à défaut d'un mot plus approprié. Seuls les Incubes Sanguinaires se nourrissent de sang humain, et je ne suis pas un Incube Sanguinaire. Bien que nous soyons, eux et moi, des Lilum, autrement dit des résidents des Ténèbres Absolues, je suis une créature beaucoup plus évoluée. Je vous prends, à vous autres Mortels, ce que vous avez en abondance. Ce dont vous n'avez même pas besoin.

— Quoi ?

— Vos rêves. Des fragments, du moins. Vos idées, vos désirs, vos peurs, vos souvenirs – rien qui puisse venir à vous manquer.

Il me racontait ça comme s'il avait énoncé un sortilège. Je me suis surpris à lutter pour tenter de comprendre ses paroles. C'était comme si mon esprit était emmitouflé dans une laine épaisse. Puis, soudain, j'ai pigé, et les pièces du puzzle se sont assemblées.

— Les rêves… vous m'en avez pris une partie ? Vous les avez sucés hors de ma tête ? C'est pourquoi je ne me les rappelle jamais en entier ?

Souriant, il a écrasé son cigare dans une cannette de Coca vide.

— Je plaide coupable. Sauf pour ce qui est de « sucer ». Votre phraséologie n'est guère flatteuse.

— Si vous avez sucé… volé mes rêves, vous devez connaître la suite. Vous savez comment ils se terminent. Il suffirait que vous me le disiez pour que nous puissions l'empêcher.

— J'ai bien peur que ce ne soit pas possible. J'ai sélectionné avec grand soin les pans que je vous ai pris intentionnellement.

— Pourquoi refusez-vous que nous soyons au courant de ce qui se passe ?

— Vous en savez déjà beaucoup trop. Et puis, j'avoue ne pas tout saisir moi-même.

— Cessez de vous exprimer par énigmes. Vous répétez que je suis en mesure de protéger Lena, que j'ai ce pouvoir. Pourquoi ne pas me révéler ce qui se produit, bon

Dieu ? Je suis fatigué, et j'en ai ras le bol qu'on me manipule, monsieur Ravenwood.

— Je ne peux vous dire ce que j'ignore, fiston. Vous représentez un mystère plutôt coriace.

— Je ne suis pas votre fils.

— Melchizedek Ravenwood ! a soudain tonné Amma.

Macon a perdu contenance.

— Comment oses-tu pénétrer dans cette maison sans ma permission ?

Debout sur le seuil de la pièce, Amma brandissait une longue corde de perles. Si je ne l'avais pas connue, j'aurais pris l'objet pour un collier. Rageuse, elle a secoué son amulette.

— Nous avons un accord. Cet endroit t'est interdit. Porte ailleurs tes sales manigances.

— Ce n'est pas aussi simple, Amarie. Ce jeune homme a des visions oniriques qui sont dangereuses pour tous les deux.

— Te serais-tu nourri de mon garçon ? a piaillé Amma, les yeux écarquillés. Est-ce ce que tu es en train de me dire ? Et je suis censée m'en sentir mieux ?

— Du calme. Inutile d'être aussi littérale. Je me contente de faire ce qui est nécessaire pour les défendre.

— Je sais pertinemment ce que tu fais et ce que tu es, Melchizedek, et tu en rendras compte au Diable en temps voulu. En attendant, n'apporte pas le mal dans ma maison.

— J'ai choisi il y a longtemps, Amarie. J'ai lutté contre ce que j'étais destiné à devenir. Je continue de lutter contre toutes les nuits. Mais je ne suis pas Ténèbreux. Pas tant que j'ai la charge de l'enfant.

— Ce qui ne change rien à ce que tu es.

Macon a plissé les paupières, mécontent. Il était clair que le marché qu'ils avaient scellé était délicat, et qu'il l'avait mis en péril en venant ici. À combien de reprises, d'ailleurs ? Je n'en avais pas la moindre idée.

— Pourquoi refusez-vous de me dire tout simplement ce qui arrive à la fin du rêve ? ai-je réattaqué. J'ai le droit de savoir. C'est mon rêve.

— Il est puissant, dérangeant, et Lena n'a pas besoin d'être au courant. Elle n'est pas prête à en connaître le dénouement, et vous deux êtes, inexplicablement, trop liés l'un à l'autre. Elle voit ce que vous voyez. Vous comprendrez donc que je sois obligé d'intervenir.

La fureur est montée en moi. J'étais encore plus enragé que lorsque Mme Lincoln avait menti au sujet de Lena durant le conseil de discipline ; encore plus que quand j'avais découvert les gribouillis de mon père dans son bureau.

— Non, cela m'échappe. Si vous savez quoi que ce soit d'utile, pourquoi vous taire ? Pourquoi ne pas arrêter de retourner vos tours de passe-passe contre moi et mes rêves afin que je puisse juger par moi-même ?

— J'essaye seulement de la protéger. J'aime Lena, et je ne...

— Inutile de me ressasser le même refrain, je le connais par cœur. Vous avez beau répéter que vous ne lui ferez jamais de mal, vous oubliez de préciser que vous ne ferez jamais rien non plus pour l'aider.

Il a serré les mâchoires. C'était à son tour d'être en colère. Pourtant, il ne s'est pas départi de la suavité du personnage qu'il jouait à merveille.

— Je m'efforce de la défendre, Ethan, et vous également. Je sais que vous vous inquiétez pour elle, vous lui offrez vous aussi une certaine protection. Mais des choses vous échappent encore. Des choses que personne ici n'est en mesure de contrôler. Un jour, vous comprendrez. Vous et Lena êtes trop différents l'un de l'autre, c'est aussi simple que ça.

« Une espèce à part. » Tels étaient les mots qu'avait écrits l'autre Ethan à Genevieve. Je ne comprenais déjà que trop bien. Rien n'avait changé en cent cinquante ans. Le regard de Macon s'est adouci. J'ai cru qu'il me prenait en pitié, mais je me trompais.

— Au bout du compte, ce sera le fardeau que vous devrez porter. Car c'est toujours le Mortel qui le porte. Faites-moi confiance, je suis bien placé pour le savoir.

— Vous n'aurez pas ma confiance. Et vous vous leurrez : Lena et moi ne sommes pas tellement différents l'un de l'autre.

— Comme je vous envie, vous autres Mortels ! Vous croyez pouvoir changer les choses. Arrêter l'univers. Défaire ce qui a été fait longtemps avant que vous ne veniez au monde. Vous êtes de si belles créatures.

Bien qu'il s'adresse à moi, j'ai eu le sentiment qu'il ne parlait plus de moi.

— Pardonnez mon intrusion. Je vous laisse vous rendormir.

— Tenez-vous à l'écart de ma chambre, monsieur Ravenwood. Et de ma tête.

Il s'est dirigé vers la porte, ce qui m'a étonné. Je m'attendais à ce qu'il sorte de la même façon qu'il était entré.

— Une dernière chose. Lena sait-elle ce que vous êtes ?

— Naturellement, a-t-il répondu avec un sourire. Lena et moi n'avons pas de secrets l'un pour l'autre.

Je ne lui ai pas retourné son sourire. De nombreux secrets les séparaient, même si celui-ci n'en faisait pas partie, ce dont Macon était aussi conscient que moi. Se détournant dans une envolée de manteau, il a disparu.

Comme par enchantement.

5 février
La bataille de Honey Hill

Le lendemain matin, je me suis réveillé avec un mal de tête carabiné. Contrairement à ce qui se passe souvent dans les histoires, je ne me suis pas dit que les événements de la nuit n'avaient pas eu lieu. Je n'ai pas pensé que l'apparition puis la disparition de Macon Ravenwood dans ma chambre n'avait été qu'un rêve. Après l'accident de ma mère, des mois durant, je m'étais réveillé en croyant avoir fait un cauchemar. On ne m'y reprendrait plus.

Désormais, je savais que, si tout donnait l'impression d'avoir changé, c'est que tout avait changé. Si les choses paraissaient de plus en plus bizarres, c'est qu'elles étaient de plus en plus bizarres. S'il semblait que le temps nous était compté, à Lena et à moi, c'est qu'il nous était en effet compté.

Plus que six jours. La situation se présentait mal. Il n'y avait rien d'autre à dire. Aussi, bien sûr, nous ne l'avons pas dit. Au lycée, nous nous comportions comme d'habitude. Nous nous tenions par la main dans les couloirs. Nous nous embrassions derrière les casiers du fond jusqu'à ce que nos lèvres soient douloureuses, et que j'aie l'impression d'être électrocuté. Nous restions dans notre bulle, profitant de ce que nous prétendions être des existences ordinaires – enfin, du peu qu'il nous en restait. Nous parlions toute la journée, pendant chaque minute de chaque cours, même ceux où nous étions séparés.

Pendant que j'étais censé créer un bol en poterie, Lena m'a raconté la Barbade, où l'eau et le ciel se rejoignent en une ligne bleue au point qu'on ne distingue plus la mer de la nue. Elle m'a parlé de sa Bonne-maman qui l'autorisait à boire de la limonade avec une bande de réglisse rouge en guise de paille pendant que nous rédigions nos dissertations sur *L'Étrange cas de Dr Jekyll et de Mr Hyde* en cours de littérature, et que Savannah Snow faisait des bulles de chewing-gum. Elle a évoqué Macon qui, en dépit de tout, n'avait manqué aucun de ses anniversaires, où qu'elle soit alors, et ce depuis qu'elle était en âge de se les rappeler.

Cette nuit-là, après avoir consacré des heures à étudier le *Livre des lunes*, nous avons contemplé le lever du soleil – elle à Ravenwood, moi à la maison.

Ethan ?

Je suis là.

J'ai peur.

Je sais. Tu devrais essayer de dormir, L.

Je ne veux pas perdre mon temps à dormir.

Moi non plus.

Nous étions tous deux conscients, cependant, que ce n'était pas ça. C'était plutôt que ni elle ni moi n'avions envie de rêver.

« — La nuit de l'Appel sera nuit de plus grant faiblesse, quant les Ténèbres de l'intérieur rejoindront les Ténèbres de l'extérieur, quant l'estre de pouvoir s'ouvrira aux grans Ténèbres, sans défense, sans sceaux ni sortilèges de protection ou d'immunité. La mort, à l'heure de l'Appel, sera la plus finale et la plus éternelle... » Je refuse d'en lire plus, a décrété Lena en refermant sèchement le *Livre*.

— Sans blague ? Pas étonnant que ton oncle soit aussi inquiet.

— Comme s'il ne suffisait pas que je risque de me transformer en espèce de démon maléfique, je pourrais également être condamnée à une mort éternelle. Ajoute ça à la liste, juste en dessous de la malédiction imminente.

— OK. Mort. Malédiction. Malin.

Nous étions de nouveau dans le jardin de Greenbrier. Lena m'a tendu le *Livre* avant de s'allonger par terre, les yeux fixés sur le ciel. J'ai espéré qu'elle s'amusait avec les nuages au lieu de penser aux maigres résultats que nous avions obtenus durant nos après-midi à parcourir l'ouvrage. Je ne lui ai pas demandé de m'aider, tandis que je me remettais à le feuilleter, protégé par les vieux gants de jardin d'Amma, trop petits pour mes paluches.

Le *Livre des lunes* comptait des milliers de pages, dont certaines contenaient plus d'un sortilège. La façon dont il s'organisait n'avait ni rime ni raison – pour moi en tout cas. La table des matières s'était révélée être une espèce de canular qui ne correspondait que vaguement à ce qu'on trouvait vraiment dans l'ouvrage. Je m'entêtais cependant à l'étudier, en priant pour que le hasard me fasse tomber sur quelque chose d'utile. Malheureusement, la plupart des textes étaient du charabia, et je toisais des mots qui m'étaient incompréhensibles.

I ddarganfod yr hyn sydd ar goll
Datodwch y cwlwm, troellwch a throwch ef
Bwriwch y rhwymyn hwn
Fel y caf ganfod
Yr hyn rwy'n dyheu amdano
Yr hyn rwy'n ei geisio.

Soudain, un terme a attiré mon attention. Il figurait dans une citation latine que mes parents avaient accrochée à un mur du bureau. PETE ET INVENIES. Cherche, tu trouveras. INVENIES. Tu trouveras.

Ut invenias quod abest
Expedi nodum, torque et convolve
Elice hoc vinculum
Ut inveniam
Quod desidero
Quod peto.

Consultant fiévreusement le dictionnaire de ma mère, j'ai griffonné une traduction rapide. Les mots de l'incantation m'ont regardé d'un sale œil.

Pour trouver ce qui manque
Dévide le fil, tortille et tourne
Lance ce sort
Pour que je trouve
Ce à quoi j'aspire
Ce que je quête.

— J'ai une piste !

Se redressant, Lena s'est penchée par-dessus mon épaule.

— Tu es sûr ? a-t-elle demandé, peu convaincue.

Je lui ai montré mes pattes de mouche.

— J'ai traduit ce passage. On dirait qu'il sert à trouver quelque chose.

Elle a lu attentivement ce que j'avais écrit, et ses yeux se sont écarquillés.

— Oui, c'est bien un sortilège de localisation.

— Donc, on doit pouvoir l'utiliser pour obtenir notre réponse sur la façon de conjurer le sort.

Lena a pris le *Livre* sur ses genoux et a contemplé la page. Elle a désigné le sortilège au-dessus de celui que j'avais traduit en latin.

— C'est le même en gaélique, je crois.

— Peut-il nous aider ?

— Aucune idée, a-t-elle marmonné, soudain moins enthousiaste. Nous ne savons même pas ce que nous cherchons. Et puis, les incantations ne sont pas aussi aisées qu'elles le paraissent. Je n'en ai encore jamais fait. Il est possible que ça tourne mal.

Elle rigolait, ou quoi ?

— Mal tourner ? me suis-je récrié. Est-ce pire que devenir une Enchanteresse des Ténèbres le jour de son seizième anniversaire ?

Je lui ai arraché le *Livre*, brûlant au passage les marguerites qui ornaient le bout des gants.

— À quoi bon avoir profané une tombe pour dégoter ce truc et avoir perdu des semaines à essayer de le comprendre si nous n'essayons pas ?

J'ai brandi l'ouvrage jusqu'à ce que l'un des gants se mette à fumer.

— Rends-moi ça, a cédé Lena en secouant la tête avant de prendre une profonde aspiration. D'accord, je veux bien tenter le coup, mais je ne sais pas du tout ce qui va se produire. D'habitude, je ne procède pas comme ça.

— Pardon ?

— Je te parle de mes dons. De mes pouvoirs d'Élue. Ils sont censés être innés. La plupart du temps, je n'ai aucune notion de comment ils fonctionnent.

— OK. Bon, là, tu vas faire exprès, et moi je t'aide. De quoi as-tu besoin ? Je dessine un cercle par terre ? J'allume des bougies ?

Elle a levé les yeux au ciel.

— Et si tu t'asseyais plutôt là-bas ? Au cas où ?

Je m'étais attendu à un peu plus de préparation. Mais je n'étais qu'un innocent Mortel. Si je ne me suis pas éloigné autant que le souhaitait Lena, j'ai reculé de quelques pas. Le *Livre* dans une main, un exploit en soi, vu qu'il était très lourd, elle a respiré un bon coup.

— « Dévide le fil, tortille et tourne », a-t-elle lu lentement. « Lance ce sort / Pour que je trouve / Ce à quoi j'aspire… »

Elle a redressé la tête a prononcé la dernière ligne d'une voix forte et claire.

— « Ce que je quête. »

D'abord, il ne s'est rien passé. Les nuages continuaient de défiler dans le ciel, l'air était toujours aussi froid. Raté. Lena a haussé les épaules. Elle pensait comme moi. Brusquement, un son a retenti, qui évoquait un courant d'air dans un tunnel. L'arbre planté derrière moi a pris feu. Il s'est littéralement enflammé à partir des racines. En rugissant, l'incendie a rampé le long du tronc avant de gagner toutes les branches. Je n'avais jamais vu quelque chose brûler avec autant de rapidité.

Une épaisse fumée avait également commencé à se dégager. Toussant, j'ai tiré Lena vers moi.

— Ça va ?

Elle aussi toussait. J'ai écarté ses boucles noires de son visage.

— Hum, ça n'a pas fonctionné, apparemment. Sauf si tu essayais de faire griller des marshmallows géants.

— Je t'avais prévenue que ça risquait de mal tourner, a-t-elle répondu avec un pauvre sourire.

— Pour le coup, c'est le moins que l'on puisse dire.

Nous avons contemplé le cyprès qui se consumait.

Plus que cinq jours.

Plus que quatre. De gros nuages menaçants ont envahi le ciel, et Lena est restée chez elle en prétextant une maladie. La Santee a débordé, les routes ont été inondées au nord de la ville. Les journalistes locaux ont invoqué le réchauffement climatique, mais je n'étais pas dupe. En cours d'algèbre, Lena et moi nous sommes disputés, au détriment des réponses que je portais sur ma feuille d'examen.

Oublie le Livre, *Ethan. J'en ai marre. Il ne nous est d'aucun secours.*

L'oublier ? Impossible. Il représente notre unique chance. Tu as entendu ton oncle. C'est l'ouvrage le plus puissant du monde des Enchanteurs.

C'est aussi celui qui a permis à la malédiction de s'abattre sur ma famille.

N'abandonne pas. La réponse s'y trouve forcément.

Je perdais le contact, elle refusait de m'écouter. Quant à moi, j'étais sur le point de foirer mon troisième test du trimestre. Super.

À propos, tu saurais simplifier 7 × -2 (4 × -6) ?

Elle en était capable. Elle était déjà passée à la trigonométrie.

Quel rapport ?

Aucun. Sauf que je suis en train de planter mon exam.

Elle a poussé un soupir.

Une copine Enchanteresse, ça avait ses avantages.

Plus que trois jours. Des éboulements se sont produits, et le champ qui dominait le lycée a ravagé le gymnase. L'équipe de *cheerleaders* allait devoir cesser ses activités pendant un bon moment, et il allait falloir que le conseil de discipline se trouve une autre salle de réunion où organiser ses procès en sorcellerie. Lena n'était pas revenue à Jackson, mais elle était dans ma tête du matin au soir. Sa voix était de plus en plus ténue. J'ai fini par ne quasiment plus l'entendre dans le vacarme quotidien du bahut.

J'étais assis à la cantine, seul. Je n'arrivais pas à manger. Pour la première fois depuis ma rencontre avec Lena, j'ai observé mes pairs avec une bouffée de... quelque chose. Quoi exactement ? De jalousie ? Leurs vies étaient tellement simples. Leurs problèmes de Mortels étaient ridicules. Comme les miens autrefois. J'ai remarqué qu'Emily me reluquait. Savannah s'est jetée sur ses genoux, provoquant le rictus habituel de son amie. Non, ce n'était pas de la jalousie. Je n'étais pas prêt à échanger Lena pour ça.

Revenir à une existence aussi étriquée était inconcevable.

Plus que deux jours. Lena ne me parlait plus. Une partie du toit des FRA s'est envolé sous l'effet de bourrasques de vent qui confinaient aux tornades. Les états civils que Mmes Lincoln et Asher avaient consacré des années à rassembler, les arbres généalogiques remontant au Mayflower et à la Révolution ont été détruits. Les patriotes du comté de Gatlin allaient être obligés de recommencer à zéro pour prouver que leur lignée valait mieux que la nôtre.

Sur le chemin du lycée, je me suis rendu à Ravenwood. J'ai frappé à la porte comme un malade. Lena a refusé de sortir de la demeure. Quand j'ai enfin réussi à la persuader de m'ouvrir, j'ai compris pourquoi.

La maison s'était une fois de plus modifiée et avait des allures de prison de haute sécurité. Les fenêtres étaient désormais équipées de barreaux, et les murs étaient en béton lisse, sauf pour ceux du hall, qui étaient orange et matelassés. Lena arborait une tenue de prisonnier orange estampillée des chiffres 1102, sa date d'anniversaire, et ses mains étaient couvertes d'encre. Elle était plutôt pas mal, comme ça, avec ses cheveux décoiffés qui se répandaient partout autour d'elle. Elle arrivait à rendre élégant le survêtement traditionnel des taulards.

— Que se passe-t-il, L ?

Elle s'est retournée, suivant mon regard.

— Oh, ça ? Rien. C'est une blague.

— J'ignorais que Macon était du genre à plaisanter.

— Il n'y est pour rien, a-t-elle répondu en tirant sur un fil de sa manche. C'est moi.

— Depuis quand contrôles-tu Ravenwood ?

Elle a haussé les épaules.

— Je me suis réveillée hier matin, la décoration avait changé. Ça devait trotter dans mon cerveau, et la maison m'a écoutée, j'imagine.

— Sortons d'ici. La prison ne fait que te déprimer davantage.

— Je risque d'être Ridley d'ici deux jours. Une perspective plutôt déprimante, non ?

Secouant la tête avec tristesse, elle s'est assise au bord de la véranda. Je l'y ai rejointe. Au lieu de me regarder, elle a fixé les baskets blanches qui parachevaient son déguisement. Je me suis demandé comment elle était au courant de ce détail.

— Les lacets, ai-je marmonné. Tu t'es trompée.

— Quoi ?

— Ils retirent les lacets aux chaussures, dans les vrais pénitenciers.

— Il faut que tu laisses tomber, Ethan. C'est fini. Je ne suis pas en mesure d'empêcher la venue de mon anniversaire ou la réalisation de la malédiction. Je ne peux plus faire semblant d'être une fille ordinaire. Je ne suis ni Savannah Snow ni Emily Asher. Je suis une Enchanteresse.

Ramassant une poignée de graviers au pied du perron, je me suis mis à les jeter aussi loin que possible.

Je ne te dirai pas au revoir, L. Je ne peux pas.

Me prenant un caillou, elle l'a lancé. Quand ses doigts ont effleuré ma peau, j'ai senti la minuscule bouffée de chaleur. J'ai essayé de la mémoriser.

Tu n'en auras pas l'occasion. Je serai partie, et je ne me souviendrai même pas que tu as compté pour moi.

J'étais têtu. Pas question d'écouter ces âneries. Cette fois, mon caillou a heurté un arbre.

— Rien ne changera ce que nous éprouvons l'un pour l'autre. Je suis au moins certain de ça.

— Si ça se trouve, Ethan, je ne sentirai plus rien.

— Des clous.

J'ai balancé le reste des graviers dans le jardin mal entretenu. J'ignore où ils ont atterri, ils n'ont émis aucun bruit. J'ai quand même fixé l'endroit longuement, en ravalant la boule qui m'obstruait la gorge. Lena a tendu une main vers moi, a hésité, puis l'a posée sur la mienne avec une légèreté de plume.

— Ne m'en veux pas. Je n'ai rien demandé de tout cela.

— Peut-être pas, me suis-je emporté alors. Mais si demain était notre dernier jour ? Je pourrais le passer avec toi, au lieu de quoi, tu t'enfermes ici à broyer du noir, comme si tu avais déjà été Appelée.

— Tu ne comprends pas, a-t-elle rétorqué en se levant.

Derrière moi, la porte a claqué quand elle a regagné la maison – sa cellule, peu importe.

N'ayant jamais eu de petite amie, je n'étais pas préparé à gérer cela – je ne savais même pas comment l'appeler. D'autant que j'avais affaire à une Enchanteresse. N'ayant aucune idée de la réaction à avoir, je me suis levé à mon tour, j'ai renoncé, je suis allé au lycée. En retard, comme d'habitude.

Plus que vingt-quatre heures. Une dépression s'est installée au-dessus de Gatlin. Difficile de déterminer s'il allait neiger ou grêler, mais le ciel avait un air bizarre. Tout était envisageable, aujourd'hui. En cours d'histoire, alors que je jetais un coup d'œil dehors, j'ai vu une sorte de procession funéraire accompagnant un enterrement qui n'aurait pas encore eu lieu. Le corbillard de Macon Ravenwood avançait, suivi par sept Lincoln noires. Le convoi défilait devant les fenêtres de Jackson, sur le chemin de Ravenwood Manor. Personne n'écoutait M. Lee, qui pérorait sur la reconstitution de la bataille de Honey Hill – sans être la plus célèbre des tueries de la guerre de Sécession, c'était celle dont les habitants du comté de Gatlin étaient les plus fiers.

— En 1864, Sherman a ordonné au général en chef John Hatch, des forces de l'Union, et à ses troupes de couper la ligne de chemin de fer reliant Charleston à Savannah afin d'empêcher les soldats confédérés de gêner sa « marche vers la mer ». Mais, suite à des erreurs de calcul dans l'établissement de leur itinéraire, les soldats de l'Union ont été retardés.

Un sourire satisfait sur les lèvres, le père Lee a écrit « ERREURS DE CALCUL » sur le tableau. D'accord, les Nordistes étaient idiots. C'était acquis. Tel était le point que devait prouver la bataille de Honey Hill, que devait prouver la guerre inter-États telle qu'on nous l'enseignait ici depuis l'école maternelle. En négligeant, bien sûr, que c'était l'Union qui avait remporté la victoire. À Gatlin, tout le monde évoquait d'ailleurs celle-ci comme une élégante concession de la part du Sud, réputé pour son savoir-vivre. Historiquement parlant, le Sud s'était montré prudent. D'après M. Lee du moins.

Ce jour-là, cependant, aucun élève ne s'intéressait au tableau, préférant le spectacle de la route et des voitures qui étaient en train de passer derrière le terrain de sport. Depuis qu'il était sorti du placard, pour ainsi dire, Macon semblait adorer se mettre en scène. Pour un type qui n'émergeait de sa chambre qu'à la nuit tombée, il réussissait à s'attirer beaucoup d'attention.

On m'a donné un coup de pied dans le tibia. Link était courbé sur son bureau, de façon à ce que le prof ne voie pas son visage.

— Ça alors ! Qui se trouve dans ces bagnoles, à ton avis ?

— Monsieur Lincoln ? Ayez la bonté de nous décrire ce qui s'est passé ensuite. D'autant que votre père sera à la tête de la cavalerie demain.

Les bras croisés, Lee nous toisait. Link a fait semblant de tousser. Son père, un fantôme d'homme persécuté, s'était en effet vu échoir l'honneur de commander les troupes à cheval lors de la reconstitution depuis que Big Earl Eaton était mort, l'année précédente. C'était là l'unique façon qu'un figurant avait de monter en grade – il fallait qu'un compagnon trépasse. Cette promotion aurait été une affaire d'État chez les Snow. Link, lui, se fichait complètement de ce tableau vivant historique.

— Voyons un peu, monsieur Lee. Ça y est, j'y suis. Nous... euh... Nous avons gagné cette bataille et perdu la guerre. Ou était-ce le contraire ? Dans le coin, c'est parfois dur de s'y retrouver, vous comprenez ?

L'autre a ignoré la réponse de Link. Il accrochait sûrement le drapeau confédéré devant sa maison – enfin, son mobile home double – du premier janvier au trente et un décembre.

— Monsieur Lincoln, le temps que Hatch et les Fédéraux atteignent Honey Hill, le colonel Colcock[1] (la classe a ricané, cependant que le prof nous fusillait du regard), pas la peine de rire comme des crétins, c'était son vrai nom. Bref, le colonel, sa brigade de soldats confédérés et ses troupes de la milice avaient constitué une batterie infranchissable de sept canons qui barrait la route.

Combien de fois encore allions-nous être obligés d'écouter cette histoire des sept canons ? C'était à croire qu'il s'agissait du miracle de la multiplication des pains et des poissons. Se tournant vers moi, Link a désigné du menton la fenêtre.

— Alors ?

— Je crois que ce sont les membres de la famille de Lena. Elle m'a dit les attendre pour son anniversaire.

— Ah ouais, Ridley m'en a parlé.

— Vous continuez de vous voir ? ai-je chuchoté, presque effrayé par ma question.

— Yes, mec. Hé, tu sais garder un secret ?

— Ne te l'ai-je pas prouvé à maintes reprises ?

Link a remonté la manche de son tee-shirt des

1. Littéralement, « le colonel bite ».

Ramones, révélant un tatouage de ce qui avait l'air d'une version animée de Ridley. La totale – minijupe et mi-bas de l'élève d'une école catholique. Tout en espérant que la fascination exercée par la cousine de Lena sur mon meilleur copain avait quelque peu diminué d'intensité, je savais que je m'étais bercé d'illusions. Link ne se remettrait d'elle que lorsqu'elle en aurait fini avec lui, à condition qu'elle ne l'amène pas à se jeter d'une falaise avant. D'ailleurs, même si ça devait se terminer ainsi, je n'aurais pas parié qu'il s'en remettrait.

— Je l'ai fait faire pendant les vacances de Noël. Plutôt cool, non ? C'est Ridley qui l'a dessiné pour moi. Comme artiste, c'est une tueuse.

Une tueuse ? Je n'en doutais pas une seconde. Qu'aurais-je pu dire ? Qu'il arborait le tatouage version BD d'une Enchanteresse des Ténèbres laquelle, qui plus est, le tenait sous une espèce de charme amoureux tout en étant sa bonne amie ?

— Ta mère va flipper, quand elle verra ça.

— Pas question qu'elle le voie. Je porte des manches longues et j'ai instauré de nouvelles règles d'intimité à la maison. Maintenant, elle doit frapper avant d'entrer.

— Avant de débouler comme un Panzer et de n'en faire qu'à sa tête ?

— D'accord. N'empêche, elle frappe avant.

— Je te le souhaite. Pour ton bien.

— Passons. Ridley et moi, on a préparé une surprise à Lena. Ne va pas raconter à Rid que je te l'ai dit, sinon elle m'arrachera les yeux, mais on va organiser une méga-fête en son honneur. Dans le grand champ, derrière Ravenwood.

— J'espère que c'est une blague ?

— Surprise !

Il paraissait tout content de lui, comme si cette fiesta

allait vraiment avoir lieu, comme si Lena comptait s'y rendre, comme si Macon l'y autoriserait.

— Tu penses à quoi, merde ? Lena détesterait ça. Elle et Ridley ne s'adressent même plus la parole.

— La faute de Lena, mon pote. Elle devrait se calmer. Après tout, elles sont cousines.

J'avais beau savoir qu'il était sous influence, qu'il n'était que le zombie de Ridley, il m'a mis en rogne.

— Tu délires, mon vieux. Un conseil, tiens-toi à l'écart.

Ouvrant un sachet de lanières de viande séchée, il a mordu dedans.

— Comme tu voudras. On essayait juste d'être sympa avec ta copine. Ce n'est pas comme si des tonnes de gens avaient envie de lui concocter une bringue.

— Raison de plus pour n'en organiser aucune. Personne ne viendrait.

Souriant jusqu'aux oreilles, il a fourré toute la viande dans sa bouche.

— Tout le monde sera là. Ils ont déjà accepté. C'est ce que m'a dit Rid.

Évidemment. Comme le joueur de flûte de Hamelin, elle était capable d'entraîner dans son sillage la population au complet de cette foutue ville au premier coup de langue sur sa sucette. Ce que Link n'avait pas l'air de capter.

— Moi et mon groupe, les Crucifix Vengeurs, on va se produire pour la toute première fois.

— Les *quoi* ?

— C'est mon nouveau groupe. Je l'ai lancé au fameux camp de prières dont je t'ai parlé.

Je ne tenais pas du tout à en apprendre plus sur ses activités pendant les vacances de Noël. Il était déjà bien beau qu'il nous soit revenu en un seul morceau. À cet instant, M. Lee a frappé le tableau avec emphase et y a dessiné un gros chiffre huit à la craie.

— Finalement, Hatch n'a pas réussi à ébranler les positions des Confédérés, et il s'est retiré. Ses pertes se montaient à quatre-vingt-neuf morts et six cent vingt-neuf blessés. Les Confédérés avaient gagné la bataille, ne perdant que huit hommes. (Il a martelé fièrement le chiffre.) Voilà pourquoi, demain, vous tous participerez à un épisode d'Histoire vivante, la reconstitution de la bataille de Honey Hill.

Histoire vivante. C'est ainsi que les gens comme le père Lee nommaient les reconstitutions des événements de la guerre de Sécession. Le pire, c'est qu'ils étaient sérieux. Le moindre détail était authentique, des uniformes aux munitions en passant par les positions des soldats sur le terrain.

— Dis rien à Lena, a répété Link, béat. On veut qu'elle ait la surprise. Ce sera notre cadeau d'anniversaire à tous les deux.

Je l'ai contemplé en songeant à Lena, engoncée dans ses idées noires et son survêtement orange de prisonnière. Puis ont défilé des images du groupe de Link, à coup sûr atroce, d'une fête typique du lycée de Jackson, d'Emily Asher et de Savannah Snow, des Anges Gardiens (des Anges Déchus), de Ridley, de Ravenwood, sans parler de Honey Hill qui explosait dans le lointain. Tout cela sous l'œil désapprobateur de Macon, avec les autres dingues de la famille de Lena et sa mère qui tentait de la tuer. Sans oublier le chien qui permettait à Macon de voir le moindre de nos agissements.

La sonnerie a retenti. Surprise. Le mot ne suffisait pas à décrire ce que Lena ne manquerait pas de ressentir. Et c'était moi qui me retrouvais dans l'obligation de lui annoncer la nouvelle.

— N'oubliez pas de signer la feuille de présence, demain, nous a lancé Lee tandis que nous sortions de classe. Sinon, vous ne serez pas notés. Et rappelez-vous de rester dans la zone de sécurité délimitée par les cordes. Ce n'est pas parce que vous vous ferez tuer que je vous mettrai un A.

En cet instant, être descendu par une balle ne me semblait pas la pire chose qui puisse m'arriver.

Les reconstitutions d'événements historiques sont un phénomène étrange, et celle de la bataille de Honey Hill ne faisait pas exception à la règle. Sérieusement, qui avait envie d'enfiler ce qui ressemblait à des costumes de Halloween en laine dans lesquels une bonne suée était garantie ? Qui voulait courir dans tous les sens en tirant à l'aide d'armes anciennes si peu sûres qu'elles étaient réputées pour arracher les membres de ceux qui s'en servaient ? La façon dont, au demeurant, était mort Big Earl Eaton. Qui s'intéressait à recréer des combats s'étant déroulés presque cent cinquante ans auparavant, d'autant que le Sud avait été vaincu ? Qui donc ?

À Gatlin, comme dans la majorité du Sud, la réponse était : votre médecin, votre avocat, votre pasteur, le mec qui réparait votre voiture, celui qui distribuait votre courrier, très certainement votre père, tous vos oncles et cousins, votre prof d'histoire (surtout si vous aviez la malchance qu'il soit M. Lee), et plus que probable, le propriétaire de l'armurerie locale. La deuxième semaine de février, qu'il pleuve ou qu'il vente, Gatlin ne pensait qu'à ça, ne parlait et ne s'occupait que de ça.

Car Honey Hill était notre bataille. Si j'ignorais qui en avait décidé ainsi, j'étais à peu près certain que ça avait un lien avec les fameux sept canons. Les habitants se préparaient pendant des semaines. À présent que l'événement était proche, on lavait et on repassait les uniformes confédérés dans tout le comté, au point que des arômes de laine chauffée envahissaient l'air. Les fusils Whitworth étaient nettoyés, les épées fourbies, et la moitié des hommes de la ville avait consacré le week-end précédent à fabriquer des munitions maison chez Budford Radford, parce que l'odeur ne dérangeait pas l'épouse de ce dernier. Les veuves étaient chargées de laver des draps et de congeler des tartes pour les centaines de touristes descendus de la capitale afin d'assister à cet épisode d'Histoire vivante. Les membres des FRA avaient travaillé des jours durant pour mettre au point leur propre participation à la reconstitution – les visites guidées Héritage sudiste –, et leurs filles avaient cuit des gâteaux à servir après la balade.

Cela était particulièrement amusant, dans la mesure où les FRA, y compris Mme Lincoln, conduisaient ces promenades culturelles en habits d'époque. Elles se serraient dans des corsets et se noyaient sous des couches de jupons qui leur donnaient des allures de saucisses prêtes à exploser. Elles n'étaient pas les seules. Leurs filles, parmi lesquelles Savannah et Emily, la génération future des FRA, devaient crapahuter dans les demeures des plantations historiques vêtues comme des personnages de *La Petite Maison dans la prairie*. La tournée commençait toujours à l'état-major des FRA, puisque c'était le deuxième bâtiment le plus ancien de Gatlin. Le toit aurait-il été réparé à temps ? Je ne pouvais m'empêcher d'imaginer ces femmes se promenant autour de la Société Historique de Gatlin en montrant les motifs étoilés de couvertures matelassées, sans se douter qu'elles marchaient sur des centaines de parchemins et de documents magiques attendant les prochains jours fériés.

Cependant, les FRA n'étaient pas les seules à se prendre

au jeu. La guerre inter-États avait beau être souvent qualifiée de « première guerre moderne », il suffisait d'arpenter Gatlin la semaine précédant la reconstitution pour constater qu'elle n'avait rien de moderne. La moindre relique dont la ville s'enorgueillissait était exposée, des chariots à chevaux aux Howitzer, dont n'importe quel élève de maternelle était capable de vous expliquer qu'il s'agissait de pièces d'artillerie à canon court montées sur roues. Les Sœurs sont allées jusqu'à ressortir leur drapeau confédéré d'origine pour le punaiser au-dessus de leur porte d'entrée après que j'avais refusé de l'accrocher au fronton de leur porche. Tout cela avait beau être pour le spectacle, j'avais posé des limites.

La veille du grand événement a eu lieu une parade, ce qui a donné l'occasion aux figurants de défiler à travers la ville dans leurs plus beaux atours devant les touristes – le lendemain, ils seraient tellement couverts de fumée et de boue que personne ne remarquerait les boutons en laiton luisant de leurs vestes militaires authentiques.

A suivi une vaste fête de rue, avec méchoui, photos souvenir et vente de gâteaux à l'ancienne. Amma avait passé des jours à faire de la pâtisserie. En dehors des comices du comté, c'était là le concours le plus important à ses yeux et une occasion de triompher sur ses ennemies. Ses gâteaux s'arrachaient toujours, ce qui rendait folles de rage Mmes Lincoln et Snow – la motivation première d'Amma pour participer à tout ce bazar. Elle n'aimait rien tant que vexer les dames des FRA et leur mettre le nez dans leurs viennoiseries de second ordre.

Bref, tous les ans, à l'aube de la deuxième semaine de février, la vie telle que nous la connaissions cessait d'exister, et nous nous retrouvions tous replongés dans la bataille de Honey Hill, en 1864. Il en est allé de même cette année-là, hormis une nouveauté. Cette année-là en effet, tandis que des camionnettes remorquaient des obusiers à double canon et des vans – tout figurant de la cavalerie qui se respectait possédait sa propre monture –, d'autres préparations se déroulaient ailleurs, destinées à une autre bataille.

Celle-là n'a pas commencé dans le deuxième édifice le plus ancien de la ville, mais dans sa demeure la plus ancestrale. Il y avait Howitzer et Howitzer. Cette bagarre-là se moquait des armes et des chevaux, ce qui ne lui ôtait en rien son caractère belliqueux. Pour être honnête, d'ailleurs, ça a été le seul vrai combat qui ait eu lieu à Gatlin.

Quant aux huit morts de Honey Hill, je n'ai pas vraiment de points de comparaison. Je ne m'inquiétais que d'une personne. Si je la perdais, je me perdrais également.

Alors, oubliez la bataille de Honey Hill. À mes yeux, cette journée a plutôt ressemblé au Jour J.

11 février
Joyeux anniversaire

Fichez-moi la paix ! Tous ! Vous ne pouvez rien faire !

La voix de Lena m'a tiré de quelques heures d'un sommeil agité. Sans réfléchir, j'ai enfilé un jean et un tee-shirt gris. J'étais obnubilé par une seule pensée : Jour Un. Nous pouvions désormais cesser d'attendre la fin.

La fin était arrivée.

sans éclat mais sur un cri plaintif sans éclat mais sur un cri plaintif sans éclat mais sur un cri plaintif

Lena était en train de péter un câble, et c'était à peine l'aube.

Le *Livre*. Merde, je l'avais oublié ! J'ai remonté les marches deux à deux jusqu'à ma chambre. J'ai tâtonné sur l'étagère la plus haute de mon armoire, prêt à subir la brûlure qu'impliquait le contact avec un ouvrage d'Enchanteur.

Sauf qu'elle n'a pas eu lieu. L'ouvrage avait disparu.

Le *Livre des lunes*. Notre livre. Parti. Or, nous en avions besoin, surtout aujourd'hui. Pendant ce temps, les gémissements de Lena résonnaient dans mon crâne.

ainsi s'achève le monde sans éclat mais sur un cri plaintif

Qu'elle récite du T.S. Eliot n'était pas bon signe. Attrapant les clés de la Volvo, j'ai foncé.

Le soleil se levait quand j'ai parcouru Dove Street. Greenbrier, l'unique champ vide de la ville aux yeux des habitants de Gatlin – choisi par conséquent pour accueillir la reconstitution de la bataille de Honey Hill –, commençait tout juste à prendre vie. Le plus amusant, c'est que je ne percevais même pas les tirs d'artillerie à l'extérieur à cause de ceux qui emplissaient ma tête.

Quand j'ai grimpé le perron de Ravenwood, Boo m'attendait en aboyant. Larkin était là lui aussi, appuyé à l'un des piliers de la véranda. En blouson de cuir, il jouait avec le serpent qui sinuait autour de son bras. Tantôt le membre était membre, tantôt il était reptile. Larkin changeait de forme aussi paresseusement qu'un joueur professionnel bat les cartes. L'espace d'un instant, j'ai été pris au dépourvu par ses illusions ; autant que par les jappements de Boo. D'ailleurs, je n'aurais su dire si le chien en avait après moi ou après Larkin. Boo appartenait à Macon, avec lequel je n'étais pas en très bons termes, suite à notre dernière entrevue.

— Salut, Larkin.

Il m'a adressé un signe de tête indifférent. L'air était froid, et son haleine formait un nuage pareil à celui d'une cigarette inexistante. Le nuage s'est étiré en un cercle avant de se transformer en un petit serpent blanc qui s'est mordu la queue et s'est dévoré lui-même jusqu'à disparaître.

— À ta place, je n'entrerais pas. Ta copine est un peu… comment dire ? Venimeuse.

Le reptile s'est enroulé autour de son cou pour devenir le col de son blouson. Tante Del a ouvert la porte à la volée.

— Enfin ! Nous t'attendions. Lena est enfermée dans sa chambre et ne veut voir personne.

Elle offrait un triste spectacle, avec son foulard qui pendait sur l'une de ses épaules, ses lunettes de travers et les mèches qui s'échappaient de son chignon gris déséquilibré. Je me suis penché pour la serrer dans mes bras. Il émanait d'elle une odeur identique à celle des placards des Sœurs, lavande et vieux draps transmis de génération en génération. Reece et Ryan se tenaient derrière elle, affichant les mines lugubres d'une famille attendant de mauvaises nouvelles dans un sinistre couloir d'hôpital.

Une fois encore, Ravenwood paraissait être plus en accord avec Lena et son humeur noire qu'avec celle de Macon – à moins qu'ils ne partagent le même pessimisme. Macon n'étant pas visible, je n'aurais su dire. Imaginez, si vous le pouvez, la couleur de la colère : elle était répandue sur tous les murs. La rage, ou une émotion équivalente en termes de densité et de bouillonnement, dégoulinait des lustres, l'amertume était tissée dans les épais tapis recouvrant les sols, la haine vacillait sous chaque abat-jour. Le parquet était plongé dans une ombre de mauvais augure, et une obscurité rampante grignotait le bas des cloisons et s'enroulait autour de mes Converse au point que je les distinguais à peine. Ténèbres Absolues.

Je n'ai pas vraiment détaillé la pièce, distrait que j'étais par ce qu'il en émanait – une sacrée fétidité. J'ai posé un pied prudent sur la première marche du grand escalier menant à la chambre de Lena. J'étais monté là-haut à des centaines de reprises, ce n'était pas comme si j'ignorais où ces gradins conduisaient. Pourtant, ils distillaient une impression très différente, ce jour-là. Tante Del a regardé ses filles tout en me suivant, comme si j'ouvrais la voie sur le chemin d'un champ de bataille incertain.

Quand j'ai grimpé la deuxième marche, toute la demeure a tremblé. Les centaines de bougies des lustres anciens se sont balancées au-dessus de ma tête, lâchant au passage des coulures de cire chaude qui m'ont brûlé le visage. En grimaçant, j'ai reculé d'un bond. Sans prévenir, l'escalier s'est cabré sous mes pieds et, d'une ruade, m'a envoyé valser sur les fesses. J'ai glissé sur le parquet poli de l'entrée. Si tante Del et Reece ont réussi à s'écarter à temps, j'ai entraîné la pauvre Ryan avec moi, telle une boule de bowling renversant des quilles. Me relevant, j'ai crié en direction de l'étage :

— Lena Duchannes ! Si jamais tu recommences à m'attaquer à coups d'escalier, je te dénonce en personne au conseil de discipline !

Je suis remonté sur la première marche, la deuxième. Il ne s'est rien passé.

— Je te garantis que j'appellerai M. Hollingsworth et que je n'hésiterai pas à apporter mon témoignage afin de prouver que tu es une folle furieuse. (J'ai escaladé les gradins deux à deux jusqu'au palier.) Tu as pigé ?

Soudain, sa voix a résonné dans mon esprit.

Tu ne comprends pas.

Je sais que tu as peur, L. Te couper des autres n'arrangera rien.

Va-t'en.

Non.

Je suis sérieuse, Ethan. Va-t'en. Je ne veux pas qu'il t'arrive quoi que ce soit.

Je ne peux pas.

J'étais à présent devant sa porte. J'ai collé mon oreille au bois glacial du battant. J'avais envie d'être avec elle, aussi près d'elle que possible sans pour autant être victime d'une nouvelle crise cardiaque. Si elle refusait que j'entre, ça me convenait très bien pour l'instant.

Tu es là, Ethan ?

Oui.

J'ai peur.

Je sais, L.

Je ne veux pas que tu sois blessé.

Je ne le serai pas.

Je ne veux pas te quitter, Ethan.

Tu ne me quitteras pas.

Mais imagine que si ?

Je t'attendrai.

Même si je suis Vouée aux Ténèbres ?

Même si tu es Vouée aux pires Ténèbres.

Elle a ouvert la porte, m'a attiré à l'intérieur. La musique braillait. J'ai reconnu la chanson. C'en était une version furieuse, heavy metal, mais elle restait identifiable.

Seize lunes, seize années,
Seize de tes pires peurs,
Seize songes de mes pleurs,
Tombent, tombent les années…

Lena avait l'air d'avoir pleuré toute la nuit. C'était sans doute le cas. Quand j'ai effleuré son visage, j'ai remarqué des traces de larmes. Je l'ai prise dans mes bras, je l'ai bercée, cependant que la chanson se poursuivait.

Seize lunes, seize années,
La foudre qui t'assourdit,
Seize lieues qu'elle franchit,
Seize peurs sont recherchées…

Par-dessus son épaule, j'ai constaté que la pièce était un vrai fouillis. L'enduit des murs s'était fissuré, se détachant par plaques, l'armoire était renversée – on aurait cru qu'un voleur avait mis à sac la chambre. Les fenêtres étaient cassées. Privés de carreaux, les croisillons avaient des allures de barreaux de prison dans quelque château fort d'antan. La prisonnière s'accrochait à moi, tandis que la mélodie nous enveloppait.

Seize lunes, seize années,
Seize songes de mes peurs,
Seize cris, un auditeur,
Seize sphères sont scellées…

Lors de ma dernière visite, le plafond était presque entièrement recouvert de mots détaillant l'état d'esprit de Lena. À présent, toutes les surfaces disponibles de la pièce étaient noircies par son écriture si particulière. Les bords du plafond : *La solitude, c'est tenir celui qu'on aime / Quand on sait qu'on risque de ne plus jamais le tenir*. Les murs : *Même perdu dans les Ténèbres / Mon cœur te retrouvera*. Les montants de la porte : *L'âme meurt sous la main de qui la porte*. Les miroirs : *Si je pouvais trouver un endroit où fuir / J'y serais maintenant, bien cachée*. Même la coiffeuse était salie de phrases : *La lumière du jour la plus ténébreuse me trouve ici, ceux qui attendent guettent déjà*, et celle qui semblait tout dire : *Comment échappe-t-on à soi-même* ? Son histoire était dans ces mots, dans la musique aussi.

Seize lunes, seize années,
Lune Appelle, approche l'heure,
Page où les Ténèbres meurent,
Don qui Scelle le brasier…

La guitare électrique a ralenti, et un nouveau couplet a retenti, le dernier. Enfin quelque chose qui avait une fin. Je me suis efforcé d'oublier la terre, le feu, l'eau et le vent oniriques afin d'écouter les paroles.

Seize lunes, seize années,
Vient le jour dont tu as peur,
Appeler, être Appelé,
Sang versé, larmes versées,
Lune, soleil – chaos, honneur.

La guitare s'est tue, le silence s'est installé.

— Que crois-tu…

Elle a posé une main sur mes lèvres. Elle ne supportait pas d'en parler. Jamais je ne l'avais vue aussi à vif. Une brise froide volait autour de nous avant de s'échapper par la porte ouverte dans mon dos. Je ne sais pas si ses joues étaient glacées à cause du froid ou à cause des larmes ; je n'ai pas demandé. Tombant sur le lit, nous nous sommes roulés en boule. Il aurait été difficile de démêler quelles parties de corps appartenaient à qui. Nous ne nous sommes pas embrassés, mais c'était tout comme. Nous étions fondus l'un dans l'autre à un point que je n'aurais pas cru possible.

C'était sans doute cela, aimer quelqu'un et avoir le sentiment de le perdre. Même quand vous le serriez dans vos bras.

Lena frissonnait. Je devinais chacune de ses côtes, chacun de ses os. Ses tremblements étaient involontaires. Dégageant mon bras de sous son cou, j'ai attrapé l'édredon pour nous en couvrir. Lena s'est enfoncée dans ma poitrine, j'ai tiré la couette plus haut, par-dessus nos têtes, si bien que nous étions blottis dans une petite grotte noire. Nos haleines ont réchauffé notre antre. J'ai embrassé la bouche froide de Lena, qui m'a retourné mon baiser. Le courant électrique entre nous s'est intensifié, et elle a niché son nez dans mon cou.

Tu crois qu'on pourrait rester comme ça pour l'éternité, Ethan ?

On peut faire ce qu'on veut. C'est ton anniversaire.

Elle s'est raidie.

Je préfère l'oublier.

Je t'ai apporté un cadeau.

Elle a soulevé le couvre-lit afin de laisser passer un filet de lumière.

— Ah bon ? Je t'avais dit que ce n'était pas la peine.

— Depuis quand est-ce que je t'obéis ? Et puis, d'après Link, quand une fille te demande de ne pas lui offrir de cadeau pour son anniversaire, ça signifie : « T'as intérêt à me donner quelque chose, et assure-toi que ce sera un bijou. »

— Cette règle ne s'applique pas à toutes les filles.

— Très bien. Laissons tomber.

Elle a refermé l'édredon sur nous et s'est de nouveau nichée entre mes bras.

C'en est un ?

Un quoi ?

Un bijou.

Je croyais que tu ne voulais pas de cadeau.

Simple curiosité.

Retenant un sourire, je me suis extirpé de notre grotte. L'air glacé nous a aussitôt happés, et je me suis empressé de sortir un écrin de ma poche avant de replonger sous la couette que j'ai un peu écartée pour que Lena voie la boîte.

— Referme, il gèle.

J'ai obtempéré, et l'obscurité nous a de nouveau cernés. L'écrin s'est alors mis à luire d'une lueur verte, et j'ai distingué les doigts fins de Lena qui dénouaient le ruban gris argent. La lumière a forci, chaude, claire, éclairant doucement le visage de Lena.

— Un nouveau tour de passe-passe, ai-je dit en souriant.

— Oui. Il est apparu ce matin au réveil. Que j'y pense ou non, ça se produit.

— Pas mal.

Elle a contemplé l'écrin avec une sorte de tristesse, comme si elle se retenait le plus longtemps possible avant de l'ouvrir. L'idée m'a traversé l'esprit qu'elle ne recevrait peut-être pas d'autre présent aujourd'hui. Excepté la surprise-partie dont je ne comptais lui faire part qu'à la toute dernière minute.

Une surprise-partie ?

Houps.

Tu plaisantes, j'espère ?

Va dire ça à Ridley et Link.

Ah ouais ? La seule surprise, c'est qu'il n'y en aura pas.

Allez, déballe ton cadeau.

Avec un regard furibond, elle a obéi. Une source de lumière supplémentaire a jailli de la boîte, qui ne provenait en rien de son contenu. Les traits de Lena se sont adoucis, et j'ai deviné qu'elle ne me tenait plus rigueur de la fête. Sûrement le charme qu'opéraient les bijoux sur les nanas. Incroyable, non ? Après tout, Link avait raison.

Elle a soulevé le collier délicat et brillant, une chaînette à laquelle était accroché un anneau façonné dans trois ors différents, rose, jaune et blanc, qui formaient une tresse.

Ethan ! Je l'adore !

Elle m'a embrassé une bonne centaine de fois, cependant que je parlais, me sentant obligé de lui expliquer avant qu'elle ne mette le collier, avant qu'il ne se produise quelque chose.

— Il appartenait à ma mère. Je l'ai pris dans son coffret à bijoux.

— Tu es sûr de vouloir me le donner ?

J'ai acquiescé. Inutile de prétendre que ça avait été aisé. Lena savait ce que je ressentais pour ma mère. Ça avait été difficile, et j'étais soulagé que nous l'admettions, elle comme moi.

— Ce truc n'a rien de rare, ce n'est pas un diamant, mais ça a de la valeur à mes yeux. Je crois qu'elle aurait été d'accord pour que je te l'offre parce que… ben, tu sais.

Quoi ?

Ah !

— Tu vas m'obliger à l'épeler ? ai-je demandé d'une voix bizarre, tremblante.

— Sans vouloir te vexer, tu n'es pas très bon en orthographe.

J'avais beau esquiver, elle ne me lâcherait pas tant que je ne l'aurais pas formulé tout fort. Personnellement, je préférais notre système de communication silencieux. Cela rendait la parole, la vraie, plus aisée pour un type comme moi. Après avoir écarté les cheveux qui tombaient sur sa nuque, j'ai attaché le collier juste au-dessus de celui qu'elle n'enlevait jamais. Il pendait à son cou, étincelant dans la lumière.

— Parce que tu es spéciale, pour moi.

Spéciale comment ?

Il me semble que la réponse est accrochée à ton cou.

J'ai beaucoup de choses, autour du cou.

J'ai effleuré sa collection de babioles. Elles ressemblaient à des merdouilles, la plupart en étaient, les merdouilles les plus importantes au monde. Elles étaient devenues miennes, désormais. Une piécette écrasée et percée, tirée d'un des distributeurs automatiques du cinéma où nous étions allés pour notre premier rancard. Un fil de coton provenant du pull rouge qu'elle portait quand nous nous étions garés derrière le château d'eau, une sorte de blague que seuls nous partagions. Le bouton en argent que je lui avais donné pour lui porter chance avant le conseil de discipline. La petite étoile de Noël qu'avait fabriquée ma mère.

Alors, tu devrais déjà connaître la réponse.

Une fois encore, elle m'a embrassé, un baiser authentique. Le genre de baiser qu'on ne pouvait pas réellement qualifier de baiser, le genre de baiser qui impliquait un méli-mélo de bras, de jambes, de cous et de cheveux, le genre de baiser qui a expédié le couvre-lit au sol, qui a amené les fenêtres à se réparer d'elles-mêmes, le bureau à se redresser, les vêtements à retourner sur leurs cintres, et la pièce glacée à redevenir tiède. Une flamme a jailli dans la petite cheminée glacée, source de chaleur qui n'avait rien de comparable à la fièvre qui parcourait mon corps. La décharge électrique qui m'a secoué a atteint une violence inégalée, et les battements de mon cœur se sont accélérés.

Hors d'haleine, j'ai reculé.

— Où est Ryan quand on a besoin d'elle ? Nous allons devoir trouver une solution à ce phénomène.

— Ne t'inquiète pas, elle est en bas.

Lena m'a attiré contre elle, et le feu a pétillé plus fort, menaçant d'engloutir l'âtre sous ses flammes et ses volutes de fumée.

Les bijoux, c'est quelque chose, croyez-moi. L'amour aussi.

Le danger également, peut-être.

— J'arrive, oncle Macon ! a crié Lena avant de se

tourner vers moi et de soupirer. J'imagine que nous ne pouvons plus tergiverser. Il faut que nous descendions retrouver les miens.

Elle a fixé la porte, qui s'est déverrouillée toute seule. Tout en lui frottant le dos, j'ai grimacé. C'était fini.

Le crépuscule était tombé quand nous sommes sortis. Vers midi, j'avais plus ou moins pensé que nous devrions nous faufiler en bas pour rendre visite à Cuisine, mais Lena s'était bornée à fermer les yeux, et un chariot de service en chambre avait roulé dans la pièce. Soit Cuisine était désolée pour elle, soit elle ne résistait pas mieux que moi à ses pouvoirs récemment développés. J'avais dévoré mon poids en gaufres aux pépites de chocolat trempées dans du sirop au chocolat, le tout arrosé de lait chocolaté. Lena s'était contentée d'un sandwich et d'une pomme. Puis tout s'était dissous dans de nouveaux baisers.

Je pense qu'elle comme moi étions conscients qu'il n'y aurait peut-être pas d'autre journée comme celle-ci. Et puis, que pouvions-nous faire ? La situation était inextricable, et si nous devions n'avoir qu'aujourd'hui, autant le passer ainsi. En réalité, j'étais aussi terrifié qu'heureux. Il n'était pas encore l'heure de dîner, et je venais de vivre la plus chouette mauvaise journée de mon existence.

Main dans la main, nous sommes descendus au rez-de-chaussée. L'atmosphère était encore tiède, signe que Lena était de meilleure humeur. Ses colliers brillaient, et des bougies dorées et argentées flottaient dans l'air, nous accompagnant le long de l'escalier. Je n'avais pas l'habitude de voir Ravenwood aussi illuminé, aussi festif. Pendant un instant, j'ai eu l'impression de célébrer un véritable anniversaire, durant lequel les joyeux invités ont le cœur léger. Ça n'a duré qu'une seconde.

Puis j'ai découvert Macon et tante Del. Tous deux tenaient des chandelles et, derrière eux, la demeure était voilée d'obscurité et de noirceur. Des ombres chinoises se découpaient sur le fond, également armées de bougies. Pire, Macon et Del avaient revêtu de longues tuniques foncées, tels les acolytes d'un ordre étrange, pareils à un druide et à une druidesse. Bref, cela n'avait plus rien d'une fête d'anniversaire ; ça tenait plutôt à d'effrayantes funérailles.

Joyeux anniversaire ! Pas étonnant que tu aies voulu rester confinée dans ta chambre.

Tu comprends, maintenant.

Lorsque Lena a atteint la dernière marche, elle s'est arrêtée pour me regarder. Elle semblait tellement déplacée, dans son jean usé et mon sweat-shirt à capuche aux couleurs de Jackson trop grand pour elle. À mon avis, elle n'avait jamais été habillée ainsi. Sans doute, elle souhaitait conserver un morceau de moi sur elle aussi longtemps que possible.

N'aie pas peur. Il s'agit juste d'une cérémonie du Sceau. Pour me préserver jusqu'au lever de la Lune. L'Appel ne peut se produire avant que la Lune soit à son zénith.

Je n'ai pas peur, L.

Je sais. C'est à moi que je parlais.

Me lâchant, elle a franchi le dernier gradin. Quand elle a effleuré le plancher noir poli, elle a été transformée. Les sombres tuniques flottantes du Sceau cachaient à présent les courbes de son corps. Le noir de sa chevelure et celui du tissu se mêlaient pour former une ombre qui la dissimulait de la tête aux pieds, à l'exception de son visage, aussi pâle et luminescent que la Lune. Elle a caressé sa gorge, l'anneau de ma mère pendu à son cou. J'ai espéré qu'il lui rappellerait que j'étais là, à ses côtés. Comme j'avais espéré que c'était ma mère qui avait essayé de nous aider depuis le début.

Que vont-ils te faire ? Ce n'est pas une sorte de rite païen flippant plein de sous-entendus sexuels, hein ?

Elle a éclaté de rire. Tante Del l'a contemplée avec horreur. Reece a lissé sa robe avec raideur, affichant des airs supérieurs, tandis que Ryan se mettait à glousser.

— Un peu de tenue ! a grondé Macon.

Larkin, qui se débrouillait pour avoir une allure aussi cool en aube qu'en blouson de cuir, a ricané. Lena a enfoui son hilarité dans les plis de son vêtement de cérémonie. À la lueur des bougies, j'ai distingué les visages les plus proches de moi : Macon, Del, Lena, Larkin, Reece, Ryan et Barclay. Étaient également présents des personnages moins familiers : Arelia, la mère de Macon, ainsi qu'une vieille dame à la peau ridée et burinée qui tricotait. De l'endroit où je me tenais, la ressemblance avec sa petite-fille était telle que je l'ai immédiatement identifiée. Lena l'a repérée en même temps que moi.

— Bonne-maman !

— Bon anniversaire, chérie.

Le cercle s'est brisé, brièvement, tandis que Lena se précipitait pour enlacer la femme aux cheveux blancs.

— Je ne savais pas que tu viendrais !

— Ça allait de soi, voyons. Je voulais te faire la surprise. La Barbade n'est pas si loin. Le voyage n'a duré que le temps d'un clin d'œil.

Une expression à prendre au pied de la lettre, n'est-ce pas ? Qu'est-elle ? Une Voyageuse, un Succube comme Macon est un Incube ?

Rien qu'une passagère dotée d'une carte de fidélité sur United Airlines, Ethan.

J'ai perçu l'émotion de Lena, un bref instant de soulagement, même si moi, je me sentais de plus en plus étrange. Certes, mon père était bon pour l'asile, ma mère était morte, et la femme qui m'avait élevé connaissait un ou deux trucs dans l'art du vaudou ; rien de tout cela ne me dérangeait. N'empêche, cerné par des Enchanteurs professionnels porteurs de bougies et de tuniques, j'avais l'impression que j'aurais eu besoin d'en savoir beaucoup plus que ce à quoi m'avait préparé la vie en compagnie d'Amma. Avant qu'ils ne se mettent au boulot, avec latin, Sceau et tout le bataclan.

Trop tard ! Macon a avancé d'un pas. Il a brandi sa chandelle.

— *Cur luna hac vinctum convenimus ?*

Tante Del l'a rejoint. La flamme de sa bougie a vacillé quand elle l'a levée.

— Pourquoi sommes-nous réunis sous la Lune pour le Sceau ? a-t-elle traduit.

Le cercle a réagi d'une seule voix :

— *Sextusdecima luna, sextusdecimo anno, illa capietur.*

Lena leur a répondu en anglais. Sa chandelle s'est embrasée avec une telle ardeur que j'ai craint pour son visage.

— Lors de la seizième lune, lors de la seizième année, elle sera Appelée.

Elle était au milieu de la ronde, la tête haute, les traits éclairés par les lueurs des bougies. La sienne a d'ailleurs viré à un drôle de vert.

Que se passe-t-il, L ?

Ne t'en fais pas. Ce n'est qu'une partie du rite.

Si tel était le cas, l'Appel risquait d'être quelque chose ! Macon a entonné le chant que j'avais entendu à Halloween. Comment se nommait-il, déjà ?

Sanguis sanguinis mei, tutela tua est.
Sanguis sanguinis mei, tutela tua est.
Sanguis sanguinis mei, tutela tua est.
Sang de mon sang, la protection est tienne !

Un Cercle *Sanguinis*. C'était ça. Lena a blêmi. Elle a brandi sa chandelle au-dessus de sa tête et a fermé les paupières. La flamme verte s'est muée en geyser d'un rouge orangé, contaminant les flammes de toutes les bougies alentour.

— Lena ! ai-je crié.

Elle n'a pas réagi. Le cercle de feu s'élançait dans l'obscurité, si haut que je me suis rendu compte qu'il ne pouvait y avoir de plafond ni de toit, ce soir à Ravenwood. Je me suis vivement protégé les yeux du bras tant la lumière était brûlante et aveuglante. Toutes mes pensées étaient tournées vers Halloween. Et si la scène d'alors se répétait ? J'ai essayé de me souvenir de ce qu'ils avaient fait cette nuit-là pour combattre Sarafine. Qu'avaient-ils psalmodié ? Comment la mère de Macon avait-elle appelé ça ? Le *Sanguinis*. Sauf que j'avais oublié les mots, que je ne connaissais pas le latin et que, une fois n'est pas coutume, je regrettais de ne pas l'avoir étudié.

Brusquement, des coups frappés à la porte ont retenti. Aussitôt, les flammes se sont éteintes. Les tuniques, le feu, les chandelles, l'obscurité, les lumières ont disparu. Se sont évaporés, tout simplement. En un rien de temps, une scène familiale ordinaire les a remplacés, des gens réunis autour d'un gâteau d'anniversaire. Qui chantaient le refrain traditionnel.

Qu'est-ce que…

— … « Joyeux anniversaire, Lena ! Joyeux anniversaire ! »

Les dernières notes de la chanson se sont tues, cependant qu'on continuait de tambouriner à la porte. Une pâtisserie énorme à trois étages dans des tons de rose, de blanc et d'argent reposait sur la table basse au milieu du salon, de même qu'un luxueux service à thé et des serviettes blanches. Lena a soufflé ses bougies et a chassé la fumée de la main. Les membres de la famille ont applaudi. De nouveau vêtue de son jean et de mon sweat-shirt, elle ressemblait à n'importe quelle gamine de seize ans.

— Bravo, chérie !

Bonne-maman s'est débarrassée de son tricot pour couper le gâteau, cependant que Del s'affairait à servir le thé. Reece et Ryan ont apporté un immense tas de cadeaux, tandis que Macon trônait dans son fauteuil à oreillettes victorien et sirotait du whisky en compagnie de Barclay.

C'est quoi, ça, L ? Que s'est-il passé ?

Quelqu'un frappe. Ils se montrent prudents, rien de plus.

Ta famille me tue, L.

Prends une part de gâteau. Ceci est censé être un anniversaire, tu te souviens ?

Du côté de l'entrée, le visiteur insistait. Larkin nous a regardés par-dessus son triangle de framboisier, la pâtisserie favorite de Lena.

— Quelqu'un compte aller voir ?

Brossant une miette de sa veste en cachemire, Macon l'a contemplé avec calme.

— Occupe-t'en, Larkin.

Puis il a fixé sa nièce et a légèrement secoué la tête. Elle n'ouvrirait à personne ce soir. Acquiesçant, elle s'est blottie contre sa grand-mère et lui a souri au-dessus de son assiette, telle la petite-fille attentionnée qu'elle était en réalité. Elle a tapoté le coussin voisin du sien. Formidable. L'heure était venue de faire la connaissance de son aïeule.

Soudain, une voix familière a résonné dans le hall, et j'ai compris que je préférerais rencontrer n'importe quelle mémé plutôt que d'affronter ce qui nous attendait. Ont en effet surgi Ridley et Link, Savannah, Emily, Eden et Charlotte, suivis de toute l'équipe de basket de Jackson.

Aucun n'arborait l'uniforme qui leur était devenu quotidien, le tee-shirt des Anges Gardiens. Je me suis brusquement rappelé pourquoi. La reconstitution. Une tache de boue salissait la joue d'Emily. Je me suis alors rendu compte que Lena et moi en avions loupé l'essentiel. Notre année d'histoire ne serait par conséquent pas validée. À l'heure qu'il était, la bataille était terminée, sauf pour les ultimes combats nocturnes que suivrait un feu d'artifice. En un tout autre jour, me payer un F m'aurait fort contrarié. Bizarre.

— Surprise ! ont beuglé les nouveaux venus.

C'était peu dire. Une fois encore, j'avais permis au chaos et au danger de se frayer un chemin jusqu'à Ravenwood. La petite troupe s'est massée sur le seuil du salon. Depuis le canapé, Bonne-maman leur a adressé un petit coucou. Macon sirotait sa boisson en gardant sa contenance, comme toujours. Il fallait le connaître pour s'apercevoir qu'il n'était pas loin d'exploser. À la réflexion, pourquoi Larkin les avait-il invités à entrer ?

Dis-moi que j'hallucine.

La fête. J'avais oublié.

Emily s'est postée à l'avant de ses amis.

— Où est l'heureuse élue ?

Elle a tendu les bras, l'air de vouloir enlacer Lena. Cette dernière s'est recroquevillée sur elle-même, mais on ne décourageait pas l'autre aussi facilement. Elle a crocheté le bras de Lena comme si elles étaient des amies qui se retrouvaient après une longue séparation.

— Nous avons préparé cette fiesta toute la semaine. Il y a un orchestre, et Charlotte a loué des guirlandes électriques pour qu'on y voie quelque chose. Il faut dire que les jardins de Ravenwood sont tellement sombres !

Baissant la voix à la manière d'une trafiquante s'adonnant au marché noir, elle a ajouté :

— En plus, nous avons de l'alcool de pêche.

— Tu verrais ça ! a renchéri Charlotte avec son accent traînant, essoufflée à cause de son jean trop étroit. Il y a une machine laser. Une rave à Ravenwood, si c'est pas cool ? Exactement comme celles de la fac à Summerville.

Une rave ? Ridley s'était mise en quatre. Emily et Savannah organisant une bringue en l'honneur de Lena et rampant devant elle comme si elle était leur Reine des Neiges ? Ça avait dû être encore plus difficile que de leur demander de sauter du haut d'une falaise.

— Et maintenant, montons dans ta chambre pour te faire belle, heureuse élue !

Charlotte ressemblait plus que d'ordinaire à une *cheerleader*, alors qu'elle en faisait déjà toujours trop. Lena était blême. Sa chambre ? Alors que la moitié de ses graffitis devaient évoquer ces pestes ?

— Mais qu'est-ce que tu racontes, Charlotte ? est intervenue Emily en serrant l'épaule de Lena. Elle est splendide, telle quelle. N'est-ce pas, Savannah ?

Elle a adressé une moue réprobatrice à la gaffeuse, l'air de penser qu'elle aurait intérêt à lever le pied sur les biscuits et à faire des efforts pour être aussi splendide que Lena.

— Tu rigoles ? a répondu Savannah. Je serais prête à tuer pour des cheveux pareils. Ils sont tellement... noirs. C'est stupéfiant.

Elle a enroulé une des mèches de Lena autour de son doigt.

— Les miens aussi étaient noirs, l'an dernier, a protesté Eden. Les racines, en tout cas.

En effet, elle se les était teintes, laissant le sommet blond, lors de l'une de ses malheureuses tentatives pour se distinguer. Savannah et Emily s'étaient moquées d'elle de manière impitoyable, si bien qu'elle avait renoncé à cette originalité dès le jour suivant.

— Toi, tu ressemblais à une mouffette, alors qu'elle, elle a des allures d'Italienne, a répliqué Savannah en souriant à Lena.

— Allons-y, a décrété Emily. Tout le monde t'attend.

Elle a tiré Lena par le bras. Celle-ci s'est dégagée.

Ça sent le coup fourré.

Sûrement, mais pas comme tu l'imagines. Il porte la signature d'une Sirène à sucette.

Ridley. J'aurais dû m'en douter.

Lena a regardé tante Del et oncle Macon. Ils étaient horrifiés, comme si tout le latin du monde ne les avait pas préparés à cela. Peu habituée à ce type d'anges, Bonne-maman a souri.

— Inutile de vous précipiter, a-t-elle dit. Voulez-vous une tasse de thé, les enfants ?

— Salut, Bonne-maman ! a lancé Ridley depuis la porte d'entrée.

Elle était restée sur la véranda et léchait sa sucette rouge avec une ferveur qui m'a amené à songer que, si elle cessait, toute cette mise en scène risquait de s'écrouler, tel un château de cartes. Je n'étais pas là pour lui permettre de pénétrer dans la maison, cette fois. Elle se tenait à quelques centimètres de Larkin, qui semblait amusé mais lui bloquait le passage. Ridley débordait d'une veste moulante à lacets qui ressemblait à un croisement entre de la lingerie et ce qu'aurait pu porter la fille figurant sur la couverture d'un magazine porno. Une jupe en jean taille basse complétait cet accoutrement.

— Surprise, surprise ! a-t-elle ajouté en s'adossant au chambranle de la porte.

Posant sa tasse de thé, Bonne-maman a repris son tricot.

— Quel plaisir de te revoir, Ridley chérie ! Ton nouveau look est très seyant. Je suis sûr qu'il va te valoir des tas de conquêtes masculines.

Elle a adressé un sourire innocent à sa petite-fille, même si son regard restait de glace. Ridley s'est renfrognée, n'en a pas moins continué à déguster sa friandise.

— Il te faut combien de coups de langue, Rid ?

— Pour quoi faire, Courte Paille ?

— Pour amener Savannah Snow et Emily Asher à organiser une fête en l'honneur de Lena.

— Plus que tu ne l'imagines, L'Amoureux.

Elle m'a tiré la langue, ce qui m'a permis de constater qu'elle était striée de traînées rouges et mauves. Un spectacle vertigineux. Poussant un soupir, Larkin s'est tourné vers les adultes.

— Il y a une bonne centaine de mômes dans le champ, a-t-il annoncé. Ainsi qu'une estrade, des haut-parleurs, et des voitures garées tout le long de la route.

— C'est vrai ? a sursauté Lena avant d'aller regarder par la fenêtre. Oui, ils ont dressé une scène au milieu des magnolias.

— Mes magnolias ? a rugi Macon en se levant.

Toute l'affaire était une farce. À chaque coup de langue suggestif, Ridley donnait vie à cette fête. Lena en était consciente. N'empêche, une part d'elle avait envie d'y aller, c'était visible dans ses yeux. Une surprise-partie où tout le bahut débarquait, cela devait figurer sur sa liste de lycéenne normale. Elle était capable d'affronter son destin d'Enchanteresse ; elle en avait assez d'être exclue de la vie, cependant.

— Tu ne les obligeras pas à partir, a dit Larkin à Macon. Autant laisser faire. Je resterai près d'elle. Moi ou Ethan.

Link s'est frayé un chemin jusqu'à moi.

— Allons-y, mec. Mon groupe, les Crucifix Vengeurs, c'est nos débuts à Jackson. Ça va être géant.

Il était heureux comme jamais. J'ai jeté un coup d'œil soupçonneux à Ridley, qui a haussé les épaules en mordillant sa sucette.

— Nous n'irons nulle part, ai-je riposté. Pas ce soir.

J'étais scotché que Link soit là. Si sa mère l'apprenait, elle aurait une attaque. Larkin a regardé Macon, qui était irrité, puis tante Del, qui était paniquée. Ni l'un ni l'autre ne désiraient perdre de vue Lena. Pas aujourd'hui en tout cas.

— Non, a décrété Macon sans même prendre le temps d'y réfléchir.

— Cinq minutes, a plaidé Larkin.

— Hors de question.

— Quelle sera la prochaine occasion où tous ses camarades lui organiseront une fête ?

— Aucune, avec un peu de chance.

Le visage de Lena s'est fermé. J'avais eu raison, elle avait envie de participer à l'événement, quand bien même il était artificiel. Comme le bal ou un match de basket. Telles étaient les raisons premières qui la poussaient à fréquenter un lycée, aussi horrible soit la façon dont on l'y traitait. C'était pour ça qu'elle y était venue, jour après jour, même si elle en était réduite à déjeuner sur les gradins et à s'asseoir du côté de l'œil valide de la mère English. Elle avait seize ans, Enchanteresse ou pas. Elle ne souhaitait être que cela, une nana de seize ans, au moins l'espace d'une nuit.

Il n'y avait qu'une personne qui fût aussi têtue que Macon Ravenwood. Lena. Pour peu que je ne me trompe pas, il ne ferait pas le poids face à sa détermination. Pas ce soir. S'approchant de lui, elle a noué son bras autour du sien.

— Je sais que ça paraît fou, oncle M, mais puis-je y aller ? Rien qu'un moment ? Juste pour écouter le groupe de Link ?

J'ai guetté l'agitation de ses boucles, annonce du Souffle Enchanteur. Elles n'ont pas bougé. Elle avait décidé de ne pas utiliser la magie des Enchanteurs mais une autre, très différente. Elle était consciente qu'elle ne réussirait pas à tromper la surveillance de Macon par un sortilège. Il fallait qu'elle recoure à une magie plus ancienne, plus forte, à celle qui avait été la plus efficace depuis qu'elle avait emménagé à Ravenwood. Celle du bon vieil amour.

— Pourquoi tiens-tu à accompagner ces gens, après tout ce qu'ils t'ont infligé ? a-t-il demandé, déjà plus tendre.

— Je n'ai pas envie de fréquenter ces filles, juste d'aller à la soirée, a-t-elle nuancé.

— Tu es contradictoire, s'est-il agacé.

— Je sais. C'est bête, mais je veux sentir ce que c'est d'être normal. Je veux assister à un bal sans le détruire. Je veux participer à une bringue à laquelle on m'a invitée. D'accord, Ridley est derrière tout ça. Est-ce mal que je m'en moque ?

Elle a levé les yeux sur lui, s'est mordillé la lèvre.

— Je ne peux pas te le permettre. Même si je le désirais. C'est trop dangereux.

— Ethan et moi n'avons jamais dansé, oncle M. Tu l'as dit toi-même.

Un instant, j'ai cru qu'il allait céder. Ça n'a pas duré.

— Eh bien, voici ce que je ne t'ai pas dit : prends-en l'habitude. Moi, je n'ai pas mis les pieds dans un lycée de ma vie, je ne me suis même pas baladé en ville un samedi après-midi. À chacun ses déceptions.

Lena a joué sa dernière carte.

— Mais c'est mon anniversaire. Tout est possible. Je tiens là ma dernière occasion, peut-être…

Sa dernière occasion de danser avec son petit ami. D'être elle-même. D'être heureuse. Elle n'a pas eu besoin de le formuler. Nous avions tous très bien compris.

— Je sais ce que tu ressens, Lena. Cependant, ta sécurité dépend de moi. Surtout ce soir. Tu dois rester ici. Les Mortels ne t'apporteront que péril et souffrance. Tu ne peux pas être normale. Tu n'as pas été conçue pour être normale.

C'était la première fois qu'il était aussi direct avec elle. Son allusion concernait-elle la fête ou moi ? Difficile à déterminer. Si les prunelles de Lena ont brillé, elle n'a pas fondu en larmes.

— Pourquoi ça ? a-t-elle insisté. Qu'y a-t-il de mal à désirer ce qu'ils ont ? Ne t'es-tu jamais demandé s'il leur arrivait d'avoir raison ?

— Et alors ? Qu'est-ce que ça change ? Tu es une Élue. Un jour, tu iras quelque part où Ethan ne pourra pas te suivre. Chacune des minutes que vous passez ensemble aujourd'hui constituera un fardeau supplémentaire à porter pour le reste de ton existence.

— Il n'est pas un fardeau.

— Oh que si ! Il te rend faible, ce qui le rend dangereux.

— Il me rend forte, ce qui n'est dangereux que pour toi.

— Allons, monsieur Ravenwood, me suis-je interposé, pas de ça ce soir, s'il vous plaît.

Il était trop tard, hélas. Lena était furieuse.

— D'ailleurs, qui es-tu pour en parler ? a-t-elle enchaîné. Toi qui n'as jamais eu de fardeau à porter, vu que tu n'as jamais eu de relation avec quiconque, pas même avec un ami. Tu n'y connais rien. Comment aurais-tu pu ? Tu dors toute la journée et tu rumines la nuit dans ta bibliothèque. Tu détestes la Terre entière, tu te crois meilleur que les autres. Et puisque tu ignores ce qu'est l'amour, tu ne peux savoir ce que je ressens.

Sur ce, elle a tourné les talons et a grimpé l'escalier à toutes jambes. Boo l'a suivie. La porte de sa chambre a claqué, envoyant des échos dans le hall. Le chien s'est couché devant.

Bien qu'elle ne soit plus là, Macon fixait des yeux la direction qu'elle avait prise. Puis il m'a regardé.

— Je ne pouvais le permettre, je suis certain que vous le comprenez.

J'avais beau être conscient que ceci était la nuit la plus périlleuse qui soit pour Lena, je me disais aussi que c'était peut-être sa dernière chance d'être la fille que nous aimions tous. Je comprenais, oui. Seulement, je n'avais pas envie d'être dans la même pièce que Macon.

— Alors, cette fête, a lancé Link, elle va avoir lieu ou non ?

Larkin a attrapé son blouson.

— Sortons, a-t-il déclaré. Allons bringuer en l'honneur de Lena, même si c'est sans elle.

Emily lui a emboîté le pas, le reste de la troupe dans son sillage. Ridley m'a contemplé et a haussé les épaules.

— J'aurais essayé, a-t-elle murmuré.

— Allez, Ethan, m'a dit Link, près de la porte. Viens, mec.

J'ai levé la tête vers l'étage.

Lena ?

— Je préfère rester ici.

— Je ne crois pas qu'elle redescendra de sitôt, Ethan, est intervenue Bonne-maman. Pourquoi n'accompagnes-tu pas tes amis ? Tu reviendras aux nouvelles dans quelques minutes, d'accord ?

Je ne voulais pas sortir. C'était sans doute notre dernière nuit ensemble. Même si nous devions être confinés dans sa chambre, je serais avec elle.

— Viens au moins écouter ma nouvelle chanson, mec, a insisté Link, ses baguettes à la main.

— Très bonne idée, a renchéri Macon en se versant un nouveau scotch. Vous pourrez nous rejoindre tout à l'heure, Ethan. Entre-temps, nous autres devons discuter de certaines choses.

Autrement dit, j'étais congédié.

— Rien qu'un morceau, ai-je concédé. Ensuite, j'attendrai dehors. Mais pas longtemps.

Le champ derrière Ravenwood était bondé. La scène installée à sa lisière était éclairée par des lampes portables, comme celles qu'ils utilisaient pour la reconstitution des escarmouches nocturnes de Honey Hill. Les haut-parleurs déversaient une musique assourdissante, qu'il était cependant difficile d'entendre, avec le bruit des canons au loin.

Derrière Link, j'ai gagné l'estrade où les Crucifix Vengeurs installaient leur matériel. Ils étaient trois, dans la trentaine. Le type qui réglait l'amplificateur de sa guitare avait les bras couverts de tatouages et ce qui ressemblait à une chaîne de moto autour du cou. Les cheveux noirs hérissés du bassiste allaient de pair avec ses yeux lourdement maquillés. Le troisième était percé dans tellement d'endroits qu'on avait mal rien qu'à le regarder. D'un bond, Ridley s'est assise au bord de la scène et a agité la main en direction de Link.

— Attends un peu de nous avoir écoutés, m'a confié ce dernier. Ça déménage. Dommage que Lena ne soit pas là.

— Je m'en serais voulu de te décevoir.

Surgissant derrière nous, Lena a noué ses bras autour de ma taille. Ses yeux étaient rouges et mouillés de larmes mais, dans le noir, elle ressemblait à tout le monde.

— Que s'est-il passé ? Ton oncle a changé d'avis ?

— Pas exactement. Ce qu'il ignore ne peut l'offenser, n'est-ce pas ? D'ailleurs, je me fiche qu'il l'apprenne. Il est odieux, ce soir.

Je n'ai pas relevé. Jamais je ne saisirais pleinement leurs relations, pas plus qu'elle n'était en mesure de saisir celles qui m'unissaient à Amma. Je me doutais toutefois qu'elle allait s'en vouloir beaucoup, quand tout cela serait terminé. Elle ne supportait pas qu'on dénigre son oncle, y compris lorsque c'était moi qui le faisais. Qu'elle prenne la relève à son tour risquait d'empirer les choses.

— Tu as filé à l'anglaise ?

— Oui. Avec l'aide de Larkin.

Ce dernier s'est approché de nous, un gobelet en plastique à la main.

— On n'a seize ans qu'une fois dans sa vie, non ? a-t-il rigolé.

Ce n'est pas une bonne idée, L.

J'ai juste envie de danser. Ensuite, on rentrera.

— Je t'ai écrit une chanson pour ton anniversaire, Lena, a annoncé Link en montant sur l'estrade. Tu vas l'adorer.

— Comment s'appelle-t-elle ? ai-je demandé, suspicieux.

— *Seize Lunes*. Tu te souviens ? Ce drôle de morceau que tu ne retrouvais jamais sur ton iPod ? Il m'est revenu en tête sans crier gare la semaine dernière. Rid m'a un peu aidé, je l'admets. Elle est comme ma muse, j'imagine.

J'en étais sans voix. Lena ne m'a pas laissé le temps de réfléchir, cependant. Elle a pris mon bras, tandis que Link, impossible à arrêter maintenant, s'emparait du micro et le fixait sur son pied, juste au niveau de sa bouche. Presque à l'intérieur de sa bouche, pour être honnête, ce qui était un peu dégueu. Il avait beaucoup trop regardé MTV chez Earl. Mais il fallait lui reconnaître ça : il ne manquait pas de courage, vu que, vengeur ou non, il allait se faire crucifier en moins d'une minute.

Assis derrière sa batterie, baguettes dressées, il a fermé les paupières.

— Un, deux, trois.

Le guitariste, le mal aimable à la chaîne, a pincé une corde. Le son a été atroce, et les amplificateurs se sont mis à couiner, à l'autre bout de l'estrade. J'ai grimacé. Ça allait être un massacre. Puis le gars a lancé une deuxième note, une troisième.

— Mesdames et messieurs ! a braillé Link. Enfin, pour peu qu'il y ait des dames et des messieurs ici (une vague de rires a secoué la foule). J'aimerais souhaiter un joyeux anniversaire à Lena. Et maintenant, tapez dans vos mains pour la première mondiale de mon nouveau groupe, les Crucifix Vengeurs.

Link a adressé un clin d'œil à Ridley. Il se prenait vraiment pour Mick Jagger, ce débile. J'en ai eu mal pour lui. J'ai saisi la main de Lena et j'ai aussitôt eu l'impression d'avoir plongé les doigts dans un lac, l'hiver, quand l'eau est tiède en surface à cause du soleil et glaciale en dessous. J'ai tremblé de froid, mais je ne l'ai pas lâchée pour autant.

— J'espère que tu es préparée. Il va se faire descendre en flammes. Nous serons de retour dans ta chambre d'ici moins de cinq minutes, crois-moi.

— Je n'en suis pas aussi sûre que toi, a-t-elle répondu.

Trônant près des musiciens, Ridley souriait et agitait la main comme une groupie. Ses cheveux s'agitaient, des mèches roses et blondes qui fourchaient sur ses épaules.

La mélodie familière a retenti, et *Seize Lunes* a rugi dans les amplis. Sauf que, cette fois, ça ne ressemblait en rien aux chansons habituelles des maquettes de Link. Le groupe était bon, excellent, même. D'ailleurs, l'assistance s'est lâchée, comme si le lycée Jackson avait enfin l'occasion de danser, après le fiasco du bal d'hiver. Pourtant, nous étions à Ravenwood, la plantation la plus infâme et la plus crainte de Gatlin. L'énergie ambiante m'a stupéfié. L'assemblée se trémoussait, et la moitié des gens chantaient. Ce qui était dingue, vu que personne ne connaissait les paroles. Même Lena a souri, et nous nous sommes mis à nous balancer avec les autres, parce que, franchement, le rythme était irrésistible.

— Ils jouent notre chanson.

— Oui, c'est ce que je me disais.

— Je sais, a-t-elle acquiescé en nouant ses doigts autour des miens, déclenchant mes frissons. Ils sont plutôt bons, en plus.

— Bons ? Tu rigoles ! Ils sont géniaux. Genre, c'est le jour le plus génial de la vie de Link.

Tout cela était complètement fou. Les Crucifix Vengeurs, Link, la bringue. Ridley qui sautillait sur la scène en léchant sa sucette. Pas le plus fou de ce dont j'avais été témoin ce jour-là, mais pas loin.

Aussi, quand nos cinq minutes de danse se sont transformées en vingt-cinq puis en cinquante-cinq minutes, ni Lena ni moi n'y avons prêté attention. Le temps s'était arrêté – du moins, telle était notre impression. Nous avions l'occasion de danser, il fallait la faire durer le plus longtemps possible, des fois que nous n'en ayons pas d'autres à l'avenir.

De son côté, Larkin n'était pas pressé de rentrer non plus. Il était enchevêtré dans Emily, qu'il embrassait et pelotait près d'un des feux de camp que quelqu'un avait allumés dans de vieilles poubelles en métal. Emily portait la veste de Larkin qui, de temps en temps, découvrait son épaule pour lui lécher le cou. Pas très ragoûtant. Ce type était un véritable serpent.

— Larkin ! a crié Lena. Elle n'a que seize ans !

Il lui a tiré la langue, une langue bien plus longue que celle de n'importe quel Mortel. Emily n'a pas semblé s'en rendre compte. Se dégageant de l'étreinte du jeune homme, elle a fait signe à Savannah qui dansait en compagnie de Charlotte et d'Eden.

— Venez, les filles ! On va donner son cadeau à Lena.

D'un sachet argenté, Savannah a sorti un petit emballage argenté ficelé par du ruban argenté.

— Ce n'est rien du tout, a-t-elle dit en le tendant.

— Toutes les filles devraient en avoir un, a renchéri Emily.

— Le métal va avec tout ! s'est écriée Eden qui paraissait avoir du mal à ne pas déchirer le papier elle-même.

— Il est juste assez grand pour que tu y mettes ton mobile et ton rouge à lèvres, a précisé Charlotte en fourrant le paquet entre les mains de Lena. Allez, ouvre-le.

Lena s'est emparé du présent et leur a souri.

— Savannah, Emily, Eden, Charlotte, vous n'avez pas idée de ce que cela représente pour moi.

L'ironie de la phrase leur est passée largement au-dessus de la tête. Ce qui n'a pas été mon cas.

Le comble de la stupidité.

Lena a évité de croiser mon regard, sinon nous aurions tous deux éclaté de rire. Nous sommes repartis dans la foule des danseurs. Au passage, Lena a jeté au feu la petite boîte argentée. Les flammes jaune et orange ont dévoré l'emballage jusqu'à réduire en cendre le sac à main métallique.

Les Crucifix Vengeurs se sont accordé une pause. Link en a profité pour se vautrer dans la gloire de ses débuts musicaux.

— Je t'avais bien dit qu'on était bons, a-t-il plastronné. Le contrat avec une grosse boîte de prod' n'est pas loin.

Il m'a assené un coup de coude dans les côtes, comme au bon vieux temps.

— Tu avais raison, mon pote. Vous êtes super.

Force m'était de le reconnaître, quand bien même il avait la sucette de son côté. Savannah Snow s'est approché de nous d'un pas guilleret, sûrement dans le but de démolir la joie de Link.

— Salut, Link, a-t-elle lancé en battant des paupières de manière suggestive.

— Salut, Savannah.

— Tu m'accorderais une danse ?

Incroyable ! Elle le couvait des yeux comme s'il était une vraie star du rock.

— Si tu refuses, je ne m'en remettrai pas, a-t-elle enchaîné avec un sourire de Reine des Neiges.

J'ai eu le sentiment d'être pris au piège d'un des rêves de Link. Ou de Ridley. En parlant du loup...

— Bas les pattes, petite reine, est intervenue Ridley. Ce gars est à moi.

Elle a enroulé un bras, ainsi que d'autres parties vitales de son corps, autour de Link, histoire d'enfoncer le clou.

— Désolé, Savannah, a lâché le héros de la soirée. Une autre fois, peut-être.

Fourrant ses baguettes dans sa poche arrière, il a suivi Ridley et ses pas de danse classés X pour se joindre à la foule des fêtards. C'était sûrement le zénith de son existence. Son propre anniversaire, en quelque sorte.

Lorsque le morceau s'est achevé, il a de nouveau bondi sur scène.

— Nous avons une dernière chanson, a-t-il annoncé. Elle a été écrite par une de mes très chères amies, pour un élève de Jackson très spécial. Les personnes concernées se reconnaîtront.

Les projecteurs se sont éteints. Link a baissé la fermeture de son sweat-shirt. Les lampes se sont rallumées au premier accord de guitare ; il portait un des tee-shirts des Anges Gardiens dont il avait arraché les manches. L'effet qu'il recherchait avait été atteint – il était ridicule. Si seulement sa mère avait pu le voir ! Il s'est penché sur le micro et a entrepris de lancer son petit sortilège à lui.

Toute une armée d'anges déchus,
Le mal n'engendre pas le bien,
Tes flèches au vol brisé me tuent,
Pourquoi, pourquoi ne vois-tu rien ?
Ce que tu hais est ton destin,
Ta destinée, Ange Déchu.

La chanson de Lena. Celle qu'elle avait écrite pour Link.

Tandis que la mélodie enflait, tous les Anges Gardiens dûment affiliés se balançaient au rythme du pamphlet qui leur était destiné. Fallait-il y voir la main de Ridley ? Peut-être. Peut-être pas. En tout cas, le morceau achevé, quand Link a jeté son tee-shirt ailé au feu, j'ai eu l'impression que ce n'était pas la seule chose qui subissait un autodafé ce soir-là. Tout ce qui avait été si dur, si insurmontable, pendant tant de mois, est parti en fumée.

Longtemps après que les Crucifix Vengeurs ont eu fini de jouer, alors que Ridley et Link s'étaient volatilisés, Savannah et Emily ont continué d'être sympa avec Lena, mes anciens coéquipiers se sont soudain remis à m'adresser la parole. J'ai cherché un signe, une sucette. Le seul fil capable de détricoter tout le pull.

En vain. Il n'y avait que la Lune, les étoiles, la musique, les lumières et la foule. Lena et moi avions cessé de danser mais étions encore accrochés l'un à l'autre. Nous tanguions sur place, et des bouffées de chaleur et de froid, d'électricité et de peur parcouraient mes veines. Tant que des chansons berçaient l'atmosphère, nous étions dans notre propre bulle. Nous n'étions plus dans notre petite grotte douillette, ce qui n'empêchait pas l'instant d'être parfait.

Lena s'est doucement écartée de moi, comme elle le faisait quand quelque chose la tracassait, et elle m'a fixé des yeux. L'air de me voir pour la première fois.

— Qu'y a-t-il ?

— Rien. Je...

Nerveuse, elle s'est mordu la lèvre avant de respirer un bon coup.

— Juste un truc que je veux te dire.

J'ai essayé de lire ses pensées, de déchiffrer son expression. Je commençais à croire que nous étions revenus à la semaine précédant Noël, aux couloirs de Jackson, loin de Greenbrier. Je l'enlaçais toujours et j'ai dû résister à l'envie de la serrer plus fort pour m'assurer qu'elle ne m'abandonnait pas.

— Quoi ? Tu peux tout me dire.

Elle a plaqué ses paumes sur mon torse.

— Au cas où les choses tourneraient mal, cette nuit, je tiens à ce que tu saches...

Elle a plongé son regard dans le mien, et j'ai entendu ses mots aussi clairement que si elle les avait chuchotés à mon oreille. La différence, c'est qu'ils étaient encore plus lourds de sens que si elle les avait formulés à haute voix. Elle les a dits de la seule façon qui importait pour nous deux. De la façon qui nous avait permis de nous trouver dès le début. De la façon qui nous permettait de toujours nous retrouver.

Je t'aime, Ethan.

L'espace d'une seconde, j'ai été pris de court, car « Je t'aime » ne me semblait pas suffisant. La phrase ne traduisait pas tout ce que j'avais envie de révéler – qu'elle m'avait sauvé de cette ville, de ma vie, de mon père. De moi-même. Comment trois petits mots pourraient-ils retranscrire tout cela ? Ils ne le peuvent pas. Pourtant, je les ai prononcés. Parce que je les pensais.

Je t'aime aussi, L. Je crois que je t'ai toujours aimée.

Elle s'est de nouveau blottie contre moi, sa tête sur mon épaule, ses cheveux tièdes contre mon menton. J'ai alors senti autre chose. La part d'elle que j'avais eu peur de ne jamais réussir à atteindre, celle qu'elle dissimulait au monde entier. Je l'ai sentie s'ouvrir, juste assez longtemps pour que je l'entrevoie. Elle me donnait un morceau d'elle-même, le seul qui soit à elle, véritablement. J'ai voulu me rappeler cette émotion, ce moment, comme un instantané vers lequel je pourrais me retourner dès que l'envie m'en prendrait.

J'ai souhaité que cela dure une éternité.

Il s'est révélé par la suite qu'on ne m'accordait que cinq minutes supplémentaires, montre en main.

11 février
La fille à la sucette

Lena et moi nous balancions au rythme de la musique lorsque Link s'est frayé un chemin à coups de coude dans la foule.

— Je t'ai cherché partout, mec !

Il s'est penché en avant, mains sur les genoux, pour tenter de reprendre son souffle.

— Pourquoi ? Y a le feu ?

Link paraissait soucieux, ce qui était inhabituel pour un type qui consacrait l'essentiel de son temps à imaginer comment agrafer des filles tout en se cachant de sa mère.

— C'est ton père. Il est sur le balcon des Soldats Tombés. En pyjama.

Selon le *Guide touristique de la Caroline du Sud*, les Soldats Tombés était un musée sur la guerre de Sécession. En vérité, ce n'était, pas très loin de Ravenwood, que l'ancienne maison de Gaylon Evans, remplie de ses souvenirs d'époque. Gaylon avait légué la baraque et ses collections à sa fille, Vera, laquelle cherchait si désespérément à intégrer les FRA qu'elle avait autorisé Mme Lincoln et ses copines à restaurer la demeure et à en faire le seul et unique musée de Gatlin.

— Génial.

Me mettre dans l'embarras chez nous était une chose. Mais voilà que mon père avait décidé de s'aventurer dehors. Link paraissait en pleine confusion. Il s'était sûrement attendu à ce que je marque de la surprise en apprenant que mon vieux se baladait en pyjama. Il ne se doutait pas que ça n'avait rien d'extraordinaire. Je me suis rendu compte combien il était peu au courant de mon existence de ces derniers temps, alors qu'il était mon meilleur – mon unique – ami.

— Ethan ! Il est sur le balcon. Il s'apprête à sauter.

Je me suis brusquement figé sur place. J'entendais ses paroles, mais j'étais incapable de réagir. J'en étais arrivé à avoir honte de mon père. N'empêche, fou ou pas, je l'aimais et je ne pouvais me permettre de le perdre. Il était le seul parent qui me restait.

Ça va, Ethan ?

J'ai dévisagé Lena, ses grands yeux verts pleins de sollicitude. Ce soir, je risquais également de la perdre. Il était possible que tous les deux me soient arrachés.

— Tu m'as entendu, Ethan ?

Il faut que tu y ailles, Ethan. Ne t'inquiète pas, ça va s'arranger.

— Viens, mec !

Link me tirait par le bras. La star de rock s'était effacée, il n'était plus que mon meilleur copain essayant de me sauver de moi-même. Sauf que je refusais d'abandonner Lena.

Je ne te quitte pas. Tu ne restes pas seule ici.

Du coin de l'œil, j'ai aperçu Larkin qui venait dans notre

direction après avoir échappé, l'espace d'une minute, à Emily.

— Larkin !

— Ouais. Qu'est-ce qu'il y a ?

Il a semblé sentir qu'il y avait un os, il a même paru tracassé, lui dont l'expression habituelle était l'indifférence.

— J'ai besoin que tu ramènes Lena à la maison.

— Pourquoi ?

— Promets-moi seulement de la raccompagner.

— Ne te bile pas, Ethan ! est intervenue Lena en me poussant vers Link. File !

Elle avait l'air aussi affolée que moi. Je n'ai pas bronché.

— OK, mec, je m'en occupe tout de suite.

Link a fini par réussir à m'entraîner. Nous avons décampé à toutes jambes, conscients l'un comme l'autre que je n'avais plus beaucoup de temps si je ne voulais pas devenir un ado privé de ses deux parents.

Nous avons traversé en courant les champs en friche de Ravenwood pour gagner la route et les Soldats Tombés. À cause de la reconstitution de la bataille de Honey Hill, les fumées des mortiers alourdissaient l'atmosphère, et on percevait par intermittence des coups de fusil. Les combats de nuit battaient leur plein. Nous approchions de la frontière séparant Ravenwood de Greenbrier. J'ai distingué les cordons jaunes délimitant la zone de sécurité qui brillaient dans l'obscurité.

Et si nous arrivions trop tard ?

Le bâtiment était sombre. Link et moi avons grimpé les marches deux à deux en nous efforçant de monter le plus rapidement possible au quatrième et dernier étage. Sur le palier du troisième, je me suis arrêté, poussé par l'instinct. Link m'a imité, averti par ses sens, comme il le faisait sur le terrain lorsque, à la fin d'un match, je m'apprêtais à lui lancer le ballon après m'être efforcé de gagner du temps sur l'adversaire.

— Il est là-haut, m'a-t-il soufflé.

Une fois encore, j'étais dans l'incapacité d'avancer. Sur mes traits, Link a lu ce dont j'avais peur. Il s'était tenu à mon côté à l'enterrement de ma mère, distribuant les œillets blancs aux gens pour qu'ils les déposent sur le cercueil, tandis que mon père et moi fixions la tombe comme si nous étions morts nous aussi.

— Et si… s'il a déjà sauté ?

— Non. J'ai laissé Rid avec lui. Elle empêcherait ça.

J'ai eu l'impression que le sol se dérobait sous mes pieds. « Si elle usait de son pouvoir sur toi et t'ordonnait de sauter d'une falaise, tu sauterais. » Écartant Link, j'ai filé dans la dernière volée d'escalier. Une fois en haut, j'ai examiné le couloir. Toutes les portes étaient fermées, sauf une. La lumière de la Lune éclairait les planchers teints.

— Il est là-bas, a dit Link.

J'avais déjà deviné.

Quand je suis entré dans la pièce, j'ai eu le sentiment de remonter le temps. Les FRA s'étaient défoncées. Une immense cheminée en pierre occupait le mur du fond, surmontée d'un manteau en bois sur lequel s'alignaient des bougies qui avaient coulé. Les yeux des Confédérés tués au combat me regardaient depuis les portraits sépia accrochés aux parois. De l'autre côté de la salle, il y avait un vieux lit à baldaquin. Toutefois, un détail ne collait pas et perturbait l'authenticité des lieux. Une odeur, musquée et douceâtre. Trop sucrée. Un mélange de danger et d'innocence, même si Ridley était tout sauf innocente.

Elle se tenait près des portes-fenêtres ouvrant sur le balcon, les cheveux agités par le vent. Les rideaux poussiéreux tourbillonnaient, comme si un courant d'air les poussait à l'intérieur de la salle. Comme si mon père s'était déjà précipité dans le vide.

— Je l'ai trouvé ! a annoncé Link, hors d'haleine.

— Je vois ça. Comment va, Courte Paille ?

Ridley m'a adressé son sourire d'un mielleux écœurant. J'ai eu autant envie de le lui retourner que de vomir. Lentement, j'ai gagné le balcon, effrayé à l'idée qu'il ne soit plus là. Il l'était, cependant. Debout sur la corniche étroite, du mauvais côté de la rambarde. Pieds nus, en pyjama de coton.

— Ne bouge pas, papa !

Des canards. Son pyjama était imprimé de colverts. Ça semblait déplacé, pour quelqu'un qui était à deux doigts de se jeter du haut d'un bâtiment.

— N'approche pas, Ethan, sinon je saute.

Il paraissait lucide, déterminé, plus présent qu'il ne l'avait été depuis des mois. Il ressemblait presque à celui d'autrefois. C'est d'ailleurs ce qui m'a permis de saisir que ce n'était pas vraiment lui qui s'exprimait, du moins pas de sa propre volonté. C'était Ridley, son talent de persuasion poussé à plein régime.

— S'il te plaît, papa, je peux t'aider.

J'ai avancé de quelques pas.

— Arrête-toi tout de suite ! a-t-il crié en levant la main devant lui pour souligner ses mots.

— Vous ne voulez pas de son aide, n'est-ce pas, Mitchell ? Vous ne voulez que la paix. Vous voulez revoir Lila.

Appuyée contre le mur, Ridley tenait sa sucette, prête à agir.

— Je t'interdis de prononcer le nom de ma mère, sorcière !

— Qu'est-ce que tu fiches, Rid ? a demandé un Link ébahi.

— Ne te mêle pas de ça, Dingo Dink. Ça te dépasse largement.

Je me suis positionné entre Ridley et mon père, comme si mon corps était capable de détourner ses pouvoirs.

— Pourquoi fais-tu ça ? lui ai-je lancé. Il n'a rien à voir avec Lena ou moi. Si tu veux m'atteindre, prends-en-toi à moi directement. Laisse mon père en dehors de ça.

Rejetant la tête en arrière, elle s'est esclaffée. Son rire avait des accents méchants et sensuels.

— Je me fiche comme d'une guigne de t'atteindre ou non, Courte Paille. Je me borne à accomplir ma tâche. Ça n'a rien de personnel.

Mon sang s'est glacé dans mes veines.

Sa tâche.

— Tu agis pour le compte de Sarafine.

— Allons, Courte Paille, tu t'attendais à quoi ? Tu as été témoin de la façon dont mon oncle me traite. La famille n'est pas franchement une option pour moi, en ce moment.

— Qu'est-ce que tu racontes, Rid ? s'est écrié Link en la rejoignant. Qui est Sarafine ?

Elle l'a regardé. Un instant, il m'a semblé distinguer quelque chose sur ses traits. Ténu, rapide, mais réel. Quelque chose qui ressemblait presque à une émotion. Elle a disparu aussi vite qu'elle était apparue, cependant.

— Je crois que tu vas retourner à la fête, Dingo Dink. Le groupe prépare sa seconde prestation. N'oublie pas que nous enregistrons tout pour votre nouvelle maquette. Je la porterai en personne à des boîtes de production de New York.

Elle ronronnait tout en le fixant avec intensité. Link a

hésité, l'air de vouloir lui obéir sans être persuadé qu'il le devait.

— Écoute-moi, papa. Tu ne veux pas vraiment sauter. Cette fille te contrôle. Elle influence les autres, c'est son truc. Maman n'aurait jamais souhaité que tu fasses cela.

J'ai guetté un signe indiquant que mes paroles portaient. Qu'il m'écoutait. En vain. Il s'est contenté de contempler l'obscurité. Au loin, nous parvenaient le bruit des baïonnettes qui s'entrechoquaient et les cris de guerre de quadragénaires excités.

— Vous n'avez plus aucune raison de vivre, Mitchell. Vous avez perdu votre femme, vous n'arrivez plus à écrire, et Ethan partira pour l'université dans quelques années. Pourquoi ne l'interrogez-vous pas sur la boîte à chaussures pleine de dépliants qui se trouve sous son lit ? Vous resterez tout seul.

— La ferme !

Ridley s'est tournée vers moi en défaisant l'emballage de sa sucette.

— Navrée, Courte Paille. Sincèrement. Mais tout le monde a son rôle à jouer, et le mien consiste en cela. Ton père va être victime d'un petit accident. Exactement comme ta mère.

— Qu'est-ce que tu dis ? s'est écrié Link.

J'avais conscience qu'il avait parlé, pourtant je n'entendais pas sa voix. Je n'entendais rien, sinon ce que Ridley venait de révéler, une phrase qui se répétait, encore et encore, dans mon esprit. « Exactement comme ta mère. »

— As-tu tué ma mère ?

J'ai commencé à avancer vers elle. Je me moquais des pouvoirs dont elle était dotée. Si elle avait assassiné ma mère...

— Du calme, mon grand. Je n'y suis pour rien. C'était un peu avant mon temps.

— Ethan, explique-moi ce qui se passe, merde !

Link m'avait rejoint.

— Elle n'est pas ce qu'elle semble être. Elle...

Je me suis interrompu, ignorant comment formuler les choses pour qu'il les comprenne.

— C'est une Sirène. Une sorcière, si tu préfères. Elle te manipule depuis le début comme elle est en train de manipuler mon père.

— Une sorcière ! a ri Link. Tu perds la boule, mec.

Je n'ai pas quitté des yeux Ridley. Elle a souri et passé sa main dans les cheveux de Link.

— Allez, bébé, a-t-elle susurré, reconnais combien tu aimes les vilaines filles.

Je n'avais pas la moindre idée de ce dont elle était capable mais, après la petite démonstration à laquelle j'avais assisté, à Ravenwood, je savais qu'elle pouvait nous tuer tous. Je n'aurais jamais dû la traiter comme si elle n'était qu'une fêtarde parmi tant d'autres. Je m'étais fourvoyé dans les grandes largeurs et je commençais juste à prendre la mesure de mon erreur. Link nous a regardés tour à tour, se demandant ce qu'il lui fallait ou non croire.

— Je suis sérieux, ai-je insisté. Je regrette de ne pas t'en avoir parlé plus tôt. Je te jure que c'est la vérité. Sinon, pourquoi essayerait-elle de liquider mon père ?

Link s'est mis à faire les cent pas. Il pensait sûrement que j'étais en train de devenir fou. Même moi, je trouvais que mes paroles avaient l'air dingues.

— C'est vrai, Ridley ? M'as-tu manipulé durant tout ce temps à l'aide de pouvoirs quelconques ?

— Si tu tiens absolument à couper les cheveux en quatre...

Mon père a ôté une de ses mains de la rambarde. Il a

tendu le bras, comme s'il s'efforçait de rester en équilibre sur une corde raide.

— Papa ! Non !

— Arrête, Rid, a enchaîné Link.

Lentement, il s'est approché d'elle. J'ai entendu les cliquetis de la chaîne qui retenait son portefeuille à son jean.

— Tu n'as donc pas écouté ton ami ? Je suis une sorcière. Une méchante sorcière.

Retirant ses lunettes de soleil, elle a révélé ses yeux dorés de chat. Link a retenu son souffle. À croire qu'il voyait Ridley pour la première fois. Ça n'a duré qu'une seconde.

— Tu es peut-être une sorcière, a-t-il murmuré, mais tu n'es pas si méchante que cela. Je le sais. Nous avons passé assez de temps ensemble. Nous avons partagé des choses.

— Ça faisait partie du plan, beau gosse. Il me fallait un lien, de quoi rester proche de Lena.

Le visage de Link s'est fermé. Quoi qu'elle lui ait infligé, quel qu'ait été le sortilège auquel elle avait recouru, les sentiments qu'il éprouvait pour elle étaient plus forts.

— Alors, ce n'était que du flan ? Mon œil !

— Pourtant, c'est la vérité. Enfin, autant que je suis capable de vérité.

Mon père a vacillé, le bras toujours tendu. On aurait dit qu'il testait ses ailes, qu'il vérifiait ses capacités à voler. À plusieurs mètres de là, un obus a frappé le sol, expédiant des geysers de terre en l'air.

— Qu'en est-il de tout ce que tu m'as raconté sur toi et Lena ? Que vous aviez grandi ensemble, que vous étiez comme deux sœurs. Pourquoi voudrais-tu lui faire du mal ?

Encore une fois, un éclat bizarre a traversé les traits de

Ridley. Je n'en aurais pas juré, mais ça ressemblait à des regrets. Était-ce concevable, cependant ?

— Ceci ne dépend pas de moi. Ce n'est pas moi qui tire les ficelles. Je te le répète, je me borne à jouer mon rôle. J'éloigne Ethan de Lena. Je n'ai rien contre ce vieux, il est faible d'esprit. Pas très malin, si tu vois ce que je veux dire. Juste une cible facile.

Elle a léché sa sucette.

« J'éloigne Ethan de Lena. »

Ceci n'avait été qu'un stratagème pour que je quitte Lena. La voix d'Arelia a résonné dans ma tête, aussi claire que si elle avait été agenouillée à mon côté. « Ce n'est pas la demeure qui la protège. Aucun Enchanteur n'est en mesure de les séparer. » Comment avais-je pu me montrer aussi bête ? Il ne s'agissait pas de déterminer si j'étais ou non doté qu'un quelconque talent surnaturel. Il ne s'agissait jamais de moi. Il s'agissait de nous.

Le pouvoir était ce qui nous reliait, ce qui nous avait toujours reliés. Quand nous nous étions trouvés sur la Nationale 9, en pleine tourmente. Quand nous avions bifurqué du même côté de la fourche. Un sortilège n'était pas nécessaire pour que nous restions ensemble. À présent qu'ils nous avaient éloignés l'un de l'autre, j'étais impuissant. Lena était seule, en cette nuit où, plus que jamais, elle avait besoin de moi.

J'avais du mal à réfléchir. Je manquais de temps, je refusais de perdre encore une personne que j'aimais. Je me suis rué sur mon père. Il se tenait à seulement quelques pas de distance, mais j'ai eu l'impression de courir dans des sables mouvants. Ridley a avancé, ses cheveux se tordant dans le vent comme les serpents sur la tête de la Méduse. Link l'a retenue.

— Non, Rid.

Une fraction de seconde, je n'ai pas su ce qui allait se passer. Tout s'est déroulé au ralenti.

Mon père m'a dévisagé.

Il a commencé à lâcher la rampe.

Les mèches roses et blondes de Ridley se sont agitées.

Link s'est placé devant elle, ses yeux plongés dans les prunelles dorées, chuchotant des mots que je ne percevais pas. Ridley l'a contemplé et, sans un bruit, sa sucette a voltigé par-dessus la rambarde. Je l'ai regardée voler en arc de cercle puis se fracasser par terre. C'était fini.

Aussi vite que mon père s'était détourné du balcon, il s'est penché dans ma direction. L'attrapant par les épaules, je l'ai tiré par-dessus la balustrade. Il est tombé sur le sol, en tas, a levé les yeux vers moi, tel un enfant terrorisé.

— Merci, Ridley. Merci.

— Garde tes mercis pour toi, a-t-elle sifflé en s'écartant de Link et en rajustant la bretelle de son corsage. Je ne vous ai pas rendu service. Ni à toi, ni à lui. Simplement, je ne me sentais pas de le tuer. Pas aujourd'hui.

Elle s'efforçait d'avoir un ton menaçant, mais elle paraissait infantile. Elle a joué avec une de ses boucles roses.

— Quelqu'un risque de ne pas être très content.

Elle n'a pas eu besoin de préciser qui. J'ai distingué de la peur dans son regard. L'espace d'un instant, j'ai vu à quel point son personnage était joué. De la fumée et des miroirs. Malgré tout, alors que j'essayais de remettre mon père debout, je n'ai pu m'empêcher de ressentir de la peine pour elle. Ridley avait beau être en mesure de décrocher n'importe quel gars sur la planète, elle souffrait d'une solitude immense. Elle était loin d'être aussi forte que Lena. Pas à l'intérieur.

Lena.

Tu vas bien, L ?

Oui ? Que se passe-t-il ?

J'ai observé mon père. Il n'arrivait pas à garder les paupières ouvertes, il avait du mal à rester debout.

Rien. Es-tu avec Larkin ?

Oui, nous rentrons à Ravenwood. Ton père va bien ?

Oui. Je t'expliquerai là-bas.

J'ai glissé mon bras sous celui de mon père, tandis que Link le soutenait de l'autre côté.

Reste avec Larkin. Va retrouver les tiens. Tu es en danger, seule.

Ridley nous a précédés dans la maison, ses longues jambes ont franchi le seuil de la porte-fenêtre.

— Désolée, les garçons, je dois filer. Je vais peut-être me réfugier quelque temps à New York, garder profil bas. Cool.

Bien qu'elle soit un monstre, Link était encore fasciné.

— Hé, Rid !

Elle s'est arrêtée, s'est retournée, presque nostalgique. Comme si elle ne pouvait pas plus éviter d'être celle qu'elle était qu'un requin peut éviter d'être un requin. Et pourtant, si elle en avait eu les moyens…

— Oui, Dingo Dink ?

— Tu n'es pas si mauvaise.

Elle l'a regardé droit dans les yeux, a failli sourire.

— Tu sais ce qu'on dit. On ne lutte pas contre sa nature.

11 février
Réunion de famille

Une fois mon père en sécurité entre les mains des équipes de secours de la reconstitution, je suis retourné à la fête à toute vitesse. J'ai écarté des filles de Jackson qui, débarrassées de leurs vestes, avaient l'air vulgaires, en tee-shirts riquiqui ou hauts échancrés, et qui tournoyaient au rythme de la musique des Crucifix Vengeurs. Lesquels jouaient sans Link qui, je ne l'en remercierais jamais assez, était sur mes talons. Le vacarme était infernal, entre le groupe, les explosions et les coups de feu. Au point que j'ai failli ne pas entendre Larkin.

— Hé, Ethan ! Par ici !

Il se trouvait au milieu des arbres, juste de l'autre côté des rubans jaunes phosphorescents qui délimitaient la zone de sécurité de celle où vous pouviez recevoir une balle dans le derrière. Que fabriquait-il là-bas ? J'ai agité le bras dans sa direction, il m'a fait signe de le rejoindre avant de disparaître derrière la colline. En temps normal, sauter par-dessus le cordon aurait été un dilemme, pas aujourd'hui. Je n'avais de toute façon pas d'autre choix que suivre le mouvement. Link m'a emboîté le pas, trébuchant çà et là mais sans se laisser distancer ; comme autrefois ; comme quand nous étions si proches.

— Ethan ?

— Ouais ?

— J'aurais dû t'écouter. Pour Rid.

— Pas grave, mec. C'était plus fort que toi. J'aurais dû t'en parler plus tôt.

— Ça n'aurait servi à rien.

La mitraille a résonné au-dessus de nos têtes. D'instinct, nous nous sommes baissés.

— J'espère que ce sont des balles à blanc, a marmonné Link, nerveux. Ce serait dingue si mon père m'abattait, non ?

— Avec la chance que j'ai ces derniers temps, je ne serais pas surpris qu'il nous descende tous les deux.

Nous avons atteint le sommet du monticule. Devant nous, j'ai distingué les fourrés épais, les chênes et la fumée du champ de bataille.

— Nous sommes ici ! a crié Larkin, à l'autre bout du bosquet.

Le « nous » ne pouvant que signifier lui et Lena, j'ai accéléré. Comme si la vie de Lena en dépendait. Ce qui, pour autant que je sache, était bien le cas. Je me suis rendu compte de l'endroit où nous étions quand j'ai aperçu l'arche menant au jardin de Greenbrier. Larkin et Lena étaient dans la clairière, juste de l'autre côté du jardin, là où nous avions profané la tombe de Genevieve, plusieurs semaines auparavant. Quelques pas derrière eux, une silhouette a émergé de l'ombre. Malgré l'obscurité, la pleine lune a suffi pour que je l'identifie. J'ai sursauté. C'était… C'était…

— Que diable fiches-tu ici, m'man ? a demandé Link, aussi étonné que moi.

C'était bien elle, en effet. Mme Lincoln, mon pire cauchemar. Enfin, l'un de mes dix pires cauchemars. Elle paraissait étrangement en place ou déplacée, selon la façon dont on l'envisageait. Elle était vêtue d'un nombre ridicule de jupons, et la robe de calicot qui lui serrait la taille était trop petite. Elle se tenait juste à côté de la tombe de Genevieve.

— Allons, allons, jeune homme, a-t-elle répondu. Tu sais que je ne tolère pas les blasphèmes.

Link s'est frotté le crâne. Ça n'avait de sens ni pour lui ni pour moi.

Que se passe-t-il, Lena ?

Lena ?

Pas de réponse. Ça sentait mauvais.

— Tout va bien, madame Lincoln ?

— À merveille, Ethan. N'est-ce pas une formidable bataille ? Sans compter que c'est aussi l'anniversaire de Lena, m'a-t-elle appris. Nous vous attendions. Plus précisément, l'un de vous.

Link a avancé d'un pas.

— Eh bien, je suis là, maintenant, m'man. Je vais te ramener à la maison. Tu ne devrais pas être hors de la zone de sécurité. Tu vas te faire arracher la tête. Tu sais que papa n'est pas la meilleure gâchette du comté.

Attrapant Link par le bras, je l'ai retenu. Quelque chose ne collait pas. Dans le sourire de sa mère. Dans la panique qui se dessinait sur les traits de Lena.

Qu'y a-t-il, Lena ?

Pourquoi se taisait-elle ? Elle a sorti la bague de ma mère de sous son sweat-shirt et a serré la chaînette entre ses doigts. Ses lèvres ont remué dans le noir, et j'ai perçu un chuchotis, rien de plus, au fond de mon cerveau.

Va-t'en, Ethan ! Va chercher oncle Macon ! Vite !

Sauf que c'était impossible. Pas question de l'abandonner.

— Link, mon ange, tu es un garçon si dévoué.

Link ? Ce n'était pas Mme Lincoln, devant nous. Cette dernière n'aurait pas plus appelé Wesley Jefferson Lincoln Link qu'elle aurait erré toute nue dans les rues. « Je n'arrive pas à comprendre pourquoi tu utilises ce sobriquet idiot », disait-elle chaque fois que l'un de nous téléphonait chez eux et annonçait qu'il voulait parler à son fils. Cédant à la pression de ma main, Link s'est arrêté. Lui aussi commençait à subodorer une embrouille.

— M'man ?

— File, Ethan ! a soudain hurlé Lena. Larkin, Link ! Que quelqu'un aille chercher oncle Macon !

Elle paraissait plus terrorisée que jamais. Je me suis rué vers elle. Il y a eu un bruit d'obus craché par son canon, puis une brusque gerbe de feu. Mon dos a violemment heurté un objet. J'ai senti mon crâne craquer et, l'espace d'une seconde, ma vision s'est brouillée.

— Ethan !

J'ai perçu la voix de Lena, mais j'étais prostré. J'avais été touché. J'en étais certain. J'ai lutté contre l'inconscience. Au bout de quelques instants, j'ai réussi à mieux voir. J'étais à terre, adossé à un arbre. J'ai tâtonné, en quête de l'endroit où l'éclat d'obus m'avait atteint. Pas de sang, cependant. Pas de point d'impact. À quelques pas de là, Link était également avachi contre un tronc. Il semblait aussi sonné que moi. Je me suis relevé, j'ai titubé en direction de Lena, mais mon visage a cogné dans un obstacle, et je me suis affalé sur le sol. Comme la fois où j'étais entré en plein dans la baie vitrée des Sœurs.

Je n'avais pas été blessé ; il s'agissait d'autre chose. Il y avait bien une baie vitrée, sauf qu'elle était invisible et qu'elle entourait l'arbre et moi. J'ai abattu mon poing dessus, sans émettre un son. Je l'ai martelée de mes paumes, encore et encore. Que pouvais-je faire d'autre ? J'ai constaté que Link tambourinait lui aussi contre sa prison invisible.

Mme Lincoln m'a adressé un sourire encore plus méchant que ceux que Ridley parvenait à produire quand elle était en grande forme.

— Libère-les ! a crié Lena.

Sans prévenir, le ciel s'est ouvert, et l'eau a littéralement cascadé des nuages, à croire que, là-haut, quelqu'un vidait un seau. Lena. Ses cheveux rebiquaient dans tous les sens. La pluie s'est transformée en crachin glacé, attaquant Mme Lincoln de toute part. Il a suffit d'une poignée de secondes pour que nous soyons tous trempés comme des soupes. Cela n'a pas empêché Mme Lincoln, ou la personne qui se cachait derrière, de continuer à sourire. Il y avait comme de la fierté, dans ce sourire.

— Je n'ai pas l'intention de leur faire de mal, a-t-elle déclaré. Je veux juste un peu de temps pour discuter.

Le tonnerre a roulé au-dessus de sa tête.

— J'espérais bien avoir une petite démonstration de tes talents, a-t-elle enchaîné. Comme je regrette de ne pas avoir été là pour t'aider à affiner tes dons.

— Tais-toi, sale sorcière !

Lena était sombre. Jamais ses prunelles n'avaient eu cet éclat d'acier, cependant qu'elle toisait Mme Lincoln. Dures comme le silex. Résolues. Pleines de haine et de rage. On aurait dit qu'elle avait envie d'arracher sa tête à Mme Lincoln... et qu'elle en était fort capable. J'ai enfin compris ce qui l'avait inquiétée tout au long de l'année. Elle avait le pouvoir de détruire, je n'avais vu que celui d'aimer. Lorsqu'on découvrait qu'on possédait les deux, ça devait poser un problème.

— Attends de prendre la mesure de tes dons, a repris Mme Lincoln. Tu manipuleras les éléments. C'est le véritable talent des Élus. Nous avons ça en commun, toi et moi.

Une chose en commun.

La femme a regardé en l'air. La pluie dégoulinait autour d'elle comme si elle avait tenu un parapluie.

— Pour le moment, tu provoques des averses. Bientôt, tu apprendras à maîtriser le feu aussi. Laisse-moi te montrer. J'adore jouer avec le feu.

Des averses ? Elle plaisantait ou quoi ? Nous étions au beau milieu d'une mousson. Mme Lincoln a levé la main, et un éclair a déchiré les nuages, électrisant le ciel. Elle a tendu trois doigts. Des éclairs ont jailli de chaque ongle manucuré. Une fois. La foudre a frappé le sol en soulevant de la terre, à deux pas de l'endroit où Link était enfermé. Deux fois. La foudre a incendié le chêne derrière moi, coupant quasiment en deux le tronc. Trois fois. La foudre a plongé sur Lena, qui s'est bornée à brandir sa paume. Le courant électrique a rebondi dessus pour atterrir aux pieds de Mme Lincoln. L'herbe s'est consumée en fumant. La femme a ri et agité la main. Elle a contemplé Lena avec orgueil.

— Pas mal. Je suis heureuse de constater que les chiens ne font pas des chats.

Non. Pas ça.

Lena l'a fusillée du regard et a soulevé ses paumes, posture de défense.

— Ah ouais ? a-t-elle riposté. Et que dit-on des chiens enragés ?

— Rien. Personne n'a survécu pour en dire quoi que ce soit.

Sur ce, Mme Lincoln s'est tournée vers Link et moi, dans sa robe de calicot et ses innombrables jupons, ses cheveux rassemblés en une tresse qui lui tombait dans le dos. Elle nous a fixés de ses yeux d'or étincelant.

— Je suis navrée, Ethan. J'espérais que notre première rencontre se déroulerait en d'autres circonstances. Ce n'est pas tous les jours qu'on fait la connaissance du petit ami de sa fille.

Elle a pivoté en direction de Lena.

— Et de sa fille, d'ailleurs, a-t-elle ajouté.

Je ne m'étais pas trompé sur l'identité de celle – de ce – que nous affrontions.

Sarafine.

La seconde suivante, le visage de Mme Lincoln, sa tenue extravagante, son corps ont commencé à se fendre par le milieu. La peau s'est écartée, tel l'emballage froissé d'une barre chocolatée. Son enveloppe charnelle s'est affaissée, comme on se débarrasse d'un manteau d'un simple mouvement d'épaule. Dessous, il y avait une autre personne.

— Je n'ai pas de mère ! s'est époumonée Lena.

Sarafine a grimacé, à croire qu'elle s'efforçait d'avoir l'air blessée puisque, techniquement, elle était effectivement la mère de Lena. Une indéniable vérité génétique. Elle avait les mêmes cheveux noirs et bouclés que sa fille. Sauf que là où Lena était d'une beauté terrifiante, Sarafine était juste terrifiante. À l'instar de Lena, elle était toute en élégante longueur, mais au lieu des beaux yeux verts, elle avait des prunelles d'un jaune luisant, comme ceux de Ridley et de Genevieve. Ces deux éclats malfaisants faisaient toute la différence.

Sarafine était vêtue d'une robe à corset en velours vert sombre, un peu tournant du siècle, touche de gothique moderne, et elle était chaussée de hautes bottes de moto noires. Elle a littéralement émergé du corps de Mme Lincoln, lequel s'est recomposé en quelques secondes, comme si on en avait refermé les coutures.

La véritable mère de Link s'est affaissée dans l'herbe, sa crinoline relevée, dévoilant ses jupons et ses bas qui lui montaient jusqu'aux genoux.

Link était sous le choc.

Sarafine s'est redressée et a frissonné, se libérant du poids de l'enveloppe charnelle empruntée.

— Les Mortels ! Ce corps était intolérable. Tellement gauche et inconfortable. Se gavant du matin au soir. Quelles répugnantes créatures !

— M'man ! Réveille-toi, m'man !

Link frappait des poings ce qui, apparemment, était un champ magnétique. Tout dragon soit-elle, Mme Lincoln était le dragon de son fils. Il devait avoir du mal à supporter de la voir jetée au sol, telle une ordure humaine sans conséquence. Sarafine a agité la main. Si la bouche de Link a continué à s'agiter, il n'en est plus sorti un son.

— Là, c'est mieux. Tu as de la chance que je n'aie pas été obligée de passer tout mon temps dans le corps de ta mère, ces derniers mois. Sinon, tu serais mort, à présent. Je ne saurais te dire le nombre de fois où j'ai failli te tuer, tant je m'ennuyais, le soir à table. Toi et tes discours imbéciles sur ton groupe de minables.

Tout prenait sens, désormais. La croisade contre Lena, le conseil de discipline de Jackson, les mensonges sur le dossier scolaire de Lena, et même les gâteaux au chocolat de Halloween. Depuis combien de semaines Sarafine nous jouait-elle la comédie sous les traits de Mme Lincoln ?

Dans Mme Lincoln.

Jusqu'alors, je n'avais pas saisi la mesure de ce contre quoi nous luttions. « L'Enchanteresse la plus Ténébreuse qui soit actuellement. » En comparaison, Ridley avait des allures de chaton inoffensif. Pas étonnant que Lena ait redouté ce jour.

— Tu estimes peut-être que tu n'as pas de mère, lui a

lancé Sarafine, mais ce n'est vrai que parce que ta grand-mère et ton oncle t'ont arrachée à moi. Je t'ai toujours aimée.

La facilité avec laquelle elle passait d'une émotion à l'autre, de la sincérité et des regrets au dégoût et au mépris était déconcertante. Cela rendait chaque sentiment plus vide que le précédent.

— C'est sûrement pour cela que tu as tenté de me tuer, mère, a répliqué Lena, acide.

Sarafine a essayé d'afficher l'inquiétude, la surprise, peut-être. Difficile de le dire, tant son expression était artificielle, forcée.

— C'est ce qu'ils t'ont raconté ? Je voulais seulement prendre contact, te parler. Sans leurs Sceaux en pagaille, mes tentatives ne t'auraient pas exposée au danger. Ce qu'ils savaient très bien. Je comprends leur anxiété, naturellement. Je suis Vouée aux Ténèbres. Je suis un Cataclyste. Tu as cependant conscience que je n'ai pas eu le choix, Lena. La chose a été décidée pour moi. Cela ne change rien à ce que j'éprouve à ton égard, toi ma fille unique.

— Je ne te crois pas ! a craché Lena.

Pourtant, elle semblait hésitante.

J'ai consulté mon portable. 21 h 59. Deux heures avant minuit.

Link s'était affalé contre son arbre, la tête entre les mains. Mme Lincoln gisait toujours dans l'herbe, inanimée. Lena l'a regardée elle aussi.

— Elle n'est pas… vous savez, ai-je murmuré. Ou l'est-elle ?

Il fallait que je sache. Pour Link. Sarafine a pris une mine compassionnelle, sans me tromper pour autant. Link et moi ne l'intéressions plus, ce qui n'était bon signe pour aucun de nous deux.

— Elle ne tardera pas à revenir à son triste état normal. Femme écœurante. Je me moque d'elle comme du garçon. Je tenais juste à montrer à ma fille la vraie nature des Mortels. La facilité avec laquelle on les influence, leur caractère vindicatif. Il a suffi de quelques mots de Mme Lincoln pour que toute la ville se dresse contre toi, Lena. Tu ne fais pas partie de leur monde. Tu fais partie du mien.

Sarafine s'est tournée vers Larkin.

— À propos de tristes états, si tu exhibais ces jolies émeraudes ? Oh, pardon. Ces topazes, plutôt.

En souriant, Larkin a fermé les paupières et a levé les bras au-dessus de sa tête, comme s'il s'étirait après une longue sieste. Quand il a rouvert les yeux, quelque chose avait changé. Il a cligné des cils – à chaque clignement, ses prunelles se sont modifiées. On distinguait presque les molécules qui se réarrangeaient. Larkin a disparu, cédant la place à une pile de reptiles qui ont rampé les uns sur les autres jusqu'à ce que le jeune homme réapparaisse du tas grouillant. Il a tendu les serpents à sonnette qui lui servaient de bras, les animaux ont sifflé avant de réintégrer en sinuant le blouson de cuir, puis de muter en mains. Alors, il nous a regardés. Au lieu des yeux verts que je connaissais, j'ai découvert des prunelles dorées identiques à celles de Sarafine et de Ridley.

— Je n'ai jamais aimé le vert, a-t-il lâché. Être Illusionniste comporte quelques avantages.

— Larkin ? ai-je murmuré, le cœur serré.

Il était l'un d'eux. Un Enchanteur des Ténèbres. La situation était encore pire que je l'avais imaginé.

— Qu'es-tu, Larkin ? a demandé Lena, déroutée. Pourquoi ? s'est-elle ressaisie.

La réponse nous toisait, dans l'éclat jaune de ses yeux.

— Et pourquoi pas ? a-t-il rétorqué.

— Eh bien, qu'en est-il de la loyauté envers la famille ?

Son cousin a détourné la tête, cependant que l'épaisse chaîne en or autour de son cou se tortillait, devenait un serpent dont la langue lui caressait la joue.

— La loyauté, ce n'est pas vraiment mon truc, a-t-il lâché.

— Tu as trahi tout le monde ! Ta propre mère ! Comment te supportes-tu ?

Il lui a tiré la langue. Le reptile s'est engouffré dans sa bouche. Il a dégluti.

— Il est bien plus drôle d'être Ténèbres que Lumière, cousine. Tu verras. Nous sommes ce que nous sommes. J'étais destiné à ça. Inutile de résister. (Sa langue, à présent fourchue, a frétillé.) Je ne pige pas que tu sois aussi anxieuse. Prends Ridley ! Elle se marre bien.

— Espèce de traître !

Lena perdait le contrôle. Le tonnerre a grondé, et la pluie a de nouveau forci.

— Il n'est pas le seul, Lena, a lancé Sarafine en approchant.

— Que veux-tu dire ?

— Ton oncle adoré.

Elle avait des accents amers, et j'ai deviné qu'elle ne pardonnerait jamais à Macon de lui avoir ravi sa fille.

— Tu mens.

— C'est lui qui te ment depuis le début. Il t'a fait croire que ta destinée était prédéterminée, que tu n'avais pas le choix. Que, cette nuit, lors de ton seizième anniversaire, tu serais Appelée et Vouée à la Lumière ou aux Ténèbres.

Butée, Lena a secoué la tête. Elle a soulevé ses paumes. D'autres coups de tonnerre ont retenti, et la pluie a dégringolé en véritables torrents.

— C'est ce qui se passe, a crié Lena pour dominer le tumulte. C'est arrivé à Ridley, à Reece, à Larkin.

— Certes, mais toi, tu es différente. Cette nuit, tu ne seras pas Appelée. Tu devras t'Appeler toi-même.

Les mots ont flotté dans l'air. « Appelle-toi toi-même. » Comme si la phrase détenait le pouvoir d'arrêter le temps. Le teint de Lena était cireux. Un instant, j'ai cru qu'elle allait s'évanouir.

— Que viens-tu de dire ? a-t-elle chuchoté.

— Tu as le choix. Je suis certaine que ton oncle te l'a caché.

— C'est impossible.

Dans les bourrasques hurlantes, j'entendais à peine Lena.

— Tu as la possibilité de décider parce que tu es ma fille, la seconde Élue qui naît dans la famille Duchannes. Je suis peut-être un Cataclyste aujourd'hui, mais j'ai été la première Élue de la famille.

Sarafine s'est interrompue avant de réciter deux vers :

— « Le Premier sera Noirceur / Le Second pourra choisir. »

— Je ne comprends pas.

Ses jambes ont cédé sous elle, et Lena est tombée à genoux dans la boue et les hautes herbes. Ses longs cheveux bruns dégoulinaient autour d'elle.

— Tu as toujours eu le choix, et ton oncle le savait pertinemment.

— Tu mens !

Lena a brandi les bras. Des mottes de terre se sont arrachées du sol et ont été emportées par l'ouragan. J'ai protégé mes yeux, cependant que des débris et des cailloux volaient dans toutes les directions.

— Ne l'écoute pas, Lena ! ai-je hurlé. Elle vient des

Ténèbres. Elle se moque de tous. C'est toi qui me l'as dit !

Malgré mes efforts pour dominer le fracas, elle m'a à peine entendu.

— Pourquoi Macon m'aurait-il caché la vérité ? a-t-elle repris.

Elle me regardait, comme si j'étais le seul à avoir la réponse. Sauf que je ne l'avais pas. Elle a frappé du pied, et le terrain s'est mis à trembler avant de se soulever. Pour la première fois de son existence, Gatlin était victime d'un tremblement de terre. Sarafine a souri. Elle savait que Lena ne se contrôlait plus et que, par conséquent, elle-même gagnait. Dans le ciel, les éclairs se sont multipliés.

— Ça suffit, Sarafine ! Laisse ma nièce tranquille.

Macon. Surgi de nulle part. Sous la lune, il paraissait différent. Moins humain, plus semblable à la créature qu'il était. Autre chose, aussi. Ses traits avaient rajeuni, minci. Il était prêt à la bagarre.

— Est-ce de ma fille que tu parles ? Celle que tu m'as volée ?

Sarafine a bombé le torse et a agité ses doigts, tel un soldat qui vérifie son arsenal avant l'assaut.

— Comme si elle avait jamais signifié quoi que ce soit à tes yeux, a calmement répondu Macon.

Il a lissé sa veste, toujours aussi impeccable. Derrière lui, Boo a bondi des buissons, comme s'il venait de galoper pour rattraper son maître. Lui avait exactement l'air de ce qu'il était – un énorme loup.

— Je regrette d'avoir loupé la fête, a lâché Sarafine. Les seize ans de ma fille. Heureusement, il reste l'Appel. D'ici deux heures. Je ne manquerais cela pour rien au monde.

— Tu risques d'être déçue, alors, car tu n'es pas invitée.

— Dommage. D'autant que je me suis permis de convier quelqu'un qui meurt d'envie de te voir.

En souriant, elle a claqué des doigts. Aussi vite que Macon s'était matérialisé, un deuxième homme est apparu, adossé à un saule, à un endroit désert la minute précédente.

— Hunting ? Où t'a-t-elle déterré ?

Le nouveau venu ressemblait à Macon, en plus grand et en un peu plus jeune. Il avait la même peau blafarde sous des cheveux d'un noir corbeau. Mais là où Macon avait tout du gentleman sudiste d'une autre époque, cet homme-là était férocement à la mode. Tout en noir, col roulé et jean, un bomber en cuir, il évoquait plutôt un de ces acteurs de cinéma qu'on voit à la une d'un tabloïd que le Cary Grant de Macon. L'évidence s'imposait : lui aussi était un Incube, et pas un gentil – pour peu que ça existe. Qui que soit Macon, Hunting était autre chose.

Il s'est fendu de ce qui devait passer pour un sourire à ses yeux avant d'approcher de Macon.

— Voilà bien longtemps, frère.

— Pas assez à mon goût, a rétorqué Macon sans lui rendre son sourire. Je ne suis guère surpris que tu traînes avec quelqu'un de l'espèce de Sarafine.

L'autre s'est esclaffé, un rire bruyant, sensuel.

— Et avec qui voudrais-tu que je traîne ? Avec une meute d'Enchanteurs de la Lumière ? Comme toi ? Ce refus d'assumer ce que tu es, d'accepter l'héritage familial. Ridicule.

— J'ai fait un choix, Hunting.

— C'est comme ça que tu l'appelles, un choix ? Un fantasme, plutôt. On ne décide pas de ce qu'on est, frère. Tu es un Incube. Que tu te nourrisses ou non de sang, tu restes une créature des Ténèbres.

— Oncle Macon, est intervenue Lena, peu intéressée par cette réunion de famille. A-t-elle dit la vérité ?

Sarafine est aussitôt partie d'un rire perçant.

— Allez, Macon, sois sincère, au moins une fois dans ta vie.

Il a secoué la tête avec réticence.

— Ce n'est pas aussi simple, Lena.

— Mais c'est vrai ? J'ai le choix ?

Les cheveux de Lena étaient détrempés, emmêlés. Bien sûr, Macon et Hunting étaient secs. Hunting a allumé une cigarette, apparemment ravi par la situation.

— C'est vrai ? a insisté Lena.

Exaspéré, son oncle l'a regardée avant de détourner les yeux.

— Oui, Lena, a-t-il fini par céder. Un choix s'offre à toi. Un choix compliqué aux conséquences graves.

Aussitôt, il a cessé de pleuvoir. L'air est devenu parfaitement immobile. Si nous avions été pris dans un ouragan, nous aurions soudain été dans l'œil du cyclone. Lena était en proie à des émotions contrastées. Il n'était pas besoin qu'elle s'exprime pour que je les devine. La joie d'avoir enfin ce qu'elle désirait depuis le début – la possibilité d'orienter son destin. La colère, car elle venait de perdre le seul être à qui elle avait jamais fait confiance. Elle le toisait à travers des yeux nouveaux. Son visage s'est fermé.

— Pourquoi me l'as-tu caché ? a-t-elle demandé. Toute ma vie, j'ai été terrifiée à l'idée d'être Vouée aux Ténèbres.

Un coup de tonnerre a éclaté, et la pluie est repartie de plus belle, telles des larmes. Lena ne pleurait pas, cependant. Elle était furieuse.

— Enfant, tu n'aurais pu prendre la mesure des conséquences de ton choix, Lena. C'est encore vrai aujourd'hui. J'ai passé chaque jour de ma propre existence à y réfléchir, avant même ta naissance. Et, comme ta chère mère le sait pertinemment, les conditions du marché ont été fixées il y a fort longtemps.

— Quelles conséquences ?

Lena a fixé Sarafine d'un air circonspect. Prudent. Comme si son esprit s'ouvrait à de nouvelles perspectives. Ce qu'elle pensait n'était pas compliqué à comprendre : si Macon n'était plus digne de confiance, sa mère disait peut-être la vérité. Il fallait que j'intervienne, qu'elle m'écoute.

Oublie-la ! Lena ! Tu ne peux pas la croire…

Rien, hélas. En présence de Sarafine, notre lien était brisé. Comme une ligne de téléphone coupée.

— Lena, a plaidé Macon, tu n'es pas capable de jauger du choix qu'on te pousse à faire. Les enjeux t'en échappent.

La pluie est devenue tempête hurlante.

— Comme si tu devais l'écouter ! s'est moquée Sarafine. Après tous ses mensonges. J'aurais aimé pouvoir parler plus longtemps avec toi, Lena, mais tu dois te décider, et je suis là pour t'expliquer les enjeux. Ton choix aura des répercussions, ton oncle ne t'a pas menti à ce sujet.

Elle a marqué une pause. A repris :

— Si tu optes pour les Ténèbres, tous les Enchanteurs de la Lumière de notre famille mourront.

Lena a pâli.

— Pourquoi ferais-je cela, alors ?

— Parce que si tu optes pour la Lumière, ce seront les Enchanteurs des Ténèbres et les Lilum de la famille qui mourront. Tous sans exception, y compris ton oncle, l'homme qui a été un père pour toi. Tu le détruiras.

Macon s'est volatilisé avant de se matérialiser devant sa nièce, moins d'une seconde plus tard.

— Écoute-moi, Lena. Je suis prêt à me sacrifier. C'est la raison pour laquelle je me suis tu. Je ne voulais pas que tu culpabilises. J'ai toujours su que tu choisirais la bonne voie. Vas-y. Laisse-moi partir.

Lena était assommée. Sarafine disait-elle vrai ? Allait-elle détruire Macon ? Et ce choix en était-il un ? Macon, ce n'était qu'une seule victime, quand bien même elle l'aimait.

— Je peux t'offrir autre chose, a continué sa mère.

— Tiens donc ! a murmuré Lena. Quelque chose qui justifierait que je liquide Bonne-maman, tante Del, Reece et Ryan ?

Sarafine a avancé d'un pas prudent vers elle.

— Ethan. Nous sommes en mesure de vous unir.

— Tu délires ? Nous sommes déjà ensemble.

La sorcière a plissé les paupières, un éclat de compréhension a traversé ses yeux dorés.

— Tu n'es pas au courant, hein ? a-t-elle dit avant de se tourner vers Macon en riant. Tu lui as caché ça aussi. Tu triches, Macon !

— Au courant de quoi ? a lancé Lena, exaspérée.

— Ethan et toi ne pourrez jamais être ensemble. Physiquement, s'entend. Les Enchanteurs et les Lilum ne s'unissent pas aux Mortels.

Sarafine a souri. Visiblement, elle se délectait de ce moment.

— Du moins, pas sans les tuer, a-t-elle précisé.

11 février
L'APPEL

« Les Enchanteurs ne s'unissent pas aux Mortels sans les tuer. »

Tout était clair, désormais. Le lien primitif entre nous. L'électricité, les baisers qui nous coupaient le souffle, la crise cardiaque qui m'avait presque achevé... Physiquement, nous étions incompatibles.

C'était la vérité, aucun doute là-dessus. Je me suis souvenu des paroles de Macon, la nuit dans les marais avec Amma, puis dans ma chambre. « Un avenir entre ces deux-là n'est pas envisageable. » « Certaines choses vous échappent encore. Des choses que personne ici n'est en mesure de contrôler. » Lena tremblait. Elle aussi admettait la réalité.

— Répète ? a-t-elle chuchoté.

— Ethan et toi ne serez jamais vraiment ensemble. Vous ne vous marierez pas, vous n'aurez pas d'enfants. Vous n'aurez pas d'avenir, en tout cas pas d'avenir réel. Je n'en reviens pas qu'ils ne te l'aient pas expliqué. Ils vous ont très bien protégées, Ridley et toi.

— Pourquoi m'as-tu caché ça ? a demandé Lena à Macon. Tu savais pourtant que je l'aime.

— Il était ton premier petit ami. Un Mortel ! Aucun d'entre nous ne l'aurait imaginé. Nous n'avons saisi la force de votre relation qu'une fois qu'il était trop tard.

J'étais pétrifié. Pas ensemble. Je ne serais jamais plus proche d'elle que je ne l'étais. Le vent s'est levé, giflant la pluie. Des éclairs ont déchiré le ciel. Le tonnerre a roulé, si puissant que le sol a vibré. Nous n'étions plus dans l'œil du cyclone. Lena n'était plus en mesure de se dominer.

— Et quand comptais-tu me l'annoncer ? a-t-elle hurlé.

— Après que tu te serais Appelée toi-même.

Entrevoyant une opportunité, Sarafine s'en est aussitôt emparée.

— Il existe une solution, Lena. Toi et Ethan vous marierez et aurez des enfants. Tout ce que tu voudras.

— Ne l'écoute pas, a objecté Macon. Même si c'était possible, elle ne le permettrait pas. Les Enchanteurs des Ténèbres méprisent les Mortels. Jamais ils n'accepteraient de diluer leur sang dans celui des humains. C'est l'une de nos plus importantes pierres d'achoppement.

— Certes, a reconnu Sarafine. Mais dans le cas présent, Lena, nous serions d'accord pour faire une exception. Par ailleurs, je te répète que nous avons trouvé une solution. Ça vaut toujours mieux que de mourir.

— Serais-tu prête à tuer toute ta famille pour être avec Ethan ? a contré Macon. Tante Del ? Reece ? Ryan ? Ta propre grand-mère ?

Avec volupté, Sarafine a écarté ses mains puissantes, jouissant de son pouvoir.

— Une fois Vouée, a-t-elle riposté, tu te ficheras

complètement de ces gens. Et tu m'auras moi, ta mère, ainsi que ton oncle Hunting et Ethan. N'est-il pas l'être le plus cher à ton cœur ?

Les yeux de Lena se sont voilés. La pluie et la brume s'enroulaient autour d'elle. Le vacarme était tel qu'il noyait les explosions de Honey Hill. J'avais oublié que nous risquions la mort, quelle qu'en soit l'origine, entre les deux batailles qui se déroulaient ici cette nuit.

— Elle a raison, a plaidé Macon en prenant Lena par les bras. Si tu acceptes, tu n'éprouveras aucun remords, car tu ne seras plus toi-même. Celle que tu es aujourd'hui aura disparu. Ce qu'elle ne te dit pas, c'est que tu auras oublié tes sentiments pour Ethan. Dans quelques mois, ton cœur sera si Ténébreux que le garçon ne signifiera plus rien à tes yeux. L'Appel a des effets énormes sur un Élu. Tu pourrais même le tuer de tes propres mains. Tu seras capable d'un acte aussi démoniaque. N'est-ce pas, Sarafine ? Raconte donc à Lena ce qui est arrivé à son père, toi qui es tellement attachée à la vérité.

— Ton père t'avait volée à moi, Lena. Ça n'a été qu'un malheureux accident.

Lena a paru abasourdie. Apprendre que sa mère avait assassiné son père de la bouche de Mme Lincoln lors du conseil de discipline était une chose ; c'en était une autre de découvrir que c'était vrai. Macon a tenté de retourner la situation en sa faveur.

— Vas-y, Sarafine, dis-lui tout. Comment son père a été brûlé vif chez lui, dans l'incendie que tu avais déclenché. Nous savons tous combien tu adores jouer avec le feu.

Les prunelles de la sorcière ont pris un éclat féroce.

— Tu t'es mêlé de ce qui ne te regardais pas durant seize ans, Macon. Il est temps que tu passes la main.

Hunting a surgi à côté de son frère comme un diable d'une boîte. D'ailleurs, il avait tout du démon, à présent.

Ses cheveux se dressaient autour de sa tête comme le poil sur l'échine d'un loup qui va attaquer, ses oreilles étaient devenues pointues et, quand il a ouvert la bouche, elle a pris l'aspect de la gueule d'une bête. Puis il s'est volatilisé.

Avant de réapparaître en un clin d'œil sur le dos de Macon, si vite que je ne suis pas certain d'avoir bien suivi les choses. Attrapant son frère par son blouson, Macon l'a envoyé valser dans un arbre. Je ne m'étais pas encore rendu compte de la force de Macon. Hunting a volé mais, au lieu de s'écraser contre le tronc, il l'a traversé comme un boulet de canon, avant de rouler au sol, de l'autre côté. Au même instant, Macon a disparu pour resurgir au-dessus de lui. Il lui a enfoncé le corps dans le sol, avec une telle violence que la terre s'est fendue. Vaincu, Hunting n'a plus bougé. Macon s'est tourné vers Lena. Aussitôt son frère s'est relevé en souriant. Je me suis époumoné pour tenter de prévenir Macon, mais personne ne m'a entendu, avec la tempête qui se déchaînait dans le ciel. Hunting a poussé un grondement mauvais puis a plongé ses crocs dans la nuque de son frère, tel un chien de combat.

Macon a poussé un cri guttural. Il s'est évaporé. Hunting devait s'accrocher, car lui aussi s'est éclipsé. Lorsqu'ils se sont de nouveau matérialisés à l'autre bout de la clairière, le démon était toujours suspendu au cou de Macon. Que faisait-il ? Se nourrissait-il ? Je n'en savais pas assez pour déterminer si c'était seulement possible. En tout cas, Macon a paru flancher. Lena poussait des hurlements à vous glacer les sangs. Hunting s'est enfin détaché de Macon. Ce dernier est resté recroquevillé dans la boue, battu par la pluie. Une nouvelle salve d'explosions a résonné. J'ai tressailli, surpris par la proximité des coups de feu. Les acteurs de la reconstitution venaient vers nous, vers Greenbrier. Les Confédérés donnaient leur assaut final.

Le bruit des décharges a étouffé le grondement, très différent mais familier, qui a soudain retenti. Boo Radley. Ululant, il s'est rué sur Hunting pour défendre son maître. Juste au moment où il bondissait, le corps de Larkin a oscillé et s'est mué en un nid de vipères qui sifflaient en grouillant, emmêlées les unes aux autres. Le chien n'a pas compris qu'il s'agissait d'une illusion, qu'il aurait pu franchir l'obstacle sans mal. Il a reculé en aboyant, toute son attention tournée vers les reptiles. Hunting n'en avait pas besoin de plus. Se dématérialisant, il est apparu derrière Boo et l'a étranglé sans difficulté, grâce à sa force surnaturelle. Le chien s'est débattu, en vain. Hunting était plus puissant que lui. Il a jeté la bête près de Macon, où elle a cessé de bouger. Maître et chien côte à côte dans la boue. Inanimés.

— Oncle Macon ! s'est égosillée Lena.

Hunting a passé ses mains dans ses cheveux et a secoué la tête, revigoré. Larkin a réintégré son blouson et sa forme humaine. On aurait dit deux camés de première venant de se faire un fix.

— La demie, a annoncé Larkin en consultant la Lune puis sa montre. Bientôt minuit.

Sarafine a écarté les bras comme pour embrasser le ciel.

— La Seizième Lune, la Seizième Année.

Du sang et de la terre maculant son visage, Hunting a souri à Lena.

— Bienvenue dans la famille.

Sauf qu'elle n'avait nulle intention de se joindre à cette famille, je l'ai deviné. Elle s'est relevée, mouillée jusqu'aux os, couverte de la boue qu'avait provoquée sa propre averse torrentielle. Sa chevelure noire a fouetté l'air. Elle avait du mal à résister aux bourrasques. Elle s'est inclinée en avant, à croire que, à tout instant, elle risquait de décoller dans la nuit. C'était peut-être le cas. À ce stade, plus rien ne m'aurait étonné.

Se déplaçant sans bruit dans la pénombre, Hunting et Larkin ont rejoint Sarafine, face à Lena. La sorcière a avancé d'un pas.

— Stop ! a décrété Lena en brandissant une main. Tout de suite.

Sarafine n'a pas obtempéré. Lena a fermé le poing. Une ligne de feu a jailli de l'herbe. Les flammes ont rugi, séparant la mère de la fille. Sarafine s'est arrêtée net. Elle ne s'était pas attendue à ce que Lena soit capable d'autre chose qu'un peu de vent et de pluie. Elle était déstabilisée.

— Je ne te cacherai jamais rien, a-t-elle plaidé. Contrairement aux autres membres de la famille. Je t'ai exposé les options qui s'offraient à toi, je t'ai dit la vérité. Tu peux me haïr, je n'en reste pas moins ta mère. Et je te répète que je suis la seule à pouvoir te donner un avenir en compagnie du Mortel.

Le brasier a pris de l'ampleur, s'étendant comme s'il était animé par une volonté propre, jusqu'à encercler Sarafine et ses acolytes. Lena a ri. D'un rire aussi sombre que celui de sa mère. Bien que je sois à l'opposé de la clairière, j'en ai frissonné.

— Inutile de faire semblant de tenir à moi. Personne n'ignore quelle garce tu es, mère. Voilà au moins un point sur lequel nous sommes tous d'accord.

Serrant les lèvres, Sarafine a soufflé comme elle aurait envoyé un baiser au vent. Le feu a suivi le mouvement, fonçant sur les plantes qui entouraient Lena.

— Allons, chérie, un peu plus de conviction, s'il te plaît.

— Brûler une sorcière ? a souri Lena. Quel cliché !

— Si je voulais t'immoler, tu serais déjà morte. N'oublie pas que tu n'es pas la seule Élue, ici.

Lentement, Lena a tendu le bras et a plongé sa main dans le rideau incandescent. Ses traits ne montraient rien. Ensuite, elle a mis son autre main dans le brasier. Quand elle les a levées, elle tenait les flammes comme elle aurait tenu un ballon. Alors, elle les a jetées de toutes ses forces. Droit sur moi.

La boule de feu a frappé le chêne de plein fouet, l'embrasant immédiatement comme s'il s'était agi de petit bois. J'ai titubé vers l'avant pour m'éloigner de l'incendie, jusqu'au mur invisible de ma prison. Sauf qu'il n'était plus là. Je me suis traîné dans la boue, à travers la clairière, et j'ai vu que Link faisait pareil. Les flammes ont léché le ciel noir puis ont incendié le champ alentour. J'ai couru vers Lena, à défaut d'avoir une meilleure idée. Link, lui, a foncé vers sa mère d'un pas mal assuré. Seules Lena et la barrière de feu nous protégeaient de Sarafine. Pour l'instant, ça semblait suffire.

J'ai effleuré l'épaule de Lena. Elle n'a pas sursauté, ayant deviné que c'était moi. Elle ne s'est même pas retournée.

Je t'aime, L.

Tais-toi, Ethan. Elle entend tout. Au demeurant, je crois bien qu'elle a tout capté, depuis le début.

J'ai contemplé l'autre côté du champ, mais je n'ai pas aperçu Sarafine, Hunting ou Larkin. Ils étaient bien là, pourtant, et ils n'aspiraient qu'à nous tuer, mais j'étais en compagnie de Lena, et cela seul m'importait.

— Va chercher Ryan, Ethan. Oncle Macon a besoin d'aide. Je ne vais pas tenir longtemps.

J'étais parti avant qu'elle ait terminé sa phrase. Quoi

qu'ait inventé sa mère pour interrompre notre communication interne, ça ne comptait plus. Lena était revenue dans mon cœur et dans ma tête. Je ne pensais plus qu'à ça en courant sur le terrain accidenté.

Et au fait qu'il était presque minuit. J'ai accéléré.

Je t'aime aussi. Vite !

J'ai regardé mon portable. 23 h 25. J'ai tambouriné à la porte de Ravenwood avant d'appuyer comme un sourd sur le croissant de lune du linteau. Peine perdue. Larkin s'était sans doute arrangé pour boucler la demeure à double tour. Même si je n'avais pas la moindre idée de la façon dont il s'y était pris.

— Ryan ! Tante Del ! Bonne-maman !

Il fallait que je trouve la fillette. Macon était blessé. Lena risquait d'être la prochaine victime. Impossible de prédire comment Sarafine réagirait lorsque Lena la rejetterait. Link m'a rejoint sur le perron.

— Ryan n'est pas ici !

— Elle est médecin ? Il faut aider ma mère.

— Non, elle est… Je t'expliquerai plus tard.

— Tout ça s'est passé pour de bon ? a-t-il demandé en arpentant la véranda.

Réfléchis ! Il fallait que je me concentre. Cette nuit, Ravenwood était une forteresse. Personne ne pouvait y entrer, surtout pas un Mortel. Or, il était exclu que j'abandonne Lena.

J'ai composé le numéro de la seule à laquelle j'ai pensé, qui n'aurait aucun problème à s'en prendre à deux Enchanteurs des Ténèbres et à un Incube Sanguinaire, le tout au beau milieu d'un ouragan surnaturel. Amma. La tonalité a résonné.

— Ça ne répond pas. Amma est sûrement avec mon père.

23 h 30. Il n'y avait qu'une autre personne susceptible de me secourir, et encore, ce n'était pas gagné. J'ai composé le numéro de la bibliothèque municipale de Gatlin.

— Marian ne décroche pas non plus. Elle saurait que faire. Où est-elle, bon Dieu ! Elle ne quitte jamais la bibliothèque, y compris après les heures d'ouverture.

— Tout est fermé, a haleté Link. C'est un jour férié, je te rappelle. La bataille de Honey Hill. On devrait peut-être juste regagner la zone de sécurité et voir avec les secouristes ?

Je l'ai contemplé comme frappé par la foudre.

— Un jour férié. Rien n'est ouvert, ai-je répété.

— Oui, je viens de te le dire. Bon, qu'est-ce qu'on fait ?

Il semblait très mal.

— Tu es un génie, Link. Un foutu génie.

— Je sais, mec. Mais à quoi ça nous sert, là maintenant ?

— Tu as La Poubelle ?

Il a acquiescé.

— Tirons-nous.

Nous avons foncé. Il a mis le contact. Après ces crachotements habituels, le moteur a démarré. Les Crucifix Vengeurs braillaient dans la stéréo. Au passage, ils étaient carrément nuls. Ridley devait être un vrai manitou de la scène musicale – celle des Sirènes, s'entend.

— Où va-t-on, déjà ? m'a lancé Link en dérapant sur le gravier.

— À la bibliothèque.

— Je croyais qu'elle était fermée.

— L'autre.

Il a opiné du menton comme s'il pigeait, ce qui n'était pas le cas. N'empêche, il a joué le jeu, comme toujours. La Poubelle filait sur le chemin comme si nous avions été un lundi matin, en retard pour le lycée. Dommage, les circonstances étaient différentes.

Et il était 23 h 40.

Quand nous nous sommes garés devant la Société Historique en tanguant, Link n'a même pas cherché à comprendre. Il a bondi de la voiture sans prendre la peine d'éteindre la radio. Il m'a rattrapé au moment où je contournais l'arrière du deuxième bâtiment le plus vieux de Gatlin.

— Ce n'est pas la bibliothèque, ça.

— Exact.

— C'est les FRA.

— Exact.

— Que tu détestes.

— Exact.

— Ma mère vient ici tous les jours ou presque.

— Exact.

— Alors, qu'est-ce qu'on fout ici, mec ?

Approchant du grillage, j'ai plongé ma main droit devant. Elle est entrée dans le métal, ou plutôt dans ce qui y ressemblait. Mon bras donnait l'impression d'avoir été amputé au niveau du poignet.

— Merde, a marmonné Link en m'attrapant. Ridley a dû verser quelque chose dans ma limonade, parce que j'ai des hallucinations. Ton bras… Laisse tomber.

Récupérant mon bras, j'ai agité mes doigts sous son nez.

— Franchement, mon pote, après tout ce que tu as vu ce soir, tu crois vraiment que tu délires ?

23 h 45 à mon portable.

— Je n'ai pas le temps de t'expliquer. Mais sache que les choses vont être de plus en plus zarbi à partir de maintenant. Nous allons descendre dans la bibliothèque, sauf que ce n'est pas celle que tu connais. Tu risques de flipper. Si tu préfères m'attendre dans la bagnole, pas de souci.

Link essayait de suivre ce que je lui racontais aussi vite que je balançais la sauce, ce qui n'était pas évident.

— Alors, t'en es ou pas ?

Il a regardé le grillage. Sans un mot, il a fourré sa main à travers. Elle a disparu.

Il en était.

Me baissant pour franchir le seuil, j'ai commencé à dévaler le vieil escalier.

— Amène-toi, on est pressés.

Les torches se sont allumées d'elles-mêmes à mesure que nous descendions dans l'obscurité. J'en ai arraché une à son support en croissant de lune et l'ai tendue à Link avant d'en prendre une pour moi et de sauter les dernières marches menant à la crypte. Là encore, les flambeaux se sont éclairés, dévoilant les colonnes et leurs ombres vacillantes. Les mots DOMUS LUNAE LIBRI se sont dessinés sur le linteau de l'entrée, comme lors de ma première venue en ces lieux.

— Tante Marian ? Es-tu là ?

Elle a tapoté mon épaule par derrière. J'ai sursauté avec tant de violence que j'ai bousculé Link.

— Bon sang, professeur Ashcroft, a râlé ce dernier, vous avez manqué de me tuer.

— Désolée, Wesley. As-tu perdu l'esprit, Ethan ? As-tu oublié qui est la mère de ce malheureux jeune homme ?

— Mme Lincoln est inconsciente, Lena a des ennuis, Macon a été blessé. Il faut que j'entre dans Ravenwood, je n'arrive pas à trouver Amma, je n'arrive pas non plus à forcer la maison. Je dois emprunter les tunnels.

J'avais déballé tout cela sans respirer. J'étais redevenu un petit garçon qui parlait à Marian comme il aurait parlé à sa mère. Du moins, je parlais à quelqu'un qui avait su ce que c'était de parler à ma mère.

— Navrée, je ne peux pas t'aider. L'Appel aura lieu à minuit. Je ne suis pas en mesure d'arrêter le temps. Ni de sauver Macon, Mme Lincoln, qui que ce soit. Je n'ai pas le droit de m'impliquer. Et pardonne-moi pour ta mère, Wesley, je ne voulais pas lui manquer de respect.

— Pas grave, a marmonné Link, abattu.

Secouant la tête, j'ai donné à Marian la torche la plus proche.

— Tu ne comprends pas. Je ne te demande pas de faire autre chose que ce que font les bibliothécaires des Enchanteurs.

— Quoi donc ?

— Je veux porter un livre à Ravenwood.

Me penchant, je me suis emparé d'un ouvrage au hasard, me brûlant les doigts au passage.

— *Guide exhaustif des herbes à poison et de leurs raisons*, ai-je lu à voix haute.

— Ce soir ? a murmuré Marian, sceptique.

— Oui. Tout de suite. Macon m'a prié de le lui apporter en personne. Avant minuit.

Elle m'a regardé d'un air malin et m'a repris le volume.

— Le bibliothécaire des Enchanteurs est le seul Mortel à avoir accès aux tunnels de la *Lunae Libri*, a-t-elle dit. Heureusement pour toi que j'occupe cette fonction.

Link et moi avons suivi Marian à travers le dédale des souterrains de la bibliothèque. J'ai fini par cesser de compter les portes – à la seizième – devant lesquelles nous passions. Les tunnels évoquaient un labyrinthe, et aucun ne ressemblait au précédent. Il y en avait des bas de plafond, où Link et moi devions nous plier en deux, et d'autres au plafond si élevé qu'on avait l'impression qu'il n'y en avait pas. C'était un autre monde, littéralement. Certains conduits étaient rustiques, leur maçonnerie brute de toute décoration, d'autres ressemblaient aux couloirs de châteaux ou de musées, avec leurs tapisseries, leurs cartes anciennes encadrées et leurs tableaux suspendus aux murs. Dans des circonstances différentes, je me serais arrêté afin de lire les petites plaques de laiton placées sous les portraits. Qui sait ? Il s'agissait peut-être d'Enchanteurs célèbres. La seule chose commune à tous ces passages, c'était l'odeur de terre et de temps. Et aussi, le nombre de fois où Marian a dû recourir à la clé en croissant de lune, demi-cercle d'acier qu'elle portait à la taille.

Après un trajet qui m'a semblé durer une éternité, nous sommes arrivés devant une porte. Nos flambeaux s'étaient presque épuisés, et j'ai été obligé de brandir le mien très haut pour déchiffrer l'inscription RAYVENWOODE MANOR gravée dans les planches. Marian a tourné sa clé dans l'ultime trou de serrure, et le battant a cédé. Des marches menaient à la maison. D'après le pan de plafond que j'ai entraperçu, j'en ai déduit qu'elles donnaient sur le hall. Je me suis tourné vers Marian, la main tendue.

— Merci. Donne, je transmettrai ça à Macon.

— Pas si vite, EW, a-t-elle répondu avec un clin d'œil. Il me faut encore vérifier ta carte de bibliothèque. Je livrerai cet ouvrage en personne.

J'ai une fois encore consulté mon portable. 23 h 45. Impossible !

— Pourquoi est-il la même heure que quand nous t'avons rejointe dans la *Lunae Libri* ?

— Temps lunaire. Vous n'écoutez jamais rien, vous autres, les gosses. Les choses ne sont pas ce qu'elles paraissent être, en bas.

Prenant la tête de notre groupe, j'ai grimpé l'escalier.

Ravenwood était tel que je l'avais laissé, jusqu'au gâteau sur les assiettes, au service à thé, et au paquet de cadeaux non déballés.

— Tant Del ! Reece ! Bonne-maman ! Il y a quelqu'un ?

Elles ont émergé des lambris plongés dans la pénombre. Del se tenait près des marches, une lampe brandie au-dessus de sa tête comme pour assommer Marian. Bonne-maman était postée sur le seuil et défendait Ryan d'un bras. Reece se cachait sous l'escalier, armée du couteau ayant servi à couper le gâteau. Elles se sont mises à parler toutes en même temps :

— Marian ! Ethan ! Nous étions tellement inquiètes. Lena a disparu et, quand nous avons entendu la cloche des tunnels, nous avons cru que...

— Vous l'avez vue, elle ? Est-elle là ?

— Et Lena ? Lorsque Macon n'est pas rentré, nous avons commencé à...

— Et Larkin ? Elle n'a pas fait de mal à Larkin, n'est-ce pas ?

Incrédule, j'ai retiré la lampe des mains de tante Del pour la donner à Link.

— Une lampe ? Vous pensiez vraiment vous en sortir avec une lampe ?

Del a haussé les épaules.

— Barclay est monté au grenier pour Transmuter en armes des tringles à rideau et de vieilles décorations du Solstice. Je n'ai rien trouvé de mieux.

Je suis allé m'agenouiller devant Ryan.

— Tu te souviens quand j'ai failli mourir, et que tu m'as aidé ? lui ai-je demandé. J'ai besoin que tu m'accompagnes tout de suite à Greenbrier. Oncle Macon est blessé. Boo aussi.

— Boo aussi ? a répété la fillette, sur le point de fondre en larmes.

— Et ma mère, a ajouté Link, derrière moi, après s'être raclé la gorge. Je sais qu'elle est pénible et tout, mais elle… cette petite est capable de la sauver ?

— Oui, la mère de Link aussi, ai-je renchéri à l'adresse de Ryan.

Bonne-maman s'est interposée entre moi et l'enfant, dont elle a tapoté la joue. Elle a ajusté son pull et lissé sa jupe.

— Allons-y, alors, a-t-elle décrété. Del et moi allons vous suivre. Reece, reste ici avec ta sœur. Tu diras à ton père que nous sommes parties.

— C'est Ryan que je veux, Bonne-maman, ai-je insisté.

— Ce soir, Ryan, c'est moi, a-t-elle répliqué en attrapant son sac à main.

— Je ne sortirai pas sans elle.

Le danger était trop grand pour que je cède.

— Nous ne pouvons traîner là-bas une enfant non encore Appelée. Surtout pas lors de la Seizième Lune. Elle risque la mort.

Reece m'a toisé comme si j'étais un imbécile. De nouveau, je me frottais à un monde dont j'ignorais tout.

— Ma mère est une Empathique, m'a rassuré tante Del. Elle est très sensible aux pouvoirs des autres et peut les emprunter pendant un moment. C'est ce qu'elle vient de faire avec Ryan. Ça ne durera pas, mais elle est pour l'instant en mesure de remplacer ma fille. Par ailleurs, Bonne-maman a été Appelée. Il y a longtemps, comme tu l'imagines. Laisse-nous t'accompagner.

J'ai regardé mon téléphone. 23 h 49.

— Et si nous arrivons trop tard ?

Souriant, Marian a brandi le livre qu'elle tenait.

— Je n'ai encore jamais rien livré à Greenbrier. Pensez-vous réussir à trouver le chemin, Del ?

Cette dernière a hoché la tête en chaussant ses lunettes.

— Les Palimpsestes n'ont aucun souci avec les vieilles routes, a-t-elle répondu. Ce sont les nouvelles qui nous posent problème.

Elle a filé dans l'escalier menant aux souterrains, suivie par Marian et Bonne-maman. Link et moi nous sommes rués derrière elles.

— Pour une bande de vieilles dames, elles sont drôlement rapides, a pantelé Link.

Cette fois, le passage était étroit, ses parois se délitaient. Des plaques de mousse noire et verte poussaient sur les murs et le plafond. Sur le sol aussi, sans doute, sauf que je ne le distinguais pas, dans la pénombre. Nous étions cinq torches qui tressautions dans une obscurité totale. Comme Link et moi fermions la marche, la fumée nous piquait les yeux.

J'ai deviné que nous nous rapprochions de Greenbrier aux volutes qui ont commencé à envahir le tunnel. Elles ne provenaient pas des flambeaux, mais d'ouvertures dérobées qui conduisaient au monde extérieur.

— Nous y sommes, a annoncé Del.

Secouée par des quintes de toux, elle a promené ses doigts le long d'un rectangle qui se découpait dans la pierre. Marian a gratté le plus gros de la mousse, révélant une porte. Sa clé a glissé en douceur dans la serrure, comme si elle avait récemment servi au lieu d'être restée close durant plus d'un siècle. Le battant n'était pas en chêne mais en pierre. J'ai été ahuri de constater que Del la repoussait sans effort apparent.

S'arrêtant au pied de l'escalier, elle m'a fait signe de passer le premier. Elle était consciente qu'il ne nous restait presque plus de temps. Baissant la tête sous la mousse qui pendait, j'ai humé l'humidité ambiante tout en grimpant les marches. Lorsque j'ai émergé du passage, je me suis figé. J'étais dans la petite crypte où, durant tant d'années, sur un autel en pierre, avait reposé le *Livre des lunes*. Si j'ai reconnu l'endroit, c'est parce que j'ai découvert l'ouvrage à sa place. Celui qui, ce matin encore, avait disparu de mon placard. J'ignorais par quelle magie il se retrouvait ici, mais ce n'était pas le moment de poser des questions. J'ai entendu le feu avant de le voir.

Le feu crépite, porteur de rage, de chaos et de destruction. Or, j'étais cerné par lui. La fumée était si épaisse que je me suis mis à tousser. La chaleur roussissait les poils de mes bras. On aurait dit une des visions provoquées par le médaillon ou, pire, le dernier de mes cauchemars, celui dans lequel Lena était brûlée vive.

Le sentiment de la perdre. Il recommençait.

Où es-tu, Lena ?

Aide oncle Macon.

Sa voix faiblissait. J'ai agité le bras afin d'écarter les volutes pour consulter mon téléphone.

23 h 53. Plus que sept minutes avant minuit. Il était trop tard.

— Ne reste pas planté là, m'a morigéné Bonne-maman en prenant mes doigts. Nous avons besoin de Macon.

Tous deux avons couru, main dans la main, en plein dans l'incendie. Les longues rangées de saules qui avaient encadré l'arche menant au cimetière et au jardin brûlaient. Les broussailles, les chênes, les palmiers, le romarin, les citronniers – tout était la proie des flammes. Au loin, j'ai perçu les ultimes explosions de la reconstitution. Honey Hill touchait à sa fin, les figurants allaient bientôt lancer le feu d'artifice, comme si le leur était en mesure d'égaler celui qui se jouait à présent ici. Le jardin et la clairière se consumaient.

Bonne-maman et moi avons titubé dans la fumée jusqu'aux chênes, et j'ai découvert Macon là où je l'avais laissé. Ma compagne s'est penchée sur lui et a effleuré sa joue.

— Il est faible, mais ça va, a-t-elle diagnostiqué.

Au même instant, Boo Radley a roulé sur le sol et sauté sur ses pattes avant de se coucher près de son maître. Ce dernier a tourné la tête avec difficulté.

— Où est Lena ? a-t-il chuchoté d'une voix à peine audible.

— Ethan va la retrouver. Repose-toi. Je vais m'occuper de Mme Lincoln.

Link était déjà à côté de sa mère, et l'Empathique les a rejoints sans ajouter un mot. De mon côté, je me suis redressé, fouillant l'incendie des yeux, en quête de Lena. Je n'ai aperçu personne. Ni Hunting, ni Larkin, ni Sarafine – personne.

Je suis là-haut. Sur la crypte. Je crois que je suis coincée.

Tiens bon, L, j'arrive.

Rebroussant chemin à travers les flammes, j'ai essayé de rester sur les sentiers qui s'étaient gravés dans ma mémoire, les fois où j'étais venu à Greenbrier en compagnie de Lena. Plus je me rapprochais de la crypte, plus la chaleur s'intensifiait. Bien que je sache qu'elle ne brûlait pas, j'ai eu l'impression que ma peau partait en lambeaux. Je me suis juché sur une tombe anonyme, j'ai déniché un trou où poser mon pied dans le mur en ruine et je me suis dressé le plus haut possible. Le sommet du tombeau était orné d'une statue, une sorte d'ange dont une partie du corps s'était brisée. Je me suis agrippé à quelque chose – une cheville, peut-être, et je me suis hissé par-dessus le rebord du toit.

Dépêche, Ethan ! J'ai besoin de toi !

C'est alors que je me suis retrouvé face à face avec Sarafine.

Qui a plongé un poignard dans mon ventre.

Un vrai poignard, dans mon vrai ventre.

Je ne verrais donc jamais la fin du rêve. Je ne rêvais plus. C'était mon ventre, et je sentais le moindre centimètre de la lame.

Surpris, Ethan ? Tu crois que Lena est la seule Enchanteresse à capter ce canal ?

La voix de Sarafine s'est assourdie.

Essaye donc de la laisser devenir Lumière, à présent.

Tandis que je dérivais, j'ai pensé que, si l'on m'avait collé un uniforme confédéré sur le dos, j'aurais tout eu d'Ethan Carter Wate. Jusqu'à la blessure au ventre, avec le même médaillon dans ma poche. Quand bien même je n'avais déserté que l'équipe de basket de Jackson, et non l'armée du général Lee.

À rêver d'une Enchanteresse que j'aimerais toujours. Comme l'autre Ethan.

Ethan ! Non !

Non ! Non ! Non !

Je hurlais et, l'instant d'après, mon cri était coincé dans ma gorge.

Je me suis souvenue d'Ethan en train de tomber. Je me suis souvenue de ma mère en train de sourire. De l'éclat du couteau. Du sang.

Celui d'Ethan.

C'était impossible.

Rien ne bougeait, rien. Tout était figé, parfaitement en place, comme dans un musée de cire. Les volutes de fumée étaient bien des volutes, cotonneuses et grises, mais elles ne se déplaçaient pas, ni vers le haut ni vers le bas. Elles se contentaient de rester suspendues, telles les pans d'un décor en arrière-fond. Les flammes étaient toujours transparentes, toujours incandescentes, mais elles ne brûlaient plus rien, ne faisaient aucun bruit. Même l'air était immobile. Chaque chose était exactement là où elle avait été la seconde précédente.

Bonne-maman était penchée sur Mme Lincoln, sur le point de lui toucher la joue, son geste arrêté en plein vol. Agenouillé dans la boue, Link tenait la main de sa mère, aussi effrayé qu'un petit garçon. Tante Del et Marian étaient accroupies sur les marches les plus basses du passage donnant sur la crypte ; elles protégeaient leur visage de la fumée.

Oncle Macon gisait sur le sol, Boo à ses côtés. Adossé à un tronc, quelques pas plus loin, Hunting admirait son œuvre. Son blouson de cuir en feu, Larkin regardait dans la mauvaise direction, vers la route menant à Ravenwood. Il s'enfuyait plutôt de la scène qu'il ne participait à l'action.

Sarafine. Ma mère brandissait un poignard sculpté, un vieil objet des Ténèbres, au-dessus de sa tête. La fureur et le feu et la haine enfiévraient ses traits. La lame dégouttait du sang d'Ethan, allongé sans vie. Même les larmes rouges étaient pétrifiées dans leur chute.

Un bras d'Ethan pendait par-dessus le rebord du toit de la crypte, au-dessus du cimetière.

C'était notre rêve, à l'envers cependant.

Ce n'était pas moi qui avais échappé à ses bras. C'était lui qui avait été arraché aux miens.

En bas de la crypte, j'ai tendu la main, écartant flammes et fumée, jusqu'à ce que mes doigts se nouent autour de ceux d'Ethan. J'étais sur la pointe des pieds et je l'atteignais à grand-peine.

Je t'aime, Ethan. Ne m'abandonne pas. Je n'y arriverai pas sans toi.

La Lune aurait-elle brillé, j'aurais distingué son visage. Mais il n'y avait pas de lune, pas pour le moment en tout cas, et la seule lumière qui soit provenait de l'incendie figé qui m'encerclait de tous côtés. Le ciel était vide, totalement noir. Il n'y avait rien. J'avais tout perdu, cette nuit.

J'ai sangloté jusqu'à en être hors d'haleine, mes doigts ont glissé des siens – j'étais consciente que je n'en sentirais plus jamais la caresse dans mes cheveux.

Ethan.

J'avais envie de hurler son prénom, bien que personne ne m'entende. Je n'avais cependant plus la force d'un hurlement en moi. Je n'avais plus rien, si ce n'est ces mots. Il m'était revenu des visions. Je n'en avais oublié aucun.

Sang de mon cœur.
Vie de ma vie.
Corps de mon corps.
Âme de mon âme.

— Arrête ça, Lena Duchannes. Évite-nous de nouvelles bêtises avec ce Livre des lunes, *ne réveille pas toutes ces Ténèbres.*

J'ai ouvert les yeux. Amma se tenait près de moi, au milieu du feu. Le monde était encore figé.

— Est-ce que ce sont les Grands qui ont fait ça ? lui ai-je demandé.

— Non, petite, c'est toi. Les Grands m'ont seulement aidée à venir jusqu'ici.

— Comment ai-je pu déclencher cela ?

Elle s'est assise près de moi, dans la boue.

— Tu ne sais toujours pas ce dont tu es capable, hein ? Melchizedek disait vrai au moins sur ça.

— Je ne comprends rien à ce que vous racontez, Amma.

— J'ai toujours averti Ethan qu'il risquait un jour de faire un trou dans le ciel. Force m'est de constater que c'est toi qui t'y es collée.

J'ai essuyé mes larmes ; ça n'a servi à rien, d'autres les remplaçaient continuellement. Lorsqu'elles atteignaient mes lèvres, elles avaient un goût de cendres.

— Est-ce que… est-ce que je suis Ténèbres ?

— Pas encore, non.

— Suis-je Lumière ?

— Non. On ne peut pas dire ça non plus.

J'ai levé les yeux. La fumée recouvrait tout – les arbres, le ciel ; à l'endroit où auraient dû se trouver une Lune et des étoiles, flottait une épaisse couverture noire de rien. Des cendres et du feu et de la fumée et rien.

— Amma.

— Oui ?

— Où est la Lune ?

— Si tu n'en sais rien, petite, comment le saurais-je ? Tout à l'heure, j'ai regardé ta Seizième Lune. Tu étais dessous, à contempler les astres comme si seul le bon Dieu du Paradis était en mesure de t'aider, les paumes levées avec l'air de soutenir le ciel. Puis, pfft ! Plus rien. Plus que ça.

— Et l'Appel ?

Elle a réfléchi.

— Eh bien, j'ignore ce qui se passe quand il n'y a pas de Lune à l'anniversaire de ta Seizième année, à minuit. Pour autant que je me souvienne, ça ne s'est jamais produit. M'est avis qu'il ne peut y avoir d'Appel s'il n'y a pas de Seizième Lune.

J'aurais dû être soulagée, heureuse, hagarde. Je n'éprouvais que de la souffrance.

— C'est fini, alors ?

— Aucune idée.

Tendant la main, elle m'a relevée en même temps qu'elle se mettait debout. Sa paume était chaude et forte, j'avais le vertige. Comme si nous pressentions ce que je m'apprêtais à faire. Tout comme, je crois, Ivy avait deviné quel acte Geneviève s'était préparé à commettre, ici même, plus de cent ans auparavant.

Nous avons soulevé la couverture craquelée du Livre, *et j'ai tout de suite su à quelle page me rendre, comme si ceci n'était pas nouveau pour moi.*

— Tu comprends que ce n'est pas naturel, hein ? Tu as conscience qu'il y aura forcément des conséquences ?

— Oui.

— Tu sais aussi qu'il n'existe aucune garantie que ça marchera ? Les choses ne se sont pas très bien passées, la dernière fois. Écoute-moi, cependant : j'ai invoqué mon arrière-grand-tante Ivy et les Grands, en ville. Ils ont promis de nous aider dans la mesure du possible.

— Amma. Je vous supplie. Je n'ai pas le choix.

Elle m'a fixé longuement, a fini par hocher la tête.

— Rien de ce que je pourrais dire ne t'en empêchera. Parce que tu aimes mon garçon. Et parce que je l'aime aussi, je vais te seconder.

J'ai saisi, soudain.

— C'est pour ça que vous avez apporté le Livre des lunes *ici ce soir.*

Elle a acquiescé avec lenteur. Puis elle a avancé la main vers mon cou, a tiré la chaînette retenant la bague de sous le sweat-shirt d'Ethan que je portais toujours.

— C'était la bague de Lila. Il doit drôlement t'aimer pour de l'avoir donnée.

Je t'aime, Ethan.

— L'amour est une chose puissante, Lena Duchannes. On ne plaisante pas avec celui d'une mère. J'ai l'impression que Lila a elle aussi essayé d'aider de son mieux.

Elle a arraché l'anneau. Quand la chaînette s'est brisée, j'ai senti qu'elle mordait dans ma chair. Amma a glissé la bague à mon majeur.

— Lila t'aurait appréciée. Tu détiens ce que Genevieve n'avait pas quand elle s'est servie du Livre. *L'amour de deux familles.*

J'ai fermé les paupières un instant, goûtant la fraîcheur du métal sur ma peau.

— J'espère que vous avez raison.

— Un instant.

De la poche d'Ethan, Amma a tiré le médaillon de Genevieve, toujours enveloppé dans le mouchoir hérité de son ancêtre, Sulla Treadeau.

— Juste pour rappeler à tout le monde que tu as déjà subi la malédiction.

Elle a poussé un soupir embarrassé.

— Pas la peine d'être jugé deux fois pour le même crime, a-t-elle ajouté.

Elle a déposé le camée sur le Livre.

— Cette nuit, nous allons faire ça dans les règles.

Ensuite, elle a retiré la vieille amulette suspendue à son cou et l'a placée près du bijou. Le petit disque d'or ressemblait presque à une piécette dont la gravure s'était effacée à force d'usure et de temps.

— Pour rappeler à tout le monde aussi que, lorsqu'on cherche mon garçon, c'est moi qu'on trouve.

Elle a fermé les yeux, je l'ai imitée. J'ai effleuré les pages et je me suis mise à chanter, lentement d'abord, puis de plus en plus fort.

CRUOR PECTORIS MEI, TUTELA TUA EST.
VITA VITAE MEAE, CORRIPIENS TUAM, CORRIPIENS MEAM,

Je psalmodiais les mots avec assurance. L'assurance que seule procure la certitude qu'on se fiche de vivre ou de mourir.

CORPUS CORPORIS MEI, MEDULLA MENSQUE,
ANIMA ANIMAE MEAE, ANIMAM NOSTRAM CONECTE.

J'ai lancé l'incantation au paysage figé, bien qu'il n'y eût qu'Amma pour l'entendre.

CRUOR PECTORIS MEI, LUNA MEA, AESTUS MEUS.
CRUOR PECTORIS MEI, FATUM MEUM, MEA SALUS.

Amma a pris mes mains tremblantes entre les siennes et, ensemble, nous avons prononcé une dernière fois le sortilège. Là, nous avons adopté la langue d'Ethan et de sa mère Lila, d'oncle Macon et de tante Del, d'Amma, de Link, de la petite Ryan et de tous ceux qui aimaient Ethan, qui nous aimaient. Alors, les paroles sont devenues chanson.

Une chanson d'amour à Ethan Lawson Wate, de la part des deux personnes qui l'aimaient le plus. Et à qui il manquerait le plus si elles échouaient.

SANG DE MON CŒUR, *LA PROTECTION EST TIENNE.*
VIE DE MA VIE, PRENDS LA TIENNE, PRENDS LA MIENNE,
CORPS DE MON CORPS, DE MA MOELLE ET DE MON ESPRIT,
ÂME DE MON ÂME, QUE SOIENT SCELLÉS NOS ESPRITS.
SANG DE MON CŒUR, DE MA LUNE ET DE MES SAISONS.
SANG DE MON CŒUR, DE MON SALUT ET DE MA DAMNATION.

La foudre m'a frappée, ainsi que le Livre, *la crypte et Amma. Du moins, j'ai cru que c'était ce qui se passait. Puis je me suis souvenue que Genevieve avait eu la même impression. Amma a été projetée contre le mur de la crypte, sa tête a heurté durement la pierre.*

Une décharge électrique a parcouru mon corps. Je me suis détendue, je l'ai accueillie, acceptant la perspective de ma mort, car, au moins, je serais avec Ethan. Je le sentais. Je sentais combien il était proche de moi, à quel point je l'aimais. J'ai senti la bague qui incendiait mon doigt, et combien il m'aimait.

J'ai senti mes yeux brûler et, où que je les pose, je n'ai distingué qu'un halo de lumière dorée qui paraissait émaner de moi.

— Mon petit, a murmuré Amma.

Je me suis tournée vers Ethan. Il était nimbé d'une aura dorée, à l'instar de tout le reste. Il ne bougeait toujours pas, cependant. J'ai jeté un coup d'œil paniqué à Amma.

— Ça n'a pas fonctionné.

Elle s'est appuyée contre l'autel, a fermé les paupières.

— Ça n'a pas fonctionné ! ai-je hurlé.

Je me suis écartée du Livre *en titubant, j'ai reculé dans la boue, j'ai contemplé le ciel. La lune était revenue. J'ai brandi les bras au-dessus de ma tête, en direction de la nue. La chaleur incendiait mes veines, là où aurait dû couler du sang. La colère a enflé en moi, sans échappatoire. Elle me dévorait. Je savais que, si je ne trouvais pas un moyen de l'exprimer, elle me détruirait.*

Hunting. Larkin. Sarafine.

Le prédateur, le lâche et ma meurtrière de mère, qui n'avait vécu que pour tuer son propre enfant. Les branches tordues de l'arbre généalogique des Enchanteurs.

Comment pouvais-je m'Appeler quand ils m'avaient pris la seule chose qui comptait pour moi ? La fournaise a jailli de mes doigts, comme animée d'une volonté propre. Des éclairs ont zébré le ciel. J'ai deviné où la foudre allait frapper, avant même que cela ne se produise.

Trois points sur une boussole, avec le nord pour me guider.

La foudre a explosé en geysers de feu, atteignant ces cibles simultanément, ceux qui m'avaient dérobé tout cette nuit-là. J'aurais aimé détourner la tête, je ne l'ai pas fait cependant. La statue qu'avait été ma mère un instant auparavant était étrangement belle, enveloppée par les flammes, sous le clair de lune.

J'ai baissé les bras, essuyant la poussière, les cendres et le chagrin de mes yeux. Quand j'ai de nouveau regardé, elle avait disparu.

Tous avaient disparu.

La pluie s'est mise à tomber. Ma vision s'est affûtée jusqu'à ce que je distingue les rideaux d'eau qui s'abattaient sur les chênes fumants, les champs, les fourrés. J'y voyais clairement, pour la première fois depuis longtemps, depuis toujours, peut-être. J'ai rebroussé chemin en direction de la crypte, d'Ethan.

Mais Ethan n'était plus là.

Là où son corps gisait quelques instants plus tôt, il y en avait un autre. Oncle Macon.

Je ne comprenais pas. Je me suis tournée vers Amma, en quête d'une explication. Ses prunelles dilatées étaient énormes.

— Où est Ethan, Amma ? Que s'est-il passé ?

Elle ne m'a pas répondu. Une fois n'est pas coutume, Amma était incapable de parler. Éberluée, elle fixait le cadavre de Macon.

— Je ne me serais jamais doutée que ça se terminerait ainsi, Melchizedek. Après tant d'années à soutenir le poids du monde sur nos épaules, ensemble.

Elle s'adressait à Macon comme s'il pouvait l'entendre, alors que sa voix était d'une faiblesse que je ne lui connaissais pas.

— Comment vais-je faire toute seule, moi, maintenant ?

— Que se passe-t-il, Amma ? ai-je répété en l'attrapant par les épaules.

Ses os pointus se sont enfoncés dans mes paumes. Ses yeux ont croisé les miens.

— « Vous pouvez pas vous servir du Livre des lunes *sans donner que'que chose en échange », a-t-elle murmuré, citant son ancêtre.*

Une larme a roulé sur sa joue ridée.

Ce n'était pas vrai. Ça ne pouvait pas l'être. Je me suis agenouillée près d'oncle Macon. Lentement, j'ai avancé la main vers sa joue glabre. D'ordinaire, j'y trouvais la chaleur trompeuse associée à celle d'un humain, nourrie par l'énergie des espoirs et des rêves des Mortels. Pas aujourd'hui. Aujourd'hui, sa peau était froide comme la glace. Comme celle de Ridley. Comme celle des morts.

Sans donner quelque chose en échange.

— Non... pitié, non !

J'avais tué oncle Macon. Alors que je ne m'étais même pas Appelée. Je n'avais même pas choisi la Lumière, et je l'avais tué.

Derechef, la rage m'a submergée, et le vent a fouetté l'air, tourbillonnant et rugissant, à l'image de mes émotions. La colère commençait à devenir familière, telle une vieille amie. Le Livre *avait procédé à un marché horrible, un marché que je n'avais pas demandé. Soudain, une idée m'a traversé l'esprit.*

Un marché.

Si oncle Macon était ici, à la place d'Ethan mort, cela signifiait-il qu'Ethan était ailleurs, vivant ?

Bondissant sur mes pieds, j'ai couru vers la crypte. Le paysage pétrifié était coloré de lumière dorée. J'ai aperçu Ethan, allongé dans l'herbe, près de Boo, là où oncle Macon s'était trouvé quelques minutes auparavant. Je me suis approchée de lui, j'ai pris sa main. Elle était froide. Ethan n'avait pas ressuscité et, à présent, oncle Macon était mort lui aussi.

Qu'avais-je fait ? Je les avais perdus tous les deux. À genoux dans la boue, j'ai enfoui ma tête dans la poitrine d'Ethan et j'ai pleuré. J'ai posé sa main contre ma joue. J'ai repensé à toutes les fois où il avait refusé d'accepter mon destin, refusé d'abandonner, refusé de dire au revoir.

Mon tour était venu.

— Je ne te dirai pas au revoir. Je ne le dirai pas.

C'en était arrivé à ça, rien qu'un chuchotement au milieu d'un champ d'herbes calcinées.

Tout à coup, j'ai senti un mouvement. Les doigts d'Ethan qui se pliaient et se dépliaient, en quête des miens.

L ?

Je l'entendais à peine. J'ai souri à travers mes larmes, j'ai embrassé sa paume.

Tu es là, Lena Banana ?

J'ai entremêlé mes doigts dans les siens, j'ai juré que je ne les lâcherais plus jamais. Relevant la tête, j'ai offert mon visage à la pluie, qui a lavé la suie.

Je suis là.

Ne t'en va pas.

Je n'irai nulle part. Et toi non plus.

12 février
Éclaircie

J'ai consulté mon portable. Il était cassé.

L'heure s'était arrêtée sur 23 h 59.

Je savais pourtant qu'il était bien plus de minuit, parce que le feu d'artifice avait enfin débuté, malgré la pluie. La bataille de Honey Hill était finie. En attendant l'année prochaine.

J'étais couché au beau milieu du champ boueux, trempé par l'averse. Tandis que les petites fusées essayaient d'exploser dans le ciel nocturne humide, je me suis rendu compte que tout était flou. Je ne parvenais pas à me concentrer. J'étais tombé, je m'étais cogné la tête ainsi que quelques autres endroits. Mon ventre, ma hanche, tout mon côté gauche étaient douloureux. Amma allait me massacrer, quand je rentrerais à la maison dans cet état-là.

Je ne me rappelais plus qu'une chose – avoir saisi cette statue idiote d'un ange. Ensuite, je m'étais retrouvé ici sur le dos. Un morceau de la sculpture avait dû céder quand j'avais tenté de grimper sur le toit de la crypte. Je n'en étais pas certain, néanmoins. Link m'avait sans doute porté après que je m'étais évanoui comme un imbécile. À part ces détails, c'était comme si on m'avait lavé le cerveau.

C'était sûrement pour ça que je ne comprenais pas pourquoi Marian, Bonne-maman et tante Del étaient pelotonnées près de la crypte, en larmes. Rien n'aurait pu me préparer à ce que j'avais vu quand j'avais fini par tituber là-bas.

Macon Ravenwood. Mort.

Pour ce que j'en savais, il l'était peut-être depuis toujours. N'empêche, il était vraiment parti, maintenant. Lena s'était jetée sur son cadavre, cependant que la pluie les trempait tous les deux.

Macon, mouillé par des gouttes d'eau. Une première.

Le lendemain matin, j'avais rassemblé quelques-unes des pièces du puzzle qu'était devenu l'anniversaire de Lena. Macon était la seule victime. Apparemment, Hunting avait vaincu, alors que j'étais dans les vapes. Bonne-maman a précisé que se sustenter de rêves était beaucoup moins nourrissant que de sang. Il n'avait jamais eu la moindre chance, face à son frère. Pourtant, il avait essayé.

Macon avait toujours affirmé qu'il était prêt à tout pour Lena. Il avait tenu parole.

Les autres avaient l'air en forme, physiquement du moins. Tante Del, Bonne-maman et Marian étaient rentrées à Ravenwood d'un pas lent, Boo traînassant derrière elles et gémissant comme un chiot égaré. Tante Del n'arrivait pas à comprendre ce qui était arrivé à Larkin. Nul n'osant lui annoncer qu'elle n'avait pas une mais deux mauvaises herbes dans sa famille, personne n'a rien dit.

Mme Lincoln semblait avoir tout oublié, et Link a eu du mal à lui expliquer ce qu'elle fabriquait en plein champ de bataille, en jupons et gaine. Elle avait été ahurie en se découvrant en compagnie de la famille de Macon Ravenwood ; toutefois, elle s'était montrée polie jusqu'à ce que Link l'amène à La Poubelle. Mon pote avait beaucoup de questions ; j'avais décidé qu'elles attendraient bien le prochain cours de maths. Cela nous donnerait du grain à moudre quand les choses redeviendraient normales, pour peu que ça se produise.

Quant à Sarafine...

Sarafine, Hunting et Larkin avaient disparu. Lorsque j'étais revenu à moi, il n'y avait que Lena dans les parages. Nous avions regagné Ravenwood Manor en nous soutenant mutuellement. Bien qu'un peu paumés quant aux événements, il semblait que Lena, Macon, nous tous avions sous-estimé les pouvoirs de Lena en tant qu'Élue. Elle avait réussi, Dieu sait comment, à bloquer la Lune et à éviter d'être Appelée. L'occasion étant manquée, Sarafine, Hunting et Larkin avaient fui. Pour l'instant en tout cas.

Lena continuait de refuser d'en parler. D'ailleurs, elle ne disait pas grand-chose.

Je m'étais endormi sur le plancher de sa chambre, près d'elle, nos doigts encore entremêlés. Lorsque je me suis réveillé, elle était partie, et j'étais tout seul. Les murs de la pièce, ceux-là mêmes qui avaient été tant gribouillés qu'on ne distinguait plus un espace blanc sous l'encre noire, étaient à présent complètement nus. Seule la paroi qui faisait face aux fenêtres était couverte de mots du sol au plafond, sauf que l'écriture ne ressemblait plus à celle de Lena. Fini, la graphie d'adolescente. J'ai caressé le mur, comme si je pouvais sentir les mots. J'ai deviné qu'elle était restée debout toute la nuit à s'épancher ainsi.

macon ethan
j'ai posé ma tête sur sa poitrine et j'ai pleuré parce qu'il avait vécu
parce qu'il était mort
un océan asséché, un désert d'émotion
tristeheureuse ombrelumière joiechagrin m'ont submergée, engloutie
j'ai perçu le bruit mais je n'ai pas saisi les mots
puis j'ai compris que le bruit était moi qui me cassais
en un instant, j'ai tout ressenti et je n'ai rien ressenti
j'étais brisée, j'étais sauvée, j'avais tout perdu, j'avais reçu
tout le reste
quelque chose en moi était mort, quelque chose en moi était né, je savais seulement
que la fille était partie
qui que je sois désormais, je ne serais plus jamais elle de cette façon
ainsi s'achève le monde sans éclat mais sur un cri plaintif
appelle-toi toi-même appelle-toi toi-même appelle-toi toi-même appelle
la gratitude la rage l'amour le désespoir l'espoir la haine
d'abord le vert est or mais rien de ce qui est vert ne perdure
n'essaye
pas
rien
de
ce
qui

est
vert
ne
perdure

T.S. Eliot, Robert Frost, Bukowski. J'ai identifié certains des poètes qui habitaient ses étagères et ses murs. Mais Lena avait cité Frost de manière incorrecte, ce qui ne lui ressemblait pas. « Rien de ce qui est or ne perdure. » Tel est le poème.

L'or. Pas le vert.

Peut-être que, à ses yeux, tout se valait, maintenant.

Je suis descendu d'un pas mal assuré dans la cuisine, où tante Del et Bonne-maman discutaient à voix basse des arrangements à prendre. Ça m'a rappelé des conversations feutrées et des arrangements semblables, à la mort de ma mère. J'avais détesté les uns comme les autres. Je n'avais pas oublié combien ça faisait mal, la vie qui partait, les tantes et les grands-mères qui tiraient des plans sur la comète, qui téléphonaient à la famille, qui balayaient les morceaux quand vous ne vouliez plus que vous glisser dans le cercueil vous aussi. Ou planter un citronnier, cuisiner des beignets de tomate, ériger un monument à mains nues.

— Où est Lena ?

J'avais beau m'être exprimé à voix basse, tante Del a sursauté, apeurée. Quant à Bonne-maman, rien ne l'effrayait.

— Elle n'est pas dans sa chambre ? a répondu Del, décontenancée.

Bonne-maman s'est reversé du thé.

— Je pense que tu sais très bien où elle est, Ethan.

En effet.

Elle était allongée sur la crypte, à l'endroit où nous avions trouvé Macon. Elle contemplait le ciel matinal gris, ses vêtements mouillés et boueux. Elle ne s'était pas changée. J'ignorais où ils avaient transporté le corps. Je comprenais cependant qu'elle ait envie d'être ici. Avec lui, bien que sans lui. Elle a senti ma présence, ne m'a pas regardé toutefois.

— Ces choses horribles que je lui ai dites, je ne pourrai jamais les reprendre. Il ne saura jamais à quel point je l'aimais.

Je me suis couché près d'elle, en dépit des protestations de mon corps douloureux. Je l'ai observée, les boucles de ses cheveux noirs, ses joues humides et sales. Les larmes coulaient, qu'elle n'essayait pas d'essuyer. Moi non plus.

— Il est mort à cause de moi.

Elle a fixé le ciel sans ciller. J'aurais aimé être en mesure de prononcer des paroles réconfortantes, mais j'étais mieux placé que quiconque pour savoir que ça n'existait pas. Alors, je me suis tu. À la place, j'ai embrassé tous les doigts de la main de Lena. Je me suis arrêté quand j'ai eu le goût du métal sur les lèvres. Alors, je l'ai vue. Elle portait la bague de ma mère à sa main droite.

J'ai soulevé cette main.

— Je m'en serais voulu de l'égarer, s'est-elle justifiée. La chaîne s'est cassée, hier soir.

De sombres nuages allaient et venaient. La tempête n'était pas terminée, je m'en doutais. J'ai enroulé mes doigts autour des siens.

— Je ne t'ai jamais aimée autant qu'en cet instant. Et je ne t'aimerai jamais moins qu'en cet instant.

L'étendue grise au-dessus de nos têtes n'était qu'un moment de répit sans soleil entre l'ouragan qui avait définitivement modifié le cours de nos existences et celui qui restait à venir.

— Est-ce une promesse ?

J'ai raffermi ma prise.

Ne me lâche pas.

Jamais.

Nos mains n'ont fait plus qu'une. Elle a tourné la tête et, lorsque j'ai plongé dans ses yeux, j'ai remarqué que l'un d'eux était vert et l'autre noisette – doré, plutôt.

Il était presque midi quand j'ai entamé le long chemin de retour vers la maison. Dans le ciel, des pans bleus étaient striés de gris et d'or. La pression montait, mais ça n'éclaterait pas avant plusieurs heures, à mon avis. Lena était encore sous le choc. J'étais prêt pour le typhon, cependant. Quand il se produirait, il donnerait à la saison des ouragans de Gatlin des allures d'averse printanière.

Tante Del avait proposé de me reconduire chez moi. Mais j'avais envie de marcher. Bien que tous mes os me fassent mal, je voulais m'éclaircir les idées. Quand j'ai fourré mes mains dans les poches de mon jean, j'ai senti la bosse familière. Le médaillon. Il faudrait que Lena et moi trouvions un moyen de le rendre à l'autre Ethan Wate, celui qui gisait dans sa tombe, ainsi que Genevieve nous avait priés de le faire. Il rendrait peut-être un peu de sérénité à Ethan Carter Wate. Nous lui devions bien ça.

Arrivé au bas de la pente raide menant à Ravenwood, je me suis de nouveau retrouvé confronté à la fourche, celle qui avait semblé si terrifiante avant que je ne connaisse Lena. Avant que je ne sache où j'allais. Avant que je n'apprenne ce qu'étaient la vraie peur et le véritable amour.

J'ai longé les champs de la Nationale 9 en pensant à notre première rencontre, sous l'orage. J'ai repensé à tout – comment j'avais failli perdre et mon père et Lena, comment j'avais ouvert les paupières pour la découvrir en train de me regarder et comment la seule chose qui m'était venue à l'esprit avait été de me dire que j'étais un sacré veinard. Avant d'apprendre que nous avions perdu Macon.

J'ai pensé à lui aussi, à ses livres fermés par des ficelles et couverts de papier protecteur, à ses chemises toujours amidonnées à la perfection, à sa contenance encore plus impeccable. J'ai pensé que les choses allaient être dures, pour Lena, qu'il lui manquerait, qu'elle regretterait de ne plus pouvoir entendre sa voix, rien qu'une fois. Je serais là, cependant, auprès d'elle, comme j'aurais apprécié que quelqu'un soit là pour moi à la mort de ma mère. Mais après ces derniers mois, après que ma mère nous avait envoyé un message, je ne croyais pas vraiment que Macon soit parti. Il était sans doute quelque part dans le coin, à nous surveiller. Il s'était sacrifié pour Lena, j'en étais certain.

Ce qui est bien et ce qui est facile sont rarement la même chose. Personne ne savait mieux cela que Macon.

J'ai inspecté le ciel. Les volutes grises virevoltaient dans le bleu, le même que celui du plafond de ma chambre. Je me suis demandé si cette teinte particulière avait vraiment le don d'éloigner les xylocopes. Je me suis demandé si les insectes la confondaient vraiment avec le ciel.

C'est dingue, le nombre de choses qu'on voit quand on ne les regarde pas vraiment.

Tirant mon iPod de ma poche, je l'ai allumé. Un nouveau morceau y figurait.

J'en ai longtemps fixé le titre.

Dix-sept Lunes.
J'ai cliqué dessus.

Dix-sept lunes, dix-sept ans,
Choisir entre Noir et Blanc,
L'or pour oui, le vert pour non,
Dix-sept ans, pas un de plus.

PAPIER À BASE DE FIBRES CERTIFIÉES

Le Livre de Poche s'engage pour l'environnement en réduisant l'empreinte carbone de ses livres. Celle de cet exemplaire est de :
550g éq. CO_2
Rendez-vous sur www.livredepoche-durable.fr

« Pour l'éditeur, le principe est d'utiliser des papiers composés de fibres naturelles, renouvelables, recyclables et fabriquées à partir de bois issus de forêts qui adoptent un système d'aménagement durable. En outre, l'éditeur attend de ses fournisseurs de papier qu'ils s'inscrivent dans une démarche de certification environnementale reconnue. »

Édité par la Librairie Générale Française - LPJ
(58 rue Jean Bleuzen, 92178 Vanves Cedex)

Composition Nord Compo
Achevé d'imprimer en Espagne par CPI
Dépôt légal 1re publication juin 2015
47.1124.2/02 - ISBN : 978-2-01-249001-7
Loi n° 49-956 du 16 juillet 1949 sur les publications destinées à la jeunesse
Dépôt légal : octobre 2015